FELLSIDE

ESTRANHOS VISITANTES

M. R. Carey

FELLSIDE

ESTRANHOS VISITANTES

Tradução
Caco Ishak

FÁBRICA231

Título original
FELLSIDE

Primeira publicação na Grã-Bretanha em 2016 por Orbit.

FÁBRICA231
O selo de entretenimento da Editora Rocco Ltda.

Direitos para a língua portuguesa reservados
com exclusividade para o Brasil à
EDITORA ROCCO LTDA.
Av. Presidente Wilson, 231 – 8º andar
20030-021 – Rio de Janeiro – RJ
Tel.: (21) 3525-2000 – Fax: (21) 3525-2001
rocco@rocco.com.br
www.rocco.com.br

Printed in Brazil/Impresso no Brasil

Preparação de originais
Halime Musser

CIP-Brasil. Catalogação na fonte.
Sindicato Nacional dos Editores de Livros, RJ.

C273f

Carey, M. R.
Fellside: estranhos visitantes / M. R. Carey; tradução de Caco Ishak. – 1ª ed. – Rio de Janeiro: Fábrica231, 2016.

Tradução de: Fellside
ISBN 978-85-68432-88-4

1. Romance inglês. I. Ishak, Caco. II. Título.

16-36070 CDD – 823
CDU – 821.111-3

Para Louise. Para David. Para Ben.

Nem que eu vivesse mil anos seria capaz de amar vocês o bastante.

PARTE UM

ATRAVÉS DO FOGO...

1

Estranho isso de acordar sem saber quem você é.

Jess Moulson, sem consciência de atender por esse ou qualquer outro nome, viu-se deitada em lençóis brancos num quarto branco, soterrada por lembranças predominantemente em tons de vermelho e amarelo e laranja. Cores se fundindo e se fragmentando sem parar, sem controle, ondulando calor em sua direção como se ela tivesse aberto um forno de supetão, arrebatada em cheio pela explosão.

Alguém tinha acabado de lhe dizer algo com certa urgência. Recordava-se das vozes, baixas mas vindas do alto contra seu rosto.

Seu rosto... Agora que parava para pensar, seu rosto parecia bem estranho. Tentou perguntar a uma das mulheres de branco que iam e vinham por que se sentia assim, mas não conseguia abrir muito a boca e, quando abriu, não foi capaz de articular nada além de uns poucos estalidos e ruídos ásperos que a machucaram ao sair.

A mulher se aproximou inclinando-se e sussurrou algo bem baixinho. Era mais jovem e bonita do que Jess, mas ainda assim capaz de fazer emanar certo ar de autoridade. Por alguns instantes, Jess sequer conseguiu compreender quem aquela pessoa poderia ser. Uma enfermeira ou médica lhe parecia mais provável, embora naqueles primeiros minutos iniciais de desorientação tenha parecido bem possível que fosse tipo uma freira. Que a crise pela qual Jess passava, contrariando todas as evidências, fosse uma crise de fé.

– Você ainda não vai conseguir falar por mais uns dias – a mulher lhe disse. – E não deve nem tentar. Os estragos no seu pulmão e nos tecidos da sua garganta foram bem ruins, e isso não vai sarar se você ficar forçando.

Enfermeira então, não freira. Os estragos eram nos pulmões e na garganta. Bem possível que sua alma estivesse intacta, muito embora não fosse exatamente essa a sensação.

Jess fez um gesto dando de ombros com o braço livre do soro. Não dava de ombros à informação; tentava saber mais. Só que a enfermeira interpretou mal o gesto ou simplesmente o ignorou. E foi embora sem dizer mais uma palavra.

Jess sentiu-se não apenas frustrada, mas também assustada. A expressão da enfermeira ao examinar-lhe de cima tinha sido bem estranha. Houve certa compaixão no olhar, mas também algo como reserva ou cautela. Jess estaria com alguma doença transmissível? Mas se fosse, por que chegar tão perto?

Jess não se preocupou com isso por muito tempo. Havia algo em seu organismo que a deixava completamente sonolenta. Ela acabou cedendo, uma entrega que se repetiu seguidas vezes ao longo daquele primeiro dia, com breves períodos de consciência. Seu sono era leve e assombrado por sussurros que se pareciam com várias vozes diferentes. Acordava sempre com os mesmos questionamentos enquanto se arrastava para fora da escuridão como um mergulhador atingindo a superfície já quase sem fôlego.

Onde eu estou? Como vim parar aqui? Quem está pensando essas coisas? O que aconteceu antes disso?

A enfermeira não foi a única a parecer reservada perto dela. Todas pareciam ter alguma questão. Jess torceu para que uma delas respondesse às perguntas que ela não conseguia fazer. Uma coisa dessas deveria ser ensinada no curso de enfermagem. Se um paciente acorda de um coma grave, o primeiro passo é atualizá-lo com certas informações básicas. "Você sofreu um acidente bem desagradável" ou "Você foi atacada e roubada e deixada na saída de uma estação do metrô".

Quase uma pista. Milhares de lembranças entraram em ebulição diante daquelas palavras. Estações de metrô eram constantes em sua vida, logo era provável que morasse em Londres. Só não havia algo em suas lembranças que embasasse a hipótese do acidente ou de um assalto. Só havia um buraco: o contorno na página de um jornal ao se recortar uma boneca de papel e depois queimá-la ou jogá-la fora. Ela não era ela mesma neste momento. Era a ausência misteriosa de Jess.

Quando realmente começou a se lembrar das coisas, teve a mesma sensação de confusão, pois só se lembrava das primeiras vezes que acordou. O primeiro dia não tinha sido o primeiro dia no fim das contas. Já estava lá há bastante tempo, perdendo e recobrando a consciência, vivendo num único e distorcido momento indefinidamente prolongado.

As primeiras vezes em que acordou tinham sido diferentes das mais recentes. Sua desorientação naquele momento foi bizarramente desbancada por uma fome desesperada e incontrolável. Ela era uma viciada (quando estas memórias voltaram, quase provocaram uma explosão física, como se sua mente agora compacta estivesse voltando ao formato original) e precisava de uma dose. Precisava se sentir bem. Certa vez tinha se jogado da cama e se arrastado boa parte do caminho até a janela, soro no braço e tudo, querendo alcançar o parapeito, fugir escondida e se mandar até a Hay Wain atrás de heroína. Da janela dava para ver o céu e uns edifícios altos, impossível calcular a distância até o chão. Jess estava pronta para tentar, mas foi impedida pelas mulheres de branco.

Lembrar tudo aquilo acabou despertando de novo a vontade, embora nada muito intenso. Administrável. A fome não era tão grande a ponto de fazê-la tremer. Resignava-se a um cantinho qualquer de sua mente, pedindo atenção da maneira mais educada possível.

Isso por si só era assustador. Com a memória do vício emergiu uma nova série de lembranças, impulsionadas à superfície de sua mente pela força de alguma pressão interna. Já tinha se desintoxicado antes, uma única vez na vida, e o processo todo acabou sendo uma maré sinistra de puro sofrimento que a consumiu por dias e semanas. Se tivesse passado por uma nova crise de abstinência, deitada naquela cama, então já devia estar ali por bastante tempo.

Aquela sensação estranha em seu rosto também a assustava. Era como se sua pele não lhe pertencesse. Como se alguém tivesse lhe aplicado uma daquelas máscaras cosméticas à base de argila perfumada e esquecido de retirá-la após a secagem.

No terceiro dia, tentou ficar sentada. As mulheres de branco saíram correndo e a empurraram de volta para o colchão.

– Eu quero um espelho – ela sussurrou de maneira tão incompreensível que foi o mesmo que não ter falado nada. – Por favor, alguém me traga um espelho!

As mulheres de branco trocaram olhares apreensivos até que uma delas tomou a iniciativa. Sumiu pela porta e retornou com um espelhinho minúsculo retirado de alguma bolsa. Segurou o espelho de modo que Jess pudesse encarar de baixo o reflexo de seu próprio rosto a encarando de cima. Foi um choque bem desagradável, pois ela de fato não o reconheceu.

Não se tratava de amnésia. Sabia como seu rosto deveria se parecer, e o que via ali não era seu rosto. Ah, uma cópia até razoável que poderia enganar um estranho. E nem parecia tão ruim assim quando em repouso. Quer dizer, tudo bem, na verdade parecia sim. Havia um grande inchaço ao redor dos olhos como se alguém a tivesse esmurrado várias vezes. A pele estava repuxada e oleosa em certos pontos. E ela estava pálida que nem cera, como se tivesse passado uns dois anos vivendo igual a Osama bin Laden em uma caverna na encosta de uma montanha qualquer.

Quando mexia o rosto (ao tentar falar) suas feições se transfiguravam em algo saído de um pesadelo. O canto direito de sua boca não respondia aos estímulos, completamente amortecido, e o canto esquerdo um tanto mais vigoroso se retorcia num festival de fisgadas e caretas. A simetria desapareceu e a pessoa se dá conta de que nunca chegou a ser simétrica.

– Tudo bem? – a enfermeira segurando o espelhinho perguntou. Gentilmente. Examinando os ferimentos.

Jess não conseguiu responder. Não havia resposta possível que expressasse como se sentia.

Parte de seu passado recente voltou enquanto ela dormia naquela noite. As vozes sussurrantes continuavam lá, como se dezenas de conversas paralelas estivessem sendo travadas em torno de sua cabeça. Com os sussurros veio uma sensação de vulnerabilidade, de estar deitada e exposta num amplo espaço aberto. Não estava sozinha: uma multidão a cercava, invisível. Eram tantos que nem havia lugar para todos: impregnavam-se ao redor e sobre si feito melaço quente transbordando do tacho.

Jess já não sonhava desde a infância, o que não impediu o vai e vem de um turbilhão de imagens. Ela segurava seu rosto, uma versão pequena de seu rosto, e então seus dedos se abriam para deixá-lo cair. De novo e de novo. Às vezes quando o rosto caía surgia um burburinho ou um leve vozerio de bem mais abaixo; às vezes ruído nenhum.

Então veio o fogo, subindo à sua frente.

Escalando sua boca adentro.

Aninhando-se em seu corpo.

Ela acordou tremendo no quarto abafado do hospital, aquecido apenas pelo seu próprio suor. Sua respiração ficou presa a meio caminho da garganta como se fosse algo sólido, e ela teve de expectorá-la aos poucos em arfadas curtas e rápidas.

– O que aconteceu? – perguntou gemendo à enfermeira que apareceu para medir sua temperatura e pressão sanguínea logo ao amanhecer (cheiro forte de café da manhã no ar, mas Jess estava em jejum forçado, então o cheiro era tudo o que poderia sentir). – Teve um incêndio, não teve? Me diz. Por favor!

– É melhor você...

– Eu sei, eu sei. É melhor eu descansar um pouco. Mas não dá para fazer isso até eu saber. Por favor!

A enfermeira a encarou por um bom tempo, ameaçando dizer alguma coisa. Mas tudo o que enfim disse foi:

– Eu vou ver com o médico. – Ajeitou Jess na cama, dobrando os pesados lençóis de algodão com a destreza brusca de um faixa preta em origami.

– Por favor – Jess murmurou de novo após aguardar um pouco pelo momento propício em que o rosto da enfermeira se aproximasse do seu. Acreditou que talvez seria mais difícil negar um pedido àquela distância.

E pelo visto acertou.

– Sim, teve um incêndio – a enfermeira disse com certa relutância enquanto alisava os últimos vincos do lençol.

– Onde... foi...? – Jess perguntou, sentindo apenas umas poucas ferroadas na garganta dessa vez. Desde que se limitasse a monossílabos, ela poderia tirar de letra aquela conversa.

– O seu apartamento pegou fogo enquanto você estava lá. Enquanto você estava... desacordada.

Enquanto eu estava chapada, Jess traduziu. Coloquei fogo no meu apartamento enquanto eu estava chapada. Que tipo de pessoa faz uma coisa dessas? Só mesmo alguém com a intenção de se arruinar e levar junto todos em volta.

Toda uma sequência de slides lampejou em sua cabeça. Uma estátua de resina de uma dançarina chinesa tocando flauta. Um abajur em forma de balão de ar quente com duas fadinhas no cesto. Seus CDs de folk. Seus livros. Seus álbuns de fotos. Tudo queimado?

– Foi... grave? – Jess perguntou.

– Bem grave. Mas, sério, tente não pensar nisso. Não vai ajudar em nada na sua recuperação.

A enfermeira correu para fora do quarto. Jess teve a impressão de que tudo o que aquela mulher queria era sair do alcance de sua voz antes que fosse obrigada a esclarecer mais dúvidas.

E foi aí que outro slide surgiu em sua mente.

John.

O rosto, o nome dele e a sensação do que aquele rosto e aquele nome já tinham representado. Ai, meu Deus, e se o John tivesse morrido? Seu organismo foi inundado pelo pânico, logo então seguido por uma onda forte e ligeiramente nauseante de esperança. Se o John tivesse morrido...

Sentou-se antes mesmo de tomar ciência de que tinha decidido se sentar. Mas não foi capaz de se sustentar e caiu de volta na cama, enjoada e zonza.

Precisava saber. Poupou suas forças para dar conta de perguntar, e tentou estimular sua resistência inexistente com um certo regime de exercícios físicos. Só aguentava segurar o próprio peso sobre os cotovelos por alguns segundos antes de tombar de volta aos lençóis, mas praticou o movimento entre intervalos por toda a manhã, sempre determinada a bater o recorde anterior.

A ronda médica era realizada às 11. O médico passou pela porta de Jess sem diminuir o passo, acompanhado por uma fileira alvoroçada de estudantes de medicina, que um a um foram espreitando Jess com seus olhos arregalados como se ela fosse uma stripper no *peepshow* de alguma sex shop antes de voltarem afobados para a fila.

Tudo bem.

Deus ajuda quem ajuda a si mesmo. Jess se arrastou da cama e deslizou os pés até o chão. Deu um jeito de tirar a cânula do pulso e a deixou cair. A ponta solta traçou uma linha vermelha e irregular por todo o lençol branco.

Não foi fácil ficar na vertical, mas, assim que conseguiu, pôde deixar de cambalear como bêbada e caminhar para frente ao escolher o momento certo para levantar um pé e colocá-lo de volta ao chão.

Dirigiu-se até a porta em câmera lenta, levando cerca de um minuto e meio para percorrer menos de quatro metros. Passar pela porta foi um desafio à parte, pois sem querer bateu nela com o cotovelo e acionou algum tipo de mola que começou a fechá-la. Precisou usar seu peso para manter a porta aberta enquanto pensava num jeito de diminuir a desvantagem. Quando conseguiu passar, com a porta já balançando às suas costas, chegou a pensar por um instante que o caminho estivesse livre. Mas só porque estava olhando para a direita e o inchaço ao redor dos olhos a deixava sem a menor visão periférica.

De um dos pontos cegos, surgiu a mão que lhe agarrou o braço logo abaixo do ombro, nada muito forte ou apertado, mas o suficiente para paralisá-la no lugar. Uma voz disse:

– Srta. Moulson, eu vou ter que pedir para que volte lá para dentro.

Jess se virou. Seu pés precisaram de pequenos movimentos para isso. A mulher que a encarava não estava de branco, mas de azul-escuro e um colete amarelo-claro. Era uma policial, não mais alta do que Jess embora consideravelmente mais atarracada e robusta, e (ao contrário de Jess) nem tão fraca a ponto de uma brisa qualquer ser capaz de derrubá-la. Jess se deu por vencida num xeque-mate de primeira.

E ficou atônita e confusa de novo. Por que havia uma policial ali? Ela por acaso estava sob vigilância? E se estivesse, isso queria dizer que estava sob proteção ou sob restrição policial?

Tratava-se de uma dúvida tão profundamente abissal que chegou a esquecer, por alguns instantes, a dúvida sobre o que tinha acontecido com John.

– Por quê? – perguntou gemendo. O que foi um tanto vago, mas haveria de servir.

A policial franziu a testa. A pele escura e sardenta fez Jess ter um flash do próprio rosto no espelho, de sua palidez fora do normal, como algo que vivia sob uma pedra.

– Você está presa. Não sabia disso?

Agora sabia. Isso tinha de contar como um progresso. Conseguiu soltar outro "por quê?".

O semblante da mulher mudou, mas só por um breve momento, uma nuvem de dúvidas ou preocupações que passou vagando e depois sumiu tão depressa quanto tinha surgido.

– Por assassinato, srta. Moulson – ela disse. – A acusação contra você é de assassinato.

Aproximou-se ainda mais de Jess, pronta para levá-la de volta ao quarto. Jess não se mexeu, mais por desorientação do que por provocação. Assassinato?, ela pensou. Assassinato de quem? Quem será que eu devo ter...?

– Você tem que voltar lá para dentro – a policial disse. – Eu nem devia estar falando com você. Minha função é justamente impedir que as pessoas fiquem de conversa com você.

– Quem...? – Jess perguntou ofegando. O corredor começou a balançar feito um navio em alto-mar. Não conseguia se mexer, muito embora pudesse abrir uma exceção para cair no chão.

A mão da policial surgiu e agarrou seu braço de novo. Ela se inclinou sobre Jess e abriu a porta sem o menor esforço, com a outra mão. Jess poderia ter jogado todo seu peso contra a porta e ainda assim aquela frágil molinha seria demais para ela.

– Por favor, srta. Moulson – a policial disse. – Volte já para dentro. Eu contarei para o seu advogado que você acordou da próxima vez que ele ligar.

Jess já tinha descoberto demais para voltar atrás.

– Quem? – ela sussurrou de novo. – Quem... morreu? O John? Foi... o John?

– O seu advogado vai explicar tudo – a policial prometeu. Mas como Jess não se mexia, a mulher soltou um suspiro e deu de ombros. – Foi um menino – continuou. – Uma criança de dez anos. Parece que pode ter sido um acidente, mas não cabe a mim dizer. Foi você que começou o incêndio, e a acusação pelo que eu entendi é de assassinato.

A policial estava com as duas mãos sobre o braço de Jess, uma acima e outra abaixo do cotovelo, e tentava virá-la à força. Mas o corpo de Jess não conseguia se conectar naquele momento. Seu tronco se moveu, seus quadris giraram, mas as suas pernas continuaram exatamente onde estavam.

Só havia um menino de dez anos que ela conhecia, ainda que pouco. O nome dele brotou de repente em sua cabeça e seus lábios deram forma à palavra, muito embora nenhum som tenha saído.

Alex.

Alex Beech.

Jess teve consciência de cair. Mas o chão, ao ser atingido, recolheu-se como se ela fosse algo por demais desagradável ao toque.

2

Alex Beech era o menino do andar de cima.

Do andar de cima onde, exatamente? As lembranças começaram a ressurgir como peças desconexas, amontoadas na mente de Jess.

A primeira peça era mais ou menos assim.

Ela saiu tarde da noite da livraria onde trabalhava e chegou ao seu apartamento em Muswell Hill para se deparar com um garotinho magricela sentado nos degraus (o lance que levava do seu andar ao dele) só de colete e cueca. Pés descalços no frio de novembro, em degraus de pedra polida que eram gelados mesmo no verão. Cabelos loiros mais escuros na raiz, como se o tivesse descolorido. E um rosto que parecia pequeno demais para sustentar aquela cabeleira toda desgrenhada.

– Está tudo bem? – Jess perguntou.

O menino fez que sim, mas não disse nada.

Mais do alto ecoaram gritos em dois diferentes tons de vozes, baixo e soprano. A porta do apartamento no andar de cima se fechou, mas a frase "sempre foi a porra do seu problema" acabou vazando com toda clareza num falsete esgoelado. Era a mãe. Seguido por um "Não começa! Vê se não começa com essa merda!" do pai.

Jess hesitou. Não dava para convidar o filho de alguém para entrar em seu apartamento, né? Com certeza, não sem que os pais soubessem. Por mais inocentes que fossem os motivos, não ia colar. Ela quase se convenceu do contrário, mas amarelou. Fez chocolate quente em vez disso e levou ao menino. Flocos de chocolate e marshmallows. Tudo a que tinha direito.

Quando passou pela porta de novo, ele já tinha ido embora. A caneca ficou onde ele estava sentado, no sétimo degrau de baixo para cima. Vazia.

Esse primeiro encontro deu o tom de todos os outros. Eram uma espécie de aliados, mas só se encontravam em território neutro. Nas escadas. E só conversavam sobre banalidades.

– Como foi o seu dia?

– Foi bom.

– Quer um pouco de chocolate quente?

– Sim, por favor.

Fora isso, ela acompanhava as aventuras de Alex a distância. Ouvia o pai e a mãe dele o xingando, aparentemente sempre que davam um tempo na xingação mútua. Sabia que o sobrenome dele era Beech porque a correspondência da família ficava sobre a mesa no hall de entrada por alguns dias, esperando para ser recolhida. E pescou o *Alex* depois de umas mil ordens e repreensões aos berros.

– Você arrumou um bichinho de estimação – John disse na primeira vez em que viu o menino. – Ele te seguiu até sua casa?

– Isso não tem graça, John.

– Eu não estou rindo. Sério, Jess! Acho bonitinho. O que ele come?

Ela teve de admitir que não sabia. Mas quando Alex acampou nas escadas outra vez, ela lhe levou um sanduíche e chocolate quente.

– É de queijo – ela disse. – Eu não sei se você gosta de queijo. Mas está aí se você quiser.

Ele pareceu considerar o queijo uma opção aceitável, de modo geral. Comeu o sanduíche, deixou a casca. E o relacionamento entre os dois entrou em uma nova fase. O que Jess encarou como aconchego e alimentação.

Nada de papo porém. Apenas uns "Como você está?" e "Estou bem". Ela pensou em sentar-se perto dele e começar uma conversa de verdade. Mas, então, está indo bem na escola? Você tem algum esporte favorito? Um melhor amigo? Seus pais só gritam com você ou eles te batem também?

– É melhor você não se meter nisso – John a alertou. – Sério mesmo, Jess, você não precisa de mais esse problema. Se ele te contar que está apanhando, o que você vai fazer? Chamar a polícia? Vão começar a bisbilhotar nossa vida também, e descobrir o que estamos usando. A gente vai para a cadeia.

John ainda chamava Alex de bichinho de estimação, mas já não ria mais e havia uma pontada sórdida em sua voz ao dizê-lo. Parecia sentir que a coisa toda já havia extrapolado a piada.

Jess foi em frente e teve a tal conversa com Alex mesmo assim. John Street não era sua consciência. Era o anjo do mal, sempre a empurrando para coisas mais sombrias e malucas. Dessa vez ela decidiu fazer de conta que tinha um anjo da guarda mais proativo.

– Só uma vez – Alex disse quando ela lhe perguntou se o pai já havia batido nele enquanto brigavam. Jess não teve a menor ideia do que fazer quanto a isso. Suspeitava que um tapa ou um soco sempre levava a algo pior, e que *algo pior* era um valor significativo. Mas não era exatamente uma prova irrefutável. Não o bastante para justificar uma denúncia anônima ao juizado de menores, ou uma discussão no andar de cima. E suas baterias estavam fracas em todos os sentidos que importavam. Se houvesse um confronto, ela quase certamente perderia.

Deu seu número de telefone a Alex, fez com que ele o gravasse no celular.

– No caso de algum dia você precisar de alguém – ela lhe disse –, você pode me ligar. Ou desce e bate na minha porta. Eu costumo ficar em casa.

O que nunca chegou a acontecer. E depois de um tempo ela acabou esquecendo a promessa, esqueceu até que tinha feito a promessa. O vício atravessava seu cérebro feito uma barra de ferro naquela época, e só piorava dia após dia. Alex foi uma das últimas coisas que ela deixou de lado, mas acabou sumindo junto com o resto do mundo. Jess saiu velejando rumo a uma ilha ensolarada e com rajadas de vento cuja população se limitava a três habitantes: ela, John Street e a heroína.

A princípio, era só até onde as lembranças de Jess a levavam. Mas ela continuou mergulhando seu balde naquele poço escuro e profundo e puxando de volta cada vez mais e mais detalhes. Quando os psiquiatras indicados pelo tribunal para avaliar suas faculdades mentais lhe perguntaram o que era capaz de se lembrar, ela se esforçou ao máximo para contar a verdade, mas a verdade mudava entre uma sessão e outra. Dava para ver nos olhos deles que consideravam sua amnésia puro fingimento.

Então seu advogado (também indicado pelo tribunal, que começou a trabalhar como num passe de mágica da assistência judiciária) chegou feito uma raposa num galinheiro e mandou os psiquiatras pastarem. O nome dele era Brian Pritchard. Tinha exatamente a mesma altura de Jess, o que o tornava baixo para um homem, e cabelos grisalhos, embora não pudesse ter mais do que uns 45 anos. Os cabelos eram quase como uma declaração de seriedade e retidão moral.

– Minha cliente não está preparada para conversar sobre esses eventos traumáticos – disse aos analistas com frieza na voz, destacando as sílabas. – E juro por Deus que é melhor vocês nem tentarem usar aquelas avaliações no tribunal se não tiverem um termo de consentimento para anexar junto!

Mas eles tinham um termo de consentimento. Jess vinha assinando tudo o que colocavam em sua frente, colaborando com todo e qualquer processo legal, sendo o mais prestativa possível. Era o que pessoas inocentes faziam, e lá no fundo ela tinha certeza de que era inocente.

Pritchard não aprovou.

– Você foi presa e processada – ele lhe disse, bem mordaz. – Num mundo ideal a polícia ainda estaria investigando o caso, mas nós não vivemos num mundo ideal, srta. Moulson. Se você se entregar em uma bandeja, eles vão te pegar e esmiuçar sua vida e limpar as mãos com as evidências. E não vão explorar nenhuma outra possibilidade, porque explorar outras possibilidades requer esforço. Então, por favor, eu peço encarecidamente, trate qualquer pessoa que *não seja* eu como seu pior inimigo até que seu julgamento esteja encerrado.

Jess olhou de relance para o sujeito que tinha acompanhado Pritchard até a enfermaria. Um assistentezinho jurídico ou secretário judicial dos mais tensos, cuja função era entregar ao chefe a devida papelada quando necessária e quem mal abria a boca para falar.

– Ah, o sr. Levine não conta – Pritchard disse. – Pode fingir que ele não está aqui.

Naquela primeira visita, Pritchard tomou o depoimento de Jess sobre a noite do incêndio sem comentários ou questionamentos. Na segunda visita, já no dia seguinte, ele levou alguns artigos de jornal e impressões de blogs a fim de, segundo o próprio, fornecer-lhe uma melhor compreensão do que ela estava enfrentando.

Jess Infernal: "Não sei de nada!"

A mulher no centro da trágica morte do menino de 10 anos de idade, Alex Beech, vem sendo tratada no Hospital Whittington em Londres tanto por conta das suas lesões físicas quanto pela perda da memória. Os médicos, no entanto, ainda não encontraram evidência alguma de danos cerebrais ou trauma psicológico.

Pritchard parecia estar tentando incitar algum tipo de reação, mas tudo o que conseguiu foi que Jess o levasse à exaustão e ao desespero, por vezes atingindo picos de estupefação.

– Eles podem muito bem vir a público e simplesmente me chamar de assassina!

– Fariam isso com todo prazer – Pritchard retrucou. – Mas eles estão cientes das leis sub judice. A maioria usa a palavra "supostamente" de modo bem genérico. Suposto assassinato. Suposto crime. O ingrediente mágico em alegações infundadas. Alguns deles passaram a te chamar de "a Assassina dos Infernos", entre aspas. Eles têm uma testemunha, por sinal. Melhor se preparar, porque a situação vai ficar desagradável.

– Quem? Que testemunha? – Mas ela sabia.

John. John Street. Claro.

– Não deixe que isso te faça mal – Pritchard a aconselhou. – Eu acho que ele é o ponto mais fraco deles, para ser honesto. Estou muito feliz que estejam caminhando com ele. Tenho certeza de que chegaremos à verdade. Agora vamos repassar seu depoimento e ver quais partes se adaptam ao nosso objetivo.

Não muitas, conforme se verificou. Repetidas vezes o advogado censurou Jess por ter declarado como verdade coisas que ela não poderia saber sem se comprometer.

– Você ficou fora de si durante grande parte da noite, certo? Então, por favor, não faça suposições sobre o que você não viu e nem pôde escutar. Seu papel aqui é expor os fatos. Deixe que eu me preocupe com a verdade.

– É tudo a mesma coisa! – Jess argumentou, mas Pritchard sacudiu a cabeça.

– Os fatos estão pelo mundo todo. Podemos verificá-los por meio dos nossos sentidos ou de testes objetivos. A verdade é algo que as pessoas constroem em suas cabeças, valendo-se dos fatos como matéria-prima. E às vezes os fatos acabam sendo deturpados no decorrer do processo.

– Eu não vou mentir – Jess rebateu.

– Você me entendeu mal. Não é o que eu estou te pedindo. O que eu estou pedindo é que você se atenha aos fatos, onde você está segura, e pare de se lançar de cabeça em algo obscuro e distante que você tem assumido como verdade. É uma jornada perigosa, e você não deve tentar percorrê-la sozinha.

Jess não discutiu, mas só porque não estava disposta. Não andava bem. Ali na unidade de reconstrução facial do Hospital Whittington em Archway, cercada por pessoas que em sua maioria se mantinham em uma inexpressividade profissional, ela se sentia como uma prisioneira em uma torre construída com as palavras de outras pessoas. Alex estava morto. Aquele garotinho, que nunca teve um mísero suspiro de sorte na vida, estava morto. E estavam dizendo que ela era a culpada.

Ela não podia sequer defender sua inocência. Dizer que você não fez algo e dizer que não se lembra de tê-lo feito eram duas coisas diferentes. Estava convicta de que outra coisa tinha acontecido. Qualquer coisa dentre milhares de outras possibilidades. Alex tinha rolado escada abaixo. Os pais dele o tinham matado e foram atrás de um bode expiatório. Ele tinha se matado. Ela perambulou pelo labirinto de possibilidades em sua cabeça; e não acreditava em nenhuma delas, pois, em sua cabeça, Alex Beech ainda estava vivo. Ainda mantinha a vigília interminável na escadaria. Nada mais fazia sentido.

Jess tinha um temperamento inconstante (e já existiu algum viciado diferente?), mas quase sempre sentia raiva só de si mesma. Por covardia, passividade, falta de determinação. Por ser tão lastimavelmente desprovida do que sua tia Brenda (*ah, Brenda, como eu preciso de você agora!*) costumava chamar de espírito de perseverança. Sim, tinha passado a odiar John nos últimos tempos, e não raro desejava vê-lo morto. Mas desejar sem concretizar era precisamente seu barato. Com toda certeza não dá para se tornar um assassino sem saber. Talvez dê para esquecer o ato pelo trauma ou insanidade, mas não dá para esquecer a intenção. Se a intenção chegou a existir algum dia, ainda estaria no interior da pessoa, nos pensamentos ou no coração, e uma busca minuciosa acabaria por revelá-la.

Jess realizou uma série de buscas, não encontrou nada e foi a julgamento ainda acreditando em si mesma.

Bastaram duas semanas para que essa crença fosse inexoravelmente abalada.

3

Tais foram os fatos, conforme apresentados pela acusação de forma rápida e contundente. Houvera um incêndio. No apartamento de Jess, número 16 do edifício Orchard Court, na Colney Hatch Lane, em Muswell Hill. Ocorreu em uma noite em que apenas duas pessoas se encontravam no apartamento, a própria Jess e seu namorado, John Street.

No epicentro do fogo: Jess (era só ver seu rosto para se dar conta disso). Tinha ficado lá até que os bombeiros entraram e a levaram para fora. Provavelmente teria morrido por inalação de fumaça, só que as drogas tinham-na deixado tão inconsciente que mal conseguia respirar.

Street também ficou ferido, necessitando de enxertos de pele nas mãos gravemente queimadas. Sofreu as lesões ao bater nas chamas para apagá-las, tentando conter o incêndio.

O fogo não teve origem natural ou acidental. Foi ateado de propósito. Os investigadores forenses, que chegaram na cena do crime quando as cinzas ainda estavam quentes, rastrearam o foco do incêndio até uma cesta de lixo de metal. Um desses peritos depôs no tribunal. Era jovem, bem-apessoado, como se tivesse saído de um seriado policial da TV.

– Alguém encheu o cesto de papéis, encharcou os papéis com fluido de isqueiro e jogou um fósforo aceso em cima – ele disse, descrevendo as ações no ar com as mãos. – Depois o cesto foi derrubado.

– Em uma tentativa de propagar o fogo mais depressa?

– Protesto – Brian Pritchard interveio. – Isso é especulação.

– Deferido – o juiz concordou.

O promotor público não pareceu se incomodar.

– Meu nobre colega – ele disse – está tentando deixar em aberto a possibilidade de que o incêndio possa ter começado por acidente. Em sua opinião, essa seria uma possibilidade concreta?

O perito criminalista sacudiu a cabeça.

– De jeito nenhum.

– E por que não?

– Fomos capazes de identificar os resíduos químicos, e isso nos forneceu o padrão das manchas do fluido de isqueiro conforme foi esguichado. Ele foi derramado em uma série de arcos amplos ao redor do cesto de lixo, estendendo-se por até um metro e meio em todas as direções. Então quem quer que tenha derramado o fluido não estava tentando pôr fogo só no cesto de lixo. A lixeira foi usada para incendiar o apartamento.

Jess experimentou o primeiro momento vertiginoso da dúvida. Lembrou-se de estar sentada no chão com o cesto cheio de papéis preso entre os joelhos, a boca da lixeira, um círculo turvo e trêmulo em que ela estava jogando... o quê? Algo liso e frio que ela tinha tentado rasgar mas não foi capaz, então teve de se contentar em amassar e retorcer e dobrar.

– Fotografias – John Street disse quando chegou sua vez no banco das testemunhas. – Jess estava rasgando fotografias de nós dois.

– E por que isso? – o promotor lhe perguntou com um ar nada convincente de surpresa.

– Nós estávamos discutindo sobre... bem, sobre nada na verdade. Nada de mais. Tínhamos nos injetado cedo naquela noite.

– Vocês tinham usado heroína?

– Sim.

– Vocês dois são viciados?

– Sim. E a dose não foi... não foi quase nada, e a Jess surtou. Ela queria que eu saísse e descolasse mais, mas a gente não tinha nada de grana...

Parte da informação nova passou a provocar ecos em resposta na mente de Jess. Não a argumentação: foram tantos argumentos levantados que era impossível se focar em um. E nem a dor da dose incompleta: foram algumas tantas também, conforme a necessidade aumentava e a possibilidade de alimentá-la diminuía. Mas a loucura daquela noite tinha lhe parecido tão profunda quanto um oceano.

O que ela se lembrava era das fotografias. Seu sonho (não um sonho, ela não sonhou, só uma imagem, só um pensamento) de segurar o próprio rosto em suas mãos agora se cristalizava em uma memória real. E o fedor do fluido de isqueiro, a sensação viscosa em seus dedos. A dúvida sentida antes se consolidou num quê de terror. Queria negar as coisas que estavam sendo ditas sobre ela, mas as lembranças a deixavam encurralada, cercando-a num canto ainda mais apertado do que o minúsculo banco dos réus em que estava sentada. Era como se houvesse um segundo julgamento em execução, paralelo ao real, em que ela era a testemunha e a ré e a juíza. Estava se colocando à prova e sua defesa simplesmente não se sustentava.

– O sr. Street testemunhou que a senhorita ateou fogo no seu apartamento na noite em questão. No cesto de lixo. A senhorita nega isso?

– Não, eu... não... não.

– E o sr. Street está correto quanto ao que a senhorita queimou?

– Sim.

– Fotografias de vocês dois juntos.

– Sim.

A verdade nua e crua. Sem quaisquer equívocos. A única maneira de estabelecer o que realmente tinha acontecido era seguir os rastros por todo o caminho até o fim. Se ela mentisse ou desviasse, poderia melhorar suas chances de ser *declarada* inocente, mas não de fato *ser* inocente. Um sem o outro não lhe servia de nada.

– Então seu relacionamento com seu namorado, com o sr. Street, não estava indo bem?

– Não. Não muito bem. Não parávamos de discutir. E... brigar. Nós brigávamos. Quer dizer, ele... o John... ele costumava... me bater.

– Bater? Abusar fisicamente? A senhorita denunciou alguma dessas agressões na época? Contou aos amigos o que estava acontecendo, ou à família?

– Não. – *A gente não tinha nenhum amigo. E não dava para eu deixar a Brenda mais infeliz do que ela já era.*

– Mas a senhorita foi ver o seu médico, ou foi a um hospital? Uma emergência? Seus ferimentos foram registrados?

– Não. – *Ele não me deixava ir. Ele não queria que ninguém visse. E ele sabia onde me bater para que não aparecesse.*

– Bem, vamos nos limitar às discussões entre vocês dois. Há certo consenso de que as brigas ocorreram de fato. Vocês discutiam sobre drogas?

– E outras coisas. – Tudo, na verdade. Nada era insignificante demais que não pudesse virar um problema pelo ressentimento mútuo. Cada possível palavra era uma declaração de guerra. Não era sobre drogas no geral, e nem sobre amor. Não era nem *você me bateu, John. Era para você me amar e você continua me batendo!*. Era mais *você não puxou a descarga, a última barra de chocolate era minha, você foi sarcástica, é a sua vez de fazer as compras, esse lugar é um forno, dá para pelo menos abrir uma janela?*. Porque é o que acontece quando a gente já está indo contra um muro de pedras e acelera. A gente bate em trivialidades. As coisas importantes de verdade não podem ser ditas e não precisam ser. Ficam quietas no lugar feito rochas submersas sob a correnteza de tudo o que a gente diz de fato. Tudo o que a gente grita e berra e vocifera.

– E como a senhorita se sentiu na noite do incêndio?

– Como é que eu...?

– Quanto ao sr. Street. Quanto ao seu relacionamento. Como a senhorita se sentiu?

– É complicado.

– Mas se a senhorita tivesse que explicar em poucas palavras. Em uma palavra, até.

– Eu me senti... encurralada. – O que não era novidade. Mas tinha sido intenso naquela noite. Mais intenso do que de costume. O desejo de sair de um relacionamento agora abusivo, perigoso e desesperador. Para tirar John de sua vida e ser ela mesma de novo. Quando rasgou as fotografias, essa tinha sido sua motivação: eram fotografias dela e John juntos, e ela estava tentando rasgá-lo de sua vida, como se um vodu bizarro pudesse transformar o ato em realidade.

Jess viu Pritchard sentado à mesa da defesa, fitando os autos e sacudindo a cabeça baixa devagar de um lado a outro. Mas já estava dito e ela não se arrependia. Era a verdade. A verdade era seu refúgio. Se ela dissesse a verdade, tudo daria certo. Mas não deu. Só piorava.

O nono dia do julgamento foi o mais difícil. Foi quando os pais de Alex testemunharam. Ambos trabalhavam, o pai como motorista de ônibus e a mãe na bombonnière do Muswell Hill Everyman. Duas ou três noites por semana, dependendo do turno dos dois, Alex voltava para o apartamento vazio, esquentava o próprio jantar no micro-ondas e ia dormir. A noite do incêndio foi uma dessas vezes.

– Então o Alex estava sozinho naquela noite?

– Sim. – Lágrimas escorreram pelo rosto vermelho e contraído da sra. Beech. – Eu nunca vou me perdoar. Nunca.

Sozinho. E provavelmente dormindo quando a fumaça começou a vazar pelo assoalho do quarto. Acordou já morrendo sufocado. Poderia ter conseguido sair do apartamento, mas talvez fosse incapaz de enxergar através da cortina de fumaça, ou estava debilitado demais para chegar tão longe. Foi se arrastando até a casinha de polietileno ainda no quarto, embora já fosse grande demais para isso e nunca brincasse nela. Morreu encolhido no chão com o plástico derretido respingando lágrimas ardentes sobre sua pele exposta.

Foi quando a acusação se permitiu relaxar. A defesa fez o que pôde, mas Jess estava depondo contra seus próprios interesses. Suas lembranças do incêndio batiam com cada ponto do cenário criado de maneira tão eloquente e persuasiva pelos promotores. Disse a verdade, e se autocondenou.

A essa altura, Jess já tinha sido transferida de Whittington para a ala de detenção provisória da prisão HM Winstanley. A cela tinha metade do tamanho do quarto hospitalar, mas Jess preferia assim. Ninguém se aproximava dela. Ninguém a enxergava. Ela se afundava em si mesma, como alguém afundando na areia movediça num filme antigo. Interrupções no processo não eram bem-vindas. Bem, talvez *uma* interrupção. Mas Brenda estava doente. Tinha sido internada uma semana antes de Jess devido a múltiplas hérnias de disco, e ainda estava no hospital. Ainda com dificuldades para se locomover. Não podia assistir ao julgamento e nem visitá-la, mas tinha escrito uma dezena ou mais de cartas a Jess lhe dizendo para ser corajosa, ter fé em si mesma. Essa foi a única recomendação da tia Brenda, e Jess a amava por isso. Dava a impressão que havia algo para se ter fé.

Ela estava sob vigilância por risco de suicídio. Agentes penitenciárias impassíveis a observavam de perto, feito sacerdotisas, no caso de algum sinal de desespero incipiente.

E Jess tinha considerado o suicídio. Tinha pensado nisso várias vezes, ao fazer um balanço de todas as opções em mãos. Mas, independentemente da dor que isso causaria a Brenda, seria algo muito difícil de se fazer. Ela teria de pensar em alguma coisa naquela cela vazia e protocolar que pudesse ser transformada num instrumento. Teria de superar os próprios instintos e a própria covardia. E teria de ser feito antes que as agentes penitenciárias notassem o que ela estava tramando e saíssem correndo para impedi-la. Não havia maneira alguma. Se houvesse uma maneira, já teriam pensado nisso e impedido.

No décimo primeiro dia, ela discutiu com Brian Pritchard e tentou demiti-lo. Queria mudar sua declaração de inocência. Pritchard retrucou (quase com raiva, quase como se se importasse) que ela se controlasse e pensasse melhor no assunto.

– Como você pode saber se é culpada ou não se nem se lembra de nada? Conceda-se o benefício da dúvida, e me dê um pouco de espaço para trabalhar.

Pritchard já tinha expressado a Jess o que pensava, que o depoimento de John Street não se sustentava. Street estava escondendo alguma coisa, e deveria ser pressionado até dar o braço a torcer.

Jess permitiu que sua declaração de inocência fosse mantida, mas Pritchard não conseguiu o que queria. Deu início à intensa inquirição de John Street às três da tarde no dia 12. No dia 13, Street não teve como comparecer ao tribunal. Os enxertos de pele das mãos tinham delaminado do tecido saudável circundante e ele teve de voltar à mesa de cirurgia. Pritchard solicitou que o processo fosse suspenso, mas ele já se encontrava no caminho de um rolo compressor. Àquela altura, ninguém no tribunal acreditava na inocência de Jess, quanto mais na própria Jess. O juiz determinou que o testemunho de Street estava substancialmente completo, e que nada justificaria um atraso. Pritchard olhou de relance para Jess no banco dos réus, viu seus olhos cheios de determinação e entregou os pontos. A súmula do juiz ao júri foi curta e direta ao ponto:

– A opção da Coroa por trazer Jessica Moulson em juízo por assassinato pode parecer desconcertante ou contenciosa, uma vez que ela nunca teve a intenção de matar Alex Beech. A alegação é de que ela teve a intenção de matar *alguém*, seu companheiro, John Adam Street, e que portanto ela não pode oferecer como atenuante o fato de que acabou matando outra pessoa. Seus atos, uma vez aceitos como tais, levaram diretamente ao resultado almejado, salvo o incêndio por ela provocado ter consumido a vida equivocada. Há vasta jurisprudência que nos permitiria caracterizar a morte de Alex Beech como homicídio culposo em vez de doloso. Os avanços mais recentes da ciência forense, porém, autorizam este tribunal a enquadrá-la como assassinato. Não se trata de um paradoxo. É a lei em sua forma atual.

O júri se ausentou por todo um dia e parte do seguinte, mas, quando retornou, o veredicto foi unânime. Culpada.

Jess estava anos-luz à frente deles. Quando a tão terrível palavra foi enfim proclamada, seu primeiro pensamento foi: Por que demorou tanto?

4

Brian Pritchard foi até a cela provisória de Jess para se despedir. Deram-lhe autorização para receber visitas, pois seus ferimentos a colocavam na categoria de prisioneira portadora de deficiência. O advogado se sentou na única cadeira da cela enquanto o assistente, Levine, teve de ficar em pé.

Jess estava deitada em seu catre. Não tentou se levantar. Sentia-se, naquele momento, como se um movimento sutil como aquele fosse um compromisso com a vida maior do que ela tinha vontade de firmar. Estava consciente do olhar de Levine o tempo todo, a não ser quando ela o encarava de volta. Então o olhar dele se dispersava em uma direção aleatória. Pritchard mal a fitava: apenas ocasionalmente e de relance, seus olhos voltados para o chão ou para as próprias mãos, cruzadas no colo.

– Para constar – ele lhe disse –, eu ainda acho que poderíamos ter vencido.

– Sério? – Jess perguntou sem emoção na voz.

– Sim, srta. Moulson, sério. Com um júri diferente. Com o Street algemado ao banco das testemunhas. Com a senhorita num estado de espírito diferente.

Jess não conseguia ser solidária com os lamentos dele. Não nutria lamento algum, pelo menos não em relação ao veredicto. Era difícil ser paciente com ele.

– Se a justiça foi feita, qual é o problema? – ela o indagou.

Pritchard estalou a língua nos dentes.

– Justiça? A justiça é ainda mais problemática do que a verdade. É uma propriedade emergente de um sistema bastante complicado.

– Eu não sei o que isso quer dizer – Jess rebateu, exausta.

Ela estava tentando terminar a conversa antes que sequer começasse, mas Pritchard visivelmente queria que ela o compreendesse. Ele ergueu a mão, mexendo-a espalmada à esquerda e à direita.

– Quer dizer que não se trata de um ingrediente da torta ou da torta em si. Trata-se do cheiro que emana da torta e se ela foi assada direito. Nosso objetivo não é fazer justiça, srta. Moulson. Nós desempenhamos nossos papéis e a justiça se faz. A senhorita não desempenhou o seu papel muito bem, se é que me permite dizer.

Jess pensou que já estava cansada de emoções do mesmo jeito que estava casanda de palavras, mas uma raiva foi crescendo dentro de si e ela não foi capaz de sufocá-la. Pritchard parecia culpá-la pelo resultado do julgamento, como se tudo o que ela tinha dito e feito fosse puramente com a intenção de aborrecê-lo. Para um advogado, o mundo se resumia a erros de paralaxe. Era inútil tentar fazê-lo entender o quanto aquilo era simples para ela. Mas as palavras saíram de sua boca assim mesmo.

– Eu matei uma criança.

– Você não sabe disso – Pritchard retrucou.

– Eu sei sim. Foi provado. E o Alex... – Foi tudo o que conseguiu dizer. O nome do menino a deixou devastada, e teve de lutar para recuperar o fôlego. O assistente, Levine, deu um passo em sua direção, mas não havia nada que ele pudesse fazer além de ficar ali parado com ar de preocupação.

Nos tempos do vício, ela tinha vivido por tanto tempo num lugar onde nada importava, onde ela não tinha âncora alguma. Se existisse algum sentimento real em sua vida, tinha sido aquela ligação tênue, aquela compaixão fútil em relação ao garoto magricela na escada que mal conversava com ela. Matar John teria sido suportável. Compreensível. Matar Alex Beech era algo completamente diferente. Não havia como se recuperar disso. Ela nem sequer queria viver num mundo onde fosse possível se recuperar disso.

– Enquanto aguardamos a apelação, srta. Moulson – Pritchard disse –, eu gostaria que a senhorita considerasse como uma hipótese de trabalho que *nada* ainda tenha sido provado.

– Eu não vou apelar.

Novo gesto com as mãos, dessa vez refutando palavras tão inconvenientes.

– Bem, eu acredito que a senhorita vá mudar de ideia sobre isso, assim que superar essa crise de se odiar. A senhorita ainda não viu a Fellside.

Fellside era a megaprisão em Yorkshire para onde ela estava sendo transferida, liberando a cela da detenção provisória em Winstanley para o próximo residente. Jess não sabia nada sobre o lugar além do nome. Ao contrário de Wormwood Scrubs, digamos, ou Dartmoor, ou Pentonville, era um nome que não lhe remetia a nada.

– A Fellside é tão terrível assim? – ela perguntou a Pritchard, caprichando no tom irônico.

– Todas as prisões são terríveis – Pritchard rebateu com seriedade no rosto. – As prisões de segurança máxima são geralmente mais terríveis do que o resto. E as prisões privadas são as piores de todas. O lucro e o serviço público não andam lá muito bem juntos.

Ele lhe contou mais sobre Fellside, explicando por que considerava aquela prisão um lugar especialmente terrível. Jess mal lhe deu ouvidos.

– Eu vou ficar bem – ela assegurou. Se Fellside era terrível, Fellside era onde ela merecia estar.

Pritchard arrancou um fio solto do paletó, os cantos dos lábios repuxando-se para baixo.

– A decisão é sua em todo caso – ele disse. – Eu não posso interpor recurso contra a sua vontade. Mas é meu dever como seu conselheiro jurídico lhe dizer que a senhorita tem uma excelente fundamentação para interpor uma apelação e seria um erro não fazer isso.

– Eu acho que o meu maior erro foi deixar você me representar – Jess rebateu. Ela estava sendo rude para se livrar dele, incluindo aquele assistente com cara de último-cachorrinho-na-vitrine-do-pet-shop, mas seu gesto não surtiu qualquer efeito imediato.

– Nós não somos obrigados a gostar um do outro, srta. Moulson – o advogado retrucou. – Eu sou o seu representante legal, não seu amigo. E estou ciente de que a senhorita não me escolheu. Mas vou cumprir o meu papel conforme meu entender até que a senhorita me dispense da...

– Você está demitido – Jess disse. – Obrigada. Por tudo. Mas agora você tem que ir embora.

– Isso não é uma decisão a se tomar no calor do momento – Pritchard pontuou.

– Não estou tomando decisão alguma no calor do momento. Eu tomei quando vi você no tribunal. Eu não quero mais que você seja o meu advogado. Se eu decidir entrar com uma apelação, vou procurar outra pessoa. Outro escritório. Não vou querer você.

Pritchard soltou um suspiro com força. Ele se levantou, ainda calmo, mas com a dignidade um pouco abalada.

– Pois bem, então – ele disse –, eu acho que isso encerra minha participação no caso. Mas, por favor, me avise caso a senhorita mude de ideia.

– Eu não vou mudar de ideia.

Levine bateu na porta. Ainda estava lhe lançando olhares. Pritchard baixou a cabeça como alguém em oração enquanto esperava em silêncio que a agente penitenciária chegasse e os deixasse sair.

Quando foram embora, Jess ficou quietinha deitada de olhos fechados no catre, tentando não entrar em pânico. Tinha deliberadamente jogado fora seu paraquedas: não queria cair na tentação de usá-lo. Embora ainda fosse assustador ficar ali naquele escuro e se sentir assim tão, tão sozinha.

5

Ao longo de todo esse período, Jess ainda sofreu de distúrbios no sono. Sempre que fechava os olhos, sentia sua minúscula cela se dissolvendo, deixando-a deitada a céu aberto num lugar vasto e infinito. Uma multidão invisível se movia diante de suas pálpebras fechadas: sombras tão fracas que mal se podia percebê-las, mas em número tal que se fundiam a uma escuridão sem fim. Nos limites de sua visão, tudo não passava de turbulência e caos.

E ainda havia as vozes. Os sussurros que tinham lhe perturbado no hospital estavam então mais altos do que nunca. Sempre tinha presumido que estivessem falando dela, mas, quando conseguiu distinguir as palavras de fato, viu que não era nada sobre si. Eram fragmentos de desejos, lamúrias, arrependimentos.

eu não devia ter

se ele

meu único

nunca nem vi

O campo dos sonhos de Jess não abrigava nada de concreto. Na última vez em que tinha sonhado com alguma coisa que conseguiu se lembrar ao acordar, devia ter seis ou sete anos. Mas agora seu sono conturbado era dilacerado pelos cacos das vidas despedaçadas de outras pessoas.

Era um castigo que seu subconsciente tinha lhe reservado, e ela sabia que merecia aquilo, embora a deixasse péssima.

Jess recebeu outra visita em Winstanley: sua tia Brenda, que para todos os efeitos era sua única parente viva. Seu pai ainda andava por aí, mas em vários sentidos Barry não contava de fato. Brenda chegou de muletas, dando a impressão de ser grande demais em comparação àquela cela estreita. A cadeira rangeu de um jeito sinistro quando ela se sentou. Levou frutas e chocolates, como se Jess ainda estivesse no hospital e não em uma cadeia, e pediu desculpas por não ter ido antes.

– Meu jardim estava cheio de repórteres – a tia disse. – Um monte, um monte mesmo. Eu não queria sair para falar com eles sobre você, então eu fiquei lá, me agachei e esperei tudo se acalmar.

Brenda não fez questão de mencionar o segundo ponto: que ainda sentia dores após a cirurgia, o que a deixava tão ativa quanto uma craca. Parecia mais velha e muito mais cansada do que quando Jess a tinha visto pela última vez, já com mechas brancas nas laterais e um pouco corcunda. A lesão nas costas tinha exigido bastante dela, e a cirurgia acabou exigindo ainda mais.

– Está tudo bem – Jess disse, dando-lhe um abraço com todo cuidado. – Eu estou feliz que você está aqui agora.

A amizade de Brenda, o amor da tia eram coisas preciosas, e mais ainda por não terem sido construídas com base em qualquer intimidade entre Brenda e a mãe de Jess, Paula. As duas irmãs já tinham perdido contato bem antes de Paula morrer, basicamente por causa de discussões sobre Barry. *Você devia mandá-lo embora. Trocar a fechadura. Ligar para a polícia na próxima vez em que ele aparecer aqui.* Brenda era impiedosa e não se fazia de rogada.

E provavelmente também precisou lidar com os próprios sentimentos ao saber que a sobrinha havia matado por acidente uma criança inocente. Mas tentou não tocar no assunto, assim como alguém evitaria dizer a palavra "câncer" em uma ala oncológica.

– Como você está lidando com a situação? – ela perguntou.

– Nem tão bem assim – Jess admitiu. Contou a Brenda sobre seus pesadelos. Os sussurros na escuridão e a sensação de não estar sozinha.

– Como nos seus passeios noturnos – Brenda disse. Ela contraiu o rosto de preocupação.

– Meus o quê?

– Seus passeios noturnos. Quando você era pequena. Você não se lembra?

– Não, eu não lembro mesmo. Espera, sim. Você está falando daquelas maluquices que eu fazia com a Tish?

Tish tinha sido sua amiga imaginária. As duas passearam juntas por várias paisagens pueris e fantasiosas baseadas em *Onde vivem os monstros* e nas histórias de Enid Blyton. Jess costumava se dedicar com todo afinco àquelas aventuras, atendo-se aos detalhes enquanto ainda estava acordada e tentando levá-las consigo até não conseguir mais e pegar no sono.

Brenda estremeceu visivelmente. Parecia que suas costas ainda lhe causavam dor.

– Não, não – ela disse. – A Tish não. Eu estava falando das outras vezes. Quando você dizia que conseguia entrar nos nossos sonhos.

– Eu não me lembro de nada disso – Jess retrucou.

– Ah, você era inflexível. Quando sua mãe quis saber dos detalhes, você disse que a tinha visto num grande navio. Ela te perguntou o que estava fazendo no navio e você disse que ela estava atirando num pássaro com um arco e flecha.

– Isso é do *Velho marinheiro*.

– É, sim – Brenda assentiu com a cabeça. – E você nunca tinha lido o poema. Você só tinha seis anos. Mas a Paula estava lendo para o curso dela na Open University.

– Então eu devo tê-la escutado lendo em voz alta.

– Talvez você tenha. Mas mesmo assim ela ficou um pouco abalada porque tinha sonhado com isso na noite anterior. Foi só uma coincidência, óbvio, mas ficou parecendo que você tinha conseguido abrir a cabeça dela e dado uma espiada lá dentro.

– Eu não me lembro de nada disso.

– Bem, aconteceu. E, algumas semanas depois, quando você estava passando uma noite lá em casa, aconteceu de novo. Você disse que tinha me visto dançando com o Gene Kelly.

– Será que a gente não tinha assistido a *Dançando na chuva*?

Brenda riu.

– Nós tínhamos assistido quase um mês antes, então acho que foi bem menos sinistro. Você costumava me visitar bastante naquela época. Só não sei por que sonhei com o Gene Kelly naquela noite. Talvez nós tenhamos conversado sobre ele, e foi por isso que ele ficou nas nossas cabeças. Então apareceram os seus anjos.

– Meus anjos?

– Eles ficavam em volta da sua cama à noite, você dizia.

– Os anjos ficavam em volta da minha cama?

– Bem, não, não era exatamente isso, era? Você tinha que visitá-los. Era como funcionava. Eles viviam no que você chamava de Outro Lugar. Era como o litoral, a não ser pelo fato de estar tudo em chamas.

Jess sentiu um leve tremor no fundo de sua mente: uma mudança tectônica que só parecia leve demais por estar bem, bem longe. Não tinha recordação alguma de ter visto essas coisas, mas se lembrava de ter conversado sobre elas. Havia uma certa tensão naquelas palavras. E alguma lembrança pesada e submersa pendurada logo abaixo delas como o peso num fio de prumo.

– Minha mãe ficou irritada – ela arriscou.

– Bem, ela ficou com medo, eu acho. Isso tudo parecia muito real para você, e você ficava falando nisso o tempo inteiro. Sobre os anjos, e sobre ser capaz de ver o que se passava na cabeça das outras pessoas quando estavam dormindo. Você parecia bem convincente mesmo, preciso dizer. Você dizia que vivia se perdendo e tinha medo de ficar presa nesse Outro Lugar alguma noite. Nenhuma de nós sabia o que fazer. A Paula te levou num psicólogo infantil no fim das contas. Serviço público. Você ficou uma eternidade na fila até que a consulta fosse marcada. Com... não, eu não me lembro do nome dela.

Pois Jess se lembrava. Tinha brotado de repente em seus pensamentos, totalmente inesperado e indesejado.

– Carter. Era com a dra. Carter.

Brenda deu um tapinha com o dedo na testa, repreendendo a memória fraca.

– Isso mesmo. Ela atendeu você um monte de vezes. Dizia que você talvez tivesse uma... como era mesmo? Uma psicose incipiente. Mas ela acabou mudando o discurso. No fim das contas, só disse que você tinha uma imaginação bem fértil e que não havia nada com o que se preocupar.

Jess se lembrava bem da médica: parecia o tipo vovozona, sorridente, com os cabelos presos num coque colmeia, mas fazia um milhão de perguntas com o sorriso sempre no rosto, independentemente de como sua voz soava, e no final das contas isso não queria dizer nada.

Lembrou-se de ter mentido. Omitido. Dito o que julgou ser a melhor desculpa. Porque toda criança sabe quando está em apuros ao interpretar as expressões dos adultos em volta. Toda criança tem um instinto de quando não chamar a atenção. Jess lhe deu seu nome, idade, informações básicas. Disse que estava tudo bem. Disse que tinha inventado tudo.

Como poderia o mar pegar fogo? Isso não passava de conversinha sem pé nem cabeça!

Avaliava o tempo todo a situação a partir das expressões da dra. Carter e como ela recebia tudo. Triangulando de um ponto ideal definido por acenos de cabeça a variações mínimas na intensidade daquele eterno sorriso. O diagnóstico final da dra. Carter foi de que as escapadas noturnas de Jess eram sinais de sua saúde mental e não de uma doença.

– Quando a vida de uma criança entra em qualquer tipo de crise – ela disse energicamente a Paula Moulson –, ela precisa ter um lugar onde se refugiar. Ou se não um refúgio, então uma solução alternativa. Eu não quero ser indiscreta, mas houve algo dessa natureza acontecendo na vida de Jess recentemente? Algum tipo de transtorno?

Paula se limitou a sacudir a cabeça. Ela tinha se casado com um transtorno em pessoa, e ele estava em casa naquele exato momento em uma visita prolongada.

– Bem, assim sendo – a dra. Carter disse dando de ombros –, você deve agradecer pela Jess ser capaz de reproduzir esses conflitos na mente dela e não na realidade. Esse mundo noturno dela parece ser um lugar de turbulência e confusão, uma internalização dessas mesmas forças conforme elas se mostram no cotidiano dela. A imaginação é uma energia plástica, srta. Moulson. Uma energia *moldável*. Nós criamos as coisas que precisamos. E quando não precisamos mais delas, colocamos de lado. Tudo que você tem a fazer é deixar que isso aconteça.

Em outras palavras, Jess estava fora de perigo. Ela voltou para casa, foi para a cama e se cobriu dos pés à cabeça.

Jess se condicionou a parar de sonhar, pois cada vez que sonhava, acordava em pânico. Foi uma época triste. Ela se lembrava de sentir muito a falta de Tish. Porém mais sonhos significavam mais sessões com a dra. Carter, mais interrogatórios, mais tempo recebendo sorrisos. Por meses a fio, acordava quatro ou cinco vezes por noite, arrastando-se para fora do Outro Lugar à força.

Até que ela não precisou mais disso. Os sonhos pararam. Dormiu com a cabeça debaixo das cobertas por toda a adolescência, acordava sem se lembrar de nada. E os anjos...

Os anjos foram embora e não voltaram mais. Tish tampouco voltou. Talvez todos eles tenham simplesmente se cansado de esperar que Jess saísse para brincar. Ela agora mal conseguia se lembrar de como suas viagens noturnas costumavam ser. Tinham sido bem reais na época, era só o que ela sabia. Mas tinha se esquecido de quase tudo. Lembrava-se de Tish, mas basicamente como uma história contada sobre sua vida e não uma presença real. Ela era muito nova. Quando se é uma criança, praticamente qualquer coisa pode ser curada e não deixar cicatriz alguma.

Tia Brenda mudou de assunto:

– Você apareceu nos jornais todos os dias – ela disse. – Saíram coisas terríveis sobre você, Jess. Algumas dessas pessoas que se dizem jornalistas...

Brenda saiu vociferando sobre a ética jornalística, que Jess interpretou como uma demonstração de solidariedade. O mérito da questão (Alex) não poderia ser contestado, mas era confortante saber que sua tia estava a seu lado e queria levantar seu astral.

Brenda pôs a mão no braço de Jess.

– Foram as drogas – ela disse. – Não foi você. Você não é capaz de machucar uma pessoa, Jess. Não de propósito.

Mas Jess sabia que era capaz, sim. Todo mundo era. Tratava-se de um kit básico do ser humano.

– Eu vou te visitar – Brenda prometeu. – Eu vou lá. É uma longa viagem, mas eu vou.

– Não, não vai – Jess retrucou. – Você não deve tentar, até ficar melhor. Mas eu ia adorar se você me escrevesse.

– Claro que eu vou. Toda semana. E assim que eu puder fazer essa viagem, você me verá lá. Nem discute.

As duas se abraçaram e Brenda foi embora, tentando não deixar que Jess a visse chorando.

Eu a desapontei tanto, Jess pensou. *Nunca tive tantas pessoas que gostassem assim de mim, e dei uma bofetada na cara de todos.*

Pareceu ser o certo na hora, como se fosse o que ela viesse fazendo por toda sua vida.

6

Jess foi dormir ainda pensando naqueles antigos passeios noturnos, naqueles anjos mortos. Talvez por isso, pela primeira vez desde suas excursões na infância, ela sonhou. Sonhos reais, não sussurros sem corpo. Sonhos em que ela andava e se mexia, via e fazia coisas.

No mais coerente dos sonhos, ela estava deitada bem ali mesmo na cela provisória quando seu telefone começou a tocar. Procurou o celular ao redor, mas não conseguia encontrá-lo. Tinha a vaga consciência, mesmo no sonho, de que seu celular estava com o resto de seus bens num cofre em algum lugar da delegacia. Parecia lógico, ainda assim, que o celular estivesse tentando voltar às suas mãos.

Mas ela não o encontrava na cama, ou sobre a mesa, ou no armário (sem fechadura ou mesmo porta), onde os prisioneiros deviam guardar seus poucos pertences. Então foi procurar em outro lugar. Abriu a porta da cela e saiu. Bem no hall de entrada de seu apartamento em Muswell Hill.

Ela subiu as escadas até seu andar, o qual estava tomado por um espelho enorme e feio pendurado na parede em frente à sua porta. Pôde ver que não projetava reflexo algum no espelho, o que a fez assumir se tratar de uma visita temporária. Ainda não estava voltando para morar em casa.

(Queimou tudo. Não queimou?)

Alex Beech estava sentado no degrau seguinte de escadas, no lugar de costume. Parecia estar igual a quando ela o viu pela última vez. Ou pelo menos a última vez que ela conseguia se lembrar de tê-lo visto. Vestindo uma camiseta do Arsenal grande demais para ele, muito provavelmente usada, e short jeans que expunha suas pernas magricelas como duas metades de um ossinho da sorte.

Jess se jogou ao lado dele e os dois ficaram sentados num silêncio ligeiramente desconfortável por um tempinho. Não num silêncio total: o celular continuava tocando em algum lugar bem perto dali, abafado, mas discernível.

– Eu sinto muito – Jess enfim disse. – Eu sinto muito mesmo, Alex.

Alex não respondeu, nem olhou para ela.

– Eu não tive a intenção de te machucar – ela arriscou outra vez. Levou a mão ao braço dele. Ou tentou. Seus dedos passaram direto como se ele não estivesse lá.

Foi quando ela percebeu, com a lógica onírica que lhe ocorreu já devidamente compreendida, que estava morta. Não foi Alex quem morreu queimado no incêndio: foi ela. E ele ainda estava lá à sua espera, estaria sempre esperando, mas ela nunca chegaria.

E era por isso que seu telefone estava tocando, ela se deu conta de repente. Tinha lhe dito que ele poderia ligar para ela. Era o que ele fazia agora. Se ela pudesse encontrar o celular, poderia atendê-lo e os dois poderiam conversar, pelo menos. E talvez ele pudesse lhe explicar o caminho de volta para que ela pudesse ir ao encontro dele.

Jess saiu do lado do menino e entrou em seu apartamento. A porta estava aberta, o corredor vazio. Sempre deixava seu celular no criado-mudo quando ia dormir, e a morte era bem parecida com o sono. Parecia até que vinha completa com os sonhos. O toque ficou mais alto e ela teve a sensação de ter adivinhado.

Ao entrar no quarto, viu o celular sobre o criado-mudo. John estava deitado na cama, olhos fechados, o peito subindo e descendo num ritmo lento, quase imperceptível. O toque do celular não o acordava. O celular não era capaz de penetrar no sono, nos sonhos dele, pois era destinado apenas a Jess.

Ela estendeu a mão para pegá-lo, mas sua nuca se arrepiou. Alguém estava atrás dela.

Ela se virou devagar, e lá estavam. Milhares deles. Nus, com os braços colados ao corpo. A fim de acomodá-los, o quarto tinha deixado de ser um quarto. Tudo o que restou foi a cama e o criado-mudo e a quina de duas paredes, agora no meio de um amplo e plano banco de areia a perder de vista.

Eram quase todos mulheres. Os poucos homens se destacavam por contraste. Todos estavam de olhos fechados. Os rostos basicamente ostentavam expressões similares de indiferença, muito embora alguns parecessem tristes ou preocupados. Não estavam observando Jess: não faziam ideia de que ela se encontrava lá. Na verdade, ela sabia, nenhum deles fazia ideia da presença dos outros. Tanto quanto aquelas mulheres sabiam, ela estava sozinha. Apenas Jess era capaz de vê-los todos. Como os tinha visto quando era criança. Talvez tivessem parecido com anjos na época simplesmente porque não vestiam nada. Os únicos corpos nus que se lembrava de ver quando menina eram os dos santos cristãos.

O celular não parou de tocar durante todo esse tempo.

Foi necessário muito esforço para virar as costas para todas aquelas pessoas em silêncio, mas virou. Ela atendeu.

– Alex?

Estática e nada mais na linha. Nenhuma voz que Jess pudesse identificar, muito embora as crepitações e assobios aumentassem e diminuíssem de acordo com as inflexões de uma voz.

Ela tentou de novo:

– Alex?

Havia uma voz, mas estava tão longe que ela mal dava conta de distingui-la. Fechou os olhos. Aquilo era perigoso, já que o lugar todo poderia explodir em chamas a qualquer momento, mas ela sentia ser de vital importância atender àquela chamada.

– Quem está falando? – ela perguntou.

– Quem está falando? – alguém retrucou do outro lado da linha. Não tinha sido um eco. Ela foi quase capaz de identificar a voz.

– É a Jess – ela disse. – O que você quer?

A voz respondeu, mas a estática açoitou as palavras, abafando a maioria. Ela escutou *fogo* e *perdida* e algo que pode ter sido *dedo*, mas provavelmente foi *medo*.

– Você não precisa ter medo – Jess disse. Ainda achava que pudesse ser Alex, muito embora não soasse como ele. – Eu estou aqui se você precisar. Eu estarei sempre aqui.

– Como? – a outra voz sussurrou. A estática sumira, mas o volume também diminuíra até o limite da sua audição.

– Como...?

E silêncio.

Então:

– Como foi...?

Uma chuva de estática, tão abrupta que mais parecia como se o etéreo estivesse tentando arrebatar as palavras antes que a alcançassem.

Mas alcançaram.

– Como foi que eu vim parar aqui?

A voz era sua. Estava conversando consigo mesma. O que não quis dizer que obteve uma resposta.

7

Como foi que eu vim parar aqui?

Era impossível dizer.

A não ser odiando algo em que você de repente se transformou. Como se seu ódio fosse uma espécie de campo magnético, girando em torno de você como a agulha de uma bússola, arrastando você como limalhas de ferro até formar um novo contorno.

O pai de Jess se debatia enfurecido no labirinto de suas memórias de infância feito um minotauro intermitente.

– Onde está a porra do meu casaco? Você tirou dinheiro do meu bolso? Escondeu os meus sapatos? O que a porra dessa criança tá olhando? Que mentiras você anda contando para ela sobre mim?

Vício. O vício era o verdadeiro monstro aqui. E a jovem Jess sabia, observando seus pais, que dava para se viciar em qualquer coisa. Barry Moulson era viciado em álcool e Paula Moulson, nascida com o sobrenome Ketterbridge, era viciada nele. Não importava quantas vezes Baz aparecesse do nada, assumisse o controle do salário de Paula, assaltasse as economias patéticas que possuíam, penhorasse a TV e, depois, caísse na estrada de novo. Na próxima vez em que ele desse as caras, os braços de Paula ainda estariam bem abertos.

Tanto na escola quanto na faculdade (matemática e física, diploma combinado), Jess tinha procurado se matricular na instituição mais longe possível daquela merda toda.

– Você quer fumar um?

Não.

– E tomar uma bala antes da gente ir para o clube?

Não.

– O sexo vai melhorar com um pouco de ecstasy.

Obrigada, mas não, obrigada.

O primeiro trago, o primeiro pega, a primeira pílula... podia ser o suficiente. Melhor não começar, do que começar e nunca parar.

– Relaxa – sua amiga Kit lhe disse no fim do primeiro ano em Durham. – Todo mundo pensa que você é uma frígida hipócrita, mas eles têm medo demais de dizer isso em voz alta, então uma coisa compensa a outra, saca?

Mas tudo acabou seriamente se perdendo no segundo ano. Foi quando sua mãe ficou doente. Doente de nunca-mais-ficar-bem. Doente de câncer. Primeiro no fígado e depois em tudo. Sério? Barry lava os próprios órgãos em sessenta por cento de álcool, e é o fígado da Paula que se ferra? Era evidente que não havia nenhum Deus, nenhuma justiça, ninguém no controle. O universo era uma novela de quinta categoria em que cada reviravolta da história testava os limites da verossimilhança só mais um pouquinho.

Jess foi ao encontro de seu supervisor pastoral, explicou a situação e largou a universidade.

– Você não precisa fazer isso – sua mãe argumentou. – Eu não sou inválida, Jess!

Mas você vai ser, Jess pensou. E de um jeito ou de outro, o tempo que passavam juntas tinha se tornado algo que poderia até ser válido. Que precisava ser válido. Ela não disse nada disso. O que ela disse foi:

– A Durham fica a seis horas daqui, mãe, e a passagem do trem custa noventa libras mesmo com um passe. E eu posso retomar exatamente de onde eu parei. Eu quero ficar com você, só até você ficar bem de novo.

A grande mentira fazendo com que fosse impossível para Paula contra-argumentar a menor. Elas se abraçaram e choraram, e nada mais foi dito.

No fim das contas, levou três anos até que Paula morresse. Quatro sessões de quimioterapia, três cirurgias, um pinga-pinga interminável de más notícias seguido por notícias piores ainda, seguidas por um total desastre. Jess nunca chegou a se arrepender de sua decisão. Ficou com a mãe até o fim e sua presença fez a diferença. Tudo o que Paula fazia (se mexer, falar, piscar, respirar) era acompanhado de um leve suspiro de dor, mas ela não morreu sozinha e nem morreu com medo. Fez a passagem segurando a mão de Jess. E Jess segurando de volta com tanta força que horas depois ainda sentia como se as duas estivessem de mãos dadas. Ainda juntas.

Então nada de arrependimentos, jamais. Só não dava para ela simplesmente retomar de onde tinha parado. Já seria a segunda vez, então ela não teria direito a um financiamento estudantil. Teria de poupar para as mensalidades e suas despesas, uma tarefa difícil quando a economia andava estagnada. Conseguiu um emprego na Half the Sky, uma livraria eco-lesbo-feminista na Caledonian Road, e começou a fazer um pé-de-meia.

Quebrou a clavícula num acidente na loja envolvendo uma escada doméstica.

E fez um novo amigo.

– Trata-se de administrar a dor – o médico lhe disse. – A oxicodona é um analgésico poderoso, portanto seu uso não deve ser abusivo. Esses comprimidos são de venda controlada. Tome duas vezes ao dia, e eles vão manter o que chamamos de nível de repouso da droga no seu organismo durante as próximas 12 horas. Daqui a uma semana, nós avaliamos de novo.

Por onde você andou esse tempo todo, oxicodona?

Jess estava extasiada. Parte por não estar sentindo a dor física da lesão. O resto por não estar sentindo qualquer coisa. Havia uma antiga dor dentro dela que se esquecia de doer quando ela estava grogue.

Viveu à base de oxicodona e ar fresco por três meses. Mas então as receitas acabaram e ela pifou. Era impossível esconder, como uma doença desfigurante. Era como estar de luto.

– Eu preciso que a sua cabeça esteja aqui tanto quanto o seu corpo, Jess – sua chefe, Susan, a advertiu. – Não faz sentido aparecer no trabalho só para ficar sentada aí.

– Você precisa de ajuda? – sua colega Nicola perguntou. – Sério, do que você precisa? Eu dou meu jeito.

Nicola Saunders só ficava na Half the Sky um dia por semana. No resto do tempo, ela trabalhava na farmácia de um hospital particular.

– Se quiser oxi, é só pedir – garantiu a Jess. – Não precisa ficar sofrendo aí.

Não precisava ficar sofrendo. O dinheiro lhe compraria a felicidade perfeita.

– Não que eu esteja fazendo isso por causa da grana – Nicola disse. – Estou fazendo isso por sua causa. – Ela pegou o dinheiro mesmo assim, e o preço só fez aumentar com certa regularidade.

– Você quer experimentar alguma coisa mais forte? Toma um desses assim que o oxi bater. Você não vai acreditar para onde isso vai te levar.

Jess preferiu ficar com o mal já bem conhecido.

– Eu não estou fazendo isso para ficar chapada – ela disse a Nicola. – Eu só não ando muito legal ultimamente, e isso ajuda.

– Ah, de boa, estou ligada. É um alívio temporário, claro. Não é tipo um estilo de vida, entende? Dá sempre para parar.

E Jess sabia ser capaz de parar. A qualquer hora. Mas, por algum motivo, no momento decisivo, viu-se tomando um comprimido assim mesmo. E o momento decisivo foi se aproximando cada vez mais num ritmo acelerado. Foi só o tempo de a dose bater e ela sentiu uma tranquilidade radiante. Algumas horas depois, começou a desmoronar. Os nervos à flor da pele levaram à irritação, e a irritação foi a ponta de um iceberg que a deixou morrendo de raiva de tudo o que estivesse entre ela e sua próxima dose.

A voz de Barry surgiu outra vez.

– Vamos abrir outra garrafa. A festa está só começando. Anda, Paula, me diz uma única coisa que fique melhor quando a gente está sóbrio!

Foi o que lhe deu forças, no fim das contas, para largar o vício. Conhecia tão bem aquela dança. Fazia parte de sua vida até onde era capaz de se lembrar, nada constante, só renovado e redescoberto sempre que o papai resolvia ligar.

Ela se forçou a sair do fundo do poço. Não largou de uma hora para outra nem nada parecido. Foi parando devagar ao longo de dois ou três meses, comprando a mesma quantidade de remédios de Nicola toda semana e avaliando seu progresso de acordo com quantos comprimidos de cada cartela acabavam no lixo.

Até ficar limpa. Foi a coisa mais difícil que já tinha feito.

Em seguida, em uma das festas de Nicola, conheceu John Street.

E finalmente recebeu na porta de casa o desastre que toda sua vida tinha lhe preparado.

8

Jess acordou e se viu já sentada com o coração martelando. O sonho tinha acabado, o mundo real estava de volta. Mas só até certo ponto.

Sabia que o mundo real também era um sonho. A gente pode acordar desse sonho a qualquer momento, é só querer.

Tinham levado seu cinto e seus cadarços. Tinham aparafusado uma proteção de plástico duro ao redor da luminária para que ela não pudesse quebrá-la e puxar os fios elétricos. Tinham fixado uma câmera no teto de sua cela para que ela pudesse ser monitorada para seu próprio bem sempre que as autoridades considerassem prudente.

Mas havia uma porta que não puderam trancar. A jurisdição deles terminava na superfície de sua pele. Desde que ela fosse capaz de se matar sem quaisquer acessórios, ferramentas ou ajuda externa, não havia nada nesse maldito mundo que pudessem fazer para detê-la.

Só ela podia, claro.

Era um kit básico do ser humano.

PARTE DOIS

PIOR ÉPOCA PARA SE VIVER

9

A penitenciária Fellside era uma instituição privada, totalmente administrada por uma empresa de segurança que atendia pelo nome de *N*-fold. A *N*-fold tinha acabado de começar seus negócios no sistema prisional, e o conselho administrativo tinha bastante noção da repercussão da nova detenta na mídia. Enquanto a papelada ainda estava em andamento, entraram em reunião particular com um grupo extremamente seleto e altamente experiente de advogados de direitos humanos. Passaram-se exatas duas semanas da greve de fome de Moulson, a qual tinha começado na cela provisória em Winstanley logo após sua condenação. Os meios de comunicação souberam da notícia em dois ou três dias e fizeram um estardalhaço, floreando os relatos com boatos variados que deviam ter vazado de uma das agentes da ala provisória ou de alguma fonte.

Então, na manhã em que Moulson seria transferida de Winstanley, enviaram uma perita interna até a prisão num trem rápido partindo da estação de King's Cross para comunicar ao diretor, Scratchwell o Redentor, quais eram as opções. Limitadas, conforme ela salientou.

– Analisamos a situação sob vários ângulos diferentes – ela explicou. – E escutamos o parecer jurídico de profissionais altamente renomados na área. Decidimos deixar que a srta. Moulson morra. Será o caminho mais simples e, de um ponto de vista jurídico, o mais facilmente defensável.

O diretor havia ganhado o apelido por causa do zelo evangélico que nutria. E sendo um homem religioso na direção de uma empresa privada, encontrava-se profundamente dividido quanto à situação de Moulson.

Também ficou bastante desapontado com a perita legal, que parecia uma bonequinha de moda recém-saída da faculdade de direito.

– Deixá-la morrer? – ele repetiu. – Sério? Com certeza no mundo de hoje existem certas opções. Dietas...

– As mesmas opções que sempre existiram – a perita retrucou. – O mix nutricional e os sistemas de indução podem ter sido aperfeiçoados de várias maneiras, mas a alimentação forçada ainda consiste basicamente em se colocar um tubo até o estômago de uma pessoa, seja por meio da narina ou diretamente através do torso, de modo que se possa introduzir algo. E ainda assim é ilegal.

– Mas se é para salvar uma vida, tem que ser justificável, não? Eu acredito que seja a interpretação usada na prisão de Guantánamo, onde existe uma política de...

– Sim, existe, mas lá também é ilegal. Há um consenso quanto a essa prática ser uma forma de tortura. Acordo internacional. Desde 1975, se alguém tenta passar fome, estando com uma mente sã, deve-se permitir que esse alguém o faça. A única maneira de justificar a alimentação forçada é comprovando que o juízo da pessoa está comprometido.

Scratchwell pensou bem até chegar à próxima opção.

– O que definitivamente não vai acontecer – a perita disse tão logo ele abriu a boca para falar. – Se o senhor providenciasse uma avaliação psiquiátrica a Jess Moulson agora, e o resultado indicasse o menor indício de que ela se encontra em um estado de consciência anormal, lançaria dúvidas sobre o veredicto do júri. O advogado dela pediria a nulidade do julgamento e o Ministério Público Britânico ficaria seriamente aborrecido. Francamente, diretor, seria constrangedor para nós. E em um momento extremamente inapropriado. Estamos atualmente negociando uma nova série de contratos governamentais, todos dependendo do quão bem desempenhamos nossas funções aqui.

Scratchwell estava começando a se sentir triste de verdade com tudo aquilo. Parecia ser uma situação sem saída.

– Mas se a Moulson morrer aqui em Fellside, sob minha supervisão, por assim dizer, eu estarei violando meu dever de cuidador. Especialmente se eu não tomar todas as medidas para ter total garantia de que ela está em seu juízo perfeito. E se formos processados? E se eu for acusado de homicídio?

– Isso é realmente improvável. E o senhor ganharia o caso.

– Se até um ladrão pode processar um chefe de família se despencar de uma claraboia...

– Bodine contra Enterprise High School. O assaltante não venceu; a escola entrou em um acordo. E isso foi nos Estados Unidos.

– A senhora disse que havia um acordo internacional... – Scratchwell ensaiou dizer.

– Sobre alimentação forçada, diretor, e não sobre todos os possíveis entraves do direito penal. Acredite em mim quando lhe digo que o senhor não pode ser processado por sua incapacidade de fazer algo que, para começo de conversa, teria sido legalmente impedido de fazer.

A perita ergueu as mãos, simulando as prateleiras de uma balança.

– Porém, se o senhor respeitar os desejos da Moulson e permitir que ela morra, o senhor poderá se dedicar a deixá-la confortável nesse meio-tempo, e conversar abertamente com os repórteres sobre quais os passos exatos que o senhor tem tomado para amenizar o sofrimento dela. Pode até soar cínico, mas eu sugiro que o senhor pense nisso como um mal menor. O senhor pode lutar contra a Moulson ou pode trabalhar junto com ela, e se o senhor trabalhar junto com ela pode acabar fazendo algo de bom aos olhos da opinião pública. É evidente que, logo após a morte dela, o senhor ainda terá de enfrentar um momento crítico, e há o risco de problemas no controle dos internos.

– A senhora quer dizer rebeliões.

– Não há como descartar essa possibilidade. Todos nós sabemos que um óbito é sempre o incidente perfeito de incitação. Mas temos quantificado o risco como baixo com base em três fatores. Primeiro: A Moulson matou uma criança. Portanto, os ânimos acirrados pela morte dela provavelmente não trarão um sentimento de indignação ou injustiça. Em especial por se tratar, segundo fator, de um suicídio. É o que ela quer.

– E qual seria o terceiro fator?

A perita deu de ombros.

– Ninguém jamais entrará em contato com ela – disse a Scratchwell. – O senhor não pode liberá-la no bloco das celas de maneira nenhuma. Ela provavelmente acabaria morta em dois meses, de todo modo.

O diretor ficou um pouco pasmo com a ferroada final. A reclusão preventiva de um prisioneiro normalmente só poderia ser realizada caso houvesse um risco de segurança imediato que sobrepesasse os direitos do prisioneiro a um tratamento humano. Tratava-se de uma violação a um grande número de diferentes regulamentos e diretrizes estatutárias.

– Solitária?! – ele exclamou.

– Pensei que essa fosse uma palavra em desuso por aqui. Mas não. Eu estou falando de uma resolução médica, não punitiva. Sua enfermaria possui uma unidade de quarentena, não? Coloque a Moulson lá. Se ela está falando sério sobre morrer, ela precisará de supervisão médica contínua em breve. O senhor apenas estará antecipando esse processo. É tudo uma questão de se manter a discrição, diretor. O principal objetivo é não despertar a atenção ou comentários impertinentes mais do que o necessário.

Um ar de incerteza ainda estampava o rosto de Scratchwell.

– É melhor o senhor não pensar muito nisso – a perita o aconselhou. – As necessidades da Moulson serão mais bem atendidas se aceitarmos a escolha dela e facilitarmos sua execução.

– Facilitar a morte dela?

– Evidente.

10

Jess foi transferida de Winstanley até Fellside em uma ambulância particular. As acomodações a bordo eram tão luxuosas que ela quase esperou a exibição de um filme.

Não se alimentou, claro, muito embora houvesse comida à sua disposição. Havia também uma garrafa de água ao lado de sua maca e outro pack em uma armação sobre sua cabeça. A segunda garrafa tinha um bico de borracha atarraxado na boca o qual Jess poderia alcançar girando o pescoço no caso de estar fraca demais para esticar a mão. Não estava. Ainda não. Duas semanas de greve de fome e ainda era capaz de se sentar e até dar alguns passos sem ajuda.

Havia quase uma centena de aparelhos de diagnóstico para medir seus sinais vitais, um controle remoto para a maca, que a deixava sentada com um simples toque de botão, e três enfermeiros que estavam ali para garantir que Jess não passasse por nenhum breve momento de desconforto. Duas das enfermeiras contratadas eram do mesmo hospital particular que forneceu a ambulância; a terceira, Patience DiMarta, era funcionária da Fellside.

Patience era metade portuguesa e metade do oeste africano, mas tinha um forte sotaque de Yorkshire. As enfermeiras particulares batiam no queixo de Patience, o que lhe conferia certo ar natural de autoridade, e ela fazia por onde. Estava toda serelepe, nada incomodada com o fato de ter uma atribuição tão bizarra. Disse a Jess que sua maneira preferida de trabalhar era sem sandices de ambas as partes. Aquele trato valeria desde que Jess se comportasse, e estaria quebrado caso criasse problemas.

– Faz 14 dias que eu não como nada sólido – Jess observou com a voz fraca e um pouco arrastada. – Eu não vou criar problemas. Eu nem sequer me lembro como é que se faz isso.

Patience assentiu.

– Então a gente vai se dar bem – ela disse toda alegrinha. – Você já deve ter notado que aqui também tem uma agente. É a srta. Andrea Corcoran e, mesmo com você fraca e doente, ela vai te sentar o cacete se você aprontar alguma coisa.

A agente penitenciária estava sentada em uma cadeira dobrável na traseira da ambulância. Entroncada e ruiva, parecia mais um leão de chácara na porta de uma boate. Estava com um romance de Jilly Cooper no colo e só tirou os olhos dele porque foi chamada à conversa e precisou responder.

– Seja lá o que a DiMamata acabou de falar, é tudo papo furado – disse curta e grossa, e voltou ao livro.

Patience certificou-se de que Jess estava bem amarrada, depois soltou um "tudo limpo" ao motorista.

– Você quer alguma coisa para ajudar a dormir? – ela perguntou a Jess assim que a ambulância se pôs em movimento. – É uma longa viagem, e algumas das estradas lá pelas bandas das charnecas são o que o povo costuma chamar de privativas. Isso basicamente quer dizer que só tem pedra e buraco.

– Não, obrigada – Jess respondeu depressa. Não gostava nada da perspectiva de solavancos e sacudidas, mas já vinha dormindo 12 horas todo dia e isso era mais do que o suficiente. Pesadelos já não eram nenhuma novidade, praticamente seus companheiros constantes. Toda vez em que fechava os olhos, via-se de volta a seu apartamento em chamas procurando Alex, sabendo que, se ela não o encontrasse a tempo, ele morreria. Sabendo que, se ela virasse as costas, aquelas mulheres em silêncio estariam lá esperando de olhos fechados e rostos frouxos, inexpressivos. Não. Nada mais de dormir, muito obrigada.

Tirando os sonhos, ela se sentia como se estivesse melhorando e não piorando. Os primeiros dias tinham sido terríveis. Seu estômago tinha doído pelo que lhe era negado, sem dar tréguas um só segundo. E aquele desconforto físico tinha se transformado em um sentimento de pânico. As paredes da cela tinham se fechado sobre ela. Seu coração pulava e engasgava feito um carro com defeito.

Mas, em vez de agravarem, os sintomas foram sumindo. Jess sequer sentia fome, senão em um sentido dos mais abstratos. Lembrava-se de comida como alguém se lembraria de férias maravilhosas após alguns anos. Sofria com dores de cabeça, verdade. Estava tão frágil quanto uma criança de dois anos, sua respiração fedia feito um bode morto e seus músculos doíam. Tudo isso era suportável. Só mesmo os pesadelos que a pegavam de jeito. Se ela conseguisse se livrar deles, morrer nem a incomodaria tanto assim.

A maior parte da viagem acabou sendo bem mais agradável do que Patience dissera. E quando começou a trepidação, as enfermeiras particulares afrouxaram alguns parafusos, suspendendo um pouco a maca e liberando os amortecedores. Quase não havia dor.

– É uma pena que você não possa sentar e dar uma olhada na janela – Patience disse a certa altura. – A Fellside é bem impressionante vista de longe, do outro lado das charnecas. Quase bonita.

Foi então que a agente penitenciária, Corcoran, que ainda não tinha parado de ler Jilly Cooper desde Londres, ergueu os olhos pela segunda vez. A julgar pela expressão em seu rosto, parecia estar pronta para discordar daquilo.

– Como que é mais de perto? – Jess perguntou.

Era para ser uma piada, por mais besta que fosse, mas Patience levou a sério. Ficou pensando no assunto, uma das sobrancelhas ligeiramente erguida.

– Diferente – foi tudo o que disse.

11

Diferente era uma boa palavra, escolhida com todo cuidado. Certamente não pareceu tão bonita de perto quando as portas se abriram e Jess vislumbrou Fellside pela primeira vez ainda no interior da ambulância.

A primeira coisa que lhe chamou a atenção enquanto a maca era colocada no chão foi o interior da muralha que cercava a prisão, elevando-se bem acima dela. Emaranhados de arame farpado no topo. Pareciam bastante com ninhos de passarinhos ou como ninhos se pareceriam caso passarinhos fossem feitos de metal e alimentassem seus filhotes com rebites.

Ela estava em algum tipo de galpão de veículos. O dia estava quente, mas a muralha muito alta bloqueava o sol e mergulhava o lugar todo em um fim de tarde precoce. Ela se lembrou de Pritchard lhe dizendo que milhares de mulheres viviam ali, mas naquele canto da Fellside fazia total silêncio. Pelo que dava para escutar, talvez só tivessem restado cinco delas após um holocausto inexplicável ter engolido o resto da humanidade.

– A gente assume daqui pra frente – Corcoran disse às enfermeiras particulares. – Agora é só dar a volta pelo portão dos visitantes, seguir até a barreira e mostrar a credencial de vocês lá. Não tem outra saída além dessa.

Quando a ambulância partiu, a agente voltou-se a Jess.

– Bem, já que estamos de volta à Terra das Coisas Ruins... – ela disse. Tirou as algemas do cinto e as usou para prender o pulso direito de Jess ao estrado de aço da maca. Era a primeira vez desde seu julgamento que estava sendo algemada. Sentiu um jorro de bile e claustrofobia subindo por sua garganta, mas se manteve inexpressiva.

– Desculpe – Corcoran disse. Não a Jess, mas a DiMarta, que tinha bufado de leve pelo nariz quando viu as algemas.

– Está tudo bem entre a gente? – Patience perguntou em um tom frio e cortês.

– Tudo certo – Corcoran respondeu.

A enorme enfermeira saiu empurrando a maca pelo galpão até um espaço aberto onde Jess pôde vislumbrar as alas das prisioneiras pela primeira vez. Percebeu que talvez a enfermeira DiMarta tivesse razão. O complexo principal do presídio era formado por construções altas e graciosas, cada uma pintada de uma cor do arco-íris. Sabendo bem o que aqueles blocos de concreto e vidro representavam, Jess teve uma estranha sensação de deslocamento. Toda aquela formosura parecia mais uma mentira muito bem calculada. O sorriso no rosto do tigre.

DiMarta foi manobrando a maca por uma série de portas duplas até um corredor pintado em cores primárias vívidas e tons pastéis, como nos blocos principais. Corcoran seguia caminhando ao lado com seu romance de quinta já em um dos vários bolsos do uniforme.

– Quer que eu assuma um pouco essa coisa? – perguntou, provavelmente tentando compensar o episódio das algemas, o que pareceu ter doído no calo da enfermeira.

– Ih, lá vem de novo – Patience rebateu. – Me deixa empurrar o carrinho. Me deixa fazer o curativo nessa ferida. Me deixa executar a operação. Demarcação, flor. Você vai me causar problemas com o sindicato. – A cara ainda estava um pouco fechada, mas o tom de voz já mais relaxado. Se o episódio das algemas ainda não tivesse sido perdoado, pelo menos não seria um problema entre as duas.

Jess foi sendo empurrada por vários lugares, mas só os conseguiu ver de relance, já que estava deitada e encarando o teto.

O procedimento cadastral parecia não ter fim. As roupas civis e os pertences de Jess, retidos desde o primeiro dia em Winstanley, foram entregues aos cuidados das autoridades da Fellside. As roupas, Jess sabia bem, eram as mesmas que vestia na noite do incêndio, por isso, se algum dia fossem devolvidas, ela, no máximo, as jogaria no lixo ou queimaria o que restou delas. O que mais teria na sacola? Seu celular, agora associado aos pesadelos, o qual ela nunca mais queria ver de novo. As chaves de seu apartamento arruinado. A carteira cheia de cartões de crédito estourados. Um relógio da Fossil com o vidro rachado por causa do calor ou de algum impacto já esquecido.

Todos os meus bens mundanos, ela pensou. Pena que eu nunca fiz um testamento.

O processo de entrada na Fellside não permitiu regalias à nova detenta, apesar das circunstâncias em que ela se encontrava. Mesmo vestindo apenas uma camisola de hospital, Jess foi minuciosamente revistada. Depois foi levada a uma sala menor, onde uma agente penitenciária colocou um par de luvas de borracha e revistou suas cavidades com a ajuda de um espéculo de plástico. Não tinham achado necessário revirar seus orifícios corporais na Winstanley: talvez já tivessem feito isso ainda no hospital Whittington enquanto ela estava inconsciente. A agente fez o que pôde para ser gentil, mas a humilhação era quase total. Com o braço direito preso pelas algemas, Jess teve de deitar de lado na maca com a pélvis para cima e as pernas abertas de um jeito bem desajeitado, feito um bebê trocando as fraldas. Apesar de uma troca de fraldas não ser algo tão invasivo. DiMarta acompanhou de perto todo o procedimento, braços musculosos cruzados com força, irradiando desaprovação.

– Você sabe que ela está vindo de outra prisão, não sabe? – perguntou à agente.

– É procedimento-padrão, Patience.

– É idiota, isso sim.

Deixaram Jess parada esperando na salinha por mais um tempo. Depois de alguns minutos, entraram empurrando uma TV num grande rack móvel e a ligaram na tomada. Ao que parecia, havia um vídeo a que todos os recém-chegados deviam assistir, e Jess teve de assistir, com a cabeceira da maca ajustada num confortável ângulo de 45 graus. Mostrava a paisagem que ela não tinha conseguido ver durante o traslado até a prisão: o complexo visto do outro lado das charnecas, coroando o topo vertiginoso de Sharne Fell com escarpas rochosas caindo pelas bases das muralhas como se fossem as dobras de um vestido. As torres coloridas dos blocos das prisioneiras se avultavam sobre a esparsa área de charnecas feito um subúrbio esquecido da Disneylândia.

Uma voz grave e avuncular passou a exaltar as qualidades da *N*-fold e a extensa lista de contribuições da corporação em prol da felicidade humana.

– O Complexo Correcional Feminino de Fellside se encontra nos limites do Parque Nacional das Charnecas de North York, no vale do rio Leven, lugar de grande beleza paisagística. Em contraste com tamanho cenário idílico, três mil mulheres formam uma comunidade comprometida com um ideal prático de reabilitação.

– Eu odeio tanto a narração desse homem – Corcoran disse com certa melancolia. – Se algum dia eu chegar a conhecer esse puxa-saco idiota, eu juro que vou acabar sendo presa por causa dele. Provavelmente aqui mesmo.

Jess basicamente deixou que as palavras entrassem por um ouvido e saíssem pelo outro, mas ficou encantada com a total discrepância entre forma e conteúdo.

Aquele vídeo não deixava nada a desejar aos que ela assistia quando resolveu procurar apartamento para dividir com alguém, cheio de atos encenados que transbordavam dissimulação. Internas sorridentes lendo livros, trabalhando em hortas, esculpindo vasos de cerâmica. Um vilarejo de artesãs por trás de uma muralha. *Onde eu posso me inscrever?*

– Nossas alas prisionais celebram as conquistas das mulheres em uma variedade de áreas, desde a ciência à política. Projetadas pelo premiado arquiteto Roger Lawley, fomentam a sensação de um espaço maior e liberdade ao invés de confinamento. A pedra angular de cada edifício é sua área comum, um espaço aberto de quatro mil metros cúbicos que serve como zona de recreação e ponto de encontro.

– Não é assim que se chama – Corcoran murmurou, ainda remoendo o fato de ser obrigada a assistir ao vídeo.

– O quê? – Jess perguntou.

– Ninguém aqui chama de área comum. Nunca. Cada canto tem um nome diferente. Em Franklin, o povo chama de curral. Em Elion, de balde. Em Goodall, para onde você vai depois, é o salão oval.

– Por que salão oval? – Jess questionou. Deu para notar que Corcoran estava esperando por aquela pergunta.

– No dia em que o lugar foi aberto, alguém arrancou um par de pompons rosa de um chapéu e os jogou da passarela do quarto andar. Eles ficaram presos nas redes antissuicídio, e alguém disse que pareciam dois testículos pendurados. Daí salão oval.

O vídeo então começou a mostrar cada um dos blocos em sequência, em uma montagem repleta de pessoas com expressões sérias, mas profundamente satisfeitas.

– Ala Blackwell...

– Spa Resort – Corcoran traduziu.

– Curie...

– Rebuceteio.
– Dietrich...
– Patolinas. É a ala psiquiátrica.
– Elion...
– Inferninho.
– Franklin...
– Siririklan.
– ... e nossa ala de segurança máxima, Goodall.
– O Estado de Graça.
– Essa até que soa bem – Jess murmurou.

A agente penitenciária sacudiu a cabeça devagar, curvando-se para diminuir o volume quando os créditos rolaram.

– Você ainda não a conheceu.

– Não conheci quem?

– Deixa pra lá – Corcoran disse. – Você logo vai descobrir.

Depois disso, o diretor a visitou. Normalmente Jess teria sido levada até a diretoria, Corcoran lhe disse, mas como a maca não funcionou bem, ele foi vê-la. Entrou no quarto tão logo o vídeo terminou, como se fosse o próximo número da apresentação, e ficou parado em silêncio até Corcoran perceber o que ele queria e se levantar da cadeira.

O diretor Scratchwell era um homem alto e magro com covas profundas sob as maçãs protuberantes do rosto, um semblante visualmente mnemônico àquela prisão incrustada em um penhasco precário, distante do mundo. O discurso de boas-vindas a Jess, porém, resumia-se a um comprometimento mútuo. Comprometimento moral. A importância da fé em uma acepção ampla, rasa, quase sem sentido, onde a pessoa poderia ter fé em qualquer coisa, inclusive em si mesma. Jess percebeu o mal-estar do diretor por estar na mesma sala que ela. O sujeito parecia usar aquelas palavras secas e abstratas como se fossem uma vara para afastá-la.

– Minha porta vai estar sempre aberta para você – ele lhe assegurou. – Eu gostaria que você acreditasse que as maiores barreiras aqui são só aquelas que você construiu aí dentro, e nós vamos trabalhar juntos para derrubar todas elas.

Jess não fazia a menor ideia do que isso significava, mas Scratchwell não deu margem a maiores questionamentos. Simplesmente fez o tal discurso e saiu. Parecia que as formalidades tinham finalmente terminado. Jess se sentiu grata por isso. Após a revista íntima, chegou a ficar meio receosa de que um banho frio e uma desparasitação a aguardassem.

Em vez disso, foi levada até a enfermaria pelo elevador de serviço, tão grande quanto uma sala. Assim que as portas do elevador se fecharam, Corcoran pegou a chave e abriu as algemas.

– Agora somos só nós duas – ela disse.

A enfermaria ficava no quarto andar do bloco administrativo, ocupando mais da metade do pavimento. O lugar se parecia com a emergência de um hospital. A luz dos tubos fluorescentes no teto banhava os azulejos de linóleo branco e bege. As únicas cores primárias estavam nos cartazes nas paredes: AO LER ESTE AVISO, LAVE AS MÃOS. CUIDE DE SEU CORAÇÃO. CRUZAR OS DEDOS NÃO VAI DETER A GONORREIA.

A recepção também servia como consultório. Um carrinho médico estava encostado contra uma parede e armários com portas de aço ladeavam outros dois. Etiquetas preenchidas à mão discriminavam o conteúdo em letras perfeitas e meticulosas, embora pequenas demais para que Jess pudesse decifrá-las.

O lugar estava deserto. DiMarta olhou ao redor como se esperasse o contrário. Franziu a testa.

– Posso te deixar com esse pepino? – Corcoran perguntou.

– Você já conferiu a papelada toda? – DiMarta disparou de volta, respondendo com outra pergunta. – Essa prisioneira é de alta segurança. – Voltando-se a Jess, acrescentou: – Desculpe, minha flor, mas você é. Era para Sylvie estar aqui, mas eu presumo que ela tenha sido requisitada. Meu turno termina em dez minutos e não posso ficar aqui sem permissão. Você vai ter que esperá-la voltar.

DiMarta mostrou-se bastante cética quanto às regras anteriores, mas aquela aparentemente significava algo.

Corcoran deu de ombros.

– Eu ainda tenho o meu livro mesmo – ela disse. – Dá para sobreviver. Mas se o Dennis vier atrás de mim, é bom você me respaldar.

DiMarta saiu empurrando Jess até a enfermaria principal (não à unidade de quarentena, como o diretor tinha instruído; esse memorando acabou se perdendo em trânsito) e a transferiu da maca para um leito com habilidade. Preencheu o prontuário de Jess, ofereceu-lhe algum analgésico outra vez, recusado outra vez, e foi embora.

Corcoran ficou parada na porta esse tempo todo. Retornou então à recepção, após dizer a Jess para chamá-la caso precisasse de algo.

– Não que eu tenha permissão de te dar alguma coisa. Mas eu posso passar um tempinho aqui me lamentando da vida.

A agente penitenciária fechou a porta e tudo ficou em paz. Na maioria das salas sempre dava para escutar alguma coisa, o zumbido de um ar-condicionado ou água correndo pelos canos, ruídos jamais percebidos até que o silêncio permitisse. A enfermaria estava silenciosa de verdade. No começo até foi tranquilo: Jess fechou os olhos e tentou dormir.

Mas os reabriu quase de imediato. Teve a estranha sensação de que alguém tinha acabado de entrar na sala. O silêncio já era outro: tinha se tornado o não som de alguém tentando ficar quieto, prendendo a respiração.

– Oi? – Jess murmurou. Pensou que pudesse ser Corcoran checando se estava tudo bem, mas se não era, se ela estivesse mesmo imaginando coisas, preferia não tirar a agente da leitura e acabar fazendo papel de boba. Ninguém respondeu. Ela não conseguiu mais se acalmar depois disso. A impressão de estar sendo observada não passou. Era um pouco como a sensação nos seus sonhos, mas sem a multidão. Ali era só uma única presença. E, ao contrário das mulheres dos sonhos, o que quer que aquilo fosse estava definitivamente observando-a. A sensação de uma atenção concentrada era desconcertante, quase claustrofóbica. E foi se intensificando com o tempo. Ela já não sabia o quanto mais seria capaz de suportar. Teria de se sentar, muito embora não tivesse certeza se lhe restavam forças para isso. Teria de checar com os próprios olhos que estava mesmo sozinha.

Mas o encanto se quebrou de repente. A comoção se iniciou na área da recepção do lado de fora. Vozes inflamadas. Uma mulher chorando, outra lhe mandando ficar quieta. A voz de Corcoran dizendo "pelo amor de Deus, porra!" e o choro aumentando até virar uma total lamúria, antes de se transformar em gemidos semivocalizados.

E mais nada depois disso por um bom tempo. Então Corcoran apareceu e segurou a porta aberta para que uma mulher fosse conduzida, apoiando-se em outra enfermeira que não DiMarta.

– Você tem companhia – Corcoran disse a Jess. Mesmo tendo falado de um jeito suave, sua boca pareceu não passar de uma linha comprimida.

A mulher escorada na enfermeira era a primeira detenta da Fellside que Jess conhecia. Era uma figura estranha em vários sentidos. Vestia um agasalho amarelo-claro, apertado na cintura por um cinto largo e preto, costurado todo em volta da malha. Rosto pálido, mas cheio de manchas vermelhas, cabelos loiros e curtos grudados na testa de tanto suor. Andava ligeiramente curvada com o queixo enterrado no peito e os ombros caídos. Parecia ser consideravelmente mais jovem do que Jess, embora o semblante fosse marcado por antigos traumas e tragédias. As mãos, abertas com firmeza à frente dela, estavam calçadas com luvas de boxe.

Não, não eram luvas de boxe. Eram ataduras grossas enroladas várias vezes em torno de algo rígido, provavelmente talas, que mantinham as mãos espalmadas.

A mulher era baixinha, embora a enfermeira fosse ainda mais baixa e tão fina quanto o cabo de um ancinho. Seu rosto prestes a explodir entregava que estava carregando a maior parte do peso da interna. Ela passou com a mulher pelo leito de Jess até o seguinte, onde descarregou o fardo. Puxou os cobertores aos pés da cama e tirou uma camisola de algodão de um armário.

– Você quer que eu te ajude a tirar a roupa? – ela perguntou, ainda um pouco esbaforida. Não tinha encarado Jess até então, mas agora a encarava. E com uma expressão ligeiramente irritada, como se quisesse dizer "Está vendo como não é fácil para os outros também?".

– Ainda está doendo – a loira choramingou.

– Os analgésicos ainda não fizeram efeito, McBride. Já vai melhorar. Quer que eu te ajude a tirar a roupa?

– Eu... Eu acho que vou me deitar um pouco. – A loira rolou de lado e se enroscou feito uma bola, mas com as mãos estendidas para que não encostassem no resto do corpo.

– Está certo, então – a enfermeira retrucou. Voltou sua atenção a Jess. Mas fez uma pausa rápida antes de se virar, como se estivesse refletindo. – E você? – ela perguntou. – Algum problema?

Jess balançou a cabeça com cuidado e devagar, pois movimentos bruscos lhe causavam dor.

– Que bom – a enfermeira disse, flexionando os pulsos como se tivesse acabado de sair de um corpo a corpo e prestes a entrar em outro. – Vamos continuar assim. – E sumiu de volta pelas portas duplas, que ficaram balançando.

– Durmam bem, senhoras – Corçoran disse e acompanhou a colega.

A loira soltou um gemido tão baixo que mal saiu da garganta.

12

O maior erro de Shannon McBride foi roubar a Caixa Q.

Não que houvesse algo de valor nela. Não havia mesmo. Só um monte de coisas que entravam em Fellside como presentes às internas, mas que acabavam caindo em uma espécie de custódia extraoficial, fosse porque a detenta em questão já estava em liberdade ou o nome do visitante não fazia mais parte dos aprovados.

Nada disso importava. O que importava de verdade era que, segundo os costumes da casa, as coisas naquela caixa tinham dona: Harriet Grace. Grace se encontrava no topo da cadeia alimentar da ala Goodall, onde a maioria dos empreendimentos ilegais se concentrava, e demarcava território com certo fanatismo judicioso. Ou seja: ninguém jamais tocava na Caixa Q, mesmo ficando ao alcance de todos na sala dos visitantes.

Grace não fazia uso pessoal daquelas quinquilharias baratas, um monte de entulho de dar dó, como prendedores de cabelo, barras de chocolate, frascos de xampu, revistas velhas e bolos caseiros. Seu crédito junto ao mercado da prisão era ilimitado, tendo uma verdadeira caverna das maravilhas como cela. Mas havia um princípio em jogo, e quando o sr. Devlin, o supervisor de turno, contou-lhe que a caixa tinha sido saqueada, ela levou para o lado pessoal.

– Me diz quem foi, Dennis – ela lhe disse. – Eu não vou deixar isso barato.

Grace tinha O Diabo na palma de sua mão, e também em certos lugares mais comprometedores, então só restou ao supervisor dar meia-volta e fazer exatamente o que lhe foi dito. Ele mantinha informantes com quem se inteirar, não sobre coisas roubadas (as fofoqueiras de plantão normalmente se recusavam a dedurar certos crimes), mas sobre as coisas presenteadas. Quem estaria sendo tão generosa de repente? Alguém se sentindo desprezada por ter visto alguma colega de cela receber um negócio irado e não ter ganhado um pouco?

O nome de Shannon McBride lhe veio à mente feito duas fatias de pão pulando de uma torradeira. Uma revista surpresa acabou localizando dois terços de lembrancinhas e trambolhos escondidos em vários lugares na cela de McBride. No armário, debaixo do colchão, dentro do colchão, no fundo falso de uma telha solta, em todo e qualquer canto.

Devlin registrou os furtos no livro de ocorrências e disse a McBride que esperasse um belo período na reclusão punitiva, isto é: solitária. Tratava-se de um eufemismo introduzido pelo diretor Scratchwell como parte de um esforço para estimular a motivação geral dando nomes inofensivos a coisas desagradáveis. Mas a solitária era o menor dos problemas de McBride no momento.

Grace não esquentou a cabeça por muito tempo. Não era assim que lidava com esse tipo de coisa. Às seis horas daquela mesma tarde, as duas extremidades do corredor do térreo foram fechadas, e O Diabo mandou que o funcionário em serviço fosse às solitárias do quarto andar para checar todas as trancas e circuitos elétricos em busca de alguma falha forjada.

E Grace abriu a sessão, na frente de todo mundo, no amplo espaço a céu aberto bem no epicentro do primeiro pavimento do prédio. O salão oval.

Muitas pessoas ali consideravam McBride merecedora de algum tipo de castigo. Ao mesmo tempo, estavam apreensivas. Dava para ver na cara de Grace o humor de uma volatilidade extrema. Nunca era muito seguro estar perto dela em momentos assim e, não tivesse sido o chicote de três pontas empunhado por Big Carol Loomis e a ainda mais assustadora Liz Earnshaw, todas elas estariam em outro lugar.

McBride foi conduzida até o tribunal clandestino e ficou parada diante de Grace, que tinha colocado a poltrona de onde presidiria o julgamento bem em frente à TV. A programação normal estava suspensa em caráter provisório.

– Você sabe muito bem o que você fez – Grace disse, empostando seu tom de não-me-venha-de-merda. – Todo mundo aqui também já sabe, mas quero ouvir da sua boca.

Ao contrário de suas duas capangas favoritas, Grace não parecia amedrontadora ou intimidante. Parecia a irmã um pouco mais magra do Papai Noel, com um rosto que corava facilmente e o hábito de soltar um suspiro ao se mexer, como se estivesse prestes a fazer alguma piadinha sobre "esses ossos velhos". O que dava medo mesmo era a reputação de nunca esquecer uma traição ou se dar ao trabalho de diferenciar o que era sério ou não. Se alguém a irritasse, ela se irritava de verdade. Não havia meio-termo.

McBride estava morrendo de medo, mas, com os holofotes todos sobre ela, não havia como escapar. Estava cercada de testemunhas relutantes que só serviam para acuá-la mais junto à algoz.

– Não fui eu que peguei essas coisas, Grace – ela disse com a voz trêmula. – Eu só as achei lá.

Grace refletiu por um instante sobre tão patética defesa, o que talvez tenha alimentado as esperanças de McBride, pois começou a balbuciar uma história sobre ter visto um pacote de biscoitos jogado no cocho atrás da fazenda prisional e seguido uma trilha até o chiqueiro, atrás de um fardo de palha, assim como os Reis Magos encontraram o menino Jesus... McBride tinha uma boca muito grande e quase nada na cabeça, então não parava de enfeitar aquela fantasia sem sentido para ver se a melhorava um pouco. Ela era assim: se agarrava a essas histórias do mesmo jeito que algumas pessoas se agarram a vícios mais físicos e tangíveis. Grace enfim a conteve levando um dedo aos próprios lábios. *Shiii.* McBride caiu aos prantos e falou tudo bem, está certo, foi ela quem roubou a Caixa Q.

– Foi sem querer – ela disse, fungando. – Eu fui fraca, Grace. Pensei que talvez desse para vender alguma coisa para comprar uma dose. E percebi que não ia dar certo sem que acabassem me descobrindo, então eu ia devolver tudo, mas não deu para entrar na sala e...

– Coloca ali – Grace a interrompeu. Não estava falando com McBride: estava falando com Big Carol e Jilly Fish, que tinham acabado de entrar no salão oval com dois sacões de plástico abarrotados. Depositaram os sacos bem no centro de uma mesa enorme, improvisada juntando todas as menores.

Um surto repentino de interesse percorreu o recinto, como se todas as mulheres presentes tivessem soltado juntas a respiração até então presa, pois ficou óbvio do que se tratava: eram os bens roubados da Caixa Q, os quais o sr. Devlin já havia apreendido de volta, mas evidentemente repassara a Grace.

Grace se levantou. Passou direto por McBride, que precisou dar um passo para o lado, e seguiu até os sacos, revirando-os para que todas as lembrancinhas e os trambolhos se esparramassem sobre a mesa: joias, salgadinhos, gibis, CDs caseiros, suvenires de estatuetas engraçadinhas, fotos emolduradas e uma centena de outras coisas, a maioria com as etiquetas de processamento ainda amarradas por elásticos.

– Senta aqui – Grace disse a McBride, empurrando uma cadeira à frente da mesa. E McBride, ainda chorando um pouco, obedeceu. Ao se sentar, Liz Earnshaw ficou de pé.

Liz era uma mulher alta. Tão alta quanto Big Carol, ombro a ombro, muito embora nem tão larga: corpo e rosto esqueléticos, ossos dos cotovelos bem salientes (cortou as mangas de todos os uniformes prisionais tão logo os recebeu). Mas bastava um olhar para dissuadir alguém de mexer com ela, ou se aproximar mais do que o necessário. Earnshaw não tinha o menor autocontrole, nenhum limite, nem botão de desligar. Era meio doida, completamente furiosa e agressiva o tempo todo e com um palavrão na ponta da língua sempre prestes a explodir no céu da boca feito um palito de fósforo. Mas acabou caindo nas graças de Grace em determinado momento e ganhou um cargo oficial na economia política de Fellside: machucar quem Grace a mandava machucar.

Por isso, ao ver Earnshaw se encaminhando a passos pesados até a mesa, McBride soltou um leve ruído entre um soluço, um gemido e um suspiro. Sabia que aquilo não iria prestar.

Earnshaw se agachou ao lado da mesa, e uma das ajudantes lhe passou um martelo. Não chegava a ser tão grande quanto uma marreta, nem mesmo quanto um martelo que um carpinteiro ou pedreiro usaria. Era um martelo de pena com eixo delgado e uma cabeça bem pequena e fina. Às vezes eram usados nas oficinas de cerâmica para transformar peças velhas de argila em cacos para reciclagem, mas nada justificava a presença de um daqueles ali no bloco das celas. Havia um monte de agentes penitenciárias a postos para garantir que algo do tipo não acontecesse. Mas quando se tem o chefe das agentes enfiado no elástico da calcinha, revistas nem sempre revistam e um peso não se equivale a uma só medida.

– O negócio é o seguinte – Grace disse a McBride. – Vai em frente e tente tirar três coisas da mesa. O que você achar que consegue pegar. A Lizzie vai ficar pronta com o martelo para bater na sua mão e tentar te parar toda vez que você tentar pegar alguma coisa.

Correu um burburinho pelo recinto, uma tensão conjunta pairando no ar. Grace estava bem ciente de que aquilo tudo (aquele espetáculo extremamente público de dor e humilhação) talvez já tivesse ido longe demais. Mas tinha decidido que "longe demais" era um limite aceitável.

– Entendeu tudo direitinho? – ela perguntou a McBride em um tom de voz suave.

McBride fez que sim com a cabeça para deixar claro que tinha entendido. E o show começou.

Uma mulher do tamanho de Earnshaw poderia passar a impressão de ser lenta, mas ninguém que já a tivesse visto em ação ousaria supor uma coisa dessas.

Na primeira tentativa, McBride conseguiu enganá-la. Ameaçou lançar a mão direita e depois a recolheu depressa enquanto, com a esquerda, conseguiu agarrar um lenço cuja ponta estava bem perto dela. Liz bateu o martelo na mesa de fórmica em um estouro que mais pareceu um tiro. Um círculo perfeito ficou entalhado na superfície amarela, e não na mão de McBride: ponto para ela. A sala foi tomada por aplausos e gritos de incentivo, como num estádio qualquer, o que talvez nem fosse tão mal assim, no fim das contas.

Mas McBride contou com um pouco de sorte de principiante, que logo pareceu abandoná-la. E Liz passou a acertar a mira.

Os gritos de incentivo pararam. Um coro alternado de engasgues e suspiros quando McBride levou a primeira martelada, e um silêncio carregado de tensão na segunda. O silêncio persistiu, pontuado pelo som do martelo despencando (não em um choque estrondoso, mas em uma paulada surda, carnosa) e os uivos de dor e consternação de McBride ao puxar a mão de volta.

Por um tempo, pareceu que McBride só teria um ponto a seu favor. Foi quando a sorte lhe sorriu de novo e ela conseguiu fisgar uma caneca com o dedão (todos os outros acabaram sendo quebrados). Era uma caneca do Dia das Mães, e só voltou com a asa. O corpo da caneca foi estraçalhado pelo martelo. Mas Grace, o árbitro final, disse que ainda contava.

McBride não teve mais sorte. Depois de dez minutos, mais ou menos, ficou claro que nunca conseguiria, já que eram necessárias mãos funcionais para se agarrar coisas.

Do ponto de vista de Grace, no entanto, as coisas corriam às mil maravilhas e a lição tinha sido exatamente o que esperava. Ela demorou a notar a mudança na atmosfera do recinto, a maneira como o silêncio se alterou, cristalizando-se no ar. Mas, depois de um tempo, ficou impossível não perceber. Rostos apáticos, impassíveis. Mãos agarradas aos joelhos, imóveis. A cada golpe, olhares desviados do terrível momento do impacto.

O público da primeira fila não estava gostando nada do espetáculo. Considerando ou não McBride merecedora da punição, não lhes agradou (como era de se esperar) o fato de ter sido chamada a prestar contas. Grace sentiu uma onda de contrariedade no ar, mas logo tratou de reprimi-la. Tratava-se de mulheres duronas, algumas quase tão duronas quanto ela. Compreendiam o uso judicioso da força, e, independentemente do que estivessem sentindo na hora, certamente acabariam concordando quanto à justiça do ato. Ou então, fodam-se.

Houve uma brecha – um intervalo bem grande, na verdade – onde ela poderia ter intervindo. Temperado justiça com misericórdia. Diminuído o ritmo do entretenimento daquela noite. Ela se sentiu verdadeiramente tentada. Mas quanto tempo dura um lampejo como este, sério? É mais frequente do que se imagina, mas dura menos do que a velocidade do martelo.

Houve até um momento em que Liz Earnshaw, cujas mãos nunca haviam tremido não importasse o grau do negócio a ser resolvido, lançou um olhar a Grace com uma careta, procurando algum sinal em seu rosto que a mandasse parar. Mas Grace não lhe deu nenhum sinal. Ela gesticulou para que Liz continuasse, e Liz – depois de quase hesitar – empunhou o martelo e o lançou para baixo.

Não havia muito mais o que fazer. Um minuto depois, dois no máximo, McBride vomitou, tombou de lado e desmaiou de dor. Fim de jogo, lição aprendida e sermão passado. Grace se levantou e saiu deliberadamente sem olhar para trás ou dizer palavra. Já tinha dito tudo o que precisava.

Ela deixou as coisas da caixa onde estavam, esparramadas por toda a mesa. Mas ninguém pegou nada. O que também fazia parte da lição.

Assim que Grace foi embora, com Big Carol e Earnshaw a tiracolo, as mulheres de Goodall insurgiram em uma rebelião coletiva. Lorraine Buller assumiu a liderança (o que não foi surpresa alguma), mandando duas mulheres buscarem toalhas e água, outras duas atrás de um frasco de iodo em uma das celas.

– Devemos reportar um incidente? – Pauline Royal perguntou. Po tinha sido funcionária da Royal London e levado três anos nas costas por emitir cheques polpudos a si mesma às custas dos fundos de pensão. Mas agora que estava na prisão, como se para compensar as transgressões do passado, passou a ser uma defensora das regras.

– Deixa de ser idiota, Po. Vamos limpá-la um pouco. E tentamos acordá-la. Se a levarmos para o posto de vigilância agora, ela não vai falar nada com nada.

– Tudo bem – Po resmungou. – Fica fria.

A raiva de Buller era basicamente dirigida a si mesma. Não queria ter presenciado aquilo. Tinha pensado em organizar um boicote ao tribunal faz de conta, mas como sempre ficou intimidada com a ideia de se opor abertamente a Grace. Buller era durona e quase destemida, havia sido motoqueira no passado, alguém com mais pecados na consciência do que metade daquele bloco, mas tinha filhos e netos no mundo lá fora: reféns da sorte. Grace desconhecia limites e não respeitava regra alguma. Se a pessoa ficasse contra ela, era melhor se trancafiar e esperar pelo pior.

Do mesmo modo, McBride não poderia falar com uma agente até que tivesse uma história concreta para contar. Caso deixasse escapar o nome de Grace, acabaria arrumando encrenca pior. O tipo de encrenca que levava a pessoa a não acordar em uma bela manhã, pois sua garganta tinha sido escavada com um estilete.

As outras detentas haviam montado uma espécie de guarda de honra em torno da mulher inconsciente. Não que ainda houvesse algo do que proteger McBride. O processo estava encerrado e Grace não voltaria tão cedo. Mas todas que compartilhavam do sentimento de Buller, a maioria, quiseram deixar bem claro para mostrar que tinham um bom coração, ainda que lhes faltasse coragem.

– Ela está toda quebrada, olha isso – Kaleesha Campbell murmurou. – Ela pode perder esse dedo inteirinho. Isso está muito errado.

– Diga isso para a Noiva do Frankenstein – alguém sugeriu.

– Essa Lizzie Earnshaw nem é tão escrota assim.

Não, Buller pensou. Só escrota na medida, mesmo. Escrota e afiada o suficiente para ser um canivete nas mãos recém-pintadas de Grace. Duas ou três mulheres com o gênio certo dariam conta de derrubar Lizzie fácil. E Grace acabaria arrumando outro canivete e continuaria talhando por aí.

As mulheres retornaram das respectivas missões. Reanimaram McBride com uma esponja embebida em água fria. Removeram a sujeira dos ferimentos o melhor que puderam, Po agarrada a ela enquanto choramingava com o desinfetante ardendo. Certificaram-se de que ela conseguia contar quantos dedos lhe eram mostrados. Certificaram-se de que ela teria algo a dizer para justificar aquele estrago todo. E então Kaleesha foi ao posto de vigilância e disse à funcionária em serviço, a sra. Lessing, que tinha ocorrido um acidente. Coisa feia.

Lessing deu uma examinada nas mãos de McBride e ligou para a enfermaria, fazendo com que a enfermeira Stock chegasse rapidamente. Stock percebeu que as lesões de Shannon precisariam de um tratamento mais intenso do que a enfermaria da prisão seria capaz de proporcionar. Provavelmente eram graves o suficiente para justificar um telefonema à residência do dr. Salazar para que ele autorizasse a transferência imediata ao hospital Leeds General, mas Stock era uma mulher que apreciava a comodidade da rotina e detestava quebrá-la. Fez McBride passar a noite na ala principal da enfermaria. Salazar marcaria o ponto novamente às seis da manhã, o que não demoraria tanto tempo assim, e ele ganhava mais do que ela justamente porque precisava tomar decisões difíceis.

Stock se encarregou de McBride e a levou com a ajuda de duas agentes até a enfermaria, onde descobriu que outra paciente tinha sido internada enquanto ela estava ausente. Tratava-se de Jessica Moulson, cuja chegada vinha sendo o alvo de todas as fofocas no vestiário nas últimas semanas.

A Assassina dos Infernos. Apenas algumas horas após a sentença de condenação e já dando seu sangue em um plano de fuga.

13

McBride estava delirando um pouco, em parte por causa dos fortes analgésicos que tinha tomado, e em parte por causa da dor que os medicamentos não eram capazes de aliviar. Pensou que estivesse alucinando com Jess, cujo rosto reconstruído brilhava à luz das lâmpadas fluorescentes feito uma máscara de porcelana e cujos olhos, após tantos dias sem comida, ostentavam as olheiras profundas de uma viciada na manhã seguinte à farra que deveria tê-la matado.

As roupas de Jess também destoavam do lugar. Ela havia sido transferida de Winstanley vestindo a camisa cinza de algodão do lugar sobre uma camisola branca do hospital, mas aquele esquema de cores não fazia sentido em Fellside, onde os uniformes eram determinados unicamente pelo respectivo status da interna. Como todas as outras mulheres do bloco G, McBride usava o amarelo da segurança máxima com uma faixa preta costurada na cintura. Talvez as detentas de Goodall devessem se parecer com vespas. Definitivamente deveriam remeter a coisas tóxicas de modo que quem lidasse com elas se lembrasse de fazê-lo com certo cuidado.

Por isso foi meio complicado para McBride processar aquela aparição estranha.

– Ah, você está doente? – ela murmurou, dirigindo-se à própria subconsciência. Porque era como se tivesse inventado uma espécie de amiga imaginária, e não conseguia entender por que tinha imaginado uma mulher que mais se parecia com um fantasma todo remendado e de rosto desfigurado.

Jess não precisava responder o óbvio, então retrucou com outra pergunta:

– O que aconteceu com as suas mãos?

McBride não respondeu. Virou de lado e encarou a parede, cobrindo os olhos com os dedos enfaixados. Ficou em silêncio, a não ser pela respiração entrecortada e tremida de choro.

A fadiga da longa jornada acabou tomando Jess de uma hora para outra. Ao fechar os olhos, sentiu um choque como se algo pesado a tivesse atingido. Caiu no sono de imediato.

A certa altura da noite, McBride começou a chorar. O efeito dos analgésicos estavam passando e ela sabia que não receberia uma nova dose até o amanhecer. Sua fama de viciada era bem conhecida e sua palavra, quando se tratava de necessidades farmacológicas, não valia muita coisa. Mas não era só a dor: era o medo também, e a lembrança da própria impotência. Até mesmo, em menor medida, a vergonha de ter roubado todas aquelas coisas das mulheres que conhecia, muitas das quais chegaram a tratá-la bem uma vez ou outra.

O barulho dos soluços arrastou Jess para fora de um estágio profundo de sono. Mas só parcialmente: um ar abafado de irrealidade se atracou a ela enquanto olhava em volta em busca do barulho. Talvez estivesse sonhando de novo. Teve a mesma sensação de que aquele espaço era muito maior do que deveria ser, assim como em seu leito no hospital e na cela da prisão preventiva em Winstanley.

Alguém estava chorando. Ela se convenceu de que era a voz de um menino. Devia estar de volta a sua própria cama, e Alex estava lá fora nas escadas, seminu no frio. Estava a sua espera, mas ela não tinha ido ao encontro dele.

Assim que se mexeu, sua mente começou a ganhar consciência. Ela sabia, ao firmar seus pés bambos no chão, que não se tratava de Muswell Hill, mas de outro lugar. Só não conseguia afastar a sensação de que era Alex quem estava chorando e ele ainda precisava dela, mesmo que ela o tenha desapontado.

A jornada até a outra cama levou apenas dois passos. A parte mais difícil foi se abaixar sem cair. Conseguia ver o contorno de um corpo contra o leve brilho vazando da recepção iluminada até a enfermaria. Ela acariciou os cabelos de Alex e sussurrou palavras de arrependimento. Apenas sons na verdade, só dizendo ao menino que ela estava lá. Quando isso pareceu não fazer diferença, ela o pegou nos braços e o segurou enquanto ele soluçava.

Até cantou para ele. Qualquer coisa que lhe viesse à mente: trechos de canções de ninar e cânticos religiosos e músicas pop.

Jess percebeu aos poucos que estava segurando uma mulher nos braços. Ela poderia ter se afastado, mas as lágrimas soluçadas de Shannon começaram a diminuir e os movimentos convulsivos do peito começaram a espaçar. Ela parecia estar sentindo certo conforto no abraço.

Assim (mesmo que aquilo ainda não chegasse a parecer real) Jess deixou a mulher em seus braços até que ela dormisse. Depois a deitou de volta no colchão com toda delicadeza. Suas mãos tremiam desacostumadas a tamanho esforço, mal suportando o pouco peso de Shannon.

Ela precisou se sentar por quase um minuto, recuperar suas forças, antes de voltar ao próprio leito e puxar as cobertas até o queixo. O quarto ainda parecia grande demais, espaçoso demais. Pairava uma brisa no ar: uma brisa que não carregava aroma algum, mas era pesada pelo fardo da própria jornada. Ela podia enxergar as paredes, mas pareciam ser tão finas quanto cortinas.

Shannon teve consciência de tudo o que tinha acabado de acontecer: a cantoria, o calor de um corpo junto ao seu, as mãos macias lhe acariciando os cabelos. Não tinha a menor ideia de quem estava fazendo aquilo, e aceitou basicamente porque tudo não devia passar de um sonho. Uma voz doce brilhando através da meia-luz nebulosa do fentanil, envolvendo-se em torno da dor que sentia para que as bordas afiadas não a cortassem mais.

A voz de uma mulher? Ou de um menino?

14

Sylvie Stock só perdeu esta cena porque nenhuma de suas espiadas furtivas em direção à enfermaria coincidiu com o momento do acontecimento. Mesmo ela olhando bastante. Já tinha visto o rosto de Jess Moulson ao levar McBride à enfermaria, mas a vontade de vê-la outra vez não passava. Sentia-se impelida por uma certa curiosidade lasciva.

Tinha acompanhado o caso de Moulson nos tabloides, nos noticiários da TV e no site do *Daily Mail*, em que uma série de discussões acabou sendo desencadeada. Prevalecia a opinião, a qual Stock tinha tanto compartilhado quanto curtido quando expressada por outros, de que o fato do rosto de Moulson ter sido queimado era a prova de que Deus se preocupava com o destino das criancinhas e que a justiça divina sempre prevalecia.

Mas não foi o que ela quis dizer de verdade; só pareceu ser a coisa certa ao se falar sobre o mal. Stock era racionalista e ateia. Na maior parte do tempo, via o mundo como uma grande máquina onde as coisas simplesmente aconteciam. Forças anônimas, poderes impessoais, ação e reação, causa e efeito. Seria reconfortante viver em um mundo ordenado e com um determinado propósito, o que ela supunha ser a razão de tanta gente fingir que vivia assim.

Quando muito, o sofrimento daquele menino só provou que não havia nada além. Ninguém olhando por nós ou dando a mínima. Um Deus amoroso não permitiria que aquilo acontecesse a uma criança. O marido de Stock, Ron, católico, dizia que fomos enviados a esse mundo para esculpirmos nossas próprias almas, motivo pelo qual Jesus foi carpinteiro. Só que nossas almas não eram feitas de madeira e pregos, mas das coisas boas ou más que praticávamos. Stock queria saber como uma coisa dessas podia ser verdade quando um garoto era queimado até morrer durante o sono antes de ter a chance de fazer qualquer coisa na vida, boa ou má.

Não, eram só palavras e nada mais. A gente vive. E morre. Cada um escolhe se quer ser Deus ou o diabo para as pessoas em volta. Ao se tornar uma enfermeira, Stock tinha tomado uma posição. Bem como a maioria das pessoas que ela tratava em Fellside, com a diferença de que tinham escolhido o lado oposto.

Enfim cedeu à persistência do ímpeto e atravessou a penumbra da enfermaria com uma lanterna de bolso, locomovendo-se o mais silenciosamente possível. Não focou a lanterna diretamente nos olhos de Moulson, mas no travesseiro ao lado de seu rosto. Moulson já estava em um sono profundo a essa altura, suas feições levemente franzidas como se estivesse tentando se lembrar de algo.

Visto por aquele ângulo, seu rosto parecia profundamente desconcertante. Não havia uma só feição que destoasse do conjunto pela feiura ou desproporção, mas o conjunto simplesmente não funcionava. E Stock tinha lido que Moulson precisou de sete operações até chegar àquele estado, o que fez a mente da agente penitenciária rebobinar só um pouquinho para visualizar como ela devia se parecer antes. Notou o forte brilho, tão diferente da aparência de uma pele genuína, saudável. Sentiu uma vontade incontrolável de tocá-la e ver qual era a textura.

Tratou de sufocar o ímpeto ainda que com certa dificuldade. Suspeitava de que, se chegasse a tocar no rosto de Moulson, o próximo passo seria esmurrá-lo.

Voltou à mesa da recepção e à monotonia da vigília. Mas ficou imaginando a Assassina dos Infernos submersa em seu descanso pacífico e indolor.

Isso não está certo, ela pensou. Nada, nada certo. Alguém devia fazer alguma coisa a respeito.

15

Liz Earnshaw não sonhava.

Nem sabia, na verdade, o que era um sonho. Quando outras contavam histórias que se passavam enquanto elas dormiam, ela achava que tudo era papo furado. Mas, toda vez que se encontrava particularmente perturbada, via o rosto de Naseem Suresh por trás das pálpebras fechadas. Não era um sonho, pois Naz não dizia nem fazia nada. Só ficava lá. E parecia ainda estar lá, de algum modo, depois que Liz acordava.

Na noite em que Shannon McBride foi castigada, isso chegou a acontecer três vezes. Toda vez, Earnshaw ficava sentada no escuro superaquecido, encarando a parede até que a imagem sumisse. Toda vez, murmurava "Foi mal, Naz", e depois se deitava e fechava os olhos de novo, tentando encontrar o caminho de volta ao vazio sem imagens onde costumava passar as noites. Não era por causa de McBride que pedia desculpas, obviamente. Tampouco se iludia com a possibilidade de que Naz fosse capaz de escutá-la.

De um jeito ou de outro, quando o toque de despertar soou, os olhos de Earnshaw já estavam bem abertos.

Sentia-se bastante confortável com o uso da violência, mas geralmente machucava as pessoas de um jeito rápido, virulento, focado. A tortura prolongada de McBride tinha sido algo fora do comum, desconcertante, e agora estava difícil tirar o episódio da cabeça. Podia evocar a memória ao interior dos músculos da mão direita, como o fantasma de uma sensação real: o impacto em cheio e estremecedor do martelo contra a carne e os ossos de McBride, uma vez após a outra, mudando gradualmente à medida que os ossos se quebravam e a carne era amaciada.

Manteve os ouvidos em alerta durante o café da manhã no caso de uma notícia sobre o estado de McBride. Uma ou duas palavrinhas já estaria de bom tamanho. Que ela estava prestes a voltar ao bloco. Que o dr. Salazar tinha dado um jeito nela. Que as mãos destruídas tinham sido perfeita e irreparavelmente restauradas.

Mas ninguém falou nada durante o café da manhã. Pelo menos, não perto de Earnshaw. Sempre que se aproximava de uma mesa, todas as conversas paravam, como se ela fosse um controle de volume ambulante.

Foi mais feliz no pátio interno, onde o alcance da voz ia mais longe do que o campo de visão. Conseguiu ouvir conversinhas esparsas enquanto foi se enfiando pelo meio da multidão, mas os bolsões informais de debate pareciam ter outras coisas em mente. Pescando uma palavra aqui, outra frase acolá conforme ia zanzando, Earnshaw acabou juntando as peças da história, se é que dava para chamar aquilo de história.

Uma mulher com uma cara estranha tipo uma boneca de porcelana tinha dado entrada na enfermaria. Rowena Salisbury, a informante da cantina que levava as refeições das mulheres presas, disse que ela se chamava Jess Moulson. A Assassina dos Infernos.

Algumas mulheres xingavam ou cuspiam no chão à menção do nome. A maioria agia pela própria cabeça. No mundo lá fora, culpa e inocência tendiam a ser encaradas como duas coisas completamente distintas, como as posições ligado e desligado de um interruptor de luz. Earnshaw não estava por dentro de muita coisa, não pensava muito sobre coisas que não podia tocar ou ver, mas, como qualquer um que já tivesse sido levado a um tribunal e respondido aquela perguntinha básica (*Como você se declara?*), ela sabia instintivamente que a consciência das pessoas era uma geografia complexa e traiçoeira. Como um antigo canal onde foi sendo jogado tanto entulho com o passar dos anos que nem dá mais para se ver o fundo. É definitivamente poluído, mas quem pode dizer qual pedacinho de lixo em particular pertence a determinado lugar?

Assim sendo, não disse nada sobre Moulson nem tinha uma opinião formada a seu respeito. Mas enfim escutou o nome de McBride sendo mencionado, e se virou na respectiva direção. Abriu passagem em uma roda de mulheres que de maneira nenhuma se mostraram satisfeitas em vê-la.

– E aí, como é que ela está? – perguntou. – A McBride? Ela já está de volta ao bloco?

Todas ficaram em silêncio e bem sérias por um tempo. Como se talvez julgassem que Earnshaw não tinha o direito de saber.

– Salazar estava no Skype com o Hospital Leeds General – Luanne Kingston disse. – Ele está achando que talvez tenham que transferi-la para lá. Ninguém aqui está por dentro de mais nada.

Pela expressão solene e apreensiva de Luanne, daria até para pensar que ela nunca teria repaginado o casinho amoroso do marido com uma garrafa quebrada. Daria até para imaginar que Luanne era uma santa.

– Ninguém está por dentro? – Earnshaw repetiu. – Então por que vocês estavam falando dela?

Outro breve momento de silêncio antes que Luanne cedesse de novo.

– A tal da Jess Moulson cantou para ela dormir. Pelo menos foi o que a Shannon disse. McBride contou para Rowena quando levou o café da manhã lá.

– Moulson? A assassina? – Parecia um tanto improvável, e McBride era conhecida pelas histórias idiotas que costumava contar. Provavelmente era só mais do mesmo. – A Moulson cantou para ela?

– Aparentemente, sim.

– E quem dá a mínima para isso?

O rosto de Luanne assumiu a expressão de alguém se segurando para não dizer um monte de coisas diferentes.

– Ninguém – ela respondeu.

– Beleza – Liz concordou e seguiu em frente.

Não conseguia arranjar nada para fazer. Não era dia de plantão, mas foi checar com Grace se poderia ser útil em algo. Não poderia. Dima Juke e Roz Jacobs já estavam plantadas na porta de Grace, e, como se tratava de um dia em que nada chegaria de fora, era improvável que Grace sofresse com a falta de pessoal. Earnshaw entrou e perguntou mesmo assim, obtendo a resposta já esperada.

– Está tudo certo, Lizzie – Grace lhe disse. – Tente relaxar e tire um dia de folga.

O que parecia ser uma ótima ideia, embora nada se adequasse ao repertório de Earnshaw. Não gostava de ler. Não usava drogas nem tinha religião. Não participava do clube de cinema, do AA ou do serviço agrícola. Não namorava ninguém desde a morte de Naz. Não se ocupava com nada no tempo livre, a não ser em recordar o passado, e ela não estava nem um pouco a fim de recordar o passado naquele momento.

– Eu posso dar uma geral aqui na cela – ela sugeriu.

Grace a encarou como se ela tivesse se oferecido para executar uma dança exótica. Mas talvez tenha notado algo na expressão de Earnshaw, pois acabou concordando.

– Está certo, vá em frente. Se você insiste. Mas veja se fica quieta enquanto eu medito.

A meditação de Grace parecia resumir-se a ficar esparramada, em uma cadeira, de pernas abertas e olhos fechados. Liz andava nas pontas dos pés, movendo as coisas meio sem vontade de uma extremidade a outra de uma mesa ou de uma prateleira e, em seguida, colocando tudo de volta no lugar. Não havia nada para arrumar. Grace reservava um canto para cada item que possuía.

Liz começou a voltar no tempo. Não queria, mas não pôde evitar. A vista ficou vermelha. Rolos de papel higiênico pisoteados e encharcados de sangue. Um coração de papel crepom. Os nós dos dedos da própria mão em carne viva e destroçados após ter esmurrado a parede da cela umas cem vezes.

– O que você disse? – Grace perguntou.

Earnshaw estava com os pensamentos dispersos.

– Nada não.

– Eu pensei ter ouvido você se desculpando.

– Não.

Grace suspirou.

– Beleza, Lizzie, já chega disso. Você não é minha empregada. Eu tenho uma função melhor para você.

– Do que você precisa, Grace?

Grace foi até a estante e pegou uma caderneta. Um moleskine chique que mais parecia um livro de uma biblioteca de verdade.

– Última página – ela disse, passando-o a Liz. – Dívidas em aberto. Veja aí quantas você consegue que sejam quitadas.

Liz pegou a caderneta com um misto de alívio e gratidão.

– Eu vou dar um jeito nisso – ela prometeu.

– Tenho certeza de que sim – Grace concordou.

– Grace?

– Oi?

– Será que as mãos da McBride vão ficar boas?

– É claro que sim. A McBride é metade irlandesa, Lizzie. Ela foi criada no meio dessa merda toda.

A cadência na voz de Grace e o sorrisinho que se seguiu às palavras confirmaram a Liz que se tratava de uma piada, então ela riu. E rir daquilo fez com que parte dos maus sentimentos desaparecesse. Deu meia-volta com o coração muito mais leve para cumprir as ordens de Grace.

16

Na manhã seguinte, a enfermaria estava a todo gás. O dr. Salazar já se encontrava lá para as primeiras consultas do dia e Patience DiMarta ("sem sandices de ambas as partes"), de volta ao plantão.

Concluir a transferência de McBride a Leeds era prioridade máxima na lista de Salazar. As mãos dela estavam em um estado terrível, e era provável que perdesse pelo menos um dos dedos, talvez dois. Imobilizar tantos ossos quebrados e até triturados assim era uma tarefa muito além das qualificações de Sally. E também muito além das qualificações de Sylvie Stock, como ficou bem evidente: Sally removeu com cuidado os curativos mal aplicados e substituiu as talas e ataduras da melhor maneira possível, mas tudo não passava de um paliativo. McBride tinha de ser transferida, e depressa.

– E isso foi um acidente? – Salazar lhe perguntou com certo tom de incredulidade na voz. Não havia nada que pudesse fazer.

– Uma mesa caiu em cima de mim – McBride murmurou.

Salazar girou a mão direita de Shannon (das duas, era a que se encontrava em pior estado) muito delicadamente, de modo que pudesse ver os nós dos dedos.

– Essas marcas – ele disse, apontando o local – parecem ter surgido de impactos distintos. E não foram feitas a partir do mesmo ângulo. Se uma mesa...

– Foi só um acidente, Sally – McBride disse. – A culpa foi toda minha, uma tremenda idiotice. Tinha um monte de gente lá que viu.

Salazar deixou passar. Fossem outros tempos, teria insistido um pouco mais. Teria anotado os nomes das mulheres que teoricamente testemunharam o acidente e, então, interrogaria algumas delas para ver se as histórias batiam. Poderia ter apresentado um relatório sobre o incidente. Poderia até mesmo ter levado o caso ao diretor e requerido uma investigação.

Já não fazia mais nada disso. A experiência tinha arrancado tudo aquilo de dentro dele. Mas ainda pensava em fazê-la, como se para lembrar a si mesmo o quão grande era o vão entre onde estava e onde deveria estar.

Após a escolta aparecer e levar McBride, Salazar pediu a DiMarta que preparasse a unidade de quarentena, enquanto ele questionava Moulson (em um de seus breves períodos de consciência plena) sobre coisas como qual era o dia da semana e onde ela tinha nascido. Deveria provar que ela gozava de uma mente sã, pois de outra forma (a partir de alguma lógica bizarra muito mais a ver com direito do que medicina) sua decisão de se matar não contava.

Moulson se saiu bem sob todos os aspectos clínicos analisados. Salazar sentia não ter se saído tão mal assim tampouco, na medida em que manteve o tom delicado típico dos médicos sempre que se dirigia a ela. Nunca tinha visto nada como o rosto de Moulson. A exemplo de Sylvie Stock na noite anterior, tentou imaginar como deviam ser seus ferimentos antes que ela fosse operada. Horríveis, considerando que a cirurgia reconstrutiva tinha se tornado quase mágica nos últimos dez anos. Já era possível produzir uma nova pele a partir de células-tronco e restaurar a função muscular com transferências microvasculares. Se Moulson tivesse recebido todos esses tratamentos e ainda ficado daquele jeito, seu rosto devia ter carbonizado até os ossos.

Independentemente de como seu rosto tenha ficado, Salazar não conseguiu encontrar nada de errado com seu aparelho cognitivo e, portanto, nada que justificasse uma intervenção em seu suicídio a conta-gotas. Ele e DiMarta determinaram que Moulson fosse transferida da enfermaria principal à unidade de quarentena (como se instruídos pelo diretor) por 11 horas. Perguntou a Moulson se ela aceitava a visita da pastora não denominacional de Fellside, Sarah Afanasy. Moulson recusou educadamente, mas com firmeza.

A unidade de quarentena era um espaço minúsculo, protegido e totalmente isolado, como uma cela solitária no coração da enfermaria. A pastora teria de fazer uma ligação interna, pois Moulson não iria a lugar algum, mesmo que mudasse de ideia quanto a morrer.

Não era o caso. Ainda se mantinha completamente lúcida quando acordada, e recusava (educadamente) todo tipo de alimento, exceto água. DiMarta a deixou com uma jarra de plástico e dois copinhos descartáveis.

Para Sally, os dois copinhos pareciam mais um toque bizarro.

– Não é para ela ficar entretendo ninguém aqui – observou, brincando.

DiMarta, ainda que robusta, sentiu-se ligeiramente afrontada por um instante.

– Sabe – a policial disse –, eu nem pensei nisso. É automático. Encho o jarro, tiro dois copos. Não é engraçado como muita coisa que fazemos... Nós fazemos sem nem pensar?

– O poder da rotina – Sally concordou. Tinha plena noção do fenômeno: opções cada vez mais escassas, portas enferrujadas se fechando. Às vezes lhe parecia que, sempre que estava em um momento de decisão, era influenciada por uma decisão já tomada anos antes. – A gente é como robô mesmo. Não daqueles sofisticados, não, só uns brinquedinhos de criança e mais nada. Se movendo através de ranhuras já entalhadas no chão.

DiMarta ficou chocada.

– Eu não quis dizer nada assim tão deprimente! Eu só quis dizer que é fácil entrar no automático sem nem perceber.

Salazar argumentou que foi justamente o que ele quis dizer também, mas acabou azedando a conversa. Não tinha o menor dom para ser simpático.

Ele fitou Moulson, que já tinha caído no sono de novo. Não conseguindo pensar em nada a dizer que pudesse melhorar o humor na sala outra vez, resolveu brincar. Separou os dois copinhos, encheu ambos e fez de conta que apresentava Moulson a um convidado imaginário.

DiMarta soltou uma forte gargalhada, mas logo levou a mão à boca.

– Isso não está certo – ela disse entre os dedos.

– O quê? O que não está certo?

Ela apontou para os dois copos descartáveis.

– É assim que a gente invoca o *Coco*. Colocando um copo d'água ou de vinho na frente de uma cadeira vazia.

– E quem é esse *Coco*, exatamente?

– Um monstro que come criancinhas e depois assume a forma delas.

– Que lindo. Isso é coisa lá de Portugal, né? Eu não sabia que você era supersticiosa, Patience.

DiMarta deu de ombros.

– Automático – ela disse. – Eu cresci ouvindo isso. Toda noite minha mãe me dizia para ir para cama sem fazer bagunça, senão o *Coco* vinha me pegar.

– E você continua aqui.

– Sim, tudo bem. Mas eu não fazia bagunça. Nem guardava lugar na mesa para espíritos.

Salazar manteve Moulson sob observação durante o dia todo. Ela acordava e apagava, mas geralmente não tinha forças para falar, ainda que lúcida. Ele tentava mesmo assim, inventando conversa fiada só para lhe mostrar que ele estava lá e lembrá-la de que ela também. A pior coisa sobre a morte: tende a ser um rito solitário, mesmo quando há pessoas ao redor. E aquela morte em especial provavelmente seria ainda mais solitária.

A inanição, no entendimento puramente teórico de Sally, era uma hipótese complicada. Não havia suavidade alguma em sua progressão. Vinha na direção do sujeito aos solavancos e tortuosa feito um carrinho de rolimã quicando em um ladeira rochosa. Conversou sobre o assunto com Patience, que provavelmente teria de dividir aquele fardo com ele.

– Passar fome não é fazer abstinência de uma coisa só; é fazer abstinência de um monte de coisas. A maioria das pessoas só pensa nas coisas mais óbvias, mais gritantes.

– Calorias.

– Exato. Nada de calorias, que é para você não ter energia alguma para se locomover. E nem proteínas para reconstrução celular. Mas são tantas outras coisas que o corpo da gente precisa. O nosso corpo é um conjunto de mecanismos bastante complexos, Patience. É preciso ter cloreto para o nosso estômago. Iodo para nossa tireoide. Eletrólitos para o nosso sistema nervoso.

– Eu não gosto de pensar no ser humano como uma máquina – DiMata retrucou, estalando a língua nos dentes. – Eu prefiro que você use outra metáfora.

Sally considerou a observação, mas era a única metáfora que possuía em mãos.

– Então todas essas diferentes partes do nosso corpo vão ter suas próprias e diferentes urgências, que podem e vão simplesmente aparecer a qualquer momento. E aí, cedo ou tarde, o catabolismo começa. Nosso corpo passa a se nutrir a partir da própria gordura e depois da própria massa muscular e dos tecidos: o próprio corpo tenta se quebrar em partes menores.

– Eu imagino que já não doa mais a essa altura – DiMarta disse com uma pontada de insegurança.

Sally faria o possível para garantir que nada doesse. Moulson havia recusado o tratamento, mas ele tinha permissão para ministrar-lhe analgésicos e, como ela estava morrendo mesmo, o céu era o limite. Ainda assim, não queria passar por esse momento ou mesmo ser responsável por ele.

Mas fazia parte do trabalho, e ele o faria da melhor maneira possível. Ao menos, esperava que sim. Conhecia muito bem os próprios defeitos, e um deles era a covardia. A situação poderia chegar em um ponto em que ele iria preferir fingir que não estava vendo nada.

17

– Uma carta para você – a enfermeira Stock disse.

Ela colocou o envelope cor de creme no criado-mudo de Jess. Depois ficou parada olhando para o envelope como se a presença dele a incomodasse de alguma forma.

A maioria das enfermeiras tratava Jess com um certo distanciamento decoroso, mas Stock parecia nutrir um intenso interesse por ela. Aparecia na unidade de quarentena várias vezes, mesmo quando não havia nada em especial para se fazer lá, embora quase nunca dissesse uma palavra sequer.

– Obrigada – Jess murmurou. Esperou até que a enfermeira finalmente fosse embora para abrir a carta.

Era de Brenda, claro. E foi de partir seu coração, o qual àquela altura já se encontrava embrutecido. Jess tinha escrito à tia para lhe explicar sobre a greve de fome. Foi uma das coisas mais difíceis que ela já tinha feito, mas não conseguia suportar a ideia de deixar Brenda descobrir uma coisa dessas pelo noticiário da TV. Brenda, que tinha sido sua segunda mãe antes e depois da morte de sua verdadeira mãe. Que a chamava de *minha gelequinha*, e, depois, *minha querida Jess*. Quem sempre a amou, independentemente do quanto ela havia se tornado indigna de ser amada.

A resposta de Brenda foi a seguinte: *Não deixe essa luz preciosa se apagar, Jess. Não importa o que dizem que você fez, não acabe com sua vida. Não por causa do que os outros consideram crime ou pecado. Você sabe o que você fez e o que você não fez e você só tem que responder a si mesma, a mais ninguém.*

Só que esse era justamente o problema.

Jess usou os controles para ajustar a cama a 45 graus. Dispunha de um bloquinho e uma caneta que a enfermeira DiMarta tinha solicitado ao mercado da prisão. Respondeu em garranchos tremidos e espichados.

Não venha mais aqui. Não se machuque mais por minha causa. Eu te amo muito, muito mesmo, mas assim é melhor para mim. Não chore.

Jess lacrou o envelope, preencheu o endereço e o colocou sobre a mesa. O valor da postagem seria descontado de seu crédito no mercado, o qual vinha diminuindo depressa rumo a zero. E, pensando bem, com ela não era diferente.

Caiu no sono de novo, apesar das luzes intensas da enfermaria, e não sonhou com nada. Sua próxima parada e destino final.

Sylvie Stock recolheu a carta e se encaminhou ao piso inferior para depositá-la na caixa dos correios ao lado do posto de administração.

Toda a correspondência das pacientes na enfermaria seguia esse protocolo. Não era exatamente um tratamento especial. Ainda assim, servir de leva e traz a uma assassina de crianças era algo que lhe dava nos nervos.

Acabou rasgando a carta e mandando tudo descarga abaixo em um dos banheiros dos funcionários. Coisinha à toa, mas que lhe proporcionou uma leve euforia transgressiva que carregou consigo pelo resto do dia.

– Tem como deixar as luzes apagadas, por favor? – Jess perguntou ao dr. Salazar no dia seguinte ou talvez um dia depois ao seguinte. – Machuca meus olhos.

– Eu preciso delas acesas para te examinar – Salazar respondeu.

– Eu sei, mas... o resto do tempo. Quando eu estiver sozinha.

Ele fez o que ela pediu. E então não houve mais dias nem noites. Havia só a escuridão em que ela vivia, e os sinalizadores que a cegavam toda vez que o médico ou alguma das enfermeiras aparecia e apagavam logo após a partida.

O dr. Salazar passou a medicá-la com tramadol, pois já lhe doía engolir e se mover. O tramadol apaziguava a dor, mas também a deixava tonta e com náuseas sempre que mexia a cabeça, ainda que só um pouco. Também distorcia sua noção de tempo, a menos que isso fosse um dos efeitos colaterais de não poder mais ver o céu.

Curtindo o tempo, cumprindo pena, pensou sem dar importância. Como se o tempo fosse uma droga.

E se fosse mesmo, ela bem que podia ter dosado com mais cautela.

18

– Mas, então, e essa criatura que chegou à enfermaria? – Grace perguntou a O Diabo. – A Moulson. Qual é a dela?

Grace havia acabado de dar uma canseira em Devlin, O Diabo, não havia nem cinco segundos e ele continuava sem fôlego, mas já havia se acostumado como ela se recuperava rápido depois do sexo, então rolou de lado e se deitou de costas com as mãos atrás da cabeça enquanto ela acendia um cigarro. Ele podia se dar ao luxo de relaxar um pouco. Liz Earnshaw e Big Carol Loomis estavam de prontidão à porta, portanto não havia o risco de alguém entrar e interrompê-los. Mesmo que outra agente aparecesse atrás dele, seria esperta o suficiente para não procurá-lo debaixo da saia de Grace.

– Ela está se matando – ele contou a Grace com desgosto. – A única maneira que ela encontrou sem ser impedida. Uma greve de fome. Pelo visto, a gente só tem que sentar e assistir.

– É um protesto? – Grace questionou, ignorando como sempre a irritação de Devlin. O sujeito só sabia reclamar. Vivia em um mundo onde todos que cruzavam seu caminho só queriam trapaceá-lo ou insultá-lo ou desrespeitá-lo ou desobedecê-lo, ou, no mínimo, se safar de algo. Era, segundo o próprio, o bastião da ordem e o bastião de não levar desaforo. Grace o considerava passível de erro, contanto que ela não tentasse desafiar tal filosofia de vida.

Isso era parte da razão pela qual gostava das atitudes de Devlin (ou aprovava, ao menos). Não havia quase nada nele que não pudesse ser notado logo de cara. *Bandido* era a primeira coisa que vinha à cabeça ao vê-lo, e provavelmente nada mudaria esse julgamento. Tinha ombros fortes e largos, mantendo a cabeça erguida sempre muito bem raspada. Acima de tudo, era durão. Tudo a ver com a impressão que passava; como se, caso você o abrisse ao meio, não encontraria mais nada além da mesma substância sólida e maciça.

Aquele, porém, era o lugar onde as aparências enganavam. Devlin era do tipo valentão que adorava intimidar os outros. Bullying, na opinião de Grace, era em boa medida o que melhor o definia. Embora também tivesse um lado sentimental. Gostava de acreditar que os carcereiros novatos lhe eram leais, que as detentas o respeitavam, que era um pivô emocional às pessoas que mais tratava com despeito. Ser amado e compreendido, eis o cerne da vidinha fantasiosa que levava, o que talvez acabasse explicando de alguma forma como as coisas funcionavam entre ele e Grace. Ele via intimidade onde ela enxergava apenas aliança.

Ele refletiu um pouco sobre o questionamento de Grace e deu de ombros. Não irritado, pois ainda curtia confortavelmente o pós-sexo, mas com desdém.

– Não. Ela não se acha injustiçada. O advogado dela perguntou se podia vir aqui para conversarem sobre uma apelação, e ela disse que não queria vê-lo.

– O que ela está fazendo então?

– Não sei. Consciência pesada, talvez. Ela se declarou inocente, mas deu uma pirada no julgamento e praticamente admitiu que matou o menino.

Grace não teve mais o que a dizer a respeito, embora tenha pensado que alguém disposto a se autodestruir por um sentimento de culpa provavelmente estaria melhor morto, era alguém por quem com certeza não valia a pena desperdiçar um pingo de compaixão. Sabia bem o que era culpa, embora não entendesse lá muito bem. Parecia ser tão útil quanto dente em galinha. O que está feito, está feito. Se não houve intenção, não conta; caso contrário, viva com sua escolha.

Assim sendo, Moulson não passava de uma curiosidade incômoda para ela, e nada mais. Logo mudaram de assunto. Grace precisava ensinar três novos aviões a transportar drogas, todas com audiências marcadas dali a algumas semanas. Queria que Devlin providenciasse os aviões. Era bastante trabalho, e exigia bastante discussão sobre nomes, datas, horários, locais e valores. Era uma pena que já tivessem feito sexo. O papo os deixou animados e excitados de novo. Mas Devlin precisava cuidar da mudança de turno e já estava na cela de Grace por quarenta minutos. Quarenta e cinco era o limite acordado entre os dois havia um bom tempo, e o seguiam à risca.

Devlin vestiu o uniforme, e Grace lhe deu um apertão no pau antes de deixá-lo guardar na cueca. Ao misturar negócios e prazer de novo, ela compartilhou mais um pensamento.

– Eu acho que a gente se garante em aumentar a demanda.

Devlin não pareceu muito entusiasmado. Grace sabia que ele logo mudaria de opinião: por isso, esperou que ele estivesse de saída para lhe dizer isso. O Diabo prezava por uma vida tranquila em que o dinheiro e a gratificação fossem ao encontro dele sem maiores sacrifícios, sem que ele precisasse fazer esforço algum para alcançá-los.

– Onde? – ele a questionou. – Temos o bloco inteiro à nossa disposição agora. Não existe competição nenhuma aqui, Grace.

– Eu não estou pensando em Goodall, estou pensando em Curie. A Dizzy sai em duas semanas. Veja a oportunidade.

Ela esperou Devlin começar a reclamar. Sabia em quais pontos ele discordaria, e tinha respostas para todos eles.

Ele começou com o mais óbvio:

– E quanto a Hassan e Weeks?

Eram as duas protegidas de Dizzy Disraeli, e estavam particamente planejando assumir a rede de distribuição depois que Dizzy fosse solta.

– É por isso que estamos tendo essa conversa agora – Grace retrucou. – Estou achando que a Hassan e a Weeks podem arrumar alguma confusão. Algo que te obrigue a colocá-las na solitária por umas duas semanas...

Devlin alisou a camisa enquanto pensava no assunto.

– Isso precisa ser muito bem planejado. Não me leve a mal, eu consigo arranjar isso. Só vai sair caro. E quem vai vender isso para você? Se eu fechar a torneira da Dizzy, a sua vai ter que jorrar bastante água, senão vai acabar acontecendo é um banho de sangue.

– Eu tenho algumas pessoas em mente.

Grace enumerou os nomes que lembrou: Ellen Heinz, Sue Calvie, Jasmin Sullivan, e outras duas ou três. Mas dava para ver no rosto de Devlin que ele ainda estava mais focado nos contras do que nos prós.

– Você vai precisar de alguém que entre com a droga na prisão – ele observou. – Eu não posso entrar em Curie. Não assim do nada. Não com um quilo de preto enfiado na minha camisa.

– Esse é o ponto – Grace concordou. – Você não conhece ninguém em Curie com quem a gente possa falar?

Devlin sacudiu a cabeça com ênfase. Os seis blocos prisionais em Fellside eram repúblicas independentes e as respectivas máfias raramente conversavam entre si. Grace até compreendia a relutância dele em bancar o sargento recrutador: aquele tipo de conversa exigiria que ele mostrasse a cara antes que as outras facções mostrassem as suas, o que seria um risco substancial.

E por falar em risco, Devlin já tinha outro a apontar.

– O que vamos fazer em relação ao Kenny Treacher?

Treacher era o fornecedor de Dizzy, um sujeito cuja reputação era das mais sanguinolentas. Grace já tinha visto o sujeito algumas vezes quando fora visitar Dizzy. Ela o achava com cara de quem mataria alguém sem mexer um músculo do rosto, o qual mesmo em repouso se parecia com uma maçã silvestre capaz de se automutilar. Embora conhecesse Dizzy antes de ela ser presa, Treacher mantinha uma relação mais intensa com Dominica Weeks, protegida de Dizzy, que ele conheceu já lá dentro e, segundo comentavam, se casariam assim que ela saísse. Não daria para comprá-lo ou colocá-lo na jogada. Era possível que houvesse planos para garantir uma transição suave dos negócios quando Dizzy fosse solta. Tirando Hassan e Weeks da equação, ele acabaria temporariamente sem apoio, portanto não teria como impedir que alguém chegasse e lhe roubasse a clientela. Fato que ele não gostaria muito, e provalvemente criaria problemas mais tarde para tentar desfazer o negócio fechado.

– Deixa que eu me preocupo com isso – Grace disse, manhosa. A verdade era que as represálias de Treacher provavelmente seriam restritas aos níveis mais baixos da pirâmide. E ela aceitaria com todo gosto quaisquer danos colaterais. – Pense só em quem fará o transporte. Descubra o que você puder. Precisa ser alguém de confiança para entrar com a droga. Alguém mais velho, se for possível.

– Preferência pela cor dos cabelos? – Devlin resmungou.

– Uma loira, Dennis. Com olhos grandes. As pessoas com cara de anjo circulam com mais facilidade.

Com os 45 minutos já estourando, Devlin saiu da cela de Grace, passando pelo meio de Earnshaw e Loomis, uma de frente para a outra feito os soldados na Torre de Londres. Ajustou a gravata e endireitou a calça para deixar bem claro que tinha ciência de que elas sabiam o que acontecera na cela, mas não dava a mínima. Então saiu andando com a arrogância de costume.

Big Carol simulou um movimento sexual até que o olhar vazio de Earnshaw se desviou e ela parou.

19

As notícias sobre a assassina que tinha decidido morrer se espalharam depressa por toda Fellside.

E ainda mais depressa no bloco G, onde Shannon McBride (recém-regressa de Leeds General com nove dedos, talas e pinos por todas as mãos minuciosamente reconstruídas, e pelo menos um mês de licença do trabalho prisional) providenciou o sistema perfeito de transmissão. Sentia-se dona de Moulson, ao menos para narrar, e lhe doía pensar que outras pessoas poderiam acabar se apropriando do que era seu por direito. Assim, saiu contando para quem quisesse ouvir sobre como Moulson tinha cantado para ela dormir, e como a voz de Moulson tinha um estranho poder hipnótico. Àquela altura já era até notícia requentada, mas ainda gozava de algum valor, especialmente direto da fonte.

Shannon contou a história no mercado para apimentar um pouco o picadinho insosso de carne com milho. A plateia foi sendo atraída a partir do segundo andar do bloco, formada por companheiras de cela e demais colegas. Po Royal se encontrava lá com a namorada, Kaleesha, a bibliotecária do bloco G. Bem como Hannah Passmore, a única condenada à prisão perpétua no segundo andar. Hannah não pertencia a esse grupo pacífico e literário, mas já tinha ficado com Po no passado e as duas ainda cuidavam uma da outra.

– Talvez foi assim que ela matou aquele menino – Po disse. – Cantou para ele dormir e o pobrezinho nunca mais acordou.

McBride achou aquilo sensacional, e normalmente seria algo que ela teria o máximo prazer de adicionar à história. Mas faria com que Moulson parecesse um monstro. Quando pensava naquela noite terrível, lembrava-se de como a dor parecia ser insuportável até o exato instante em que Moulson a tocou, e tudo desapareceu.

Bem, isso e o fato de ter confundido Moulson com um garoto em certo momento, ou achado que havia um garoto no quarto, ou coisa do tipo. Mas como essa parte era confusa e não parecia levar a lugar algum, deixou de lado.

Shannon pensou nas histórias que ouvia quando era criança sobre mulheres assustadoras que adoravam cantar, e como o poder delas estava justo no canto, a ponto de ser melhor não ouvir. Sereias e *selkies* e afins. Não queria deixar Moulson com uma reputação ruim, embora ela pudesse ter um pouco desse poder, mas não ser má.

– Ela tem uma voz muito estranha – admitiu. – Penetra em nossos ossos e começa a vibrar.

– Se ela tiver um vibrador, eu vou querer experimentar – Kaleesha comentou.

Sua companheira de cela e amante lhe deu um cutucão nas costelas pelo comentário.

– É melhor ficar bem longe dessa porra, ouviu, sua putinha nojenta! – Po a advertiu.

Hannah Passmore sacudiu a cabeça de um jeito sombrio.

– Cantar – disse com total desgosto. – Por que ela canta?

– Talvez ela não consiga se controlar – McBride sugeriu. Já estava embelezando a história sem o menor pudor. – Os olhos dela pareciam um pouco vidrados. Como se ela tivesse em transe ou sei lá. Como se a música fluísse dos lábios dela, ela querendo ou não.

– Qual música ela cantou? – Po lhe perguntou. Foram várias, mas Shannon só conseguiu se lembrar de "Time After Time", da Cyndi Lauper. O detalhe musical não despertou muito interesse, e ela fez uma anotação mental para inventar outra coisa na próxima vez em que lhe perguntassem aquilo. A música não era o que importava, no fim das contas. O que importava era a história, ou melhor dizendo, ver como as pessoas reagiam à história. E ela tinha o maior prazer em ajustar os detalhes para atender às necessidades e às preferências dos ouvintes.

Shannon gostava da atenção que recebia por causa das histórias, e a maneira como as narrativas ganhavam vida depois de contadas. Isso a fazia se sentir conectada à vida na ala Goodall, como se fosse a dona do baile. De resto, sabia bem, era apenas mais uma. E desde muito antes de acabar em Fellside. Foi rejeitada pela família assim que recebeu voz de prisão (quer dizer, assim que souberam da acusação por tráfico de drogas) e levou um pé na bunda do noivo. Ninguém nunca a visitava e nunca recebia uma carta. A vida que ficara para trás no mundo lá fora já havia fechado suas portas para ela. Então ela contava histórias e, enquanto tivesse plateia, acreditava ter amigas.

Após a noite do julgamento no caso da Caixa Q, de repente aconteceu. Mulheres que nunca tinham tempo para ela começaram a aparecer na cela para jogar conversa fora ou convidá-la para uma partidinha de Lig 4 ou Gin Rummy no salão oval. Ela retribuía com mais histórias, tudo o que tinha a oferecer em uma conversa, e se esbaldava, ronronando, na magnificência de uma plateia.

Moulson era uma boa história e Shannon tratava de lustrá-la o quanto podia para alcançar um brilho cada vez maior, com muitas interações. Ela nunca tinha certeza, porém, do que esperar. Pouquíssimas mulheres em Goodall davam crédito ao que as notícias dos tabloides diziam sobre a Assassina dos Infernos. Mas sabiam que uma criança havia morrido, e não aceitavam isso. A possibilidade de Moulson morrer parecia uma contrapartida razoável.

Algumas pessoas, naturalmente, se mostravam bem mais pragmáticas. Harriet Grace, por exemplo. Corria o boato de que tinha aberto um banco de apostas sobre quanto tempo Moulson duraria. No caso de qualquer período acima de seis semanas, os ganhos pulavam de cem para um. Mas não houve ninguém em Fellside que topasse a aposta.

Shannon esperava de coração que Moulson mudasse seus pensamentos e sua vida. Muitos motivos a levavam a querer isso. Teria a chance de lhe agradecer por tê-la ajudado no momento de escuridão.

E sendo assim tão pouco provável, daria um final bem melhor.

20

Mais uma semana se passou, e Jess continuava firme em suas convicções.

Estava morrendo aos poucos, quilo a quilo. Mas acabou ultrapassando todos os limites suportáveis da dor na terceira semana, e sentia apenas amortecimento e torpor. Sem contar com os momentos que engolia ou tentava falar, por si só uma agonia causada pela infecção fúngica sublingual.

– Eu posso dar um jeito nisso – o dr. Salazar tinha lhe dito ao dobrar sua língua com uma espátula e ver a mucosa lívida, inchada. – Não tem por que você continuar sofrendo.

Na verdade, o médico disse isso várias vezes. Na última vez, ele quase implorou. Jess percebia que o agoniava ficar sentado ali observando a dor que ele sabia ser capaz de curar. Mas ela não sabia até onde ia sua força de vontade. Coisas ainda piores poderiam acabar acontecendo em breve. Se dissesse sim ao tratamento, como teria confiança em si mesma para dizer não mais tarde? E se deixasse de conseguir falar, estaria abrindo um precedente sem querer?

O jeito era enfrentar a situação até que nada disso importasse mais.

O tramadol ajudava, não tanto por aliviar a dor, mas por criar os enormes lapsos de tempo. Os efeitos da droga se intensificavam conforme sua massa corporal diminuía e seu organismo enfraquecia. Agora, sempre que Salazar ou uma das enfermeiras lhe dava uma injeção, sentia-se como uma rolha sendo empurrada até o fundo de águas turvas. Voltaria à superfície de novo aos poucos, bem aos poucos, até dar de cara com outra enfermeira de plantão após metade de um dia.

Certa vez, ao recobrar a consciência depois de uma dessas imersões, teve a forte convicção de não estar sozinha no quarto. Foi como em sua primeira noite na enfermaria, só que ainda mais forte. Alguém estava se movendo por trás da cabeceira de sua cama. Esperou que, seja lá quem fosse, entrasse em seu campo de visão, mas isso não aconteceu. Os passos só continuavam a ir e vir às suas costas, pegadas leves e dessincronizadas a ponto de não conseguir imaginar o que o dono dos pés estaria fazendo. Saltitando? Dançando? Empurrando algo pelo chão sem as mãos?

Poderia ter arriscado um oi, mas sabia bem o que sentiria caso mexesse sua língua ulcerada. Então acenou com um movimento tímido em que sua mão mal desgrudou do lençol.

Os passos pararam bem próximos a seu ombro e a armação da cama rangeu ao ser tocada. O visitante invisível fungou alto, o catarro de um nariz que precisava com urgência ser assoado, e em seguida ouviu-se o barulho de um atrito irritante no limite da audibilidade; Jess imaginou mãos esfregando um rosto, ou alguém se coçando.

Quanto mais silencioso ficava, menos parecia que a pessoa falaria algo. E no total silêncio, Jess questionou-se ter ou não escutado algo de fato. Talvez toda aquela experiência fosse uma sensação produzida pela diminuição dos efeitos dos analgésicos.

Mas então sentiu algo: um deslocamento de ar contra seu rosto. O visitante ainda estava lá, e tão perto que dava para sentir a respiração dele.

Jess virou a cabeça bem devagar para não forçar os músculos semiatrofiados.

Não havia alguém lá ou atrás da cama. A cama estava bem encostada na parede, com a cabeceira fixa a ela. O vão em que aqueles passos saltitavam sem parar simplesmente não existia.

21

– Então você está dizendo que ela está ficando sem saída?

Devlin já estava cansado dos rodeios de Salazar. Cansado de ficar em pé naquela enfermaria, as virilhas suadas porque o bloco administrativo não tinha ar-condicionado e a onda de calor só aumentava. Queria uma resposta direta. Mas a porra do dr. Maluco não sabia fazer outra coisa além de se esquivar.

– Eu só estou dizendo que ela está à beira de uma crise – Salazar repetiu pela décima vez, dando os ombros caídos. – As próximas 48 horas serão cruciais.

– Cruciais?

– Decisivas.

– Merda! Você só está usando dez palavras diferentes para dizer a mesma droga. Ela vai morrer ou não?

O médico fez uma careta, desviando o olhar de um lado para outro e outra vez para evitar contato visual com Devlin. Na opinião de Devlin, Sally era um covarde. O tipo de covarde que detestava tomar partido sobre qualquer assunto, ainda que fosse apenas emitir um simples e categórico parecer. O que não deixava de ser irônico, já que o formato de batata de Sally lhe conferia um certo ar de imponência e segurança. Em outros tempos ele havia mostrado uma boa dose de obstinação. Agora, era um homem que costumava sair pela tangente antes mesmo de ser encurralado, exatamente como agora.

– Eu me recuso a conversar sobre isso – o médico disse a Devlin.

– Ah, mas vai, Sally, vai sim. Caso contrário, teremos outra conversinha sobre você sendo pego no flagra. Podíamos até chamar o diretor para participar disso.

Sally havia passado um breve período pegando empréstimos do próprio estoque. Foi na época em que a esposa, Leah, estava morrendo de câncer e ele usou os medicamentos para proporcionar-lhe uma passagem mais suave. Devlin tinha como provar o esquema por meio de uma fatura que o médico acabou jogando fora após fazer uma falsificação convincente com corretivo líquido e uma fotocopiadora. Devlin possuía a fatura original e a cópia adulterada em um arquivo em seu escritório. Guardava o segredo de Salazar, mas volta e meia aparecia para cobrar outro favor. Ainda não tinha ficado na mão. E estava seguro de que nunca ficaria, pois o trunfo era apenas a metade de um cadeado perfeito. A outra metade era Naseem Suresh, cujo nome Devlin jamais chegou a mencionar simplesmente porque não havia necessidade.

– Falando em automedicação – acrescentou com bastante ênfase, só para garantir –, o que você tem aí para mim?

Salazar foi até o armário de segurança, destravou a portinhola e retornou com três caixas brancas e cor-de-rosa de petidina. Devlin enfiou tudo no bolso sem dizer nada. Tinha adquirido o vício desde que pisou em Fellside (ou melhor, desde que passou a ficar com Grace), embora se achasse bastante esperto a ponto de não se deixar levar pelos efeitos da diamorfina. A petidina, tomando-se metade de um comprimido por vez, era como uma trepada longa e lenta, e ele se dava muito bem com ela. A partir da observação diária, sabia que a heroína não causava sensação tão boa.

– Está bem – Devlin disse, feliz por ver que a hierarquia natural das coisas tinha sido devidamente restabelecida. – Deixando a conversinha de lado, me diz logo quanto tempo vai levar para aquela piranha morrer.

Mas Salazar ainda parecia relutante em se comprometer.

– A Moulson está cada vez mais fraca. – Isso seria tudo o que diria. – Órgãos importantes provavelmente vão começar a falhar nos próximos dias, e eu não vou intervir a menos que ela me peça. Mas se ela pedir...

Devlin ficou confuso.

– Eu pensei que ela não estivesse mais falando.

– Não está mesmo – o médico admitiu. – Não seria fácil para ela. Sua boca está em uma situação bem grave. Mas ela ainda tem consciência do que se passa em volta, pelo menos em parte do tempo. É possível que ela consiga dizer uma... uma palavra ou duas, ou fazer algum gesto que eu acabe interpretando como um pedido de intervenção.

– Um gesto que você acabe interpretando? – Devlin foi empilhando as palavras com total descrença.

– Isso.

– Bem, Sally, deixa eu te dizer uma coisa. Não.

– Não...?

– Não interprete nada. Deixe a natureza seguir o próprio curso.

O médico manteve a dignidade, o que não melhorou tanto a sua estatura moral quanto ele esperou.

– Tenho perfeito juízo das minhas responsabilidades, Dennis. Eu sou funcionário do presídio, mas trabalho em prol das minhas pacientes, como qualquer outro médico.

– Mas se ela mudar de ideia...

Devlin levou a mão ao ombro de Salazar, um gesto levemente paternal, mesmo que Salazar fosse dez anos mais velho.

– Ajude-a a se manter firme – ele disse.

Sally não falou nada. Mas havia uma expressão de afronta no seu rosto. Devlin não deixou por menos. Encarou o médico de perto, a mão ainda cravada no ombro.

– Lembra o que aconteceu da última vez em que você inventou de se revoltar e fazer a diferença? – ele rosnou.

– Lembro – Sally disse. – Claro que eu lembro.

– A gente não quer que aquilo se repita, quer?

O médico piscou depressa várias vezes.

– Bem, isso seria pouco provável – ele retrucou. – Não é... não dá para comparar a situação.

Foi quando Stock entrou na enfermaria a passos suaves, a ponto de nenhum dos dois notar sua presença.

– Só não se esqueça de uma coisa, Sally – Devlin disse. – Aquela mulher lá dentro matou uma criança. Essa porra cozinhou aquele moleque. Em um mundo perfeito, ela levaria o troco na mesma moeda. Ela acabaria assada ao molho feito um rosbife. Pessoas como você só pensam nas próprias boas intenções. Se está com dor, passa uma pomadinha. Se está doente, prepara logo uma injeção.

– Eu não sei aonde você quer chegar com isso, Dennis – Sally disse baixinho, as pálpebras ainda mexendo rápido.

– O ponto aonde eu quero chegar – Devlin retrucou – é que algumas pessoas *são* a doença. Não há nobreza em deixar essas pessoas continuarem vivendo. Isso só serve para jogar mais bosta nesse monte de merda em que estamos.

– Ninguém é uma doença. Isso é crueldade de se dizer.

Devlin sacudiu a cabeça com certo desdém pesaroso.

– Bem, deixa pra lá – ele disse. – Se ela durar demais, talvez eu apareça aqui com uma sacola e acabe com essa história.

Devlin se virou e deu de cara com a enfermeira Stock. Não pareceu ficar preocupado com a presença dela. Havia poucas pessoas em Fellside que o preocupavam, e não era o caso de Stock.

– E aí, Sylvie. – Ele a cumprimentou. – Veja se coloca algum juízo na cabeça desse imbecil, ok?

E foi embora, deixando o dr. Salazar à procura dos pedaços de dignidade estraçalhada. A meio caminho da porta, ouviu Sally dizendo "esse cara é só mais um desses metidos a valentões. Ignore ele, Sylvie".

Sally não chegou a escutar o que Stock respondeu. Tinha absoluta certeza do que ela estaria pensando. Considerava-a uma pessoa bem parecida consigo próprio, alguém que não tolera idiotas e sempre reconhece um ao se deparar com ele.

22

Stock era a enfermeira de plantão naquela noite, responsável pela enfermaria até o que dr. Salazar retornasse ao serviço às oito da manhã seguinte e a liberasse. E, ao longo de toda a vigília noturna, as palavras de Devlin reviraram em sua cabeça.

Stock era uma mulher de fortes convicções e basicamente conservadoras. Não gostava de gays e imigrantes nem de qualquer pessoa que pedisse mais do que merecesse. Embora fosse ateia, gostava da seriedade moral das religiões e de gente com espírito religioso. Achava que se posicionavam de maneira correta na maioria das questões sociais.

E uma das questões que mais lhe afligia era o abuso de crianças. Considerava Jimmy Savile um homem infinitamente pior do que Hitler, já que a maioria das vítimas de Hitler tinha sido capaz de reagir. O que uma criança poderia fazer contra um adulto machucando-a? Nada.

Pensou nas criminosas sexuais da unidade fechada no bloco Dietrich. Nunca chegou a conhecê-las porque Dietrich era um domínio à parte nas intermediações de outro domínio. O bloco possuía equipe médica própria, capacitada para atender às necessidades especiais de loucos e monstros. O que provavelmente era o melhor de tudo: se uma pedófila sofresse alguma lesão em um castigo bem dado, por exemplo, Stock não sabia se poderia se forçar a tratá-la.

Acabaria tendo uma rebelião em Fellside qualquer dia desses. Em rebeliões, Sylvie sabia bem, todo tipo de dívida era acertado. A proteção que as infanticidas e as estupradoras recebiam rotineiramente à custa do contribuinte não valia de nada quando as brigas começavam.

Mas se tratava de uma perspectiva distante. No aqui e agora, sob os cuidados dela naquela noite estava Jessica Moulson, a Assassina dos Infernos. Com as mãos sujas do sangue de uma criança. E o discurso de Devlin ao dr. Salazar a deixou pensativa, como se tivesse recebido a permissão de um professor para sair de sala.

Só queria encostar um dedinho, bem de leve, em um dos pratos da balança da justiça. Nada mais. E se negava a aceitar até que estaria fazendo algo além daquilo. O pecado original foi o pecado da omissão. Devia passar vaselina nos lábios de Jess Moulson a cada duas horas para impedir que ficassem ainda mais secos e rachados do que já estavam. Nem se deu ao trabalho. E quando a garrafa de água de Moulson se esvaziou (aquela com um bico na boca que permitia a Moulson se alimentar como um bebê sem mexer a cabeça), ela não a encheu de novo.

Porém, essas pequenas coisas acabaram desencadeando algo maior dentro dela, e embora aquilo tudo a deixasse bem assustada consigo mesma, continuou fazendo ainda assim. Quando media a temperatura de Moulson, enfiava o termômetro sob sua língua inchada com força desnecessária. E na hora de dar os analgésicos, ela os ministrou de forma bem mais bruta do que precisava.

Ela levantou a perna machucada de Moulson e a virou, procurando uma veia perfurável. Dobrou a perna bruscamente de lado como alguém prestes a destroçar uma galinha, agarrando-a com firmeza no joelho e no tornozelo. Sabia o quanto seria fácil deslocar a tíbia. Os músculos de Jess já não passavam de uns fiapos.

Stock afastou aquela ideia horrível da cabeça, fingindo que aquilo não a deixara entusiasmada. Tinha uma função a cumprir e a cumpriria. Era uma profissional.

Enfim encontrou uma veia na região da virilha. Percebeu que Moulson não havia chegado tão longe quando era viciada. Stock já tinha visto usuários de heroína com marcas por todas as partes do corpo. Chegou a tratar de uma prisioneira que havia ficado cega de um olho ao se injetar na mucosa esclerótica. E tinha conhecido outra que costumava se injetar na língua, usando fio dental como torniquete. Nada mais a deixava surpresa. Tinha estudado enfermagem para aliviar a dor das pessoas, e em Fellside só o que via eram pessoas cometendo atrocidades contra si mesmas. Detestava aquilo tudo.

Ela fez assepsia na face interna da coxa de Moulson e preparou a injeção. Ministrava um frasco multidose de tramadol, então passou a ponta da agulha através do lacre de borracha e extraiu a dosagem de praxe.

Depois posicionou a agulha na virilha de Moulson e a enfiou. Assim como fez com o termômetro, empurrou-a com mais força do que o necessário, sem a intenção de feri-la, mas imaginando o ódio que sentia sendo transmitido pela ponta daquela agulha. Afundou o êmbolo como se estivesse detonando uma bomba.

Não se deu conta do erro até puxar a seringa de volta e o sangue começar a jorrar pelo buraco da agulhada. O azul-violeta-escuro deu lugar à sufusão de um vermelho mais vivo, mais denso. E continuou fluindo mais, escorrendo pela coxa de Moulson e pingando no lençol antes que Stock pudesse pegar uma toalha.

Havia algo de errado ali. Muito errado, de uma maneira bem específica. Devia ter injetado a dose de tramadol por engano na artéria de Moulson.

Stock mordeu com força o lábio inferior, mas um gemido involuntário forçou passagem boca afora. Por um instante ficou literalmente paralisada de horror. Foi uma coisa terrível de se fazer, o tipo de erro capaz de acabar com uma carreira. Mais do que isso: capaz de acabar com uma vida.

Uma injeção intra-arterial podia ser tão perigosa por fazer com que uma concentração maciça de medicamento aplicado acabasse sendo distribuído muito localmente no tecido perfundido por essa determinada artéria. O tecido da coxa de Moulson ficaria inchado e o fluxo de sangue seria drasticamente interrompido. A dor provavelmente não demoraria muito a passar, coisa de minutos, mas seria incrivelmente intensa. No longo prazo, haveria um sério risco de gangrena, pois parte desse tecido inchado e mal irrigado acabaria necrosando. E se fosse uma parte considerável, a perna teria de ser amputada.

Claro que havia a possibilidade de simplesmente não existir um longo prazo. Um coágulo poderia se formar e Moulson acabaria morrendo de um ataque cardíaco dali a poucos minutos.

Stock se afastou da cama com a mão esquerda apertada ao redor do pulso direito como se precisasse de ambas as mãos para segurar a seringa vazia. Sua mente estava em pânico, e o ímpeto de sair correndo foi avassalador. Mas não podia sair correndo. O sangue de Moulson pulsava contrastando com o cinza empalidecido de sua coxa. A mancha no lençol aumentava cada vez mais em um círculo quase perfeito. Sem motivo especial, do nada, Stock se lembrou do marido Ron lendo em voz alta o Antigo Testamento. Moisés ferindo a rocha com o cajado e a água jorrando em abundância.

Tratou de se recompor na medida do possível. Saiu correndo e pegou um chumaço de gaze no armário de primeiros socorros e o levou de volta ao leito, muito embora tivesse a sensação de estar movendo o corpo de outra pessoa. Pressionou o polegar contra o ponto de inserção enquanto rasgava o pacote com os dentes. Embebeu o chumaço com ácido tranexâmico. Aquilo deveria estancar o sangramento.

Firmou o chumaço no local por 15 minutos até o polegar começar a doer pela forte pressão constante. Moulson se contorcia e choramingava em seu sono, pequenos tremores percorrendo seu corpo. Mas o medicamento a mantinha sedada, ainda que estivesse registrando a dor para além da narcose.

Eu tenho que sair daqui, Sylvie pensava. *Eu tenho que fugir daqui agora. Eu não posso ficar neste quarto.*

Parte dela sabia que fugir não adiantaria de nada, que aquilo acabaria se voltando contra ela, independentemente do que fizesse. Mas um pânico desesperado pareceu arrebatá-la. Stock fez o que pôde para limpar tudo. Trocou a camisola de Moulson e depois a roupa de cama, as mãos tremendo como se tivesse algum tipo de paralisia. Pegou o chumaço de gaze encharcado de sangue e a embalagem vazia e foi até a recepção, jogou tudo em um saco de lixo hospitalar e guardou tudo no fundo de sua bolsa. Não podia levar os lençóis. Teriam de ir para a lavanderia no dia seguinte, no fundo de um saco onde não pudessem ser notados.

Mas ela só chegou até a porta.

E foi quando a realidade a atingiu. Stock parou com a mão na maçaneta, um fiapo quase imperceptível de consciência e medo e pragmatismo. A verdade era que não havia opção a não ser esperar.

E torcer para que Moulson não morresse, ainda que merecesse morrer.

23

Uma lembrança fora do contexto.

Ou talvez a agulha furando sua coxa *fosse* o contexto. Trazendo de volta injeções mais consensuais no que (apesar de tudo) provavelmente contava como tempos mais felizes.

– Sei lá – Jess disse.

– Sei lá o quê? – A boca de John estava torta em um sorriso malicioso. Como se já imaginasse o que ela diria, e quisesse que fosse dito mesmo assim só porque seria hilário.

– Estou limpa – Jess lhe disse. Como se aquilo fosse uma taquigrafia para várias outras coisas.

Os dois estavam sentados de pernas cruzadas no chão, com as luzes apagadas, a televisão ligada sem som e uma música suave tocando no iPod. A faixa era "The Trouble I'm In", de Gavin Rossdale, o que não era lá um bom presságio, mas tinham dividido um curry, duas King Cobras e um pote de Cherry Garcia. Agora John queria dividir algo mais, e parecia querer muito.

– Se você está agora – ele observou –, isso quer dizer que teve uma época em que você tava usando. Você já usou isso antes.

– Isso aí nunca! – Jess argumentou. *Isso aí* era um saquinho plástico cheio de China White. *Isso aí* não era o Kansas, era muito além de qualquer coisa que ela havia experimentado. Ela tentou explicar. – Eu só usei oxi uns dias. Levei um tempão para experimentar de novo. Mas heroína... eu juro por Deus, John, essa não é a minha praia.

Ele ainda estava com o sorriso malicioso estampado no rosto.

– Você sabe qual é o princípio ativo da oxicodona, Jess?

– Não.

– É a diacetilmorfina. Exatamente a mesma coisa que tem na heroína. Você já está usando opiáceo. Isso aqui não é nada diferente. A não ser pela maneira que eu tomo, sem colocar para dentro tanta substância perigosa assim. Dá um barato que logo passa. Olha só, eu vou te mostrar.

Não havia ligadura, colher, nem seringa.

– Nada dessa merda. Isso é psicológico! – John gostava de usar metanfetamina com os tubos de vidro que os floristas vendiam com as rosas. Fez uma demonstração, aquecendo o pó branco com um isqueiro Bic até o interior do tubo ser preenchido com uma fumaça branca e cremosa que parecia quase tão sólida quanto purê de batata.

Ele deu uma tragada e depois ofereceu a ela o tubo fumegante, o caleidoscópio branco.

– Vai fundo, gata – ele murmurou. – Não me deixe sozinho nessa.

As lembranças e a fissura traíram Jess. Ela o deixou encostar o tubo em seus lábios. Deu uma tragada. Uma tragada rápida a princípio. A segunda foi mais profunda. E, a partir de então, a passos lentos e inexoráveis:

a agulha
a primeira vez que ele bateu nela e disse estar arrependido
a primeira vez que ele bateu nela e explicou por que era sua culpa
estar perdendo seus amigos
perdendo o emprego
incendiando o apartamento
assassinando Alex Beech.

Jess teve consciência da agulha entrando, mas pensou ter sonhado. A ligeira pontada de dor com promessas de prazer, o artefato de um passado que devia ter sumido para sempre. Encontrava-se à deriva em um estado de semiconsciência havia dias, e já não sabia mais dizer onde seus sonhos terminavam e o mundo real começava. Tudo não passava de uma longa peregrinação através de um resto de mingau sinestésico.

A única coisa garantida naquele universo nebuloso era a ascensão após a queda a cada dose de tramadol, o mergulho em uma escuridão profunda, onde tudo era doce, mas efêmero, e o retorno gradual a um lugar mais admissível de dores irritantes e paralisia neural.

Quando a dose atingiu seu organismo, pareceu primeiro como a já familiar e acolhedora imersão, e Jess se entregou ao barato praticamente como se entregava à picada açucarada da heroína. Mas dessa vez foi diferente. Afundou atordoada e aos sobressaltos, como se estivesse abrindo passagem em meio a uma multidão, e então, muito embora não parasse de cair, outra coisa passou a cair perpassando-lhe. Um monte de coisas, ardentes e afiadas.

A dor foi aumentando mais e mais até chegar a uma intensidade terrível, insuportável. Ela continuava despencando, às cambalhotas. Como era possível que uma coisa pudesse doer tanto assim?

Queria gritar, mas nem isso conseguia fazer. Encontrava-se em um lugar interior onde coisas como som não existiam. Havia apenas uma única sensação, preenchendo cada canto do mundo. Ela era uma bola de neve no inferno, rolando e rolando, encapsulada em uma camada cada vez mais grossa do que quer que a estivesse machucando.

Aquele lugar, porém, não se parecia em nada como ela imaginava o inferno. Ela despencava em meio a um caos revolto de formas e contornos que explodiam um do outro e depois se aglutinavam de volta em um ciclo interminável. Havia rostos lá, e colinas, e corredores sinuosos. Labirintos voláteis e desmoronantes de alguma coisa e nada e então alguma coisa outra vez. Gravidade e perspectiva guinavam e brecavam a cada instante, enchendo-a de algo como uma náusea incorpórea.

Era um espaço de dimensões infinitas. Sem margens nem fronteiras. Mas depois de um longo, longo tempo (horas ou eras) algo mais surgiu à sua frente. Ou talvez abaixo: tampouco havia gravidade. Só um círculo escuro e irregular, tão absolutamente negro quanto um sol eclipsado pela lua. E ela estava prestes a cair naquilo, o que quer que fosse. Mesmo em um mundo onírico, essa inexistência abissal a deixou aterrorizada. Parecia a morte.

Jess tentou esticar o braço para se agarrar em alguma coisa e diminuir sua velocidade ou parar de uma vez, mas não tinha braços. Não tinha corpo. Era apenas uma observadora, um ponto no horizonte viajando feito um cometa através de uma imensidão silenciosa.

Mas ser uma observadora implicava no fato de ter olhos, e se podia ter olhos poderia ter mãos. Era um sonho, certo? Em um sonho dá para se ter qualquer coisa, ser qualquer coisa. *Quero mãos!*, ela pensou desesperada, e sentiu um tênue formigamento onde suas mãos deveriam estar, ou vir a estar.

Era tarde demais para levar a experiência adiante. Tinha atingido o nível do círculo negro, maior e mais próximo do que parecia antes, e disparou direto adentro, um poço de escuridão inevitável. O oceano tinha sumido. Já não havia mais nada em volta, senão o vazio. Vazio e dor.

E aceleração. O buraco possuía gravidade própria. E a reivindicou. Estava sendo conduzida ao âmago por mãos invisíveis e não conseguia reagir.

Eu consigo, uma voz disse. *Espere aí.*

Algo a capturou, puxou-a do alto. O toque foi suave como uma pluma no início, e em vão. O poço não entregou os pontos.

Tampouco o desconhecido recém-chegado. Jess foi revirada e envergada. Retorcida. Pouco a pouco, mas de um jeito persistente, movimentos repetidos várias e várias vezes. Ela estava sendo arrastada de lado. Fustigada por forças contraditórias. Toda a dinâmica desenvolvida com sacrifício por ela foi sendo consumida em uma onda fremente que a perpassava dos pés à cabeça.

Por um instante, pareceu ficar estancada no ar como se as forças tivessem encontrado um ponto de equilíbrio. Então passou a cair de novo, ou pelo menos parecia cair.

E aterrissou, com uma pressão assombrosa de impacto, em algo sólido que a sustentou.

O instinto quase instantâneo de Jess foi largar-se, mas não havia nada instintivo que a estimulasse, então ela simplesmente permaneceu onde estava.

Onde foi, exatamente? Não havia nenhuma maneira de saber. Não havia como dizer se ela tinha sido resgatada ou feito prisioneira.

Sua única certeza era de não estar sozinha. Teve a mesma sensação de uma examinação próxima e intensa vivenciada na primeira noite na enfermaria de Fellside, e tantas vezes desde então.

O que a havia arrebatado agora a observava e já a vinha observando havia um bom tempo. Ela estava indefesa. Foi tomada de horror feito uma esponja sugando tudo ao redor e vazando de imediato, pois sabia que não era nada. Não era capaz de suportar nada, nenhuma emoção.

Jess tinha visto um filme certa vez em que o herói desmontou a arma para limpá-la e então escutou os passos dos vilões se aproximando. Com o rufar dos tambores na trilha de fundo, ele deu um jeito de montar a arma de volta a tempo de se defender. Não havia tambores ali, som nenhum, mas era basicamente o que ela tentava fazer.

O que Jess estava montando para si, porém, era um corpo. Corria o risco de ser atacada a qualquer momento, mas montou do núcleo para fora, pois parecia a maneira correta de se fazer. Construiu um coração, não um coração batendo, pois para todos os efeitos bem podia estar morta, mas um coração que fosse seu centro de gravidade.

Pendurou uma cabeça logo acima, feito um chapéu em um gancho. Olhos e ouvidos na cabeça de modo que o espaço abstrato então se tornasse escuridão e, a pausa forçada, silêncio. Pernas balançando até que tocassem o chão, o qual não era quente, nem frio, nem macio ou áspero, mas estava sob seus pés e portanto era chão.

Deu uma volta completa em torno do próprio eixo, mexendo os pés que imaginava ter de forma lenta e constante.

Esticou seus braços imaginários. Sentiu certa resistência por parte do que seria a mão direita; nada à esquerda. Parecia que estava em algum tipo de borda estreita, amparada por pilastras só de um lado e não do outro.

Ela agora estava pronta. Pronta para se defender.

Eu não vou te machucar.

A voz não era uma voz de fato. Chegou à sua mente sem viajar pelo ar. Mesmo assim, tinha volume e tonalidade. Era alta e suave, como a voz de uma criança ou moça ainda bem jovem.

O quê – o quê – o quê –?, Jess pensou e tentou dizer. Tinha esquecido de colocar uma boca em seu rosto, então nada aconteceu. Mas o que quer que estivesse lá, escutou-a de qualquer jeito.

Nada, a coisa disse.

A pergunta que Jess vinha tentando fazer era: *O que você quer?*

Uma boca possui uma língua. Dentes. Lábios. Um paladar. Tudo isso é necessário antes de se começar a emitir sons e formar palavras. Jess tentou encaixar os pedaços na sequência correta, sabendo que ainda que executasse um trabalho impecável ficaria faltando o ingrediente mágico: a respiração.

Nesse meio-tempo, já que aquela coisa era capaz de ler seus pensamentos, ela perguntou: *Por quê?*

Por que o quê?, o outro retrucou.

Por que você me ajudou?

Houve um longo silêncio. O outro invisível a rodeava: dava para saber, pois a pressão do olhar sobre ela se deslocava conforme a coisa se locomovia. Parecia não haver espaço algum na borda para que algo a contornasse, mas talvez o que quer que estivesse conversando com ela fosse capaz de andar no ar, deslizar sobre as rochas. As leis da física não se aplicavam ali. Jess também se virou com medo de ficar encurralada.

Você disse oi para mim.

Os lábios simulados de Jess se mexeram e o simulacro de sua língua misturou bocados macios de sons. Nada inteligível saiu. *Eu disse o quê?*

Quando eu te vi, no lugar branco. No hospital. Você disse oi para mim. A maioria das pessoas só me vê quando estão dormindo. Você me viu quando estava acordada. Foi legal. Foi legal ser visto.

Foi legal. Era o que uma criança diria. Mas o que uma criança estaria fazendo ali, naquele abismo inexplicável? O que aquilo dizia sobre o estado mental de Jess a ponto de ela ter trazido uma criança para seu sonho a fim de compartilharem seu próprio pesadelo?

Apareça, Jess pensou. *Deixe-me te ver.*

Não. Curto. Categórico. O outro era tão ressabiado quanto ela, tão desconfiado quanto, apesar de tê-la salvado. Por que a tinha salvado? Ou, melhor dizendo, do quê?

Esse buraco é infinito. Quem entra não sai nunca mais.

– Mas eu... então como é que eu vou...? – Ela já estava falando com sua boca. As palavras ficaram suspensas no ar, rudimentares e sem forma.

Você vai ter que escalar.

Jess só não fazia a menor ideia de como. Seu corpo recém-montado era ainda bem frágil, inapto a grandes esforços. Seu corpo real se encontrava lá no mundo real, em uma grande distância ou direção que ela sequer sabia como nomear. E sair do poço escalando seria só o início de uma longa e árdua jornada. Será que não seria mais cômodo simplesmente ficar ali esperando até acordar?

Também queria saber quem era seu salvador. Queria muito, muito mesmo. Teve um pressentimento estranho, o esboço de um pensamento do qual quase teve medo de apropriar-se.

Tentou armar uma emboscada. Imaginou uma luz pendurada no abismo sobre sua cabeça impelindo a escuridão. Desejou do fundo de seu coração novinho em folha. E a escuridão foi aos poucos se diluindo do preto ao cinza.

O outro sumiu em um instante. Ela sabia, já que não estava mais sendo observada. A bolha de atenção que a envolvia havia estourado contra sua pele. O facho de luz floresceu tarde demais, como um sol tênue e desbotado naquela noite impenetrável. O brilho fraco iluminou Jess, embora ela não projetasse sombra alguma (ela mesma era pouco mais do que uma sombra para começo de conversa). O suficiente para iluminar a borda onde se encontrava, da largura de um braço. Havia uma encosta rochosa a seu lado, de um marrom-enferrujado feito sangue seco.

O outro tinha sumido. Ela estava sozinha em seu sonho.

24

Por um bom tempo Jess continuou esperando que algo acontecesse. Que a voz retornasse, ou que o sol se levantasse às suas costas e a levasse de volta à realidade. Mas, quando ficou claro que nada disso aconteceria, ela começou a escalar.

Pareceu bem fácil, pelo menos no início. A encosta era áspera e esburacada e oferecia muitos lugares para ela se segurar. E, antes de começar, ela se esforçou um pouco mais para lapidar e aperfeiçoar seu corpo imaginário. Não daria para andar sem músculos e nervos. Não daria para se agarrar a afloramentos rochosos sem dedos e polegares, ou firmar os pés nas bordas e escarpas sem calcanhares e dedões. Ela se muniu de todas essas coisas, contente em ver como sua carne onírica respondia aos seus pensamentos.

Um porém: ter um corpo mais realista implicava na desvantagem de ele experienciar um desgaste realista. Embora a dor que a tinha levado até aquele lugar já tivesse passado, Jess logo ficou cansada e dolorida por conta da escalada em si.

Escalou por horas. Escalou por uma eternidade. O paredão rochoso e o abismo não mudavam. Nada movia aquela coluna infinita de ar. Nada se mexia ali, exceto ela.

Ela sabia estar sonhando, mas não conseguia despertar. Pensou em se permitir cair de novo, testar os limites da lógica onírica deixando que o buraco a levasse. Ela se viu com medo de tentar. Também tinha medo de perder o rumo no topo do poço e vagar eternamente sem nunca encontrar seu corpo físico outra vez. O que era ridículo, claro. Eternamente só poderia significar até que amanhecesse e chegasse a hora da próxima rodada de seus remédios.

Mas não era como se sentia. Era como se acordar pudesse acabar sendo um desafio. Talvez ela não estivesse mesmo dormindo, mas em coma.

Ou louca.

Ou morta.

Levada por esse pensamento, saiu escalando paredão acima. Seus dedos esticados no alto não tocavam nada, apenas o vazio. Arrastou-se até um estreito planalto de rocha negra tão liso quanto vidro. Apenas uns poucos passos de largura. Para além disso não havia nada, apenas caos: ondas coloridas colidentes e formas e luzes disformes como em uma explosão constante. Sentiu o empuxe da maré arrastando-a àquele vômito sensorial. Tentou desviar o olhar, mas o lugar estava tomado por todos os cantos.

E ele estava lá à sua espera. Muito embora se esquivasse quando ela tentava vislumbrá-lo, parou ali mesmo na borda para vê-la emergindo. Tudo o que Jess conseguia discernir era uma figura franzina e de cócoras, uma sombra borrada contra aquela imensidão radiante.

– Deixa eu te ver – ela sussurrou, apesar de seus olhos continuarem fitando vacilantes o chão. Ela o vislumbrou em lampejos momentâneos, um borrão causado pelo movimento de seus próprios olhos.

Ele não respondeu nem se mexeu. Ela deu um passo adiante, e depois outro. Focando-se apenas nele, ignorando a tempestade monstruosa de imagens em volta.

Ele se levantou e, por um instante, Jess pensou que ele fosse sair correndo. Mas não. Ficou parado no lugar enquanto ela andava em sua direção. Ele estava com os braços caídos ao lado do corpo e a cabeça baixa, encarando o chão.

Ela se aproximou dele. Bem devagar! Queria retardar ao máximo o momento em que aquele rostinho se ergueria e a enxergaria. Mas não havia escolha ou para onde fugir.

Ele não esperou que ela o alcançasse. Quando Jess estava a cerca de dez passos de distância, ele ergueu a cabeça para fitá-la, mas o rosto permaneceu praticamente escondido por trás de uma sombra em movimento. Os traços do menino vacilavam como plantas aquáticas em uma leve correnteza.

Não fez diferença. Ela sabia, soube o tempo todo, de quem era o rosto que estava prestes a ver. Preparou-se com antecedência para o choque, mas o esforço foi em vão.

Caiu de joelhos. Sonho ou morte ou delírio, ela não era capaz de encarar aquilo. Esperou que ele falasse, que a acusasse ou talvez a condenasse. Ele continuou sem dizer nada. Usava o mesmo short e colete que vestia na primeira vez em que ela o viu nas escadas do lado de fora de seu apartamento. O rosto dele ostentava uma expressão séria que o fez parecer, por um instante, bem mais velho do que era.

Algo se soltou dentro de Jess como um soluço, mas não encontrou saída alguma.

– Eu sinto muito – ela disse como no sonho anterior. – Eu sinto muito, Alex. – Sua voz soava vazia e morta em seus próprios ouvidos.

Por quê?, o menino perguntou.

– Por... ter machucado você. – *Matado*, ela quis dizer. *Por ter matado você*. Mas as palavras não saíam.

Eu não me lembro disso. Faz muito tempo?

Já fazia oito meses que ela se encontrava no hospital. O julgamento tinha levado três semanas, depois foram mais sete na detenção preventiva em Winstanley. Quase um ano. Para uma criança de dez anos de idade, quase uma eternidade.

– Bastante tempo.

Eu acho que não conheço você. Mas não precisa se sentir mal por isso, desde que você esteja arrependida.

Ela sabia estar de joelhos perante um sonho, estar conversando com um sonho, mas as palavras ainda a sufocavam. Não conseguia encontrar resposta alguma.

Arriscou olhar novamente. Alex a fitava com um curioso interesse. Até lhe lançou um breve sorriso. Parecia satisfeito que tivessem conseguido superar o constrangimento, como se a agonia e a morte fossem coisas que pudessem ser deixadas de lado, desde que observados os devidos ritos sociais.

É aqui que eu moro, ele lhe disse. *Onde você mora? Talvez seja melhor você voltar para lá agora. O buraco grande não é seguro e eu quase não venho aqui.*

– Eu moro... – Jess fez um gesto vago em direção à parte do horizonte e depois à outra. – Eu estou na prisão por causa... do que aconteceu. Eu não tenho mais uma casa de verdade.

Mas é melhor você voltar para onde estava antes.

– Eu não sei o caminho.

Eu posso te levar de volta para onde eu te vi pela primeira vez. É fácil de se perder até decorar tudo direito.

Ele lhe estendeu a mão. Jess ergueu o próprio braço, um mero pedaço de matéria, deselegante e amontoado. Eles se tocaram. Os dedos do menino se fecharam entre os seus.

Jess foi tomada de pesar e vergonha e se esvaziou. Estava aos prantos em meio à obsidiana negra. Alex a observava com tristeza, em silêncio, como se tivesse visto um mundo de sofrimentos e as palavras lhe escapassem.

– Eu sinto muito – ela falou de novo.

Você já me disse. Vamos. A gente tem que ir agora.

Ela ficou de pé. Alex puxava sua mão, levando-a em direção ao mundo em explosão que rodeava o poço. Por alguma razão, a ideia de voltar até lá a encheu de medo, como se algo muito pior pudesse estar esperando por ela. Algo que a deixaria estraçalhada por dentro caso chegasse a vê-lo.

Pode fechar os olhos, Alex disse. *Eu sei o caminho.*

Ela obedeceu. Deixou que ele a conduzisse, de olhos bem fechados, para longe do poço e rumo aos relâmpagos estonteantes do mundo dele. Às vezes a outra mão do menino tocava seu cotovelo para virá-la ou estabilizá-la. Quando ela hesitava, ele lhe sussurrava palavras de segurança.

Poderiam ter caminhado por dez ou mil quilômetros. Tempo e espaço não significavam nada ali. Não havia nada além do chão sem textura sob seus pés e o toque suave das mãos de Alex. Se ela de fato caminhava não era por outro meio senão pela gentileza dele.

Quase lá. Só mais um passo.

Mas ela ainda não queria partir. Embora o sonho tivesse começado de forma aflitiva, a ideia de acordar como prisioneira em Fellside, de volta ao que sua vida tinha se tornado, pareceu-lhe uma perspectiva terrível. Acima de tudo, não queria deixar Alex.

Foi um prazer conhecer você também, ele disse em um tom recatado.

– Talvez você possa voltar – ela arriscou, seu coração caseiro batendo feito um martelo. – Eu queria... eu adoraria ver você de novo, Alex.

Eu acho que não. Aqui faz muito barulho. E tudo brilha demais. Eu passo a maior parte do tempo em um canto escuro e quietinho.

Como ela não respondeu, ele insistiu. *Você tem que ir por ali. Não é longe. Experimente.*

Jess lhe deu as costas e um passo adiante, ainda de olhos fechados contra o brilho e a movimentação nauseante. Só mais um passo, ele tinha dito. E foi tudo o que levou. Ela voltou ao seu corpo, aberto e pronto para recebê-la.

Ela despertou em um choro que rompeu as membranas ressecadas de sua garganta. Sempre que se lembrava daquela noite a partir daí, esta cena era a que primeiro lhe vinha à mente. O gosto de seu próprio sangue, brotando em sua boca e escorrendo queixo abaixo.

Foi só um sonho, mas tinha parecido mais real e mais concreto do que qualquer coisa desde o julgamento. O sangue fazia sentido. Era como se tivesse quebrado seu jejum com lâminas de barbear.

25

Os soluços ruidosos e meio estrangulados de Jess fizeram a enfermeira Stock entrar correndo, em pânico. Ela acendeu as luzes em um tapa com a mão espalmada, o brilho repentino fixando Jess ao travesseiro feito um besouro a um quadro entomológico.

Stock foi execepcionalmente solícita. Levou um copo de água para Jess beber, examinou sua garganta com um espéculo e preparou uma pasta antisséptica bem fraquinha para que ela engolisse, regada a mais água.

– Essas lacerações provavelmente vão sarar sozinhas – ela disse. – Eu acho. Eu tenho certeza de que vão. Mas eu vou deixar uma observação para a equipe diurna dar uma checada. O dr. Salazar vai saber o que fazer. E tem sempre a opção de mais analgésicos se você precisar.

Jess viu as horas no relógio de Stock enquanto a enfermeira não parava quieta. Eram duas horas, provavelmente da manhã. Sentia-se como se dias e dias tivessem se passado, embora a enfermeira Stock já estivesse trabalhando quando pegou no sono. Ainda parecia ser a mesma noite. Ela deitou a cabeça de volta no travesseiro, esgotada e quase adormecida. A luminosidade ainda machucava seus olhos, mas a dor se tornava suportável por conta da exaustão.

– Eu vou trocar essa fronha – Stock disse, quase balbuciando. – Está ensopada de suor. Eu acho que você deve ter tido uma... uma febre no meio da noite, ou...

Quando Jess acordou de novo, estava sozinha no quarto.

Dormiu outra vez. A enfermeira Stock já estava de volta, puxando as cobertas para examiná-la.

Sozinha.

Stock medindo sua temperatura, enfiando a ponta gelada do termômetro digital em seu ouvido.

Sozinha.

Sozinha.

Sozinha.

Passou um tempo. Talvez um dia. E outra noite. Pode ter sido qualquer coisa.

Então estava escuro novamente, exceto por uma fresta de sol que se derramava pela porta entreaberta. Patience DiMarta caminhou pela linha de visão de Jess, deixou a sala e fechou a porta atrás de si.

Alex estava destacado na escuridão repentina, como leite fervido na superfície de um copo de café.

Por um ou dois segundos, Jess só conseguiu gemer. Sua boca estava escancarada, mas sua garganta ferida não era capaz de emitir qualquer som. Esperneava aos espasmos, fora do ritmo, curvando-se de costas sobre a cama. Seu coração bateu em suas costelas uma única vez, com a força de uma martelada. Então pareceu parar, como se tivesse emperrado e já não conseguisse mais se soltar.

Jess levou as mãos ao rosto para escondê-lo de vista, mas estava fraca demais para mantê-las erguidas. A gravidade as arrastou de volta para baixo e o menino continuava parado ao pé da cama, ar solene, encarando-a, apenas parcialmente interessado no apavoramento de Jess.

Eu preciso conversar com você, ele disse.

26

Ele voltava todas as noites e todos os dias.

Ele a vencia pelo cansaço em doses homeopáticas.

Jess sabia que ele não era real, não podia ser real, mas Alex se recusava a tornar isso um problema. Não saía do seu lado nem por um minuto. Pálido à luz do dia. Brilhante contra a escuridão, como uma tatuagem nova.

E sempre que ela se rendia à fraqueza de seu corpo, à insuficiência de seus órgãos, ele a arrastava de volta. Ao estado de vigília. À vida.

Não havia escapatória.

– Você não está aqui – Jess gemeu com dificuldade. Sons picotados, incompletos. Sons de uma respiração entrecortada. Mas ele a compreendeu.

Onde é que eu estou, então?

– Na minha cabeça. Na minha memória.

– Ouviu isso? – a enfermeira DiMarta perguntou ao dr. Salazar. – Ela está delirando. Acabou de falar. – Jess tinha esquecido da presença dos dois. Já não faziam mais do que ir e vir feito duas sombras. Só a outra sombra era real. Só Alex. – Deve estar pedindo perdão. Logo, logo isso passa.

– Então por que a frequência cardíaca dela está tão estável? – Salazar murmurou.

Os dois acompanharam Jess, verificando os sinais vitais, falando alto, bloqueando Alex e depois o expondo várias e várias vezes. Ele não se mexia. Ficou parado em meio às sombras no canto da sala, mas era tão claramente visível quanto se estivesse sob a luz intensa do sol. Ou talvez fosse a luz de alguma chama que ela não pudesse ver. Havia uma paciência sem limites na cabeça baixa e nos lábios comprimidos do menino.

Ela dormia e acordava. Alex esperava.

– Tudo bem – Jess sussurrou, enfim cedendo. – O que foi?

Eu mudei de ideia.

– Sobre...?

Você falou que tinha me machucado, e eu disse que não importava.

Ele se aproximou de seu rosto. Jess se retraiu, erguendo um pouco o corpo pela cabeceira da cama, mas não havia para onde fugir. Não dava para escapar da loucura, e ela estava visivelmente louca.

Deus do céu, ela estava louca. E conversando com o espírito do menino que tinha matado.

Eu acho que você não me matou. Era isso que eu queria te dizer. Foi por isso que eu voltei.

Ele estava bem ao seu lado, curvado com o rosto baixo para encará-la de perto. Ela virou a cabeça na direção oposta.

– Queimado... – ela tentou dizer, muito embora o que saiu não tenha formado palavras propriamente ditas. – Em um... incêndio...

Em seu sonho ou alucinação, ou o que quer que fosse, ele tinha sido capaz de ler seus pensamentos. Foi onde deixou que as imagens se formassem. O cesto de lixo. O quarto. A fumaça. O horror.

Não foi em um incêndio que eu morri!

– Mas...

Não foi. Me escuta. Pode até ter tido um incêndio. Eu suponho que sim, já que você se lembra de um. Mas eu devo ter morrido antes de ser queimado.

Alex ergueu a mão esquerda, dedos bem abertos, e então apontou para o próprio olho e bochecha esquerdos. *Foi uma mulher. Ela me machucou, aqui e aqui. Me machucou com coisas afiadas. E ela me matou.*

O menino morto franziu a testa, a mesma expressão solene que ostentava em seu sonho. *Eu estava errado,* ele lhe disse. *Importa, sim. Eu fiquei sozinho por muito tempo e acabei me esquecendo. Não tinha ninguém para conversar comigo, então eu esqueci. Eu não sabia quem eu era e nem o que tinha acontecido comigo. Mas você conversou comigo e eu comecei a me lembrar. Agora eu quero saber o resto. Foi uma mulher que me machucou. Não você. Eu saberia se tivesse sido você. E aconteceram outras coisas antes disso. Eu quero saber. É horrível ficar sem saber. É quase como se eu não estivesse aqui de verdade. Se você está arrependida pelo que fez, você tem que me ajudar.*

Mas você não é real, Jess pensou. *Você não pode ser real.*

Eu sou tão real quanto você! E fui eu quem te trouxe de volta. Eu fui legal com você.

Ele se afastou da cama, fitando-a com certa indignação no olhar. *Não tem mais ninguém para quem eu possa perguntar. Ninguém mais me vê enquanto está acordado. Então, se você não me ajudar, eu nunca vou saber. Eu vou ficar preso aqui para sempre sem saber de nada.*

Eu não posso, Jess argumentou. Era inútil dizer-lhe novamente que ele não passava de uma alucinação, um impulso neural espasmódico. Ele não acreditaria. *Alex,* ela disse em vez disso, *se eu pudesse te ajudar de alguma maneira, eu te ajudaria. Mas você está morto, e eu estou morta também. Não há nada que eu possa fazer.*

Pode sim! Os punhos do menino estavam cerrados, o rosto desfigurado de raiva e frustração. *Você pode me ver e pode conversar comigo. E você pode conversar com outras pessoas. Alguém deve saber!*

A expressão dele mudou, tornando-se mais tranquila, mas carregada de uma determinação assustadora. *Eu sei que você quer morrer, Jess. Eu vi você pensando nisso um monte de vezes. Mas eu não vou deixar você morrer até que você me ajude primeiro.*

Ele então lhe deu as costas e foi embora. Ela o observou se afastar e ficar cada vez menor, como se a sala apertada fosse um corredor que se prolongasse a meio caminho do fim do mundo.

Jess. Foi a primeira vez, vivo ou morto, que ele a tinha chamado pelo nome. Ela sentiu uma ardência por trás de seus olhos vermelhos, um comichão, como se sua pele estivesse sendo marcada a ferro e fogo.

27

Grace perdeu uma bela quantia quando Moulson se recuperou.

Não se tratava de centavos: foi um único e polpudo montante pago a uma dezena de apostadoras de alto risco quando Moulson atingiu a marca de seis semanas com os batimentos cardíacos e o pulso e todo um conjunto de sinais vitais em harmonia. Grace pagou a dívida no salão oval naquela noite. Entregou o dinheiro sem dar um pio, como todo bom agente de apostas deveria fazer, mas com os músculos da mandíbula cada vez mais tensionados, até que Big Carol Loomis ficou seriamente apreensiva e tentou melhorar o clima mudando de assunto.

– Olha isso – ela disse, apontando para um cartaz na parede. – *Anjos de cara suja* está em cartaz no cineclube. "Topo do mundo, mãe!" Quer ver, Grace?

Grace se virou para encará-la com total frieza.

– *Fúria sanguinária* – ela retrucou.

– Hein?

– "Topo do mundo, mãe!" é a última fala de *Fúria sanguinária*. No *Anjos de cara suja,* o Cagney morre como um covarde para impedir que jovens influenciados sigam os passos dele. Não, Carol, eu não quero assistir a isso. Mas eu quero que você assista. E quando o filme terminar, você pode escrever para mim a porra de uma crítica.

Loomis ponderou acerca das várias respostas possíveis, mas encerrou o assunto com um aceno de cabeça. Manteve o rosto meticulosamente inexpressivo quando Grace saiu com a gaveta de dinheiro vazia pendurada nos dedos.

Dr. Salazar testemunhou o retorno de Moulson dos mortos com um misto de emoções. Ficou surpreso e bastante contente quando a viu se recuperando, uma reação instintiva pela convicção confusa, embora firme, de que a vida era melhor do que a morte e que seu trabalho era insistir o máximo possível em fazer o certo. Como profissional, porém, sentia-se desconcertado e quase ofendido. Como uma coisa dessas podia ter acontecido? Como podia continuar acontecendo diante de seus olhos?

A enfermeira Stock, quem primeiro notou a mudança na condição de Moulson, teve uma reação mais simples e primitiva. Ao contar a Sally sobre a melhora nas leituras dos sinais vitais, estava com a cara pálida e aterrorizada, à beira de um colapso nervoso. Durante todo o tempo em que Salazar passou examinando Moulson, ela não parou de resmungar sobre o erro cometido quanto à medicação de Moulson. Devia ter relatado o ocorrido, mas era tarde da noite e estava tudo escuro e ela não percebeu... e assim por diante.

Sally notou exatamente qual fora seu erro: o hematoma roxo e impetuoso na coxa de Moulson deixava claro como o dia que ela tinha injetado a última dose de tramadol na artéria em vez de na veia. Moulson devia ter morrido, ou pelo menos sofrido uma crise cardiovascular.

Não era um erro fácil de se cometer com a artéria femoral. Tratava-se de um grande alvo, estivesse o sujeito tentando encontrá-lo ou (o que seria bem mais provável) contorná-lo. Stock tinha quase matado uma paciente em decorrência de um erro típico de um estudante do primeiro ano de medicina. Um estudante desleixado do primeiro ano de medicina com uma postura desencanada. O erro inicial piorou por ela não ter reagido de maneira apropriada à súbita vazão de sangue assim que a agulha foi retirada. Em vez de encarar a situação como o que de fato era, prova definitiva de que ela perfurara uma artéria, Stock havia simplesmente estancado o sangramento e ido embora.

E agora ela o observava, tensa e rígida, enquanto ele avaliava o estrago. Estava só esperando a guilhotina cair. Mas Salazar tinha um problema com guilhotinas. O mal deveria ser identificado e extirpado, obviamente. Mas ele já se esquivara desse teste antes, quando se tratava de um mal muito maior. Stock provavelmente só cometera um erro, e quem era ele para julgar as falhas de outro ser humano quando sua própria vida era uma bagunça irremediável?

Ela esperou que ele dissesse algo.

– É melhor colocar outro curativo – ele murmurou. – Esse aqui está empapado de sangue.

Stock soltou um ruído baixo, indiscernível, e se retirou. Ao retornar com o novo curativo, Salazar foi para o lado e a deixou trocar as roupas de Moulson sozinha. Ele achou ter o dever de dizer alguma coisa, mas não conseguia pensar em nada.

– Eu vou ministrar o tramadol nela de agora em diante – ele enfim disse. – Nós vamos mudar os horários pra que seja a última coisa que eu faça antes de ir embora.

Stock resmungou algo que ele não ouviu. Provavelmente só um "Ok".

– Toda a medicação dela – ele disse. – Deixe comigo.

E quando Moulson pediu para ser alimentada, ele cuidou disso também. Gotejamento hipertônico de início, depois alimentos sólidos. Comprou comida de bebê em uma farmácia em Fletchertown no caminho para o trabalho e a deu de comer, frio mesmo e direto do pote. A cantina da prisão necessitava de infraestrutura para preparo de refeições nutritivas a pessoas com mucosas bucais severamente ulceradas.

Moulson precisou passar mais seis dias e noites na unidade de quarentena. As enfermeiras já estavam mais atentas quanto à dosagem prescrita, em especial Sylvie Stock. Dessa forma, Jess passou bastante tempo em um torpor cuidadosamente controlado de tramadol. Profundo demais para sonhos.

Quando conseguiu despertar, estava desesperada por mais tramadol. Nada tão grave para alguém que abandonara o vício da heroína, mas o suficiente para deixá-la com um humor sombrio. Não sabia onde estava, e onde quer que fosse, sentia-se como se estivesse derretendo.

Ao longo de todo esse período, passou a ganhar massa corporal como se estivesse usando esteroides. Patience DiMarta a pesava três vezes por dia com admiração e gosto: vinha registrando a ressurreição imaculada de Moulson em um gráfico pregado por ela na parede ao lado da cama. Quando dr. Salazar lhe perguntou se aquilo era um instrumento clínico ou motivacional, ela se limitou a dizer:

– Eu reconheço um milagre quando eu vejo um.

A enfermeira Stock compartilhava basicamente do mesmo sentimento e seguiu evitando Moulson na medida do possível. Sentia que Jess havia voltado do abismo de propósito só para acusá-la, e se resignou a esperar pelo próximo chute no estômago. Se fosse mesmo um milagre, era um milagre direcionado diretamente a ela.

Enquanto isso, nas alas prisionais, os boatos ainda corriam soltos, imaginando a surpreendente recuperação de Moulson associado ao fato de Grace ter perdido seu dinheiro. Cada um dos milagres acabou fundamentando o outro. Moulson era o assunto da vez, e a história de Shannon McBride sobre o encontro das duas na enfermaria estava novamente em alta.

Shannon estava às ordens com o maior prazer, expandindo seu pequeno número a uma peça de ato único. Ainda procurava um tema, enquanto os detalhes mudavam bastante de uma versão para outra. Às vezes fazia Moulson cantar uma música reconhecível, embora na maioria das vezes a música fosse em algum idioma estranho que Shannon não sabia identificar ("Cyndi Lauper? Não! Onde foi que você ouviu isso?"). Às vezes Moulson lhe acariciava os cabelos, ou a testa, e Shannon tirava forças daquele toque. E às vezes, a melhor versão de todas com a devida e minuciosa caracterização do cenário – a começar pelo quanto estava escuro e como não dava para ter certeza se era um sonho ou não –, Moulson estava algemada à cama, mas as algemas se abriram e caíram no chão quando ela se levantou para ir até o leito de dor onde Shannon chorava. *Não precisa ter medo*, ela dizia, e começava a cantar...

A maioria das mulheres em Goodall ainda se importava com o caso. Tratava-se de uma assassina de crianças. Não era uma pedófila, o que passaria de todos os limites, mas ainda algo extremamente ruim. Elas gostavam de uma boa história (quem não gosta?), mas não acreditavam que Deus fosse escolher Jess Moulson como Sua serva, por mais que Ele precisasse.

Mas Moulson realmente escolheu Deus. Ou pelo menos compareceu ao primeiro encontro. Quando foi capaz de falar, disse a Sally que tinha mudado de ideia. Queria ver a tal pastora.

Jess identificou-se bastante com Sarah Afanasy, embora quase a contragosto.

A pastora não denominacional não se parecia muito com um conselheiro espiritual. Jess imaginava um sacerdote como alguém magro e pálido, já fora do corpo e a meio caminho do espírito, e era justo o que ela precisava. A pastora Afanasy tinha uma estrutura corporal bem mais rechonchuda, e parecia totalmente confortável com isso. Em vez de vestes clericais, usava jeans preto, tênis vermelhos e (embora estivesse já um tanto avançada na meia-idade) uma camiseta com personagens de anime na estampa.

– Caramba, é um forno aqui dentro, né? – ela disse ao se jogar sem maiores cerimônias na cadeira de visitas ao lado da cama de Jess. Havia um ligeiro sotaque transatlântico na voz dela. – Como eu devo chamar você? Jessica está bom?

– É Jess – Jess respondeu.

– Jess. Gostei. E você pode me chamar de "Vossa Santidade". O que eu posso fazer para ajudá-la, Jess?

Jess riu servilmente da piada, mas não tinha uma resposta pronta para a pergunta. Que tipo de ajuda ela estaria procurando ali? E como poderia descrever o que não compreendia em si mesma? Tentou superar o bloqueio reiterando o óbvio.

– Eu fiz uma coisa terrível – ela disse.

A pastora concordou. Sem piadas dessa vez. Ficou instantaneamente séria.

– E a sua consciência está pesada?

– Isso.

– Eu fiquei sabendo da sua greve de fome. Era essa a sua maneira de dizer que estava arrependida?

– Começou assim.

– E você queria mesmo morrer?

– Muito. – Era a verdade nua e crua, e as palavras fluíram de forma nada autoconsciente. Só era o que ela de fato queria. – Mas quando eu estava bem perto de morrer, eu pensei... eu vi...

– Você pensou que poderia existir uma razão para se viver afinal.

Jess refletiu sobre o assunto. Foi *isso* o que Alex tinha lhe oferecido. E a resposta era certamente a mesma ainda que ela estivesse tendo alucinações com ele. Como se tudo aquilo fosse sua própria cabeça tentando encontrar uma escapatória, despedaçando tudo em volta no último minuto atrás de uma cláusula de perdão.

A resposta foi a mesma, mas o veredicto não poderia ser. Ou ela havia encontrado uma razão de viver ou estava mentindo para si mesma em um nível tão profundo que efetivamente estava louca. E parecia tão óbvio considerando a questão sob esse ponto de vista. Era exatamente a plena realização do desejo que ela teria escolhido. Que Alex não estivesse morto. Ou, se estivesse morto, que ainda precisasse dela de alguma forma, por mais absurdo que fosse...

Mas o contra-argumento a encarava da parede ao lado da cama. O pequeno gráfico organizado e bem detalhado de DiMarta traçando seu inexplicável aumento de peso. *Eu reconheço um milagre quando eu vejo um.*

A pastora Afanasy não parecia esperar que Jess confirmasse ou negasse a premissa. Em todo caso, prosseguiu após uma longa pausa como se o silêncio de Jess fosse uma resposta em si.

– Eu preciso dizer uma coisa – ela começou –, você querendo escutar ou não. Ao contrário do que você possa imaginar, não é com suicídio que vamos compensar algo ruim que fizemos. Na verdade, se matar não leva a nada, a não ser fazer as pessoas que te amam infelizes. – Jess pensou em Brenda enquanto a pastora falava e sentiu uma náusea momentânea, um desgosto consigo mesma que a empurrou de volta a um estado de desespero. Afanasy continuou: – Se você está genuinamente atormentada, genuinamente arrependida, você deve tentar fazer coisas boas daqui para frente. Independentemente do que você acha que Deus quer de você, independentemente do que você pensa ser o plano Dele, essa é a única coisa que faz algum sentido. Entendeu, Jess?

Jess soltou um ruído descomprometido, meio rindo e meio suspirando. Não. Ela não entendia nada.

– Ele nunca te pediu para morrer – Afanasy insistiu em um tom mais ríspido. – Ninguém pediu. Era você quem queria desistir porque a vida estava te machucando além do suportável. O máximo que dá para dizer é que você estava investindo em um mau negócio, tornando um erro terrível ainda pior. Isso jamais faria bem a uma pessoa.

Havia um monte de contra-argumentos dessa vez. Que ela nunca aprendera a fazer o bem, e provavelmente já era tarde demais para tentar. Que os pais de Alex talvez pudessem conseguir algum conforto estilo olho por olho. Que, pelo menos, ela estava garantindo de vez que nunca mais ferraria tudo de novo.

Mas nada disso era relevante. O que realmente importou foi o que veio a seguir.

– Se *tivesse* algo de bom que eu pudesse fazer... – ela disse. – Se eu pudesse ajudar alguém... – Mas não conseguiu terminar a frase, muito menos começar a se explicar.

– O quê? – a pastora Afanasy lhe indagou.

– Não – Jess respondeu. – Eu não sei. Eu não sei de nada.

– Então se conceda o benefício da dúvida – a pastora sugeriu. Era exatamente o que Brian Pritchard tinha lhe dito para fazer, só que ele se referia ao passado, enquanto Sarah Afanasy estava falando sobre o futuro.

O que fez Jess se perguntar, pela primeira vez, se ela, ou Alex – diante do caráter aparentemente definitivo da morte –, de fato chegariam a ter algum.

28

Mais uma noite, mais um sonho. Um banal e comum dessa vez. Jess jogava amarelinha no pátio de sua escola primária. Estava em seu corpo de nove anos, perfeitamente consciente do aparelho que usava nos dentes e dos sapatos novos que ela não devia estragar.

Acordou e deu de cara com Alex sentado de pernas cruzadas ao pé de sua cama. Na verdade, ele não estava exatamente encostando na cama. Pairava uns dois ou três centímetros acima, sem projetar sombra alguma sobre a colcha branquinha.

Algo escuro e coagulado brotou na mente de Jess, bem no ponto em que sua incredulidade encontrava seu medo, e ambos se recusavam a se dissolver. Se Alex fosse uma invenção, apenas sua própria culpa transfigurada no rosto de uma criança morta, então ela estava louca e perdida. Se fosse real, então ela estava enclausurada com um monstro, algo terminantemente impossível e errado.

Não, eu sou o monstro, disse a si mesma. Ele não. Qualquer pessoa capaz de machucar uma criança é um monstro, tendo ou não a intenção. Acredite nisso. Se havia alguma coisa errada, nojenta, anormal naquela sala, era ela. E independentemente de Alex ser real ou não, essa era sua penitência, balançando bem na sua cara. Poderia agarrá-la ou afundar no chão como gostaria, sem nada resolvido. Nada diferente nem expiado.

Gostei desse seu uniforme, Alex disse. Ele disse alto, mesmo que não falasse em voz alta. Jess teve a impressão de que ele estava tentando mudar de assunto, apesar de não terem dito nada. *Eu tinha um blazer preto com um broche vermelho. Tinha um cabrito e uma bandeira e* dum spiro spero *escrito embaixo.*

Em seu sonho, Jess vestia um blazer azul e uma saia da escola primária de Heathcote Road County.

– Eu quero te ajudar – ela disse com a voz ainda rouca, fechada-para-balanço. – Eu não sei como, mas vou tentar. – Estava omitindo muitos detalhes, inclusive *Eu não faço a menor ideia se você está aqui mesmo ou se alguma coisa nisso tudo significa que talvez, se existir um Deus de verdade, Ele esteja vendo que eu estou tentando e isso acabe ajudando.*

O menino morto sorriu. *Obrigado, Jess!*

– Você quer saber... o que aconteceu antes dos apartamentos incendiarem? Essa mulher que te machucou, você quer saber quem ela era?

Um aceno enérgico de cabeça. *E por que ela me odiava. E para onde minha amiga foi.*

– Sua amiga? Você nunca chegou a mencionar...

Outra coisa que eu acabei de me lembrar. Havia uma menina que era minha amiga e outra menina que me odiava.

– Uma menina ou uma mulher?

Alex fez uma careta, visivelmente encucado com a pergunta. *Não sei*, ele enfim admitiu. *Eu me lembro disso de vários jeitos diferentes. Acho que antes de eu ter esquecido, sonhei muito com isso, e onde eu moro agora os sonhos são as coisas mais reais de todas. Eu a vejo como uma mulher e a vejo como uma menina.*

– Da mesma idade que você? – Jess arriscou.

Quantos anos eu tenho?

– Você tinha dez anos quando morreu. – Expressar isso em palavras fez sua mente se rebelar contra a maluquice daquilo tudo. Ela estava mergulhando cada vez mais fundo no abismo e de olhos bem abertos. Talvez não tivesse um fundo.

Então ela deve ser mais velha do que eu. Mas não sei dizer.

O que não era nada surpreendente, Jess pensou desolada. Se ele fosse uma criança, ou a remanescência de uma criança, então via o mundo sob a perspectiva de uma criança. Se fosse uma fantasia de sua própria cabeça, então tudo o que ele dizia era inútil e se resumia a sonhar acordada na esperança de se redimir em um final feliz. De um jeito ou de outro, estava sozinha.

Ou talvez não. Não totalmente. Se ela retomasse contato com seus advogados e lhes dissesse que mudara de ideia sobre a interposição do recurso, poderia haver alguma maneira de olhar os fatos que a levaram à prisão de uma outra forma: o incêndio e a morte de Alex.

Era melhor acreditar nisso, ela se deu conta, de repente e de uma vez. Se acreditasse, então teria Alex ao seu lado, por um tempo pelo menos. Teria aquele consolo, e talvez mais uma chance de provar que era capaz de ser a amiga que ele tanto precisava. O máximo que ela teria a perder, mesmo no pior cenário possível, era sua sanidade. Mas por que ainda se preocupar com isso, se já não servia de mais nada?

As palavras da pastora Afanasy vieram à sua mente, e dessa vez ela pôde abrir os braços e acolhê-las: era um negócio bem melhor do que morrer.

Qualquer que fosse o resultado, decidiu encarar o risco.

29

Dennis Devlin não ficou nada satisfeito com a melhora de Jessica Moulson. Grace o incumbiu da missão de monitorar, por meio de Salazar, a piora de Moulson para que ela pudesse ajustar as cotações das apostas de acordo com a situação. O Diabo tinha feito tudo o que podia para cumprir a tarefa, e precisou se esforçar, porque Salazar nunca chamava as coisas pelos seus devidos nomes. Quando Moulson melhorou, Grace duvidou da eficiência na comunicação interna.

Devlin tinha a mesma sensação, exceto por discordar que ele seria o culpado, e não Salazar. Em um momento oportuno, apareceu na enfermaria. Encontrou Sally com Sylvie Stock, Sally preenchendo formulários de pedidos à farmácia enquanto Sylvie trocava as roupas de cama. Não que fosse um *expert* em analisar os ambientes, mas teve absoluta certeza de não estar interrompendo nenhum flerte.

– Você está sendo requisitada em Franklin – disse a Stock. – Pode ir até lá.

Ela deu meia-volta sem sequer olhar para trás. Assim que a enfermeira saiu, Devlin disse a Sally o quanto estava aborrecido com a forma como o caso Moulson tinha se desenrolado.

Sally foi firme, o que era o certo e apropriado a se fazer, mas também hostil.

– Foi um milagre – ele disse. – Um pouco fora da minha alçada, Dennis.

– Não dá para servir a Deus e ao dinheiro, Sally. Olha como você fala.

– Bem, do que mais você chamaria? – O médico lhe indagou, ligeiramente sem paciência. – Ela estava bem ali, à beira da morte. O peso dela chegou a cair para trinta quilos. O pulso era instável e o nível de glicose estava a um terço do normal. Abaixo disso, até. Eu teria dado um dia de sobrevida para ela, na melhor das hipóteses, antes da falência do diafragma ou do choque cardiogênico. E aí...

– Não diga de novo que um milagre aconteceu – Devlin o advertiu.

– Bem, alguma coisa aconteceu. E não se trata de algo que eu possa explicar. Ela reviveu. Analisando os sinais vitais dela agora... nem parecem ser da mesma pessoa.

Devlin achou que *não posso explicar* se equiparava a *não foi minha culpa*, e não concordou de jeito algum.

– Eu acreditei em você, Sally – ele disse, agarrando o médico pela lapela e o empurrando contra as prateleiras do armário de remédios. Frascos de comprimidos e tubos de unguento se esparramaram pelo chão enquanto Salazar se contorcia na tentativa de se livrar. – E passei a informação para Grace. Agora, olha o que aconteceu. Todo mundo perdeu dinheiro porque você não dá conta de fazer o seu trabalho.

– Eu te disse – Salazar argumentou. – Eu te disse que não dava para afirmar nada com certeza.

– Você me disse que talvez fosse tirar uns dois dias de folga. Você não me disse que ela poderia sobreviver e ainda receber uma grana!

Salazar estava prestes a dizer algo, talvez sobre Moulson ainda não estar fora de perigo, mas Devlin não o deixou começar. Deu um soco na boca do estômago do médico.

Salazar caiu de joelhos soluçando de dor e consternação.

Devlin ao menos podia se compadecer da consternação. Também estava consternado. Não fazia ideia disso até descobrir que bater em Sally era uma opção. Mas ele não se importou com a sensação de esmurrá-lo, embora estivesse pronto para repetir a dose caso Sally lhe desse motivos.

Agarrando os cabelos de Salazar pela nuca, Devlin puxou a cabeça do médico para trás para que os dois pudessem continuar conversando cara a cara.

– Você me desapontou – ele disse, mantendo um tom baixo de voz apesar do temperamento alterado pelo álcool. – Eu te pedi um favor simples, Sally, e você pisou na bola. Só para constar, não somos mais amigos.

Salazar começou a gaguejar explicações e argumentos e mais explicações. Não dizia coisa com coisa, enquanto Devlin mal se dava ao trabalho de escutar. De repente uma ideia lhe surgiu, vinda tão do nada quanto o golpe baixo desferido no estômago. Uma das boas de verdade, fazendo com que conseguisse um instante de atenção de Devlin.

O homem soltou Salazar em um momento de fraqueza, sua frustração prevalecendo. Talvez fosse mais complicado do que ele imaginara. Talvez só estivesse tentando provar a si mesmo que era tão temido em seu território quanto Harriet Grace era no dela.

Considerar tal possibilidade o fez lembrar do probleminha de Grace com a ala Curie. Dennis vinha usando Sally como uma fonte particular por todo aquele tempo, mantendo-o deliberadamente fora da vista de Grace. Independentemente do quanto ele e ela se dessem bem, preferiria que Grace não soubesse sobre sua fonte alternativa de alento, a petidina, ou quem a fornecia. No dia em que colocasse seu saco nas mãos de alguém e convidasse essa pessoa a apertá-los com toda força, nevaria no inferno.

Mas Sally, como uma boa fonte de drogas, tinha certo charme irresistível. O médico podia transitar por onde quisesse, quando quisesse. Geralmente não fazia questão, claro, e deixava a cargo das enfermeiras a responsabilidade de coordenar os postos principais nos blocos prisionais enquanto passava as horas em seu seriado médico imaginário contando comadres, embora pudesse mudar tudo isso quando bem entendesse.

Em última análise, quem mais adequado do que um médico para entregar um carregamentos de drogas? Era genial: uma solução a curto prazo para o problema de Grace e, no longo prazo, o tipo de vantagem com a qual seria possível construir um império. Sally espernearia, claro, mas não era homem o suficiente para espernear com tanta força. Não em tempos como aqueles.

Devlin soltou os cabelos de Sally e recuou. Sally ficou de pé com dificuldade.

– Dê um jeito nessa aparência – Devlin lhe disse bruscamente. – Agora. Você está todo bagunçado. Que horas termina o seu turno?

Salazar enxugou as lágrimas do rosto com as mãos trêmulas. Devlin o observou, definindo o teor nem-tão-complicado-assim do que diria em seguida, a resposta correta sendo simplesmente nenhuma. O médico não podia se queixar sobre o que O Diabo acabara de fazer, pois aquela nota fiscal adulterada de próprio punho era garantia de bom comportamento. Não poderia brandir o machado, pois a ferramenta acabaria quicando de volta contra o próprio rosto e o partindo ao meio.

– Que horas você sai? – Devlin insistiu. – Está surdo?

– À-às seis – Sally respondeu.

– Vá até a cela da Grace quando sair. Não, espere. Vá logo agora depois do almoço. Registre como uma visita médica. Diga que ela sentiu uma cólica menstrual ou coisa do tipo.

Salazar não pareceu nada empolgado com a ideia. Tentou arrumar uma desculpa e argumentou com o papo furado pelo qual era conhecido.

– Para cólica menstrual é só vir em uma consulta.

Devlin bufou por entre os dentes, uma semirrisada entre a irritação e o desprezo.

– Outra coisa, então. Você decide. Só trate de aparecer lá.

– Para quê?

– Uma oportunidade de emprego.

– Eu já tenho um emprego!

– Está certo – Devlin cedeu ao argumento. – Você tem, por enquanto. E se você quiser manter esse emprego, Sally, você vai fazer o que eu mandar e sem dar um pio. Se eu for obrigado a vir aqui atrás de você, não será de bom humor.

Devlin caminhou na direção da porta, mas parou para observar a unidade de quarentena. Moulson estava dormindo, a respiração fraca e estável. As maçãs de seu rosto ainda se projetavam como as estacas de uma tenda desmoronada, mas sua pele já se mostrava um pouco mais corada.

– Sua putinha vacilona – Devlin resmungou. – Não dá conta nem de se matar direito.

Assim que Devlin saiu, o dr. Salazar enfiou a camisa de volta para dentro da calça tentando disfarçar o botão arrebentado por O Diabo.

Ele ainda chorava. Não conseguia se controlar, mesmo sabendo que Stock poderia aparecer a qualquer momento e vê-lo naquele estado. Bastava enxugar o rosto e se recompor para cair no choro de novo.

A humilhação era maior do que a dor. Sem falar no medo, evidentemente a maior humilhação de todas.

Sally sabia não ter escolha. Algumas batalhas já estão perdidas antes mesmo de entrarmos nelas. Devlin e Grace. Quem ousasse encostar o dedo em um dos dois acabaria condenado a ter ambos no encalço. Um amparava o outro feito alguma religião assustadora com dois pilares poderosos.

Salazar ainda se lembrava dos tempos em que não tinha medo do casal, ou de qualquer outra coisa. Mas duas tragédias acabaram caindo de repente sobre sua cabeça. Duas mortes. A primeira foi a de uma detenta, embora àquela altura já tivesse afastado o episódio dos pensamentos, como de costume. A segunda foi a da esposa, Leah. Ela costumava ser a fonte de coragem e sabedoria e resistência do médico. Leah possuía todas essas virtudes e quando Sally saía de Fellside todas as noites rumo aos braços da esposa, era neles que se banhava e retirava sua própria reserva de suprimentos.

Sally mantinha os olhos abertos sobre a sua idolatria. Sabia que Leah vinha tendo um caso nos últimos anos do casamento e, embora isso o magoasse, acabou superando. Não era o ideal de amante perfeito, muito menos de marido perfeito. Independentemente do que ela estivesse dando (ou recebendo) em outro lugar, sempre tinha oferecido tudo o que ele precisava. Um dos maiores arrependimentos de Salazar foi nunca ter pensado em procurar saber o que ela precisava, até que fosse tarde demais para isso.

30

O diretor Scratchwell não era o tipo de sujeito que excedia a própria autoridade. Tinha plena consciência de que a recuperação de Moulson era uma enorme reviravolta e, portanto, não se tratava de uma situação com a qual deveria lidar como algo irrelevante.

Telefonou à perita criminal no número que ela tinha lhe deixado, e foi atendido por um outro perito com modos bem mais abrasivos. Quando Scratchwell contou ao perito número dois que Moulson tinha acordado, o homem retrucou que já sabia do fato. O tom de voz do outro lado da linha deu a entender que a culpa era de Scratchwell, embora as palavras em si tenham sido mais questionáveis.

– O senhor fez tudo o que podia para garantir uma morte digna e sem dor a Moulson. Só que agora ela mudou de opinião e o senhor há de respeitar isso também. Coloque-a no bloco das celas.

– Mas... isso seria sensato? – Scratchwell arriscou. – Ela anda bem visada agora por causa dessa situação toda. E a natureza do crime dela...

– Chamado de assassinato.

– O assassinato de uma criança.

– Sem abuso sexual. Nós não a consideramos um risco elevado à sua gestão habitual, sr. Scratchwell. Não mais.

Porque o risco não é todo seu, Scratchwell pensou com certa amargura. Não havia como explicar as apostas na sobrevivência de Moulson. Oficialmente não havia tomado conhecimento disso, pois caso contrário teria sido obrigado a encerrar as apostas, e a lidar com um aspecto do ecossistema de

Fellside do qual se mantinha bem longe. Mas sabia bem o que acontecera, e o efeito colateral foi Jessica Moulson continuar no topo dos assuntos mais comentados na prisão durante as seis semanas que passou em observação à beira da morte. Liberá-la agora, sob a vista de todos, com os rumores correndo em velocidade máxima, parecia uma tentação divina.

Não era como se chefões corporativistas estivessem exatamente lhe dando uma opção. Teria de soltar as rédeas de Moulson e conviver com o que quer que acontecesse em seguida.

A única coisa que Scratchwell poderia fazer era conversar com o chefe da guarda em Goodall. Dizer-lhe que vigiasse Moulson de perto para evitar que ela arranjasse confusão ou criassem caso com ela.

Metade dos guardas do sexo masculino de Fellside eram pervertidos ou incompetentes, e qualquer diagrama de Venn seria capaz de demonstrar uma enorme sobreposição entre os dois grupos. Dennis Devlin, porém, era um homem em quem se podia confiar.

E Jessica Moulson estaria tão segura sob os cuidados dele quanto se estivesse no bolso de Deus em pessoa.

PARTE TRÊS

ESTADO DE GRAÇA

31

Todo mundo tinha sua própria versão da história sobre as origens de Harriet Grace. A exemplo de trovões ou terremotos, ela parecia invocar um certo mito etiológico. A versão de Shannon McBride era a predileta dos mais entendidos. Havia absorvido tudo do sr. Devlin, de quem ela, por acaso, escutara uma conversa com duas agentes do Bloco G, preservando todas as gírias e mesmo a entonação usada por ele. Era de longe a melhor narrativa em seu repertório, mas fazia questão de ser cuidadosa sobre quando e onde contá-la. Se alguma coisa chegasse aos ouvidos de Grace e Devlin, O Diabo provavelmente a puniria de um jeito ainda pior do que Grace, pois ele próprio seria o castigo a seguir.

– E foram duas vezes – Shannon diria. – É só o que vocês precisam saber sobre ela. Ela se reergueu duas vezes. Literalmente do nada.

– Ela não tem família rica, boa educação ou qualquer outra coisa. Tudo o que ela tinha era a fé em si mesma. Fé de que ela daria conta do recado.

– Ela cresceu em Churchbeck, e caso vocês não saibam já digo logo que Churchbeck não é Manchester. Não é nem Bury. É só um daqueles lugares industriais onde os operários costumavam viver nos livros do Dickens, essa merda toda. E o Dickens não está contratando mais ninguém.

Essa em especial sempre causava gargalhadas, e apesar da própria Shannon não entender a piada, tampouco saber quem era Dickens, aceitava levar os créditos com prazer.

– A Grace estudou em uma daquelas escolas generalistas gigantes que abriram juntando um monte de escolinha desativada. Ela passou por maus bocados, sem dúvida. Levou porrada, foi perseguida e acabou ficando ruim da cabeça. Eu sei que é difícil imaginar isso hoje em dia, mas ela costumava ser a vítima no passado. Mais por causa do visual esquisitão mesmo. Ela era meio estranha.

Caso ninguém fizesse a pergunta óbvia, Shannon dava um tapa no ar como se estivesse tentando expressar gestualmente algo complicado demais de se dizer. Devlin podia até ser o autor da lenda, mas os detalhes eram todos seus, e ela era boa nisso. Cedo ou tarde alguém acabava levantando a bola.

– Estranha como?

– Acho que chamam de lábio leporino. Mas existem vários tipos e ela tinha um bizarro. Horroroso. Tipo, a boca e o nariz eram dobrados para dentro da bochecha, meio que em uma prega. Ela não conseguia nem falar direito. As pessoas a chamavam de Cara de Sapo. E ninguém encostava nela ou chegava perto demais que era para não pegar a Praga da Cara de Sapo... Mas ela já era bem inteligente nessa época. Todas as crianças que faziam bullying no recreio com ela eram humilhadas quando as notas saíam. Ela tirava muitos dez, mesmo tendo passado metade do ano fora da escola por causa das cirurgias. Não dá para operar essas fissuras faciais de uma vez porque os ossos do rosto não crescem todos na mesma velocidade. Então tiveram que operar aos poucos...E, no fim das contas, os médicos acabaram a deixando bonita. Ela ainda tem umas cicatrizes bem pequenas, embaixo do cabelo e na linha da mandíbula, mas só dá para ver se chegar muito perto e procurar bem, mas quem vai ter coragem para isso?

Shannon costumava não se alongar nessa parte da história para evitar que alguém perguntasse como sabia sobre as cicatrizes de Grace ou algo mais detalhado sobre a cirurgia. Se a questionassem sobre as notas, dizia sem vergonha que buscassem na internet.

– E ela estava com rosto e emprego novos, bem no topo do mundo. Estava trabalhando em uma agência de empregos. Agendando entrevistas paras os idiotas que faziam bullying com ela. Ela colocava os caras para sapatear, pelo que eu fiquei sabendo. Como colocava... Enfim, foi assim que ela entrou no mundo do tráfico humano. Já era o que ela fazia mesmo, só que agora com imigrantes ilegais. Ela contratava os caras para trabalhar em obras ou colheitas e ficava com dois terços do pagamento. Ganhava muito dinheiro.

Era a deixa para uma pausa dramática. O público já conhecia o desfecho, pois lá estava Grace cumprindo vinte anos de pena em um fim de mundo: como os influentes caem e dão a volta por cima. O que não sabiam era como costumava acontecer, e, sob determinados aspectos, essa era a melhor parte, então Shannon continuava a falar.

– Foi a Operação Gary que ferrou com ela. O quê? Vocês nunca ouviram falar nisso? Rolou depois que todos aqueles apanhadores de amêijoa foram afogados na baía de Morecambe. Montaram uma força-tarefa especial para proibir que fizessem o que a Grace fazia... Ela poderia ter se safado se não tivesse enfiado o comparsa na história. Ela nunca foi muito boa com computadores, e isso era um problema. Então, precisava de alguém que garantisse colocar anúncios no site do sistema de serviço comunitário do seguro-desemprego. Fazer a oferta bater com a... Como é que chama mesmo? A demanda, isso, enquanto ela tinha uns dez clandestinos sem fazer nada na traseira de uma van... Então ela contratou esse rapaz. Stephen Menzies. Ele fez tudo para ela. Fez outras coisinhas também, se é que vocês me entendem. Deu uma mãozinha amiga e passou um óleo na máquina... Só que o Menzies era delator. Ele fazia parte dessa Operação Gary, e a culpou de tudo e testemunhou contra ela quando Grace foi presa. Ela pegou vinte anos com direito à condicional. Além disso, rasparam as contas bancárias dela e tomaram a casa e tudo que ela tinha. Empreendimento ilegal, seja lá o que for. Deixaram Grace só com a roupa do corpo. Trancafiaram ela aqui... Eu sei o que vocês estão pensando. Leva tempo para se recuperar de uma coisa dessas. E leva mesmo. Levou mais ou menos um mês para Grace. A partir do momento em que ela chegou aqui, passou a observar a movimentação e ver como tudo funcionava. Todos os esquemas. As três ou quatro mulheres que mandavam naquela época pensaram que ela fosse uma qualquer. Novata e tudo mais. Não deram atenção a ela. Até que ela chegou junto e tomou tudo... É tudo uma questão de fé de cada pessoa, e Grace só acredita nela mesma. E em ninguém mais, não depois disso. Ela nunca esquece nem perdoa. Quando ela já estava com tudo esquematizado aqui, correu atrás e tratou de resolver alguns assuntos antigos.

Essa era a parte favorita de Shannon, razão pela qual ela sempre a guardava para o final:

– Ela contratou dois caras. Johnny Satchell, que já tinha sido leão de chácara na Electric, e um ex-soldado particular, Peter alguma coisa. O homem era doido, muito bizarro. Grace pagou 12 horas do dia deles. Grana alta, mas fazia questão de um trabalho bem-feito. O problema começou quando eles bateram na porta do Stephen Menzies. Sábado de manhã, 11 em ponto. Ela sabia que ele estaria lá e ele estava mesmo. Só ele. Juro por Deus, ela fez valer cada minuto dessas 12 horas.

32

O dr. Salazar teve seu encontro com Grace sentado em uma das confortáveis cadeiras na privacidade da cela dela. Consideravelmente mais luxuosa do que seu consultório.

Devlin já o tinha advertido a não dizer uma palavra sobre o acordo fechado entre eles sobre o vício em petidina, e Sally obedeceu. Sendo honesto, mal abriu a boca: entre o medo e a vergonha, preferiu ficar calado.

Grace parecia não ter problemas quanto a isso. Sally sentiu que ela queria ser escutada e não escutar.

– Somos novos nesse ramo – ela disse, deixando o *nós* indefinido. – O mercado aqui em Goodall está nas nossas mãos, mas se formos expandir os negócios, teríamos que passar para os blocos de segurança média. Entendeu?

Sally fez que sim com a cabeça.

– Agora o sr. Devlin acha que você pode ter uma participação nisso, doutor, e eu valorizo as opiniões do sr. Devlin. Mas você nem sempre ficou do meu lado. Há dois anos você me causou sérios problemas, e tive que pegar pesado com você. Tenho certeza de que você se lembra disso. É aceitável fazer o que você fez, quando não se entendem as consequências. Mas não quero que você tente de novo. Eu quero garantias. Eu não quero promessas porque promessas não valem de nada. Eu só quero que você diga que aprendeu a lição e não vai pisar na bola outra vez.

– Pode deixar – Sally disse. – Eu aprendi a lição.

– E...?

– E eu não vou pisar na bola outra vez.

As palavras saíram com certa facilidade da boca de Salazar e não chegaram a agravar seu mal-estar. Para ele, estar ali naquela situação já era o limite da degradação moral. A velocidade da luz. Se você atinge a velocidade da luz e acelera, não consegue ir mais rápido.

Além disso, qualquer coisa que saísse de sua boca, qualquer promessa que ele fizesse, seria automaticamente uma mentira. Comunicaria seu aviso prévio assim que terminasse seu turno naquela noite. Partiria de Fellside para nunca mais voltar. Grace não iria atrás dele. E Devlin não o denunciaria uma vez que ele tivesse sumido, não quando não havia nada a ganhar com isso além do risco de ser denunciado de volta.

Grace analisou o rosto do doutor por um tempo antes de prosseguir, resumindo o que queria dele.

– No momento, ainda não temos muitos comparsas em Curie. Não tenho agentes de lá na minha folha de pagamento. Isso vai mudar, mas para começar precisamos de alguém que possa ir e vir livremente e repassar a carga para as minhas soldadas por lá. É uma verdadeira mina de ouro o que a gente tem em mãos. Alguma dúvida?

Sally sacudiu a cabeça.

Grace perdeu um pouco do bom humor.

– Você deve ter muitas dúvidas. Onde? Quando? O quê? Quem? Eu não dei detalhes. Você está mesmo prestando atenção no que eu estou dizendo, doutor?

– Estou – ele garantiu.

– E então...?

– Eu... queria mais detalhes.

Eu não vou fazer isso, Sally disse a si mesmo na segurança de seus pensamentos. *Pode falar o que quiser, mas não vai adiantar nada.*

Mas assim que imaginou essa discreta provocação, surgiu-lhe uma imagem à cabeça que o tirou dos trilhos momentaneamente. Água. Sangue. Papel higiênico. Um olho revirado, mais branco do que algodão com água sanitária, fuzilando-o com reprovação ou advertência. Ele sentiu um aperto na garganta. Estremeceu e fechou os olhos, tentando afastar aquela lembrança desagradável dos pensamentos. Grace e Devlin não pareceram notar.

Devlin dizia que Sally deveria transportar a carga em uma das consultas semanais em Curie, fosse a uma nova paciente ou a alguma das já existentes.

– Gostei disso – Grace concordou. – Mas é melhor não ser entrega direta.

– Por que não? – Devlin perguntou. – Para que complicar as coisas?

Você não pode me obrigar, Salazar pensou.

– Se as soldadas derem entrada no posto médico, uma semana depois da outra, seus nomes vão para uma lista. Há como rastrear. E para complicar ainda mais, o Sally, sem ofensa, doutor, acaba vendo o rosto de quem vai receber. Bem melhor se ele deixar a carga em algum lugar para alguém pegar depois. Assim ninguém arma para cima de ninguém e ninguém pode ser pego.

Eu não vou fazer isso.

– E quanto à sala de meditação?

– Boa. Eu acho que dá para fazer isso funcionar.

Ignoraram Sally por um tempo, conversando sobre pesos e datas e logística. Ele aguardou ser dispensado, e no devido momento Grace lhe disse que podia ir.

– Só mais uma coisa, doutor – Grace acrescentou a meio caminho da porta. *À la* tenente Columbo. Ele já queria ter ido embora, apertado o passo no complexo processo de uma fuga em curso, mas teve de parar e dar meia-volta.

– Pois não?

– Você continuou vivo para contar a história. Não é todo mundo que tem essa sorte.

– Eu já disse que lembro. – Um breve e desolado lampejo de irritação que passou tão logo veio. – Pode deixar, Grace. Eu lembro bem.

Ela aceitou com um sinal de cabeça, imperturbável.

– Bem, vai acontecer a mesma coisa dessa vez também. Se você me desapontar de novo. Exatamente a mesma coisa.

Salazar, a princípio, não entendeu muito bem o que ela quis dizer com aquilo.

– Mas – ele disse – não tem ninguém...

– Não. Ninguém envolvido diretamente. Mas me disseram que você e a enfermeira DiMarta têm uma amizade colorida meio platônica. Então, eu provavelmente começaria por ela.

Salazar retornou à enfermaria. Estava vazia: Moulson recebera alta naquela manhã. Ele se sentou à sua mesa com as mãos no colo, calado e imóvel, enquanto sua mente se adaptava aos contornos de suas novas funções e condições de trabalho.

Era engraçado, de certo modo. Se sua vida fosse uma comédia, terminar como transportador de drogas seria a única previsão que ninguém arriscaria.

E se fosse uma tragédia, tampouco.

33

Jess foi liberada no bloco das celas com o mínimo de alarde possível. Uma guarda a buscou na enfermaria e a conduziu pelo pátio até Goodall. Era Corcoran, a agente que a tinha escoltado na ambulância vinda de Winstanley. Ela felicitou Jess protocolarmente por ainda estar viva.

– Não foi muito como o planejado, não é? Mas algumas coisas não conseguimos planejar até que elas aconteçam. Ou não acontecem. Entende? – As duas caminharam em silêncio por um tempo, então Corcoran disse: – A verdade é que esse lugar pode ser horrível se você arranjar inimigos. E, na minha humilde opinião, o pior inimigo que você pode arranjar é você mesma.

Jess ainda expurgava o tramadol de seu organismo. As pernas estavam tão trêmulas quanto as de uma criança de dois anos. Respondeu à sabedoria despretenciosa da agente com um aceno fraco de cabeça em sinal de consentimento. Ela entendia. Essa barca porém já devia estar furada.

O caminho mais comum até o bloco era por meio do salão oval, mas a instrução dada a Corcoran era soltar Moulson em seus novos aposentos sem chamar a atenção. A agente destrancou uma porta nos fundos do prédio e as duas seguiram por um corredor de serviço que levava diretamente à escadaria leste. Uma placa na porta dizia: ISTO NÃO É UMA SAÍDA, A NÃO SER EM CASO DE INCÊNDIO.

O ambiente em Goodall passou a ter um aroma característico após a esterilização da enfermaria, tão rico e complexo que chegava a ser desconcertante. Jess tentou discernir os elementos no ar. Purificador. Comida institucional. O cheiro metálico de suor logo após ficar azedo e insuportável. Papéis dobrados por anos atrás do armarinho da central de aquecimento. Pessoas. O odor sufocante de pessoas trancafiadas juntas, lapidando-se umas nas outras ano após ano como pedras em um saco.

Corcoran segurou a porta para Jess passar, indicando o caminho por uma escada de ferro acima. O centro de cada degrau estava um pouco gasto e levemente côncavo graças a centenas de pés. Pritchard dissera que Fellside era uma construção recente, mas pessoas eram como oceanos. Quando oceanos se põem a trabalhar, montanhas desmoronam para formar praias.

Uma torre de babel passou a se amplificar nos ouvidos de Jess à medida que as duas foram subindo, mas Corcoran havia dado um jeito de se aproximar de modo sorrateiro. Apesar de muito próximo, nada se via do salão oval. Só a onda de vozes dizia a Jess o quão perto estava de todo um novo universo.

Corcoran a escoltou até o segundo andar e através de uma passarela a céu aberto. O salão oval estava à esquerda das duas, mas elas se mantiveram rentes à parede à direta. Pararam em frente a uma porta onde se lia 239, cela de Lorraine Buller. A antiga companheira de Buller, Cyndi Souk, tinha sido requalificada da segurança máxima à média e transferida para a ala Curie.

– Quem sabe um dia não chega a sua vez – Corcoran disse a Jess. – Se esse nariz não se meter onde não deve. Vidão em Curie. Sem limite de visitas. Acesso à fazenda e à estufa. Até encontros íntimos.

Depois de descrever tal cenário idílico em um ambiente tão barulhento, ela se despediu, desejou boa sorte e deixou que Jess se apresentasse. Jess entrou na cela, na dúvida se batia à porta ou não. Uma loira de meia-idade e cabelo raspado estava esticada no catre superior com uma edição da Penguin Classics de *Middlemarch* em mãos. Vestia o mesmo agasalho amarelo e preto que Jess usava. O rosto marcado por traços faciais pesados parecia o esboço sobrecarregado de algum artista, cada centímetro muito sombreado ou entrecruzado. As linhas de um azul-pálido de antigas tatuagens se insinuavam dos quadris. Ela tirou os olhos do livro e cumprimentou Jess, cordial mas indiferente.

– Moulson? Meu nome é Buller. Você fica com a cama de baixo. E uso a pia primeiro de manhã. Eu já estou há três anos aqui e é assim que funciona. Eu não gosto de cantoria quando estou tentando ler, e não gosto de peido sem aviso prévio. Se tiver alguma coisa que você não goste, é melhor me dizer agora.

Jess sacudiu a cabeça.

– Hein, não tem nada que você não goste? Nadinha mesmo? A pergunta é séria, meu bem.

– Pessoas que riem das próprias piadas – Jess se atreveu. Era um preconceito mais de John Street do que dela, mas tinha de dizer alguma coisa e aquilo lhe pareceu aceitável. Buller fez uma careta que traduzia um sentimento de *cada uma na sua* e retornou à leitura. Jess se sentou na única cadeira da cela, devagar e com cuidado como se para amenizar o impacto dissonante ao se acomodar no assento de plástico estampado.

– Horário de atividades livres – Buller disse. – Só para constar. É a única hora que você não precisa ficar enfurnada na cela. Você pode sair por aí ou ficar sentada lá no salão oval.

– Eu estou bem aqui – Jess resmungou.

– Bem, é compreensível – Buller disse. – Quieta e boazinha. Ninguém gritando com você. Mas se você quiser um conselho, é bom você mostrar a cara. Vão acabar gritando com você cedo ou tarde. Depois vão perder o interesse e seguir em frente e sair gritando com outra pessoa. Esconde a cara e você provavelmente só vai estar alimentando o fogo. – Ela lançou um breve olhar de esguelha a Jess, então voltou sua atenção a George Eliot. – Mas é só a minha opinião.

Jess ficou sentada por um tempo, ruminando aquelas palavras e reunindo forças. Enfim se levantou e foi em direção à porta.

– Boa sorte – Buller murmurou quando Jess passou por ela.

Jess só foi até o parapeito logo na saída da cela. Escorou-se sobre os cotovelos e fitou o salão oval do alto. Uma mulher após a outra começou a notar sua presença e a erguer a cabeça até que todo o salão oval a encarava. Todo mundo em Goodall sabia quem ela era, e que chegaria ao bloco naquele dia. Havia um interesse considerável recaindo sobre ela, parte hostil, parte neutro e um pouco (basicamente por conta das habilidades narrativas de McBride) tendia a ser positivo.

Jess não tinha conhecimento de nada disso, mas seus instintos lhe imploraram que sumisse para longe daqueles olhares que ela não compreendia e nem queria. Certamente não seria capaz de descer e se enturmar. Estava presa ali no parapeito feito um soldado em uma terra de ninguém.

De repente, porém, sentiu sua mão sendo segurada por outra. Olhou para baixo e viu Alex Beech parado ao seu lado, o rosto na altura da terceira barra do parapeito. Ele não disse nada, mas uma ligeira energia emanou dele para Jess, escorrendo devagar através das mãos agarradas, assim como água gelada desce pela garganta.

Na enfermaria, quando ele apareceu pela primeira vez, o medo dela havia bloqueado todas as demais emoções. Aqui, onde não conhecia ninguém, ele era o único rosto familiar e Jess sentiu uma onda de alívio e gratidão por vê-lo.

Eu não queria que você se esquecesse de mim. Antes, você achava que eu era um sonho. Eu não sou. Eu não sou um sonho e você tem que manter a sua promessa.

– Eu sei disso.

Jess tentou não mexer tanto seus lábios ao falar. Estava conversando com um espírito que ninguém mais podia ver. Soube disso instintivamente, o que ficou comprovado quando outra detenta passou por eles, atravessando o menino e mal se desviando dela.

Alex congelou no lugar quando o corpo em movimento violou o espaço onde ele se encontrava. Ao seguir adiante, um tremor o percorreu. Seu rosto se contorceu em uma careta. Ele não gostava de contatos acidentais, fato que tornava o toque na mão de Jess um tanto mais miraculoso do que já era.

– Eu não esqueci da minha promessa – ela lhe disse. – E nunca vou esquecer.

Você vai descobrir o que aconteceu comigo.

– Vou.

Você vai encontrar minha amiga. E a outra garota que me machucou.

– Vou. Eu vou começar a ver isso o quanto antes.

Para estar com ele e ser perdoada. Jess sabia ser capaz de fazer qualquer coisa em troca disso. Já tendo se resignado uma vez ao desistir da própria vida, pareceu-lhe uma promessa fácil de se cumprir, e levou a sério cada palavra. Ela chegou amolecida, determinada e pronta para o que precisasse ser feito.

– Olhe ela – Hannah Passmore disse a Pauline Royal do outro lado de uma das mesas de jogos. Po acompanhou o olhar de Hannah e viu Moulson no segundo andar, cabeça curvada sobre os braços dobrados. – Acha que é a dona do pedaço.

Po estava na dela, mas teve de concordar. Parecia haver um quê de arrogância naquela postura. Em como Moulson baixara completamente a guarda. Em um lugar como Goodall, relaxar era a demonstração suprema de força.

– Está com um sorrisinho no rosto, olha – Passmore prosseguiu. – Eu não vou tolerar uma coisa dessas.

– Os guardas estão de olho, Hannah – Po a advertiu. – Estão ligados de que vai acontecer alguma coisa. Seja inteligente e deixe que as outras façam o serviço.

Passmore compreendia, embora não estivesse gostando nada daquele sorriso.

Havia duas outras condenadas à prisão perpétua, Doll Paley e Sam Kupperberg, jogando damas na mesa ao lado, uma versão estranha que inventaram em que cada uma alternava entre as peças brancas e pretas.

– Pelo que eu ouvi, ela não teve a intenção de matar o menino. Não sabia o que estava fazendo.

– Só Deus para julgar – Kupperberg concordou. – Ninguém mais tem esse direito.

Passmore nunca tinha visto muita utilidade em Deus. Deixou que aquela castidade toda entrasse por um ouvido e saísse pelo outro.

– Sabe o que a gente devia fazer aqui? – ela exclamou, alto o suficiente para que todo mundo ouvisse. – Uma churrascada!

Algumas poucas mulheres lhe lançaram um olhar, então notaram o objeto de observação e entenderam a piada. A gargalhada foi tímida, mas encorajou Passmore a continuar.

– O carvão está em brasa! – ela gritou.

Ao que alguém emendou:

– De lamber os dedos de tão bom!

Os guardas entraram em cena depressa, não apenas no salão oval como também nas passarelas. Todos se mexeram na mesma hora, deixando bem evidente que só estavam à espera de confusão. Como era o turno noturno da srta. Carlisle, ela teria de assumir o comando e advertir as tagarelas de plantão que, se viessem com alguma outra gracinha, acabariam espairecendo uns dias na solitária.

A zoeira deu lugar a um burburinho, mas um burburinho nervoso. As mulheres de Goodall tinham levado uma pá de terra no peito.

Ninguém gosta disso.

34

O primeiro dia foi um indicativo do que estava por vir. Jess continuou tendo problemas para se adaptar à rotina diária da ala Goodall.

Levou uma surra de algumas das mulheres de seu próprio andar no segundo dia. Nada planejado ou orquestrado. Ela simplesmente esbarrou em uma pessoa de um grupo ao passar ou fez algo considerado errado. Uma das mulheres desferiu um soco e as outras a seguiram, pois não seria nada cordial deixar uma amiga sozinha. Jess acabou com várias lesões em lugares escondidos, mesmo sendo uma surra leve, uma daquelas que você poderia escapar em Goodall.

No dia seguinte, tudo piorou muito. Hannah Passmore liderou um ataque surpresa na cela de Jess e o grupo se ocupou com ela por uns bons cinco minutos enquanto duas outras, Chander e Williams, a seguravam. Buller não interveio, mas foi quem deu um basta.

– Sou eu quem diz quando acabou – Passmore retrucou, dando outro chute.

– Pare agora – Buller disse – ou eu vou chamar uma agente.

Passmore parou, mas só para encarar Buller.

– Você nos entregaria por causa de alguém como ela? – Shamone Williams a questionou.

– Se for preciso, para não te ver matando ela.

As três ponderaram suas opiniões. Sarah Chander tirou a calça e os tênis.

– Mija nela, Sachi – Buller disse –, e quem vai limpar é você. Com seu braço esquerdo, porque o direito eu vou quebrar.

– Deixa pra lá – Passmore exigiu. – Acabou.

– Obrigada – Jess sussurrou quando as três foram embora.

– Não tem de quê – Buller respondeu. – Eu deveria ter avisado mais cedo, mas é aquela coisa. Vai acontecer quando tiver que acontecer e o quanto antes acontecer, mais cedo termina. Está precisando de ajuda?

– Acho que eu vou ficar um pouco deitada.

– Você quem sabe. Quer ler um capítulo do George Eliot?

E já que Jess não quis, Buller retornou à leitura.

A situação não piorou depois disso. Nem continuaram a implicar com Jess, desde sempre o receio do diretor Scratchwell. Nada mais natural, ele sabia bem, tratando-se de uma pequena multidão amontoada em um espaço inadequado, acuada por anos, do que acabar pensando a mesma coisa na mesma hora e partindo junto para a ação. Era como as rebeliões começavam. Uma pessoa surta, enquanto todos estão prontos só esperando o momento chegar.

Em relação a Moulson, havia mais um desgosto coletivo do que ódio coletivo. Teria sido diferente se ela tivesse abusado de Alex Beech por diversão ou lucro, mas não era o caso. Ela incendiara o menino ao incendiar a própria vida, e isso era diferente. Muitas mulheres em Goodall a consideravam uma merda. Outras, em maior quantidade, a consideravam uma louca digna de pena, ou que ter perdido o rosto e ser trancafiada em Fellside tinha compensado o que ela fez. Ninguém nutria grandes sentimentos por ela, tampouco ressentimentos a serem remoídos.

Bem, quase ninguém. Hannah Passmore ainda tratava Moulson como desafeto pessoal, e aproveitou outras ocasiões para dar um tapa ou um empurrão. Algumas poucas mulheres seguiam seus passos, mas sem tanta raiva. E havia as outras que assobiavam quando viam Moulson no mercadinho ou no salão oval.

E, certo dia, enquanto subia uma das escadas, Jess cruzou com uma mulher descendo, alguém que ocupava todo o espaço estreito, bloqueando totalmente sua passagem. As duas ficaram paradas no lugar e nenhuma disse nada.

A mulher era bem alta, com braços e pernas longos, delgados, a pele toda manchada. Mais velha do que Jess, mas nem tanto. As marcas no rosto castigado pareciam ter sido entalhadas mais pelo temperamento do que pelo tempo. Tinha cortado as mangas do agasalho prisional, o que caracterizava uma violação e valeria à maioria das detentas uma notificação. Os músculos dos braços se sobrepunham uns aos outros quando flexionava as mãos enormes.

Jess deu um passo para o lado para dar passagem àquela assombração. Certamente não tentaria passar por ela.

– Pode passar – Jess enfim disse. Como não obteve resposta, fez um gesto de "você primeiro". Não sabia dizer se a mulher estava olhando para ela. Os olhos pareciam estranhamente desfocados.

– Sua cara é horrível demais – a mulher enfim disse. Forçou as palavras por entre os dentes cerrados.

– Eu fui... queimada – Jess arriscou. – Em um incêndio.

– Um incêndio?

– Isso.

Houve um longo silêncio.

– Eu gostava de ficar sentada em frente a uma fogueira – a mulher enfim prosseguiu. – No verão.

– No inverno – Jess corrigiu automaticamente.

Os olhos da mulher se voltaram do horizonte para encará-la.

– Verão – ela insistiu. – No verão. A gente fez um churrasco. Você estava lá?

– N-não – Jess titubeou. – Eu nem conheço a sua...

De repente o rosto da mulher estava a um centímetro do seu, olhos cravados nos seus, um bafo quente ligeiramente azedo contra sua bochecha.

– Então não venha me dizer quando foi – ela rosnou. – Entendeu?

– Entendi.

– Não faz ideia da sua sorte, não é? Não sabe quando sumir quando a coisa fica perigosa. Que estupidez da porra é essa?

Jess não disse nada. A raiva da mulher tinha aflorado de repente. Não parecia ter um alvo; simplesmente havia estourado para cima dela porque era ela quem estava lá. Se Jess tivesse ficado parada no lugar, a mulher talvez teria explodido com outra pessoa.

A mulher soltou a respiração pela boca: um suspiro pesado, enfastiado. Então desceu as escadas, esbarrando seu ombro ossudo no peito de Jess ao passar.

Jess seguiu subindo até seu andar e rumo à cela. Buller estava deitada no catre superior, não lendo, mas escrevendo uma carta. Com a língua pressionada contra o lábio inferior enquanto escrevia.

– Posso fazer uma pergunta? – Jess arriscou.

Buller grunhiu.

– Desde que seja breve.

– Uma mulher bem alta que... que talvez não seja muito normal. Cabelo preto, pele manchada, braços à mostra...

– Liz Earnshaw.

– Ela tem?

– Tem o quê, meu bem?

– Um parafuso a menos?

Buller baixou seu bloquinho de anotações.

– Ah – Jess disse. – Eu não quero te incomodar.

– Mas agora que já incomodou – Buller retrucou – é melhor me escutar. Fique longe da Lizzie. Ela é problemática, mas também é bem perigosa. Se ela tem um parafuso a menos? Tem, tem sim. Mas provavelmente não do jeito que você está pensando.

– Qual é a história? – Jess arriscou. – Quer dizer, se é que você pode falar disso. – Ela sequer sabia ao certo o porquê da pergunta. Mas havia algo naquela mulher alta que não lhe saía dos pensamentos. Algo que a amedrontava e a fascinava.

– Eu não sou de contar histórias.

– Você conhece alguém que conte?

Buller soltou uma breve risada.

– Claro que conheço.

Jess visitou Shannon McBride em sua cela porque só tinha o número da cela para procurá-la (Buller não forneceu detalhes físicos ou informações sobre ela). Assim que entrou, teve certeza de já ter visto a mulher com feições desbotadas antes.

McBride também reconheceu Jess e ficou entusiasmada com a visita.

– Eu fui a primeira pessoa em Fellside a te ver – ela disse assim que as duas já estavam sentadas, Shannon no catre e Jess no lugar de honra reservado à cadeira. – A primeira prisioneira, quer dizer. Óbvio que algumas das agentes te viu. E algumas das enfermeiras. Mas ninguém mais. Lembra que você cantou para mim?

Jess não se lembrava. A memória tinha sumido junto com a maioria das lembranças de seus primeiros dias em Fellside, apagadas pela medicação e o quase coma que veio em seguida. Mas Shannon não se importou. Pelo contrário: teve o maior prazer em preencher as lacunas e contar toda a história a Jess, repetindo algumas partes, plenamente convicta de que apenas uma vez não seria o suficiente.

– Dava para escutar a sua voz quando você delirava de dor – ela disse. – Era tão suave, tão dócil. Era como se você tivesse um poder mágico.

– Não tenho – Jess disse curta e grossa. – Não tenho mesmo. Fico feliz de ter ajudado.

– E agora você quer saber mais sobre a Lizzie Earnshaw. Por isso veio me procurar. – As mãos de Shannon estavam agarradas aos joelhos. Praticamente se abraçava. – Claro que sim! É claro que eu vou te contar sobre ela! Mas eu só posso te contar sobre a Liz se eu te contar sobre a Naseem Suresh também. Elas são as duas metades de uma mesma história.

Naz havia sido a mulher mais jovem da ala, Shannon disse, e sob vários aspectos a mais problemática. Ela só estava lá porque Fellside tinha fechado um contrato para receber as prisioneiras que seriam deportadas após terem cumprido sentença, em sua maioria mulheres vítimas do tráfico humano. Em alguns poucos casos, mulheres em busca de asilo que acabaram desmascaradas enquanto aguardavam uma resposta para permanecer no país. Naz não se enquadrava em nenhuma das categorias, mas seus pais eram ilegais e sua mãe tinha dado à luz ela durante uma odisseia de dois anos partindo de Uttar Pradesh até a região central da Inglaterra. Tinha passado a vida inteira na Grã-Bretanha, mas era oficialmente apátrida. Ao ser capturada em um assalto a um bordel em East London, caiu no erro de golpear o policial e tentar escapar. Uma sentença de apenas um ano e meio, embora tenha sido automaticamente remanejada para a segurança máxima por conta do risco de fuga.

– Ela era atrevida – Shannon disse. – Atrevida com todo mundo. Parece coisa à toa, mas aqui respeito é muito importante. Naz não se importava nada com isso. Ela não tinha medo. Se ela visse alguma coisa que não estava gostando, simplesmente falava. O que afastou as pessoas dela. Especialmente as condenadas à prisão perpétua.

Havia certa inveja na voz de McBride. O palpite de Jess era de que Shannon tivesse uma personalidade mais consensual e desejava ser diferente.

– Então a Earnshaw foi uma das pessoas com quem a Naseem brigou? – ela perguntou. Pareceu ser uma inferência óbvia.

– Não, não, não! Foi por meio da Lizzie que a Naseem se safou. A Lizzie se apaixonou pela Naz. Aconteceu de repente, mas levou um bom tempo para o pessoal perceber. A Lizzie era casada. Ela tem filhos. Foi hétero a vida toda. Mas foi só encontrar a Naz e ela se esqueceu até do significado de hétero. E já que ela era mais velha do que a Naz, e tava aqui dentro por mais tempo, e tinha sido condenada à perpétua, acabou protegendo a Naz. Não estou dizendo que... você sabe... – Shannon agitou vagamente dois dedos juntos. – O que a gente às vezes vê nos filmes quando alguém inexperiente vira o protegido de alguém mais velho porque serve de passatempo ou escravo sexual. Não era assim, não mesmo. Naz estava no comando. Lizzie a amava tanto que fazia qualquer coisa que Naz pedia. Era como primeiro amor. O primeiro amor muda as pessoas no fundo do coração.

– Você disse que a Earnshaw tinha sido casada – Jess a relembrou.

– Ah, foi – Shannon disse, confirmando com um movimento vigoroso de cabeça. Parecia ser importante para ela não discordar de ninguém. – Mas eu acho que dá para termos um primeiro amor em qualquer momento da vida. É provável até que dê para ter mais de um, muito embora isso aparentemente não faça muito sentido. Lizzie parecia uma adolescente despetalando margaridas e dizendo bem-me-quer-mal-me-quer. Você já viu o tipo de temperamento que ela tem. Mas quando estava com a Naz, era um doce de pessoa.

Jess achou difícil imaginar Earnshaw, tão soturna e rígida, sendo alguém doce. O ceticismo devia estar estampado em seu rosto, pois Shannon se apressou em explicar.

– Não é que ela tenha deixado de ser esquentada. Ela se irrita com tudo, toda hora. Sabe por que ela veio parar aqui? Lesão corporal com agravantes. Uma briga de bar com outras três mulheres. As cunhadas dela. Ninguém sabe por que foram atrás da Lizzie, mas ela deixou uma delas tetraplégica. E elas não se importavam que Lizzie não fosse muito inteligente, ou que apanhasse do pai com um cabo de vassoura. As três a condenaram à prisão perpétua com pena mínima de 18 anos. Mas quando Lizzie ficou com a Naz, conseguiu manter o lado agressivo muito bem escondido. Ela sabia que estava lá guardado e quando a coisa começava a querer sair. E sabia lidar com isso. Ela bateu na Naz só uma vez, quando as duas estavam discutindo, mas Naz chorou, e Lizzie jurou na hora que se mataria se a machucasse de novo. Simples assim, daria um fim à própria vida. E se alguém machucasse a Naz, aconteceria a mesma coisa. Ela acabaria com a pessoa.

– Meu Deus! – Jess murmurou.

– Todo mundo aqui no bloco sabia disso. Quem ousasse tocar na Naseem teria que se entender com a Lizzie. Ela socou uma agente que empurrou a Naz de volta para a fila na cantina. Uma agente! Então dá para imaginar o que ela não faria com uma detenta que se metesse com ela... Mas alguém a provocou mesmo assim. Naz ficou de conversinha por aí... falou que sabia dos podres de alguém, e sobre uma amiga que esquematizaria um encontro entre ela e o diretor. Talvez ela tenha pensado que ficaria segura por causa da Liz. Mas não ficou... Um dia, Naz apareceu morta nos chuveiros. Esfaqueada. Com o corpo enrolado em papel higiênico, como se fosse um manto. É o que fazem com informantes aqui em Fellside, para deixar claro que não são tolerados. A Liz surtou. Passou quatro dos cinco meses seguintes na solitária porque saía de uma briga para outra. Ela brigava com uma pessoa por causa de um oi. Porque a mulher que ela amava estava morta e ela não podia trazê-la de volta. Se o mundo tivesse uma garganta, eu juro que ela teria arrancado fora.

Pareceu ser o fim da história, mas Shannon se inclinou para a frente com certo fervor conspiratório e levou a mão ao braço de Jess. Como se Jess tivesse demonstrado que estava prestes a se levantar e ir embora, perdendo a melhor parte.

– Foi óbvio que a Lizzie acabaria se matando. Ou enlouquecendo de vez e sendo transferida para Dietrich. Então Grace a apadrinhou, e isso salvou sua vida.

– Quem é Grace? – Jess perguntou.

McBride se mostrou surpresa com a pergunta.

– Harriet Grace – ela disse, como se a menção fosse autoexplanatória. – Aqui é como se fosse um estado com o nome dela. Por isso chamam de bloco G. É ela quem comanda tudo por aqui. Mas, enfim, Lizzie trabalha para Grace agora e segue ordens. Ela não arruma confusão porque Grace não quer. Se Liz ainda está nos trilhos é por causa da Grace. É engraçado. É como se ela não pudesse perder o controle porque não tem permissão para isso.

– Ela me pareceu bastante surtada nas escadas agora há pouco – Jess rebateu. Contou a Shannon sobre o breve encontro com Earnshaw, motivo pelo qual estava ali.

Shannon soltou uma gargalhada forte.

– Isso não era a Lizzie surtada – ela disse. – Nem perto, Jess. Olhe só para você!

– Olhar para mim?

– Nenhum ossinho quebrado. Você ainda tem todos os seus dentes. Os dois olhos. O que você viu lá foi a Lizzie na coleira.

35

Jess escreveu uma carta para Brian Pritchard. Comunicou-lhe sua decisão de entrar com uma apelação contra a sentença. Não havia mais o que pudesse fazer para conseguir responder aos questionamentos de Alex até que Pritchard respondesse a carta e desse entrada no recurso. Nesse meio-tempo, ela tratou de resistir.

A questão da sobrevivência em Fellside era complexa e envolvente. Para quem vinha tentando se entender com a vida, também era novidade. Nas primeiras semanas após sua transplantação das águas rasas da enfermaria aos recifes de Goodall, o mero ato de sobreviver pareceu tomar os dias de Jess.

Mas suas noites continuavam reservadas. Era quando Alex aparecia para visitá-la.

O toque de recolher era a hora mais dura e difícil do dia na prisão. Era também a mais arregimentada. As regras eram precisas e seguidas à risca. O alarme soava às 21:50 para comunicar que o horário de atividades livres havia terminado para as detentas. O que significava que tinham dez minutos para retornar às celas. Estar fora das celas depois das dez era uma infração punível com solitária.

As agentes penitenciárias checavam cada andar simultaneamente. Entravam em cada cela e apuravam as internas com um contador estatístico digital. Os dados retroalimentavam a placa-mãe em uma das extremidades do salão oval, logo antes do portão principal, onde as agentes mais antigas do bloco ficavam. As veteranas precisavam se certificar de que os números conferiam em cada cela, corredor e andar. A totalização dos dados já estava no computador, e o trabalho consistia em escrever OK, OK, OK em quadradinhos.

As agentes confirmavam estar tudo em ordem e as veteranas ligavam a chave mestra que trancava todas as portas das celas ao mesmo tempo. Havia controle manual, óbvio, de modo que qualquer andar ou corredor ou cela pudesse ser trancado ou destrancado mediante uma senha. Mas quase nunca era necessário. O complexo era fechado às dez da noite e reaberto às oito da manhã. No instante em que ouviam as travas acionadas, as mulheres de Fellside sabiam que as dez horas seguintes de suas vidas seriam em uma caixa da qual não poderiam sair. E, por nove dessas horas, ficariam no escuro, pois as luzes eram apagadas às onze.

Alex geralmente costumava aparecer quando as luzes se apagavam. As paredes de pedra e as portas fechadas, o piso e o teto não lhe representavam obstáculo algum, pois caminhava ao longo de um determinado eixo perpendicular aos ângulos de tudo isso. Aproximava-se de Jess através de certas dimensões que ela mal conseguia discernir, pois se impregnavam no menino por um tempo após sua chegada: o rasto do mundo noturno através do qual ele a tinha escoltado antes.

Mas só até que ele sorrisse e dissesse o nome dela. Só até que ele começasse a falar.

– Qual era o seu brinquedo favorito? – certa vez ela lhe perguntou.

Twister Dance!

– O que é isso?

Você coloca a música para tocar. As luzes acendem e você tem que colocar os pés e as mãos e a bunda onde as luzes estão. Você continua dançando. E vai ficando cada vez mais rápido e mais difícil.

– Acho que eu teria adorado jogar isso – Jess disse. – Mas eu nunca conseguiria convencer os meninos que eu conhecia a jogar comigo. Eles eram machões demais para dançar.

Eu teria jogado com você.

– É, e você provavelmente teria vencido também. Eu dançava como um hipopótamo bêbado.

O ronco estrondoso de Lorraine Buller era a trilha sonora dessas conversas. Ela jamais acordava. Os lábios de Jess apenas formavam as palavras, mas não emitiam som. Alex sempre a escutava.

Assim que o medo se foi, ela passou a apreciar a companhia. Ainda não havia recuperado seu peso normal. Seu corpo doía se deitasse em qualquer posição por muito tempo, e o colchonete fino da prisão não ajudava, logo Jess dormia pouco, acordando a toda hora. Certas noites, seus quadris ossudos pareciam ter sido revirados para dentro do tronco, e seus ombros pareciam ser um cabide ao qual ela estava presa e não algo que lhe pertencia. Sentia ainda a fissura do antigo vício, reafirmando-se enquanto ela recuava dos portões da morte. A voz de Alex era um condutor que a atraía através da escuridão até o nascimento do dia.

Às vezes, ele a visitava durante o dia, muito embora tenha dito que a luz do sol lhe feria os olhos, sem deixá-lo enxergar. Também era mais difícil para Jess percebê-lo, mas ela era capaz de sentir aquela mãozinha roçando na sua quando encostava-se contra a grade no pátio ou sentava-se no salão oval. A voz dele murmurava em seu ouvido, fazendo-lhe perguntas sobre coisas ao redor, mesmo trivial ou idiota, para que as palavras dela pudessem preencher as lacunas da percepção do menino.

Lacunas enormes e surpreendentes. Alex estava longe de ser cego, mas sua visão era estranhamente seletiva. Era capaz de ver certas coisas com perfeita clareza, possivelmente em um nível mais detalhado do que a própria Jess. Ele observava Shamone Williams esculpindo um cavalo em um bloco de cedro. Ela esfregava a madeira com diferentes tipos de lixas e, como só podia se dedicar ao trabalho durante as três horas semanais em que tinha permissão de entrar na oficina e ter acesso às ferramentas, vinha construindo o animal com lentidão. Alex estava fascinado com a obra em andamento. Comentou sobre o rabo do cavalo, sobre como parecia um rabo de verdade revoando ao vento com todos aqueles fios soltos e bem distintos. Em outra ocasião, viu uma espécie de faca que Big Carol Loomis carregava no bolso, e perguntou a Jess o que era aquilo. *É tipo um objeto perfurante com esparadrapo em volta...* Jess ficou parada olhando Big Carol por um segundo a mais do que devia e quase levou outra surra. Não chegou a ver a faca com os próprios olhos, mas sabia do que se tratava pela descrição de Alex. Não duvidava de que ele fosse capaz de ver as coisas.

Em outros momentos, ele parecia não compreender nada. Tinha pouquíssima noção de espaço e da disposição das paredes e da mobília. Enquanto andava com Jess, era capaz de passar com seu espírito através de uma mesa ou uma porta aberta, completamente distraído. Tinha uma noção muito mais apurada de onde as pessoas estavam, e preferia contorná-

-las em vez de transpassá-las. Quando elas o atravessavam, ele congelava no lugar e estremecia como se tivesse pisado em uma poça de água fria.

Não havia nada de errado com a memória dele. Era dos mais interessados pelas minúcias da vida na prisão, e colhia e acumulava cada informação que lhe cruzava o caminho. Em uma semana, já estava se referindo às detentas de Goodall pelos nomes ou apelidos, enquanto Jess era incapaz de lembrar-se dos rostos delas.

Era mais fácil para ele, claro. Jess mantinha-se reservada: se tentasse iniciar uma conversa, estaria abusando da sorte e se metendo em um situação cujas possibilidades de desfecho terminavam com ela levando um soco na boca. Sua estratégia consistia em ficar sentada de boca fechada, cuidando da própria vida, como sempre havia feito. Buller era cordial o suficiente, e às vezes conversava com ela sobre amenidades. Algumas outras mulheres do corredor já lhe acenavam com a cabeça. Uma delas, Sam Kupperberg, chegou a convidá-la para uma reunião do "Seguindo em Frente", grupo de autoajuda que organizava em terças alternadas. No salão oval, porém, Jess ainda precisava manter a cabeça baixa e os ombros encolhidos.

Invisível e invulnerável, Alex matava sua curiosidade sem quaisquer inibições. Jess era seu epicentro, sua amarra, embora ele corresse ao redor dela em amplas circunferências e absorvesse o quanto podia.

Na verdade, não era bem assim. Ele não corria propriamente. Jess mal o via se mexer. Ele ficava junto dela quando Jess estava quieta no lugar, e falava sem parar em um tom baixo e conspiratório. Quando ela se levantava para ir embora, ele ficava para trás, observando-a se afastar. Mas não importava aonde ela fosse, ele sempre chegava primeiro, esperava por ela e retomava a conversa de onde tinha parado.

Era um pouco misterioso para Jess como e quando ele conseguia saber tanto sobre as outras mulheres e suas vidas. Simplesmente tinha de aceitar o fato, e acreditar no que ele dizia quando falava sobre todas aquelas pessoas cujos nomes não significavam quase nada para ela. Yolanda Woods estava chorando baixinho na cela ao lado. Kath Nickell guardava a fotografia de um homem beijando outro. O traseiro da Amit Liu tinha atravessado o estrado da cama e agora ela dormia com metade do corpo pendurado para fora.

Ótimo. Tudo bem.

Então Alex cansou da verdade, ou foi além dela, e passou a contar-lhe histórias com mais detalhes. Jess não percebeu quando isso começou. Provavelmente durante uma das conversas às escuras enquanto Buller já roncava no catre superior e Jess parecia estar à deriva.

O elenco era sempre o mesmo: as mulheres da ala Goodall. Mas, em vez de detalhar as trivialidades do cotidiano, ele as tratava como habitantes de um mundo paralelo, secreto, que mudava de acordo com os caprichos dele. Woods era uma guarda-florestal, calçando botas de cano alto e vestindo um colete de couro branco, enquanto construía casas nas árvores de uma floresta. Talvez Alex criasse novos mundos e a usasse como personagem, mas algumas das outras conexões eram um tanto mais obscuras. Nickell queria janelas, mais e mais janelas, mas sempre que instalava uma nova, a janela quebrava. Liu tinha gatos, mas não podia chegar muito perto deles pois, se o fizesse, começava a se transformar em uma gata e isso a assustava.

De onde os meninos mortos tiravam essas coisas? Jess não sabia e não se importava. Julgou que ele tivesse um dom natural. Ela teria lido as histórias dele, nos tempos em que trabalhava na Half the Sky; teria colocado na frente da prateleira para que as pessoas pudessem ver a capa e teria grudado um adesivo dizendo "Tente este se você gosta disso e disso..." na parte inferior.

Alex se alimentava do interesse dela, inventando ficções mais e mais elaboradas. Jess podia perceber que as histórias também o empolgavam. O tom de voz mudava quando estava fantasiando, cheio de uma energia repentina e vigorosa. E ainda usava as mãos exatamente como alguém vivo para desenhar no ar o que descrevia. Em todas essas ocasiões, Jess lembrava-se de Shannon McBride, a outra candidata à contadora oficial de histórias em Goodall.

Ele pegava pesado demais, especialmente por ser apenas uma criança. Uma criança morta, tudo bem, mas ainda assim.

Hannah conhece esse cara. Ela pensa que sabe tudo sobre ele, mas na verdade não sabe. Ou ele não é quem ela pensa que ele é. Não, é sim. Ele é quem ela pensa, mas ele muda e começa a ficar cada vez maior. Ele a agarra e coloca a mão no rosto dela. Ele empurra o rosto dela. É como se o rosto dela fosse uma máscara que não está bem presa dos lados, então era possível ver esse cara enorme enfiando os dedos por baixo.

Ele começa a afrouxar a máscara. E essa é a parte assustadora. Hannah quer gritar. Ela sabe que se gritar alguém vai aparecer para salvá-la. Mas ela não consegue porque seu rosto já está quase todo para fora, e como sua boca estava presa ao rosto, ela não consegue mais usá-la. Você pode achar que ainda sobraria um pouquinho de boca para ela usar, um buraco ou algo assim, mas não há. Só restou algo molengo. Se o cara puxasse todo o rosto, ela não conseguiria mais falar, ver, escutar, e acabaria morrendo por não conseguir respirar.

Ela continua lutando e tentando fazê-lo parar. Mas ele é mais forte, e ela se lembra de ele ter vencido antes e isso a enfraquece mais. Não há nada que ela possa fazer.

Por último ela tenta chorar, mas também não consegue. Não existem mais olhos. O cara joga o rosto dela no chão e um cachorro o come.

Jess estava sentada no escuro. Não estava totalmente escuro: havia o brilho alaranjado de uma luz de segurança na ponta de um tubo de led no teto que transformava o catre, a mesa e a privada sem assento em aglomerados vagos, fluidos com sombras penduradas como frutos. Alex estava visível de um jeito diferente, e de acordo com as próprias regras. Seu aspecto parecia o mesmo durante a noite ou o dia: perfeitamente claro e distinto. E não projetava sombra.

– Esta era a história sobre Passmore? – Jess lhe perguntou, já plenamente acordada. – Ela é a tal Hannah de quem você falou? Aquela que me machucou? – Manteve sua voz aos sussurros, muito embora nunca tenha visto Buller acordar antes que a campainha a expulsasse do catre.

É, o menino disse. *Ela.*

– Mas... Alex, isso é horrível.

É.

– Você não devia... – Jess procurou as palavras certas. – Você não precisa ficar bravo com ela porque ela me bateu. Você não precisa odiá-la.

Porque no fim das contas, Jess pensou, em última análise, ela saiu em sua defesa. Vingança. Tomando o partido da vítima contra a mulher que a incendiou.

Eu não a odeio.

– Então pare.

Pare o quê?

– Pare de ficar contando essas histórias. Ou... ou arrume um final feliz para elas.

Não dá.

– Dá sim, Alex. – Jess ouviu um deslize na própria voz e se deu conta de que estava tremendo. Não de frio, óbvio, pois estavam em pleno verão escaldante. Era uma sensação quanto à condição diferente do menino, que se tornou bem evidente. Isso era ridículo, ela bem sabia. Conversava com um espírito e achava normal, para então ficar com medo das histórias bizarras que ele lhe contava.

Mas ela queria protegê-lo. Queria que ele preservasse sua inocência, preso aqui em meio à culpa. Ele a tinha puxado do abismo, direto do abismo. Ela lhe devia tudo e ele não lhe devia nada em contrapartida, a não ser uma vida em troca de outra, um dente por dente.

Então ela tentou de novo:

– Invente uma história sobre o que acontece com Passmore depois que ela sai daqui. Para onde ela vai?

Eu não sei. E ela não vai a lugar nenhum. Ela pegou prisão perpétua.

– Mas você pode fingir.

Alex considerou a possibilidade com um silêncio solene.

Eu não sou muito bom em fingir, ele respondeu.

Jess achou que ele estava sendo duro demais consigo mesmo.

– Histórias são como desejos, Alex – ela disse, ciente de estar tentando resumir algo muito complexo em poucas palavras. – Você só deve desejar coisas que realmente quer que aconteçam.

Alex concordou com a cabeça, mas pareceu estar na dúvida, infeliz como se, ao atacar as fantasias dele, ela o estivesse atacando pessoalmente. Jess logo o tranquilizou.

– Todo mundo passa por isso, desejar que algo ruim aconteça a alguém que a gente não gosta. E eu acho que, desde que seja só uma história, não faz mal algum. Mas é melhor pensar nas pessoas que amamos, não é? Desejar que a vida delas seja feliz e cheia de coisas boas.

Eu acho. É.

Jess sabia que o tinha magoado. Abriu a boca para mudar de assunto. Mas foi justo quando a campainha da manhã tocou. Já no primeiro toque estridente, Buller pulou da cama bem no meio dos dois, pigarreando enquanto se encaminhava à pia. Como em uma transição malfeita em filme antigo, ela fez Alex Beech sumir de cena.

36

– Eu diria que estamos em uma posição favorável – Grace disse a Devlin, cerca de uma semana após o encontro com Sally.

Estavam na cela de Grace, e Earnshaw cuidava dos cabelos dela. Earnshaw era surpreendentemente boa nisso, mãos enormes manipulando a chapinha e os defrisantes com zelo notável. Ela só faria isso por Grace. Evidentemente, também era a única pessoa que ousava pedir.

– Uma posição bastante favorável – Devlin concordou. – Sally está se saindo bem, não?

Grace se limitou a grunhir. Já tinha repassado a Devlin o serviço que lhe cabia quanto ao assunto, concordado que botar o médico na jogada era uma ideia excelente, e lhe dado um crédito adicional por ele ter encontrado a pessoa certa. Ela não queria passar o resto da vida alimentando o ego inflado de Devlin.

Mas seu humor se mantinha radiante durante a maior parte do tempo. A retomada hostil do bloco C vinha progredindo muito bem. Ela esperava que fosse um golpe sem derramamento de sangue, apesar de uma ou outra gota já derramada aqui e ali.

Dizzy (Ruth Disraeli, segundo a certidão de nascimento) tinha sido solta no dia 13 de maio, após ter cumprido seis dos dez anos que pegou por crimes relacionados ao narcotráfico. Exatamente uma semana antes, tinha ocorrido um incidente no pátio, uma briga que fugiu do controle. Ninguém saiu gravemente ferido, mas duas das mulheres envolvidas, Ajique Hassan e Dominica Weeks, foram descobertas com posse de armas. Hassan tinha um clássico (daria para dizer até estereotipado) estoque improvisado a partir de uma lâmina de barbear presa na ponta de uma escova de dentes sem cabeça. Minnie Weeks, mais criativa, tinha um *nunchaku* improvisado a partir de duas pernas de uma cadeira unidas com um pedaço de lençol. Ambas as mulheres receberam um mês de remoção punitiva com a possibilidade de uma derrogação oficial dos respectivos direitos à condicional.

A ala Goodall tinha seu próprio pátio externo. As outras alas, inclusive Curie, compartilhavam um espaço maior bem lá do outro lado da prisão até os limites da muralha. Não tinha sido fácil para Devlin esquematizar aquela missão, ou aqueles achados, em território neutro. Teve de molhar a mão de duas agentes da ala C e uma prisioneira, e preparar as armas ele próprio, pois consegui-las dentro de Fellside teria sido impossível sob, no mínimo, sete aspectos. Não que a população prisional já não as portasse, só que ninguém com a posse de uma arma jamais admitiria uma coisa dessas, tampouco a entregaria a um guarda, muito menos a um guarda desonesto como Devlin, independente da promessa que ele fizesse. As prováveis consequências eram simplesmente pesarosas.

De um jeito ou de outro, porém, tinha funcionado. Hassan e Weeks já estavam fora de jogo, Dizzy solta pelo mundo e a provisão do limbo recreacional em Curie estava por um fio. Entra o dr. Salazar, esquerda do palco.

Era simples, e era elegante. Grace estava satisfeita. Salazar não só era uma mula perfeita, como também gozava de um brio limitado. Se algum dia chegou a se dar ao trabalho de tomar partido num eventual exame de consciência, esse tempo já tinha passado havia muito, e chegado ao fim com o médico andando total e incondicionalmente de volta na linha.

Era muito fácil manipulá-lo agora.

O primeiro carregamento foi encaminhado e saiu inteiramente de acordo com o plano. O telefone de Salazar tocou às dez em ponto. Uma voz que não reconheceu lhe disse o que fazer.

– Espere dez minutos. Então, abra a porta. Não saia antes disso. Conte no relógio.

Sally morava num beco sem saída na zona mais chulé de Fletchertown. Mal conseguia se prostrar à janela e ficar de guarda, mas ficou de ouvidos abertos à espera do ronco de um motor. Em uma noite serena, estagnada, o carro teria de percorrer uma longa distância e assim seria impossível não escutá-lo.

Nada. Ao cabo de dez minutos, porém, quando abriu a porta para espreitar, o pacote já se encontrava sobre o capacho. Era uma caixa de papelão aberta com uma edição antiga da revista religiosa *The Watchtower* no topo, presumivelmente para impedir uma futura inspeção. Sally pegou o pacote e o levou para dentro, impressionado com o tanto que era leve.

Ainda nutriu a expectativa de se deparar com algo duro e pesado a qualquer momento, algo sólido o bastante para que não passasse na revista e assim ele pudesse dizer não com total propriedade. Mas foi só mais uma interminável sequência a conta-gotas de rendições. Embora estivesse desesperadamente envergonhado, e com nojo de si próprio por embarcar nos esquemas de Grace e Devlin, nada até então tinha sido de fato problemático. Mesmo a ameaça contra Patience DiMarta tinha tornado as coisas mais fáceis para ele, pois o ajudava a se convencer de que fazia aquilo pelo bem dela. Pelo marido dela, que era lixeiro municipal, e os três filhos do casal, os tesouros de Patience e o grosso do recheio da carteira que a enfermeira levava na bolsa (bem mais fotos do que dinheiro, quase sempre). Não se tratava de covardia, era altruísmo. Filantropia. Heroísmo discreto.

Sally colocou a caixa na mesa e passou a examinar o conteúdo. Dentro, por baixo da revista, encontrou um recipiente menor que já tinha servido para guardar luvas cirúrgicas e dava a impressão de que talvez ainda as guardasse. Mas não. Continha o que Sally julgou ser heroína, quetamina e resina de *cannabis*, tudo muito cuidadosamente embalado nos respectivos saquinhos de maneira que não houvesse desperdício de espaço. A caixa permaneceu sobre a mesa enquanto ele jantava ovos mexidos com torrada e uma porção de ervilhas congeladas. Ter conhecimento do conteúdo da caixa deixou a comida com um gosto estranho, como se estivesse contaminada. Para ajudar a comida descer, bebeu quase uma garrafa de vinho tinto que não tinha gosto algum.

Eu não vou fazer isso, disse a si mesmo de novo. Pondo as palavras à prova. Sabendo que não passavam de uma mentira.

As agentes penitenciárias do posto de fiscalização deveriam inspecionar todos os pacotes que entrassem ou saíssem da prisão mas, conforme Devlin e Salazar bem sabiam, estavam propensas a serem razoavelmente displicentes com pessoas conhecidas. Geralmente deixavam os funcionários passarem e concentravam a pólvora nos visitantes.

Sally retirou o pacote da maleta e o mostrou na fiscalização mesmo assim. A agente responsável, que mal tinha saído da adolescência, não quis nem tocar no embrulho, talvez temendo que os germes das detentas infectadas de alguma forma mágica pudessem estar grudados nele, ainda que o pacote estivesse entrando e não saindo de Fellside. O médico tinha deixado de propósito um par obviamente usado de luvas meio pendurado para fora da caixa para reforçar sua reação.

Mais tarde, naquele mesmo dia, atendeu pacientes com dores nas costas e nas articulações da ala Curie. Como se tratava de uma novidade, as consultas foram cuidadosamente prestadas em sua maioria a mulheres mais velhas com várias reclamações de pontadas e mal-estar e que sentiam certo alívio só de conversar sobre o assunto. As duas horas de atendimento passaram feito melaço escorrendo por uma corda. Quando as consultas enfim terminaram, o dr. Salazar foi até a sala de medicamentos, destrancou a porta com a chave que Devlin tinha lhe dado e entrou sem demora. Deixou o pacote dentro de um estrado oco de madeira que era quase mas nem tão pesado demais de se suspender. Ficou lá por menos de um minuto, então saiu às pressas, trancou a porta e seguiu seu caminho.

Não viu ninguém à sua espera nem observando mas, até aí, tampouco era o combinado.

Cerca de meia hora depois, Devlin repassava a Grace a mensagem de que a entrega tinha saído de acordo com o plano. Sally tinha passado no teste em campo. Foi a expressão que ele usou, e ambos deram uma boa risada por entre os dentes com a imagem do médico tentando disfarçar os passos.

Sally teria ficado impressionado se soubesse o quanto dessa produção toda tinha sido armada em seu próprio benefício. O tal pacote acabou em uma lixeira logo na entrada da sala de medicamentos, onde Jazz Sullivan (uma das três agentes de vendas designadas por Grace) o jogou apesar de ter recebido ordens de separar tudo e deixar as partes em três locais distintos. Tudo não tinha passado de um teste, com talco e massa de vidraceiro no lugar de narcóticos de verdade, principalmente porque Grace quis ver como o médico se saía sob pressão. Deu conta do recado mas, até aí, como Devlin bem observou, ele tinha uma experiência considerável no transporte de drogas em uma escala modesta dos tempos em que sua mulher estava moribunda.

Fosse a rotina de costume, a muamba de Grace jamais teria chegado tão perto daquele posto de fiscalização. Era simplesmente inviável, dada a frequência com que a escala dos funcionários mudava a curto prazo e a quantidade de pessoas que teria de manter na folha de pagamento para não ter erro. Tinha organizado um sistema completamente diferente ao invés disso, no qual Sally seria introduzido (nas partes que lhe competiam pelo menos) muito em breve.

Mas tudo em seu tempo. Por volta da meia-noite, um envelope foi deixado no capacho da porta da casa do dr. Salazar. Ele ainda estava acordado, ouvindo uma versão de *A Ópera dos Três Vinténs* lançada pela Deutsche Grammophon. No meio de "Canção de Salomão", com Lotte Lenya satiricamente lamentando a inutilidade da beleza, da coragem e da sabedoria, escutou um barulho.

Então pegou o envelope e o abriu. Contou trinta notas de dez libras já bem gastas de frente para a estante no hall de entrada. De uma fotografia emoldurada, a finada Leah o encarava com um sorriso incongruente, como se estivesse abençoando aquele dinheiro ilegal e a respectiva fonte suspeita.

Sally teve um pesadelo naquela noite, cujo imaginário foi composto de sua religião judaica. Religião de Leah, na verdade, já que Sally nunca tinha sido observante até conhecê-la e se apaixonar. Por Leah, ele passou a frequentar a sinagoga nos dias santos, a separar o leite e a carne em seus devidos cantos quando cozinhava para ela e até a fazer jejum no Yom Kippur, o Dia da Expiação.

O sonho de Sally naquela noite teve um Yom Kippur como tema. Havia um certo ponto da liturgia em que o rabino lia em voz alta um documento medieval conhecido como "Unetanneh Tokef". A passagem era sempre a mesma. Versava sobre o livro sagrado no qual todas as decisões de Deus se encontravam registradas. "Quem irá morrer pelo fogo, e quem pela água. Quem pela espada, quem pela fome, e quem pelas feras..." E por aí em diante, sem parar.

Soava bastante desolador e fatalista, mas o rabino de Sally e Leah insistia no contrário. A moral da passagem não era que Deus estava no comando, mas sim que manteria a cabeça aberta desde que mantivéssemos a nossa. Selamos nossa sorte por meio de nossas ações. Caso nos arrependamos, caso expiemos nossos pecados, caso tentemos equilibrar as coisas para compensar tudo de ruim que fizemos, aí sim nos seria concedido o benefício da dúvida. Mas assim que chegássemos longe demais num caminho já sem volta, assim que acumulássemos tantos pecados que uma expiação já não fosse mais possível, então HaShem haveria de lavar as mãos. Um belo dia nossos nomes entrariam no livro e então seria tarde demais. Nada praticado depois faria a menor diferença.

Sally sonhou que seu nome estava sendo escrito no livro. Viu um anjo retirar o tomo de uma prateleira, carregá-lo até uma mesa, abri-lo e folheá-lo até a devida página. O anjo ficou chorando todo esse tempo. Lágrimas amargas, bem amargas. Mais uma alma humana destinada ao inferno, coisa que os anjos detestam. Lamentam pelo que a pessoa poderia ter sido. Mas, nesse caso, quando o anjo mergulhou sua pena no tinteiro para escrever o nome de Sally, chorava também por outro motivo.

O anjo era a finada esposa de Sally, Leah. Chorava, pois nunca mais o veria de novo.

37

Moulson ainda teve de suportar piadinhas e eventuais agressões por mais um tempo. Até que a situação mudou.

Por alguma razão inexplicável, em todas as alas de Fellside, tanto no almoço quanto no jantar das sextas, o prato servido era sempre à base de peixe. O diretor Stratchwell estava provavelmente tentando passar alguma mensagem religiosa, uma papagaiada vaga e ecumênica já que nem católico ele era. Acabou em qualquer caso não lhe rendendo amigo algum no bloco G, onde prevalecia a opinião de que se alguém apreciava o sabor de peixe nem precisaria ir tão longe para obtê-lo fresquinho.

Em uma sexta-feira na hora do almoço, quase uma semana após a chegada de Jess Moulson ao bloco, Hannah Passmore afastou seu filé de bacalhau para o lado, levantou-se e cruzou toda a cantina até o canto dos leprosos onde Jess se encontrava sentada.

Jess estava de cabeça baixa. Era uma tática que utilizava bastante na área comum de Goodall, sempre que não havia outra escolha senão estar lá. Por um ou dois minutos, nem sequer notou a presença de Passmore.

Ao enfim percebê-la, seus olhos percorreram dos pés à cabeça a estrutura sólida do corpo de Passmore, centímetro a centímetro. Parou justo ao chegar no rosto desfigurado da mulher, genuinamente alarmante. Passmore aparentava ter sessenta anos de idade, embora fosse tão firme quanto um fio retorcido de arame. O tipo de pessoa com quem ninguém se meteria a besta nem se tivesse o cérebro de um porquinho-da-índia.

– O que você fez comigo? – ela de imediato exigiu uma explicação.

A melhor resposta que Jess conseguiu imaginar foi um "Como é que é?", mas não queria fazer uma cena. Mais do que isso, não queria apanhar de novo.

– Que merda é essa que você fez comigo? – Passmore repetiu. Contraiu os punhos e logo em seguida os descerrou. Jess pôde notar que ela tremia. Olhos muito esbugalhados. Havia uma marquinha vermelha de sangue no lábio inferior onde antes mordia. Voltou a mordê-lo, e uma nova gota de sangue brotou, intumescendo-se na iminência constante de cair.

– Eu não fiz nada – Jess disse. Baixou os olhos de volta à sua bandeja, mas a gota de sangue desafiando a gravidade acabou por atrair seu olhar de novo. O sangue escorreu feito uma lágrima, traçando uma linha bem no centro do queixo de Passmore.

– Então por que eu continuo...? – A mulher de mais idade sacudiu a cabeça. Não conseguiu terminar a frase. Agarrou Jess pela garganta. As agentes penitenciárias se mexeram depressa ao verem o que estava acontecendo, embora mesmo a que se encontrava mais próxima tivesse muito chão para correr até atravessar o salão lotado.

O olhar de Jess cruzou-se com o de Passmore a apenas dois ou três centímetros de distância. Havia pequenas manchas vermelhas nas escleras de Passmore por conta dos vasos sanguíneos recém-rompidos. Mexia a boca como se estivesse tentando engolir algo.

Mas não estava. Estava só tentando cuspir.

– Foi mal – disse a Jess em um tom de voz alto e duro. – Foi mal ter machucado você. Tudo bem? Só... me deixa em paz!

Passmore então se virou e foi embora, passando pelas agentes, que foram diminuindo o passo até pararem de vez, um tanto mais calmas pela falta de briga.

Refez todo o caminho de volta até onde estava sentada antes. Seus ombros estavam encolhidos e ela chorava, trêmula, engolindo os soluços. Mesmo após ter se sentado, não se ouvia outro som no amplo e barulhento salão, então todos podiam escutá-la. Só que algumas pessoas também tinham visto seu rosto, e foi esse o maior choque. Passmore não estava com raiva, mas assustada. E em uma camada ainda interna: confusa, como se não soubesse o que estava acontecendo consigo mesma e nem por quê.

Não era como se fosse uma combinação inusitada de emoções em Fellside. Tampouco alguma emoção que alguém já tivesse visto Hannah Passmore, ou qualquer das condenadas à prisão perpétua, passar antes. Uma expressão do tipo "primeiro delito" marcava seu rosto; o rosto de alguém que não tinha se dado conta até aquele momento do quanto as coisas podiam dar errado.

No horário de atividades livres daquela noite, Shannon McBride brindou uma enorme e variada plateia com a história de crime e castigo de Passmore:

– Ela roubou um banco. Roubou um banco com uma arma de plástico que ela mesma pintou para parecer de verdade. Quando foi pega, tentou ganhar tempo com a polícia enquanto seu marido fugiu pelo galpão para queimar toda a grana. Só a pegaram porque cinza de dinheiro queimado é diferente de qualquer outro tipo de cinza.

– Essa história vai dar em algum lugar? – Pauline Royal perguntou. Como amiga e ex-companheira de cela de Hannah, estava ali para se certificar de que nada desrespeitoso seria dito.

McBride ergueu as mãos espalmadas indicando uma maior abertura e compromisso com a verdade.

– Você sabe como a Hannah é, Po – ela disse. – Vocês todas sabem. Vocês só nunca podiam imaginar que ela já tivesse ficado com medo de alguma coisa nessa vida. Mas ela estava com medo hoje. E essa é a história, tudo bem?

Po deu de ombros com certa secura, mas não discordou. Já vinha se preocupando com Hannah desde a confusão na fila do almoço e tinha ido atrás dela na área de atividades livres. Acabou encontrando a amiga na biblioteca, segurando uns quadrinhos dos X-Men, fingindo ler. Ainda estava perturbada, e Po tinha tentado de tudo para acalmá-la. Hannah porém não dizia uma palavra sequer sobre o que Moulson tinha feito para deixá-la tão abalada. Na verdade, não dizia praticamente nada, e o que chegou a dizer não fez o menor sentido. Falou sobre um cachorro, um bebê morto, e Moulson a esperando à noite. Ou então só alguém o esperando mesmo: o pronome mudava de ele para ela e depois de volta tudo outra vez.

– Eu não quero ver isso – Passmore não parava de dizer, voz já rouca, olhos úmidos e arregalados. – Eu não quero ver isso nunca mais.

Aquele dia foi marcado por uma reviravolta na forma como o bloco G encarava Jess Moulson e se relacionava com ela. A partir de então, passaram a ocorrer episódios estranhos de tempos em tempos. Um empurrão na fila do refeitório, ou alguns gracejos no pátio externo. Jess porém não levou mais nenhum outro murro. Não por um bom tempo, e nem daquela direção.

38

Quando alguém procura ficar de bem com o mundo, o primeiro passo é sair quitando as dívidas mais antigas das quais consiga se lembrar.

Jess escreveu para Brenda perguntando sobre como andava a recuperação da tia, mas principalmente se desculpando por não ter sido uma sobrinha melhor.

Eu fui egoísta quando tentei me matar, da mesma forma que eu fui egoísta em relação a tudo que importava, escreveu. *Eu sabia que ia te deixar triste, mas eu não conseguia enxergar mais nada além da minha própria culpa e angústia. A culpa ainda está aqui, mas eu estou lidando com ela de uma maneira diferente. Brenda, você sempre esteve presente quando eu precisei. Depois que a minha mãe morreu, você foi a única pessoa que restou com quem eu me preocupava. Às vezes parecia que você era a única pessoa no mundo que eu conhecia. E você era tão boa comigo. Você fazia tudo o que podia para mim. Você sempre fez. Por favor, não pense que a maneira como isso tudo acabou tem algo a ver com você. Era só eu mesma. Sempre foi só eu. Eu ainda acho que você não deveria vir aqui. É um longo caminho para atravessar as charnecas e a viagem a deixaria acabada. O mais importante é que você já está aqui, no meu coração.*

Teria deixado por isso mesmo, mas quis explicar por que tinha mudado de ideia. Queria que Brenda entendesse que ela não tinha sido inconsequente ou caprichosa, nem quando decidiu morrer ou quando resolveu dar as costas à morte no último segundo. *Alex apareceu para mim em um sonho,* escreveu. *Ele me pediu para ajudá-lo. Eu realmente não sei como expli-*

car, e sei que tudo isso parece loucura, mas eu acho que consigo. Eu acho que preciso fazer isso. Essa é minha missão, tia B. É por isso que eu ainda estou viva. Não fique receosa por mim, e nem triste. Eu já te deixei triste o bastante. Até quando me for possível, vou continuar escrevendo e contando o que tem acontecido.

Também escreveu para John Street. Não que sentisse algum peso na consciência por causa das lesões nas mãos dele. Já tinha sofrido o bastante nessas mesmas mãos enquanto estavam juntos, então isso estava mais do que compensado. Mas tinha uma vaga noção de como essas coisas funcionavam. A vida dele deve ter parado mais ou menos no mesmo período em que a sua parou. Quando a pessoa acaba se envolvendo em acontecimentos que se avultam em demasia aos olhos do mundo, sente-se presa a eles para sempre. Escreveu-lhe uma carta ambígua, dizendo esperar que pudessem perdoar um ao outro e mencionando por alto que já tinha feito algum progresso quanto a isso.

A resposta, quando chegou, não foi de Street. Foi de Nicola Saunders, sua ex-colega de trabalho e eventual transportadora de drogas, que já conhecia Street antes de Jess e acabou os apresentando. Ela e Street estavam morando juntos agora, Nicola disse, e encararia como um favor da parte de Jess se ela simplesmente saísse da vida de John e quem sabe terminasse o que tinha começado com a greve de fome. *Ele me disse algumas das coisas que você o fez passar. E você ainda fala em perdoar-lhe? Essa é a piada mais doentia que eu já escutei. Ele nunca vai te perdoar, Jess. Mas conseguiu te superar. Isso por si só já foi um feito e tanto.*

Havia outras cartas, mas nem tantas assim. Tirando Alex Beech, não restaram muitos relacionamentos na vida de Jess em que o equilíbrio cármico fosse uma questão a ser considerada. Ou muitos relacionamentos de todo, por sinal. *Primeiramente não machucar ninguém* não seria pedir muito quando não se costuma fazer nada.

O que ela tinha sido? Mal conseguia manter sua cabeça nesse questionamento, quanto menos respondê-lo. O que isso explicava sobre sua vida ter sido tão vazia a ponto de um mero vício ser capaz de preenchê-la totalmente?

Foi o contrário, claro. Sabia disso com toda certeza. A heroína funciona da mesma forma que um filhotinho de cuco. Derruba todos os outros ovos do ninho para se certificar de que receberá toda a atenção durante todo o tempo.

Tinha algo mais com que se preocupar agora, e estava um pouquinho receosa de que isso a estivesse consumindo. De que tivesse entrado nessa missão impossível em nome de Alex porque sua própria vida, aquele ninho vazio, precisava de algo mais para preenchê-la.

Embora, na maioria das vezes, só lhe ocorressem tais dúvidas quando Alex não se encontrava com ela. Quando estava presente, ele se tornava a única coisa que de fato importava. Fellside era a ilusão e ele era a realidade, sua pedra basilar. Qual era o sentido de se preocupar com a pureza de seus próprios motivos? Nunca tinha havido nada puro a seu respeito em primeiro lugar.

39

O Diabo deu as caras na enfermaria tão logo seu turno terminou, querendo falar com o dr. Salazar. Sally porém não estava no local; não havia ninguém lá exceto Sylvie Stock, organizando o armário de medicamentos. Ela perguntou se poderia ajudá-lo, mas Devlin respondeu que não. Era só uma dor no ombro, queria que Salazar desse uma examinada antes que ele batesse o ponto e fosse para casa.

– Eu posso te dar um ibuprofeno – Stock sugeriu. Um território que não lhe era nada familiar. Geralmente tinha uma boa noção do que era e não era de sua competência. Cuidar das enfermidades da equipe recaía na categoria *não era*, e em uma situação normal ela teria ignorado Devlin até que ele fosse embora. Mas ainda se encontrava em meio à turbulência emocional causada pela experiência de quase morte de Moulson e por Sally ter descoberto o que ela fizera. Vinha, desde então, tentando levar uma vida virtuosa, na esperança de desviar a tempestade que, julgou, deveria estar a caminho.

– Eu estou bem – Devlin disse. – Vou ficar aqui esperando.

E foi o que ele fez. Em silêncio. O que fez Sylvie ficar com os nervos à flor da pele, deixando-a cada vez mais ansiosa e irrequieta conforme o tempo passava. O pior, no entanto, foi quando Sally retornou e viu Devlin sentado lá. Voltou-se a Stock no mesmo segundo e lhe disse para ir embora mais cedo.

– Eu termino tudo por aqui, Sylvie – ele disse. – Não se preocupe. Nós nos vemos na segunda.

Stock ainda argumentou sem muita vontade que não se importava de terminar o que já tinha começado, mas mal conseguiu reclamar por estar sendo dispensada meia hora antes do fim do turno. Quando Sally praticamente a enxotou de lá, ela não teve outra escolha, mesmo convencida de que Devlin tinha aparecido com o propósito específico de conversar sobre ela. Sabia, com absoluta certeza, que tão logo a porta se fechasse, Devlin se voltaria ao médico e diria algo como "E aí, o que você está pensando em fazer a respeito desse negócio com a enfermeira Stock?".

Ela caminhou até seu carro sentindo como se um machado estivesse caindo sobre sua cabeça em câmera lenta e ela não conseguisse se mover para sair do caminho.

O estacionamento dos funcionários ficava do outro lado da estrada em frente à prisão, em um pequeno terreno íngreme com vista do cume de Sharne Fell. Havia uma trilha que levava até lá, mas, como a maioria das pessoas, Stock simplesmente foi pela beira da encosta e desceu pelo gramado.

Dessa vez, porém, seguiu direto até um declive mais acentuado, cruzando o estacionamento. Cem metros abaixo, uma cachoeira tão fina quanto uma faca caía em uma depressão em meio a rochas acinzentadas pelas águas, escavadas num intervalo de cem mil anos ou mais. Havia uma fenda entre as rochas que realmente se parecia, vista do alto, de onde Stock então estava, com mãos em forma de uma concha para aparar a água.

Passou um bom tempo pensando em deixar que as mãos a aparassem também. Gostava de ler coisas obscenas, do *Daily Mail* às revistas *True Crime*, então sabia bem como a mídia tratava mulheres perniciosas, principalmente enfermeiras. Kristen Gilbert. Genene Anne Jones. Beverley Allitt, o anjo da morte. Stock jamais tinha feito nada parecido com o que aquelas mulheres fizeram, mas isso não haveria de sossegar a mídia. Provavelmente lhe dariam algum apelido fácil de lembrar, algo como o de Allitt, só que mais melodramático.

Sua carreira estaria acabada. Sempre quis ajudar as pessoas mas seria lembrada como uma sádica maníaca. Tudo por causa de Jessica Moulson e a greve de fome fracassada. Se a mulher estava tão determinada a morrer, o que a teria impedido? Era como se Moulson tivesse feito tudo isso só para criar uma armadilha, e Stock caíra direitinho. Foi quase um alívio quando seu desespero se transformou em raiva. Então a raiva lhe subiu tanto que seus miolos chegaram a ferver, deixando para trás uma sensação estranha de calma e lucidez.

Se sobrevivesse a isso, se Deus lhe desse uma segunda chance, jurou para si mesma que nunca mais faria nada de mal outra vez.

Mas se o teto caísse sobre sua cabeça, também cairia sobre a cabeça de Moulson. E ela própria se encarregaria disso.

Tão logo Devlin se viu sozinho com Sally, foi direto ao ponto:

– Então – ele disse. – Grace ficou contente com a forma como as coisas correram na primeira missão. Você está dentro. Mas nada de entregas na sua casa. Você conhece a Big Carol? A Carol Loomis? Daqui para frente a coisa vai funcionar da seguinte maneira: ela vai te trazer o pacote toda quinta-feira, logo antes de você ir para Curie fazer as consultas. Então invente um motivo para ela ficar vindo aqui, e trate de preparar uma prescrição para ela. Alguma doença crônica. Você vai deixar o embrulho no mesmo lugar de antes, embaixo do palco da sala de meditação. Entendido?

Sally estava estupefato.

– Mas... aí... – ele disse. – O quê... Outra pessoa vai entrar na prisão com as drogas?

– Essa sua cabecinha não para de funcionar, não é, Sally? – Devlin soltou uma risada maliciosa. – Isso mesmo, arrumamos outra pessoa para entrar com a droga. Só precisamos que você passe com o bagulho pelo posto policial e leve até Curie. Metade do risco, mas o mesmo pagamento, então comemore. Agora me dê logo o meu remédio, que eu estou atrasado.

Salazar lhe entregou a petidina e Devlin foi embora sem dizer nada. A conversa toda durou tão pouco que, ao passar pelo portão, após assinar sua saída no ponto, ainda pôde ver Stock no estacionamento do outro lado da estrada, só agora se dirigindo ao próprio carro. Estava de cabeça baixa e ombros encolhidos, como alguém caminhando sob uma chuva torrencial que apenas ela era capaz de ver.

40

Brian Pritchard ainda se considerava o advogado de Jessica Moulson, embora sua cliente alegasse o contrário. Tinha desistido de esperar uma resposta a seus pedidos de encontros e consultas assim que o prazo para o recurso foi se aproximando a ponto de expirar. Quando Moulson enfim mudou de ideia e disse que queria sim apresentar o recurso, que agendassem um encontro, ele decidiu proceder com cautela.

Moulson não gostava dele, e, ainda mais importante, não acreditava nele. Seja lá por que tamanha mudança de opinião, provavelmente seria melhor que outra pessoa a inquirisse em primeira instância. E já tinha em mente uma outra pessoa em especial: seu funcionário, Paul Levine, que tinha mostrado um grande interesse no caso de Moulson desde o primeiro instante.

Iniciada a árdua jornada na qual se envolveriam, Pritchard pediu desculpas ao auxiliar pela questão nada fácil. Paul retrucou não haver o menor problema. Como um homem da lei em um cargo corporativo, era obrigado a lhe dizer isso, mas não deixava de ser verdade. Ou sendo mentira, seria apenas por omissão. A verdade era que Paul tinha ficado radiante ao saber por Pritchard qual seria sua incumbência. Estava por demais envolvido para não dançar conforme a música.

Aquela empolgação maluca o contagiou por todo o caminho de King's Cross em Londres até a estação de Leeds City. E só fez crescer, no mínimo, ao longo do percurso (em um táxi que fedia ligeiramente a vômito) por toda a extensão de Sharne Fell; ao passar pelos portões das barricadas de sessenta metros cercando a penitenciária Fellside; ao escutar ecoando o barulho das portas se abrindo uma a uma e ser conduzido à presença de Moulson. Sentia-se como o embaixador de um tribunal estrangeiro. E se jogou à conversa de braços abertos como se em um estourar das comportas, cheio de uma energia indisfarçavelmente contida e uma intensidade difícil de se compreender.

Eram só os dois na sala de interrogatório em vez de no salão principal de visitas. Os direitos entre advogado e cliente lhes garantiam privacidade total, muito embora Levine gozasse de um botão de pânico em seu lado da mesa devido à condição de Moulson como prisioneira de segurança máxima. Não que representasse uma grande ameaça, ainda se recuperando das surras que se seguiram ao ser liberada no bloco das celas.

Pelo contrário: ela exercia certo magnetismo sobre Paul. Era linda, na opinião dele. Tinha se apaixonado por Moulson durante o julgamento, e, muito embora nunca mais a tivesse visto, ainda nutria um sentimento por ela. Teria sido o primeiro a admitir o quão bizarro era aquele fascínio todo. Moulson era uma assassina condenada, uma pária, e aquele rosto assimétrico, textura inorgânica, estava por demais longe de qualquer definição possível de beleza.

Estava convencido da inocência dela, claro. Tinha lido as anotações de Pritchard, ajudado a prepará-las. Sabia haver questões nunca levantadas no primeiro julgamento, quanto menos esclarecidas.

Era mais do que isso, no entanto. Achava excitante ficar por perto e conversar com ela. Encarava a vida de Moulson como uma tragédia em três atos, com opiáceos no papel do antagonista principal. E aquele rosto o hipnotizava. Havia nele algo ainda melhor do que beleza ou simetria. Havia transparência. Parecia uma máscara, mas nada escondia. Toda emoção expressada era tremenda e clara e eloquente, como se os músculos do lado afetado estivessem lutando para abrir mão de uma reprodução assíncrona do funcionamento do lado ileso.

Não seria injusto dizer que Paul Levine tinha saído de um canto diferente da maioria das pessoas tão distante quanto os limites da dor e desfiguração. Costumava se automutilar na adolescência, por mais de quatro anos, e foi justo a época de sua vida em que se sentiu mais plena e maravilhosamente vivo. Parou de se cortar ao entrar na universidade, pois teve medo de nunca ser capaz de ter uma relação com outro ser humano tão significativa quanto a que tinha com sua própria pele e o sangue escorrendo mais abaixo.

Um punhado de encontros românticos, breves mas profundos, provou-lhe que seria capaz de nutrir aquele tipo de afeição e isso o deixou em uma posição psicologicamente diferente. Nunca voltou a se cortar de novo, mas se lembrava daqueles dias de um jeito bem vívido. Mantinha seu kit (lâminas de barbear e ataduras e antissépticos) em uma caixa de sapatos no fundo do guarda-roupa onde outros rapazes provavelmente esconderiam pornografias. Navegava por sites onde outros automutiladores postavam fotos de seus mais recentes cortes. E ainda via beleza naquelas feridas, a beleza que era como uma oferenda ao mundo por demais estúpido para entendê-la.

Beleza foi a palavra que lhe veio à mente quando Moulson entrou na sala de interrogatório. As marcas das surras levadas já quase não apareciam, mas os hematomas escondidos por baixo da roupa a levavam a caminhar com extremo cuidado, feito uma mulher com o dobro de sua idade. Ele achou que ela se movia feito uma rainha em um cortejo medieval.

Levine se recompôs, deixou o gravador no ponto e passou a contar para Moulson, em alto e bom som e dos mais enfáticos, o que ele e a firma tinham feito desde o julgamento.

– Nós examinamos todas as declarações das testemunhas atrás de discrepâncias, e passamos a limpo as transcrições dos interrogatórios policiais atrás de falhas processuais. Isso nos deu algumas pistas fracas para seguir, e uma pista muito grande. Nós achamos que podemos fazer algo quanto ao fato de que Alex Beech estava sozinho em casa na noite do incêndio. Os pais dele disseram que estavam no trabalho, mas nós checamos a informação e os horários não batem. É possível que eles estivessem num bar na Alexandra Park Road. Se for isso mesmo, nós podemos argumentar que se trata de conegligência. O que deve contar a seu favor, e talvez signifique que nós possamos pedir a anulação do julgamento por falso testemunho. O sr. Pritchard também acha que seria possível pedirmos a anulação com base na ênfase dada pelo juiz na súmula ao seu vício em heroína… – E assim por diante, tudo quanto era coisa simplesmente jorrando de sua boca como se um milhão de palavras sobre outros assuntos pudessem tomar o lugar do pouco que realmente gostaria de lhe dizer e não podia.

Paul pôde notar que não estava causando uma boa impressão. Moulson nada dizia, e nem sequer se mexia. Desejou ter começado perguntando-lhe se havia alguma dúvida. Poderia ter usado isso como uma forma de prepará-la para a conversa.

Achava porém que já não tinha outra escolha senão continuar pelo caminho do qual tinha partido. Apressou-se em passar ao ponto seguinte, incapacidade mental.

– A condenação só será procedente se as avaliações psiquiátricas tiverem sido precisas. Se você estivesse em seu perfeito juízo. Nós queremos levantar essa questão de novo, e tentar tirar mais proveito do estresse intolerável sob o qual você vivia com um parceiro abusivo. O fato de você ter prolongado a sua greve de fome depois de ser condenada, o que chegou bem perto de te matar, é um indicativo bem forte, e eu espero que você não se ofenda com o que eu vou dizer, de um distúrbio psicológico. Talvez seja possível voltar atrás e usar isso como evidência de que você não estava pensando de maneira clara e racional na noite do incêndio.

E havia mais. Tinha total certeza de que havia mais. Mas acabou ficando um pouco perdido em suas anotações, pois olhava mais para Moulson do que para a folha de papel, e parecia ter chegado ao fim da página sem travessia de todo o território.

– Eu quero te perguntar uma coisa – Moulson disse tão logo vieram o silêncio e uma oportunidade de abrir a boca. – Desculpe, quer dizer... obrigada por tudo. Dá para ver que você está fazendo um ótimo trabalho por mim. Eu me sinto segura nas suas mãos. Mas tem umas coisinhas que eu sinto e preciso entender melhor antes da apelação.

– Vai em frente – Paul retrucou. Recostou-se na cadeira com as sobrancelhas erguidas em sinal de absoluta atenção e interesse. Queria tanto que ela gostasse dele. Queria lhe dizer o quanto a compreendia, muito embora fosse astuto o bastante para saber que de fato não a compreendia nada, que estava projetando nela suas próprias fantasias e vendo algo que provavelmente sequer existia. Tinha boa aparência, como era de se prever. Os casinhos amorosos na universidade foram marcados, todos eles, por uma súbita onda de intimidade e em seguida um recuo igualmente súbito. Paul era um romântico. Era o vício ao qual tinha sucumbido mais do que a qualquer outro.

– O corpo de Alex – Moulson disse. – Devem ter examinado. Quer dizer, fizeram uma autópsia.

– Sim, claro. Os resultados foram apresentados nos registros do seu julgamento.

– E quais foram? Os resultados?

– Como assim?

– Os machucados dele. Você sabe me dizer como eles eram?

Paul ponderou sobre o assunto. Sabia a resposta, claro. Conhecia cada linha sobre o caso dela. Mas quão detalhado ela queria?

– Ele foi queimado.

Moulson se debruçou sobre a mesa.

– Sim, eu sei que ele foi queimado. Mas tinha alguma outra coisa lá? Ferimentos que não foram causados pelo fogo? Estou achando que ele pode ter sido agredido antes. Antes do fogo começar. Que ele pode ter sido ferido ou cortado. Tinha alguma coisa que sugerisse isso? Seria possível? Feridas de um tipo desses poderiam aparecer em um corpo incinerado?

Paul fez questão de se mostrar interessado ao checar suas anotações, muito embora nem precisasse.

– Eu acho que não havia nada assim – ele disse. – Machucados nos tecidos moles provavelmente não apareceriam, mas cortes… sim, cortes poderiam ter sido identificados. – Sabia o bastante sobre cortes em um outro contexto. Falou com total confiança.

– O que eu estou tentando dizer – Moulson retrucou – é que talvez não tenha sido o incêndio que matou o Alex.

– Não foi. Claro que não foi.

– Então…

– Foi a fumaça.

Os olhos de Moulson se arregalaram. Era como se isso fosse novidade para ela, muito embora não pudesse ser. Tudo tinha sido contemplado no julgamento inicial. Por outro lado era de se considerar que ela estava em estado de choque na época. Talvez não tivesse absorvido tudo.

– A fumaça – ela repetiu.

– Exato – disse Paul. – É o que mata a maioria das pessoas em incêndios domésticos e industriais. O dobro de mortes a mais do que pelo fogo em si. Você mesma foi tratada, se é que você se lembra, por lesões causadas pela fumaça nos seus pulmões.

Moulson nada retrucou. Paul então se lembrou do que tinha deixado de fora de sua apresentação. Queria falar mais sobre John Street.

– Nós também precisamos rever o testemunho do seu parceiro – ele disse, ciente de que estava mudando de assunto. – Nós queremos entender o que ele fez entre o instante em que ligou pedindo ajuda e o instante em que os bombeiros chegaram. Ele alega não se lembrar muito do que aconteceu, mas temos total certeza de que ele não voltou ao prédio…

Nós sabemos disso por causa da fumaça, Paul pensou. Uma conexão que tinha acabado de lhe ocorrer. Todos tinham inspirado fumaça menos Street. Aquele desgraçado tinha saído ileso, quando na verdade era o único que deveria ter morrido. Não se tratava de uma opinião profissional, nada que jamais pudesse sustentar, ainda assim...

– Mesmo com as queimaduras nas mãos – prosseguiu com toda calma –, ele certamente poderia ter feito algo mais para acionar o alarme. O intervalo de tempo até que o primeiro caminhão dos bombeiros chegasse foi de aproximadamente 13 minutos. O fogo continuou ardendo por quase 15 minutos, e o Street não parece ter feito nada para impedir. Com um pouco mais de tempo, quem sabe o que não poderia ter sido feito?

Mais uma vez, Moulson parecia não ter escutado uma palavra sequer do que ele disse. Estava seguindo sua própria linha de raciocínio. A qual ainda era sobre o garoto.

– Alex estava sozinho no apartamento naquela noite? – ela perguntou a Paul. – Foi o que os pais dele disseram, não foi?

– Foi. Isso é relevante?

– Eu não sei. Mas temos certeza disso? Existe a possibilidade de outra pessoa ter entrado lá?

Paul deu de ombros, sentindo-se novamente em apuros.

– Bem, sim. É claro que outra pessoa pode ter entrado. Mas dá para ver a porta de entrada do prédio nas gravações do circuito fechado. Nós chegamos a conferir todo mundo que entrou e saiu por aquela porta. E, como você sabe, a porta dos fundos só é acessível por dentro do edifício. Não dá para abrir do estacionamento atrás do prédio a menos que você tenha a chave. O que não quer dizer que alguém não possa ter entrado por lá. Mas ao menos que tenha sido um morador, seria preciso que alguém de dentro do prédio abrisse a porta para ele.

Moulson franziu a testa com intensidade. De certa forma, ele não compreendia a situação, estava a decepcionando.

– Vamos supor que já tivesse outra pessoa lá com ele. Existe alguma maneira da gente descobrir isso?

Paul não fazia a menor ideia do que dizer. As feridas. A pessoa misteriosa. Haveria algum padrão recorrente que ele deveria ter notado?

– Nós podemos recorrer às testemunhas, eu acho. Mas não sei se isso ajudaria. A apelação irá revisar algumas questões de direito; não irá reapreciar o caso. Por quê? Você tem alguma razão para pensar que havia mais alguém lá? Alguém que a acusação deixou de designar?

– Ou alguém que a família não quis mencionar. Uma babá? Será que não tinha ninguém... da família ou algum vizinho cuidando do Alex, e que... – As palavras lhe faltaram embora Paul tenha notado na inquietude do olhar que as mesmas foram levadas a cabo dentro da cabeça de Moulson, onde a maior parte daquela objeção parecia ter lugar.

– Talvez valha a pena dar uma apurada – ele disse com certa cautela. – Se houver alguma coisa que você saiba, ou mesmo suspeite, eu ficaria feliz em... – Ele ia dizer "repassar" a seus associados, ao sr. Pritchard. Mas não era o que ele de fato queria dizer. – Eu ficaria feliz em investigar isso pra você. – Agora sim. Tinha deixado bem claro para ela. Talvez ela tenha entendido, talvez não, mas ele tinha falado com todas as letras.

– Eu quero ver o relatório da autópsia – Moulson lhe disse. – Isso seria possível?

– Claro. Mas eu já te dei todas as informações pertinen...

– Sim, deu. Você me passou um resumo bastante claro. Mas eu queria ver mesmo assim, por favor. Na verdade, eu queria ver tudo. Cópias de todas as declarações, e a transcrição do julgamento, e... tudo mais que você tiver.

– Tudo bem – Paul disse, tomando nota. Sua mão tremia um pouquinho. Após todos aqueles meses trancafiada, Moulson finalmente se envolvia na própria defesa. O que significava que ele a conheceria um pouco mais. E esse mais estava de bom tamanho em sua opinião. Esse mais era excelente. Aquele encontro estava um tanto estranho, e ele tinha certeza de ter deixado escapar muita coisa, mas só de estar com ela era como ser elevado a um plano superior. Sabia que começaria a se sentir deprimido assim que saísse daquela sala, e seguiria exaurido e mal-humorado e enfadonho até que retornasse outra vez.

– Do que mais você está correndo atrás? – Moulson perguntou.

Ele se atrapalhou um pouco.

– Bem, coisas genéricas... tecnicidades. Parâmetros formais. Especificamente falando nós estamos fora do prazo para apresentar um recurso. Analisando as suas condições médicas ao longo das últimas semanas, nós temos certeza de que podemos contornar isso, mas provavelmente teremos que levar o caso a uma audiência para que a Procuradoria da Coroa também possa se manifestar.

Moulson se valeu outra vez de sua tática, saindo pela tangente de modo que ele ficasse na dúvida quanto a ela tê-lo escutando ou não.

– Quando você consegue me arranjar essa papelada toda?

– Amanhã – ele prometeu um tanto precipitado. – Eu vou providenciar as cópias assim que retornar ao escritório e encaminhá-las para você. E depois eu posso... eu posso vir aqui de novo e examinar tudo com você. No caso de haver algum trecho que você não consiga entender plenamente.

– Eu ia adorar. Obrigada.

– Não há do quê. Vou colocar uma observação nas minhas anotações sobre você ter feito um pedido nesse sentido.

O que seria distorcer a verdade bem mais do que um pouco, embora Moulson nada tenha contestado. *Qui tacet consentire*. Quem cala, simplesmente consente.

Ele tinha de ir embora. Seu tempo já tinha esgotado havia meia hora e ficou surpreso com o fato de ninguém ainda ter aparecido. Pôs-se de pé e estendeu a mão. Moulson lhe retribuiu o cumprimento.

– Obrigada – disse outra vez. – Te vejo em breve então.

Paul teve o cuidado de não segurar a mão de Jess por mais tempo do que o apropriado. O contato foi eletrizante, claro que sim, embora suas feições nada tenham expressado. Retirou-se sem demora, resistindo à tentação de olhar para trás.

Mas ao longo de todo o trajeto de um posto de controle ao outro, até o portão, pela charneca afora, de volta a Londres e às exigências banais de seu emprego, ficou apreciando mentalmente a beleza do rosto de sua cliente e escutando aquela voz rouca, meio engasgada, sussurrando em seu ouvido.

Eu me sinto segura.

Nas suas mãos.

Paul, eu me sinto tão segura nas suas mãos.

41

Jess permaneceu sentada na sala de interrogatório após a saída de Levine, esperando que uma agente aparecesse e a levasse de volta do pátio externo até a ala Goodall.

Sentia-se um pouco atordoada. Mais até do que um pouco. Tinha concordado com o encontro a fim de poder começar a cumprir sua promessa: encontrar a amiga de Alex Beech e a torturadora de Alex Beech. Mas acabou se deparando com um campo minado antes mesmo de entrar no ritmo.

Foi a fumaça que o matou.

Claro que foi. E ela já sabia disso. Lembrou-se dos aspectos mais relevantes das evidências apresentadas no tribunal, muito embora mal tivesse se tocado disso na época. Lesões causadas pela fumaça nos pulmões de Alex. Depósitos de fuligem presentes nas vias respiratórias logo abaixo das cordas vocais. Monóxido de carbono no sangue. Tudo muito claro e transparente. Se ainda restasse alguma dúvida, a mesma teria surgido durante o julgamento, mas nada foi dito.

Jess, eu morri porque ela me machucou!

A veemência daquelas palavras a fez estremecer. Ela sequer olhou para cima. Podia sentir a presença de Alex ao seu lado, embora soubesse não ser possível enxergá-lo em plena luz do sol entrando pela janela.

– Não, Alex. Você morreu no incêndio. O seu corpo foi examinado pelos peritos. Não tem chance nenhuma de eles estarem enganados.

Mas eles podem estar mentindo.

Jess sacudiu a cabeça.

– Por que eles mentiriam?

Eu não sei. Porque eles têm medo dela.

– Medo da... Você está falando da garota má? Aquela que te cortou?

Isso. Eles podem estar com medo de que ela os corte também.

– Eu não acho que eles teriam medo dessa tal garota má – Jess disse com toda delicadeza, tentando não decepcioná-lo de maneira muito indelicada. Tinha julgado que ele desfrutasse de uma maior autoridade em relação aos motivos da própria morte, embora não houvesse nada que isso contradissesse. Ele só podia estar enganado. – Há uma pessoa chamada legista, cuja função é...

Se eles não estão com medo, então eles estão escondendo alguma coisa. É isso o que a polícia faz. Esconde as coisas. Fazem parecer que você cometeu algum erro quando não fez nada de errado, e fazem parecer que estão sempre certos.

O tom sombriamente pragmático do menino a surpreendeu. Parecia que falava por experiência própria, muito embora isso não fosse possível de fato. Haveria algum histórico de criminalidade na família? Haveria alguma lembrança de um conflito entre os pais dele e a lei o qual terminou por indiretamente afetá-lo?

Jess ponderou sobre tudo o que Levine tinha acabado de lhe contar e por fim, deliberadamente, deixou-as de lado. Queria fazer a coisa certa por Alex. Era só o que desejava naquele momento. O que quer que decidisse fazer com o resto de sua vida, a qual tinha acabado de reconquistar graças a ele, poderia passar a segundo plano e lá se manter.

Estava começando a temer a possibilidade de que a tal garota malvada não passasse de alguém com quem ele tinha sonhado. Mas continuaria procurando-a mesmo assim, até que ele a mandasse parar.

42

No que dizia respeito ao diretor da prisão, toda sua vida era feito um sonho àquela altura.

Desde que Jess Moulson tinha sido liberada em Goodall (o habitat natural de todas as assassinas e monstros) e o mundo não tinha chegado ao fim, sua confiança na própria capacidade de lidar com a situação se concretizou. Ele perdeu todos os medos do passado de uma só vez. Pedidos de entrevistas por parte de uma dezena de jornais foram se acumulando em sua mesa; ao que decidiu responder algumas poucas.

Foi seletivo, ou ao menos disse a si mesmo que foi. Sem maiores sensacionalismos. Nada de talk shows. Nada de entrevistas ao vivo. Sabia o quanto era importante permanecer no controle da situação. Preferia um mano a mano com os correspondentes dos jornais de grande circulação, mas estava disposto a conversar também com as revistas caso se tratasse de uma publicação séria e especializada, e também em conversar com as rádios, desde que fosse a Radio 4.

Em cada entrevista, ele destacava os dois eixos principais do regime em Fellside: o rigor e a imparcialidade.

– São termos antiquados, mas ainda são a pedra basilar da boa disciplina em uma prisão – disse uma dezena de vezes com pequenas variações. – As prisioneiras precisam saber que as mesmas regras se aplicam a todas, sem exceção. Enquanto essa for a verdade, ninguém há de contestar a inflexibilidade do regime. Observamos sistematicamente que, quando as regras são aplicadas de forma inconsistente, as contrapartidas são o rancor, a instabilidade, incidentes, até mesmo rebeliões.

Scratchwell julgou ter realizado um excelente trabalho nessas entrevistas. Lembrou-se do que lhe foi dito sobre manter a discrição, mas acabou se convencendo de que relatórios discretos de uma natureza tal se inseriam no espírito da recomendação. Caso o conselho supervisor tivesse quaisquer reservas, tudo o que teriam de fazer era comunicá-lo e ele pararia. Mas nenhum e-mail chegou, então era evidente que não tinha ultrapassado os limites. Possivelmente a *N*-fold já vinha percebendo as vantagens de se ter uma celebridade (de maneira sutil e decorosa) entre seu nicho.

Scratchwell estava bem ciente de que os mesmos meios de comunicação também andavam polemizando sobre Moulson. Mensagens começaram a chegar todos os dias no site da penitenciária as quais ele era obrigado a repassar-lhe, propondo entrevistas, contratos de livros, documentários, até merchandising e acordos de licenciamentos. Boa parte parecia não passar de falcatrua ou iscas de todo tipo, embora, de acordo com a lei das probabilidades, algumas provavelmente fossem sinceras. Não fazia a menor diferença. Moulson ignorava tudo indistintamente. Parecia já se sentir famosa o suficiente.

Mesmo sem sua participação ativa, no entanto, ela e seus crimes sem dúvida já se encontravam aos olhos do público. Havia uma série no Channel 4 chamada *Wicked Women,* que chegou a contar a história de Moulson em um dos episódios apesar do fato de seu recurso ainda estar em andamento. A atriz interpretando Moulson verificava se John Street estava mesmo dormindo antes de atear o fogo (Scratchwell tinha certeza de se tratar de um detalhe fantasioso). Havia também uma instituição de caridade criada em prol de crianças vítimas de violência doméstica praticada por adultos, a Guarda Anjos, que conferia um destaque proeminente ao rosto de Alex Beech em seus anúncios nos jornais. A fama seguia perseguindo Moulson em busca do que quer que fizesse ou não fizesse.

O diretor parabenizou a si mesmo por estar navegando em mar revolto tão melhor do que ela. Ao colaborar com a mídia, deixou claro ter voz ali. Apresentou seu próprio caso com toda eloquência. Moulson, por outro lado, vinha sendo levada feito os destroços de um naufrágio pela turbulenta maré da opinião pública.

Ele gostou bastante da metáfora quando a mesma lhe ocorreu pela primeira vez. Considerou inclusive a hipótese de usá-la, ou alguma versão alternativa, em uma entrevista. Ao refletir mais a fundo, no entanto, deu-se conta de que era uma sacada inútil. Tão somente dava a entender que as preocupações de Moulson se calcavam na mesmíssima coisa que as dele: ter o ego massageado pela fama.

Precisava de uma analogia que o pusesse propagando boas práticas. Compartilhando tal filosofia com o mundo todo. Tornando-se parte de um diálogo no qual pessoas como Moulson perdiam suas individualidades e se tornavam exemplos.

Instâncias de verdades duradouras.

43

Os documentos prometidos por Levine apareceram dois dias depois na cela de Jess. Nove caixas no total, formando uma pilha que se estendia do chão ao teto. Buller ficou demais impressionada para se indignar, em especial quando Jess se sentou na beira da cama, abriu a primeira caixa e começou a ler o teor da papelada.

Assim que começou, não parou mais. Levine tinha providenciado para que recebesse os documentos antes da data definida à audiência, dali a apenas uma semana. Jess teve a sensação de que algo sério e importante estava prestes a acontecer, e que uma vez devidamente iniciado, ela teria pouquíssima habilidade de conduzi-lo, talvez não tendo outra escolha senão segurar firme. Mas o recurso também era sua melhor chance de descobrir mais sobre o que tinha acontecido com Alex na noite do incêndio. Quanto mais descobrisse agora, melhores seriam suas chances de se valer das informações no momento oportuno.

– Ela é bem corajosa mesmo – Buller disse para Po e Kaleesha e mais meia dúzia de outras mulheres certa noite no salão oval. – Ela está dando um duro danado naquela merda, por horas e horas sem fim. Eu me pergunto se...

– Se o quê? – Po vindicou.

Buller deu de ombros.

– Se ela fez isso mesmo.

– Esse lugar está cheio de gente inocente – Kaleesha Campbell assinalou com cinismo. – E eu não vi essa coragem toda quando ela deu pra trás lá na greve de fome. Talvez ela só queira mesmo chamar a atenção.

– Tá – Buller concordou. – Ela só quer atenção. É por isso que ela está aqui toda noite, se achando. – O comentário provocou uma risada geral. Havia algo ligeiramente ridículo em considerar Moulson uma pessoa carente de atenção. Ela passava a maior parte do tempo em sua cela. Quando saía, ficava tão quieta na sua que nem dava para percebê-la.

E depois que as caixas chegaram, ela se tornou ainda mais reclusa do que antes. Vivia em função daquela maldita papelada. Milhares de documentos, dezenas de milhares, e depois de um tempo a maior parte não passava de mais do mesmo que já tinha lido em algum outro lugar. Mas lia tudo de novo mesmo assim. Afinal, nunca se sabe.

Acabou virando piada recorrente na ala. Depois, virou outra coisa. As mulheres de Goodall gostavam de pessoas perseverantes, e gostavam de pessoas com boas histórias. Moulson gozava de ambas as qualidades. À medida que o dia de sua audiência preliminar se aproximava, passou a acumular um patrimônio afetivo e um tanto de boa vontade. Desconhecia completamente isso: de todas as internas de Goodall, era a única que não nutria a noção de Goodall como uma comunidade. As teias da prisão tinham começado a emaranhá-la desde basicamente a primeira rodada de confabulações por parte de Shannon McBride, embora essas redes fossem como Alex: tão sutis que mal dava para notá-las à luz do dia.

O sentimento de pertencimento que nutria vinha de duas direções: Alex e sua tia Brenda. Alex estava a seu alcance; sua tia distante, e sem ter respondido sequer uma linha da carta de Jess sobre sua mudança de opinião. Isso talvez significasse que Brenda tivesse enfim lavado as mãos quanto a ela, o que seria bem ruim, embora nada surpreendente. Pior seria se estivesse doente de novo e sem receber a carta. Poderia acabar pensando que Jess já estava morta. A possibilidade de Jess estar morta talvez pudesse ser o motivo dela ter *ficado* doente.

Jess tentou contactá-la via telefone, várias vezes. Paul Levine tinha colocado crédito em seu cartão justamente com esse propósito. Podia sacar duas libras por dia em moedas para usar no telefone, o bastante para no mínimo fazer contato, se não tiver uma conversa de fato. Ela entrou na fila de um dos três telefones da sala de atendimento às prisioneiras do bloco G. Deixou tocar o máximo que pôde. Então, quando Brenda não atendeu, ela voltou ao final da fila e esperou tudo de novo.

Mesmo na fila, porém, continuava lendo. Não podia se dar ao luxo de ficar à toa.

Relia repetidas vezes o relatório da autópsia. Algo lhe dizia que haveria de ser a chave para todas as demais questões, era só procurá-la no lugar certo. *Causa da morte: inalação de fumaça e monóxido de carbono em razão do fogo. Inteiramente carbonizado. Quantidades significantes de depósitos de carbono na árvore brônquica. Tecidos moles da face praticamente inexistentes, com exposição de estruturas ósseas subjacentes parcialmente destruídas pelo calor. Vasto edema pulmonar acentuado por...*

Procurou em vão por lesões que não constavam no resumo final: *ele inalou fumaça, sufocou e foi queimado*. Nada encontrou, mas já tinha aprendido o bastante ao longo de todo o processo para sentir que ainda poderia topar com algo. Um corpo incinerado daquele jeito ainda poderia apresentar profundas lesões nos tecidos, embora cortes superficiais pudessem acabar sendo confundidos com os danos provocados pelo ressecamento natural e laceração dos tecidos carbonizados. Nem sempre seria possível dizer o que veio a acontecer antes do que aconteceu em seguida.

Alex Beech estava sentado a seu lado, de vez em quando demonstrando solidariedade ao tocar as pontas dos dedos em seu rosto, seu pescoço, nas costas de sua mão. Costumava ser assim tão paciente e resignado em vida, ou isso seria consequência da morte? De um jeito ou de outro, sentia-se grata. Quando ela se encontrava já quase sem forças, cada contato, por mais fugaz, a inundava com um pouco de energia momentânea. Alex era como a bateria de um carro, fazendo-a pegar no tranco vez atrás da outra.

À noite, no entanto, o menino se habituou a essencialmente tratar do próprio umbigo. Jess já então vinha dormindo com uma regularidade maior e Alex nunca dormia de fato, então acabava ficando entediado e saía vagando por aí. Às vezes, ela acordava e via que ele não estava lá, sempre com uma ponta de desgosto.

Assustava-a o quanto tinha passado a precisar dele em um período tão curto de tempo. O quanto dependia dele a seu lado. Encontrava-se profundamente sozinha em Fellside, ou assim se sentia. Já poderia ter tentado uma aproximação e recebido um retorno bem diferente do que tinha levado havia algumas semanas, mas disso ela não sabia. E na maior parte do tempo sua reclusão não a incomodava: era muito melhor do que as agressões tinham sido. Quanto mais ficava à margem da vida na prisão, que fervilhava por tudo em volta feito sopa em uma panela de pressão, mais precisava do garoto morto como um contrapeso a seu fardo.

Na terceira noite após a chegada dos documentos, quatro dias antes de sua audiência, pediu a Alex que lhe contasse tudo o que fosse capaz de se lembrar sobre a tal amiga. Em parte, procurava por pistas do que podia ter acontecido com ele na noite do incêndio, mas principalmente, ela bem sabia, vinha simplesmente tentando mantê-lo a seu lado na cama.

Ela era legal comigo. Ela me amava.

– Ela tinha a mesma idade que você? Mais velha? – Já tinha lhe perguntado isso antes, mas a resposta dele tinha sido vaga.

Mais velha. Eu acho.

– Como ela se parecia?

Eu não lembro.

– Ela morava com você? Ou pela vizinhança? Algum outro lugar lá mesmo por Orchard Court?

Alex pensou no assunto por um bom tempo. *Eu acho que ela morava comigo. Ou ficava comigo. Pelo menos às vezes. Eu lembro de dormir com ela. O cabelo dela tinha um cheiro bom. A gente se abraçava. Ela me envolvia porque eu era menor.*

– Mas você não se lembra do nome dela?

Não.

– Nem como ela se parecia?

Não.

– Qualquer coisa que você puder se lembrar pode me ajudar a encontrá-la, Alex. Qualquer coisinha já vale.

Sabia estar chovendo no molhado. Não tinha conseguido avançar muita coisa sobre o seu julgamento. A menina boa. A menina má. Alex foi um garoto de dez anos sem irmãs nem primos. Não houve muitas meninas em sua vida. Uma garota que costumava frequentar a casa da família, e que dividia a cama com o filho do casal na noite de sua morte, devia ter sido mencionada em algum canto. Caso contrário, talvez fosse por ela fazer parte de uma história maior que os Beeches resolveram não compartilhar.

Talvez o psicopata dos utensílios afiados também estivesse nessa história.

– Qualquer coisa – Jess disse de novo, tentando afastar o desespero de sua voz. – Qualquer coisa mesmo.

Ela não tinha medo da menina malvada.

– Não?

Não.

– Por que não, Alex?

Ela era muito corajosa. Sempre. E ela me dizia para ser corajoso também. Ela dizia que nada nunca ia me acontecer porque ela estava lá cuidando de mim.

E tudo acabou terminando bem.

– Então ela conhecia a garota malvada? – Jess prosseguiu.

Ela... sim... sim. Ela conhecia. Eu acho que conhecia. Mas ela sempre dizia isso, para eu não me preocupar. Que eu não devia sentir medo nunca porque ninguém ia conseguir passar por ela para chegar em mim. Ela sempre queria me dar presentes. Não deixar que eu sentisse medo era um deles.

– Faça de conta que ela está aqui agora – Jess propôs.

Por quê?

– Porque é legal. Era legal estar com ela, não era?

Era.

– Então, finja. Feche os olhos e pense nela.

Seus olhares se encontraram por um instante, Alex com um semblante triste e ligeiramente desconfiado. Será que ele já tinha caído em uma dessas brincadeiras de criança em que pedem para alguém fechar os olhos, estender as mãos e fazer um desejo, e então colocam alguma coisa nojenta nas mãos do pobre coitado ou então batem nele e saem correndo?

Ele fechou os olhos. Ficou sentado no mais absoluto silêncio, lábios firmemente cerrados, testa franzida.

– Ela está aqui? – Jess por fim perguntou. Com a voz baixa, tentando interferir o mínimo possível nos pensamentos dele.

Não.

– Então tente...

Mas eu me lembro como era. Estar com ela.

Como que era, Alex? Dessa vez nada falou. Limitou-se a deixar que as palavras se formassem em sua cabeça. Um e-mail aos mortos.

Era que nem ser um bebê de novo. Ela era tão maior e mais forte do que eu. Ela podia ter me machucado, mas nunca me machucou. Ela me segurava como se tivesse medo de me deixar cair.

Dessa vez Jess esperou em silêncio. Foi difícil. Não tinha problemas em deixar sua boca fechada, mas também tentava não pensar em Alex, não deixar que seus pensamentos se condensassem em palavras e o distraíssem.

As pessoas achavam que ela era idiota porque ela não falava. Eles não a conheciam. Ninguém a conhecia a não ser eu.

E você a amava.

Claro que eu a amava. Mais do que qualquer outra pessoa.

Mais até do que a sua mãe e o seu pai?

Muito mais.

Porque ela era boazinha com você.

É.

E era como estar com a sua mãe, quando ela… quando ela te abraçava?

Alex abriu os olhos, sem baixá-los nem desviá-los dessa vez, abriu como um garoto ainda vivo os abriria, e encarou Jess com firmeza.

Não. Ela não era nadinha como a minha mãe.

– Mas você disse…

Eu não disse nada não. Eu nunca disse que ela era que nem a minha mãe. Eu jamais diria isso porque não é verdade.

– Tudo bem.

E nem você também devia dizer.

– Eu não vou – Jess prometeu sem demora. – Eu não vou dizer isso de novo, eu prometo.

Era a maior emoção por ele já demonstrada desde a noite em que conversaram sobre Hannah Passmore e as histórias que inventava, e mais uma vez era raiva, raiva dela. Ela o tinha magoado de algum jeito com aquela comparação. Atravessado qualquer que fosse o castelo de cartas que ele vinha erguendo na memória, e agora se encontrava destruído. Foi-se pelos ares.

E um segundo depois, Alex também se foi.

44

No dia anterior à audiência preliminar de Mounson, Big Carol e Liz Earnshaw fizeram uma visitinha em sua cela.

Já fazia algum tempo desde a última surra, e Jess já havia até se acostumado com a tranquilidade. Encolheu-se toda no canto entre o catre e a parede, tratando de se apresentar como o menor alvo possível, cobriu o rosto com as mãos e ficou à espera da tempestade.

Earnshaw observou com seu típico ar de indiferença, embora Big Carol estivesse achando a situação altamente divertida.

– Não estamos aqui para machucá-la, sua idiota – ela disse, soltando uma risadinha. – Levanta logo daí.

Jess não se mexeu, então Big Carol agachou-se, gemendo pelo esforço, para conversar com ela.

– Você sairá daqui amanhã para a sua audiência preliminar no tribunal – ela disse. – Oxford Row em Leeds. Senhor juiz Foulkes. Balance a cabeça se você entendeu.

Jess balançou.

– Então, enquanto você estiver lá, pode fazer um favorzinho para a gente. Há um pacote que precisa ser pego e trazido de volta. Levanta. Anda. Eu quero mostrar uma coisa.

Jess a obedeceu, embora tensa e preparada para correr ou brigar caso acabasse sendo pior do que só uma surra. Ninguém tinha tentando matá-la, mas admitia a possibilidade, e aquelas duas mulheres enormes, corpulentas, pareciam carrascas. A história de pegar um embrulho poderia não passar disso mesmo: uma história para mantê-la dócil e livre de suspeitas até que estivesse com água pelas canelas.

Big Carol levantou a camisa de Jess, e Earnshaw lhe entregou algo que vinha segurando o tempo todo ao lado do corpo: um saco ziplock volumoso com cerca de 15 por 18 centímetros. Havia duas tiras de fita adesiva entrecruzando o plástico, cinco centímetros sobrando em cada uma das quatro pontas soltas. Carol pressionou o saco contra o abdômen de Jess, que se retraiu um pouco: as mãos daquele mulherão eram impressionantemente frias.

Carol grudou as pontas da fita na cintura de Jess e recuou um passo.

– Coloca essa camisa para dentro de novo – ela disse.

Jess assim o fez. Podia sentir o pacote apertando o estômago, as fitas esticadas repuxando a pele, mas ninguém que a visse seria capaz de notar algo.

– Magra feito uma vara – Carol disse em aprovação. – É nisso que dá ficar fazendo greve de fome. Os vigilantes do peso têm que sacar isso aí. Mas tudo bem, levanta de novo.

Jess levantou sua blusa. Quando Carol arrancou a fita, ardeu um pouco, mas menos do que esperava: o suor impregnado em sua pele impediu que a cola aderisse tanto.

– E isso é tudo – Carol lhe disse. – Alguma pergunta?

– Não – Jess retrucou.

Carol lhe deu um tapa na cabeça. Nada muito forte, como uma professora disciplinando um aluno desagradável.

– Pensa melhor, vai.

– O que vai ter nesse pacote? – Jess perguntou.

Carol sacudiu a cabeça de forma brusca:

– Não. Vai tentando.

– O-onde é que eu o pego?

– Agora sim. Vai estar no banheiro feminino atrás da sala do tribunal, um com o acesso restrito às agentes e às prisioneiras. Você vai pedir para fazer xixi. Precisa ser bem no finzinho do dia, logo antes de te levarem de volta para a van. No banheiro, entre na cabine do meio. Se estiver ocupado, entre no do lado e espere até que o do meio seja liberado. Você vai encontrar o pacote grudado atrás da cisterna. Vai ter que subir no assento da privada para alcançar por baixo. Você não vai conseguir ver, mas vai sentir um pedaço da fita prendendo o pacote. Tire a fita e depois é só puxar o pacote.

– O que tem no pacote?

– Quando você voltar para cá, a primeira coisa que vai fazer é vir direto para a minha cela, que é a número 320, ou pra cela da Lizzie, que é a 414, e entregar a mercadoria. Só para mim ou para a Lizzie, mais ninguém. Se não estivermos, espere a gente chegar.

– Mas o que vai ter nesse…

Terceira e última vez. Carol lançou um olhar a Liz, ergueu uma sobrancelha e no instante seguinte Jess deu de costas com força contra a parede. O braço esquerdo esticado de Earnshaw a mantinha no lugar e na mão direita de Earnshaw, a dois ou três centímetros do olho de Jess, havia um daqueles objetos bem característicos de uma prisão. Uma lâmina de barbear presa em um pincel com o punho cerrado logo abaixo de onde estaria o pescoço metálico que firmava as cerdas.

E por trás da lâmina, o rosto beligerante de Earnshaw. A boca retorcida de Earnshaw, dentes à mostra.

– Você é idiota? – ela perguntou. Foram suas primeiras palavras. Simples, mas eloquente.

– Não – Jess sussurrou.

A lâmina fez um zigue-zague no ar. Foi apontada ao olho esquerdo e então ao direito de Jess. O olhar fixo de Earnshaw acompanhou a lâmina, da esquerda à direita feito um metrônomo. Big Carol soltou um suspiro e fitou o chão. Sua expressão dizia: *Isso já não é mais comigo. Foi você que pediu.*

A lâmina tocou de leve a bochecha de Jess logo abaixo do olho esquerdo. A mão que a segurava estremecia um pouco, mas de algum modo o tremor não se propagava até a ponta do estoque delgado. Não havia nada de titubeante na frieza daquela pegada.

Seu corpo foi tomado por algo quente, que logo escorreu do topo de sua cabeça ao estômago.

– Ei, Lizzie – Big Carol enfim disse, quase em tom gentil de voz.

– Veja se você se comporta, porra – Earnshaw resmungou, ainda encarando Jess bem nos olhos.

Earnshaw deixou a mão cair ao lado do corpo e um segundo depois já não havia o menor sinal da lâmina. Ela recuou um passo. As pernas de Jess de repente voltaram a sentir todo seu peso e sucumbiram, fazendo-a deslizar pela parede a meio caminho do chão. Seus olhos se encheram de lágrimas, como se estivessem tentando expelir de vez a imagem daquela maldita lâmina que havia sumido de vista.

– Não há muito mais o que acrescentar às observações feitas pela minha estimada colega – Loomis disse lacônica. – Você entendeu bem, não é? Sobre se comportar?

– Entendi – Jess murmurou. Queria enxugar as lágrimas, mas estava com medo de levar a mão ao olho e acabar encontrando uma ferida. Descobrir que escorria sangue dos seus olhos.

– Está tudo bem com você – Big Carol lhe garantiu, dando-lhe uns tapinhas na cabeça. – Não chora. Você já é grandinha. Faz o que mandamos e ninguém vai te machucar. Certo, Lizzie?

Earnshaw se limitou a encarar Jess em silêncio com a mesma hostilidade de sempre. O ódio que sentia era tão grande e tão sincero que Jess se perguntou o que a tinha impedido de usar a lâmina. Era como se fosse um animal treinado, acionada pelo comando de uma outra mulher e refreada mediante nova ordem.

– Ah, meu Deus – Carol disse, olhando para o chão. Jess também olhou. A poça sob seus pés não a remeteu a nada por um instante. Então percebeu o que era, e se encheu de desânimo e vergonha. – Eu acho bom você limpar isso – Carol continuou, afastando-se da poça que se espalhava. – E tente se controlar. Se você fizer xixi no meio do tribunal, ninguém vai acreditar que você precisa ir ao banheiro de novo depois. Vamos embora, Lizzie.

As duas saíram, levando o pacote de teste junto. Jess fechou a porta com as mãos tremendo e fez o que pôde para secar a poça com papel toalha. O cesto de lixo ficou cheio até a boca antes mesmo que ela terminasse. Levou a lixeira até a área das duchas e jogou tudo fora, aliviada por ninguém ter aparecido, perguntando o que ela fazia.

Como já estava no banheiro, tirou a roupa e tomou um banho. Àquela hora do dia, isso era contra as regras, mas Jess não se importou. Privação punitiva não era tão grave assim para quem já vivia enclausurada. Ela lavou a calça de malha e a pendurou na porta da cabine para arejar um pouco.

Alex apareceu enquanto ela se secava e lhe perguntou qual era o problema. Aturdida, ela lhe deu as costas e enrolou a tolha em volta do corpo. Já estava cansada de saber que o menino não enxergava as coisas diante dele. Quando muito, parecia enxergar o que as outras pessoas enxergavam, ou o que pensavam, como se a atenção alheia fosse um holofote a guiar os olhos de Alex. Ainda assim, estava com vergonha de ficar nua diante dele. As emoções agitadas em seu coração já a faziam se sentir nua o suficiente.

– Vá embora, Alex – ela murmurou. – Volte mais tarde.

Qual é o problema?

– Nenhum.

Ah, tem sim. Você está chorando.

– Eu não estou chorando.

Mas você estava antes. Você estava pensando nisso.

– Eu vou pensar em outra coisa.

Alguém te machucou? Se alguém tiver te machucado, eu vou machucar de volta!

– Não. Ninguém me machucou. – E isso era verdade, mais ou menos. Só tinha sido ameaçada. Tudo não tinha passado de uma *performance*, mesmo quando Liz Earnshaw encostou a lâmina em seu rosto. Uma *performance* com o objetivo de fazê-la ser obediente.

A presença do menino-fantasma a acalmava. A predisposição do garoto em se indignar por ela. Ela se via obrigada a tranquilizá-lo, e assim tranquilizava a si mesma.

– Ninguém me machucou – ela disse. – Foi só uma discussão e isso me deixou abalada. Eu já estou melhor.

Tem certeza?

– Tenho. Olha só. – Ela lhe deu um sorriso meio convincente. – Alguém quer que eu faça algo que eu não quero fazer, só isso. E acabamos discutindo.

Uma coisa ruim?

– Eu acho que sim. Sim. Uma coisa ruim.

É melhor você dizer não para elas.

– Eu vou – Jess lhe assegurou.

Era para ser uma mentira, mas assim que as palavras saíram, de repente se tornaram verdade. As palavras da pastora Afanasy lhe ocorreram. *Não é com suicídio que vamos compensar algo ruim que fizemos... você deve tentar fazer coisas boas daqui para frente.*

45

O dr. Salazar mergulhou de cabeça em sua nova rotina. Autodepreciação e angústia ocupavam boa parte do dia, embora camufladas. Superficialmente, as coisas até que iam bem.

Todas as quintas de manhã, Carol Loomis dava uma volta pela enfermaria anunciando com sua voz enfadonha estar com o velho probleminha de sempre. Salazar armava o biombo para que ela pudesse tirar a roupa, e, por trás do abrigo, ela guardava o pacote de praxe (entregue no início da semana por uma das formiguinhas operárias de Grace) na gaveta sob o armário de remédios usado basicamente para guardar emplastros e esparadrapos.

Salazar fazia de conta que auscultava os batimentos cardíacos e a respiração de Big Carol antes de aconselhá-la a continuar se exercitando. Ao que Big Carol dizia "Valeu, doutor", vestia a roupa de volta e saía. Tudo escondido das enfermeiras em serviço e, caso alguma delas suspeitasse de algo estranho acontecendo, nada diziam. Provavelmente, pensavam que Salazar estivesse transando com Big Carol, o que pouquíssimos ali teriam invejado.

O importante era que o sistema de Grace funcionava. Cumpria o objetivo proposto. Carol escondia o pacote. Salazar pegava o embrulho na gaveta tão logo tivesse uma chance de fazê-lo sem ser visto e o transferia à sua maleta de médico. Então, às três da tarde, partia rumo a Curie e deixava o pacote na sala de meditação.

A vida seguia seu curso.

Salazar acabou aprendendo a conviver com a culpa e o horror pelo que havia se tornado. O que foi uma surpresa, embora comprovadamente verdade, uma vez que continuava vivo. Não era capaz de conceber pecado maior do que a corrupção (explorar quem deveria ser ajudado). Mas tinha se atolado tão profundamente em tal pecado que já nem conseguia mais enxergar a superfície. E tinha feito isso pela mais simples e pura razão: porque estava com medo.

Não de perder o emprego. Tinha a sensação de que saberia lidar muito bem com a humilhação pública, detenção, encarceramento. Embora fisicamente fosse um total e completo covarde. Sabia demais sobre o funcionamento do corpo humano ou as respectivas disfunções. Até mesmo a morte era uma ideia tolerável, mas a dor passível de ser encontrada pelo caminho era algo além.

Assim transformou-se no que mais desprezava, e disse a si mesmo que o risco da morte (de outras pessoas, não só a sua) o absolvia. Concentrava-se em decisões logísticas, em curto prazo e de imediato, e abandonou qualquer linha de pensamento que pudesse levá-lo a perspectivas mais perigosas. Fazia o que lhe mandavam.

Todo e qualquer sistema porém só pode ser tão bom quanto suas engrenagens. E na quinta-feira seguinte ao dia em que Loomis e Earnshaw fizeram uma visitinha à cela de Jess Moulson, uma dessas engrenagens parou.

Foi Moulson, claro, embora Salazar não tivesse como saber. Grace e Devlin não tiveram a menor intenção de deixá-lo a par daquele ângulo da operação. Moulson teve sua audiência preliminar, a qual acabou durando não mais do que vinte minutos. O sr. juiz Foulkes, em seu gabinete, tão informal quanto só o sistema judiciário criminal poderia ser, ouviu a história trágica de sua greve de fome e disse estar disposto a dispensar o prazo de apresentação do recurso em segunda instância. A Procuradoria da Coroa Britânica, representada por um homem de lábios finos cujo terno cinza parecia estar fundido ao seu corpo, não levantou quaisquer objeções. Moulson tinha permissão para recorrer.

Após a audiência, ela voltou direto à prisão. Não foi ao banheiro. O pacote de Grace permaneceu exatamente onde estava.

Era quarta-feira. E o sol da manhã de quinta-feira nasceu e já ia alto. Desta vez, Big Carol não apareceu na enfermaria para sua consulta de hábito, e era a primeira vez que isso acontecia. Sally esperou o máximo que pôde, mas ficou com receio de extrapolar o horário no caso de estar sendo observado. Deu um pulo em Curie, realizou as consultas e voltou rapidamente sem fazer a entrega.

Depois, sem a menor ideia do que mais poderia fazer, foi ao encontro de Dennis Devlin na guarita. Nos fundos da guarita, em uma pausa para o cigarro. Meia dúzia de outros guardas faziam companhia ao Diabo, falando o tipo de merda que homens geralmente falam quando estão juntos. Não deram muita bola para Sally, que não consideravam homem, até que Devlin o viu parado e fez sinal para que ele esperasse, um gesto tão discreto que mal mexeu a mão.

Ele terminou seu cigarro e apagou a bituca.

– O que houve? – ele limitou-se a dizer.

– Não havia nenhum pacote lá.

O Diabo encarou Salazar de cima a baixo, nada satisfeito.

– Tudo bem. O que Big Carol disse?

– Big Carol não apareceu.

Isso significou para Devlin que algo dera errado em um nível trófico superior da cadeia alimentar. Era melhor ir ao encontro de Grace o quanto antes.

– Volte para a enfermaria – Dennis disse a Sally.

– Eu tenho que...

– Ei. Cale a boca. Espere por mim na enfermaria. Eu volto depois para dizer o que houve.

Devlin deixou o médico para trás e correu para a amante. Big Carol estava sozinha de prontidão na porta da cela de Grace, braços cruzados e o rosto carregado de uma espécie de serenidade pensativa.

– Ela está aí? – Devlin indagou.

– Está sim, mas está acompanhada – Loomis disse. – Eu vou avisar que você está aqui.

– Eu mesmo falo – Devlin retrucou, passando por ela.

Sabia se tratar de um ato impensado, idiota na verdade, mas fazia questão de se manter no alto de sua dignidade espinhosa na presença de Grace e de suas seguidoras. Tinha a sensação de que acabaria se prejudicando caso continuasse ali parado esperando por ela. Abriu a porta e, tão logo entrou, arrependeu-se disso. Sua companhia era a cozinheira de crianças, Jess Moulson, uma das mulas designadas, claramente convocada por ter falhado em desempenhar seu papel de acordo com as instruções.

O cenário era um tanto inofensivo: Grace e Moulson sentadas uma de frente para a outra nas duas cadeiras com espaldar de travessas que adornavam a cela de Grace (encostos e assentos de lona, e molduras de madeira, nada de fibra ou plástico). O único toque sinistro ficava por conta da música saindo da caixa de som. Clássica, o que significava que Grace estava muito irritada e precisava acalmar os ânimos. Liz Earnshaw também estava presente, em pé bem ao lado de Moulson e atenta ao semblante de Grace no caso de ter seus serviços requisitados.

Nas dependências da cela de Grace, tais serviços eram limitados e sem sangue. Toda violência significantemente gratuita se dava a uma distância segura. Aquele era um interrogatório sério envolvendo coisas sérias. Devlin se deu conta do erro na hora em que entrou ali. Ficou parado por um instante com a mão ainda na maçaneta, cogitando a possibilidade de recuar sem ser notado. Mas Grace já o tinha visto e lhe acenou.

O que evidentemente fez Moulson se virar para encará-lo também.

Os olhos dela se arregalaram um pouco. Devlin se sensibilizou, tanto quanto lhe foi possível. Se estava ali parado, era sinal de que estava por conta própria.

– É comigo que você está falando – Grace a lembrou.

Moulson desviou seu olhar desconfiado de Devlin e o lançou de volta a Grace.

– Bem, eu acho... eu acho que talvez eu tenha olhado na cabine errada – ela disse, soando tão convincente quanto uma estudante explicando que o cachorro comeu seu dever de casa.

– Isso não faz o menor sentido para mim – Grace retrucou. – Só há três cabines naquele banheiro. Isso quer dizer que só dá para ter uma no meio. Eu não consigo entender como você pôde ter ficado confusa. Francamente, eu estou desapontada.

Devlin sabia bem o que Grace queria dizer com isso. Nunca nada de bom, não raro repugnante. A vadia imbecil que tinha arruinado a própria greve de fome talvez acabasse mesmo morta, ele pensou, o que o levou a novamente desejar ter-se demorado mais um pouco a entrar lá. Gostava de manter uma espécie de relação à distância de um braço com o lado mais sangrento das operações de Grace. Não via o menor problema em dar umas pancadas em Shannon McBride e depois sair do caminho para que Grace pudesse fazer o que fosse preciso. Qualquer coisa além disso o fazia suar, não de cansaço, mas de um sentimento saudável de autopreservação.

– Tinha gente lá comigo – Moulson alegou. – A cabine da direita estava trancada e tinha alguém lavando as mãos na pia. Acho que eu entrei em pânico.

– E se enrolou toda na hora de escolher uma das três portas bem ali na sua frente? – Grace sacudiu a cabeça. – Estou tentando entender, Moulson, mas ainda não está claro para mim. Nada.

– Foi mal – Moulson disse.

– Enfim, está tudo bem desde que fique nisso. É bom que você se arrependa mesmo. Mas, por mais arrependida que você esteja, eu ainda vou ter que lidar com essa merda que você aprontou.

Grace suspirou alto. Liz Earnshaw endireitou a postura, tomando posição de sentido, em alerta por conta do suspiro. Parecia que a parte verbal do interrogatório tinha chegado ao fim e que algo mais estava prestes a acontecer. Grace porém sacudiu a cabeça e Earnshaw voltou a relaxar.

– Eu presumo que você tenha levado umas boas surras quando saiu da enfermaria – Grace disse. – Eu sei que Hannah Passmore te deu umas bofetadas. Mas ela não foi a única, foi?

– Não – Moulson murmurou.

– E antes disso, você estava tentando morrer de fome. E antes ainda, você quase se assou viva. Então, para você, mais uns machucadinhos provavelmente não vão ser motivo para deixá-la tão preocupada assim. E você está certa. Não vão mesmo. – Grace sorriu, mas apenas por uma fração de segundo, logo dando adeus a uma perspectiva tão animada. – Mas vamos fazer mesmo assim, só para dizer que fizemos, e depois seguimos em frente. Carol e a Lizzie vão te levar de volta para a sua cela daqui a uns dois minutos, e vão machucá-la. Elas vão deixá-la cheia de marcas. Marcas bem visíveis, já que isso é para dar exemplo. Você vai ficar encolhida embaixo do cobertor até se recuperar de novo e tudo voltar a ser basicamente como era antes. No geral.

Grace se inclinou para a frente e encarou Moulson bem no fundo dos olhos, um olhar duro e apreciativo.

– Aquela greve de fome – ela disse. – Você foi com tudo até a beira do precipício e olhou para baixo, mas não pulou. Isso é sinal de esperança. – Afastou uma mecha de cabelo do rosto de Moulson. Teria sido um gesto gentil em qualquer outra situação, mas ali em especial implicava em um único sentimento: posse. – Como foi hoje lá no tribunal? Deram autorização para você recorrer?

Moulson fez que sim.

– Bom para você – Grace retrucou. – Bem, então eu vou fazer o seguinte. Eu vou colocá-la de volta na jogada quando a data da apelação estiver chegando. O sr. Devlin vai me dizer quando isso vai acontecer. E se você me decepcionar de novo, Moulson, eu mato você. Será sem aviso prévio, sem segundas chances. Tomarei as devidas providências, as coisas vão acontecer, você vai sumir. Repare que eu não estou mandando a Liz torcer o seu braço ou puxar o seu cabelo enquanto eu digo isso. Eu não quero que você se distraia. Quero que você guarde essas palavras com você e pense bastante nelas. Você seria capaz de fazer isso por mim?

Moulson ainda encarava Grace bem no fundo daqueles olhos plácidos, maternais. Parecia não se dar conta de que ela fizera uma pergunta. Até que Liz Earnshaw cutucou seu ombro, e ela disparou um "Sim!".

– Pode ir embora então – Grace disse.

Moulson se levantou para sair. Seus olhos procuraram os de Devlin outra vez. Como um símbolo do poder e do alcance de Grace, ele não podia estar em melhor posição.

– O que você está olhando? – Devlin perguntou-lhe. Moulson desviou o olhar.

Ela estava visivelmente trêmula ao passar por ele, o olhar fixo no chão. Liz Earnshaw a acompanhou, e Big Carol foi logo atrás das duas.

– Você precisa de mim para mais alguma coisa? – Devlin perguntou a Grace.

Ela o encarou como se ele tivesse lhe perguntado quanto era dois mais dois.

46

Depois que Moulson saiu, Grace voltou sua atenção a reduzir os danos. Havia certas providências que precisavam ser tomadas para evitar que as coisas piorassem ainda mais, e infelizmente algumas pareciam exigir a reformulação de seu pacto com Devlin.

– Você terá que ir ao tribunal – ela lhe disse – e pegar aquele pacote.

– Hoje à noite? – Devlin foi tomado de consternação.

– É, Dennis, hoje à noite. Ainda estamos montando nosso esquema em Curie, e aquele filho da puta do Kenny Treacher anda perguntando coisas por aí. A primeira coisa que ele fará quando Weeks e Hassan saírem da solitária é dar uma prensa nas duas. Se estivermos firmes, dará para mantê-lo afastado, sem problemas. Mas o que precisamos é de total lealdade. Se deixar a torneira secar, vai ser um convite para ele entrar.

Devlin foi até a porta, fechou-a e deu meia-volta. Exibia um semblante de pura tensão e desgosto.

– Eu não coloco a mão em droga – relembrou a Grace, já em um tom de voz mais baixo. – Eu não chego perto disso.

– No curso natural das coisas, não. Mas isso é uma emergência.

– Eu posso molhar a mão de um dos motoristas…

– Não.

– Por que não, porra?

– Por duas razões – Grace disse. – Pensa, Dennis.

Ela pegou a mão dele e puxou-o para longe da porta. Ele veio suficientemente dócil, mas ainda havia tensão em sua postura rígida. Ela o sentou na cadeira que Moulson havia desocupado e posicionou-se sobre ele com as mãos em seus ombros, olhar fixo. E ela falou com a voz morna e persuasiva em vez de fria.

– Não há nenhum transporte a ser feito, então não tem por que um motorista ir para lá.

– Nem eu!

– E pela forma como subdividimos, os motoristas não podem ver os pacotes. Só quem trabalha para a gente pode, e fazem o que mandamos porque sabem quem está no comando. Esse pacote em particular está cheio do melhor das substâncias controladas. Se o seu motorista resolver olhar o que tem dentro, ele vai morrer de tanta felicidade. Nós precisamos manter isso entre nós.

Devlin não se deu por satisfeito. Continuou reclamando sobre o quanto aquilo contrariava o esquema entre os dois, e quais as implicações caso ele fosse pego com a droga nas mãos.

Grace sabia ser capaz de convencê-lo, mas não havia muito tempo a perder. Vislumbrava duas maneiras rápidas e eficientes de levá-lo a fazer o que ela queria. Poderia tanto promovê-lo a sócio de pleno direito (o que provavelmente ele já se considerava), repassando-lhe os dados de algumas contas bancárias, quanto lhe prestar um favor sexual, algo guardado na manga.

Ela pensou sobre o assunto por uns dois ou três segundos, o que para o nível de Grace significava uma grave indecisão. Então ajoelhou-se e abriu o zíper da calça de Devlin. Em seguida, haveria de ajustar o equilíbrio de poder entre os dois, embora pudesse facilmente enxaguar a boca para se livrar do gosto dele: contar-lhe onde estava o dinheiro seria o mesmo que ficar à mercê da sorte para todo o sempre.

– Eu sei que isso vai além do combinado, Dennis – ela sussurrou passando os olhos pela virilha de Devlin, que parecia muito desconfiado. – Mas às vezes é bom sair da nossa zona de conforto. Vem aqui, meu bem, deixe eu mostrar.

Aquilo não chegou a ser um problema. Só teria sido um problema caso o casamento por conveniência com Devlin tivesse se transformado em algo mais. Era apenas um meio de pressão tão bom quanto qualquer outro.

Mas algo não saía de sua mente. Após ter levado Devlin ao orgasmo, e feito mais um pouco de carícias e murmúrios até enxotá-lo porta afora, ela meditou por dez minutos tentando colocar a cabeça no lugar. Não funcionou. Continuava vendo o rosto de Moulson.

E o problema com o rosto de Moulson era que ele lhe fazia lembrar de seu próprio rosto. Não o de agora, mas o rosto com que tinha nascido, desfigurado pela fissura labial que tornou sua infância um inferno perpétuo. Grace tinha dado duro para se recuperar da peça que a hereditariedade lhe pregara. Moulson era como o fantasma voltando para assombrá-la. Grace disse a si mesma que as semelhanças eram superficiais. Nascera com suas próprias deformações e triunfara sobre elas. Enquanto Moulson usou as suas para reafirmar vulnerabilidades e um sentimento idiota de autodestruição. As duas eram o oposto uma da outra.

Tratou de afastar dos pensamentos, a traiçoeira tentação de ser misericordiosa a ponto de reconsiderar sua opinião. Defeitos eram necessários, pois fortaleciam nossas fraquezas. E ninguém jamais tinha se fortalecido estirando-se em colchões de plumas.

47

Jess ficou tão quieta no lugar quanto lhe foi possível enquanto era espancada. No fim das contas, ficar quieta era até fácil, já que sentia mais dores ao se mexer.

– Só um pouquinho mais de hematomas aqui e ali… – Grace disse. Acabou sendo mais do que só um pouquinho. Earnshaw e Loomis a atropelaram feito dois tratores articulados. Earnshaw em especial partiu para cima com um entusiasmo mecânico e desenfreado, nada que Jess já tivesse visto igual.

Ela havia lido em algum lugar a respeito dos flagelantes, fanáticos religiosos que machucavam seus próprios corpos com chicotadas ou torturas diversas. Earnshaw era assim, a não ser pelo fato de preferir torturar o corpo alheio. Não se tratava de sadismo, ou ao menos o olhar em seu rosto avermelhado não sugeria nenhum tipo de prazer fetichista: era como se ela tirasse a casca de alguma ferida interna e tudo saísse jorrando em uma só torrente, suas botas e seus punhos agitados servindo como condutores de algo que lhe abria um buraco ao esguichar.

Mais uma vez Carol Loomis se viu obrigada a dissuadir Earnshaw, gentil e indulgente.

– Ei, Lizzie. Foda-se isso, vamos embora.

Earnshaw recuou, ofegante e suando como uma boxeadora, bufando com os dentes à mostra. Jess a encarou com os olhos quase fechados pelo inchaço. Não se mexeu, falou ou mesmo chorou. Impossível saber que gatilho faria o processo recomeçar, e não cogitava a possibilidade de sobreviver a uma nova sessão de espancamento.

Big Carol assumiu o controle da situação, levantando Jess pelos ombros e arrastando-a até o catre.

– Aliás, meus parabéns – ela disse enquanto colocava Jess em uma posição mais ou menos estável, alguma em que ela simplesmente não tombasse de volta ao chão. – Pelo recurso, quero dizer. Ainda dá para você se safar pela morte daquele moleque, Moulson.

Jess ouviu os passos das duas indo embora, mas não da porta se fechando. É claro que queriam que Jess fosse vista e encarada como exemplo, afinal a cena ilustrava bem um princípio importante. Ninguém mexe com Harriet Grace e sai impune.

Ela ficou deitada sozinha por um bom tempo. Até que Buller entrou sem fazer barulho, examinou as feridas e começou a tratá-las. Embolou alguns punhados de papel higiênico para limpar os locais que sangravam. Quanto aos hematomas, não havia muito o que fazer.

– Machucaram muito você, meu bem – ela murmurou enquanto fazia seu trabalho. – Mas não quebrou nenhum osso. E esse olho provavelmente vai ficar bom quando o inchaço passar. Acho que tem um vaso estourado aqui. Tome, pressione isso contra o seu rosto.

Jess obedeceu. Buller se ausentou brevemente da cela e voltou com dois ou três emplastros. Já estava com o antisséptico, que guardara quando precisou esterilizar as feridas nas mãos de Shannon McBride algumas semanas antes. Ela não sugeriu uma visita à enfermaria, tampouco Jess tocou no assunto. Conforme as primeiras surras, tratava-se de algo oficialmente jamais ocorrido.

– Lizzie se deixa levar assim que começa – Buller disse, pincelando com cuidado os cortes de Jess. – Eu disse com todas as letras para ficar longe dela.

Jess não se deu ao trabalho de dizer que não teve opção. Seus lábios estavam partidos onde tinham se chocado contra seus dentes: era muito mais fácil não dizer absolutamente nada.

Quando soou o toque de recolher, Buller a ajudou a ficar de pé e arrastar-se até a porta para a contagem. Se a agente penitenciária chegou a notar a condição em que Jess estava, preferiu não comentar.

48

Devlin foi buscar o pacote de Grace no tribunal, vendo-se obrigado a desperdiçar uns dois favores ao conseguir que um dos funcionários o deixasse entrar pela porta lateral. Teria preferido não ser visto por ninguém, mas não havia como entrar pelos fundos do prédio, onde ficavam os banheiros das detentas, sem passar pela segurança. Oficialmente, encontrava-se em algum outro lugar onde não podia estar, usando como álibi a desculpa estapafúrdia de pegar o quepe que algum guarda tinha esquecido. Detestava absolutamente tudo nessa história.

Mas qual seria a outra opção depois de Grace ter feito sexo oral nele? Se tivesse dito não, teria sido como jogar aquela intimidade toda, tamanho presente, bem no meio da cara dela.

Sabia estar sendo usado, claro. Não era idiota. Embora o relacionamento que tinha com Grace ainda lhe parecesse algo especial, algo único. Em um primeiro momento talvez até estivessem se unindo única e exclusivamente em nome do lucro mútuo, mas depois os dois acabaram encontrando uma afinidade que não apenas o dinheiro ou a conveniência. Trabalhavam bem juntos. Então tudo bem, dizia a si mesmo, se uma vez ou outra ela o manipulasse. Ainda o respeitaria pela manhã. Ela sabia a importância do que nutriam um pelo outro tanto quanto ele, só era um tanto mais dependente. E, além disso, era ela quem ficava de joelhos perante O Diabo, não o contrário.

E muito mais vinha daí.

Já passava das nove quando retornou a Fellside, mesmo seu turno tendo terminado às oito. O que tornou as coisas um pouco estranhas. O regime em Fellside, um barco furado em vários aspectos, era incrivelmente rigoroso e exigente quanto aos movimentos da tripulação. Assinar os pontos de entrada e saída era obrigatório, o que deveria ser feito em até 15 minutos após sua entrada ou sua saída. Devlin tinha escapulido por baixo dos panos, uma cortesia do funcionário em serviço, Donaldson, após o devido suborno. Agora teria de voltar ao bloco quando já não havia mais porra nenhuma para fazer lá, e molhar outra vez a mão de Donaldson pelo incômodo. Felizmente, um dos deveres de Devlin era cuidar do registro de pontos. A primeira coisa que fez foi creditar seu nome em duas horas extras.

Com a retranca devidamente resguardada, seguiu rumo à enfermaria. Deparou-se com a porta trancada. Aquele merda do Sally, infalivelmente falível. Assim que deu meia-volta, porém, ouviu a porta ser destrancada por dentro. Entreabriu-se cerca de uns dois ou três centímetros, Sally espiando pela fresta feito um coelho espreitando de um buraco.

Devlin empurrou a porta com força e entrou na sala esbarrando no ombro do médico. Jogou o pacote sobre a mesa.

– Dá para me dizer por que você está aí brincando de esconde-esconde? – Dennis vociferou.

– A sala deve ficar fechada quando não estiver ninguém aqui. A Patience ainda está em serviço, mas se encontra em Blackwell, e eu não sabia quando você ia...

– Sally, eu perguntei, mas eu não dou a mínima. Toma aqui o seu pacote.

Salazar fitou o embrulho com evidente desgosto.

– Bem, isso não pode ficar aqui – ele disse. – Não até a próxima semana.

O que a Devlin pareceu uma coisa bem idiota de se dizer. O lugar estava cheio de drogas, não estava? Como se isso importasse no fim das contas.

– Arruma algum lugar para guardar isso essa noite – ele retrucou. – Amanhã você inventa uma nova consulta e faz a entrega. Precisamos manter isso em movimento.

Inevitavelmente, Sally também tinha uma objeção a fazer. Várias objeções. Não havia sentido algum em clinicar duas vezes. Não havia posto médico reservado para uma sessão na sexta, nada agendado. Não havia como resolver essa porra toda, era o que de fato queria dizer.

Devlin estava farto de satisfazer as vontades do médico. O dia tinha sido uma merda de tão estressante, apesar do sexo oral. Tinha sido obrigado a fazer algo que prometera a si mesmo jamais fazer. Não que estivesse cultivando maiores ressentimentos por Grace: não se permitia ir tão longe. Mas ele estava tomado por uma espécie de indignação desfocada quanto ao modus operandi do universo. Ainda ter que engolir a presença de Salazar era como se Deus em pessoa estivesse tomando atitudes um tanto desnecessárias.

A mesa estava coberta por todos os tipos de bugigangas médicas: Devlin empurrou tudo de lado e rumo ao chão. Rasgando o ziplock, esparramou o conteúdo sobre a mesa. Exatamente o que esperava encontrar. Um tijolo de maconha embalado em papel filme, um ziplock menor com heroína e outro com crack. Algumas pílulas em tom pastel, à primeira vista tão inócuas quanto as balinhas que Devlin costumava devorar na infância, provavelmente alguma variação de ecstasy.

Ele partiu ao meio o último embrulho sem sequer pensar no que fazia, suas mãos antecipando a sua fúria. A choradeira passivo-agressiva de Sally estava alimentando seu mau humor. Devlin tinha chegado à prisão em um estado controlado, só um pouco frustrado com a porta trancada, mas quanto mais se via obrigado a encarar aqueles olhos tristes que pareciam dizer "me chuta", mais vontade sentia de dar-lhe uma dedada dupla.

Nos velhos tempos, claro, talvez tivesse preferido dar uma dedada na esposa de Sally. Os dois tinham mantido certa harmonia por muitos anos, que chegou a durar mesmo com a doença terminal de Leah já bem avançada. Infelizmente, porém, aquela estrada outrora tão viajada encontrava-se agora fechada.

Devlin sacudiu um único comprimido na cara de Sally, um dos amarelos, e o empurrou pela mesa com o polegar.

– Tome, Sally – ele disse. – Amostra grátis. Depois não diga que eu nunca te dei nada.

Salazar o encarou em silêncio por um tempo, depois lhe deu as costas e seguiu em direção à porta.

O Diabo chegou antes e desviou o rumo do médico.

– Como assim, você não vai dividir o pão comigo? – E abriu um sorriso, sabendo que tipo de efeito aquilo poderia gerar. Não estava exatamente fora de controle, mas se divertia deixando que aquele merdinha chorão pensasse o contrário. – Ah, vai sim. Ou você engole isso ou eu vou acabar levando para o lado pessoal.

– Eu prefiro não engolir – Salazar rebateu.

Seus rostos estavam a poucos centímetros um do outro. Salazar fazia o possível para disfarçar, mas estava desesperado. Devlin o empurrou de volta à sala, apontou com a cabeça em direção à mesa. À pílula amarela.

– Você vai tomar isso – ele disse. – A questão é se vai tomar junto com algum dos dentes primeiro.

Sally sacudiu a cabeça.

– Você está bêbado, Dennis – argumentou. – Ou coisa pior. É melhor você ir para casa e dormir um pouco. Tá, tudo bem, eu levo o pacote para Curie amanhã de manhã, mas eu não vou…

Devlin já tinha trocado de roupa para ir ao tribunal, mas vestiu seu uniforme preto de volta como camuflagem ao retornar à prisão. Estava com seu cassetete devidamente embainhado. Foi como o som de lâmina afiada em seda quando o puxou erguendo-o direto acima da cabeça.

Era um cassetete de cinquenta centímetros feito em McKinney, no Texas, terra onde vale a lei do é-tudo-ou-nada; feito em policarbonato maciço e resistente ao impacto, de um brilho lustroso. Pesava menos de um quilo, mas isso era o de menos: só de olhar já dava para imaginar o estrago. Daria para espancar um sujeito até achatá-lo todo e o cassetete permaneceria intacto, sem marca, lasca ou arranhão.

Sally ficou boquiaberto ao ver o bastão. Deu um passo para trás tratando de se afastar de Devlin, mas não havia muito espaço ali para onde fugir. Acabou de costas contra um armário já no passo seguinte. Devlin jogou o cassetete por cima do ombro, ficando em posição de ataque.

– Toma logo essa pílula, Sally – ele o advertiu. – Já cansei de ser razoável com você.

– É ecstasy! – Sally berrou. – Como eu vou voltar para casa depois de tomar ecstasy?

Devlin soltou uma risada.

– Bom, temos um probleminha de leve, não dá para negar. Mas como você vai voltar para casa dirigindo com os braços e as pernas quebradas?

– Dennis, eu já entendi aonde você quer chegar.

– Entendeu? E aonde é que eu quero chegar?

– Mas eu não vou tomar essa…

Devlin girou o bastão, golpeando a porta do armário a poucos centímetros da cabeça de Sally. O médico se agachou, retraindo-se, mas só depois da pancada: seus miolos teriam se espalhado por toda a porta caso a mira de Devlin estivesse boa.

Simultaneamente, Devlin soltou um berro bem do fundo de seus pulmões; não apenas com Sally, mas com todos que alguma vez já o tinham feito desperdiçar seu tempo ou lhe dito não ou o encarado com um sorriso de desprezo no rosto por causa de seu forte sotaque e sua calva e sua barriga proeminente. O berro saiu do nada, embora parecesse estar entalado havia muito. Sentiu-se bem por ter explodido.

Seja lá o que Salazar tenha subentendido a partir do grito ou visto nos olhos de Devlin, funcionou. Ele pegou a pílula e a enfiou na boca. Sua garganta repuxou ao engolir. Então ficou lá parado, olhando para Devlin, o peito arfando como se tivesse corrido um quilômetro.

– Muito bem – Devlin grunhiu. Enfiou o cassetete de volta na bainha, deixando para trás um grande amassado na porta do armário com 15 centímetros de diâmetro, logo abaixo de uma das quinas e perto o suficiente de onde a cabeça de Salazar se encontrava.

– Se tiver uma pomada vaporizante, é melhor esfregar um pouco embaixo do nariz – Devlin disse. – Vai refrescar quando o calor bater. – Ele despejou os saquinhos de volta no ziplock e o colocou nas mãos de Sally. – Dê um jeito de esconder isso primeiro e depois suma daqui. A Stock tem uns olhos muito grandes e uma boca maior ainda. Quanto menos ela ver você agora, melhor.

O médico ainda não tinha mexido um fio de cabelo desde que engolira a pílula. Estava tenso e firme no lugar, com as costas apoiadas no armário e os joelhos meio dobrados. Parecia um jogador de rúgbi prestes a bloquear um adversário, como se acreditasse que a droga fosse bater com força física. Devlin teve de rir. Talvez aquilo até fizesse algum bem para Sally. Deixá-lo um pouco animado ao menos uma vez na vida.

– Não se esqueça de apagar a luz – Devlin disse, e saiu pelo mesmo caminho que entrou.

O dr. Salazar até gozava de bastante conhecimento teórico sobre o metabolismo das fenetilaminas. O suficiente para saber que levavam certo tempo até fazer efeito, o que tratou de usar a seu favor. Primeiro, escondeu o pacote embaixo dos arquivos mortos no fundo da gaveta de seu gabinete, onde ninguém jamais teria motivos para mexer. Depois, arrumou um pouco a sala, dando um jeito na bagunça feita por Devlin. Grudou um cartaz de conscientização contra a Aids na porta amassada do armário, escondendo o estrago tanto quanto foi capaz.

Ele assinou o ponto de saída, tendo o cuidado de dar boa-noite a John Donaldson, o guarda de plantão no portão, gentil e comedido.

Em seguida, entrou no carro, dirigiu com toda cautela até o outro lado do estacionamento, já vazio àquela hora, e esperou a pílula fazer efeito. Talvez nem fosse tão forte assim. Dependia da quantidade de substância ativa presente. Faria mais efeito em Sally do que em um usuário regular, cujos receptores de dopamina e norepinefrina estariam mais acostumados ao tráfego mais intenso. Para além da neuroquímica, não fazia a menor ideia de qual seria a sensação.

Acabou sendo boa. Muito boa. De fato, bastante e surpreendentemente maravilhosa e edificante. Sally sentiu-se descomplicado, feliz e eufórico pela primeira vez no que se pareciam anos. Esparramou-se no assento do motorista com a cabeça inclinada contra as bolinhas de madeira no topo do encosto ortopédico enquanto a beleza e a perfeição de tudo o que era vivo lhe inundavam dos pés acima feito um líquido espesso e doce.

Encontrava-se apaixonado pelo mundo. Apaixonado por todos aqueles que conhecia. Ficou imaginando os rostos de cada um para poder lhes dizer o quanto eram todos importantes.

Mesmo em meio àquela onda eufórica, sempre que encarava Dennis Devlin, sentia uma emoção diferente correndo em suas veias.

– Eu vou te matar – ele murmurou, com as sinapses dos neurotransmissores hiperativos inundando seu cérebro e um sorrisão mole escancarado de ponta a ponta em seu rosto. – Ah, eu vou, eu vou, eu vou mesmo. Eu vou te matar, seu desgraçado.

49

Jess estava deitada no catre, o centro inerte de um universo de dor e aflição.

Loomis e Earnshaw tinham deixado seus quadris, costelas e costas tomados por marcas e hematomas. Era incapaz de encontrar uma posição na cama que não a deixasse agoniada após dez ou 15 minutos, mas se mexer doía até mais, às vezes. Todo e qualquer movimento que fazia era como se saísse correndo desesperada por uma terra de ninguém em busca de um abrigo inexistente.

Um cansaço profundo a fazia cair de sono, embora não conseguisse se manter dormindo. Era como um daqueles passarinhos sedentos para brincar, que não param de mergulhar o bico em um copo d'água e o erguem de volta à medida que o líquido se dilata e retrai. Sempre que cochilava, seus músculos relaxavam um pouco. Então mexia um braço ou uma perna involuntariamente e acordava em meio a uma onda torrencial de angústia.

O suor até esfriava seu corpo, mas nada além parecia acontecer.

Até que aconteceu. Até que ele chegou.

Você devia ter me chamado, Alex Beech disse.

Eu não sabia como fazer isso.

Você sabe sim. É só pensar em mim que eu apareço.

Jess, porém, não conseguia sequer pensar depois da surra que levou. Suas funções mentais tinham simplesmente desaparecido sem licença. O que a deixou largada sem planos nem horizonte, futuro nem passado.

Você consegue sair daí. Olha, é fácil. Segura a minha mão, assim, e... não... não, se agarra em mim. Dá um passo de lado.

A mão dele puxava a sua insistentemente, mas ela estava com medo do que poderia acontecer caso se mexesse.

Alex, não!

Sim. Vamos, Jess.

Jess desarmou ao ouvir a menção a seu nome. Deu-se por vencida diante do menino e da confiança intuitiva na benevolência dele. Deixou que ele a puxasse para fora do catre, primeiro com apenas uma das mãos e depois com as duas. Ele deu um passo para trás e Jess foi adiante em uma sintonia quase perfeita, vacilando um pouco mediante a fisgada de seus músculos doloridos.

Mas não doeu. Ela encarou o menino bem no fundo dos olhos solenes. Então olhou para trás em direção ao próprio corpo estirado na cama feito um carro abandonado, olhos fechados e boca frouxa. A repentina ausência de dor foi tão plena que ela sequer se apavorou quando entendeu o que aquilo significava. Tudo o que sentia era uma efervescente surpresa, e em seguida o peso morto da assimilação.

Eu estou morta, então?

Não!, Alex disse em um tom bem-humorado. *Você pode voltar a hora que quiser.*

Jess olhou para as mãos. O tronco. As pernas. Vestia o mesmo corpo rudimentar confeccionado ainda no abismo. Parecia bem mais confortável dessa vez, o que talvez não chegasse a ser uma surpresa considerando o estrago lamentável em que seu corpo real se encontrava. Mas voltara a ser como era quando o criou, um esboço à espera de ser finalizado.

Essa é a minha alma?, ela perguntou mais a si mesma do que ao menino. *Mas por que a minha alma tem que se parecer com um bonequinho mal desenhado?*

Porque foi assim que você imaginou, Alex lhe disse.

Jess não era religiosa. Nadinha. Considerava os deuses como seres romantizados por pessoas que queriam impor como verdade as leis que lhes apeteciam. Não lhe agradava a ideia de seu corpo ser um canudinho pelo qual sua alma era sugada. *Essa é a minha porção espírito*, ela pensou. *A porção que fica quando todo o resto desmorona em volta. Só que... se manifestou cedo mais.*

Já sabia ser capaz de aprimorar tal porção concentrando-se nela. Cravou o olhar em seu braço murcho, mirrado, mentalizando para preenchê-lo até algo mais ou menos humano. Quase de imediato passou a surtir efeito.

Diante de seus olhos imaginários, seus dedos de serpentina foram encorpando, e as pontas se tornaram ligeiramente mais brilhantes e macias: o início das unhas.

Quer dar um passeio?, Alex perguntou. *Eu posso te mostrar onde eu moro.*

Jess suspendeu a cabeça outra vez. E se deu conta do que faltava no cenário em volta.

– Ai, meu Deus! – ela sussurrou.

Tudo. Faltava tudo.

Ao dar o primeiro passo para fora de seu corpo, ainda estava na cela. Agora estava... em outro lugar. Não havia paredes, chão ou teto. Sem catre ou mesa. Ou melhor, ainda conseguia distinguir essas coisas todas, mais ou menos, embora minúsculas e desbotadas. Por tudo ao redor, acima e abaixo e entremeada aos dois, havia outra coisa bem mais difícil de se definir, uma massa disforme e turbulenta feito um mar tempestuoso e inclinado dando a impressão de estar na vertical. Cores e formas se deslocavam sem parar, abstratas, embora provocativamente familiares, como se estivessem apenas fora de foco e pudessem se transmutar em alta resolução a qualquer momento em coisas que ela seria capaz de identificar. Era aterrador o fato de ali ser duas coisas a um só tempo: vasto e imensurável, e ainda assim bem ali na sua frente e ao alcance do toque.

Jess não tocou em nada. Recolheu depressa o braço e o ergueu como que expulsando um demônio.

– Alex! – ela gritou. – O que é isso?

O garoto olhou na mesma direção que ela. Não tinha prestado muita atenção à massa turbulenta. *A outra lá*, ele disse. *Você sabe. A mulher que dorme em cima de você.*

– Essa é a Lorraine Buller?

Isso.

– Então... por que eu não sou como ela?

O menino lhe lançou um olhar confuso, condoído. *Você é quando está dormindo.*

– Como? Mas...

Todo mundo, Jess. Você viu como era lá no buraco. Você não era nada até mentalizar um corpo. Então você ficou um pouquinho mais parecida com uma pessoa. Mas quando você dorme, você vira várias coisas ao mesmo tempo. Você é tudo que já imaginou na vida. E tem centenas e mais centenas de pessoas aqui dormindo e sonhando ao mesmo tempo. Está tudo misturado dentro dessas pessoas

– E é aqui que você mora? – Havia certa tensão em sua voz. Se estivesse vendo o mundo como ele o enxergava, com olhos espectrais em vez de olhos orgânicos, então como ele era capaz de encontrá-la noite após noite? Fellside tinha milhares de detentas. O mundo de Alex não passava de... oceanos formados por outros oceanos, tão somente mais e mais desse caos todo e assim para todo o sempre?

Só é assim no começo. Depois nos acostumamos. E tudo começa a ficar diferente quando nos habituamos ao lugar.

– Diferente como?

Eu vou te mostrar, ele disse e segurou a mão dela de novo.

Alex a conduziu em meio ao caos e silêncio, por estradas que ela não enxergava, cruzando territórios que ela não compreendia.

Fellside à noite, através dos olhos de um morto, era como o primeiro dia da criação. As águas estavam divididas, mas a escuridão ainda pairava. Parte era composta de aguaçais facilmente contornados ou atravessados com água pela cintura, mas parte era formada por oceanos profundos.

Pouco tempo depois já era impossível dizer o que estava molhado e o que estava seco. Não havia margens, e uma correnteza levava à outra, um rio desaguava no outro.

Não era água, porém, sobre o que caminhavam. Eram vidas. E Alex estava certo ao dizer que a distância importava. Ao longe, ondas eram constituídas por milhares de gotículas dispersas. Mais de perto, cada gotícula era uma onda em si, cada onda um novo mundo em que dava para entrar e sair andando.

Ela estava navegando nos sonhos das mulheres da ala Goodall. Enxergava o que elas enxergavam no interior das pálpebras fechadas, a não ser o fato de que cada uma das detentas só enxergava o que se passava nos próprios sonhos ao tempo em que Jess enxergava todos, submersa e ensopada. Em certo momento, atravessava uma rua movimentada, uma multidão espremendo-a por todos os lados. Então a onda quebrou e ela se viu em outro lugar, parada no meio de um quarto apertado que cheirava a suor e canela, observando um homem nu debruçado sobre uma pia se barbeando com uma navalha.

Está vendo?

Estou, Alex. Estou sim. E estava mesmo.

Jess estava vendo até demais, na verdade. Era uma amostra bem estranha das detentas de Fellside. Todas, sem exceção, tinham uma vida que terminava em uma desastrosa prisão. Relacionamentos rompidos. Perdas de emprego e reputação. Crianças abandonadas por pais sobrecarregados, jogadas ao vento aos cuidados de parentes que não as desejavam ou (Deus do céu!) levadas sob custódia do Estado. Enxergava as mulheres de Goodall por dentro, e por dentro eram todas corcundas pelo peso do que tinha recaído sobre elas. Encontravam-se todas em uma curva cáustica, navegando suavemente rumo a um precipício ou outro. Não era de se espantar que fossem capazes de tamanhas brutalidades. O que impressionava mesmo era terem dado um jeito de serem boas umas com as outras.

Jess foi inundada por essas visões, e se esforçava para entendê-las. Na última vez ali com Alex, tinha mantido os olhos fechados e seguido adiante conforme ele a guiava. Ainda assim, sentia que conhecia aquele lugar sombrio. Os contornos eram aterrorizantes e exóticos, mas também familiares. Tal dissonância era o que mais assustava.

Era sobre as lembranças e os sonhos de outras pessoas que ela vinha caminhando. Mas o que sua presença ali significava? Recordava-se de uma fábula lida na escola quando tinha 14 anos, em que um homem mudava toda o curso da história mundial ao pisar em uma borboleta. Qual não seria o estrago causado por um pisão descuidado nesse lugar, onde borboletas não passavam de fragmentos das mentes das pessoas?

Repentina e profundamente apavorada, voltou-se ao menino. *Leve-me de volta*, ela lhe disse.

Ainda estará doendo, Jess.

Eu sei, mas eu não gosto daqui. É grande demais. Muito... sem forma.

Você pode dar a forma que quiser, Alex disse com certa despreocupação sublime. E foi justo o que impressionou Jess como o pensamento mais assombroso de todos. Que mesmo sem sequer saber o que aquela coisa era, ela conseguia correr sobre a superfície e chutá-la em uma nuvem de partículas.

Leve-me de volta, ela implorou. E Alex assentiu. Foi conduzindo-a através do caos infinito, indescritível, até seu próprio e insignificante ser, e a ajudou a entrar de volta.

Seu corpo combalido estalava e rangia feito uma casa no olho de um furacão, mas mantinha-se firme e forte no lugar. E a dor a abraçou até o amanhecer.

Ainda em meio ao silêncio da madrugada, nos minutos de tensão que antecedem a campainha matutina, as memórias bloqueadas enfim se desencadearam. Conhecia o mundo noturno de Alex, pois já tinha sido seu próprio mundo. Costumava chamá-lo de Outro Lugar. Dizia à sua mãe que era como o litoral, a não ser pelo fato de estar em chamas. E aos seis anos de idade, era lá que ela costumava ir todas as noites até que a dra. Carter, com o auxílio da uma busca minuciosa e bem-intencionada, forçou Jess a uma retirada estratégica.

Era um mundo de sonhos. Sonhos com janelas que a levavam a observar o que havia dentro. A menina de seis anos tinha confundindo as mulheres e os homens adormecidos com anjos. Quando teve idade para talvez reconhecê-los como o que de fato eram, seu passaporte ao mundo noturno já se encontrava revogado.

O que acabou por levá-la a outra conclusão desconcertante. Tudo o que Alex já tinha lhe contado sobre as aventuras noturnas das detentas do bloco G era verdade. Não invenções aleatórias, mas uma meticulosa reportagem. Ele vinha perambulando, e atento, observando, pelos sonhos das mulheres.

Surpresa nenhuma que ele tenha perdido boa parte da sua memória. Ele as deixou para trás nas recordações de outras pessoas.

50

– Eu tive um sonho muito estranho – Kaleesha Campbell resmungou. Seu rosto estava enterrado entre os seios de Po Royal, mas Po a empurrou para que pudesse encará-la de frente.

– Que sonho?

– Bem, primeiro eu estava vendo meu pai se barbear no banheiro lá de casa com a navalha antiga de barbeiro. Eu odiava quando ele fazia isso. E aquela assassina de criança, a Moulson, apareceu andando de uma ponta a outra do quarto. Com um garotinho loiro. Os dois estavam de mãos dadas. Eles não diziam nada para mim ou para o meu pai, só passaram direto e seguiram para a rua. Era como se ela o estivesse levando para passear ou sei lá.

– Eu também sonhei com isso – Po lhe disse.

– Mentira! – Mas Kaleesha pôde ver no rosto de Po que ela não mentia. Ficou escutando com atenção enquanto Po lhe contava sobre o próprio sonho. Não era muito parecido com o de Kaleesha, pois o pai de Kaleesha havia sumido. E, além disso, Po sabia quem era o garotinho. Reconheceu Alex Beech da fotografia que viu na TV. Sabia que não se tratava de um passeio qualquer de Jess Moulson. Tratava-se de Jess Moulson reconstituindo o crime que a levou para a prisão. Ou Moulson percorrendo o inferno de Dante, com o menino que matara como seu guia espiritual (havia uma *Divina comédia* na biblioteca da prisão, e Kaleesha o tinha dado a Po, já que não possuía histórias fantasiosas ou de terror).

Era muito sinistro, sob todos os aspectos. Po e Kaleesha faziam tudo juntas e seriam bem capazes de ver nisso um indício estranho de as duas serem almas gêmeas. Na verdade, foi basicamente o que Kaleesha fez: deixou a experiência de lado e se recusou a conversar sobre o assunto. Já Po passou o dia inteiro perguntando aos outros o que tinham sonhado na noite anterior.

Mimi Acosta, Todd, Sharpe, O'Hanlan, Sam Kupperberg... a pilha de relatos sobre as aparições de Moulson só fazia crescer. Ela estava no banheiro lá de casa, em uma das quinas do pátio externo de recreação, no palco do cineteatro Lexi, em tudo quanto era canto.

Po tentou racionalizar a situação. Por que Goodall em seu conjunto sonha com Moulson? Havia várias razões pelas quais ela estaria nos pensamentos de todas, a começar pela cobertura maciça dos meios de comunicação sobre o crime, passando por sua greve de fome fracassada e suas aventuras turbulentas no bloco das celas. As raízes da coincidência estavam bem ali à vista de todas. Não havia necessidade de invocar feitiçarias para explicar a situação.

E se fosse algum tipo de prenúncio sobrenatural, não sugeriu nada de mais. Moulson não falou com voz de trovão em idiomas diferentes. Ficou andando por aí com sua passividade de costume, só que com o lábio cortado e talvez sem um dente e definitivamente com uma perna manca.

– Com quem a Moulson está ficando? – Po perguntou a Lorraine Buller. Buller devia saber, mas não respondeu. Limitou-se a retrucar que Po se preocupasse com a própria vida.

Po desistiu. Era só uma coincidência bizarra no fim das contas. Ainda assim, ela se preparou para a noite seguinte ao se deitar ao lado de Kaleesha e fechou os olhos. Estava com medo de encontrar Moulson na escuridão, e que dessa vez Moulson conversasse com ela. Falasse algo profético que ela não pudesse ignorar.

Mas nada aconteceu. Quando enfim pegou no sono, só havia escuridão e nada mais. Moulson não apareceu. O garoto surgiu brevemente, embora não passasse de um amontoado de pequenos resíduos loiros no limiar do campo de visão de sua mente. Um eco do sonho da noite anterior que mal ficou registrado em sua memória ou chegou a merecer maiores atenções.

A razão acabou triunfando, e tudo ficou bem. Po tirou da cabeça a suspeita tão dantesca e deu uma bela risada de si mesma.

A verdade era que Moulson estava apavorada. Descobrir que o universo caótico habitado por Alex era o Outro Lugar de sua infância a deixou profundamente abalada. O menino estava morto, não sonhando, e os sonhos eram portais para aquele lugar. Era por onde ela entrava e saía, e presumivelmente como tinha sido capaz de sentir a presença de Alex no primeiro dia em Fellside. Ela estava em sintonia com aquele estranho mundo noturno do qual ele observava e escutava os vivos.

Mas por que ela não havia encontrado Alex antes de Fellside no hospital ou na ala de detenção provisória em Winstanley? Se ela possuía esse dom desde criança, por que tinha levado tanto tempo para que se manifestasse de novo? Seriam os medicamentos que ela vinha tomando, ou só por estar tão perto da morte?

Ainda mais do que Po Royal, não queria pensar no que tudo aquilo significava. Quando voltou à terra dos sonhos, foi porque tinha de fazê-lo.

51

Depois que Moulson obteve autorização por parte do tribunal para recorrer, Paul Levine a visitou duas ou três vezes em sucessivas semanas a fim de traçarem uma estratégia. Moulson basicamente só quis falar sobre Alex Beech.

Ela vinha analisando em detalhes todos os documentos e testemunhos do processo, em busca de uma pista qualquer sobre quem poderiam ser a garota boa e a garota má. Não havia muitas candidatas relevantes, mas ela seguiu procurando e já havia montado uma lista variada. Havia algumas adolescentes que moraram no mesmo condomínio ou em um dos prédios vizinhos e deram depoimento no ato do inquérito inicial. Não foram chamadas a testemunhar no tribunal, pois nenhuma delas sequer conhecia Moulson ou tinha algo em particular a dizer sobre ela, fosse bom ou ruim. Qualquer uma delas, porém, poderia ter conhecido Alex Beech.

Ela pediu a Levine que cruzasse alguns dados.

– Talvez algumas delas tomassem conta dele, ou o levassem para a escola. Mas nem precisa ser isso. Vale qualquer ligação que ele tiver com garotas mais velhas que ele. Prima, vizinha.

O desconcerto de Paul estava estampado em seu rosto. Ele já tinha lhe dito que o foco principal da apelação seria rechaçar a condenação na seara da incapacidade mental e esquadrinhar o testemunho de Street no intuito de demonstrar que ele poderia ter se esforçado mais para mitigar os danos. Se tivessem sorte o bastante, talvez conseguissem derrubar a sentença, mas era uma hipótese bem remota. O que esperavam era reduzir a pena de

Moulson argumentando que (a) havia falta de dolo e (b) ela não era a única responsável. Nada disso, porém, exigia uma investigação sobre os amigos e inimigos do menino morto.

– Quer dizer, não me entenda mal, eu quero ajudar – ele disse. E ela sabia que era sincero. Ele ficara alarmado com os novos ferimentos, insistira em tirar fotografias para deixar tudo registrado. Queria pressionar o diretor para transferi-la para a solitária pensando no próprio bem dela, mas Moulson lhe disse para não fazer nada. Levine a tranquilizou sobre suas boas intenções, mas Jess percebeu como ele tentava fazê-la mudar de ideia. – É só que... nosso tempo para agir é bastante limitado. Qualquer coisa que eu faça para correr atrás do que você está falando vai nos roubar um precioso tempo em que eu poderia estar me dedicando aos... aos elementos centrais da nossa argumentação.

– Ao que importa de verdade, você quer dizer.

– O que eu quero dizer é que eu preciso fazer o que vai te ajudar. Essa é minha função.

– Isso vai me ajudar – Moulson lhe disse. – Não dá para explicar como, mas é relevante. Por favor, Paul.

Jess usou o primeiro nome dele de forma tática e consciente, lembrando-se da sensação quando Alex fazia o mesmo com ela. Levou sua mão à dele e o encarou bem nos olhos. Precisava disso. Se mexer nas emoções de Levine fizesse alguma diferença, ela tentaria, mesmo que se arrependesse depois.

– Você pode me dar uma pista? – ele implorou. – O que exatamente eu estou procurando?

Jess hesitou. Como explicar essas duas partes da história, do amigo e do torturador? Não podia. Então partiu para a parte mais simples da equação, aquela em que talvez houvesse alguma evidência física de fato.

– E se o Alex estivesse sendo abusado... não quero dizer sexualmente, mas e se ele estivesse sendo machucado por alguém próximo a ele, alguém que o conhecia...

Não. Ainda não fazia sentido. O semblante de Paul continuou o mesmo, aflito e confuso.

– Eu acho que há outra testemunha – Jess disse, tentando mudar de tática. – Alguém que estava lá quando o Alex morreu e não fez nada porque teve medo.

– Medo do quê?

– Que a merda por trás acabasse estourando. Que fosse pega e pudesse se dar mal.

– Tudo bem – Paul retrucou. – Mas como isso nos beneficiaria? Quer dizer, a menos que você esteja falando que a pessoa o deixou incapacitado de forma que ele não pudesse escapar quando o incêndio começou...

– Isso. – Jess se agarrou à insinuação dele com unhas e dentes. – Talvez tenha sido isso que aconteceu. E no fim o Alex ainda teria morrido sufocado pela fumaça, não pelas queimaduras. As provas legais ainda fariam sentido.

– Mas você sabe que nós não temos nem um fio de cabelo para provar isso, não sabe?

Jess confirmou com a cabeça.

– Sim. É claro que eu sei disso. Eu estou pedindo justamente para encontrar alguma coisa.

Paul parecia estar quase desesperado.

– Jess, eu não quero descartar nenhuma via possível, mas o sr. Pritchard estará de olho em mim, e ele tem que assinar a minha folha de honorários. Não vejo como eu poderia me empenhar nisso com um esforço bastante considerável se eu não puder explicar o motivo de estar fazendo isso. E ele não vai engolir um simples talvez como justificativa. Ele vai querer algo mais concreto.

– Faça o que você puder – Jess implorou. Humilhar-se era tudo o que ela poderia fazer. Não estava pagando a ele, afinal.

– Eu vou tentar descobrir – Paul lhe disse. – Mas será que você poderia me dizer, por favor, uma única coisa: o que te faz pensar que essa garota existe?

Por um instante de pura ansiedade, ela chegou a considerar dizer-lhe a verdade, que ela só estava cumprindo a promessa que fez ao garoto que havia matado. Mas se Levine pensasse que ela estava louca, não a ajudaria mesmo. Jess pensou em mentir, mas não conseguiu inventar uma história decente e, de um jeito ou de outro, não queria fazer isso com ele.

– Não dá para explicar – ela retrucou.

Paul deu um sorriso insosso.

– Só "fontes próximas a Jess Moulson", então? Tudo bem, eu vou fazer o que eu puder. Mas talvez não seja o bastante. Nós temos três semanas antes que o recurso seja apreciado, Jess, e vários pontos a alinhar se quisermos ter o mínimo de chance. Você sabe que isso é prioridade, não sabe?

– Sei – Jess respondeu. – Claro. É claro que é. Qualquer coisa que você consiga fazer, então. Obrigada. Obrigada, Paul.

– Algo mais que eu possa fazer por você?

Ele disse isso em um tom de voz quase irônico, mas havia sim.

– A minha tia Brenda. A irmã da minha mãe.

– O que tem ela?

– Eu não consigo entrar em contato com ela. Tudo o que eu tenho é o telefone e as cartas e ela não responde nenhum dos dois. Ela... ela ficou doente faz pouco tempo. Ela foi operada. Eu queria saber se está tudo bem com ela.

– Onde ela mora? – Paul perguntou. Já tinha guardado seu notebook preparando-se para ir embora, mas o tirou da pasta outra vez. Anotou o endereço que Jess lhe passou. – Certo – ele disse. – Não fica muito longe. Eu vou dar um pulo lá.

Paul bateu na porta para que as agentes penitenciárias o deixassem sair. Enquanto esperava, deu meia-volta para dizer adeus. Sentada à mesa, Moulson ainda o fitava, o edema em sua bochecha machucada mudando a topografia de suas feições e um de seus olhos estava em meio à sombra. Seu rosto transformara-se em uma máscara Kabuki, pintada de branco e preto.

Havia certa urgência um tanto desequilibrada em seu olhar quase caolho, como se esperando que o advogado fosse embora resolver seus pedidos e ela pudesse continuar esperando exatamente no mesmo lugar, na mesma posição, até que ele voltasse.

A relação entre os dois era tão desequilibrada quanto. Chegava a ser até exploração, em certo sentido. Bem, seria caso ela soubesse o que ele achava dela. O sr. Pritchard já o tinha alertado sobre tal possibilidade.

– Todo mundo trabalha com os recursos que tem em mãos, Paul. As prisioneiras têm recursos muito limitados, então querem usá-los ao máximo. Se você quiser mesmo se envolver no processo da srta. Moulson, é melhor ficar de olho aberto.

Paul estava de olhos bem abertos e sabia exatamente o que fazia. Não a decepcionaria.

52

O boato mais comentado durante o café da manhã, um ou dois dias depois, era que Hannah Passmore tinha tentado se matar mastigando os próprios pulsos. Debbie Ochs, a colega de cela de Passmore, contou a todas.

– Eu acordei no meio da noite, entende? Havia alguma coisa pingando no meu rosto. Eu pensei que Hannah tivesse feito xixi na porra da cama, mas caiu na minha boca e não era xixi. Era sangue. Eu gritei até que uma das guardas veio. As luzes estavam apagadas, então não dava para saber a besteira que ela tinha feito. Mas quando ligaram as luzes para as agentes, vimos tudo. Ela cortou os pulsos. Meu Deus, como ela estava fora de si. Eu estava toda coberta de sangue, a cama toda, o chão... impossível ter muita coisa mais dentro dela, preciso dizer.

Hannah já estava na enfermaria e ninguém sabia se sobreviveria ou não. Debbie queria estar na enfermaria também. Estava morrendo de medo de ter pegado alguma doença por ter bebido o sangue de Passmore, Aids talvez, ou hepatite. E não vinha achando a menor graça no fato de todo mundo no corredor tê-la apelidado de Vampirela.

Debbie não havia exagerado: Passmore tinha perdido sangue o suficiente para ficar branca feito os lençóis em que deitava. Como toda tentativa frustrada de suicídio, só chegou perto de selar o pacto. Dr. Salazar lhe deu uma transfusão de um litro e meio de sangue e meio de soro. Sua fraqueza foi a única razão pela qual ela permaneceu na enfermaria em vez de ser transferida direto para a UTI do Leeds General.

E não era segredo algum quem estava por trás disso. Toda e qualquer mulher em Goodall já sabia àquela altura o que Passmore dissera a Moulson no refeitório poucas semanas antes. *O que você fez comigo?* E se lembravam do estado de Passmore quando ela lhe disse isso. Ou caso não lembrassem, já tinham escutado a história toda por meio de Shannon McBride, que por sua vez se encontrava deslumbrada demais para inventar um verso novo ou outro para a balada de Jess Moulson.

Passmore retraiu-se desde a explosão no café da manhã. Não no sentindo pacífico, mas sinistro. Na maioria das vezes, se você se atrevesse a falar com ela recebia de volta um olhar furioso e seu silêncio, e, em seguida, ela deixava o local em busca de algum lugar em que não precisasse lidar com você. Havia algo de errado com ela, isso era certo.

Uma multidão discutia sobre o assunto no salão oval quando Moulson apareceu. Escutou o nome de Passmore e quis saber o que estava acontecendo. Parecia ansiosa, com certa tensão no semblante como se estivesse perguntando ao radiologista que sombra era aquela em seu pulmão.

– Some daqui – Marge Todd sugeriu.

– Aconteceu alguma coisa com a Passmore? – Moulson perguntou de novo, dessa vez a Todd. – Por favor, é só me dizer que eu vou embora. – Dirigindo-se a Shannon McBride, insistiu: – Só me diz!

Shannon a encarou de volta, pálida. Foi interrompida bruscamente no meio de mais uma grande fábula sobre Moulson, embora a primeira em que Moulson era a vilã da história. O fato de Moulson aparecer fez com que as palavras ressecassem na garganta de McBride.

– Eu... – ela disse. E parou por aí.

– Hannah tentou se matar – Po Royal disse. – Ela mordeu os pulsos e ficou sangrando na cama. Mas Ochs fez soar o alarme e a levaram para a enfermaria.

– Alguém sabe me dizer por que a Passmore faria uma coisa dessas? – Moulson perguntou, passando os olhos de uma a uma. – Algo a incomodava? Ela recebeu alguma notícia ruim?

– Ninguém sabe de nada – Todd retrucou. – Mas o que isso tem a ver com você? A Hannah bateu muito em você pelo corredor todo na sua primeira noite fora da solitária. Se você quiser se gabar, Moulson, some daqui.

Mas o que quer que Moulson estivesse fazendo, definitivamente não era se gabar. Parecia estar com medo.

Sam Kupperberg, membra fundadora do "Seguindo em Frente", lançou um olhar na direção do grupo a uma mesa logo ao lado.

– A Hannah não bate bem – observou dirigindo-se a todas na sala. – Não bate bem faz tempo, não é de hoje. Até parece que foi a primeira vez.

– Isso aí – McBride concordou, recuperando parte de sua tração perdida. – Foi o filho dela. O bebê. O que tinha algum problema no cérebro. Ele teve um colapso mental ou coisa do tipo, e pensaram que ele fosse morrer. O diretor virou as costas para ela sem compaixão. E o menino morreu mesmo. Foi quando ela tentou se matar. Fez uma corda com uns lençóis, mas aí...

– Eu estava lá, Shan – Po disse com toda calma. – Melhor nem começar esse assunto de novo.

– Valeu – Moulson sussurrou e logo foi embora.

Todas as presentes notaram que algo na conversa a afetara bastante.

– Quase como se ela estivesse metida nisso de algum jeito – Po sugeriu um tanto melancólica.

Ninguém se manifestou. Nem mesmo McBride.

53

Jess caminhou até o pátio externo. Encontrou um banco em que ninguém estava sentado, especialmente por causa da urtiga já na altura da cintura atravessando a grade logo atrás. Sentou-se sob o sol ofuscante e esperou.

Por Alex.

Mas Alex não apareceu.

Por favor, Jess disse mentalmente. *Você disse que era só eu pensar em você. Eu estou pensando em você agora, então faça o favor de vir aqui.*

Nada por um bom tempo, mas Jess continuou lá fora esperando por ele. Tempos depois, o menino-fantasma chegou a passos vagarosos e trespassou a grade e a urtiga, as quais nem se mexeram, para ficar ao lado dela.

O que foi?, ele perguntou. Um tom de voz comedido, Jess pensou, captando os pensamentos que ela tentava manter afastados da cabeça. Hannah Passmore com os lençóis retorcidos. Hannah Passmore com os pulsos remordidos. *Eu não a mordi.*

– Eu sei disso – Jess murmurou, lançando-lhe um olhar de relance e em seguida fitando as próprias mãos, tentando passar a impressão, caso alguém estivesse observando, de que estava perdida nos próprios pensamentos. – Mas você chegou a fazer alguma outra coisa com ela, Alex?

Tipo o quê? O que eu poderia fazer?

– Eu não sei. Mas ela tinha medo de mim. Ela me olhava como se eu fosse um monstro. E ela me pediu desculpas por ter me machucado.

Que bom. Foi maldade dela ter feito isso.

– Alex, você nunca pediu desculpas por algo só porque te obrigaram? Porque alguém te disse que você seria punido se não se desculpasse?

Não.

– Sério? Nunca?

Uma vez, eu acho.

– Bem, foi assim que eu me senti quando a Hannah me pediu desculpas. Ela não estava se desculpando de verdade; o que ela quis dizer foi: "Se eu me desculpar, você poderia por favor não fazer nada de mal comigo?" Só que eu não fiz nada. Eu não encostei um dedo nela. Foi você?

Alex tocou na mão de Moulson e então a trespassou, provocando-lhe ligeiros arrepios apesar do calor escaldante. Sentiu o contato muito mais vividamente do que jamais teria esperado, como um balde de água gelada sendo despejado contra sua pele.

– Entendi – ela disse, lançando um olhar de reprovação ao menino. – Você não pode tocar nela desse jeito. Mas você entrou na mente dela, Alex? Você a tocou por dentro? – Ele não respondeu, mas havia algo no olhar dele e Jess resolveu insistir. – Naquela noite em que você... em que caminhamos juntos, atravessamos os sonhos dos outros. Eu disse que estava com medo porque tudo era tão sem forma. E você disse que era possível dar a forma que a gente quisesse. O que você quis dizer?

Nada.

– Como nada, Alex? Me diga a verdade!

Do outro lado do pátio, Harriet Grace tomava banho de sol em um de seus cantos favoritos, atrás do refeitório, onde o cheiro da comida adocicava o ar e a parede saliente do bloco administrativo criava um quebra-vento. Estava acompanhada do séquito habitual. Por alguma razão, Moulson despertou sua atenção. Talvez porque o rosto de Moulson ainda ostentasse as marcas dos socos e tapas que levou de Liz e Carol, o que a lembrou do mau comportamento de Moulson. Por um motivo ou outro, observou-a por tempo o suficiente para ter certeza de que os lábios de Moulson estavam se mexendo.

– Aquela doida varrida está falando sozinha – ela comentou.

– A reza dela não tem força – Big Carol disse. – Deus é um pouco mais seletivo que isso.

– Deus é cego, surdo e mudo – Grace ridicularizou. – Ou então Ele é pior que a gente. Liz, qual é o problema?

O olhar de Liz ainda estava fixo, pálpebras apertadas contra os raios de sol de um inusitado outono. Parecia alguém tentando calcular uma tabela de custos sem muito sucesso.

– Nada – ela disse, escorando-se contra a parede e cruzando os braços. - Eu pensei ter visto alguma coisa.

Moulson estava definitivamente discutindo com o vento, mãos inquietas enquanto conversava com o vazio ao lado.

Ela ainda pressionava Alex, insistindo com ele que dissesse a verdade. Mas a criança morta tinha caído em um silêncio emburrado, e enfim desapareceu. Jess ainda sentia sua presença, porém. Ainda ao alcance de sua voz.

– Por favor, Alex – ela disse. – Eu não acho que a Passmore mereça morrer só porque me deu uns socos na cara. Mas o que importa mesmo é que o responsável pela morte dela não seja você. Será que você não percebe isso? Você é só um garotinho. Se você começar a machucar as pessoas só porque você pode, então...

Então o quê? Ele estava morto. O pior já tinha acontecido. Moulson afastou da cabeça a possibilidade do menino estar preso a Fellside por toda a eternidade, corrompido e degradado cada vez mais pelas coisas que era obrigado a ver lá.

Por causa dela. Porque ela o tinha matado, mesmo sem intenção. Mesmo que a garota má tivesse marcado território primeiro, ela o tinha matado. E logo depois disso ela saiu feito um mergulhador cruzando a terra dos sonhos até o mundo dos mortos e trouxe o menino de volta.

54

Era o segundo aniversário da morte de Naseem.

Dois anos sem ela.

Grace tinha dito a Earnshaw, logo depois, que a dor passaria com o tempo.

– É assim que as coisas são, minha querida. Você não vai se esquecer dela, mas vai se lembrar dos momentos bons e vai sorrir. Isso que você está sentindo agora... isso vai passar. O amor vai permanecer.

E o amor acabou permanecendo. Ainda emocionava Lizzie, levando-a a quase cair de joelhos, que Naseem tivesse olhado para ela. As duas não ficaram juntas por muito tempo, mas era todo o tempo que lhes restava. Toda sua vida, espremida em 11 meses. Desde então: nada.

No Dia dos Namorados, o único que passaram juntas, Naz tinha lhe dado um cartão. Um coração vermelho feito de papel crepom e colado em uma ordem de serviço da capela prisional, dobrada. Lizzie o tinha virado de ponta-cabeça, depois de volta à posição correta, em busca de uma mensagem. As únicas palavras que foi capaz de ler foram CÂNTICO: Ó DEUS, ETERNO AJUDADOR. SERMÃO DA PASTORA SARAH AFANASY. ORAÇÃO E MEDITAÇÃO ORIENTADAS.

– O que é isso?

– Você é o meu coração – Naz lhe disse. – E minha religião.

Amor como aquele não era passível de uma conquista. Era um milagre caído do nada direto no colo da pessoa. Mas a dor também permanecia. Não tinha ido embora. Não tinha diminuído.

Em um dia como aquele, a ideia da morte prevalecia dentre os pensamentos de Lizzie. Talvez tenha sido por isso que viu, ou pensou ter visto, uma aparição controversa e inconstante próxima à mão direita de Moulson. Só por um instante, ofuscante à luz do dia, tão comprida e delgada como se fosse um raio de sol.

Por que logo Moulson, entre todas elas, teria um anjo da guarda?

55

Alex foi ao encontro de Jess em sua cela naquela noite, enquanto Buller roncava serenamente alheia a tudo no catre superior.

Está bem, ele disse.

Está bem o quê, Alex?

Eu dei um susto nela. Eu não a machuquei, foi só um susto. Eu fiz isso para que ela achasse você assustadora e ficasse longe.

Como? Como foi esse susto?

Eu mostrei umas coisas para ela. Foi por causa do que você disse, Jess, sobre as histórias serem como desejos. Desejei que ela te deixasse em paz. Você disse que não tinha problema desejar as coisas que eu quisesse de verdade que acontecessem.

Jess sentou-se na cama, retraindo-se enquanto seus membros lesionados protestavam por serem obrigados a se mexer.

– Que coisas você mostrou a ela? – sussurrou.

Um cachorro que a mordeu uma vez. Faz muito tempo. É bem idiota. Quando ela pensa nesse cachorro, ela o faz ficar enorme feito um leão, com milhares de dentes. E havia também um homem com quem ela morava antes, que batia nela às vezes. Muito.

– E você... você mostrou para ela...?

O cachorro, e depois o homem, e você. Várias e várias vezes. E às vezes eu te fazia ter os dentes do cachorro, ou as mãos e os braços do homem, para que ela ficasse muito apavorada e tivesse medo de você também.

É como condicionar alguém a parar de fumar dando-lhe um choque toda vez que um cigarro fosse acendido, Jess pensou. Era horrível. Intolerável.

Você tem que me levar com você, ela lhe disse. *Você tem, Alex. Agora mesmo.*

Para onde?

Para onde você acha? Para onde você estava quando fez isso. Dentro da Hannah. Dentro das lembranças que ela tem desse homem e do cachorro e de mim.

O espírito ficou emburrado, parecendo ter sua idade pela primeira vez desde que ela o conheceu. *Eu não quero voltar para lá.*

Mas você tem que voltar. Você deixou a Hannah triste. Você deixou ela tão triste que ela tentou se matar. Você consegue ver que isso é errado, não consegue?

Alex fez uma careta, mas confirmou com a cabeça.

Você vai me levar lá então?

Vou. Ele estendeu a mão e ela a segurou. Exatamente como na vez anterior, deu um leve puxão para desencadear a porção fantasmagórica de Jess a partir do contato com seu corpo. O aperto de mão já parecia bem mais fraco: ela estava pegando o macete. Caminharam juntos para fora da cela e para fora do mundo, rumo ao mundo dos sonhos formado por outras pessoas.

Foi diferente dessa vez. Os oceanos disformes e espumantes de um imaginário onírico ainda estavam lá. Em meio a eles, porém, havia pináculos brilhantes como faróis, irregularmente delineados, mas em sua maioria firmes e estáveis.

Alex pressentiu o questionamento na mente de Jess. *Está mais cedo que na outra vez*, ele disse. *Alguns deles ainda estão acordados.*

Era um pouco assustador olhar para as torres. Eram incrivelmente altas, sem portões nem janelas. Será que todas as mentes despertas se pareciam com prisões? Será que toda e qualquer alma humana não passava de uma Fellside, fechada em si mesma e às cegas?

Toda e qualquer alma humana, salvo a sua própria e a do menino morto a seu lado, ao que parecia. As vidas dos dois haviam se enroscado uma na outra quando ele ainda estava vivo, mas foi justo o que acabou os unindo de novo e fez com que permancessem juntos. Uma habilidade compartilhada, ou cidadania compartilhada.

Foi bem aqui.

Alex apontou na direção de um local fervilhante ao alcance da mão e diferente de tudo o que Jess já tinha visto no mundo noturno. Era mais parecido com os oceanos do que com as torres, cambiantes e não constantes, repartindo-se e reestruturando-se a todo momento, embora houvesse algo terrível em tudo aquilo que acentuava a sensação de estranheza e a fazia instintivamente querer evitá-lo.

Após mais ou menos um minuto sem tirar os olhos do horizonte, ela se deu conta do quanto aquilo era perturbador. Os movimentos daquela parte do espaço onírico formavam uma sequência, cada expansão e cada contração ecoando precisamente a anterior. Preso em um *loop*, repetindo-se infinitamente. Havia uma pequena variação nas cores também. Predominava um cinza-marrom lamacento, e as regiões em que outras tonalidades despontavam não tardavam em desaparecer.

Essa aí é ela? A Passmore?

É, Alex confirmou.

Então, temos que entrar.

Ela deu um passo em direção à massa escura, disforme. Alex não saiu do lugar. Ela se voltou para encará-lo. *Eu não quero*, ele disse. *Não é legal aí dentro.*

Mas é sua responsabilidade, Alex. Você fez isso.

Também não era legal antes.

Vamos ficar juntos. Eu não vou deixar que nada te machuque.

O menino morto ficou em silêncio. Seus olhos não piscaram e disseram a ela o quão ridícula era aquela declaração. Tratava-se de sua composição elementar, acordado ou dormindo, agora e para sempre. Estando morto, ele a superava. Se alguém precisava de proteção ali, não era ele.

Por favor, Jess disse.

Mas isso é uma idiotice. Ela nem gosta de você.

Só somos legais com quem é legal conosco, então?

Alex soltou uma risada incrédula. *Depende! Somos espertos ou idiotas?*

Jess ficou chocada, como na vez em que ele contou sobre a polícia deliberadamente enquadrar as pessoas pelos crimes. Era aquele lugar mudando o menino. Tinha de ser. Às vezes, ele falava como as mulheres de Fellside e não conforme ela esperava que uma criança inocente falasse.

Ela queria lhe dizer que estava fazendo aquilo para o bem dele, e não de Hannah Passmore. Que eles tinham de dar um jeito naquela situação para que a consciência dele não pesasse. O que era uma parte da verdade. Embora fosse igualmente verdadeiro que estava se agarrando com firmeza a um sentimento maior. Se ela não se encontrava ali para salvá-lo, então qual era o sentido de tudo isso? E já que ele estava morto, do que mais ela poderia salvá-lo senão de si mesmo?

Não precisa me salvar de nada, Alex disse com certa amargura. Mas acabou se juntando a ela na mente adormecida de Hannah Passmore, cujas saliências cor de lama pulsavam espasmodicamente logo acima de suas cabeças. *Eu vou, mas eu não quero demorar. Foi horrível da última vez.*

Jess voltou a segurar a mão do menino e os dois entraram juntos. Foi uma transição estranha. Continuavam no mesmo lugar, mas a perspectiva em volta deu uma guinada e sacolejou enjoativamente. Coisas que antes se encontravam distantes agora estavam bem próximas, e vice-versa. O que mais mudou foi o ambiente, tanto interno quanto externo: a sensação e a percepção e o cheiro. Hannah Passmore tinha se tornado, por ora, o universo dos dois.

Bastou um breve olhar para que Jess notasse o quanto Hannah estava mal. As repetições cíclicas, como as de um disco arranhado pulando e tocado até furar, de trás para a frente e do avesso. Ligeiros *loops* de cores, formas, sons, movimentos, às vezes mesclando-se mas sempre metamorfoseando-se de volta ao estado singular. Tais padrões não se convertiam em memórias coerentes como Jess e Alex puderam ver já mais de perto: permaneciam abstratos, e algo neles dizia a Jess com toda certeza que eram tóxicos ao toque.

Onde ela está?, perguntou a Alex. Por todo canto, óbvio, mas também em algum canto. Jess sabia haver um centro naquele labirinto e era lá que Hannah deveria estar.

O menino olhou em volta, tentando se orientar. A sirene de uma viatura ou uma ambulância surgiu de repente em alto e bom som, mas se dissipou em chiados e grasnidos aleatórios logo em seguida feito o canto destoante de um pássaro.

Ela está aqui, Alex disse. Seria mais como "ela está aqui embaixo", embora a expressão usada por ele não significasse que Passmore estava mesmo abaixo deles, e a direção em que ele seguia e Jess o acompanhava não fosse de maneira alguma para baixo. Ou talvez o sentido tenha começado de cima a baixo e depois mudado para alguma outra coisa. No processo, todas as outras direções se alternaram na cabeça de Jess como uma ilusão óptica em que um cubo oco se transforma num maciço e o espaço entre duas faces se transforma num vaso. Era assustador, mas também uma revelação. Assim como o corpo que ostentava, aquele lugar não era lugar algum.

Ela se lembrou, do nada, de um episódio em sua infância: não um sonho dessa vez, mas uma memória de verdade, caso tal distinção ainda fizesse sentido. Uma aula de natação. Ela viu-se agarrada à escada de metal na lateral da piscina, suas pernas flutuando na água, paralisada de medo por saber que, se ela as esticasse e tentasse tocar o fundo da piscina, não daria pé. Tudo naquele mundo dos sonhos era assim.

Mas, uma vez que você solta a escada, você pode usar as pernas para dar impulso contra a borda. Se por um lado não há como andar no fundo, sempre é possível dar pernadas e braçadas rápidas. E talvez, quem sabe, aprender a nadar.

Os dois foram arrebatados por novas visões e ruídos à medida que caminhavam. E deveriam estar na direção correta, pois algumas das visões e ruídos já pertenciam ao conjunto de imagens que Alex tinha descrito em sua cela. Jess se esquivou de uma mordaça de cachorro que surgiu à sua frente, estalando e escorrendo baba. Uma segunda boca se escancarou por trás e em volta da primeira, fechou-se sobre ela e a engoliu. Então ambas sumiram. Um rosnado estrondoso surgiu instantes depois, ressonando feito um trovão ao longe.

Alex diminuiu o passo e parou, observando a sopa visual ao redor.

Estamos perto?, Jess perguntou.

Não sei.

Mas você disse...

Eu disse que era esse o caminho. E era. Mas ela está se escondendo. O jeito é esperar.

Esperaram. Coisas iam e vinham em meio ao caos, as mesmas coisas várias e várias vezes, muito embora as proporções variassem radicalmente. O céu foi tomado por um punho cerrado acima do qual pairavam os olhos escuros de um homem. O punho foi caindo na direção deles, mas sumiu antes de acertá-los. Então reapareceu diante do rosto de Jess, já encolhido ao tamanho normal. Daquela distância, ela pôde ver que os nós dos dedos estavam sujos de sangue, recém-esfolados. A bocarra do cachorro escancarou as presas repetidas vezes, e o fedor do bafo os atingiu feito uma onda. Jess pôde sentir os dentes chegando cada vez mais perto de seu braço, pôde se sentir ficando sem chão, tão impotente quanto uma marionete, embora nada disso estivesse acontecendo. Ainda se encontrava bem de pé ao lado de Alex. Exatamente no mesmo lugar.

O pior de tudo era seu próprio rosto, regurgitado de um turbilhão randômico de formas e cores ao menos com tanta frequência quanto o homem e o cachorro. Seu olho estava machucado, seu lábio inchado, mas suas feições formavam um semblante malicioso e predatório de tão retorcido, imputando-se o estrago de forma deliberada, como uma ameaça ou alerta.

Em meio a tudo isso um bebê chorou, e a sirene voltou a tocar e continuou tocando até que também soasse como um choro.

Isso é terrível.

Eu disse, Alex retrucou. *Mas isso pode nos ajudar a encontrá-la. Escuta.*

E novamente, *escuta* não foi a palavra que usou ou o que quis dizer. Quis dizer que Jess tinha de prestar atenção com um sexto sentido, um que ela nem sabia possuir. Tão logo ele lhe contou, porém, e ela passou a senti-lo. Uma espécie de tensão, não sonora, mas logo depois do som, como milhares e milhares de unhas rachadas e quebradas arranhando milhares e milhares de lousas.

Era a dor de Passmore que ouviam. As emoções dela transmutadas em ruído branco. E Alex tinha razão: forneceu-lhes um rastro a seguir. Jess deu algumas tentativas de passos, então parou, pois quase que de repente apareceu algo a seu pé em que por pouco não tropeçou.

Ela se ajoelhou para ver melhor e sentiu uma fascinação doentia formigando pelo corpo quando se deu conta do que se tratava.

Um gato. Não um gato de verdade, mas um brinquedo de criança. Parecia ter sido amado até a morte, todo amassado e com a cabeça espichada feito uma bala, como a cabeça de um bebê recém-saída do canal de parto. A pelagem rubro-negra se resumia a alguns tufos dispersos e nada mais: havia grandes buracos despelados na barriga e em uma das pernas dianteiras.

O nome do gato era Cassie. Não tinha sofrido danos ao longo de anos acumulados de maus tratos, mas não teve sorte em uma única e traumática noite em que terminou na máquina de lavar roupa do Hotel Majestic em Eastbourne, recolhido por engano com os lençóis. Até então Cassie costumava ronronar ao ser acariciado do rabo à cabeça. Algo acabou afetando o mecanismo quando foi inundado pela água: o ronronar de Cassie passou a soar como um suspiro de morte.

Jess não tinha certeza de como sabia tudo isso, mas sabia de uma maneira tal que não dava margem para dúvidas.

Vários outros fatos lhe vieram ao conhecimento junto com aquela onda de identificação por osmose. Tratava-se mais do que um mero brinquedo: era um escudo. A derradeira trincheira que Passmore vomitara na cara das lembranças terríveis demais de suportar.

Era exatamente onde Passmore estava. Dentro do gato ou atrás do gato ou espiando de algum canto bem próximo, obsevando Jess ajoelhada ao lado do brinquedinho destruído como se fosse uma paramédica ao lado de um corpo após um acidente de carro.

– Eu não vou te machucar, Hannah – Jess murmurou. Pareceu ser um ponto de partida razoável. Disse mais algumas coisas depois disso. Um monte de coisas. Sobre o cachorro, e o homem com punhos pesados, e sobre o bebê, muito embora jamais tenha chegado a ver o bebê, só escutado o choro. A história contada por Shannon McBride sobre a última tentativa de suicídio foi o suficiente para deixar claro como o bebê tinha vindo a se tornar um elo em meio a toda aquela cadeia de horror e aflição.

O monólogo começou lento e foi ficando cada vez mais moroso. Jess não fazia a menor ideia do que falar. Tentava mudar o jeito como Hannah Passmore se sentia sobre coisas bastante fundamentais, inclusive a si mesma. Provavelmente causava um estrago maior só por estar ali do que quaisquer palavras pudessem compensar.

E de fato não foram as palavras que surtiram efeito. Foi o bebê. À medida que foi falando dele, à medida que foi perguntando a Passmore qual era o nome da criança e por que ela estava chorando, Jess se viu desenhando com as mãos o contorno de um bebê no ar. E bem devagar, em incrementações progressivas e descontínuas, feito água escorrendo em uma bacia, o bebê passou a ocupar o contorno até que Jess o estivesse carregando nos braços. Sabia que não era uma criança de verdade, não mais do que o cachorro ou o homem ou o gato de brinquedo. Não mais do que seu próprio rosto arruinado se projetando na escuridão. Era uma imagem evocada no ponto onde suas palavras se encontraram com as lembranças de Passmore.

Mas era uma imagem poderosa.

As cores na massa revolta ao redor começaram a mudar. Não que estivessem ficando mais claras, mas as variações monótonas de cinza e marrom foram sendo dispersadas por outras cores, e o som da sirene perdeu a limpidez, transformou-se em outro som que Jess não soube discernir: alguém cantarolando uma canção de ninar talvez, ou crianças entoando a tabuada em voz alta, estridente.

Passmore estava parada a sua frente. Enfim, surgindo no próprio sonho. Jess ficou no lugar. As pernas que não lhe pertenciam pareciam trêmulas. Estendeu o bebê e Passmore o pegou. Por um tempo, as duas mulheres se encararam bem nos olhos uma da outra. Moulson nada foi capaz de interpretar naquele olhar, por mais intenso que fosse. Nem sequer tinha certeza se aquilo significava que Passmore podia notar sua presença.

Ei, oi. Eu não estou aqui. Eu sou um sonho. Dentro de outro sonho.

– Precisa trocar a fralda – Passmore disse. Ainda encarava Jess nos olhos, sem olhar para o bebê. Falou pausadamente, enfatizando bem as palavras.

– Deve ser por isso que ele está chorando – Jess concordou.

Passmore não pareceu escutá-la. Deu meia-volta, cantando para o bebê em um tom de voz tão baixo que mal saía da garganta.

O espírito de Alex Beech ficou observando-a se afastar com certo incômodo e reprovação no olhar.

Ela ainda não gosta de você, ele disse após um breve momento de silêncio.

– Eu não preciso que ela goste de mim. Onde está a porta, Alex?

Em tudo aqui, ele respondeu rispidamente, já lhe dando as costas e indo embora. Jess saiu correndo para alcançá-lo. Julgou que ele provavelmente tinha razão, que era possível andar em qualquer direção ali e chegar ao destino pretendido, desde que se soubesse o que fazer. Mas ela não sabia, e a ideia de acabar presa nos pesadelos de Hannah Passmore a deixou aterrorizada.

Enquanto caminhavam juntos de volta através daquela interminável escuridão, tentou aplacar os ânimos de Alex.

– Eu sei que você achou que estivesse me ajudando quando deu o susto na Hannah – disse. – E é maravilhoso que você queira me proteger, Alex, de verdade. Você é o meu único amigo em Fellside. Eu não sei o que eu faria sem você. – Como ele nada respondeu, ela tentou quebrar o silêncio do menino por outra via. – Como você aprendeu a fazer essas coisas? A descobrir os caminhos aqui por esse lugar? Deve ter levado anos.

Não é difícil.

– É difícil para mim. Parece que isso não tem fim.

O espírito sacudiu a cabeça com ênfase. *Nada dura para sempre. Se durasse, então não haveria nada a mais, não é?*

56

Ainda naquela noite, Sylvie Stock caiu no sono sobre sua mesa na enfermaria e sonhou com Moulson, assim como as outras detentas.

Sonhou que via Moulson descendo uma rua de Walton, em Liverpool, distrito onde Stock nascera e vivera até os 19 anos. As duas estavam na Breeze Hill, rua que levava da estrada circular ao hospital Walton. Stock seguia logo atrás de Moulson, com pressa de chegar a algum lugar, mas era obrigada a desacelerar o ritmo, pois Moulson atrapalhava seu caminho. Moulson não parecia notá-la, não apertou o passo, deu passagem ou sequer olhou para trás.

– É difícil para mim – ela disse. Não foi dirigido a Stock, mas foi alto o suficiente para que ela ouvisse. – Parece que isso não tem fim.

Havia alguém andando ao lado de Moulson, e era com quem ela conversava. Essa segunda pessoa não estava lá até que Stock se virasse para vê-lo, mas então foi como se ele estivesse lá o tempo todo. Julgou a princípio se tratar do menino que Moulson tinha matado, mas não era. Era outra pessoa totalmente diferente. Alguém que mantinha o rosto virado, fosse por raiva ou por não querer ser reconhecido. A outra pessoa respondeu, mas tudo o que Stock pôde ouvir foi um resmungo.

Foi o quão perto Moulson chegou dela. O quão perto as duas chegaram.

No sonho, Stock não odiava Moulson e nem tinha medo dela. Simplesmente passaram uma pela outra. Perto o suficiente para trocarem palavras, embora nenhuma das duas tenha dito algo e nem parecido a Stock que Moulson notara sua presença.

Foi uma chance perdida, ela pensou ao acordar. Não uma chance de verdade, óbvio, mas a melancolia de tal pensamento ainda permaneceu consigo por horas a fio, como só a atmosfera de um sonho consegue captar.

57

Grace era vítima do próprio sucesso.

Quase não houve oposição à expansão de seus negócios para a ala Curie, e ela encontrou mais clientes por lá do que jamais imaginaria. Sempre pensou que pessoas com sentenças mais longas, e especialmente em prisão perpétua, estariam mais propensas a recorrer a consolos químicos. O oposto parecia ser o caso. As mulheres de Curie, em média bem mais perto de regressar ao mundo, pareciam ter vínculos mais fortes com o lado químico da força, afora rendimentos mais disponíveis e hábitos mais enraizados.

Hábitos cuja subsistência agora cabia a Grace. O que implicava em maior giro de estoque, o que por sua vez implicava em maior fluxo de caixa.

– Bem, só temos duas maneiras – Devlin lhe disse durante mais uma conferência de cúpula pós-sexo na cela da poderosa chefona. – Ou as mulas começam a transportar um volume maior de cada vez, ou terão que fazer mais viagens.

Grace não desperdiçou seu tempo pensando em tamanho dilema.

– Talvez possamos dar um jeito de encher um pouco mais os pacotes, mas estamos falando de um grama aqui e uma pílula lá. Não tem espaço sobrando, Dennis, simples assim. Você sabe bem o que vai acontecer se uma dessas mulheres aparecer com um volume onde não deveria.

– E quem vai olhar? Se elas ficassem sob vigilância o tempo todo em que estão fora… – Devlin desistiu no meio da frase, lembrando-se de todos os postos de controle que as mulheres teriam de passar até retornar ao bloco. Nem mesmo Grace seria capaz de subornar todos os guardas pelo caminho.

– Então precisamos de mais mulas – Grace resumiu, como se O Diabo nada tivesse dito antes. Acariciou-lhe o peito para suavizar a facada. – Prepare uma lista. De todo mundo que está com recurso em andamento ou em qualquer tipo de tratamento médico. Fale com o Sally para ele autorizar mais saídas para Leeds. Raio X. Consulta. Uma porra dessas qualquer. Ele pode falsificar a papelada toda na hora.

– Tem outra coisa – Devlin disse com o rabo entre as pernas.

– Quê? Não me diga que o Scratchwell voltará a fazer revista surpresa?

– Não, não é isso. É o Kenny Treacher.

Grace já tinha até esquecido de Treacher, mas Devlin fez questão de mostrar que este não era um sentimento mútuo.

– A gente sabia que ele não ficaria bem depois de ser expulso do esquema. Ele ainda está de olho na Dizzy, e continua de papo com a Hassan e a Weeks.

– De papo? – Houve um quê de ameaça no tom de Grace.

– Eu acho que talvez fornecendo.

– Merda! – Grace jogou o cobertor de lado e pulou da cama. Devlin ficou observando-a andar por um tempo. A franca admiração que o sujeito sentia por seu corpo torneado acabou pelo desconforto diante de tanta tensão e nervosismo. Águas turbulentas. – Não dá para deixar passar – ela enfim disse. – Eles estão repassando de novo? Sério?

– Estão sim, um pouco. Não quer voltar para cá? Eu posso esquentar o seu…

– Dennis. Temos que fazer alguma coisa.

Ela o encarou, já esperando mais do mesmo. Que ele fizesse suas objeções meias-bocas, fosse contestado e acabasse por fim admitindo o óbvio.

– É – Devlin concordou já cansado. – Eu sei que temos. Olha, os guardas que eu subornei quando esquematizamos aquela briga ainda estão na jogada. Só vai custar mais porque… bem, porque é o que é. Mas eu me garanto. É só dizer que eu faço acontecer. Pagar um que paga outro que paga mais outro lá adiante. Demora mais, mas não respinga na gente.

Fator crucial, claro. Por ele tudo bem, mais ou menos, pois não seria quem assumiria o risco. Grace voltou para o seu lado, segurou-lhe a cabeça com as duas mãos e o beijou, de forma profunda e duradoura.

– Eu sabia que podia contar com você, Dennis – ela disse. – Ninguém me entende como você. Faça tudo direito, tudo bem?

E assim foi. Custou caro, mas Devlin se certificou de que Grace tivesse um bom retorno. Dois dias depois dessa conversa, Hassan e Weeks escorregaram durante o banho e continuaram escorregando sempre que se levantavam outra vez. Hassan foi hospitalizada com uma clavícula quebrada. Dominica Weeks não teve tanta sorte. Era um banheiro bem escorregadio.

A notícia de sua morte foi um balde de água fria para Devlin. Pensou ter encomendado uma surra, só não contava com assassinato.

– O que isso importa? – Grace lhe perguntou. – O serviço foi feito, não foi? Até parece que foi a primeira vez, Dennis.

Devlin sabia ao que ela estava se referindo, e sacudiu a cabeça.

– Com a Suresh foi diferente. Tudo o que eu fiz foi deixar o caminho limpo daquela vez, não repassei nenhum dinheiro. Deus do céu, Grace, a Weeks está morta. Vão investigar.

– O seu nome não chegará perto desse rolo – Grace prometeu. – Vai morrer em Curie.

E assim aconteceu, cedo ou tarde. Detetives e policiais uniformizados apareceram no bloco por uns dias, retornando sempre à cena do crime e colhendo informações. Mas o problema de Grace acabou sendo uma condenada à prisão perpétua chamada Stephie Monk, cujas condições (cinco mil em notas usadas para sua filha Agnes em troca de uma confissão completa e circunstancial) foram bastante razoáveis. A investigação durou surpreendentes três dias.

Embora não tenha terminado assim. Não de todo. Algumas semanas depois, Devlin começou a escutar histórias sobre sujeitos estranhos e suspeitos dando as caras no Pot of Gold, um pub no final da estrada longa que cruzava a colina até a vila de Ireby. Vários dos guardas bebiam lá no fim do turno, em especial os carcereiros. Supervisores e superiores preferiam o Mason Arms em Wigton ou o Sun Inn em Keswick.

Os estranhos eram animados e gastavam bastante. Bancavam rodadas com prazer aos guardas de Fellside, e com prazer ainda maior ouviam as histórias sobre o quanto aquele trabalho de merda era rigoroso. Além disso, estavam dispostos a pagar uma bela quantia por um nome: o nome da mula de Harriet Grace.

Quando isso lhe chegou aos ouvidos, Devlin levou a Grace de imediato. Mas Grace não se preocupou.

– Isso é coisa do Treacher – Devil lhe disse. – Algum comparsa do Treacher no meio. Ele ainda está atrás da gente.

– Óbvio que é coisa do Treacher – Grace concordou. – Ele morria de tesão pela Dominica Weeks e está levando a morte dela para o lado pessoal.

Só que agora ele não tem mais ponto de apoio aqui. A Hassan e a Weeks estão fora de cena e ninguém mais traficará para ele depois do que aconteceu. Ele quer dar o troco na gente, mas nem sabe o que está procurando. Ele acha que temos uma mula trazendo os carregamentos para cá. Vamos deixá-lo pensando errado.

Devlin estava menos confiante. Entendeu o ponto de vista de Grace quanto à descentralização maciça da rede. Era uma jogada bem esperta. Mas, na opinião dele, o problema de um sistema em que todo mundo sabe uma coisinha de nada sobre a coisa toda é que há uma quantidade absurda de pessoas com alguma pista de como essa coisa toda funciona. Treacher ainda tateava no escuro, mas não precisaria pescar tantos pedaços de conversa até atingir a iluminação.

– E aí o quê? – Grace zombou. – Não é como se tivéssemos horário ou ponto fixo de entrega, Dennis. Bem, até que tem aqui. Lá fora, o jeito é alternar, e a nossa programação depende de quem vai sair e quando. Mesmo que o Treacher saiba como funciona o esquema, não vai poder fazer nada para impedir. Não, a menos que ele mande seu pessoal acampar no tribunal, no Leeds General e na porra do departamento de condicional.

O que até certo ponto era verdade. Mas Devlin sentia saudade dos velhos tempos em que tudo se limitava ao bloco G. No bloco G, ele era como Deus, e Grace era como a irmã malvada de Deus.

Podia avistar problemas pela frente e sabia ser incapaz de evitá-los. Não havia como desviar ou contorná-los, como a sensação de uma tempestade iminente. Grace poderia até contra-argumentar que o melhor seria fechar as escotilhas e esperar até que tudo tivesse passado, mas não alimentaria essa ideia nem por um segundo.

– Ainda estamos nos estabelecendo – ela disse. – Ainda arquitetando o negócio. Se fecharmos a loja agora, nunca mais a abriremos de novo.

Lá se foi a voz da razão. Devlin se perguntou se deveria insistir, dizer-lhe que as coisas seriam assim e pronto, mas não poderia tomar para si o compromisso de um plano de ação tão irrefletido. Parte dele sabia que nunca teria Grace sob seu chicote, ainda mais se fizesse um movimento brusco na direção do chicote.

E assim nada fez, tentando não pensar no que os aguardava no futuro.

58

Paul Levine quis dar uma de detetive sem o menor sucesso.

Começou relendo os arquivos do julgamento inicial de Jess Moulson do início ao fim. Incluindo um conjunto bastante detalhado de anotações sobre o histórico de Alex Beech, as quais declaravam explicitamente a completa ausência de irmãos, meios-irmãos e primos de qualquer grau de consanguinidade.

Em seguida, vasculhou duas caixas cheias com todos os depoimentos das testemunhas convocadas pela defesa que não tinham sido utilizados no julgamento de Moulson. Estava apenas reproduzindo os esforços da própria Moulson, mas já era um ponto de partida. Não havia menção alguma em nenhum desses documentos ou nas anotações de Brian Pritchard a respeito de alguma amiga ou parente que tivesse nutrido uma relação particularmente intensa com Alex Beech, positiva ou negativa.

O que lhe custou metade de um dia, muito embora reconhecidamente nem todo esse tempo tenha sido consagrado à leitura dos depoimentos. A dada altura, Paul encontrou a pasta contendo as provas fotográficas, muitas das quais relacionadas às queimaduras de Moulson e Street. Não estava sendo libidinoso, ou tentou se convencer de que não, mas viu-se atraído por aquelas imagens. Não conseguia evitar. As fotografias do rosto de Moulson antes e durante a reconstrução cirúrgica o deixaram fascinado e comovido. As fotos de Street, por sua vez, não apenas lhe causaram indiferença como também e sobretudo repulsa. Não sabia ao certo por quê. Porque Street não era Moulson, provavelmente.

Embora algo mais martelasse em sua cabeça além de alusões meramente pessoais. Algo nas imagens o abalava, afetando suas percepções de um jeito diferente. Seguiu vasculhando, revirando a pilha inteira ao menos três ou quatro vezes. Ao olhar de relance para seu relógio, ficou chocado e um tanto espantando com o fato de já ter se passado uma hora. Pôs as fotos de lado e voltou ao trabalho. O que quer que estivesse nas fotos, não tinha nada a ver com o pedido de Jess Moulson. Ou se tivesse, seu subconsciente se encarregaria de pensar nisso e, cedo ou tarde, as torradas saltariam por conta própria.

Em seguida, tratou de lidar com os discursos fúnebres da mídia sobre Alex Beech, tarefa das mais desencorajadoras. Mais de mil matérias. A maioria batia na mesma escassez de fatos, no mesmo punhado de citações sensacionalistas, ao que a leitura de Paul ficou mais dinâmica à medida que avançava, embora ainda não passasse de uma montanha de prosa floreada, e, depois de enfim tê-la escalado, sentiu-se enjoado e estarrecido.

Não havia nada lá. O garoto morto era descrito a partir da relação com seus pais, cujo casamento desde então tinha terminado, ou então de seus *hobbies* e interesses: sua franquia favorita de livros ou filmes (*Como treinar o seu dragão*), seu primeiro bicho de estimação (peixe-dourado), um breve flerte com o caratê Shotokan que tinha lhe valido uma faixa laranja, menor grau após a branca.

Paul era capaz de ler nas entrelinhas, ao menos um pouco. Onde estavam os comentários chorosos dos amigos de escola? Os elogios de seus professores? Um ou dois artigos continham fotos de crianças chorando no funeral realizado na escola, mas nada relevante na notícia. Deveria haver dezenas.

Ele ligou para a escola em que Alex estudava, a Planter's Lane, e marcou uma conversa com Alice Munroe, a última professora do menino. Disse-lhe que vinha tentando montar um perfil de Alex a fim de compreendê-lo um pouco melhor. Tentou adiantar o assunto ao máximo, a pedido de Jessica Moulson, e já pelo telefone pôde sentir o balde de água fria que o esperava.

– Eu não vejo como um perfil mais completo do Alex a ajudaria – a sra. Munroe disse. – A menos que o senhor esteja tentando de alguma forma manchar a imagem dele.

– Ele era só uma criança – Paul observou.

– Exatamente o meu ponto.

– Nós nem sonharíamos em atacar uma criança no tribunal.

– Não? Nem mesmo se isso ajudasse a sua cliente?

– Bem, eu não estou dizendo que isso nunca foi feito. Mas, por favor, acredite, não estamos pensando em lançar mão dessa abordagem. Só estamos tentando estabelecer o que aconteceu na noite do incêndio, sem margem a dúvidas.

– Então vocês acham que isso ainda não foi estabelecido?

– O que eu estou querendo saber é se seria possível que mais alguém estivesse lá naquela noite e que ainda não tenha testemunhado. Um amigo do Alex, ou...

– Ou o quê?

Paul decidiu jogar duro. Não era como se tivesse de se preocupar em manter uma boa imagem aos olhos da sra. Munroe.

– Talvez não um amigo. Talvez outra coisa. Alguém que no geral não gostasse muito dele.

– Acho que não estou entendendo o que você quer dizer.

– Bem, o Alex já sofreu bullying alguma vez? Talvez nos primeiros dias aqui na escola? Algumas crianças têm dificuldades em se adaptar, e aí... bem, a senhora sabe. Podem acabar sendo marcadas por outras crianças.

– O Alex se adaptou muito bem, sr. Levine. E nós não temos problemas com bullying aqui. – O tom da professora tinha ficado ainda mais duro e pesado, e isso partindo-se de um parâmetro já duro e pesado por si só.

– Não, eu não estava sugerindo isso. Eu só estou...

– Construindo um perfil.

– Isso. Tentando.

Ele ouviu um ruído como que um suspiro, e esperou. As pessoas normalmente não suspiram antes de desligar.

– Ele não tinha nenhum amigo ou inimigo – ela disse categoricamente, com certa resignação: confessando os próprios pecados, ao menos em parte. – A verdade é que o Alex passava muito tempo sozinho. Eu tentava estimulá-lo, mas ele quase não falava nas aulas. Comigo ou com qualquer pessoa.

– Ele era um garoto solitário?

– Ah, sim. Que maravilha. Por que não? Se for para definir um ser humano morto em uma só palavra, sim, ele era solitário.

– Perdão – Paul disse. – E não. Essa não é minha intenção. Eu só queria mesmo ter uma ideia de como a cabeça do Alex funcionava. Eu só... não encontro nada em nenhum lugar, em nenhum dos depoimentos.

– Não. Bem, eu não estou surpresa. Eu dei aula para ele por um ano e nunca senti que realmente o conhecia. Eu sinto muito.

– De modo algum – disse Paul. – Eu lhe agradeço por ter concordado em falar comigo. E lhe garanto que nada do que a senhora disse irá constar em nenhum relatório ou manifestação nem petição. Se houver algo mais que a senhora possa me repassar, ou outra pessoa que a senhora possa me indicar...

– Bem, tem os boletins escolares. – A sra. Munroe pareceu ressabiada. – Eu posso enviá-los para o senhor. É só que...

– Sim?

– Bem, hoje em dia os alunos são um pouco avaliados a partir de quesitos preestabelecidos nos boletins. Há uma série de perguntas relacionadas a cada aptidão, e escolhemos a mais compatível com o desempenho de determinado aluno. Nada digno de nenhum *insight* surpreendente.

– Mas daria para a senhora me arranjar uma cópia?

– Estão todos armazenados no sistema. Eu posso enviar tudo para o senhor. Não me custaria nada. E me tomaria bem menos tempo do que eu levaria procurando.

– Isso seria ótimo – Paul disse. – Obrigado.

– Eu realmente duvido de que sejam de muita serventia.

Paul também duvidava. Um boletim escolar poderia até dizer algo sobre a personalidade de Alex, mas não sobre amizades ou inimizades. Estava dando murro em prego, e provavelmente desperdiçando o tempo dos dois. Mas Jess contava com ele. Na falta do que fazer, estava disposto a fazer qualquer coisa só para levar-lhe algo como oferenda.

Havia porém outra coisa que tinha prometido fazer, de súbito lhe ocorreu. Tinha dito que tentaria entrar em contato com Brenda Hemington, tia de Jess. Tentou telefonar-lhe umas duas vezes, mas sem sucesso, o que não chegou a ser uma surpresa, já que Jess havia tido os mesmos resultados. Talvez ela estivesse ignorando as chamadas. Decidiu fazer-lhe uma visitinha após o expediente para ver se conseguia encontrá-la em casa.

Brenda morava na Effra Road em Brixton, a apenas três ou quatro quilômetros do apartamento de Paul em Clapham. Trocou de linha em Stockwell e partiu para lá. O céu já começava a ficar escuro quando chegou, mas as luzes não estavam acesas na casa conjugada de estilo georgiano. Paul foi até a porta e tocou a campainha umas dez vezes, reparando na pintura que começava a descascar na base da porta. A caixa de correio estava entupida de circulares. Através de um painel de vidro à direita da porta pôde ver ainda mais correspondências inúteis se acumulando dentro da casa.

Abusando do próprio atrevimento, bateu na porta da casa à esquerda. Então, como ninguém respondia, foi até a casa à direita. Um senhor já idoso abriu na terceira batida. Com os cabelos ralos e bagunçados, era bem possível que Paul o tivesse acordado.

– Sinto muito em incomodá-lo – Paul disse. – Mas eu estou tentando entrar em contato com sua vizinha, a sra. Hemington.

– Senhorita – o velho rebateu do alto de sua já frágil dignidade. – Senhorita Hemington. Você não irá encontrá-la em casa, eu receio. Levaram-na de volta outra vez.

A cabeça de Paul andava tão focada em Moulson que acabou interpretando mal o que o velho quis dizer. Estava prestes a perguntar quais eram as acusações quando percebeu que a tia de Moulson tinha sido levada para o hospital e não em custódia.

Já tinha chegado longe demais para desistir agora no meio do caminho. Jess com certeza gostaria de saber o estado em que a tia se encontrava. Seguiu rumo ao leito 22 da enfermaria no Hospital Lambeth, onde Brenda Hemington então se recuperava da uma terceira cirurgia de fusão espinhal.

Tinha a aparência de um nobre navio naufragado: altiva e inteira, embora pálida feito cera e com olheiras profundas como se não tivesse conseguido tirar toda a maquiagem. Estava fraca e com bastante dor, embora consciente. Paul ficou impressionado com a força de vontade de Brenda. Automedicava-se com morfina a conta-gotas mas nem tocou no dosador durante todo o tempo em que ele permaneceu lá: assim que se anunciou como o emissário de Jess, ela tratou de manter-se acordada e relativamente esperta.

Tinha recebido a carta de Jess no dia em que foi levada para o hospital, e andava escrevendo uma resposta quando suas costas travaram. Teve de sair rastejando pelo chão até o telefone a fim de ligar para a emergência, e lá continuou de quatro pelos trinta minutos bizarros que a ambulância levou para chegar. Ficou com medo de se mexer, pois a dor era por demais intensa.

– Eu quero... – ela sussurrou a Paul. – Eu preciso falar com ela. Eu posso falar com ela?

– A senhorita tem celular? – Paul perguntou. – Se não, eu posso lhe arrumar um descartável. Ela é quem vai ter que ligar, obviamente. Não há maneira alguma dela receber ligações. Na verdade, ela tem que ficar em uma fila por...

– Eu quis dizer cara a cara – Brenda murmurou. – Ela pode vir aqui? Salvo-conduto, ou algo parecido? Pelo fato de eu estar doente?

– Para ser honesto, eu duvido – Paul reconheceu. – Mas podemos perguntar.

Brenda fez uma careta.

– Quanto tempo irá demorar?

– Dias. Semanas. Difícil dizer.

Ela assentiu.

– Tudo bem. Pelo celular, então. Obrigada, sr. Levine. O senhor é muito gentil.

– Nada que eu não faria por qualquer outro cliente – Paul disse. O que por pouco não foi uma mentira descarada que o fez até corar.

O e-mail de Alice Munroe lhe aguardava em sua caixa de entrada na manhã seguinte. Paul abriu os arquivos e leu tudo com olhos gradualmente mais vidrados. O material era tão desinteressante quanto ela tinha sugerido, cheio de generalizações sobre competências essenciais e metas pessoais. O tipo de teia formada basicamente por buracos.

Paul leu cada palavra até o último ponto daqueles relatórios e nada encontrou de relevante ou útil. Como todas as provas documentais, era só mais um bicho de sete cabeças sem futuro. O que mais então lhe restava?

O que lhe sobrou foi checar a gravação do circuito fechado, que poderia eventualmente mostrar alguém entrando ou saindo do bloco mais cedo naquele dia.

As imagens vinham de uma câmera da prefeitura a cerca de 50 metros de Orchard Court, onde Moulson tinha vivido, instalada para monitorar o corredor de ônibus. A acusação tinha anexado a gravação como prova, pois corroborava o depoimento de Street sobre os passos dos dois na noite do incêndio. Ele saindo do apartamento às 18 horas. Retornando duas horas depois já com a droga recém-descolada no pub Hay Wain com um conhecido. O incêndio começando. A ligação para os bombeiros, feita por ele da calçada em frente ao prédio. Estava tudo lá, e contava uma história bastante simples.

Paul assistiu à gravação em uma janela minúscula em seu computador. Granulada em preto e branco, com o tempo de execução estampado no canto inferior direito. A resolução era tão horrível que ampliar a janela só faria a imagem ficar ainda mais distorcida em uma selva de ruídos. O primeiro momento registrado de relevância se deu às 22:54:33, quando o fogo se tornou visível na janela que correspondia à sala de estar de Jess Moulson. Foi por onde Paul começou, ainda que pulando para trás e para a frente entre os pontos marcantes. A espetacular coluna de fogo que subiu ao céu dos fundos do prédio quando as janelas do quarto explodiram. John Street saindo com pressa pela porta da frente do prédio (às 23:00:58) com os braços rentes ao corpo, mas os antebraços na horizontal, apontados para a frente, mãos bem abertas e chamuscadas. Street tentando fazer uma chamada de emergência equilibrando o celular na dobra do cotovelo, apertando botão após botão em um desespero entrecortado.

Era hipnótico. As chamas nas janelas acima do sujeito ferido ardiam com um brilho tão intenso que ligeiras manchas negras apareciam nos pontos que a resolução da câmera já não mais conseguia capturar. Quase pareciam rostos pressionados contra um vidro.

Paul assistiu à mesma sequência quatro vezes, fascinado. Ninguém além do próprio Street entrou ou saiu do prédio naquele intervalo de tempo, então passou a vasculhar o que havia antes e depois.

Ainda sem chegadas nem partidas, porém, em um determinado momento, enquanto repassava as sequências quase que aleatoriamente, sua atenção foi atraída por um clarão que parecia surgir do nada. O contador marcava 22:47:13, e tudo não durava mais do que meio segundo. Foi em uma das janelas do andar de Moulson, mas não da sala. E tanto as janelas da cozinha quanto as do quarto ficavam nos fundos do imóvel. Paul calculou por alto e se deu conta de que a janela se localizava bem acima da porta de entrada do prédio. Devia dar para as escadas.

Então o que foi aquele clarão? Cedo demais para ser John Street evacuando o apartamento. Segundo o testemunho do próprio, nem tinha acordado ainda. Paul refletiu por um ou dois instantes. Era fácil ampliar a imagem, mas estava tão granulada e pixelada que, quanto mais aproximava, menos dava para ver.

Tentou mesmo assim, e viu... alguma coisa. Algo que embaralhava ainda mais a situação. O tal lampejo destoante não vinha do lado da escada onde ficava o apartamento de Moulson: vinha do lado oposto. Um apartamento desocupado, de acordo com os autos do primeiro julgamento. Não havia razão para que alguém estivesse lá.

Paul retornou à caixa que continha as fotos. Havia dezenas de imagens internas e externas do edifício, já depois do incêndio, e algumas poucas anteriores obtidas com maior dificuldade para fins de comparação. Uma dessas fotos "de antes" exibia o patamar logo na entrada do apartamento de Moulson e fundamentava o que ele estava percebendo. Só não respondia uma questão mais ampla: os motivos pelos quais estava percebendo aquilo.

O envelope que continha as fotos dos ferimentos se encontrava bem a sua frente. E ele lá pensando em esquisitices, anomalias, coisas que aconteciam no lugar errado e na hora errada. Dessa vez se concedeu total permissão: tirou seu velho fetiche da coleira. Espalhou as fotos diante de si e as analisou por vários minutos, questionando-as em vez de simplesmente entorná-las. Um fraco por feridas não era como um fraco por neve. Não havia comunhão mística alguma acontecendo ali. Mas Paul era uma espécie de *expert* nas coisas possíveis de se fazer contra a própria carne e nos resultados com isso almejados.

Dessa vez ele viu.

– Meu Deus do céu – ele sussurrou.

Retornou à gravação do circuito fechado e reassistiu à sequência a partir das 22:50 mais ou menos até um pouco depois das 11, parando e voltando e recomeçando várias e várias vezes. Encontrava-se tão absorto que nem notou a estagiária, Susannah Sackville-West, até que ela passasse o braço por ele e desligasse o monitor.

– Ei! – Paul protestou.

– Desculpe – Susannah disse indiferente. – Mas você não estava escutando. O Pritchard quer te ver.

– Eu estou trabalhando!

– Não, não está, Paul. É por isso que ele quer te ver. Ele disse que você deveria estar trabalhando nos documentos do julgamento do Bowker e ele não tem visto nem um fio de cabelo seu. – Ela estava com um ligeiro sorriso de escárnio no rosto. Era ele o advogado contratado; ela estava só trabalhando de graça a fim de, gradual, dolorosa e inevitavelmente, obter experiência o suficiente para quem sabe um dia ser promovida a uma posição remunerada. Nada contra Levine além de achá-lo um pouco sinistro, mas, caso ele caísse, ela bem seria capaz (sem maiores ressentimentos) de sair andando sobre o corpo prostrado no chão direto para o cargo do moço.

Paul estava quase certo de que isso não aconteceria. Contudo, receando um severo e constrangedor pé na bunda, foi ao encontro do chefe para dizer-lhe que, a título de mitigação, tinha desvendado o caso da Assassina dos Infernos.

Pritchard não se encontrava no escritório. Estava em uma das salas de reunião, dando voltas em torno da mesa onde pilhas e mais pilhas de documentos referentes a um caso completamente diferente (Crown contra Liam Bowker) vinham sendo montadas criando um labirinto tridimensional de verdades e mentiras. Ou quadridimensional até, uma vez que o percurso feito por Pritchard ao caminhar de um lado para outro era sequencial, acrescentando aí o fator temporal ao tempo em que decidia qual seria a melhor estratégia de defesa. Parecia um monge no mosteiro, circundando incessantemente o mesmo espaço e encontrando diferentes aspectos sobre os quais refletir a cada nova volta completada.

– Você está trabalhando no caso Moulson – ele disse sem sequer olhar para Paul ao entrar.

– Estou sim, senhor – Paul admitiu.

– Bowker primeiro. Depois Attalie-Ziscou. Só então Moulson. Seu calendário está atrapalhado, Paul?

– Não, senhor, mas eu... eu acho que posso ter encontrado algo.

Começar com o pé direito: oferecer o resultado como se o resultado justificasse o processo. Porque talvez fosse justo o caso.

– Encontrado algo? – Pritchard parecia distraído, correndo os olhos pelas várias pilhas de papéis em volta. Os fatos do caso Crown contra Bowker, na medida em que era possível considerá-los como tais. – Como o quê, exatamente?

– Como um suspeito – Paul disse.

O truque funcionou. Crown e Bowker foram deixados de lado para conversarem em particular por um tempo.

Havia uma anomalia enorme, gritante, evidenciada pela tal prova, Paul disse ao chefe com uma eloquência irrequieta, frenética. Uma verdadeira bola de demolição contra os argumentos da acusação. A situação de Jess Moulson tinha simplesmente passado de uma bola de neve no inferno para um porco no chiqueiro. Não, na merda. Ainda estava na merda. Mas com chances reais de ser tirada de lá.

Acabou convencendo Pritchard por meio das imagens do circuito fechado, pausando ao chegar à grande pista ignorada por todos, tão óbvia que bem poderia ostentar os dizeres PUTA PISTA DO CARALHO em amarelo neon.

Em seguida esparramou as fotos dos ferimentos sobre a mesa e apontou para a mais estranha de todas.

– Muitíssimo bem, Paul – Pritchard reconheceu quando Paul enfim baixou a bola. – Você me deu algo com o que trabalhar. Algo e tanto, a bem da verdade. Possível até que o suficiente. Ainda assim, Bowker em primeiro lugar. Isso se mantém.

Fez sinal para que Paul retornasse à sua mesa, o que bem poderia ter sido considerado como um gesto de desdém. Mas Paul estava cantando por dentro. Os parcos elogios de Pritchard diziam muita coisa. Ainda mais importante: tinha se prestado a ser o fiel depositário das últimas esperanças de Jess e não a decepcionou.

Quando o fogo responsável por destruir o rosto de Moulson enfim decidiu se pronunciar, pronunciou-se a ele.

59

O Diabo chegou a ficar desconfiado na presença do dr. Salazar por um tempo após o incidente com ecstasy. Estava ciente de que tinha exagerado naquela noite, e já não se sentia tão bem em relação a isso quanto costumava se sentir antes. Não queria pedir desculpas a Sally, óbvio. Só queria que a coisa toda passasse logo e sem maiores comentários.

Acenando bandeira branca ao alertar Sally sobre Treacher, procurou ter um pouco mais de tato para lidar com a situação. Fez parecer que estava preocupado com a segurança de Sally e não apenas querendo que o médico mantivesse a cabeça no lugar e não ferrasse tudo. Embora a mensagem nas entrelinhas ainda fosse bastante clara.

– Se alguém perguntar alguma coisa sobre a Grace ou sobre drogas ou Curie, capriche na cara de quem não sabe de nada. Não perca tempo com mentiras. Só dê um jeito de ir para um lugar seguro e ficar quietinho lá.

Dr. Salazar ponderou que, uma vez sendo ele quem tecnicamente transportava as drogas para dentro de Curie, ao menos na última etapa do percurso, não lhe parecia provável que caísse na tentação de responder alguma daquelas perguntas. Mas de todo modo ninguém tinha perguntado nada.

– Quem perguntaria isso, aliás? Não tem ninguém em Fellside que...

– Porra! – Devlin disparou. – Eu já te disse. Essas pessoas não são como as detentas. São as pessoas que forneciam em Curie antes da gente entrar. Eles ficam rodeando o Pot of Gold tentando entender a operação da Grace.

Sally só bebia em casa. Vinhos tintos da prateleira mais barata do supermercado, duas noites para terminar uma garrafa. Surpresa nenhuma que tenha deixado isso tudo passar batido.

– E eles simplesmente vão e chegam assim nas pessoas...?

– Sally, você vai reconhecer os caras quando os vir, merda – Devlin retrucou. – Eles vão se oferecer para pagar uma bebida. Depois vão ficar falando sobre coisas aleatórias de drogas e prisão, e vão querer convencê-lo a contar que a ideia foi sua. Já aviso que não quero você envolvido nisso. Faz pra mim que entendeu.

Salazar fez que sim.

Os pensamentos do médico estavam em outro lugar, como Devlin bem tinha notado. Passavam longe do tema "tráfico de entorpecentes": refletia sobre assassinato. Tinha começado a delinear um plano para matar Devlin tão logo o barato involuntário do ecstasy passou. Ao fim do primeiro dia, já tinha identificado o método mais simples, feito uma análise de risco, custeado a operação e a descartado como impossível. E vinha fazendo a mesma coisa todos os dias desde então: simplesmente não conseguia tirar a ideia da cabeça.

A maneira mais óbvia de fazer o serviço era com veneno. O vício de Devlin em petidina vinha a calhar providenciando um sistema de entrega perfeito, e o médico tinha acesso aos mais variados tipos de coisas que, na dosagem certa, eram letais. Seria quase fácil demais.

Considerando os riscos, não havia nenhum de fato incontornável. As únicas pessoas cientes de que ele vinha alimentando o vício de Devlin eram ele e o próprio Devlin. E Devlin não entregaria a informação de bandeja, mesmo morrendo, a não ser que desconfiasse do que estava acontecendo. O importante era escolher um veneno que não demorasse muito a surtir efeito de modo a reduzir as chances de um solilóquio ao leito de morte.

Sally poderia se valer de seu próprio estoque contanto que não usasse a embalagem original: a caixa teria o número do lote que a levaria de volta direto a ele. Mas isso não era problema, uma vez que Devlin invariavelmente jogava as caixas fora antes de deixar a enfermaria, deixando os comprimidinhos brancos seguramente anônimos na possibilidade de uma revista casual.

Três simples etapas seriam o suficiente. Primeira: puxar com cuidado o alumínio da cartela, tirar os comprimidos de petidina, substituí-los por outros adulterados. Cianeto de potássio seria a maneira mais rápida, embora um tanto mais difícil de ser obtido sem que Sally deixasse rastros. Bem melhor seria *Conium maculatum*. Cicuta. Havia uma moita crescendo à vista de todos nos jardins horticulturais de Cholt Hey. Uma dúzia de folhas, maceradas e fervidas e secas e pulverizadas, seria mais do que o suficiente. Colapso respiratório total em alguns minutos no máximo caso ele consiga se concentrar bem. Devlin julgaria estar com algo preso na garganta até o preciso momento em que a paralisia entrasse em ação.

Segunda: substituir o alumínio. E, então, a terceira, remover suas impressões digitais de todo e qualquer centímetro do lacre de alumínio e da cartela de plástico. Teria de fazer alguns poucos corres para conseguir o remédio, mas tinha feito um pedido em uma farmácia on-line e estava certo de que poderia fazer o plano funcionar.

Estava igualmente certo de que jamais conseguiria. Esse passo a passo dos mais aprazíveis pela parte logística da coisa toda o fez perceber estar se esquecendo de uma peça da qual ainda não tinha dado falta. Simplesmente carecia de um instinto assassino. Até mesmo encarnar o papel de assassino como mera fantasia o deixava indisposto. Jamais teria coragem de fazer nada daquilo na vida real.

Resolveu testar-se, só para garantir. Imaginou-se matando Devlin cara a cara, valendo-se de todo e qualquer método que lhe vinha à mente. Revólver. Faca. Martelo. Estrangulação. Granada de mão. Mesmo no teatrinho idealizado em sua cabeça, não conseguia ir até o fim. Simplesmente não era capaz. Havia um buraco onde sua sede de vingança deveria se encontrar. Odiava Devlin o bastante para matá-lo uma centena de vezes, mas parecia que o primeiro passo seria sempre em terreno íngreme demais para ele.

Qual opção lhe restava, então?

Poderia procurar o diretor com as informações que detinha. Mas já tinha guardado seus ovos naquela cesta antes e o fundo da cesta acabou se rompendo. Não havia nada a esperar da parte do diretor senão um desastre.

Procurar os jornais? A revista *Panorama*? A rede mundial de computadores? Mas com o que em mãos? Tudo o que possuía era sua palavra e nada mais. E não teria isso por muito tempo, pois Devlin ou Harriet Grace o mataria com certeza absoluta tão logo ele abrisse a boca.

O médico saiu em disparada feito um rato em uma corrida pela pequena roldana de sua mente engaiolada até considerar a possibilidade de estar enlouquecendo. Todo seu ódio estava concentrado em Devlin. Nem se ressentia tanto assim com Grace. Criminosos cometendo crimes? Novidade nenhuma. Com Devlin era diferente. Devlin deveria manter a ordem em Fellside e, em vez disso, era um vetor da maldade e do caos. Devlin o controlava e o humilhava e o aterrorizava todo santo dia. Sally já não aguentava mais conviver com isso.

Só parecia não haver maneira de acabar com Devlin sem se deixar conduzir à autoimolação. E Sally não alimentava maiores ilusões quanto a sua coragem ou sua fibra moral. Não mais. Tinha provado várias e várias vezes a si mesmo não possuir a menor vocação para guerra nem martírio. Então o que precisava era de um jeito de atacar Devlin pelas sombras e jamais ser pego.

Algo que tinha de sobra era dinheiro. Cada entrega feita lhe rendia um envelope cheio de notas encardidas, amassadas, não sequenciais, sobre as quais Devlin tinha alertado que nunca deveria levá-las ao banco. Os vícios de Sally eram baratos, quentinhas de comida indiana e boxes de DVDs, portanto a pilha de dinheiro só aumentava em uma gaveta da cozinha que já vinha ficando difícil de abrir.

Sally investiu parte do dinheiro num *gadget* bastante caro, top de linha e que se autodenominava Spycam Super-Pro. Era mais ou menos do tamanho de seu polegar, porém miraculosamente capaz de gravar um vídeo com som de alta qualidade. O receptor era bem maior apesar de passar a impressão de ser um tanto inócuo, uma caixa preta e achatada que bem poderia conter um jogo de soquetes ou um conjunto de facas de cozinha. O alcance do sinal era intenso o bastante para que o aparelho ficasse no carro de Sally sendo alimentado por meio do acendedor de cigarros de 12V ao tempo em que a câmera se encontraria na enfermaria sob uma fotografia emoldurada de Sharne Fell. Um dia de gravação ocupava cerca de cinco por cento do espaço do HD do receptor.

Uma vez instalada, Sally teve o maior prazer em induzir Devlin a dizer coisas incriminatórias sobre o tal empreendimento conjunto em frente à câmera. Fazia perguntas sugestivas sobre Grace, sobre a carteira de clientes em expansão na ala Curie, sobre o calendário das entregas. Devlin geralmente lhe dizia para cuidar da própria vida, embora mesmo evasivas como essa deixassem claro o que os dois andavam fazendo. E, uma vez ou outra, O Diabo engatava um discurso ligeiramente mais prolongado, basicamente motivado pela vontade de colocar Sally em seu devido lugar: ocasiões em que sobravam detalhes circunstanciais.

Toda noite Sally examinava a gravação do dia, meticulosamente extraía, nomeava e salvava os arquivos que queria manter, transferia tudo para seu computador pessoal e apagava o resto. Vinha montando um arquivo dos mais impressionantes. Embora nunca conseguisse fazer com que Devlin falasse algo sobre a outra face da operação de Grace: como as drogas entravam na prisão e quem as transportava. Tentava jogar iscas sob a forma de afirmações genéricas, pensando em voz alta sobre a logística das entregas e recebimentos, mas Devlin simplesmente o ignorava.

Tudo muito sem pé nem cabeça, em todo caso. Sally não tinha a menor ideia do que faria com nada daquilo. Deixar para alguém em seu testamento, talvez. Mesmo uma vingança que ele não estaria por perto para testemunhar já lhe traria algum conforto. Enquanto isso, porém, retirava forças do fato de saber possuir uma carta na manga do inteiro desconhecimento d'O Diabo.

Duas cartas na verdade.

– Eu vou voltar para Portugal – DiMarta lhe disse certa noite em que assinavam o ponto de saída juntos. – Eu vou entregar o meu aviso prévio amanhã. Mas eu queria que você soubesse primeiro.

– Sua mãe? – Sally chutou.

Patience fez que sim.

– Ela está vendo que é bem mais complicado se locomover do que imaginava. E há uma vaga no Dona Estefania. Trabalho em turno, como aqui. Eu acho que pode dar certo.

– Eu vou sentir sua falta – Sally disse com toda sinceridade. – Mas o seu lugar é do lado dela. Sem sombra de dúvida.

60

Jess ficou desolada ao tomar conhecimento da recaída de Brenda. E encantada quando Paul lhe repassou o novo número da tia. E ficou mal de novo quando ele lhe contou que não tinha sido capaz de ajudá-la muito.

– Diretamente, quero dizer. Com as suas próprias... investigações.

Sabia estar soando evasivo. Não podia fazer nada a respeito: estava se esquivando dela. À espera de perguntas precipitadas, ergueu a caixa de papelão do colo e a empurrou pela mesa. Setecentas páginas de documentos, liberadas da quarentena por meio da magia do privilégio advogado-cliente.

– Eu quero que você fique com isso – ele lhe disse. – É tudo o que eu consegui encontrar sobre o caso que já não estava na caixa de evidências. Há artigos de jornais, nossas anotações particulares, mais uns pedaços soltos que eu fui juntando pelo caminho. Eu reli tudo isso pelo menos uma vez, mas talvez você note algo que me tenha escapado.

Jess estava desconsolada.

– Mas eu preciso que você continue trabalhando nisso – ela disse. – É relevante para o meu recurso. Eu já te disse que...

– Nós vamos assumir uma nova postura nesse recurso, Jess.

– Que postura? Diga para mim.

Ah, claro, eu até diria se pudesse, Paul pensou taciturno. Não fazia nem 24 horas desde que tinha se sentado com seus associados em uma das salas de reuniões e tentado argumentar no sentido de deixá-la a par do segredo. Uma voz solitária.

– A essa altura eu prefiro que não – Brian Pritchard tinha lhe dito. – Ainda estamos analisando a sua descoberta, e precisamos ter a mais absoluta certeza dos nossos fatos antes de finalizarmos nossa estratégia.

O que ele quis dizer foi: deixe-a fora da jogada. Paul sabia disso, e sabia por quê. A maioria das evidências que levaram à condenação de Jess tinha saído de sua própria boca, e na reta final do julgamento ainda chegou a querer mudar de ideia e se declarar culpada, contrariando o conselho de seu advogado. Seguida por uma greve de fome.

– Síndrome de mártir – Pritchard assim definiu. Encarava Jess como uma metralhadora giratória que poderia facilmente sabotar a própria apelação, tanto de maneira intencional quanto por acidente. E apesar de ser direito seu fazer uma coisa dessas, os associados como um todo preferiam ganhar os casos mais suscetíveis a uma derrota.

Portanto, Paul lá se encontrava para recapitular um ou dois pontos relevantes do testemunho de Jess, e para entregar-lhe a caixa como um prêmio de consolação. Mas com o *timing* atrasado, a segunda parte da agenda acabou naufragando a primeira. Sentia-se por demais ansioso, como de costume, para mostrar-lhe que podia contar com ele. Jess abriu a caixa e começou a vasculhar o conteúdo, parecendo estar muito mais interessada no passado de Alex Beech do que em seu próprio futuro.

O qual, quando se parava para pensar no assunto, comprovava consideravelmente o ponto de Pritchard.

– Será que eu poderia te pedir para ler isso de novo? – Paul disse, estendendo-lhe um documento e o segurando bem na cara de Jess até que ela o examinasse.

– O que é isso? – Moulson perguntou.

– Parte da transcrição do seu primeiro julgamento. O testemunho do John Street sobre a noite do incêndio. Será que você poderia lê-lo e me dizer se há algo aí de que você discorda?

Moulson leu o documento rápida e distraidamente.

– Não – ela disse. – Está tudo correto.

– Os horários? A sequência dos fatos? Está tudo correto?

– Sim, eu acho que está sim. Eu já não confirmei isso?

– Sim, sim, confirmou sim. Mas queremos ter certeza de que nada tenha passado em branco. Por favor, Jess, leia com cuidado.

Ela fez o melhor que pôde, passeando os olhos pelas páginas, com boa parte dos pensamentos totalmente em outro lugar.

– Parece que está tudo certo – ela lhe disse.

– OK. Só mais um agora.

Entregou-lhe um segundo maço de papéis: mais transcrições, dessa vez de seu próprio testemunho. Moulson lhe lançou um olhar amargurado quando se deu conta do que se tratava.

– Eu não vou lembrar das coisas agora melhor do que eu já lembrei antes, Paul. E se eu chegar a me contradizer, pode apostar que vão ficar com a versão original.

Paul deu de ombros.

– Eu só estou pedindo que você leia e me diga se é assim que você ainda se recorda dos fatos.

Por um instante, o advogado pensou que ela fosse se insurgir até contra isso. Jess ainda abriu a boca para dizer algo, mas logo desistiu. Franzindo a testa, leu os documentos. Prestou bem mais atenção ao próprio testemunho do que tinha dispensado ao relato de Street. Foi lendo linha por linha. Depois entregou o arquivo de volta a Paul.

– Sim – foi tudo o que ela disse.

– Os horários. A sequência dos fatos.

– Sim. É assim que está na minha cabeça.

– Vocês dois se injetaram às oito em ponto? Você e o John Street?

– Sim. Ou um pouco mais tarde, talvez. O John saiu e comprou a droga. Nós injetamos assim que ele voltou.

– Você não mencionou se ele foi o primeiro a usar ou o segundo.

Moulson pensou por um tempo antes de responder.

– Eu fui a primeira.

– Porque você pediu, ou por nenhum motivo em especial?

Nova pausa.

– Porque era o John quem estava responsável pela seringa.

– Isso foi algo de comum acordo entre vocês dois?

– Não era sempre que a gente...

– Certo, então foi só um pretexto? Uma coisa natural?

Jess confirmou com a cabeça.

Paul ainda fez algumas poucas perguntas sobre suas lembranças do incêndio, mas nem sequer tocou no nome de Alex Beech. Tinha receio de provocá-la justo agora que precisava ir embora. Permaneceu em um silêncio dos mais disciplinados enquanto juntava as anotações, fechou o laptop, guardou tudo de volta na pasta. Foi caminhando até a porta mas, ao levar a mão à maçaneta, a tentação se tornou forte demais para resistir. Deu meia--volta já quase saindo e a encarou.

– O que você faria – ele lhe perguntou – se ganhássemos a apelação? Para onde você iria?

Jess ficou parada, só olhando.

– Decisões, decisões – ela disse após alguns instantes, tentando soar engraçada.

– Sério, Jess, você tem algum lugar para ficar?

– Sério? – Quase metade de sua boca foi repuxada e estremeceu algumas vezes. Pela primeira vez ele não soube dizer qual emoção ela tentava expressar. – Eu acho que eu teria que ficar em um hotel em algum canto. E depois ser jogada de volta aqui por causa das dívidas. Suponho que eu vou dar um jeito de resolver isso quando for a hora.

– Quando for a hora – Paul retrucou – você pode ficar comigo. Se assim você quiser.

Paul fechou a porta antes que ela tivesse a oportunidade de contestar.

Ao deixar a prisão, eram tantas as sensações contraditórias que reviravam seu estômago que Paul chegou a pensar na possibilidade de estar doente. Ainda se sentia exultante por conta das evidências encontradas no circuito fechado. Justo o que tinha lhe dado a confiança necessária para dizer o que tinha dito a ela. Mas dizê-lo o deixou apavorado. Tinha se exposto de maneira tão descarada! E então veio a culpa. Tinha prometido a ela que tentaria descobrir algo sobre as amizades de Alex, e vinha fazendo tudo a seu alcance, mas nesse ponto, devido ao que tinha descoberto, foi obrigado a deixá-la na mão. Iria salvá-la, mas desapontá-la ainda lhe partia o coração.

61

Jess foi da sala de conversa direto para a fila do telefone, onde fez vigília com a caixa de documentos em mãos. Ninguém atendia no celular de tia Brenda e, ao cair na mensagem de voz, cobraram-lhe 60 centavos pela ligação. Entrou na fila de novo, não conseguiu de novo e perdeu uma nova fatia de seus trocados cada vez mais escassos. Ela desistiu e resolveu que talvez tivesse melhor sorte se tentasse novamente mais tarde. Com a ligação a 60 centavos, só disporia de três tentativas por dia.

Levou a caixa de volta para sua cela, a qual já se encontrava cheia de caixas.

– Ah, que maravilha – Lorraine Buller resmungou ao ver mais um entulho.

– Foi mal.

– Tudo bem. Ainda sobrou uma passagem até a pia.

Jess ainda pensava sobre o que Levine tinha dito ao sair. Já tinha percebido àquela altura que ele nutria uma espécie de sentimento por ela. Aquelas insinuações pesadas de que ela venceria o recurso provavelmente não passavam de uma doce ilusão, parte de uma fantasia romântica que terminava com ela caindo nos braços jurídicos dele. O que talvez até poderia ter sido uma fantasia prazerosa para ela também, antes de seu rosto ficar arruinado. Agora, para bem além de seus nervos abalados, das más notícias e do trabalho pesado, suas fantasias se centravam basicamente em estar num lugar sem espelho algum.

Como estavam no horário de atividades livres, tratou logo de abrir a caixa arrebentando o lacre de qualquer jeito. A tampa estava apertada, e ela teve de puxar com um pouco mais de força do que esperava. A caixa escorregou de suas mãos e a papelada se esparramou no chão. Lorraine Buller, que para variar se encontrava lendo no catre, reclamou sobre a bagunça mas sem muita disposição. O dia estava quente demais para se irritar, e de todo modo não levou mais do que uns poucos segundos para que Jess catasse os papéis todos de volta, mãos cheias atrás de mãos cheias, e empilhasse-os sobre a mesa.

Ela se sentou e começou a ler. Primeiro, os artigos de jornais. O estilo da escrita era bem mais espirituoso do que em anotações e depoimentos, e ainda vinha com imagens, natural portanto que tenham lhe saltado aos olhos. À medida que lia, porém, outra imagem recorrente foi aos poucos atraindo o que ainda restava de sua atenção. Em meio a um monte de documentos, sempre no mesmo canto, topo da pilha, bem no centro, ponto morto.

Jess pescou um desses documentos da pilha e passou seus olhos por linhas e mais linhas de quadradinhos preenchidos com trivialidades cuidadosamente datilografadas. Era um dos antigos boletins de Alex Beech. C em Inglês, B em Matemática e Ciências, B em Artes. Generalizações insípidas acerca de habilidades alcançadas e não alcançadas. Não havia espaço para maiores intuições ali. Apenas, na parte de baixo, como uma pequena bandeira branca de rendição, uma observação sucinta do professor afirmando que "Alex é um menino quieto que presta atenção na aula, mas poderia ser estimulado a participar mais".

Esse homem ou mulher (a assinatura quase ilegível dizia alguma-coisa-Munroe) não tinha conhecido Alex Beech. Não de fato. Ou talvez a avaliação tenha sido precisa até o incêndio. Talvez tenha sido a morte que transformou uma cifra em um anjo vingador capaz de entrar nos sonhos de Hannah Passmore e estapeá-la até apagar.

Jess deixou o documento vago e nada convincente de lado e retornou aos artigos de jornal.

Algo porém ficou martelando no fundo de sua cabeça, e um minuto ou dois depois ela voltou ao boletim escolar. Já tinha se dado conta do que era estranho nele. Agora teria de esperar até que tal informação passasse dos becos subliminares ao lobo frontal. Seu couro cabeludo pareceu coçar quando enfim a plena iluminação arrebatou sua consciência. Revirou o conteúdo da caixa à procura dos outros boletins de Alex. Tudo igual.

Provavelmente não era nada de mais, ela disse a si mesma. O menino morto se esquecia de um monte de coisas sobre a vida passada. Tinha sido até um pouco vago quanto ao próprio nome na primeira vez em que se encontraram. Isso porém não era exatamente esquecimento. E nem lhe parecia ser nada de mais.

Alex?, ela o chamou mentalmente.

Ele não apareceu. Ainda não gostava muito da claridade do dia e, como avançavam rumo à metade do verão, o horário de chegada dele foi sendo adiado pouco a pouco a cada dia. Quando o sol atingia o topo da murada de Fellside, entalhando um fiapo de luz ainda remanescente através do pátio externo até os fundos do refeitório, era quando ele resolvia aparecer, atravessando a parede da cela como se ela nem existisse, o que para ele, claro, não existia mesmo.

– Anda – uma voz áspera disse.

Jess se virou com o comentário e viu sua cela um tanto mais abarrotada de gente. Carol Loomis e Liz Earnshaw tinham entrado juntas, mas já se encontravam separadas cada uma em um canto da porta, praticamente como as agentes penitenciárias ficavam ao realizarem uma inspeção surpresa em determinada cela. Carol foi quem falou. Dirigindo-se a Buller, não a Jess. Jogou o dedão por cima do ombro indicando qual rumo Buller deveria tomar. Rua.

Buller desceu do catre sem pressa alguma, com a palavra relutância escrita no rosto.

– Está pensando em bater nela de novo? – ela perguntou.

– Essa porra não é da sua conta – Earnshaw vociferou. – Saia fora.

Lorraine se encaminhou rumo à porta. Mas parou com a mão na maçaneta.

– Sabem que o recurso dela será julgado em breve, não é? Se ela aparecer no tribunal com a cara toda esfolada, o diretor vai vir atrás de você. Ele vai ser obrigado.

Carol Loomis agarrou Lorraine pelo ombro e a empurrou para fora do caminho.

– Só queremos bater um papo – retrucou. – Não esquenta.

Lorraine fechou a porta, e as três ficaram sozinhas. A cabeça de Jess ferveu de horror. Suas lembranças quanto à violência desenfreada de Earnshaw ainda estavam bem fresquinhas. Ela recuou, mesmo sem que nenhuma das duas outras tivesse feito qualquer movimento em sua direção.

Big Carol escancarou os dentes e sacudiu a cabeça.

– Sabe qual o seu problema? Você sempre escolhe o pior momento pra mijar na calça. Não estamos aqui para te machucar. Só para passar um recado adiante.

Jess ficou esperando em silêncio. Não confiava em si mesma para abrir a boca. Perder novamente o controle de sua bexiga lhe parecia uma possibilidade bem concreta.

– Você ainda trabalha para a gente, lembra? – Big Carol disse. – Grace acertou isso tudo com você faz tempo, então você deveria saber que sua hora chegaria. Sua apelação é na quarta. O mesmo esquema de antes. Cubículo do meio, fim do dia. Você não vai foder com tudo dessa vez, vai?

Jess continuou sem dizer nada. Earnshaw bufou do fundo da garganta e deu um passo adiante, mas Loomis ergueu a mão. *Espera.*

– Você não vai foder com tudo porque, se você foder, não vai viver até depois do jantar. Vai acabar caída nos chuveiros, depois de uma coça que vai te fazer sentir até agradecida por vestir o camisolão. Você sabe disso, não sabe?

– Sim – Jess sussurrou.

– É claro que sabe. Então não há necessidade de nenhum aborrecimento. Faz o que te mandarem fazer e seremos amigas.

Ela espalmou a mão no ombro de Jess e a sacudiu afetuosamente.

– Está vendo? É assim que tem que ser. Estamos do mesmo lado, trabalhando juntas. Somos um time, Moulson. E estar em um time é como estar apaixonada. Significa que você nunca vai ter que pedir desculpa. Não que pedir desculpa fosse adiantar pra alguma coisa dessa vez. Entendeu?

As duas foram embora, Loomis dando um tchauzinho serelepe a Jess, que voltou a se sentar, já fraca de tanta aversão, de tão aliviada.

Buller não retornou. Possivelmente considerava já ter se comprometido demais por um dia. Jess ficou sentada em silêncio com os pensamentos dispersos demais para retomar a leitura.

Se ao menos o recurso fosse adiado só mais um pouquinho. Se ao menos ela tivesse um pouco mais de tempo para continuar examinando os arquivos com Paul Levine enquanto o mundo parasse para esperá-los. Muito pelo contrário, estava sendo impelida em direção a um acerto de contas, ou talvez até mais do que apenas um. Pensou que seria forte o bastante para levar a situação até o fim, encarar de frente as ameaças de Grace e obter as respostas de que Alex precisava, mas só queria que tudo não estivesse acontecendo ao mesmo tempo.

Jess levou a mão às costelas e tocou onde ainda doía dos chutes levados de Earnshaw. Mas independentemente do que Grace dissesse, independentemente do quanto Earnshaw a ameaçasse, com certeza absoluta não chegariam a matá-la, certo? Mesmo em um lugar tão corrupto quanto Fellside, não teria como não haver uma investigação. Algo acabaria vazando.

Seria portanto só mais uma surra. Ruim, mas não fatal. A menos que Loomis não fosse capaz de tirar Earnshaw de cima de Jess a tempo.

Jess disse essas coisas a si mesma ainda que hesitante para ver se conseguia acreditar nelas. Era difícil chegar a qualquer conclusão definitiva. Ao chegar, Alex a encontrou deitada no catre de cara para a parede, olhos abertos.

O que foi, Jess?, ele perguntou com certa ansiedade na voz. *Alguém te machucou?*

Não havia por que tentar disfarçar sua aflição. Suas emoções eram no mínimo tão berrantes ao menino quanto qualquer outra coisa que ela de fato tenha dito.

– Estou preocupada em ter que voltar ao tribunal – ela lhe respondeu. - Só isso.

Ela sentou-se com rapidez e virou-se para encará-lo. A cela ainda estava iluminada, mesmo com sua única e minúscula janela, para que ela pudesse enxergá-lo claramente. Alex era uma espécie de cinesia na forma vaga de um menino. Deus, seria tão simples soltá-lo para cima de Earnshaw e Loomis. E tão inesquecível. Teria de mantê-lo afastado de uma consideração tão perigosa dessas, sob a possibilidade de mais uma Hannah Passmore.

– Eu quero te mostrar uma coisa – ela disse. Felizmente era verdade, o que lhe permitiu vender o *non sequitur* com certa convicção. Ela espalhou alguns dos documentos que vinha lendo pela mesa. O menino passou os olhos por eles, impassível.

– Você se lembra disso? São os seus boletins escolares?

Eu me lembro de estar na escola.

– Certo. Você me contou umas coisinhas sobre a sua escola logo depois da gente ter se conhecido. Mas dê uma olhada nisso, Alex.

Jess bateu com as pontas dos dedos no topo da folha. Estampado no centro, o logo da escola era mais escuro e mais bem definido do que o texto abaixo. Simples e indefinivelmente feio. As letras EPL em uma fonte espichada com serifa e dispostas na diagonal dentro de um brasão sem maiores adornos.

O que é EPL?

– Escola Planter's Lane.

Ela esperou que Alex dissesse algo. Ele ficou olhando para o boletim com a cabeça ligeiramente inclinada, tentando entender qual era o ponto dela embora visivelmente sem muito interesse.

– O que significa *dum spiro spero*? – Jess o estimulou a prosseguir.

"Enquanto houver vida há esperança." Mas não é isso de verdade.

– Não. Eu sei que não é. Esse é o ponto aonde eu quero chegar. Você se lembra de ter me contado sobre o seu blazer? Preto com um brasão vermelho foi o que você me disse. E tinha um cabrito e uma bandeira. E o lema era *dum spiro spero*. Você ainda se lembra dessas coisas?

Alex tirou os olhos do boletim e fitou Jess e o boletim de volta. Havia um quê de retração em sua postura, como se sentisse estar sendo atraído a algum tipo de armadilha.

– Hein, Alex, lembra?

Lembro.

– E esse definitivamente era o seu blazer? O seu emblema? Você se esqueceu de bastante coisa sobre... antes.

Você quer dizer quando eu estava vivo. Ele a encarou com certo ar de reprovação. *Você já esteve lá, Jess.* No mundo noturno, ele quis dizer. Naquele dilúvio de vidas, a nudez e a fúria de milhares de consciências sobrepostas. *Eu me lembrava de tudo no começo. Esqueci tudo e já não estava mais em lugar nenhum. Eu era tipo um nada que sabia disso. Você apareceu e eu comecei a acordar de novo.*

A mente de Jess se acanhou diante de um cenário tão desolador, mas ela se forçou a investigá-lo. Alex a tinha encontrado no abismo, caindo, e a levado de volta ao mundo real. Ele sabia andar no mundo noturno sem se perder, e como caminhar ereto. Como encontrar seu corpo no leito da enfermaria. Ele então já tinha ido lá antes dela? Não fazia o menor sentido. Claro que o vínculo do menino era com ela, não com Fellside.

Seria possível que a geografia do mundo noturno fosse tão diferente? Que todos os espaços se reunissem ali? Talvez ela tenha sempre sido o foco de Alex, o elo, e nem sequer sabia disso até ter chegado tão perto da morte a ponto dos dois poderem enxergar um ao outro. Embora mesmo uma possibilidade dessas trouxesse consigo vários e vários outros questionamentos. Estariam os assassinos e suas vítimas para sempre psiquicamente interligados feito unha e carne? Nesse caso, Fellside deveria estar fervilhante de espíritos por demais irrequietos.

Em todo caso, não estranhou que, de tanto esfregar em todas aquelas consciências, todas aquelas memórias, o menino tenha acabado confundido a noção de si mesmo. Já sabia em primeira mão o quanto ele era esquecido. As descrições do blazer e do emblema porém tinham sido tão detalhadas e circunstanciais que, julgou, deveriam significar algo.

– Então você estudou em outra escola antes dessa? Antes da Planter's Lane? – Como Alex não respondeu, ela insistiu mais uma vez. – Seus pais te transferiram por algum motivo? Foi porque os alunos faziam bullying com você? Será que foi lá que você conheceu a garota má?

Silêncio e nada mais.

– Eu estou tentando te ajudar – Jess disse. Pôde sentir uma leve estridência tomando sua voz de assalto, mas tratou de reagir, procurando falar com mais suavidade. – Concentre-se, Alex. – Ela o encorajou. – Pense bem.

Ele a encarou com certa solenidade no olhar. *É difícil. Isso faz muito tempo.*

– Mas você tem certeza sobre o emblema?

Alex confirmou com um menear enfático de cabeça. *Meu emblema tinha um cabrito e uma bandeira. Eu só não lembro nada desse emblema.*

Jess começou a refletir. Ainda faltavam seis dias até a sua audiência. Paul tinha dito que não havia mais como ajudá-la, mas se tratava de uma coisinha de nada. Se ela lhe pedisse como um favor pessoal, ele não se negaria.

Teve de usar seus últimos créditos telefônicos do dia, mas fez a ligação. Caiu na caixa postal e ela deixou uma mensagem.

Teria de esperar até o dia seguinte para tentar um novo contato com Brenda. Não havia outra opção.

62

Sally vinha levando uma vida dupla e não gostava de nenhuma das duas.

Sua rotina semanal de trabalho na penitenciária acabou compreensivelmente suplantada por seu ódio e seu temor em relação a Dennis Devlin, a ponto de quase já não ver outra coisa ainda que um palmo à frente do próprio nariz. Andava distraído e desmemoriado, deixando que receitas controladas expirassem, esquecendo de apresentar seus relatórios, faltando até mesmo às consultas clínicas.

Menos às consultas de quinta-feira em Curie. Essas eram sagradas. E, no fim das contas, como se em um rito sacro, Sally acabava indo à sala de meditação onde deixava a cestinha de oferendas de Grace. O peso da infelicidade que lhe assentava sempre que fazia isso perdurava sobre suas costas por horas a fio, diluindo o medo e a aversão em algo ainda mais sombrio.

Sylvie Stock tinha plena consciência do estado de perturbação mental de Sally, pois, uma vez transferida para o turno do dia, passou a ser quem mais limpava as confusões do médico. Como não fazia a menor ideia do que o vinha angustiando, recaiu no erro e presumiu que o motivo só poderia ser ela. E se emaranhou cada vez mais e mais nesse rolo todo, convicta de que seu sentimento de culpa era o centro das atenções. Tanta preocupação acabou levando-a a se tornar tão negligente no serviço quanto Sally. Era DiMarta quem mantinha os pontos no lugar naqueles tempos estranhos, trocando os curativos de Passmore três vezes ao dia e relatando seu progresso aos ouvidos quase surdos do dr. Salazar.

O quadro clínico de Passmore tinha se mostrado notavelmente melhor assim de repente. Ela tinha atingido o fundo do poço e tomado um impulso espetacular, exatamente como tinha acontecido com Moulson poucas semanas antes. Recuperações miraculosas vinham se tornando o pano de fundo regular nas vidas de Salazar e Stock: seus pacientes se revigorando enquanto os dois desmoronavam.

Stock chegou à conclusão de que o único jeito de manter a sanidade seria tirando aquele negócio de Moulson da cabeça de uma vez por todas. Simplesmente esquecer. Não pensar no assunto. Deixar que a coisa toda desmoronasse em cima do primeiro que passasse. No primeiro dia de tentativa, foi chamada ao bloco Dietrich para sedar uma paciente que tinha visto uma aparição religiosa à qual reagiu com um ataque histérico. Ao menos foi o que lhe contaram, muito embora a detenta, Waites, já estivesse mais calminha quando ela chegou.

– Ele era um anjo – ela sussurrou a Stock em segredo enquanto a enfermeira preparava a injeção.

– Ah, era? – Stock murmurou de volta.

– E ela estava com ele. Aquela assassina de cara feia. Eu acho que eles viraram amigos.

– Que bom. – Sylvie enfiou a agulha e injetou o medicamento. Waites soltou um suspiro, fechou os olhos e caiu de volta no catre, já meio adormecida. Sylvie só então se deu conta do que a outra vinha dizendo.

– Ei – ela disse, dando um cutucão com força nas costelas de Waites. – Quem? Que assassina? De quem você está falando?

Os lábios de Waites formaram uma palavra. Um nome que os olhos arregalados de Stock foram capazes de ler.

63

Na noite anterior à abertura da audiência de sua apelação, Jess finalmente conseguiu entrar em contato com sua tia Brenda.

Não por falta de vontade. Vinha entrando na fila do telefone todo dia desde que Paul Levine lhe repassou o número, sempre gastando todo seu subsídio diário em três tentativas frustradas.

– Alô?

Jess já até tinha desistido de esperar por uma resposta, e uma única palavra de saudação do outro lado da linha foi o suficiente para deixá-la estarrecida e dispersar suas ideias.

– Brenda! – ela urrou. – Brenda, ei! Sou eu. É a Jess.

– Jess! – A voz de sua tia estava arrastada e ligeiramente enrolada. Soava como se ela tivesse tomado umas a mais, embora até aí os efeitos da morfina a conta-gotas não fossem lá muito diferentes do que os de um porre suave. Toda alegria e alívio que sentia foram bem transmitidos mesmo assim. – Ai, Jess, é tão bom ouvir a sua voz!

– É maravilhoso ouvir a sua – Jess retrucou, engasgando-se um pouco. – Como você está?

– Não vamos tocar neste assunto, meu coração. Não a menos que você tenha uma ou duas horas de sobra.

– Eu acho que tenho uns sete minutos – Jess disse. Não foi um palpite: o telefone tinha um contador digital, implacável na cronometragem do tempo. – Mas, sério, como está a sua coluna? Como foi a cirurgia?

– Cirurgias. Toda vez que eles consertam uma coisa, encontram outra de errado. Minha coluna é feita daquelas pecinhas de Lego, elas só não estão muito bem encaixadas.

– Mas eles disseram se conseguiram dar um jeito na...?

– Jess, escute. Escute-me, por favor, só me escute e escute e escute. – A voz de Brenda ainda estava mole e confusa, mas funcionou para pedir que a sobrinha parasse de falar.

– Está bem. Estou escutando.

– Que bom. Eu queria lhe dizer algo de quando você era pequena.

– Ainda escutando.

– Na verdade, é sobre a Tish.

– Tish? – Jess repetiu um tanto pasma. – A Tish de mentirinha? Minha amiga imaginária Tish?

Brenda suspirou. Foi um ruído crepitante e vago por conta da estática.

– Aquele garotinho – ela disse. – Você me falou que o viu em um sonho. Isso me fez pensar em uma coisa em que eu já não pensava mais fazia anos. Ele estava lá no Outro Lugar, Jess? O lugar onde você costumava ir à noite?

– Eu... – Jess hesitou. Havia várias respostas possíveis àquela pergunta, mas ela foi pelo caminho mais simples. – Estava. Estava sim.

– E foi lá que você viu a Tish também.

– Tia B, eu não inventei nada disso. O Alex é mais do que só um sonho.

Silêncio do outro lado da linha. Então:

– Assim como a Tish, meu coração.

– Hein?

– O nome dela era Patricia Mackie. Ela morava do outro lado da sua rua em Paley Close. E ela estudava na sua sala em Heathcote Rode. Quer dizer, estudou por um tempo pelo menos.

– Mas... – Jess tentou dar um sentido a toda aquela contradição absurda. – Eu inventei a Tish. Ela tinha asas. E um colar mágico que cantava músicas e cuspia fogo.

– Nos seus sonhos, sim. Na vida real ela era uma garotinha bem desafortunada com uma enfermidade rara. Doença de Farber. Eu não me lembro de todos os detalhes, mas fazia com que as articulações dela ficassem tão inchadas que ela não conseguia andar, e também afetava o coração. Foi por isso que ela parou de ir à escola. Estava doente demais.

– Eu não me lembro de nada disso – Jess argumentou, mas isso já era mentira. As lembranças começaram a brotar no fundo de sua memória, a crescer feito uma bolha e estourar em breves lampejos de associações aleatórias. Miçangas de plástico cor-de-rosa amarradas num elástico. Uma pasta a tiracolo com as iniciais P.M. gravadas em ouro e já descascadas. Seu próprio nome, Jessica, pronunciado com um "a" esticado no final: *Jessicã*.

– Ela era a sua melhor amiga no Jardim I, mas precisou sair. Você não tinha permissão de ver a menina porque ela precisava ficar em um ambiente livre de germes. Mas você a via sim, claro. Você a via no Outro Lugar.

Como Tish. Uma imagem composta formada a partir de meia dúzia de livros que ela tinha lido para a sobrinha, com asas e botas de piratas e uma espada e vários acessórios mágicos. Aquele colar... ele... era de fato cor-de-rosa. Pedras cor-de-rosa todas enfileiradas, todas idênticas. Era uma coisa esplendorosa, mas Jess sabia que o brinquedinho barato do qual tinha acabado de se recordar era a fonte material do sonho.

– Você não queria que ela morresse – tia Brenda disse. – É claro que não queria. Você a transformou na heroína das suas histórias e disse que ela era *mais feliz* no Outro Lugar. Ela estava mais forte lá, e era capaz de fazer todo tipo de coisa que não podia na vida real. Você disse... que ela tinha decidido não voltar mais.

– E foi nessa noite que ela morreu.

Jess sentiu uma fisgada no estômago. Tudo em volta começou a girar.

– Jess? Jess, você está aí?

Era verdade. Tudo verdade.

Ela já se lembrava de todas as coisas que tinha se esforçado tanto para esquecer.

Tinha cauterizado sua mente após a dra. Carter. Tish foi uma das coisas em que ela se obrigou a não pensar mais. Tish porém não era uma casualidade da dra. Carter; já tinha morrido.

Eu estou zarpando em uma longa jornada pelo mar, Jessicã. Rumo a um milhão de lugares.

– Eu estou aqui – ela disse. – Tia B, foi por isso...? – Mas não soube como construir a pergunta.

– Foi por isso que a sua mãe levou você a um psicólogo, sim. Porque você não parecia estar lidando bem com a morte da Patricia. E porque o que você tinha dito era desconcertante demais. Que ela queria mesmo estar morta.

Não, isso não. Eu nunca disse isso. Eu disse que ela queria estar em um lugar onde ela pudesse correr e voar e lutar e explorar e fazer mágica. Estar morta era só o preço a se pagar.

– Jess?

– Estou aqui ainda.

– Eu espero que você não esteja aflita com isso. Mas então, o que você dizia sobre... o menino. Me soou bastante parecido com o que você costumava falar naquela época, quando você era só uma criança...

Jess baixou a cabeça até encostá-la contra a cabine telefônica. O toque frio do metal foi reconfortante.

– Entendi – ela disse. – A velha loucura de antes voltando.

– Não é isso. Não é loucura, Jess. Mas cada um de nós tem seu próprio jeito de lidar com o estresse. Com a mágoa. Como a dra. Carter disse, nós inventamos as coisas que precisamos. Eu queria que você se lembrasse porque talvez isso te desse forças caso você soubesse que já esteve lá antes, e sobreviveu.

– Obrigada. Obrigada, tia B. Eu nunca vou me esquecer disso.

– E Jess... eu estou tão feliz. Tão feliz de te ver aqui de novo. Feliz que você decidiu não se...

O contador atingiu o zero e a linha caiu, mas Jess foi capaz de completar a frase por si só. E sabia por que a pobre Patricia tinha surgido nos pensamentos de Brenda de maneira tão vívida. Sua tia deve ter pensado que ela tomara a mesma decisão. Zarpar em uma longa jornada pelo mar e nunca mais voltar para casa.

Depois que as luzes foram apagadas, ela se deitou no catre e ficou contando as horas. Nem sequer tentou dormir, pois sabia que não chegaria tão longe.

Alex apareceu e se sentou ao lado dela, mas por um longo tempo não conversaram nada. Jess estava pensando em um monte de coisas. Paul Levine lhe oferecendo um lugar onde ela pudesse ficar. As lembranças que sua conversa com tia Brenda despertaram. E, pairando sobre todo o resto, as ordens recebidas de Big Carol.

Paul tinha dado a entender que eram grandes as chances do recurso ser julgado procedente, mas isso quase que parecia uma questão secundária no momento. O que quer que acontecesse, a situação entre ela e Harriet Grace invariavelmente atingiria um ponto crítico bem antes que qualquer veredicto saísse. Caso se recusasse a receber a droga, Grace se certificaria de que ela fosse devidamente espancada e talvez até morta. Mas caso aceitasse, poderia acabar perdendo algo ainda mais fundamental. Pois independentemente de qual força tenha lhe enviado Alex e lhe proporcionado uma segunda chance de ajudá-lo, deveria dispor de uma definição válida do conceito de fracasso.

A menos que essa força partisse de si mesma. Talvez fosse só uma aptidão sua, conversar com os mortos, e os sonhadores, e os sonhadores mortos. Reuni-los em torno de si.

Grace. Tinha de resolver o que faria quanto a Grance, e ao pacote. Poderia levar o caso às autoridades prisionais, claro. Mas pelo que já tinha visto, parecia que Grace levava tais autoridades no bolso. Fora o fato de nem possuir uma prova sequer. Nada senão uma mera afirmação a contrapor o peso e a massa de toda uma instituição.

O menino morto decidiu cortar tanto desassossego. *Você vai sair daqui amanhã.*

Vou.

Já tinha lhe contado sobre o recurso por mais de uma ocasião. Alex, de início, parecia escutar, mas depois passou a tratar o assunto como se fosse informação desagradável sempre que ela o trazia à tona. Agora que tinha finalmente se habituado à ideia, ela se apressou em tranquilizá-lo.

Mas eu estarei de volta na parte da tarde. Vão ser só algumas horas.

E no dia seguinte?

A mesma coisa. E no dia depois do outro também, provavelmente.

O julgamento inicial tinha levado duas semanas. A apelação duraria ao menos três dias, com o primeiro dia e parte do segundo destinados à arbitragem processual e às arguições que fossem técnicas, abstratas e complexas. Qualquer minúcia dessas poderia levar a sentença original a ser declarada falível e transformar o recurso num novo julgamento, então isso teria de ser tratado em primeiro lugar. Era exatamente assim que os advogados jogavam, de acordo com Levine. Mas tudo não passava de preliminares. O ato principal, a não ser por um milagre, começaria a partir do segundo dia, após o juiz ter cumprido todas as diligências sumárias.

Fazia tempo que Jess não pensava em liberdade. Ainda estava se acostumando ao fato de estar viva outra vez. A liberdade porém teria duas grandes vantagens: cortaria seus laços com Harriet Grace, e significaria que ela mesma poderia correr atrás da amiga e da algoz de Alex, a garota boa e a garota má, ao invés de se ver seduzindo Levine a fazer isso por ela. Seria uma agente bem melhor para Alex na condição de mulher livre do que jamais poderia sonhar em ser estando confinada em Fellside.

Então você quer ir embora daqui? Alex pareceu ressabiado, a julgar pelo tom quase acusatório.

Quero. Eu acho. E você vai comigo, não é? Você deve ter vindo para cá comigo. A gente ainda ficaria juntos.

Eu suponho que sim. Soou como se não supusesse nada de fato.

Jess se sentou e seu olhar cruzou a cela até o menino. Ele estava sentado no chão, ou perto o suficiente, com os joelhos dobrados contra o peito. Apenas uma criança à primeira vista, mas era só checar de novo para notar que se tratava de uma ilusão de óptica assustadora, iluminada pela lembrança de um raio de sol, claramente visível apesar da plena escuridão.

Eu não te deixaria aqui, ela lhe disse.

Alex ficou olhando para os próprios sapatos com uma expressão engenhosamente vazia. Deu para notar que ele ainda não estava lá muito convencido, mas ela não conseguiu pensar em nada que pudesse dizer para sossegá-lo. Sem mais ideias, contentou-se com uma distração qualquer.

Alex?

Ele a fitou, erguendo os olhos. *Oi?*

Ela estendeu a mão. *Vamos passear um pouco. Eu quero visitar o outro mundo de novo. O seu mundo.*

Dessa vez deixar seu corpo não exigiu quase esforço algum. Andar também foi fácil: misturou-se em meio ao turbilhão de pensamentos encorpando seus membros imaginários, conferindo músculos e massa e nervos aos fiapos de antes, mentalizando-se maciça e fixa ao chão de tão pesada. Pôde sentir seu organismo todo trabalhando em conjunto, muito mais rápido do que nas outras vezes. Conseguia se manter em mais uma linha, desbravando o caos de ponta a ponta. Isso por si só tornava tudo menos assustador.

A cabeça de Jess foi tomada por uma avalanche de pensamentos. Quanto tempo devia ter levado para que ele aprendesse a navegar pelo espaço onírico? Será que ele tinha ficado com medo no começo, ou sempre tirou de letra? Como foi que encontrou o poço?

Eu acordei aqui, ele disse sobre a última pergunta. *Depois que me machucaram.*

– Eles? – Jess arriscou ao pé da letra no plural.

Ela. Quando eu abri meus olhos, eu estava lá, no pé de um barranco bem lá embaixo. Levou um tempão para sair de lá escalando.

– E aí?

E aí eu fiquei aqui. Eu fiquei aqui por anos e anos, sozinho. Nem foi tão ruim no começo. Alguns dos sonhos eram que nem esses programas da TV, só que comigo dentro. Era divertido. Eu vivia em um programa por um tempo, aí seguia em frente até encontrar outro que eu gostasse. Mas comecei a esquecer as coisas. Um pouquinho de cada vez, até que tudo de mim se perdeu. Foi quando você apareceu. Jess, você tem que parar de pensar tanto.

Ela ainda ameaçou perguntar por quê, mas percebeu o que ele quis dizer antes de soltar uma única palavra sequer. Tinha tentado sufocar os pensamentos sobre Harriet Grace e o pacote de drogas, sobre Liz Earnshaw e Carol Loomis. Tudo o que conseguiu foi suprimir as palavras. As imagens continuavam borbulhando no fundo de sua consciência.

E ecoavam por todos os cantos. Aonde quer que fossem, o rosto de Grace se projetava da escuridão em milhares de reflexos despedaçados. Pacotes lacrados com fita adesiva estralejavam sob os pés dos dois. Os sonhos pelos quais passavam se baseavam no teor e nos padrões dos medos de Jess.

– Essas coisas são... Está todo mundo sonhando aqui?

Eu acho que sim. Mas nem todas vão se lembrar. Pelo menos se a gente pensar em outro assunto ou ir embora. Quanto mais ficarmos aqui, mais elas vão se lembrar quando acordarem.

Continuaram seguindo em frente, mas a conversa cessou. Jess tentou fazer com que seus pensamentos girassem em torno de várias coisas diferentes, na tentativa de evitar que ficassem retornando à única coisa que a assombrava. Por fim, desistiu de luta tão desigual. Os dois seguiram avançando de volta pelo mundo noturno até o local onde seu corpo estava. Permaneceram lá por um tempo, na porta de entrada do corpo físico de Jess.

– Você ainda está preocupado com a minha saída amanhã? – perguntou a Alex.

Estou sim. Mas você também está.

– Na verdade, eu estou mais preocupada com o que vai acontecer quando eu voltar. Mas você pode vir comigo se quiser. Então, você vai ver que eu não fui para tão longe assim e saber que a gente ainda continuaria juntos.

Mas eu não sei o caminho.

– Tudo bem, mas se sairmos na mesma hora... se você me seguir...

Jess não concluiu o pensamento. Seria levada em uma van até o outro lado das charnecas. Seria possível que ele pegasse uma carona? Espíritos conseguiriam fazer assim? E se ele se perdesse, como encontraria o caminho de novo? Não havia placas de trânsito ou mapas onde ele morava. Ela se deu conta, pela primeira vez, de que toda a geografia do mundo de Alex era constituída de pessoas. A única maneira que ele conseguia ver paredes ou tetos, árvores, rios ou montanhas, era se alguém sonhasse com essas coisas ou se lembrasse delas.

Se Jess o tirasse da penitenciária, rumo às charnecas, e lá o perdesse, em um lugar onde a maioria das pessoas nunca iria, ele ficaria sozinho e funcionalmente cego. Poderia se perder para sempre.

– Não, você tem razão – ela disse de repente. – Muito melhor se você esperar aqui por mim. Eu vou estar de volta logo, logo.

Promete?

– Eu prometo, Alex.

E você vai sempre voltar?

Jess fez uma pausa.

– Eu não sei – ela admitiu. – Se eles me soltarem, eu não vou ter escolha. Mas se eu sair mesmo, se algum dia eu conseguir de verdade dar o fora daqui, eu prometo que eu vou encontrar um jeito de levar você comigo. Eu não vou te deixar sozinho de novo.

O espírito a encarou sem dizer nada por um minuto ou dois.

Eu sei que você não vai, ele enfim disse. *Você é minha amiga, Jess.*

– Eu vou sempre ser sua amiga.

Novo silêncio.

Eu acho que você não me matou, ele enfim arriscou, *mas se matou...*

– Se eu matei?

Então, eu ficaria feliz.

Jess ficou surpresa.

– Feliz? Alex, por que você está dizendo isso?

Porque, de outro jeito, não teríamos nos conhecido.

64

O primeiro dia de audiência foi exatamente como Levine tinha prometido. Longo, desnorteante e sufocantemente cansativo.

Embora tenha havido certa animação no caminho até lá. Antes mesmo de ultrapassarem os limites de Leeds, o motorista já estava falando no rádio e repassando notícias aos pedaços às duas agentes penitenciárias, Ratner e Corcoran, que se encontravam com Jess na traseira da van.

– Alguns manifestantes estão lá – ele disse. – Tomando a rua de ponta a ponta. Disseram para levá-la pelos fundos. Alguém estará lá esperando para abrir o portão.

– É melhor que estejam mesmo, merda – Corcoran disse.

Ao dobrarem na Oxford Row, foram forçados a diminuir a velocidade até quase parar, avançando centímetro a centímetro em meio à multidão estapeando as laterais blindadas da van. Jess teve a impressão de reconhecer alguns rostos do primeiro julgamento. Certamente reconheceu as frases nos cartazes. VOCÊ SERÁ A PRÓXIMA A QUEIMAR, acompanhada do desenho de um fogo infernal; TUDO QUANTO FIZERES A UM DESTES PEQUENINOS, A MIM O FAZES; e por tudo quanto era lugar a mesma foto de Alex Beech, sorrindo para a câmera, com um galho da árvore de Natal dobrado de forma sinistra ao fundo.

A van foi forçando passagem por entre a turba em câmera pesarosamente lenta. Jess sabia que as janelas de segurança bloqueavam por completo a visão do interior da van para quem estava de fora, mas os rostos inflamados de raiva pareciam estar berrando diretamente em sua cara. Deu um pulo para trás: não pôde evitar.

– Idiotas por todo canto – Corcoran lhe disse, notando a expressão de Jess. – Só gente que tem tempo demais de sobra, nada mais.

Mas não é isso, Jess pensou desanimada. Estavam raivosos porque uma criança tinha morrido e as engrenagens da justiça ainda estavam trabalhando. Não poderia condená-los por isso.

Dobraram em uma travessa mas a multidão sabia quem estava na van e foi atrás, ainda gritando e espancando as janelas. Uns cinquenta metros rua abaixo, havia um portão que levava a uma área encoberta nos fundos do tribunal. Dois pequenos grupos de policiais uniformizados afastavam a multidão do portão enquanto o mesmo era aberto para que a van entrasse e depois fosse fechado de volta. Urros de frustração e protesto ficaram para trás.

Em um pátio coberto por uma rede antissuicídio e arame farpado, Paul Levine se encontrava num cantinho iluminado pelo sol esperando para acompanhá-la tribunal adentro. Naquele terno preto, ele se pareceu por um instante com uma sombra que tinha perdido o dono.

Jess saiu da van e foi direto até ele. O advogado estava prestes a dizer alguma coisa, provavelmente uma saudação ou algo sobre o recurso. Não havia tempo para isso.

– Você recebeu a minha carta? – ela se apressou em perguntar.

Torceu para que a resposta fosse só sim ou não, mas Paul respondeu com um gesto nada comprometedor.

– Conversamos lá dentro – ele disse.

Corcoran e Ratner tomaram cada qual um braço e a levaram quase arrastada por uma porta em que se lia APENAS FUNCIONÁRIOS JUDICIAIS. Acompanharam-na por corredores institucionais ecoantes até uma sala de espera vazia, onde a deixaram sentada. Ratner lhe disse para ficar quieta no lugar. Pegou uma prancheta pendurada na parede e passou a rabiscar algo, depois a guardou em algum lugar.

– Está tudo bem aí? – Corcoran perguntou a Jess. – Você quer um copo de água ou qualquer outra coisa? Uma xícara de chá?

Jess sacudiu a cabeça.

– Eu estou bem – mentiu.

Passos ecoaram pelo corredor. Jess se virou, ansiosa. Mas não era Paul Levine; era Brian Pritchard. Cumprimentou Jess com um aperto de mão cortês e então se voltou a Corcoran.

– Posso conversar em particular com a minha cliente? – ele lhe perguntou.

– Claro – Concoran retrucou. – Minha colega saiu de fininho para fumar. Eu vou lá com ela respirar passivamente um pouco de fumaça. Me lembrar por que foi que eu parei. – Cumprimentou Jess com um aceno de cabeça ao sair.

– Paul explicou tudo o que vai acontecer hoje? – Pritchard lhe perguntou quando ficaram a sós. Teria sentado no banco que corria de ponta a ponta da sala de espera, mas Jess estava nervosa demais para se sentar perto dele. Era a primeira vez que os dois se falavam desde o primeiro julgamento.

– Explicou – ela disse. – Hoje é a arbitragem judicial.

– E nossa alegação principal é no sentido de que não acreditamos que uma acusação de assassinato seja cabível a uma morte que nunca foi intencionada. Há uma chance de que talvez possamos emplacar essa, mas não se trata de uma chance tão boa assim. – Ele lhe deu um sorriso austero. – Você tem certeza de que não quer se sentar?

– Eu estou bem como eu estou – Jess disse. – Obrigada.

E isso foi outra coisa inédita, ela se deu conta. Nunca antes tinha agradecido a ele sobre o assunto que fosse.

– De todo modo – ele prosseguiu –, pressupondo que esses argumentos mais gerais fracassem, o que, diga-se, estou de fato só pressupondo, não pela ausência de mérito, mas porque eu consigo vislumbrar o panorama geral, então o recurso propriamente dito começará amanhã. Com isso em mente, há muito a ser explicado hoje sobre as provas, e a revelação de provas. A reexaminação de provas normalmente não faz parte das atribuições da segunda instância. Deve ficar restrita a questões de interpretação legal. Mas nós vamos tentar ao máximo quebrar essa regra pois gostaríamos, muito mesmo, de chamar John Street para depor de novo. E acreditamos ter boas chances disso acontecer. Então parte do que vou fazer hoje será definir regras de base que possamos usar em nossa vantagem mais tarde. Eu gostaria de dizer mais, mas estou francamente receoso.

– Receoso? – Jess repetiu. – Receoso do quê?

Pritchard fez um gesto dúbio, talvez tentando apaziguar o peso das palavras.

– De você, srta. Moulson. Na última vez em que nos falamos, a senhorita foi uma testemunha bem hostil, mesmo sendo eu quem a defendia.

– Isso não é verdade.

– É verdade, sim. A senhorita se preocupou mais em pagar por seus pecados do que estabelecer quais eram esses pecados de fato. Minhas prioridades seguem um curso totalmente diferente. Mas suponho que, dizendo-lhe isso, eu estou lhe dando o direito da escolha. Se a senhorita insistir, eu vou desfazer toda a nossa estratégia a seu favor. Serei obrigado em nome da lei e da ética profissional a agir assim.

Jess pensou sobre a questão.

– Mas você prefere que eu não saiba? Você acha que eu pioraria as coisas se soubesse.

– Isso. É examente o que penso.

Jess deu de ombros.

– Então, eu não vou mais insistir.

– Muito bem – Pritchard disse. – Excelente.

– Mas... eu quero lhe pedir um favor. Será que eu posso conversar com o Paul? Por favor?

Pritchard comprimiu os lábios.

– Por acaso o que a senhorita gostaria de conversar com ele tem algo a ver com a apelação?

Jess percebeu que não havia resposta correta àquela pergunta. Caso confirmasse, Pritchard argumentaria que lhe contasse o que tivesse para contar. Caso negasse, ele se recusaria e a aconselharia a focar no que de fato fosse relevante. Então ela simplesmente não disse nada, e finalmente ele se posicionou.

– Mais tarde – disse. – Antes do fim do dia. Por enquanto, deixe que ele se concentre no trabalho dele.

– Mas eu pensei que seria você quem defenderia o caso.

– Ah, sim, eu sou a artilharia pesada – Pritchard declarou sem a menor arrogância ou falsa modéstia. – O sr. Levine e a sra. Sackville-West são meus olheiros e meus... – fez um gesto vago – ... as pessoas que, hum, recarregam os cartuchos ou enchem o pente de balas. Receio que o termo técnico tenha me fugido. Em todo caso, eu preciso que os dois estejam concentrados. Eu acho que a senhorita provoca certo efeito dispersivo sobre o sr. Levine. Corrija-me, se eu estiver errado.

Jess não disse nada. Pritchard lhe concedeu permissão tácita com um aceno de cabeça.

– Não a condeno – ele disse. – Alguém na sua posição tem que se valer de toda e qualquer vantagem em mãos, por menor que seja. Alguém na dele precisa urgentemente adquirir o hábito da objetividade. Bom dia pra você, srta. Moulson, e... boa sorte. – Despediu-se, dessa vez sem maiores cumprimentos.

Tão logo foi embora, Ratner e Corcoran emergiram de onde quer que estivessem se escondendo e juntaram-se a Jess. Conduziram-na pelo corredor e porta adentro da sala de audiência.

O primeiro julgamento de Jess tinha sido no tribunal Old Bailey, o qual por si só já carregava certa grandeza desalentadora. Essa sala, em comparação, era só uma caixa. Fazia Jess se lembrar das salas de aula no ensino médio: lugares que as pessoas habitavam temporariamente mas não eram donas nem nunca se sentiam em casa, cujos departamentos e regras aplicadas eram definidas por outras pessoas a quem àquelas se sentiam sempre gratas. Agora que ela pensava no assunto, a maioria das salas pela qual tinha passado desde que saiu da casa de sua mãe se parecia com aquela.

Havia três desembargadores. O senhor juiz Foulkes, quem Jess tinha conhecido em seu depoimento, fazia companhia a dois estranhos, um homem e uma mulher. Não havia júri. Em um banco a sua direita, estavam sentados dois advogados do Serviço de Prossecução da Coroa. No lugar que lhe era devido a sua esquerda, Brian Pritchard se encontrava sentado entre Paul Levine e uma mulher muito jovem e atraente em um vestido com risca de giz. A sra. Sackville-West, Jess supôs. Paul lhe deu um sorriso encorajador, mas não havia como conversar com ele. A mulher a analisou com certa serenidade, e então desviou o olhar. Pritchard nem sequer tomou conhecimento de sua presença.

Os assentos públicos estavam mais dispersamente ocupados do que Jess esperava. Só um punhado de jornalistas com notebooks e bloquinhos de anotações com cara de tédio. Presumivelmente o público foi excluído daquela arbitragem inicial. Ao menos isso significava que haveria um pouco de paz e tranquilidade.

Nos primeiros minutos, os três desembargadores só conversaram entre si em voz baixa enquanto todo o resto esperava. Então um dos três, a mulher, fez sinal ao secretário do tribunal. O secretário ficou de pé e enunciou:

– No caso da Coroa contra Jessica Laurel Moulson, está aberta a sessão deste tribunal. O Excelentíssimo Senhor Juiz Foulkes, a Excelentíssima Senhora Juíza LePlastrier e o Excelentíssimo Senhor Juiz Macclehurst presidirão em conjunto. A corte apreciará um recurso contra a condenação e um recurso apenso contra a sentença condenatória. Em caráter prévio aos procedimentos, o defensor requereu a revisão sumária e o julgamento de vários tópicos, conforme submetido à apreciação de Vossas Excelências nos autos.

– Pois bem, sr. Pritchard – LePlastrier disse. – Podemos iniciar.

Brian Pritchard ficou de pé.

– Meritíssima, obrigado – disse. – Acredito haver um certo número de problemas excepcionais no processo em relação à movimentação e apresentação por parte da acusação no julgamento da minha cliente. – Pegou um documento sobre a mesa em sua frente, do topo de um pilha considerável, e o ergueu. – Eu vos remeto, em um primeiro momento, a nossa breve arguição.

Leu o documento em voz alta, o qual logo se dividiu em subtópicos e subsubtópicos. Algumas cláusulas remetiam a outras cláusulas. Estatutos eram apresentados por número e data, precedentes pelos nomes de comitentes em casos que Jess desconhecia. A matéria em termos gerais era a distinção legal entre homicídio doloso e homicídio culposo, mas os argumentos eram tão abstratos e intrincados que foi fácil esquecer o significado de homicídio doloso. Todo o sangue do mundo tinha sido drenado.

Os desembargadores questionaram sobre todo e qualquer trecho, não raro pedindo a Pritchard que retornasse três ou quatro vezes a um tema já discorrido. Jess tentou acompanhar os argumentos a princípio, mas logo desistiu. Não falava aquele idioma.

Após mais de duas horas de discussão, os desembargadores se consultaram novamente.

– Bem – LePlastrier disse –, há um elevado grau de matéria para reflexão aqui, certamente. – Voltou-se aos procuradores da Coroa. – Sr. Anson, sr. Carlisle, algo a acrescentar?

Os dois sacudiram a cabeça, não exatamente em harmonia.

– Não por agora, Meritíssima – um deles disse. – Discordamos, obviamente, dos termos substanciais do defensor quanto ao motivo. No entanto, sentimos que a questão já foi adequadamente tratada no julgamento inicial. É o que submetemos à Vossa apreciação. Não vamos repetir os mesmos argumentos nesta audiência a menos que Vossas Excelências estejam interessadas em reabrir a discussão mais ampla quanto ao *mens rea*.

Os desembargadores se reuniram brevemente, então determinaram um recesso para o almoço.

Jess fez sua refeição em uma sala adjacente localizada em uma área restrita atrás do tribunal, tendo acima de sua cabeça uma impressão manchada da tela de William Yeames, "E quando você viu seu pai pela última vez?", com apenas as duas agentes de Fellside lhe fazendo companhia. As agentes trocavam fofocas e minúcias operacionais e na maior parte do tempo deixaram Jess por conta própria. Mastigou seu sanduíche de salada de frango sem saboreá-lo, depois ficou sentada em silêncio à espera do prosseguimento do processo. Torceu para que Levine passasse por lá para vê-la, mas não passou. *Deixe que ele se concentre no trabalho dele*, Pritchard tinha lhe dito. Mas ela e Pritchard provavelmente não concordavam de todo quanto ao que consistia o trabalho de Paul Levine.

Do outro lado da janela, bem baixinho, ela escutou os manifestantes entoando algo com seu nome no meio. Não foi capaz de discernir plenamente a parelha de versos rimados, mas as palavras que rimavam eram "morte" e "sorte". Captou a essência da coisa.

A sessão da tarde começou com a decisão dos desembargadores quanto à matéria levantada por Pritchard, qual seja: se tinha sido correto processar Jessica Moulson por assassinato sendo que a morte de Alex Beech jamais fora um projeto por ela nutrido. Decidiram que tinha, não obstante a aparente contradição. Um plano para matar, disseram, era por si só *mens rea*, o intento necessário juridicamente para distinguir assassinato de homicídio culposo. O fato de que o plano acabou matando a pessoa errada não deveria e nem poderia ser oferecido em mitigação.

Brian Pritchard fez-se de rogado com a mais sutil das reverências e passou ao tópico seguinte de sua extensa lista, o qual consistia na apresentação das provas de acusação no julgamento inicial.

Uma vez mais, os pormenores do que estava sendo dito eram difíceis de se acompanhar e, em grande parte, opressivamente monótonos; até que de repente o debate se tornou um pouco mais intenso. Pritchard estava discorrendo sobre o princípio da publicidade e questionando se, por exemplo, uma gravação contínua do circuito fechado (como a da rua em frente ao prédio onde Jess e Alex Beech antes moravam) contava como uma única prova. Parecia estar sugerindo que a acusação deveria ter identificado os trechos específicos do vídeo a serem incluídos no processo. Os juízes, em um nível considerável de profundidade, discordaram.

– Presume-se, portanto, Meritíssimo – Pritchard disse –, que essa gravação em seu inteiro teor, desde a criação do universo até o dia de hoje, pode agora ser considerada como tendo sido incluída como prova por um ato ocorrido num momento muito bem definido.

– Sr. Pritchard, por favor não insista no assunto – o Juiz Macclehurst lhe disse severamente. – Lembre-se de que o tempo é infinitamente divisível. Se o senhor estiver mesmo disposto a abrir esta Caixa de Pandora, poderá acabar enfrentando dificuldades para fechá-la de volta.

– Estou meramente apurando, Meritíssimo, se um conjunto de provas potencialmente infinito pode ser considerado como tendo sido exposto de forma adequada.

– Então acredito que o senhor possa considerar isso como um sim. – Pronunciado num tom seco, o comentário provocou risadinhas abafadas entre alguns dos jornalistas e um meio sorriso do meirinho.

Pritchard não achou muita graça, apesar de parecer mais satisfeito do que frustrado. Lançou um olhar a Paul Levine, olhar este percebido por Jess embora não de todo compreendido.

– Agradeço o esclarecimento, Meritíssimo – disse em um tom moderado.

Pritchard se ateve aos mínimos detalhes técnicos, enumerando-os um a um. Jess ainda tentou acompanhar o que estava sendo dito (era sua vida em causa, afinal) por um tempo, mas acabou se dando por vencida no fim das contas. Tratou de desfocar a vista e a mente e saiu vagando sem rumo.

Seu corpo permaneceu no lugar. Sua outra porção, a porção que fazia caminhadas noturnas com o espírito de Alex Beech, projetou-se com cautela para a frente e se espreguiçou. Todos os ruídos na sala de audiência cessaram de uma vez, não apenas a voz estrondosa de Pritchard como também os sons das respirações, o farfalhar dos papéis, milhares e milhares de ruídos de corpos simplesmente sendo corpos embora nunca os sendo de fato.

Ela sentiu uma sensação imediata e estonteante de alívio. Ninguém poderia segui-la até lá e levá-la de volta. Ninguém sequer notaria sua ausência. Era como naquelas cenas dos filmes antigos em que alguém enfiava um travesseiro ou um casaco acolchoado por baixo do cobertor para parecer que continuava dormindo na cama enquanto escapulia sem deixar suspeitas rumo a uma nova aventura alucinada.

Jess deu uma volta pela sala, mantendo-se afastada dos raios de sol que entravam pela claraboia no teto. Alex lhe tinha dito que a luz o machucava. Jess não sentia como dor, mas como pressão, feixes brilhantes se chocando contra seu corpo insubstancial feito uma onda, de modo que tinha de lutar contra os mesmos só para permanecer no lugar.

Analisou os desenhos que alguns dos ilustradores presentes esboçavam para os jornais. Em geral muito bons, muito embora uns transformassem seu olhar vazio e enfastiado em algo mais sinistro e beligerante. Também chegou a ler as anotações dos repórteres, ao menos dos que não se valiam de garranchos abreviados. A maioria descrevia seu perfil comportamental, ou antes fragmentos, impressões, palavras e expressões peculiares a serem inseridas num futuro perfil comportamental. *Olhar vidrado*, *olhar frio*, *olhar duro*, um deles escreveu. Outro se valeu de *tranquilidade anormal*, sublinhado duas vezes. Alguns ainda nada tinham escrito, presumivelmente guardando as respectivas balas na agulha para quando as coisas começassem a ficar interessantes, se de fato chegassem a tanto.

Jess ficou tentada a ir além, mas provavelmente seria má ideia. Havia sempre a possibilidade de Pritchard ou um dos juízes lhe dirigir a palavra, perguntar-lhe algo, e não queria que seu estado catatônico fosse descoberto.

Ainda seria capaz de mover seu corpo uma vez fora dele? Tentou, flexionando os dedos de sua mão espectral e mentalizando que seus dedos reais se mexiam. Absolutamente nada aconteceu. O que não a surpreendeu, embora tenha ficado um pouco assustada ao constatar o quão indefeso seu corpo se tornava quando ela o abandonava daquele jeito. Arrastou-se de volta e reincorporou-se à própria carcaça com uma sensação formigante de alívio.

A experiência a deixou exausta, mas olhando de relance para o relógio de parede, deu-se conta de que tinha se passado bem menos tempo do que imaginava. Sua experiência extracorpórea, a qual mais parecia ter sido toda uma odisseia, não chegou a durar mais do que alguns minutos.

Também estava emocionalmente esgotada. Ficar perambulando por aí como um espírito tinha lhe dado certa sensação de liberdade, e a reincorporação a fez perceber que tal sensação era totalmente ilusória. Por mais longe que tenha permitido sua mente vagar, estaria sempre acorrentada a seu corpo.

Estava amarrada ainda a outras coisas. No banheiro perto da sala onde tinha almoçado, grudado atrás da cisterna da cabine do meio, o pacote de Grace se encontrava à sua espera. Jess poderia pegar ou largar, mas não seria capaz de escapar das consequências em ambos os casos.

Pritchard enfim se sentou, e os juízes perguntaram aos procuradores da Coroa mais uma vez se tinham algo ainda a ser dito. Dessa vez tiveram, e outra hora se passou enquanto refutaram Pritchard ponto a ponto. E em cada ponto os juízes por fim lhes davam razão.

Pritchard chegou a fazer mais do que dez diferentes pedidos no curso de um dia, e todo e qualquer juiz se pronunciava contra. Parecia estar completamente tranquilo quanto a isso. De se presumir que obter a anulação do julgamento tenha sempre se mostrado como um tiro no escuro.

Embora na última vez em que se levantou sua postura tenha parecido diferente. Jess pensou tê-lo visto recompor-se. Ficou mais ereto, com gestos e tom de voz mais combativos.

– Meritíssimos – ele disse –, ainda resta a questão da prova testemunhal.

– Não estamos inclinados a reformá-la – LePlastrier retrucou. – Nós apreciamos seu pedido, sr. Pritchard, mas seria um desvio enorme das competências nas quais atuamos. Os juízos de segunda instância se dedicam a matérias substantivas de direito, não à materialidade da prova, por mais que sejam calorosamente contestadas.

– Entendo, meritíssimo – Pritchard concordou. – Mas não estou falando sobre contestação de provas, estou falando de provas jamais apresentadas. No vigésimo dia do julgamento da minha cliente, o namorado dela, John Street, única testemunha de qualquer episódio dentre os fatos relevantes, foi intimado a depor. Conforme aquele dia chegava ao fim, comecei meu contrainterrogatório. Embora nunca tenha sido capaz de completá-lo, pois o sr. Street foi submetido a uma cirurgia no dia seguinte. Complicações relacionadas aos enxertos de pele nas mãos, acredito. Não foi possível intimá-lo a depoir de novo no decorrer do que ainda restava do julgamento.

Os juízes estavam com um ar pesado. Bem como os procuradores da Coroa. Jess teve a impressão de que a mesma ficha estava caindo em várias cabeças.

– Assim sendo – Pritchard retomou após uma ligeira pausa –, parece-me que à defesa deveria ser permitido interrogar o sr. Street de novo. A única alternativa para tanto seria a anulação do julgamento e recomeçarmos do zero.

Os juízes se consultaram uma vez mais. Pritchard aguardou com indiferença no rosto a despeito da postura tensa. Paul Levine estava com o queixo apoiado na mão fechada, nós dos dedos pressionados contra a boca.

– E o senhor acredita, sr. Pritchard – o juiz Foulkes perguntou –, que, caso algo surja durante o depoimento do sr. Street, que materialmente afete a segurança jurídica da sentença em julgado de sua cliente, a anulação seria concedida àquela altura?

– E a sentença por conseguinte derrubada. Exato, Meritíssimos.

– O senhor julga provável tamanho desfecho? – o juiz Macclehurst perguntou.

Pritchard deu de ombros.

– Provas são provas, Meritíssimo. Como um rio, acabam sempre correndo para o mar.

Os juízes se puseram novamente a discutir entre si, mas apenas por alguns poucos segundos.

– Sim – Foulkes por fim disse. – É no mínimo nada ortodoxo, embora esta seja uma situação extremamente incomum e haja pouca plausibilidade em estabelecer-se um precedente mais amplo.

– Agradeço, Meritíssimos – Pritchard disse. – Fora isso, nada mais tenho a acrescentar. Caso meus nobres colegas não tenham outras questões a levantar...

Não tinham. Os juízes se levantaram, o meirinho proclamou "Todos de pé!" e os trabalhos do dia se encerraram.

Jess foi conduzida para fora da sala de audiência através da mesma porta pela qual tinha entrado, e de volta ao estreito corredor nos fundos. Já então pairava um forte cheiro de desinfetante no ar e não mais o odor de cera para piso e a poeira de antes. Ficou pensando se alguém tinha lavado e desinfetado o local onde tinha sentado para almoçar.

Poderia simplesmente virar as costas ao outro probleminha. Deveria. Mais um ou dois dias porém... talvez fosse o suficiente. Paul Levine talvez já tivesse as respostas que ela precisava. E ela poderia ganhar aquele tempo simplesmente fazendo o que lhe tinham mandado fazer.

– Eu preciso ir ao banheiro – ela disse. Sua voz vacilou um pouco.

– Vá lá, então – Ratner falou. – Só não demore.

– Eu acho que vou dar um pulo lá também – Corcoran resolveu. Empurrou a porta do banheiro na frente de Jess e entrou. Quando Jess enfim foi atrás, Corcoran já estava a caminho da cabine do meio.

Jess ficou com a da esquerda e esperou em silêncio encostada contra a porta. Após um longo intervalo, escutou o barulho da tampa do sanitário sendo fechada por Corcoran e então o jato forte da descarga. Esperou até ouvir o barulho da porta do banheiro se fechando de volta para poder sair e passar à cabine do meio. Mas pelo visto Corcoran também estava no aguardo.

– Estou só te esperando, Moulson – disse já do lado de fora da porta.

– Talvez eu ainda demore mais um pouco – Jess retrucou. – Acho que estou com um pouquinho de prisão de ventre.

– Ah, por favor, me poupe dos detalhes! – A porta rangeu ao se abrir e fechou em um estrondo.

Jess trocou de cabine depressa, sem tirar o olho da porta do banheiro.

Ela ergueu o braço e apalpou por trás da cisterna. O pacote se encontrava exatamente lá, mas, por uns instantes, a fita não cedeu ao tentar puxá-lo pela ponta. Até que se soltou de uma vez e ela quase o deixou cair no vaso, salvando-o por pouco no ar toda desengonçada.

Jess virou o pacote de lado e o examinou. Razoavelmente volumoso, embora mais leve do que se poderia imaginar pelo tamanho.

O cheiro do desinfetante estava fresco e forte, quase sufocante. Um zelador ou uma faxineira com um carrinho cheio de escovões e sacos plásticos e produtos de limpeza e total liberdade para ir e vir pela área restrita e todo o resto do edifício. Jess teria apostado todas suas fichas como tinha sido assim que o saco acabou parando lá.

E agora? Só havia três opções. Grudar o saco no ventre conforme lhe foi dito e retornar à companhia dos guardas. Colocá-lo de volta onde o encontrou. Ou rasgá-lo e jogar tudo descarga abaixo.

– Prisioneira, ande logo e saia logo daí. Agora! – Jess tomou um susto violento. Ratner berrou tão alto que por um instante ela pensou que a guarda estivesse dentro da cabine.

– Eu já estou indo – ela gritou. Não havia tempo para pensar. Certamente não para se livrar do conteúdo do pacote. E se ela tentasse grudá-lo de volta atrás da cisterna, provavelmente acabaria fazendo um barulho considerável por menor que fosse. O treinamento recebido por Loomis e Earnshaw entrou em cena. Enfiou o pacote na camisa do moletom e fixou as pontas soltas da fita em cada lado do abdômen.

Lembrou-se de puxar a corrente da descarga antes de destravar a cabine.

Ratner estava parada bem na frente da porta com os braços cruzados e a cara fechada.

– Eu não ganho hora extra por isso – ela disse.

– Foi mal – Jess balbuciou.

A guarda a enxotou de volta para fora varrendo o ar com as pontas dos dedos. Corcoran a seguiu a passos lentos, erguendo uma das sobrancelhas para mostrar que não via a menor necessidade naquela pressa toda. Escoltada, Jess atravessou o corredor e saiu do prédio seguindo até o pequeno pátio onde a van já estava à espera das três.

Paul Levine também a esperava.

– Será que eu poderia conversar com a minha cliente? – perguntou a Ratner.

– Nossa agenda está meio apertada – ela lhe respondeu com frieza. – O senhor vai precisar fazer isso pelas vias legais, durante os horários de visita estabelecidos.

– Ah, uns minutinhos a mais não vão fazer diferença – Corcoran disse. – Só não demore muito, tudo bem?

Ratner lhe lançou um olhar de reprovação, mas não discutiu. As duas se retiraram rumo à traseira da van.

Paul lhes deu as costas, falando num tom bem baixo para que elas não o escutassem mesmo estando a poucos metros de distância.

– O que você achou de hoje? – perguntou a Jess.

– Foi tudo bem – Jess disse. Deu de ombros. – Parece que nada de mais aconteceu.

– Pois você ficaria surpresa – Paul retrucou. – De todo modo, amanhã será diferente. E eu receio que certas partes talvez possam acabar sendo pesadas para você. Mas não há como contornar isso.

Ela pôde perceber a preocupação na testa dele. Passou por sua cabeça contar-lhe sobre Grace, mas como poderia? Querendo ou não, ela fazia parte do esquema. Havia droga grudada em sua barriga naquele exato momento. Se a casa caísse na cabeça de Grace, também cairia na sua, provavelmente levando sua apelação junto no processo. E um monte de outras coisas, já que a maioria das detentas de Goodall amarradas à força-tarefa rotatória e não consensual de Grace eram mulheres com recursos ou novos julgamentos pendentes. Não. Definitivamente não. Se houvesse algum meio de escapar daquela armadilha, não seria Paul.

Ele ainda estava falando, explicando o porquê de talvez o dia seguinte ser pesado.

– Nós queremos repassar a limpo tudo o que foi dito por você e pelo John nos depoimentos iniciais. A sequência dos acontecimentos na noite do incêndio. Vamos analisar todos os pormenores. Eu imagino que parte dessa coisa toda ainda lhe seja um tanto dolorosa.

– Eu vou ficar bem – Jess lhe garantiu. O que era quase uma mentira, embora ela pudesse conviver com isso. Sua relação com Alex já não era mais uma atrocidade isolada. Era permanente. E ela vinha tentando se redimir.

Ainda que às vezes regredindo um pouco. O pacote de drogas se encontrava tão agarrado a sua pele quanto um parasita abominável. Dava para senti-lo se mexer, quase imaginá-lo enterrando-se em seu corpo.

Jess tratou de afastar o pensamento com certo esforço. Alex. Alex era o que importava agora.

– A carta – ela disse a Paul. – Você conseguiu...?

Ele soltou a respiração com força. Quase um suspiro. Não foi um som lá muito encorajador.

– Consegui, sim. Você me pediu para descobrir se o Alex Beech tinha sido transferido de outra escola para Planter's Lane. Eu não pude ter acesso direto aos arquivos relevantes, mas parece não haver razão para que ele tenha sido transferido. Os Beech viveram por bastante tempo em Orchard Court, eles se mudaram para lá cerca de oito anos antes que você, quando o Alex ainda era um bebê de fraldas, o que os deixaria bem no centro da zona de captação da Planter's Lane.

– Mas isso não é uma prova. Não comprova que o Alex nunca estudou em outro lugar.

– Eu sou advogado, Jess. Acredite em mim, eu sei o que conta ou não como prova. Eu ainda não terminei de contar.

– Desculpe – ela disse. – Continue.

– Bem, você me disse que estava interessada em uma escola em particular, uma escola que tinha um cabrito e uma bandeira no emblema e *dum spiro spero* como lema. Eu encontrei a escola, depois de muito esforço. É um cordeiro e não um cabrito, óbvio. O Cordeiro de Deus. Mas existe. Chama-se Bishop Borley. Costumava ser uma escola católica que abraçou o laicismo nos anos 1980. Mas existem algumas boas razões para que o Alex Beech não possa ter estudado lá. Para começo de conversa, não fica em Londres. Fica em Nottingham.

– E por que o Alex não poderia ter parentes em Nottingham?

– Ter *tido* parentes, você quer dizer? É possível. – Paul sacudiu a cabeça, como se refutasse as próprias palavras. – Mas isso fica em Bridgeside. Uma região realmente falida. Quase uma favela.

– E os Beech por acaso lhe parecem uma família emergente? – Jess se arrependeu do comentário tão logo o fez, embora algo no rumo dessa conversa a tivesse deixado nervosa, o que lhe provocava a reagir agressivamente. Sorriu e deu de ombros, tentando reverter tardiamente a tosquice da zombaria em piada.

– Eu acho que eles se enquadram no que os políticos chamam de aperto da classe média – Paul disse num tom de voz moderado. – Mas esse não é o argumento principal.

– Que bom.

– O argumento principal é que a Bishop Borley é uma escola para meninas.

Jess titubeou, pega de surpresa.

– Mas... então... – ela se atrapalhou. – Não tem...?

– O quê? – O tom de Paul ainda era neutro, embora houvesse certa fadiga e talvez resignação em seu rosto. – Alguma evidência de que a escola costumava ser mista? Ou de que o Alex tenha passado por uma mudança de sexo? Não, Jess. Eu não encontrei nada desse tipo. E já que você nunca foi honesta de verdade comigo sobre o que é que você tanto procura, ou por quê, não havia muito mais que eu pudesse fazer a essa altura.

Jess ficou pensando no que dizer. Era a mais pura verdade. A partir do momento em que detectou o interesse de Paul, passou a usá-lo para conseguir o que queria. Mal tinha dedicado um mísero pensamento ao pobre coitado senão nessas condições. *Eu acho que a senhorita provoca certo efeito dispersivo sobre o sr. Levine.*

Impulsiva e repentinamente, ela o abraçou. Era a única pessoa que ela conhecia além de Alex que de fato poderia acolher seu toque, embora naquele primeiro instante ele tenha congelado no lugar, tomado de surpresa. Um arrepio percorreu o corpo do advogado. Então se derreteu todo, encostou seu rosto no rosto de Jess, no lado onde a pele tinha sido reconstruída, e soltou um ruído como um soluço.

Às costas dos dois, Ratner praguejou.

– Mas que porra é essa?

A mão da guarda despencou sobre o ombro de Jess, mas sem tanta brutalidade.

– Ei – Corcoran disse. – Coopere, Moulson. Sr. Qual-seja-seu-nome. Eu acho que isso não era para ser uma visitinha conjugal.

Ratner deslizou a porta da van e Corcoran se afastou um pouco para que Jess pudesse entrar. Por mais alguns segundos ainda, não arredou o pé.

– Valeu, Paul – ela disse. – Valeu por tudo. Desculpe se eu fiz você se sentir usado. Quer dizer, eu o usei. Não foi a minha intenção, eu só estava... tentando resolver uma coisa. Manter uma promessa.

– Ah, você é ótima – Paul disse, perdido. – Quer dizer, tudo está ótimo. Está tudo bem e não precisa agradecer.

– Já chega dessa merda – Ratner vociferou.

Ela colocou-se entre Jess e Paul, forçando-o a recuar. Em seguida, levou a mão ao braço de Jess e a virou. Jess subiu na van, praticamente empurrada por Ratner. Corcoran foi atrás.

– Veja se tenta ter uma boa noite de... – Paul ainda tentou dizer-lhe. Mas a porta se fechando o cortou.

65

Durante todo o caminho de volta à prisão, atravessando a beleza inóspita das charnecas, Jess não disse uma palavra sequer nem tirou os olhos do próprio colo.

Alex tinha lhe pedido duas coisas: que ela o colocasse novamente em contato com a tal amiga e que descobrisse o nome da inimiga. Ele queria reencontrar as duas, a garota que o amava e a garota que o machucava. Jess tinha fracassado completamente em ambas as missões. Nada tinha a oferecer-lhe. Nada a dizer.

E o pacote grudado em sua barriga era um fardo quase que igualmente grande. Em vez de pistas, respostas, revelações, o que levava de volta a Fellside eram as drogas pesadas para o império sórdido de Harriet Grace. Quão distante da redenção seria possível se chegar em um único pulo?

Não conseguia encontrar uma posição confortável com aquele pacote. Cruzar as mãos sobre o volume o mantinha escondido, mas talvez acabasse chamando muita atenção, acentuando a linha reta marcando seu moletom amarelo logo abaixo do diafragma. Deixar os braços ao lado do corpo seria mais casual embora a fizesse se sentir nua e desprotegida. A consciência sobre o volume do pacote a oprimia, os cantos pontiagudos, mesmo o peso, o qual tinha parecido leve de início já ficava mais e mais difícil de suportar.

Sentia-se como se estivesse sendo carregada de corpo e alma rumo a uma decisão que ainda não se encontrava preparada para tomar. E uma vez de volta a Fellside, tal decisão seria tirada de suas mãos tão logo se visse entre o rochedo que era Liz Earnshaw e o paredão representado por Big Carol Loomis.

A muralha de Fellside foi se aproximando e os acolheu. A van encostou, e Jess foi escoltada pela área de segurança. Havia três portões principais a cruzar. No portão externo, Corcoran assinou o registro de reentrada de todos. No mais interno, o retorno de Jess foi registrado manualmente por um guarda e eletronicamente por uma das secretárias no balcão administrativo.

– Não dá para pegarmos outra van amanhã? – Ratner perguntou. – Aquela lá cheira a mijo.

– É só não fazer xixi lá dentro – a secretária observou. E caiu na gargalhada. Corcoran se juntou a ela, Ratner manteve-se inflexível.

As duas guardas atravessaram a prisão com Jess até Goodall, onde havia mais portões por cruzar. Finalmente, abriram o portão principal ao salão oval de Goodall, onde Jess esperava ser largada à própria sorte. Afastou-se das guardas em direção ao bloco das celas feito um barco de pesca se desatracando de um par de rebocadores. Mas por pouco tempo. Ratner deu uns tapinhas em seu ombro e apontou para a escada.

– Siga andando – ela disse.

Jess não obedeceu. Por um instante não entendeu o que estavam pedindo que fizesse.

– Está no horário das atividades livres – ela assinalou. – Eu acho que eu vou só... ficar aqui.

– Não vai, não – Ratner retrucou. – Ordens do sr. Devlin.

Jess ainda não tinha se dado conta, muito embora a ficha estivesse começando a cair.

– Mas...

– Você vai ficar confinada na sua cela até o fim da apelação. Você sabe o quanto é popular, Moulson. Alguém pode achar que exista uma chance de você sair daqui antes do previsto e resolver tomar alguma providência. Então, veja se entra debaixo da coberta e trate de ficar quietinha lá dentro.

A mão de Ratner passou ao antebraço de Jess e a virou, como tinha feito no tribunal de justiça embora com um tanto mais de afinco.

– Pode me dar uma ajudinha aqui – ela disse a Corcoran.

Corcoran pareceu insegura.

– O Dennis disse para fazer isso?

– Disse. Vamos, pegue logo o outro braço dela.

– Desculpe, Moulson – Corcoran sussurrou. Fez conforme lhe foi dito, e muito embora sua pegada fosse bem mais suave do que a de Ratner, Jess ficou presa entre as duas. Impeliram-na com firmeza em direção à escadaria. Ratner ditava o ritmo, no caso uma marcha rápida. Jess quase tropeçou ao ser impelida escada acima em direção ao próximo patamar.

As mulheres no salão oval tinham se virado para encará-la com rostos bem mais especulativos do que propriamente hostis. A maioria, àquela altura, sentia-se como se Jess Moulson fosse assunto pessoal. Já tinha aparecido bastante nos sonhos de todas nos últimos tempos.

Jess estava quase atordoada para pensar, embora não houvesse muito o que de fato pensar. Não se tratava de um ato aleatório de gestão, tratava-se de Grace: Grace tendo de garantir que Jess entregasse o produto dessa vez e não confiando em sua capacidade de fazê-lo por conta própria. Earnshaw e Loomis ficariam à toa pelas bandas de sua cela, onde entrariam tão logo as guardas partissem.

Pensar nisso só fortalecia sua determinação. Podia até ter caminhado feito uma sonâmbula rumo à submissão por conta própria, levada pelo medo ou pragmatismo ou algum tipo de clamor em especial quanto a continuar viva a fim de fazer a coisa certa por Alex. Já tinha algo de concreto contra o que lutar. Agiu sem sequer pensar.

Dez degraus acima, a meio caminho entre o salão oval e o patamar rumo ao primeiro andar, acelerou o ritmo e relaxou os músculos a um só tempo. Seus pés continuaram a subir a escada, o peso de seu corpo foi jogado por inteiro nos braços das duas guardas.

Esperneava, inclinando-se para trás.

As duas até poderiam tê-la amparado caso tivessem previsto, mas a escoravam de baixo e Jess saiu em disparada na horizontal. Caiu de costas escada abaixo, retorcendo-se toda de lado, pois não queria fraturar a coluna. Um dos braços se ergueu para proteger a cabeça, o outro se agarrou a seu ventre no caso de o pacote de drogas se soltar, embora não tenha conseguido manter a posição de impacto por mais do que um ou dois segundos.

Ela rolou pateando por toda a escadaria abaixo ao som do grito de surpresa e sobressalto de Corcoran e o "Merda!" disparado por Ratner. Talvez tenha lhe faltado impulso para acabar de ponta-cabeça: um amontoado de pernas e braços retorcidos e baqueados no chão do salão oval.

Uma multidão de mulheres saiu correndo para ver o estrago de perto, prestar ajuda caso fosse possível, ou só para matar o tempo com alguma coisa mais interessante do que corridas de baratas.

Ratner agarrou Jess pelo braço para arrastá-la de volta em pé, mas umas duas dúzias de vozes berraram não. Ratner vacilou e lançou um olhar a Corcoran, que também sacudia a cabeça.

– Ela pode ter machucado a coluna – Marge Todd disse. – Se mexer nela, vai acabar acabando com ela para sempre.

– Ligue para a enfermaria – Corcoran disse a Ratner. – Eu fico aqui com ela.

– Ela está bem – Ratner rebateu.

– Não sabemos. Vá logo ligar para o doutor.

Ratner ainda pareceu querer dizer mais alguma coisa, mas acabou engolindo o que quer que fosse e tratou de fazer o que lhe mandaram. Jess ficou deitada no chão tentando se parecer com alguém contundido e confuso. Quando Corcoran lhe perguntou como se sentia, não respondeu.

Patience DiMarta chegou correndo uns dois minutos depois. Examinou o nariz ensanguentado e a mão arranhada de Jess e começou a apalpar-lhe o corpo minuciosamente em busca de outras lesões.

– O que aconteceu? – a guarda perguntou.

– Ela caiu da escada – Corcoran disse.

– Caiu? – Ratner estava indignada. – A porra dessa doida varrida mergulhou foi de cabeça, isso sim.

– Você consegue sentir seu pé? – DiMarta lhe perguntou.

– Sim.

– Mexe para eu ver, então.

Jess o mexeu, visivelmente para a satisfação de DiMarta.

– E ficar em pé? – ela propôs.

Jess se sentou, mas fez um esforço descomunal para tanto, movimentando-se devagar em um festival de arquejos e contrações.

– Tudo bem – DiMarta disse. – Eu cuido dela.

– Ela tem que ser levada para o confinamento na cela – Ratner se opôs.

DiMarta a encarou com indiferença, como se algum móvel tivesse lhe dirigido a palavra.

– Ah, legal – ela disse. E então voltando-se a Jess: – Vamos lá, detenta. Não há nada de errado com as suas pernas, até onde dá para ver.

A policial ajudou Jess a ficar de pé, com Jess se entregando de corpo e alma em uma atuação das mais verossímeis como se tivesse levado pancadas o suficiente para esquecer o significado de posição vertical.

Ratner de novo.

– Eu só recebo ordens. Ela tem que...

– Eu não estou contestando as suas ordens – DiMarta lhe cortou. – Ela está machucada; ela vai comigo.

Ratner estava entre as duas e a porta. E lá permaneceu ainda por um tempo, carrancuda, ponderando as opções.

DiMarta falou mais devagar e pausadamente, como se estivesse conversando com um idiota.

– Pegue o regulamento. Abra e leia. Você não sabe nada? Se der alguma complicação, você será a responsável por isso.

Tratava-se de um argumento incontestável. Boa parte das atribuições da enfermaria era garantir que Fellside, os respectivos dirigentes e sócios-proprietários fossem ressarcidos caso uma das internas sofresse algum mal. Tão logo DiMarta entrou em cena, Jess passou a ser de sua total e exclusiva competência. Tudo o que Ratner poderia fazer era sair do caminho, o que teve que fazer, ainda que fervendo de raiva e de má vontade.

– Muito melhor – DiMarta disse com um sorrisinho no rosto. – Muitíssimo obrigada.

66

Sylvie Stock estava na enfermaria quando DiMarta chegou com Moulson. Sua reação não foi das melhores.

– O que ela está fazendo aqui? – disparou.

– Ela caiu – Patience disse. – Relaxa, Sylvie. Eu cuido disso.

DiMarta sentou Jess em uma cadeira de encosto reto, desinfeccionou o pulso arranhado e limpou o sangue do rosto. Como ainda escorria um pouco de sangue do nariz de Jess, deu-lhe um lenço para estancá-lo.

– É melhor você tirar a roupa – continuou. – Deixe-me dar uma examinada, ver se não tem nada torcido ou quebrado.

Jess engoliu a bile. O momento de decisão tinha um gosto, um amargor e uma queimação bastante peculiares.

– Eu preciso ir ao banheiro – ela disse.

DiMarta assentiu.

– Sem problemas. Você sabe o caminho.

– E eu queria falar com o dr. Salazar, se for possível.

Assim que Moulson deu as costas e se arrastou até o banheiro, DiMarta lançou um olhar a Stock cheio de questionamentos.

Sylvie deu de ombros.

– Eu não gosto dessa mulher. Às vezes acontece da gente simplesmente não ir com a cara de uma pessoa. Se ela mata uma criança inocente ou coisa do tipo, por exemplo. Mas eu nunca deixaria isso afetar minhas decisões profissionais.

– Não – Patience concordou. – Claro que não.

– Sério – Stock soltou. – Eu sou uma enfermeira, Patience. Eu faço o meu trabalho. Quando você já ouviu falar de eu não cumprir minhas funções?

– Nunca – DiMarta disse. – Escuta, por que você não vai atrás do Sally para avisá-lo que ela está aqui querendo falar com ele?

– Tudo bem – Sylvie resmungou e foi embora batendo a porta.

Ela andou uns dez metros pelo corredor e começou a chorar. Era demais para ela. Havia feito algo terrível, ainda assim um acidente, e não era justo que isso ficasse voltando só para torturá-la. E Sally sabia de tudo. Sally poderia jogá-la na sarjeta com uma única palavra quando bem entendesse.

Não era nada fácil conviver com essa situação. Isso deixava Stock desesperada. Sentia-se forçada a cair, à beira de um precipício interior, onde aguardava para ver quem a empurraria abismo abaixo, o destino ou o acaso.

67

Jess entrou no banheiro, trancou-se e grudou-se na parede, os olhos fechados. Sentia-se tão fraca que não confiava em si mesma para ficar de pé. O pacote de drogas contra seu estômago emanava calor em seu corpo feito um tijolo cozido. Quase teve medo de tocá-lo.

Mas quando levantou o moletom e arrancou a fita adesiva, sentiu a bolsa plástica fria e melada ao toque.

Jess levou um bom tempo para jogar a droga descarga abaixo. Os comprimidos em especial se recusavam a descer, emergindo duas ou três vezes antes que ela enfim conseguisse se livrar deles ao cobrir tudo com folhas de papel higiênico como uma rede de pesca.

– Moulson, o que você está fazendo aí dentro? – DiMarta gritou do outro lado da porta.

– Meu intestino – Jess murmurou.

– Hein?

– Meu intestino – ela disse de novo, mais alto. – Eu estou com dor de barriga. Já vou sair em um minuto.

DiMarta estalou a língua nos dentes e foi preparar um copo de solução com sais para reidratação oral.

– Você foi para a guerra? – provocou, a mesma coisa que sempre dizia quando um paciente apresentava mais do que um problema de saúde simultaneamente.

Jess apertou a descarga uma vez atrás da outra até que não houvesse mais nada. Dobrou a bolsa plástica e os ziplocks e enfiou tudo no bolso de sua calça. Então deixou a torneira aberta por um bom tempo, pois era o que DiMarta esperaria ouvir. Jogou um pouco de água fria no rosto. Encarou-se no espelho com a água escorrendo por suas bochechas feito lágrimas.

Estava feito. Não havia como voltar atrás. Encontrava-se em guerra com Harriet Grace. Só tinha se esquecido de trazer uma arma.

Jess destrancou a porta e voltou à enfermaria.

– Bebe isso – DiMarta disse, empurrando-lhe o copo com os sais reidratantes. – Vai te deixar reidratada. E depois tire a roupa. Eu preciso te examinar pra ver a gravidade dos ferimentos.

Dessa vez Jess obedeceu. Bebeu os sais de uma vez. Tirou as roupas assim que DiMarta fechou a cortina do biombo, e submeteu-se docilmente a um exame. DiMarta foi minuciosa, procurando edemas e hematomas (havia *vários* hematomas, novos e antigos), testando o centro de rotação das articulações de Jess, certificando-se de que suas pupilas reagiam aos estímulos, e prestando-lhe os devidos cuidados.

Enquanto ainda tratava Jess, Sally chegou e exclamou do outro lado do biombo:

– Sou eu, Patience. A Sylvie disse...

– Já estamos saindo, Philip – DiMarta o interrompeu. Era a única em Fellside que chamava o dr. Salazar pelo primeiro nome.

Jess vestiu as roupas. DiMarta abriu a cortina do biombo.

– Eu soube que você queria falar comigo – Salazar disse. Parecia preocupado. – Hoje foi o primeiro dia do seu recurso, não foi? Eu vi no noticiário. Você quer alguma coisa para ficar mais calma?

Jess hesitou. Era sua deixa, mas o que precisava falar não poderia ser dito. E se levasse suas súplicas a Salazar e ele as refutasse, não haveria mais esperança alguma.

– É... na verdade é particular – ela respondeu. E então, segurando-o, acrescentou: – É sobre drogas.

68

Sally travou uma batalha interna que durou por vários e longos, bastante longos, segundos.

Drogas.

E por qual outro motivo? Muitas das detentas de Fellside eram viciadas ou ex-viciadas. Moulson talvez não tivesse se referido às drogas ilegais. Talvez estivesse falando das drogas que ele próprio receitava. Talvez estivesse com algum problema de saúde que tinha se esquecido de contar. Talvez tivesse alguma coisa dentre várias possíveis a confessar, requerer, revelar.

Mas algo no rosto de Jess o alertou. Do nada, ficou aterrorizado, desnudo sob aquele olhar assimétrico.

– Bem – ele disse. – Eu não me considero necessariamente a melhor pessoa para...

– Você conhece a Grace? – Moulson o interrompeu. – Harriet Grace, do bloco G?

Sally fez um esforço colossal para se manter impassível. Cruzou a sala até sua mesa e se sentou, pois suas pernas tremiam e não queria que DiMarta percebesse.

– Patience – ele disse. – Você se importaria de me deixar a sós com a srta. Moulson por um ou dois minutos?

DiMarta o encarou, perplexa. Era contra as regras, claro. Deveria haver uma enfermeira sempre que Salazar atendesse qualquer detenta. Às vezes, a regra era quebrada pelo caos da rotina diária na enfermaria, mas chegar a pedir privacidade quando privacidade não era algo permitido...

– Bem, estou mesmo no meu intervalo – DiMarta disse com ligeira rigidez na voz. Magoava-lhe que Sally não confiasse em sua discrição. Julgava haver algo entre eles. Mas não importava. Estava contando com todos os feriados acumulados para abater de seu aviso prévio, então aquela seria sua última semana em Fellside. Logo estaria desembarcando de um avião em Monfortinho, e as charnecas de Yorkshire não passariam de uma lembrança longínqua.

Quando DiMarta fechou a porta, Salazar virou-se para Moulson. Ela ainda estava sentada na cadeira de plástico desconfortável em que DiMarta a havia examinado. Ele a encarou com certa coragem acovardada nos olhos, como um cristão na arena que vê o leão mancando e considera a possibilidade de fechar um acordo envolvendo uma coroa de espinhos.

– O que você...? – ele a encorajou.

– Harriet Grace tentou me usar como mula de drogas – Moulson disse. – Ela vai me matar se você não me ajudar.

O médico ergueu a mão, tentando abafar a informação antes de dizer qualquer coisa, mas Moulson prosseguiu mesmo assim:

– Eu tive que pegar um pacote no tribunal em Leeds. Lá no banheiro. Cabine do meio. Acho que ela faz sempre esse mesmo esquema com quem tem um recurso chegando.

– Mas então... onde está...?

– Onde estão as drogas? Joguei tudo fora e dei descarga antes de você chegar. Eu peguei o pacote, mas desisti de entregar. Foi por isso que caí da escada. Eu fiz parecer um acidente, mas não foi. Não consegui pensar em mais nada. Achei que, se eu desse entrada aqui, talvez ela não fosse capaz de me pegar.

Sally ouvia tudo consternado. Tudo o que Moulson dizia encaixava-se perfeitamente nas lacunas do que ele já sabia, como engrenagens que vão se encaixando e começando a girar. Esse era o grande segredo, a parte da operação de Grace da qual ele era intencionalmente excluído. Sabia de tudo agora, toda a cadeia de fornecimento e, além de Grace e Devlin, provavelmente era o único em toda a Fellside a saber.

Mas se Moulson estava atrás de asilo, tinha escolhido o pior lugar de toda a penitenciária para procurar ajuda. Ele não poderia ajudá-la, já que constava na folha de pagamento de Grace. Quando ela descobrisse que Moulson estava lá, mandaria Devlin buscá-la, e Sally não teria outra escolha senão entregá-la.

– Eu compreendo o seu problema – ele balbuciou, olhando ao redor, menos nos olhos dela. – Mas não há nada que eu possa fazer por você.

– Por favor – Jess lhe implorou. – Você pode me deixar internada aqui só por uns dias, só até que eu pense em uma saída. Eu fiz uma promessa. Eu fiz uma promessa a alguém que precisa de mim. Não tem mais ninguém que possa ajudá-lo, então se eu... – Sua garganta esquelética não lhe permitiu disfarçar ter engolido em seco. – Se eu morrer, ele vai ficar sozinho.

– Sim, sim, eu entendo – Sally disse. Nem perguntou quem era essa pessoa misteriosa, considerou a história pura ficção apenas para atribuir um peso maior à súplica. – Eu sei do que a Grace é capaz. Mas eu não posso me envolver nisso. É melhor você procurar o diretor. Contar tudo para ele.

– Você acha que ele vai me ajudar?

A boca de Sally se abriu, fechou-se, abriu-se de novo. Nenhum som foi emitido.

Se ele vai ajudar? Pela minha experiência, não. Ele só vai te dar um sorriso e fazê-la esperar. Foi o que ele pensou, mas não disse pois, naquele exato momento, Devlin entrou na sala escancarando a porta sem bater.

O Diabo nem se deu ao trabalho de olhar para Sally. Seus olhos fixaram-se em Moulson e ficou claro que não estava surpreso de vê-la ali. Já devia ter tomado conhecimento por meio de Ratner ou Corcoran, ou visto o relatório da ocorrência.

– Vim só para levá-la de volta para a cela – ele disse. – Se você já tiver terminado. – Ele foi na direção de Moulson, já com o braço direito esticado para agarrá-la.

E esse foi o problema, se é que havia apenas um. A segurança na atitude de Devlin. O fato de ele se mostrar tão confiante de que encontrá-la na enfermaria significava que era seu dono ou senhor do seu destino.

Sally colocou-se no caminho de Devlin. Deu só um passo, o que provavelmente daria no mesmo. O médico talvez não tivesse sido capaz de dar mais passos naquele momento.

– Ainda não – Sally disse. – Não terminei. Muito pelo contrário. Sinto muito, Dennis. Essa detenta está com suspeita de traumatismo e vou mantê-la em observação essa noite.

Devlin encarou Sally.

– Hein?

– Eu a internei – Salazar disse.

– Então, dê logo alta.

Moulson assistia a tudo com olhos arregalados cheios de pavor. Devlin estava pronto para levá-la até Grace sem maiores pretextos ou desculpas. O médico se posicionou entre os dois parecendo a rocha mais mole do mundo.

– Esse é o meu consultório, Dennis – Sally disse. – E sou eu quem decide isso.

– Vai por mim, Sally – O Diabo retrucou –, não é mesmo.

– Bem, minha opinião médica é o que conta aqui. Suspeita de traumatismo. É o que está escrito no registro, e assim vai continuar.

Devlin cravou seu olhar no médico: o obstáculo imediato, a questão a ser resolvida. Seu punho direito se fechou sobre o cabo de seu cassetete.

– Traumatismo. Você está certo disso?

– Não. Mas eu não tenho que estar. Eu vou mantê-la em observação.

Devlin sacou seu cassetete, devagar e de forma deliberada.

Sally soltou uma risada provocativa.

– Qual é a graça?

– É engraçado você pensar que pode me ameaçar com isso – Sally disse em um tom elevado e grosseiro. – Por acaso você vai nos matar, Dennis? Espalhar nossos miolos no meio do bloco administrativo? Eu acho que não seria uma boa ideia.

Devlin ergueu o cassetete como se fosse a ponteira de um professor. Mas tudo o que O Diabo fez foi lhe dar umas pancadinhas no ombro, bem suaves.

– Eu não disse nada – ele rebateu com toda calma – sobre bater em alguém. Um traumatismo. Beleza. O médico aqui é você, Sally. É você quem tem que levar todos os riscos em consideração. Você está fazendo isso, não é? Considerando os riscos?

Sally encarou o sujeito nos olhos por um segundo a mais do que devia. Pôde ver o que estava fervendo lá dentro e quase perdeu a cabeça.

Ainda assim conseguiu fazer com que a palavra saísse. De algum modo.

– Estou.

– Então, vou te deixar trabalhar em paz.

O Diabo colocou o cassetete de volta no coldre. Ainda lançou outro olhar curioso a Moulson antes de dar meia-volta e sair andando.

Sally correu até o banheiro onde vomitou a alma na pia. Ainda ficou um bom tempo lá até que restasse só a saliva.

– Obrigada – Moulson disse às costas dele.

– Tranque a porta – Sally lhe pediu, engolindo as palavras.

– Eu não tenho a chave.

Ele tratou de pescá-las no bolso e lhe entregar sem se virar. Não queria que ela o visse sujo e sem dignidade. Contou os passos que ela deu até chegar à porta da enfermaria. Escutou o barulho da chave virando.

Um mero gesto, na verdade. Uma superstição, quase, como jogar sal por cima do ombro ou bater na madeira. Não seria uma porta que manteria Devlin e Grace afastados (Devlin era o supervisor do bloco, dispunha de uma chave mestra). Seria a logística. A inconveniência. O fato da enfermaria estar onde estava, em meio ao intenso trânsito de pessoas pelo bloco administrativo. Não havia como cometer um assassinato ali. Seria loucura.

Tampouco daria para viver ali. Não para sempre. E, no caso de Sally, não depois das oito em ponto. Era quando seu turno terminava.

69

Devlin voltou à cela de Grace e lhe contou o que tinha acontecido. Que chegou a ter Moulson bem à sua frente, mas não pôde levá-la embora. Não estava nada contente por ter que lhe contar isso, e ainda menos entusiasmado com a reação de Grace, que obviamente o culparia.

– Salazar? – ela fez ecoar. – Salazar te mandou embora? Esse cara é um idiota, Dennis!

Essa não havia como rebater. Por mais robusto que o médico fosse, sempre demonstrou certa fragilidade. Um manteiga derretida era exatamente o que ele era. Mas algo facilmente quebrável poderia ser, ainda assim, um osso duro de roer. Gelo é frágil, mas leve uma pedra de gelo na cabeça para ver. Devlin não se deu ao trabalho de entrar no mérito: Grace o teria acusado de inventar desculpas. Então, ele disse:

– Vou cuidar do Sally quando for a hora. A questão é o que você pretende fazer com a Moulson.

– Nada – Grace disse. Pegou seu iPod e não parou de mexer, passando rápido de um menu a outro. Devlin sabia estar prestes a escutar algo extremamente orquestral.

– Nada? Está falando sério? Ela está armando pra gente!

– Talvez esteja. Mas ninguém vai tocar em um fio de cabelo dela até eu descobrir se ela pegou o pacote.

– E se ela não tiver pegado?

– Então alguém vai ter que ir lá e pegar, como da outra vez.

Grace enfiou o iPod de volta ao encaixe. Acordes lamuriosos de violino ecoaram dos alto-falantes.

– Alguém? Não precisa ficar sem jeito, Grace. Só dizer. Alguém como eu, não é?

– Claro que é você – ela disse. – Já conversamos sobre isso. Qualquer outra pessoa que mandemos vai sacar as conexões. E você também não quer que isso aconteça.

– Está bem, mas não vou lá hoje à noite. Estou de plantão. Não tenho como sair daqui por todo esse tempo.

– Bem, uma coisa de cada vez. Vamos ver o que a moça tem a dizer. Que horas o turno do Salazar termina?

Devlin sabia de cor todos os horários de entrada e saída.

– Às oito – ele disse-lhe de pronto.

– E ele não fará hora extra?

– Não.

– Então, o doutor já deve estar fora do nosso caminho lá pelas 8:15. Quem é a enfermeira da noite?

– Stock. – Devlin entendeu qual era o ponto de Grace e se antecipou à próxima pergunta. – Eu a conheço muito bem. Acho que talvez consigamos colocá-la no esquema.

– Mesmo? Apesar do risco?

– O risco é necessário. E é óbvio que eu não vou falar mais do que o suficiente para ela. No fim das contas, ela ficará de bico calado porque estará toda enrolada com essa história. Ela não terá opção.

Grace assentiu, olhando de um lado para outro enquanto refletia sobre os detalhes.

– Vale a pena arriscar mesmo assim. Não temos muito tempo até o toque de recolher. Mas já terá escurecido, e isso vai ajudar.

Ela contou a Devlin o que tinha em mente. Óbvio que a coisa mais difícil a se fazer seria arrancar Moulson da enfermaria e trazê-la de volta ao bloco das celas. Stock (supondo-se que ela haveria de ser amigável) estaria em uma posição privilegiada para tanto tão logo Salazar saísse de cena. Lizzie e Carol se encarregariam da entrega na ponta final em Goodall. Só o que precisavam era de um guarda que fizesse o papel de intermediário, e não poderia ser Devlin, pois Moulson sabia não poder confiar nele.

Devlin gostou bastante do plano, em especial da parte sobre não estar diretamente envolvido. Disse a Grace que aprovava a ideia e faria todo o necessário.

– Bom saber – Grace disse. Devlin achou ter sentido uma leve pontada de sarcasmo, mas não era hora de dar vazão a mágoas. Grace sabia que precisava dele. Talvez estivesse chocada com o fato dele ter permitido que Salazar o tratasse daquele jeito impunemente, mas deixou para julgá-lo com base no que aconteceria com Sally em seguida.

Despediu-se dela e foi atrás de Sylvie Stock. Caçou a enfermeira por todo o bloco Franklin, onde ela fazia de conta que checava e reabastecia o posto de primeiros socorros. O que de fato fazia era se esconder de Jessica Moulson e da terrível hipótese de passar uma noite inteira na companhia da Assassina dos Infernos.

– Eu preciso que você me faça um favor – ele disse curto e grosso.

– Eu não estou de bom humor no momento – Sylvie o advertiu. Mas quando ele lhe contou qual era o favor, ela mudou o tom.

70

Enquanto isso, na enfermaria, Sally contava a Jess como Naseem Suresh tinha morrido.

Ele nunca havia contado a história para ninguém, e nem pretendia contar a ela. Simplesmente aconteceu. Estavam lá sentados com a porta trancada para o mundo. Contra tudo e todos. Sally tinha pedido o jantar na cozinha e a comida chegara: um leito ocupado, uma refeição que dividiram.

Estar de volta à enfermaria fez Moulson se lembrar de seu primeiro dia em Fellside. Aquele cerco todo os deixava um sob a guarda do outro. Sentaram-se lado a lado num dos leitos da unidade de quarentena, e foram honestos um com o outro como se estivessem ligados por algum pacto de infância. Cuspe na mão, juramento e tudo.

– Eu nunca fui um cara corajoso – Sally disse. – Eu acho que para ser considerado corajoso o cara tem que saber o que o espera mais à frente e seguir adiante independentemente de qualquer coisa. Ser estúpido ou arrogante... não é a mesma coisa. Eu era quase tão estúpido e arrogante quanto poderia ser. E quando a Naz veio me procurar dizendo que queria falar tudo o que sabia sobre o crime organizado que estava acontecendo no bloco G, eu disse a ela que a ajudaria como pudesse.

– Por que ela veio te procurar? – Jess perguntou.

– Eu tinha uma reputação naquela época. Para ser honesto, eu criava alguma confusão quando era preciso. Por uma boa causa. Eu reclamava das coisas. Fazia barulho sobre as condições precárias ou sobre o sistema que não funcionava direito. Eu acreditava ter uma missão aqui. Medicina holística. Mente e corpo e espírito e tudo isso, sem limites. Muitos guardas me odiavam, e eu não me importava. A notícia se espalhou. Era até natural que ela tenha me procurado. – Ele sacudiu a cabeça em um misto de pesar e assombro. – Não me parecia impossível que a gente pudesse melhorar a prisão toda. Eu sei que é difícil de acreditar vendo quem eu sou hoje.

– Você acabou de mandar o Dennis Devlin sair daqui – Jess o lembrou. – Esse é o cara que você é hoje.

Sally, porém, ainda revivia o passado.

– Agora a Naseem... – ele disse. – A Naseem era corajosa. Ela percebeu coisas em Goodall que a lembravam da merda toda com que precisou lidar na vida lá fora. Ela havia sido forçada a se prostituir por um tio. Alguém para quem o pai devia dinheiro. Já fazia encontros aos 14 anos para pagar as dívidas da família. Dá pra imaginar uma coisa dessas? Mas a polícia fez uma batida em um bordel e ela acreditou que seria resgatada. Só que acabaram prendendo todas as garotas. Trataram elas como se fossem as criminosas. Disseram que as mulheres traficadas seriam deportadas de volta pros locais de origem. O resto cumpriria pena. Foi aí que a Naz agrediu um dos policiais. Bateu-lhe com um abajur e quebrou a mandíbula do sujeito.

– Pelo que você está dizendo, ela me pareceu uma figura e tanto – Jess disse, meio chocada e meio admirada.

– Ah, sim – Sally concordou. – Bem, a Liz Earnshaw a amava. Não tem muito a ver com aquela robustez toda, né? Mas ela tinha... sei lá. Uma forte noção de como as coisas deveriam ser. Ela detestava injustiça. Perseguição. Trairagem. Aí, um belo dia, ela veio me procurar e me disse que se sentia pronta pra botar a boca no trombrone. Ela conhecia de cor e salteado todas as guardas de Goodall e todas as organizações criminosas em atividade. Ela queria que eu conversasse com o diretor e fechasse um acordo.

– Algum tipo de acordo judicial, você quer dizer?

– Não, não. Nada disso. Só uma garantia de que teria proteção caso resolvesse falar. E eu disse claro que sim. Mas eu não sabia na verdade como faria para cumprir isso, então fui cauteloso. Ou pensava que sim. Eu procurei o Scratchwell. Sem nomes não há castigo, mas eu levantei um ponto. Se uma detenta de fato se apresentasse, que tipo de sistema seria posto em prática para mantê-la em segurança enquanto ele ouvisse o que ela teria a dizer?

– E?

Sally encolheu os ombros e os cantos de seus lábios arquejaram para baixo.

– Naseem morreu naquela mesma noite. Mataram-na no banheiro do terceiro andar do bloco G. E Dennis Devlin veio até aqui para me dizer que, se algum dia eu abrisse a boca sobre as ideias fantasiosas da Naz, ele inventaria para o diretor que eu roubava medicamentos do meu próprio estoque.

Moulson franziu a testa, não compreendendo muito bem.

– Mas como o Devlin ficou sabendo? Sobre a Naseem. O diretor por acaso...?

– A porra desse diretor é um imbecil. Mas sei lá. Eu pedi para ele não comentar com ninguém, e nem mencionei o nome da Naz. Ele disse que eu podia contar com a discrição dele. Disse que não falaria nada para ninguém de dentro da instituição. Ninguém mesmo. Difícil acreditar que ele tenha ido direto ao chefe da guarda no bloco G pra contar que talvez houvesse algum esquema sujo rolando em Goodall.

– Mais alguém sabia disso?

– Não. Ninguém. Logo deve ter sido o Scratchwell. Ele deve ser ainda mais imbecil do que aparenta ser. Eu presumo que ele tenha dito "uma interna" e o Devlin sacou quem que era. Talvez a Grace já estivesse de olho nela.

Sally parecia estar prestes a cair no choro. Jess levou uma das mãos ao ombro dele.

– De um jeito ou de outro, não parece que tenha sido culpa sua.

– Não sei. Eu poderia ter procurado a imprensa antes. Tornado público para que tivessem pensado duas vezes antes de... – Deu de ombros, devagar e ponderosamente. – Não se trata disso de todo modo. Essa não é a pior parte da história.

– Qual é, então?

O médico começou a chorar. Lágrimas gordas, gordurosas, uma em busca da outra, bochechas abaixo.

– Eu ainda assim poderia ter feito alguma coisa com base no que ela já tinha me contado. Eu poderia ter protestado, mas não. Eu não disse uma palavra sequer. Eu me dei conta, depois que o Devlin foi embora... de que... de que a única razão pela qual não tinham me matado era porque tinham as drogas como um instrumento para usar contra mim. Só por isso mesmo. Caso contrário, eu teria tido o mesmo fim.

O médico enxugou os olhos com a palma de uma das mãos. O que só fez deixá-los ainda mais vermelhos.

– Não dá para expressar como eu me senti – ele disse quase sussurrando. – Eu a vi. Eu vi o que tinham feito com ela. E em vez de pensar que tinham de responder por isso, eu pensei: poderia ter sido eu. *Ainda* pode ser eu. – Suas mãos não paravam de mexer, desenhando no ar algo que só era capaz de ver através de seu terceiro olho. – Ela estava... não se limitaram a machucá-la, mas também a desrespeitaram. O corpo dela estava todo enrolado em papel higiênico, como que para dizer... para dizer, isso não passa de um monte de bosta. Uma informante. Para que ninguém viesse a defendê-la depois ou ficasse de luto por ela.

– A Earnshaw ficou de luto por ela.

– A Earnshaw enlouqueceu. Eu não estou certo de que seja a mesma coisa. Sabe o quê? Eu queria que tivesse sido eu naquele banheiro.

– Sally...

– Não, eu não quis dizer que eu queria ter morrido. Não é autopiedade, é só... eu estou pensando nas consequências. Se eu tivesse morrido, a Naz teria levado a coisa adiante e feito o que precisava ser feito. Ela não teria entrado na linha por medo. As coisas poderiam ter acabado... bem diferentes.

Os dois ficaram sentados em silêncio por um tempo, e então Jess contou a Salazar sobre Alex Beech. O mistério que ela tinha se incumbido de solucionar. Não disse que vinha mantendo uma promessa a um espírito, mas lhe confessou ser esse o motivo de não poder se prestar ao papel de subordinada de Grace.

– Eu tenho muito a perder. Se eu for inocente do assassinato, mas acabar sendo culpada por tê-la ajudado a trazer as drogas para cá...

Sally lhe disse que entendia bem. O que era só meia verdade, como quando ela lhe disse que não era culpado pela morte de Naseem. Um estava ciente de que o outro vinha tentando sair do fundo de um poço. Proporcionaram-se o que ambos mais ansiavam no momento, e o que tanto Brian Pritchard quanto a pastora Afanasy tinham preceituado: o benefício da dúvida.

Às oito em ponto, Sally teve de ir embora. Fora do turno, fora do local de trabalho: eram as regras. Se não assinasse o ponto de saída, iriam atrás dele. Mas disse que encontraria a enfermeira Stock, responsável pelo turno da noite, e se certificaria de que ela ficasse a par da situação de Moulson.

– Ninguém vai tirar você daqui antes do amanhecer. Você pode ir direto daqui para o tribunal, e eu já vou estar em serviço de novo quando você voltar para cá.

Jess o agradeceu e lhe deu um breve abraço, o que pegou Sally de surpresa e o deixou sem saber como reagir. Ele deu-lhe uns tapinhas no ombro, uma única mão, totalmente sem jeito.

– Eu te vejo amanhã – ele prometeu. E saiu em busca de Stock.

Jess fechou a porta assim que ele se foi e deitou-se na cama sobre os lençóis. Respirou pausada e brevemente, recompondo-se.

Então, migrou de seu corpo e foi em busca de Alex.

Ela vislumbrou o próprio rosto refletido no universo por onde caminhava, ecos fantasmagóricos de si mesma flutuando no ar que não era ar ou boiando na água que não era água. Eram as mulheres de Fellside pensando nela. A maioria nem sequer estava dormindo ainda, mas voltavam seus olhos interiores a Moulson enquanto ela passava pelas minúsculas janelas de suas almas. Ao tempo em que caminhava na calada da noite ao largo de onde elas de fato viviam.

Você se machucou, Alex disse. Tinha aparecido do nada ao lado de Jess sem que ela o notasse. Ela sorriu ao se virar para cumprimentá-lo, mas o semblante do menino morto carregava certo ar de austeridade.

Um pouco. Você viu?

Não. Eu só estou vendo agora porque você está se lembrando. Você caiu da escada. Foi perigoso, Jess. Você podia ter morrido.

Disse o menino morto. Ela exagerou um tom de voz brincalhão, tentando tranquilizá-lo. Havia, porém, o que o preocupasse. Custava-lhe manter a atenção do menino. Sabia que ele odiava ser pressionado, mas ela seria obrigada a pressioná-lo. Ou isso ou dar as costas, como Salazar tinha dado dois anos antes, a uma verdade que acabou incômoda demais para ser discutida. *O que importa é que funcionou*, ela lhe disse. *Isso me tirou do caminho da Grace por um tempo.*

Mesmo? Alex ergueu a cabeça para encará-la, tocou-lhe nas costas da mão. Parecia bem mais real agora: ela estava começando a se adaptar.

Mesmo, ela prometeu.

Ela lhe contou um pouco sobre seu dia. Cruzar as charnecas rumo a Leeds, ficar sentada no tribunal enquanto os advogados discutiam arduamente sobre seu futuro. Só mudava de lugar. Vinha protelando a verdade ao confrontá-lo com o que sabia.

E se você ganhar a causa, vai embora?, ele lhe perguntou.

Sim. Talvez. Podem acontecer outras coisas também. Como dizerem que eu fui culpada por um crime menos grave. Homicídio culposo em vez de doloso.

O que isso significa?

Significa que eu te matei, mas sem a intenção. Se decidirem que foi isso o que aconteceu, talvez me mandem de volta, mas com uma pena menor. E me deixem sair daqui a um ano, ou dois, ou cinco.

Dessa vez Alex não tinha desgrudado os olhos dela, mas desviou o olhar de novo e passou a fitar o chão. Havia um quê de indiferença fremente no rosto do menino. *Depois que você sair, você vai voltar para me ver?*

Eu vou dar um jeito de levar você comigo, Jess lhe disse com firmeza. *Pode deixar, Alex. Eu já prometi. Eu não acho que nos encontramos por acaso. Eu acho que era para acontecer. E o que quer que aconteça, eu vou fazer o que eu disse que ia fazer.*

O que era o que ela poderia imaginar. Evocou uma imagem em pensamento: algo que nunca tinha visto antes, mas poderia facilmente visualizar. Um escudo vermelho em um blazer preto: o emblema de um cordeiro com uma flâmula presente em tantas iconografias religiosas, pois representava o Cordeiro de Deus, a vítima de um sacrifício que acabou por se mostrar um Cavalo de Troia à redenção da humanidade. Alex tinha dito um cabrito com uma bandeira, mas se tratava de um equívoco normal a uma criança.

(E criança significava cabrito. E crianças já tinham sido sacrificadas várias vezes, em vários lugares.)

Você se lembra disso?, ela lhe perguntou.

Lembro, Alex disse. *Claro que eu lembro.*

Você disse que era o emblema da sua escola. E que o lema era dum spiro spero. *"Enquanto eu respirar haverá esperança."*

Alex sacudiu a cabeça. *O que a senhorita Loach disse pra gente foi: "Enquanto houver vida há esperança."*

Foi ela quem disse então? O que mais ela dizia pra vocês?

Que foi Cícero quem disse isso. Ele era um advogado na Roma Antiga, e ele disse isso num julgamento por assassinato.

Claro que sim, Jess pensou. Onde mais?

A senhorita Loach chamava vocês pelo primeiro ou pelo último nome?, ela perguntou. Estava tentando manter a casualidade, embora ele obviamente pudesse ler seus pensamentos. Enxergava para além das perguntas, a real intenção por trás delas.

No instante seguinte, ela se deu conta de que ele já não estava mais a seu lado. Virou-se e deu de cara com ele parado em sua frente encarando-a com firmeza.

Eu não me lembro, ele disse.

– Tudo bem. – Ela lhe estendeu a mão para que ele se juntasse a ela, mas o menino permaneceu onde estava.

O que você estava tentando fazer, Jess? Me enganar? Você acha que eu estou mentindo ou escondendo coisas de você?

– Não. Não, Alex. Não é isso.

É o quê, então?

Ela tratou de se preparar. Não seria nada fácil explicar algo que nem ela mesma entendia. Se houvesse algum modo de se chegar à verdade, seria ao fim daquela conversa.

– O emblema com o cordeiro e a bandeira, e o lema. Alex, isso tudo é de uma escola só para meninas.

E daí?

– E daí que como você poderia ter estudado lá? Você por acaso já foi menina em alguma vida passada?

Talvez.

– Quê? – Ela soltou uma risada. Ao que parecia, ele só podia estar brincando.

Talvez. Sim. Eu acho que sim. Eu acho que eu era uma menina até você aparecer.

– Mas... – Jess argumentou. – Isso não faz o menor... por que você nunca mencionou isso?

Eu fiquei com medo. O tom de Alex saiu equilibrado, sem inflexão. *Eu comecei a me lembrar de mais e mais coisas, mas eu não queria que você deixasse de gostar de mim, e você só gostava de mim porque achava que eu fosse ele. Eu sempre fui uma menina. Você me transformou em um menino quando olhou para mim.*

Não havia como contrariar tamanha certeza por mais rasa que fosse, mas Jess não se fez de rogada e tentou mesmo assim:

– Alex, você disse...

Não, eu não disse, Jess. Você *disse. Foi você quem disse que me conhecia. E eu não sabia quem eu era, então eu acreditei em você. Mas antes de você chegar, eu tinha outra aparência. E era... Eu nunca fui desse jeito. Foi você quem me fez assim!*

Jess quase se engasgou. Tão somente o fato de aquele não ser seu corpo real, seu corpo físico, que a mantinha de pé. Sua mente era içada e acelerava ao mesmo tempo. Tinha escutado a voz dele antes de tê-lo visto, uma voz alta, límpida, como a voz de uma criança, apesar das vozes de todas as crianças terem o mesmo tom. De olhos fechados, não dava para distinguir um menino de uma menina até que atingissem a puberdade. E quando ela teve a chance de vislumbrá-lo, ele não passava de uma silhueta, retroiluminado pelas cores em constante mudança do mundo dos sonhos. Os detalhes foram ficando mais nítidos gradualmente. O rosto dele era indistinto no começo, então passou a ficar cada vez mais e mais claro conforme ela...

Conforme ela o foi *moldando* com sua mente, do mesmo modo como tinha moldado aquele corpo mal-amanhado que então ostentava. Do mesmo modo como tinha dado asas e um colar mágico a Tish.

Era insanidade. Mas qual era a alternativa? Sr. e sra. Beech falsificando a certidão de nascimento da filhinha? Vestindo-o como um menino? Criando-o como um menino? Dizendo-lhe e ao mundo inteiro todo santo dia que ele era um menino? E depois mandando-o a uma escola de meninas?

– Ai, meu Deus – Jess disse em voz baixa. – Alex...

Alex porém perscrutava o horizonte fractal, de súbito em alerta.

– O que foi?

Tem alguém vindo aí.

Abrupta e incrivelmente, o mundo noturno estremeceu a ponto de sacolejar. Não, era a própria Moulson quem estremecia, calafrios assolavam seu tronco levando-a a movimentos involuntários que a fizeram cambalear e perder o chão.

Jess recuou, sentindo-se sufocada por uma força que não compreendia nem conseguia combater. A tal força porém se recusava a deixá-la partir.

– Alex! – ela gritou. Mas de algum modo já estava toda retorcida a essa altura. Teve de virar sua cabeça tanto quanto pôde para ser capaz de vislumbrá-lo e, quando enfim o viu, ele não passava de uma mancha, um contorno desprovido de maiores detalhes. Um desenho rudimentar que oscilava de um segundo a outro. Não dava para dizer se era homem ou mulher, se menino ou menina. Nem sequer se era humano.

– Moulson – uma voz disse. – Vamos. Hora de ir embora.

Algo a agarrou pelo braço. Puxou com força.

E a içou feito um peixe fisgado pelo anzol.

71

Após a breve conversa com Devlin, Sylvie Stock seguiu trotando de volta à enfermaria. Só queria acabar logo com isso de uma vez e o quanto antes. Mas, no meio do caminho, pensou melhor no assunto e tratou de diminuir o passo.

Sally deveria assinar o ponto de saída às oito, e, segundo as normas, ele não poderia ficar zanzando pela enfermaria após o fim do turno, logo não adiantaria a Stock chegar um minuto que fosse antes das 8:05. Ainda melhor, deveria encontrar uma posição estratégica de onde pudesse observar a recepção e não entrar em cena até vê-lo partindo.

Escolheu a sala Goldstein, também conhecida como QG do Papa-Hóstia. Enquanto os blocos das prisioneiras em Fellside eram batizados em homenagem a mulheres cientistas, as salas de reunião eram batizadas com nomes de poetas e dramaturgos. Stock não fazia a menor ideia de em qual das três categorias Goldstein se enquadrava, e, até onde sabia, nenhum dos outros funcionários tampouco. A sala recebeu o apelido por ser a maior das salas de reunião e por ninguém ter autorização de convocar uma reunião lá a não ser Scratchwell, o Redentor, o amado e benevolente líder de todos.

O que importava para Sylvie no momento, todavia, era o fato de haver armações envidraçadas no QGPH que davam a um espaço aberto (o equivalente à área comum nos blocos das prisioneiras), onde eram realizados os processamentos de dados e registros, e onde os funcionários batiam ponto no início e ao término dos respectivos turnos.

Stock ficou sentada em meio à escuridão da sala até que viu Sally cruzando o pátio mais abaixo. Ele enrolou para assinar o ponto, conversando uns bons minutos com o guarda na recepção, deixando-a agitada. Ele enfim rubricou o registro de saída e seguiu rumo ao portão principal, o que não o impediu de hesitar mais um pouco. Olhou para o relógio, depois em direção ao corredor, de volta pelo caminho de onde tinha vindo. Está certo, Sylvie pensou, continue aí olhando para o nada. Vou em um segundo, estou quase pronta.

Tecnicamente, a troca de turno deveria ser pessoalmente, mas as enfermeiras não costumavam fazer tanta cerimônia. A enfermaria ficava na administração central, tão trancafiada quanto o baú de enxoval de um freira, e Fellside era um lugar movimentado. Não era nada incomum Sally sair sem sequer topar com a enfermeira que assumiria o turno da noite. Naquela noite, porém, ele pareceu empenhado em passar o turno em pessoa, o que significava que queria instruir Stock sobre Moulson e ter a mais absoluta certeza de que ela seguiria à risca as orientações repassadas. O que definitivamente não aconteceria. Esperou até que Sally fosse embora com uma ligeira satisfação vingativa e lhe deu tchauzinho pelas costas quando ele enfim desistiu e cruzou a recepção. Ele saiu e o portão gradeado de acesso se fechou.

Sylvie ainda esperou mais alguns minutos no caso de ele mudar de ideia outra vez, e só então ousou deixar seu esconderijo. Sentia-se ridiculamente nervosa. Nada que estava prestes a fazer naquela noite era contra o regulamento. O motivo de seu estado era toda a operação para não se encontrar com Sally e evitar uma troca de turno formal. Caso contrário, ele teria lhe repassado um relatório de avaliação no qual o nome de Moulson teria constado. Não sendo o caso, ela apenas ficaria oficialmente a par do que viesse a ver com os próprios olhos.

Quando chegou ao pé da escada, porém, ouviu alguém chamando seu nome. Marcação cerrada. Sally tinha passado pelo portão de acesso, mas ficou do outro lado aguardando. Ele gritou de novo e, dessa vez, acenou.

– Sylvie! Aqui!

Stock ainda pensou em simplesmente sair andando, mas era óbvio que ela o tinha visto. Seus olhares tinham se cruzado.

– Eu tenho que entrar, Sally – ela gritou. – Está na minha hora.

– Sim, mas estamos na troca de turno! Eu preciso lhe dizer uma coisa.

Stock titubeou, embora não houvesse como escapar da conversa. Caso virasse as costas e saísse correndo, Sally seria capaz de persegui-la bloco adentro. O jeito foi ir até o portão e dizer-lhe para ser breve.

– Jess Moulson vai passar a noite na enfermaria – ele disse. – Suspeita de traumatismo. Ela precisa ficar lá. Eu não quero que ela volte para o bloco das celas até amanhã de manhã, mesmo que ela apresente sinais de melhora.

– Eu cuido disso – Stock retrucou.

– Jura, Sylvie? É muito importante mesmo. – Sally chegou ao ponto de atravessar o braço pela grade e tocar na mão da enfermeira. *Ai, Jesus!*

– Está bem – ela reiterou. – Eu juro, Philip.

Stock usou o primeiro nome para que o estranhamento o fizesse parar de insistir. Para que ele fosse embora e a deixasse em paz. O truque funcionou, mas não impediu que Sylvie ficasse fervendo de raiva. Odiava Sally por tê-la feito jurar, por obrigá-la a assumir uma postura equivocada. Em pensamento o xingou por ter voltado, xingou aquele traseiro gordo e o jeito de andar feito um pato.

O que nada mudava, disse a si mesma. Nadinha mesmo. Não obstante o coração mole de Sally, os figurões todos se encontravam ao lado dela bem como os anjos. Então, ele que se danasse.

– Eu só quero falar com ela – Devlin tinha lhe dito. – É possível que ela tenha pegado um pacote com algum contato lá no tribunal e trazido para a prisão. Ela pode acabar bem encrencada. Vai ser melhor para ela se tivermos essa conversinha por baixo dos panos. Por isso que eu preciso da sua ajuda, Sylvie.

E durante todo o tempo em que ele falou, ela só concordou com a cabeça. Convencendo-se de que talvez fosse verdade, ao tempo em que sabia não ser. Stock não era trouxa. Mesmo antes de Devlin ter lhe empurrado uma nota de cinquenta libras, sabia muitíssimo bem o que devia estar acontecendo ali. Por baixo dos panos porque se tratava de negócios escusos. Não estaria mantendo Moulson longe de problemas, estaria colocando-a em um.

E por ela, tudo bem.

A enfermaria estava imersa em um silêncio profundo quando ela entrou. Patience tinha assinado o ponto de saída às seis. A equipe médica dali até as seis da manhã seguinte se limitava a ela e mais ninguém.

Moulson se encontrava na unidade de quarentena, deitada no mesmo leito em que dormira antes. Velhos hábitos, Stock presumiu. Tinha tirado os sapatos, mas estava totalmente vestida. Olhos fechados, um braço por trás da cabeça e outro apoiado na barriga. Não se mexeu quando Stock deu uma espiada pela porta.

Sobre a mesa na área de consulta havia um bilhete dobrado com o nome de Stock escrito com a letra maravilhosamente cuidadosa de Sally. Ela rasgou o papel em vários pedacinhos e jogou tudo pela descarga. Não precisava ler o recado uma vez que já sabia o teor. E assim ninguém poderia provar que algum dia o bilhete chegou a existir.

Tirou o telefone do gancho e ligou para o posto de guarda principal do bloco G. Devlin atendeu.

– É a Sylvie – ela disse. – Tudo no esquema.

– Moulson está aí?

– Dormindo feito um bebê.

– Maravilha. Eu vou mandar alguém aí.

– Como vou saber quem é?

Houve meio segundo de pausa durante o qual Stock imaginou Devlin revirando os olhos.

– Vai ser um dos guardas, Stock, e ele vai te dizer que foi aí atrás da Moulson. Quer mais o quê, uma senha secreta?

– Está bem – ela disse. – Mas me dá uns minutinhos. Eu preciso preparar a papelada.

– Faça isso.

A papelada era mínima, embora ela quisesse se certificar totalmente de que teria uma boa história para contar. *Examinei Moulson e cheguei à conclusão de que seu estado de saúde apresentou uma melhora considerável desde que...*

Não. Era capaz de fazer melhor do que isso. Deu mais uma espiada pela porta da unidade de quarentena para confirmar se sua única paciente de fato se encontrava lá, então se sentou e passou a tecer uma breve magistral obra de ficção na qual Moulson se dava alta por conta própria.

A batida na porta veio cerca de dez minutos depois, enquanto passava os olhos pelo atestado de alta médica pela terceira vez a fim de se certificar novamente de que a história se sustentava. Reconheceu vagamente o sujeito que entrou. Lovell? Não, Lovett. Keith Lovett. Magricela e loiro e uma aparência que a fez lembrar da vivaz expressão norte-americana "*trailer trash*".

– Moulson – ele disse. – Para o Devlin.

Bastou.

– Certo – Stock rebateu. – Espere aqui.

Sylvie foi até a unidade de quarentena. Moulson não tinha movido um músculo até onde dava para ver. O semblante tinha mudado todavia: agora ostentava um ar idiota de consternação, próprio de um pesadelo.

Stock a sacudiu pelo ombro. Como não obteve reação alguma, sacudiu de novo, com mais força.

Moulson cochichou algo. Um nome, talvez. Ai, meu Deus, foi o nome *dele*. O nome do garoto. Alex. Sua piranha, ela pensou. Sua piranha insensível, insensível! Você revive tudo na porra desses sonhos?

– Moulson – ela vociferou. – Vamos. Hora de ir embora.

A enfermeira levantou Moulson pelos braços (a mulher ainda era mais leve do que ela) e a sacudiu com ainda mais vigor. O que enfim funcionou.

– Oi? – Moulson balbuciou, piscando os olhos. – Eu estou acordada. O que está acontecendo? – Ela desvencilhou-se de Sylvie, erguendo as mãos para que a enfermeira se afastasse. Stock recuou. Queria Moulson calma, não em pânico. Mas também a queria de pé. Moulson ainda parecia confusa, embora já em plena consciência, apenas com a respiração um pouco pesada por ter acordado assim tão brutalmente.

– Você será transferida – Stock lhe disse.

A expressão de perplexidade no rosto de Moulson se resumia em puro alarme e desconfiança.

– O quê? Por quê? Para onde?

Stock escolheu a pergunta do meio dentre as três.

– O dr. Salazar acha que você pode estar correndo risco aqui. Ele disse alguma coisa sobre outra prisioneira ressentida, ou em uma desavença com você? Sei lá, ele não me deu nomes. Ele estava preocupado com esse acesso tão livre à enfermaria. Eu estou sozinha no plantão e, se eu for chamada, você vai ter que ficar sozinha.

Seu rosto estava cuidadosamente inexpressivo enquanto dizia tudo isso. Devlin tinha lhe dado um script a ser seguido, mas ela acabou se demorando em refletir sobre a execução, mais um reflexo involuntário de sua eficiência e presteza inerentes do que bondade ou preocupação. Só estava tentando tirar proveito de seus pontos fortes.

Moulson passou a mão pelos cabelos, escorridos e emaranhados. Parecia exausta. Qualquer horinha que tenha conseguido pegar no sono não foi capaz de revigorá-la tanto.

– Onde ele está? – ela perguntou. – Eu posso falar com ele?

– Não, ele já saiu do serviço – Stock disse. – Eu acabei de lhe dizer: só eu estou aqui. Você quem sabe, Moulson, mas eu não tenho como protegê-la na enfermaria. Pode ter alguém lá de Goodall vindo para cá nesse exato instante. Você quer estar aqui quando essa pessoa chegar?

O truque funcionou. Moulson se retraiu e sacudiu a cabeça.

– Não – Sylvie concordou. – Você não quer. Por isso que nós vamos te transferir para uma área mais segura.

– Uma área mais segura?

– Uma outra enfermaria em... – disfarçou a pausa para pensar, aludindo: – ... no bloco Franklin. Ninguém vai te procurar lá.

Sylvie entregou os sapatos nas mãos de Moulson enquanto falava, tentando transmitir um ar de urgência. Moulson captou a mensagem e tratou de calçá-los. Parecia estar ausente de um jeito meio estranho, como se estivesse com parte dos pensamentos em outro lugar. Não parava de olhar para os cantos da sala, onde nada havia para se olhar até onde Stock podia ver.

Enquanto Moulson ainda se preparava, e Stock lhe dava uma bronca para se levantar, se vestir, sumir dali, Lovett entrou. Moulson voltou a ficar desconfiada e saiu cambaleando da cama, dando a impressão de estar pronta para lutar se fosse preciso. Stock apostaria tudo em Lovett, mas uma briga na enfermaria não cairia nada bem.

– É ele quem vai te escoltar – disse a Moulson sem firulas. – Veja se não faz nenhuma idiotice. Você não pode andar pelo pátio sozinha à noite; você tem que estar acompanhada de um guarda. O Lovett é tranquilo. Ele é um grande amigo do dr. Salazar.

– É, sou sim – Lovett disse sem muito entusiasmo. – Somos como irmãos. Podemos ir mais rápido agora?

Stock pôde notar que Moulson não estava convencida, o que não a surpreendeu. Aquele brutamontes era tudo, menos reconfortante. Ela levou a mão ao ombro de Moulson para tranquilizá-la, que pareceu não gostar muito do gesto, fazendo Stock recolher o braço.

– Você vai estar em total segurança – ela repetiu.

Lovett chegou a abrir a boca para dizer algo, e eram grandes as chances de ser algo idiota. Talvez algo que começasse com "O sr. Devlin disse...". Stock logo se adiantou.

– Você quer que eu vá junto? Eu posso deixar a enfermaria trancada por uns minutos. Eu só fico receosa com a possibilidade de haver uma emergência enquanto eu estiver fora...

Moulson ergueu uma das mãos se dando por vencida.

– Não. Não precisa. Estou indo.

– Certo – Lovett disse energicamente. – Vamos embora.

Os três seguiram rumo à área de consulta.

– Ah – Stock disse a Moulson. – Você pode assinar um formulário de transferência antes de ir?

Moulson rabiscou seu nome na folha que Stock lhe repassou. Nem sequer olhou para o papel, o que veio bem a calhar. Poderia ter percebido a cilada caso tivesse lido o que constava no papel: quanto insistira para receber alta da enfermaria contrariando as recomendações expressas da enfermeira de plantão.

– Obrigada – Moulson disse, ao entregar o papel de volta a Stock e a caneta. – Obrigada por me ajudar. Eu estaria totalmente encrencada se você e o Sally não tivessem me acolhido aqui.

– Ah, só fazemos o nosso trabalho – Stock balbuciou, sem conseguir encarar Moulson nos olhos.

Quando Jess se foi, Sylvie sentou-se à mesa de Sally, abraçou o próprio corpo e passou a se balançar para frente e para trás como se fosse um bebê em um berço e a mãe do bebê ao mesmo tempo. Assim ficou por vinte minutos sem parar, sentindo a autocomiseração brotar em seu âmago feito seiva escorrendo de uma árvore. Nunca quis aquilo. Nada daquilo. Era ela a vítima ali mais do que qualquer um.

72

Não estava exatamente frio naquele anoitecer, mas era essa a sensação após o ambiente superaquecido da enfermaria.

Jess saiu na frente de Lovett em direção ao silêncio do pátio externo. Parecia imenso. Até então só o tinha visto entupido de mulheres, o horizonte nunca indo além da pequena fatia contígua da espécie humana. Já tão tarde e na iminência do toque de recolher, encontrava-se deserto, iluminado por trinta luas: ainda que o sol não tivesse se posto totalmente, os imensos holofotes nas torres de vigilância já estavam ligados.

– Por ali – Lovett disse, dando uns tapinhas no braço de Jess ao indicar o caminho. Ou ele não tinha reparado na reação de Jess ao ser tocada por Stock, ou tinha mas não dava a mínima.

Jess margeou o pátio para ficar fora do alcance das luzes. Ainda olhava para todas as direções na esperança de que Alex surgisse de algum canto bem a seu lado. Só que não.

Ela seguiu o guarda pelo estreito vão entre a administração e o primeiro bloco prisional, rumo a uma área mais remota e repleta de contêineres de lixo e galpões de madeira. A luz dos holofotes não chegava ali de jeito nenhum.

– Sem câmeras – Lovett resmungou por cima do ombro, como se Jess tivesse feito alguma pergunta.

Ela teve um pressentimento momentâneo. No mundo lá fora, nunca teria ido a um lugar como aquele com um desconhecido. Lovett já andava na frente dela e bem rápido, e sequer olhava para trás para conferir se ela o acompanhava.

Ele está com medo.

Jess olhou para baixo, esperando ver Alex caminhando a seu lado. Só que não.

Alex?

Estou aqui. As palavras pipocaram no interior de sua mente, como sempre acontecia quando ele dizia algo. Não havia vetor algum, o menor senso de direção ou distância. Virou a cabeça bem devagar sem deixar de caminhar, tentando localizá-lo.

– Vamos – Lovett disse impaciente já bem mais adiante. – Continue andando.

Alex estava ao lado de uma caçamba de metal amassada, onde de uma tampa meio aberta transbordavam sacos pretos de lixo feito entranhas. Jess já tinha passado pelo menino quando o viu, que continuou exatamente onde estava.

Medo do quê?, ela lhe perguntou em pensamento.

De ser visto, Alex disse. O menino já se encontrava bem mais adiante, em meio à sombra inclinada da parede externa da prisão. Ele se virou para acompanhá-la com os olhos, mas não se juntou a ela. *Bem, de ser visto com você.*

Faz sentido, Jess pensou de volta. *O Devlin é o chefe dele. Ele tem que assegurar que ninguém descubra que ele me ajudou.*

É no Devlin mesmo que ele está pensando. Eles estavam conversando. Faz uns minutinhos só.

Dessa vez Alex estava a sua esquerda, espiando por um pedaço de cerca onde se via uma placa de risco de eletrocussão. Devia haver um gerador ou um posto de seccionamento em um depósito abandonado atrás dele.

– Sobre o quê? – Jess perguntou, mantendo a voz baixa. – Isso estava nos pensamentos dele? O que você viu?

– Sem conversa – Lovett disparou. Tinham chegado a uma porta de aço. Não havia maçaneta por fora, mas estava entreaberta com o auxílio de um extintor de incêncio. Lovett agarrou a borda da porta com uma das mãos e a abriu um pouco mais. Deu um chute no extintor, tombando-o de lado e o rolou para dentro com a ponta da bota.

– Anda logo – ele disse. – Depressa, vai.

Jess tentou enxergar adiante dele. Um mal-estar repentino a fez diminuir o passo até parar. Do outro lado da porta estava completamente escuro: não conseguia enxergar nada.

O que ele está pensando agora?, perguntou a Alex.

– Eu não tenho tempo para isso, minha querida. Anda logo!

Ele está pensando... que ele não recebe o suficiente para isso. Não para arriscar a aposentadoria e tudo mais. Que o Devlin o irrita às vezes.

Tão logo Alex disse isso, Jess enfim enxergou o que seus olhos vinham lhe dizendo o tempo todo. Havia uma placa na porta que Lovett segurava que ela já tinha visto logo no primeiro dia em que saiu da enfermaria. ISTO NÃO É UMA SAÍDA, A NÃO SER EM CASO DE INCÊNDIO.

De dia, a cor da cantaria a teria alertado, mas sob aquela luz fraca todas as cores se apagavam num cinza anônimo. Encontravam-se nos fundos do bloco Goodall. Não do Franklin.

Ela se virou para sair correndo. O braço de Lovett, fino mas surpreendentemente forte, zuniu e a agarrou pelo pulso. Em um único movimento ele a puxou de volta e com a mão livre a dominou pelo ombro. Lovett virou o corpo sem tirar os pés do chão e a empurrou galpão adentro.

A porta se fechou, não com uma batida estrondosa mas com um suave e irreparável clique.

A voz de Carol Loomis surgiu da escuridão bem a seu lado.

– Eu disse, Lizzie – ela disse em um tom animado, mas com a voz carregada de uma inflexão fúnebre. – Ela se perdeu pelo caminho, só isso. Mas, no fim, acabou conseguindo se achar.

73

Não havia tempo para pensar. Nem tempo para gritar, muito embora Jess tenha aberto a boca para tentar.

Ela perdeu o fôlego ao ser jogada com força contra a parede. Mãos em sua cintura levantaram sua camisa e a apalparam por baixo do moletom. Unhas roídas arranharam sua barriga.

– Nada – Loomis grunhiu. – Ai, ai, meu bem.

Algo duro se chocou contra a cabeça de Jess e seus sentidos foram tomados por luzes e estática. Outro golpe e ela despencou. Acabou de quatro no frio do concreto.

– Onde está, Moulson? – Loomis perguntou. – Se você conseguir responder em menos de dez palavras, a Lizzie talvez lhe deixe alguns dentes.

Jess mal conseguia enxergar, mesmo antes da pancada. A escuridão era quase total. Uma sombra se avultou sobre ela, quase visível contra uma mancha ligeiramente mais desbotada de uma parede esbranquiçada. Algo roçou seu couro cabeludo, e meio segundo depois um clique metálico reverberou rente a seu ouvido. Um chute passou raspando e acertou outra coisa. Algo ressoando feito um sino. Earnshow gritou alguns tantos palavrões do fundo da alma.

Jess foi agarrada e tentaram fazê-la ficar de novo em pé. Jogou seu peso para trás, livrando-se das garras alheias, mas perdeu o equilíbrio e caiu de novo com um tremendo impacto. Não importava. No chão era exatamente onde ela precisava estar. Tinha acabado de se dar conta do que era aquele som metálico.

Jess! Alex estava logo a seu lado em meio à escuridão. O grito foi estridente de tanto pânico.

Fuja, Alex. Fuja.

Por que ela tinha dito aquilo? Não havia risco algum ao menino. Ainda que algumas coisas impróprias para crianças daquela idade estivessem sendo ditas e feitas.

Ela contorceu-se pelo chão, propelindo-se com os joelhos, tateando às cegas com os braços esticados. Seus dedos tocaram a borda de alguma coisa fria e dura, de superfície côncava. Tentou apalpá-la e a coisa saiu rolando, mas Jess conseguiu recuperá-la em um pulo, segurando-a pela alça no topo e pela base roliça.

– Mas então – Loomis grunhiu. Ela agarrou Jess pelos cabelos e deu-lhe um puxão com vontade. Jess levou junto o extintor de incêndio e se valeu do impulso ao girar, mãos firmes. O cilindro de aço se enterrou no corpo de Loomis, mais ou menos na altura da cintura. A mulher enorme soltou um gemido explosivo como se fosse a primeira palavra de um bebê e largou Jess outra vez.

Jess transferiu o peso do extintor à outra mão e o arremessou adiante feito um aríete. Dessa vez, o resultado foi diferente. O extintor acertou algo duro e parou em um baque seco terrivelmente ruidoso. Em seguida, algo debateu-se como que em uma briga em meio à escuridão. O extintor de incêncio foi derrubado das mãos de Jess. Ela levantou-se às pressas e correu.

Seus olhos estavam começando a se adaptar ao escuro, mas bem pouco e já tarde demais. Chegou a vislumbrar uma forma mais sombreada de uma porta no fim do corredor e disparou. Passou correndo pela porta aberta, a qual era de sua largura e invisível. Suas pernas acabaram ganhando vida própria. Um segundo impacto, contra o chão, cortou por completo o que ainda lhe restava de fôlego.

Por alguns instantes ficou deitada lá, olhando para o teto, com a vista tomada por manchas embaçadas de luz. Então uma luz, luz *de verdade*, piscou três vezes, acende-apaga-acende-apaga-acende-apaga. Jess tentou abrir os olhos em meio à neblina de sangue. Girou o pescoço para ver Earnshaw a três metros de distância, voltando-se do interruptor para encará-la.

Logo atrás, Loomis estava estirada no chão com o ombro formando uma curva contínua com o braço feito uma baleia encalhada de lado.

Jess tentou se levantar, mas não tinha certeza de onde suas pernas estavam. Seus pés se mexeram contra o piso de cimento batido, mas ela não saiu do lugar, enquanto Lizzie começou a se aproximar, punhos em riste como quem leva uma oferenda.

– Eu vou acabar com você – ela vociferou. Deu um passo adiante.

Alex se pôs entre as duas, encarando Earnshaw com seus pequenos punhos cerrados. *Deixe-a em paz! Não toque nela!*

Earnshaw tropeçou e parou de repente, encarando o menino de volta com desconcerto. Algo estranho e assustador aconteceu com seu rosto, aos poucos arrebatado por uma onda progressiva de pavor e assombro.

– Não – ela disse. E algo que soou como um "não é".

Não é o quê? Não é possível? *Isso até que é divertido*, Jess pensou. Quem perde tempo discutindo besteiras quando o impossível lhe acerta um coice em cheio na cara?

Era Alex quem avançava agora, vociferando em silêncio na cara de Earnshaw. *Vá embora! Fique longe dela! Deixe-a!* Seus bracinhos girando feito um pastor apartando ovelhas.

Earnshaw deu um passo para trás, então hesitou. Mas estendeu um dos braços com a mão bem aberta. Para tocar na aparição? Para empurrá-la de lado? Para suplicar-lhe?

Alex não poderia se importar menos, quanto menos considerar a questão. Esbofeteou a mão de lado.

Não. Claro que não esbofeteou. Mas deu uma pancadinha como se tivesse esquecido, no calor daquele momento um tanto mais prolongado, de que não era capaz de tocá-la. As pontas de seus dedos, em um piscar labiríntico de olhos, encontravam-se onde os dedos de Earnshaw estavam. Nenhum dos dois pareceu gostar do resultado.

Earnshaw soltou um gemido agudo, boca assimetricamente aberta como se estivesse enfartando.

Alex cintilava feito chama de vela ao vento. Pareceu estar subitamente aterrorizado, em pânico. Tentou se esquivar contornando Earnshaw, pela esquerda, pela direita, mas o corredor era estreito demais. Os blocos de concreto das paredes não lhe representavam o menor obstáculo, mas o menino se comportava como se representassem. Finalmente, já desesperado, atravessou correndo a mulher em meio a uma gritaria só.

Earnshaw revirou os olhos, totalmente esbranquiçados por um único e angustiante segundo. Tombou no chão e entrou em convulsão, espumando um pouco pela boca a cada arfada.

Jess ficou de pé firmando-se na moldura da porta. Bem devagar. Então, um timbre sonoro ecoou contínuo em seus ouvidos feito o zumbido de uma broca odontológica. A luz neon no corredor revelou Loomis deitada no chão, olhos esbugalhados e maxilar deslocado. Um dos lados da cabeça tinha passado de convexo a côncavo. O extintor de incêndio, manchado de sangue, jogado perto dela. Earnshaw se mexia sem a menor voluntariedade, espasmos convulsivos, as biqueiras de aço dos coturnos espezinhando o chão fora do ritmo.

Jess voltou pelo mesmo caminho por onde tinha vindo, não vendo (graças a Deus!) nem a sombra de Lovett ao abrir a porta e fugir. Vomitou por trás da caçamba transbordando lixo, ainda que não houvesse muito o que colocar para fora já que não se alimentara desde o almoço.

Cruzando de volta o pátio externo ao mesmo tempo que o sol mergulhava no horizonte, notou a saída de incêndio por onde tinha deixado a administração central. Deveria ter se fechado tão logo tivessem passado, mas alguém, muito provavelmente Devlin, tinha coberto a trava de segurança com seis camadas de fita adesiva mais cedo a fim de que Lovett pudesse transitar livremente sem crachá. A porta ainda estava aberta.

74

Quando Moulson retornou à enfermaria andando, Sylvie Stock quase enfartou ao vê-la. Moulson fechou a porta, foi até a mesa e puxou uma cadeira. Sentou-se encarando Stock.

Agindo por puro instinto, Sylvie tentou alcançar o telefone mas, tão logo pôs a mão no aparelho, reconsiderou e congelou no lugar, boca semiaberta.

Bem devagar, colocou o telefone de volta no gancho.

– Existe um plano B? – Moulson perguntou. – Tem mais alguém vindo me buscar? Ou você mesma quer me levar? – O lado reconstruído de seu rosto arreganhava os dentes enquanto o lado bom se encontrava mortalmente sereno.

Stock sacudiu a cabeça sem nada dizer.

– Bem, então é melhor me escutar porque eu vou falar o que você tem que fazer. Tem uma mulher morta no primeiro andar do bloco G, em um dos corredores atrás do salão oval, e tem outra em um estado bem grave. Eu acho que você provavelmente sabe quem elas são e o que elas estão fazendo lá. O que todo o resto vai ficar sabendo depende de você.

Sylvie pensou, mulher morta? Quem poderia ser essa mulher morta? Onde é que estava Dennis Devlin? Quem tinha morrido?

– Eu não... Eu não estou entendendo – ela titubeou.

– Isso não me surpreende nada – Moulson disse. – Mas tente. Eu deixei minhas impressões digitais por todos os cantos. Um extintor de incêndio. Uma porta. Paredes e chão e sabe-se lá mais o quê. Eu sangrei também, como dá para ver. Então há um longo rastro que leva do cadáver no bloco G até aqui. Diga-me, aonde você acha que esse rastro vai dar?

– Ai, meu Deus! – Sylvie choramingou.

– Não, Deus não tem nada a ver com isso. Mas você está em uma grande enrascada, enfermeira Stock. Você conspirou com a Harriet Grace e o Dennis Devlin e aquele outro cara, Lovett, para que eu fosse morta. Eu acho melhor você correr até lá com um balde e um escovão, você não acha? Só o tempo de você rasgar toda aquela papelada e carimbar o que quer que precise ser carimbado para que eu esteja oficialmente de volta aqui onde é meu lugar.

Stock exalava horror e ficou encarando Moulson, que a encarou de volta bem no fundo dos olhos inexpressivos. A mulher que Stock tanto odiava tinha até o momento sido uma criação razoavelmente abstrata. Aquela criatura sentada diante dela, coberta do sangue de seus inimigos, era assustadora de um jeito bem diferente e concreto. Se era assim que Jess intimidava de volta, Stock pediu a Deus que nunca chegasse a intimidá-la.

– Mas... eu não matei ninguém – ela gaguejou. – *Você* matou. Você não pode...

Moulson podia sim. Claro que podia. Se houvesse mesmo uma mulher morta no chão do bloco G, então Moulson poderia desfiar toda a história e haveria provas em número bastante para mandá-los todos para o espaço. De Grace a Devlin, Devlin a Lovett e Lovett de volta a Stock. Um longo pavio queimando de um a outro, como na abertura de *Missão: Impossível*, até o clarão final.

– Por favor. – As palavras saíram com algum esforço da parte de Stock. – Por favor não conte nada.

– Então vá lá e trate de limpar a sua sujeira – Moulson disse. – O que você está esperando? – Mas assim que Stock se levantou em um pulo, Moulson a empurrou de volta para baixo, uma violação que fez Stock estremecer até a medula. – Espere. E me dê as suas chaves. Eu vou trancar a porta. Ninguém mais entra aqui até o amanhecer.

– Eu... eu não posso fazer isso! Eu sou só uma funcionária. A enfermeira de plantão. Eu tenho que estar aqui caso alguém ligue.

– Então é melhor você rezar para ninguém ligar. As chaves. – Moulson estendeu a mão aberta.

Abrir mão das chaves foi para Stock como renunciar ao fiapo de autonomia que ainda lhe restava na vida.

– Você disse que uma das mulheres ainda estava viva – ela deixou escapar. – Se ela estiver muito machucada, eu vou ter que trazê-la pra cá!

– Isso é problema seu, não meu. Você me disse que tinha outra enfermaria em um dos outros blocos. Tem mesmo?

– Franklin. Um posto de saúde. Não tem muita coisa lá além de...

– Se vire.

Stock fez o que pôde. Deu-se por vencida sem abrir mais a boca.

75

Grace e Devlin demoraram um pouco a se darem conta de que a emboscada a Moulson tinha dado errado. Talvez tivessem percebido antes, caso Devlin não tivesse se preocupado tanto em manter todo o esquema ao alcance dos olhos. Tinha escoltado Loomis e Earnshaw até o corredor de acesso e destrancado a porta, embora jamais tenha imaginado que seria obrigado a voltar para buscá-las. O trato era que fizessem o combinado e depois se misturassem outra vez à confusão generalizada do salão oval. O Diabo as encontraria mediante o toque de recolher e lhes repassaria maiores instruções ao realizar a contagem.

As duas, porém, não deram as caras quando o toque soou, deixando claro que algo de errado havia acontecido. E a situação saiu ainda mais do controle de Devlin a partir daquele momento. No exato instante em que uma prisioneira deixava de responder à chamada, toda a máquina era acionada. Portões e postos de guarda eram fechados, equipes de busca reviravam do avesso o bloco inteiro e depois, de dentro para fora, o resto do lugar. O próximo passo teria sido telefonar para a polícia e deixá-los a par da emergência. Barricadas na estrada e boletins de alerta, helicópteros com holofotes 5k, cachorros, reuniões de cúpula com o conselho supervisor, coletiva de imprensa em contrição e toda uma ação de minoração pré-programada dos danos.

As coisas não chegaram tão longe, porém. Levou apenas 17 minutos para que uma das equipes de busca se deparasse com Loomis e Earnshaw.

Nada a fazer por Loomis. A fratura no crânio que a matou tinha deixado uma depressão bem visível no hemisfério esquerdo da cabeça. Era praticamente desnecessário medir o pulso. E tampouco havia maiores dúvidas quanto à arma do crime, uma vez que o extintor de incêndio estava jogado no chão à vista de todos com a correspondente depressão que o fazia parecer a próxima peça do quebra-cabeça. (Sem manchas de sangue todavia, nem digitais. Sylvie Stock já tinha ido e voltado àquela altura.)

Lizzie estava sentada com a cabeça enterrada entre os joelhos, chorosa. Lamúrias apavoradas, desoladoras e descontroladas. Como os guardas que a encontraram não tinham conseguido extrair qualquer informação, decidiram comunicar à enfermaria. Um minuto depois, Stock recebeu a mensagem em seu *pager.*

E apareceu do nada, cheia de agitação, tentanto passar a impressão de que tudo aquilo era novidade. Devlin já estava lá. Foi quem lhe disse para examinar Earnshaw e tentar descobrir o que havia de errado com ela. O Diabo estava conseguindo manter a compostura, o que contribuiu para que Stock se mantivesse firme, ainda que tensa a ponto de qualquer barulho causar palpitações.

Ao inspecionar o corredor de acesso pela primeira vez a fim de limpar as impressões digitais e o sangue de Moulson, encontrou Lizzie catatônica no lugar, de frente para a parede e com os joelhos agarrados ao peito feito um feto. Era difícil dizer se os gemidos que agora soltava sinalizavam alguma melhora.

Stock fez todo o óbvio, basicamente descartando concussão cerebral, ataque cardíaco e overdose. Um tempo depois, Earnshaw voltou a ficar quieta. Ainda não reagia aos estímulos, ainda não falava, mas parecia mais calma e mais consciente do que acontecia em volta, às vezes acompanhando os movimentos de Stock com os olhos.

Devlin lhe perguntou o que tinha acontecido, mas ela não demonstrou o menor sinal de tê-lo ouvido.

– Para mim está bem claro – um dos outros guardas disse. E estava mesmo. Parecia que Earnshaw tinha passado por algum tipo de surto colericamente desenfreado e achatado a cabeça de Big Carol no processo. Mesmo ciente da emboscada e do que tinha dado errado, Stock não sabia se acreditava na história de Jess Moulson derrubando aquelas duas mulheres tão grandes e fortes. Teria de ser uma ninja ou coisa assim. Nada humano teria golpeado Liz Earnshaw sem rachar ao meio. Mas era Lizzie quem parecia arrebentada.

Houve muita discussão sobre o que deveria ser feito em seguida. Devlin era a favor de que Lizzie pernoitasse na própria cela, o que a manteria em circulação para que Grace pudesse interrogá-la assim que voltasse a dizer coisa com coisa. Os outros guardas porém julgaram que o bloco Dietrich oferecia instalações mais adequadas a uma detenta perigosa e emocionalmente instável, que talvez tivesse acabado de espancar outra mulher até a morte. A enfermaria chegou a ser cogitada, mas sem despertar muito entusiasmo.

O diretor entrou em cena e a resposta correta acabou sendo "nenhuma das anteriores". Scratchwell estava à beira de um ataque histérico, e já não conseguia mais disfarçar tão bem. Arrependia-se amargamente de cada uma das entrevistas concedidas à imprensa. Tinha ele mesmo construído a imagem de ser o rosto e a voz de Fellside, portanto seria lançado à fogueira quando a catástrofe estourasse nos jornais, como inevitavelmente aconteceria.

Seus pensamentos estavam tão focados em sua própria sobrevivência que encarou o problema de contenção como se fosse o mais urgente. Fez o devido estardalhaço (ou uma simulação razoável) sobre a trágica morte de Loomis, mas queria estar no controle de como e quando seria relatado.

– Eu acho que a segurança das demais detentas é preeminente – ele declarou. – Coloque essa prisioneira na solitária. – No calor do momento, esqueceu-se de usar seu próprio eufemismo.

– Eu não acho que seja boa ideia – Stock entrou na conversa.

O Redentor lhe lançou um olhar feroz.

– Perdão?

Sylvie queria dizer o mesmo, mas tinha recebido treinamento para ser enfermeira e por quase toda sua vida tinha se comportado como uma. O pequeno lapso em relação a Moulson não a desqualificava para o cargo em outros aspectos.

– A Earnshaw está em um estado bem lastimável agora – ela disse. Apontou com o queixo na direção da prova A, que balançava o corpo para frente e para trás, olhando fixo para o ponto entre os joelhos. – Esse tipo de coisa, esses movimentos involuntários que ela está fazendo, é o que chamam de comportamento autista, e geralmente indica um problema grave de saúde mental. Eu definitivamente não aconselharia deixá-la trancada e sem supervisão. Só irá nos trazer problemas.

– Qual é o seu nome? – o diretor a interpelou.

Estava escrito bem no crachá de Sylvie, mas obviamente o Redentor era um homem ocupado e não se poderia esperar que lesse algo só porque se encontrava bem na frente de sua cara. Sequer lembrava-se de Stock de sua entrevista de trabalho, por sinal.

– Stock, senhor.

– E você é uma profissional da área de saúde mental, Stock?

– Não, senhor.

– Não. E temos um grande número de profissionais da área aqui na prisão, em Dietrich. Quando eu quiser que as minhas decisões sejam reconsideradas no campo da saúde mental, eu vou direto neles. Nesse ínterim, é melhor você se limitar a questões dentro de sua especialidade de fato. Sr. Devlin, por favor conduza essa prisioneira a uma das salas de reclusão punitiva. E o... o corpo a... bem, só o coloque em algum lugar seguro e fora do caminho.

Stock foi embora depressa, tremendo tanto que chegou a pensar que seu contorno deveria estar todo borrado. Em grande parte era só raiva de Scratchwell por ser um merda tão baixo e condescendente e imbecil. Desejou que ele removesse o corpo, pois perderia o emprego se o fizesse por interferir na cena de um crime.

Toda essa fúria e indignação ajudaram a aquietar a outra voz em sua cabeça. A voz que dizia *ela está morta ela está morta ela está morta. Ai, meu Deus, você acabou de ser responsável pela morte de uma mulher.*

E nem sequer era a mulher *certa*.

76

Devlin confinou Liz Earnshaw em uma das seis solitárias no último andar de Goodall. (Havia um número similar em cada um dos cinco blocos prisionais, mas o bloco G era o único onde era necessário agendar a entrada com antecedência a fim de evitar frustrações.) Earnshaw se deixou levar tão passiva quanto um cordeiro.

Retornando ao térreo, O Diabo se deparou com todos ainda à espera de que alguém lhes dissesse o que fazer. Inclusive o diretor, cujo trabalho era exatamente dizer às pessoas o que fazer.

Devlin puxou Scratchwell para um canto. Disse que, enquanto o diretor telefonava para a polícia de West Yorkshire (foi por onde o diretor começou, do que nem sequer se lembrava mais), pareceu-lhe que, na condição de chefe da guarda no bloco, deveria dar uma voltinha por Goodall e se certificar de que tudo se encontrava na mais perfeita ordem. O diretor agradeceu-lhe profusamente e abençoou a iniciativa. Rezou para que não houvesse outras surpresas desagradáveis.

Assim Devlin conseguiu visitar a cela de Grace. Não poderia entrar sem que o comando de abertura fosse acionado do painel central de controle, e os dois conversaram pela janelinha da porta. Grace ficou abalada quando O Diabo lhe contou sobre a morte de Loomis mas, ao tomar conhecimento do colapso nervoso de Earnshaw, ficou profundamente consternada.

– O que diabos aconteceu nessa porra? – ela quis saber. – Não foi a Moulson que fez isso. Não existe a menor chance daquela putinha esquelética ter feito isso. Então, quem foi?

– Talvez a Loomis e a Earnshaw só levaram uma queda – Devlin disse, expressando a opinião da maioria.

– Claro que não caíram! E o seu guarda, onde está? Ele viu alguma coisa?

– O Lovett? Não, ele despachou a Moulson e se mandou com o rabo entre as pernas.

– E onde ela está agora? Essa prisão aqui é sua, Dennis. Não vai me dizer que você não sabe.

– Meu palpite é que ela saiu correndo de volta para a enfermaria. Sei que ela não foi transferida para o bloco das celas. Eu queria ter perguntado para a Stock, mas tinha gente demais em volta. E eu não posso simplesmente dar uma passada lá para averiguar. Não com esse lugar em alerta máximo. Temos que limpar nossa barra, Grace. Se ela abrir a boca, tem alguma prova que possa nos incriminar?

– Nada – Grace disse de pronto. E então: – Bem, nada a não ser o último pacote. Temos que descobrir se ela o pegou mesmo, e, se ela não o tiver pegado, temos que ir lá buscar. Sumindo com isso, tudo o que sobra é a palavra dela contra a nossa. Isso é trabalho seu, Dennis. Seu e de mais ninguém. Providencie isso.

– O tribunal está fechado agora.

– Eu sei. Dê um jeito de se enfiar na equipe de escolta amanhã. Vá com ela. Não tem mais ninguém em quem a gente pode confiar.

Sem sexo oral dessa vez (muito embora, para ser justo, a porta estivesse empatando o caminho). Grace limitou-se a repassar-lhe as ordens. Em meio a todo aquele estresse e tensão, as sutilezas vinham sendo deixadas um pouco de lado.

Devlin foi até o balcão onde se escalou à equipe de escolta até Leeds no dia seguinte, transferindo Andrea Corcoran ao salão oval de Goodall na condição de superiora interina. Em seguida, caminhou de volta até o bloco G em um humor sombrio e irrequieto. Normalmente após um turno mais prolongado, tirava a manhã de folga, mas, na manhã seguinte, teria que se apresentar às oito em ponto para começar o dia às 8:30. E não havia como sair da prisão naquela noite até que os idiotas de Leeds terminassem o trabalho sobre o cadáver de Loomis. Contava com no máximo quatro horas de sono, isso se chegasse a dormir de fato.

Enquanto cruzava o pátio, mirou a janela da enfermaria mais ao alto. Luzes apagadas. Ficou fora de si ao pensar que Jess Moulson provavelmente já estaria dormindo lá em cima, alheia ao mundo em meio ao caos que havia provocado. Ela não tinha eliminado Carol Loomis: isso teria sido ridículo. Mas, de algum jeito, tinha escapado da armadilha, e a armadilha acabou voltando-se contra quem a armou. Loomis e Earnshaw deveriam ter tido algum tipo de desentendimento logo antes de Moulson chegar, e a briga deve tê-la alertado a tempo de salvar a própria pele.

Por enquanto.

No devido tempo, ele e Grace cuidariam dela de forma correta e conveniente. Pensar nisso o deixou mais reconfortado.

77

Na verdade, Jess estava muito acordada. Ainda sentada à mesa do dr. Salazar desde que Sylvie Stock tinha partido, duas horas antes.

Estava à espera de Alex Beech para conversarem. Exceto pelo fato de não estar mais pensando nele como Alex Beech. Tinha arrumado tempo de sobra àquela altura para pensar em seus passos após escalar o abismo e encontrá-lo já do lado de fora. E sabia que *encontrar* era a palavra errada.

Ela o criou. Criou o rosto que ele passou a ter e o que mais queria que ele fosse. A dra. Carter podia até não ter a menor noção acerca de várias coisas, mas estava certa quanto a isso. *A imaginação é uma energia plástica, srta. Moulson. Uma energia* moldável. *Nós criamos as coisas que precisamos.* Já na infância, esse sempre tinha sido o dom de Jess. Criava o que precisava a partir de qualquer matéria-prima que possuísse em mãos, inclusive pessoas.

Havia alguma coisa habitando aquela escuridão, mas só tinha se tornado Alex Beech quando seus olhos a revelaram. A coisa em si já tinha até esquecido do próprio rosto.

A coisa não. Ela.

Eu acho que eu era uma menina até você aparecer.

Até que Jess lhe pôs um jugo e a encilhou à carroça carregada de sua própria culpa. *Tome, fique puxando isso por um tempo, criança. Você me parece jovem o bastante, e forte o suficiente.*

Quem era ela quando tudo começou? A solução àquele mistério nunca tinha se mostrado tão inalcançável. Embora as respostas às perguntas do espírito talvez estivessem ficando um pouco mais claras. Jess tinha visto a sequência de expressões passando pelo rosto de Liz Earnshaw ao ver Alex parado lá, bloqueando a passagem. Alguma coisa como terror. Alguma coisa como estupor. Alguma outra coisa que ela não sabia identificar.

E não foi só isso. Earnshaw tinha dito alguma coisa. Não em voz alta, pois não tivera fôlego o suficiente para cuspir, mas Jess tinha certeza de que era um nome.

O que Jess enxergava era Alex, mas Earnshaw tinha visto um rosto inteiramente diferente. E sabia bem para quem estava olhando.

Alex tinha parecido compartilhar o momento de identificação. Não entrou em pânico nem saiu correndo por nada. Sempre teve certa atração pelas outras mulheres de Goodall. Ficava zanzando em volta e criando histórias sobre as coisas que via nos sonhos e memórias delas. O que ele teria visto na mente de Liz Earnshaw?

Tratava-se de uma retórica, obviamente.

Tinha encontrado sua garota malvada. Foi por isso que correu. E foi por isso que apenas Earnshaw conseguiu vê-lo e mais ninguém. Era Earnshaw quem ele deveria estar assombrando no começo, antes que Jess o surpreendesse e o repintasse. Porque foi Earnshaw quem o tinha matado.

A noite demorou a passar, e Alex não apareceu. Jess gritava por ele a cada cinco minutos, mas não obtinha resposta. Por fim tomou coragem e migrou de seu corpo rumo ao mundo noturno. Julgou que, se desse uma voltinha rápida por lá, talvez conseguisse vislumbrar algum sinal dele. Embora não fizesse a menor ideia de onde procurar ou como.

Foi então que se deu conta do quanto tinha dependido dele nas excursões anteriores. Julgava estar começando a se familiarizar com aquele lugar, mas acabou ficando mais perdida do que nunca sem Alex a seu lado. Jess pôs-se a pular de consciência em consciência, de uma tempestade sensorial a outra, gritando o nome dele. Sem resposta.

Não, não era verdade. Claro que houve uma resposta. Não uma resposta de Alex, talvez, mas havia sinais de alarme e perturbação nas sonhadoras pelas quais perambulava, gemidos e sobressaltos e sono interrompido. Jess foi deixando um rastro por onde passava, e o rastro eram os pesadelos alheios.

Nada pelo que pudesse fazer algo. Só conseguia pensar na morte de Carol Loomis e em sua própria quase morte ao ser atacada por Liz. O medo e a dor, o pânico claustrofóbico por estar trancafiada com suas algozes, ainda dominavam seus pensamentos, vívidos a ponto de tudo o que tocavam incorporar a mesma coloração. Um efeito cascata, difundindo-se a partir de Jess em todas as direções.

Já tinha presenciado o mesmo fenômeno algumas noites antes, mas ainda era tudo novo demais para ela e a lógica, por demais estranha. Não sabia que estava disseminando veneno só de estar ali e se lembrar das coisas.

Todas as mulheres em Fellside sonharam com sangue e violência naquela noite. Aquelas com quem Jess interagia diretamente sonharam com a morte de Big Carol, sonharam que elas mesmas esmagavam a cabeça de Loomis com o extintor de incêndio, sentindo inclusive o peso e o súbito entrave. A vibração dissonante, breve e sutil, quando a base suspensa do extintor acertou algum osso. O barulho do corpo de Loomis caindo e a grata consagração quando o pesado cilindro de aço lhes escapava dos dedos dormentes.

Havia também um agente penitenciário nos sonhos. Jess não conhecia Lovett o suficiente para se lembrar do rosto dele, mas o uniforme do guarda despontou intenso e claro em sua mente, bem como o momento em que ele a tinha agarrado, indefesa, a jogado no escuro e batido a porta.

As mulheres que não estavam diretamente ligadas à Jess viam e ouviam e sentiam algumas das mesmas coisas, embora tudo picotado. Experienciavam os maus-tratos e o pânico e o estilhaçar do crânio de Loomis como uma espécie de mixórdia semiabstrata, uma carnificina de impressões desconexas. Acordavam sufocadas, aterrorizadas, com o gosto do sangue das próprias línguas mordidas na boca.

E dormiam de novo, ainda agitadas, para repassar adiante essa angústia diluída a outra mulher ainda mais distante.

Era como tinta se espalhando na água. Exceto pelo fato da tinta ser fruto de um assassinato: tiro em primeira pessoa.

78

Devlin abriu um sorriso ao ver o rosto de Moulson sendo conduzida por Ratner através do posto de controle até o estacionamento e também quando ela o viu à sua espera. Ela chegou a parar por um instante até que Ratner lhe deu um empurrão bem no meio das costas e mandou que ela se mexesse.

Devlin segurou a porta traseira da van aberta, com um sorriso cínico estampado no rosto enquanto ela entrava. Jesse não viu: não tinha coragem de olhar nos olhos dele.

– Embarque imediato, todos a bordo – ele disse animado.

Bem, ao menos esperava que soasse animado. Sentia-se como se estivesse deitado na frente de um rolo compressor. Aquelas quatro horas de sono acabaram se tornando três horas na horizontal de olhos fechados. Os detetives de Leeds, os dois verdadeiramente charmosos em suas aparências joviais vestidos em ternos Ermenegildo, fizeram um milhão de perguntas. Algumas delas até que boas. Como era o corredor onde Carol Loomis morreu a partir de dentro do bloco e de fora dele? Como o acesso a ele era controlado? Quem tinha as chaves das portas, ou um cartão de identificação que poderia abri-las? Quem foi a última pessoa a ver a mulher morta, e onde ela estava? Quem eram as suas associadas conhecidas? Um deles chegou até a fazer uma conexão com a última morte em Fellside.

– Dominica Weeks. Nós já descartamos essa, certo? Por acaso ela e a Loomis se conheciam?

Quando foram embora para interrogar Liz Earnshaw na solitária, Devlin já estava fisicamente esgotado e emocionalmente elétrico. Dirigiu até sua casa ansioso sob o efeito da poderosa mistura de preocupação e raiva.

Na verdade, não foi direto para casa. Primeiro passou na casa de Salazar. Estava com medo de que as provas levassem à enfermaria, e queria ter certeza de que Sally tinha uma compreensão clara do que ele podia e não podia dizer aos distintos senhores da divisão de detetives.

Conhecia o caminho, claro. Estar lá lhe trouxe de volta memórias antigas. Leah na janela observando-o chegar para que ela pudesse abrir a porta sem que ele precisasse bater. Leah de quatro, abrindo-se para ele enquanto seu marido estava longe, em Fellside, limpando penicos. A vez em que usaram algemas havia sido o melhor dia de todos os tempos.

Agora Leah estava morta. Isso era uma coisa estranha de se pensar.

Dennis bateu algumas vezes, em seguida tocou a campainha uma vez. Nenhuma resposta. E ele não podia bater com força no meio da noite sem que corresse o risco de acordar uma legião de vizinhos intrometidos. Ele tinha que admitir derrota e ir embora, o que não ajudou muito para melhorar o seu temperamento.

Mas talvez fosse melhor assim, ele pensou, enquanto entrava ao lado de Moulson e girava a porta. Sally lhe trouxe à tona o pior dele, não havia dúvida sobre isso. Com seu humor na noite passada, poderia ter ido longe demais e matado o velho covarde.

Em seguida, também tentou falar com Stock, sem melhores resultados. A enfermaria estava fechada e trancada quando ele foi embora, mas tentou novamente pelo celular umas quatro ou cinco vezes. Ela não atendeu.

Devlin não fazia ideia do que aconteceu na noite anterior e como Carol Loomis acabou morta. Não era possível acreditar que Moulson tivesse matado Carol e, em seguida, Earnshaw a tinha deixado ir embora.

Tudo o que ele queria de Moulson era uma explicação sobre o que houve com o pacote. Nem mesmo isso, na verdade. Enquanto a droga ainda estivesse no cubículo do banheiro (e ele tinha certeza de que estava), então o assunto estava encerrado e enterrado. Era óbvio que eles não trabalhariam com Moulson novamente, porque ela era uma total idiota, mas só poderia descartar qualquer problema depois que os policiais fossem embora. Moulson só precisava entender que, se ela falasse com qualquer um – qualquer pessoa – sobre qualquer outro assunto além do clima, descobriria por que era importante ficar calada.

– Aperte o cinto – ele lhe disse, dando uma cotovelada em seu braço.

Moulson não disse nada. Ela obedeceu e se ajeitou no banco com as mãos em seu colo. Ela parecia tão acabada quanto Devlin.

– Ela é sempre assim falante? – Devlin perguntou a Ratner. Ratner comprimiu os lábios e não disse nada. Ela também estava na folha de pagamento de Grace, claro, e tinha um monte de razões para estar descontente com a polícia ter aparecido em Fellside.

Os três ficaram em silêncio por todo o longo caminho das colinas até Leeds. E, ao chegarem em Oxford Row, não seriam capazes de escutar uns aos outros de qualquer maneira. Os malucos estavam frenéticos, agitando suas bandeiras e gritando rimas estúpidas – reclamando sobre o mundo, Devlin pensou, porque era mais fácil do que arregaçar as mangas e fazer alguma coisa para mudar.

Dentro do tribunal, ele foi direto ao que interessava.

– Eu preciso ir ao banheiro – ele cochichou a Ratner. – Cuide da Barbie Tagarela, ok?

Devlin passou pela segurança da área restrita na parte de trás do edifício. Caminhou pelo corredor, passou pelo banheiro masculino e entrou no feminino. Isso não era permitido, mas não havia ninguém por ali para vê-lo. Todas as atenções estavam voltadas para o circo na porta da frente.

Seu dia começou a piorar assim que ele se trancou no cubículo e esticou a mão atrás da cisterna. Não havia nenhum pacote ali. Seja lá o que Moulson tivesse feito, ela tinha levado as drogas. Então por que ela simplesmente não a entregou? Até onde Devlin sabia, ela não era viciada – e mesmo se fosse, qualquer pessoa sensata se aproveitaria somente de uma porção pequena da sua onda favorita e torceria para ninguém perceber. Seria possível que ela estivesse pensando em vender as drogas em algum outro lugar e ficar com o dinheiro?

– Merda – ele murmurou.

Pensou em checar nos outros cubículos. Mas isso não faria sentido. Esse era um esquema bem organizado que sempre funcionou como um relógio. As drogas estiveram ali e agora não estavam mais.

– Merda – ele disse de novo, mais alto e mais irritado. Ele realmente acreditava que a história havia se repetido. Moulson tinha se acovardado em recolher e depois se acovardou de assumir por medo das inevitáveis represálias.

Agora teria que esperar até o fim do dia para saber a verdade e onde estava o pacote. Precisava encontrar uma maneira de falar com Moulson em particular, ou, ao chegar em Fellside, iria até a enfermaria para arrancar-lhe a informação. Nada disso seria fácil, mesmo sem os detetives de Leeds na cola.

No passado, Devlin tinha conseguido se convencer de que a sua conexão com Grace era invisível e segura. Isso não era mais verdade, se é que algum dia foi. Existia uma trilha, mas ela não havia sido feita da porra de farelos de pão. Nela estavam Moulson e Salazar. Sylvie Stock. Liz Earnshaw. O chato do Lovett, e, claro, a própria Grace. Ele tinha que resolver isso. Ele tinha que se acalmar e pensar.

Em seguida, reencontrou Ratner. Ela levara Moulson até a sala de espera, onde as duas estavam agora sentadas. Aquele talvez fosse um bom momento para uma conversa informal com Moulson antes de entrar no tribunal, entretanto aquele não era um lugar seguro para isso. Qualquer um poderia passar. Mesmo que não passassem, a acústica do lugar era incrível. Você poderia escutar do outro lado do prédio.

O Diabo ficou irritado por estar ao lado de Moulson e não ser capaz de questioná-la. O único consolo era que ela também parecia muito longe de estar feliz. Estava afundada em si mesma, pensativa e quieta e distante de tudo o que estava acontecendo ao seu redor.

Ela estava realmente esperando vender as drogas, ele pensou. Era por isso que ela estava tão assustada agora. Ela estava pensando se era tarde demais para escapar da armadilha que tinha cavado para si mesma antes de que alguém a capturasse e a enterrasse viva.

Sim, ele pensou. Agora é tarde. Mas lhe pareceu uma péssima ideia fazê-la entrar no tribunal desesperada e aterrorizada. Moulson tinha um grande público fora daqui e poderia ter alguma ideia repentina que pudesse usar. Ele abriu a boca para dizer alguma coisa (uma ameaça, um aviso, talvez até mesmo uma garantia falsa), mas o secretário do tribunal se aproximou.

– Estamos prontos para começar – ele disse.

– Dé pé, prisioneira – Ratner disse depressa. – Vamos.

Conduziram Moulson pela porta, Ratner à direita de Moulson e Devil à esquerda.

As escadas do tribunal o fizeram lembrar de um circo, mas havia ali um público ansioso para ver os palhaços e os comedores de fogo. A plateia estava lotada, com as duas primeiras fileiras separadas para a imprensa – repórteres com blocos de notas, artistas com cadernos. A plateia atrás deles parecia estar em uma igreja, mas você praticamente podia sentir o cheiro da excitação.

Moulson ficou parada na porta por um segundo. Menos de um segundo, na verdade, porque Devlin e Ratner a empurraram para frente, com as mãos pressionando firmemente seu ombro. Ratner colocou-a em seu lugar e deu um aceno de cabeça ao escrevente. *É toda sua*. Em seguida, ela e Devlin foram até seus respectivos lugares junto à porta.

Tribunais eram normalmente lugares tediosos para Devlin, e este não foi exceção. Uma tagarelice interminável, falatório sem fim. Homens com vozes chorosas tentando parecer inteligentes, dizendo a mesma coisa de uma centena de maneiras diferentes. O advogado de Moulson, Pritchard, era um idiota oportunista e roliço feito uma caneca de chopp. Os homens do SPC eram como robôs que ganhavam vida quando o juiz lhes perguntava se tinham algo a acrescentar, como se fossem ativados por algum comando de voz.

Intenção. Capacidade mental. Motivo. Havia um consenso em formação, e eles estavam tomando o seu próprio tempo, gradualmente chegando a um acordo sobre o óbvio ululante.

Mas em seguida Pritchard disse algo sobre chamar uma testemunha.

Na porra de um tribunal de segunda instância? O que era isso?

O escrevente chamou John Street, que aparentemente era o antigo namorado de Moulson. Ele foi até a bancada, e a partir daquele momento tudo começou a mudar.

Não para melhor, na opinião de Devlin.

79

Para Jess, o segundo dia de audiência foi muito pior do que o primeiro. Foi como se tivesse sido cortada milhares de vezes até a morte.

Tudo o que foi dito sobre a noite do incêndio a levou de volta para lá de novo e de novo, um lugar para onde ela não queria ir. No primeiro dia, os processos haviam sido envoltos em uma espessa camada de linguagem jurídica. Mas ela havia sido blindada de uma maneira profunda, pela crença de que Alex acreditava em sua inocência. Agora ela sabia que Alex não era Alex. Ela não podia mais enganar-se em pensar que havia sido perdoada pela única pessoa que tinha o direito e o poder de fazê-lo.

Ela ficou sozinha, e as lembranças choveram sobre ela.

John Street foi o mais difícil de suportar. Este era um homem que ela um dia amou, e depois odiou. O homem que a tinha levado por uma estrada escura com uma criança morta no final. Até mesmo olhar para o seu rosto era doloroso. Era a reaproximação de uma parte dela que estava em um lugar mais profundo do que a sua consciência.

Esta foi a primeira vez que o viu desde o primeiro julgamento. Ela ficou surpresa ao ver como ele parecia mal. Ela assumiu que seu mundo interno fora mais cruel que seu mundo externo, mas ninguém que olhasse para John poderia supor que ele andava levando uma vida fácil. Havia cavidades sob os seus olhos e ele estava mais magro do que ela se lembrava. Ele parecia um homem que passava as suas noites dormindo em pé.

Suas mãos pareciam melhores do que o seu rosto.

– O senhor entende por que está aqui, sr. Street? – Pritchard perguntou no tom ligeiramente solícito de um médico que está falando com o paciente através de seu raio X.

Street fez que sim com a cabeça.

– No entanto, eu vou lhe explicar para que o senhor tenha a chance de me questionar ou apresentar qualquer objeção que porventura possa ter. No julgamento inicial de Jessica Moulson, o senhor deu testemunho à acusação. Mas o seu interrogatório a mim, como advogado de defesa, nunca foi concluído. Eu tenho a intenção de terminá-lo hoje. O senhor está de acordo?

Era uma pergunta capciosa, obviamente. Os advogados do SPC teriam explicado a Street que, se ele tivesse dito não, então haveria um novo julgamento. Ele balançou a cabeça novamente.

– Sim. Mas eu já te disse tudo o que me lembro.

– Tenho certeza de que sim. Não obstante, se o senhor não tiver objeções, eu gostaria de que o senhor me acompanhasse em alguns pontos pertinentes a seu testemunho inicial. De modo a nos certificar de que o tribunal está totalmente informado de sua importância.

– Tudo bem. Claro – disse Street. Seus olhos passaram pelos de Jess pela primeira vez, e se desviaram quase imediatamente. No entanto, isso não doeu. Ela teve a mesma reação e parecia mais endurecida.

– Na noite do incêndio, o senhor chegou ao apartamento de Moulson por volta das oito horas da noite.

– Certo.

– Havia saído de lá duas horas mais cedo para comprar drogas com um conhecido, Gavin Matthews, conhecido por você e pela minha cliente como Buster. As drogas em questão eram para seu próprio uso e da srta. Moulson?

– Sim.

– E, apenas para ficar claro, a droga que estamos falando é heroína?

– Sim.

– Quanto de heroína exatamente?

– Não muito. Só o suficiente para duas boas doses.

Pritchard reagiu educadamente surpreso.

– Era normal para o senhor comprar uma quantidade tão pequena?

– Não – Street disse. – Mas não tínhamos muita grana. Aquilo foi tudo o que eu consegui.

– Os processos e atribulações do vício – Pritchard disse com simpatia, sem apontar nenhum sinal de ironia. – O sr. Matthews confirmou essa conta. De fato, "duas boas doses" foram exatamente suas palavras. Agora, o que aconteceu depois disso, de acordo com o seu depoimento original, foi que você e a srta. Moulson injetaram a heroína. Então, depois de um tempo, ela foi até a sala do apartamento enquanto você permaneceu onde estava.

– Sim.

– No quarto.

– Sim, no quarto.

– E em algum momento o senhor adormeceu.

– Sim.

– Óbvio que o senhor não seria capaz de dizer quando exatamente isso aconteceu, então não há motivo em lhe perguntar. Quando o senhor passa de um estado de vigília para o sono, mesmo sem ter usado alguma droga, a mente fica gradualmente embaçada. As percepções perdem a sua clareza.

Um dos advogados do SPC, que estava rabiscando em seu bloco de notas, olhou para cima e bateu com a caneta como se fosse o martelo de um juiz.

– Objeção – disse ele.

O juiz aceitou balançado a cabeça.

– Não diga à testemunha qual era o seu estado mental, sr. Pritchard – disse o juiz LePlastrier.

– Peço perdão – Pritchard disse cordialmente. – Vamos supor, por todos os meios, que as percepções do sr. Street estavam claras ao longo desses eventos a menos que ele mesmo afirme o contrário. De fato, como veremos, ele é admiravelmente preciso sobre muitas coisas. Por exemplo... – O advogado consultou suas anotações. – Ele nos diz que acordou às 11 horas. É verdade, sr. Street?

– Sim.

– Como o senhor checou isso? Havia um relógio no quarto?

Não havia. Jess poderia ter dito isso a ele. Ela lembrava-se de ir até o quarto com uma fronha de travesseiro na mão, colocado o relógio, o alto-falante, os abajures, tudo em cima do outro. Isso tinha sido uma rotina normal de suas vidas naquela época: transformar objetos domésticos em dinheiro, e depois em heroína. A alquimia dos drogados.

– Eu olhei no meu relógio – disse Street, soando levemente irritado. Parecia para Jess que Pritchard o estava provocando de propósito com o seu tom exageradamente seco e formal.

Mas o advogado não foi com mais força neste ponto.

– Muito bem, então – ele consentiu. – Às 11 horas, conforme verificado em seu relógio, o senhor acordou?

– Sim.

– Percepções claras? Confuso? – Os advogados do SPC olharam por cima de suas anotações novamente, mas Pritchard levantou a mão para impedir a oposição. – Meramente para construir uma imagem, Meritíssimo. Para não lançar dúvidas ao depoimento da testemunha.

– Confuso – Street admitiu. – Por um momento eu não sabia onde eu estava.

– Perfeitamente compreensível. Talvez possamos retomar a história deste ponto.

Street franziu a testa quando ele forçou a memória.

– Eu não sabia o que estava acontecendo, mas tinha um fedor terrível. Bem específico. Tipo, produto químico e coisa queimada. Então vi toda aquela fumaça no céu e eu pensei *Ai meu Deus, o apartamento está pegando fogo.*

– O que de fato era o caso?

– Sim, era. Claro que era. A fumaça vinha do tapete, dos lençóis e da cama. Já estava tudo em chamas, e no corredor do lado de fora do apartamento… não dava… não dava para enxergar um palmo na nossa frente, só fumaça e um brilho feito um holofote laranja. O apartamento inteiro estava queimando.

– O que aconteceu depois disso?

– Eu pulei e comecei a… você sabe… – Street levantou as mãos e começou a remar no ar.

– O senhor tentou apagar o fogo com as mãos? – Pritchard interpretou.

– Sim.

– E o que aconteceu?

– Eu me queimei. Muito, muito feio.

– Feio é um termo relativo – disse Pritchard. – Minha cliente perdeu metade do seu rosto no mesmo incêndio. E Alex Beech, é claro, perdeu a vida. O senhor pode nos mostrar as suas lesões, sr. Street?

Street levantou as mãos.

– Já estão quase curadas. Esses pedaços mais claros aqui foram onde fizeram os enxertos de pele, mas parece quase normal agora.

– Quase – Pritchard concordou. – Foram tiradas fotografias naquela época. Talvez possamos checá-las como apoio ao seu testemunho. – Paul

Levine entregou para Pritchard uma pequena pilha de fotos, oito por dez, coloridas. Pritchard saiu da mesa e cruzou até a bancada da testemunha onde ele mostrou-as para Street, segurando na frente dele por alguns segundos antes de passar para a próxima. – Aqui estão. Meritíssimo, as cópias estão marcadas de 1 a 9, embora eu tenha certeza de que a testemunha não precisa recordar a sua memória. Você poderia, por favor, confirmar, sr. Street, se estas fotografias mostram o estado de seus ferimentos na noite do incêndio?

– Sim, mostram.

– Queimaduras de segundo e terceiro graus em suas mãos e em seus braços. Particularmente muito grave na mão direita.

Street confirmou com a cabeça em silêncio.

– Mas cá está o senhor agora, após um grande número de enxertos de pele. O senhor teve uma recuperação maravilhosa. Em suas próprias palavras, está quase de volta ao normal. – Street concordou e parecia prestes a responder, mas Pritchard já segurava uma das fotos novamente. – Estou curioso a respeito desta – ele disse. – Esta queimadura aqui, está bastante irritada em seu braço logo acima do seu pulso direito, em formato crescente. O que você acha que foi isso?

Street ficou em silêncio.

– Eu não faço ideia.

– Bem, é um detalhe trivial. Possivelmente, você arranhou-se em alguma coisa. É bem significativo porque está em uma área onde não existem outros danos. Separada e distinta das outras queimaduras. Ela sugere que, em algum momento, você encostou sua mão contra algo muito quente. Não é algo difícil de acontecer durante um incêndio em uma casa, é claro. – Pritchard voltou para a mesa e colocou as fotos para baixo. Ele virou seu rosto para Street novamente. – E esses foram todos os danos que o seu corpo sofreu naquela noite?

– Sim.

– Além, é claro, do dano que foi autoinfligido.

Houve um momento de silêncio.

– Eu não sei do que você está falando – Street disse impassível.

– Seu sangue deu positivo no teste de heroína. Vestígios, mas, ainda assim, positivo é positivo. Ajude-me a lembrar, sr. Street. Há quanto tempo o senhor é viciado?

– Não uso mais drogas agora.

– Desculpe-me. Há quanto tempo o senhor foi viciado?

– Quase três anos.

– E depois destes três anos, o que conta como uma boa dose?

– Eu não sei. Difícil dizer. Tem que avaliar com os olhos; não tem como medir.

– Mas o quanto usava desde que começou?

Street deu uma risada oca.

– Cerca de vinte vezes mais.

– Porque o corpo se habitua à heroína, e é preciso uma dose maior para produzir o mesmo efeito. Sinto muito, interrompi a sua história. Lá estava o senhor, batendo nos lençóis, mas não conseguindo apagar o fogo. E depois, sr. Street?

– Eu levantei e corri – disse Street.

– Correu para onde?

– Para a porta. A porta da frente do apartamento.

– O senhor tentou encontrar a srta. Moulson? Sua namorada? O senhor deve ter ficado surpreso de acordar e perceber que ela havia desaparecido. O senhor deve ter ficado preocupado com ela, uma vez que o senhor acordou no meio deste inferno.

Street sacudiu a cabeça, mas não estava em desacordo. Ele parecia estar tentando não ver o que estava em sua mente.

– Eu gritei o nome da Jess – ele disse em voz baixa. – Fiquei repetindo. Várias vezes. Mas eu não conseguia vê-la. Tinha muita fumaça por toda parte. E ela não me respondia. No final, eu pensei que ela já tivesse saído.

– Então, o senhor fez o mesmo.

– Exatamente.

– E o senhor ligou para a emergência. O senhor disse que havia um incêndio. Pediu que eles viessem e apagassem.

– Sim.

– E depois?

Street não respondeu. Ele apenas olhou para Pritchard, que o encarava com um olhar educado e questionador. O silêncio se prolongou. Pritchard deixou.

– O que você quer dizer? – Street finalmente perguntou.

– Depois do telefonema, sr. Street. O que o senhor fez depois? Obviamente a essa altura o senhor percebeu que a sua namorada não tinha, como o senhor esperava, escapado do apartamento. O senhor também poderia, muito razoavelmente, ter tido preocupações com os outros residentes. Então, nos diga o que o senhor fez.

Outra pausa se seguiu, e novamente Pritchard não fez nada para preenchê-la.

– Eu esperei – Street disse. – Pelos bombeiros.

– Muito bem – Pritchard retrucou encorajador. – Foi o que o senhor fez. Nós sabemos disso pelas imagens do circuito fechado que foram mostradas como prova durante o julgamento inicial. Vamos dar uma olhada nelas agora? Com a sua permissão, Meritíssimo.

– Prossiga, sr. Pritchard – um dos juízes disse, aparentemente entendiado.

– Um momento, Meritíssimo. – Um dos advogados do SPC se levantou, o mesmo que havia objetado antes. – O sr. Street não está em julgamento aqui. Se o objetivo deste questionamento é estabelecer que ele poderia ter feito mais para diminuir os danos causados pelas ações de Jessica Moulson...

– Não – disse Pritchard. – Isso não é o que eu estou tentando estabelecer. A declaração dos movimentos do sr. Street é absolutamente fundamental para precisar a real sequência dos eventos.

Ele olhou para os juízes que lhe acenaram para seguir adiante. O funcionário do tribunal diminuiu as luzes, e a tela, um objeto permanente, desceu para baixo do teto. Por um momento apareceu o desktop do computador com arquivos e pastas, porque a imagem estava sendo retransmitida através de um projetor conectado em um laptop operado por Paul Levine da mesa dos advogados. Em seguida, apareceu a porta da frente do prédio de Jess e a rua. O ângulo era íngreme e não havia cor. A imagem suja e com bordas fazia parecer um caldeirão agitado.

Mas John Street, quando apareceu correndo, estava inconfundível. Ele não foi muito longe. Levine parou a imagem no momento em que Street passou pela porta. Pritchard apontou para a marcação de tempo no canto esquerdo superior da tela.

– 23:00:58 – ele disse. – Um minuto depois das 11.

Levine descongelou a imagem. Street retomou sua corrida para fora do prédio em chamas, mas foi desacelerando logo que chegou à calçada. Ele ainda estava se movendo, mas com movimentos assimétricos no caminhar. Sua postura era estranhamente rígida. Ele estava olhando para as mãos na altura do peito, com as palmas para cima e os dedos abertos. Parecia como se ele estivesse segurando uma tigela invisível, mas na verdade ele estava preocupado com suas queimaduras. Ele usava uma camisa azul-brilhante e um short vermelho, apressadamente vestido. Ele parecia ao mesmo tempo maluco e patético.

– Foi aí que o senhor ligou para os bombeiros – Pritchard disse, à direita de Jess. Ele se moveu pelo seu campo de visão para apontar para as mãos de Street no vídeo, em movimento enquanto Street tirava com dificuldade o seu celular do bolso e o segurava com as pontas dos dedos, cada toque nas teclas seguido por um violento e tremido recuo. A pele das suas mãos estava completamente queimada, é claro. Cada contato deve ter provocado uma nova dor.

– Este é o lugar onde o senhor espera – Pritchard acrescentou no mesmo tom seco que tinha usado antes. – Aliás, sr. Street, eu assisti a essa gravação várias vezes. Em nenhum momento eu vi o senhor verificar o seu relógio. E o senhor pode ser visto em toda parte. É realmente um mistério como o senhor consegue ser tão específico sobre o tempo.

Street cochichou algo que Jess não conseguiu ouvir.

– O que o senhor disse?

– A escada. Eu devo ter olhando quando estava na escada.

– Correndo para se salvar? Em meio a um prédio em chamas? Bem, possivelmente. Vamos ver?

Os olhos de Street se arregalaram. Ensaiou dizer algo, mas engasgou logo na primeira sílaba, um fonema ambíguo de vogal. Pritchard pareceu gostar da reação.

– Sim, sr. Street. Boas-novas. Pois o seu papel nesse filme é um pouco maior do que uma mera figuração.

80

Quando Sally chegou a Fellside para o início do seu turno, encontrou o estacionamento cheio de carros da polícia. Sentiu uma náusea em seu estômago quando mostrou sua identificação no portão.

– Aconteceu alguma coisa? – ele perguntou ao segurança.

– Uma prisioneira foi morta – o segurança disse laconicamente. – Vai pagar no inferno.

Sally sentiu uma tontura, quase desmaiou. Sua vista se turvou por um instante.

– Quem foi, alguém sabe? – ele perguntou. A memória o fez repetir mentalmente o *jingle quem sabe, sabe, conhece bem.*

– A Loomis.

– A Big... Big Carol?

– Isso. Ela.

Sally foi direto para a enfermaria, andando o mais rápido que pôde, esforçando-se para não disparar correndo. No entanto, o lugar estava vazio, o que não significava nada.

Ainda bem que Moulson não estava lá. Se tudo estivesse correndo como o agendado, sua escolta a teria colocado na van direto para Leeds há meia hora. Quando olhou no programa do dia para ter certeza do que tinha acontecido, descobriu que uma página havia sido arrancada.

Sally procurou a página perdida na cesta de lixo, um tanto perturbado agora. Não achou nada, mas encontrou o formulário de liberação que Stock forjara e depois, por ordem de Moulson, rasgara e jogara fora.

Não era um quebra-cabeça difícil. Ela havia apenas rasgado a folha em quatro pedaços.

81

A troca de turnos entre a noite e o dia em Fellside durou duas horas. Sylvie Stock pensou que poderia passar este tempo escondida no posto de apoio em Franklin, da mesma forma que havia feito na noite anterior, e ir para casa em seguida.

Mas Sally a encontrou tão facilmente quanto Devlin. Trazia em suas mãos os pedaços do formulário de liberação. Ele balançou em seu rosto.

– Olha isso! – disse. – O que é isso? Você a inscreveu de volta no bloco!

Ele parecia feroz, cheio de uma raiva justificada. Teria sido hilário em um outro momento. Qualquer outro momento quando o seu trabalho e a sua vida não estivessem pendurados por um fio.

– Ela estava bem – Stock disse. Vergonha e medo deixaram-na agressiva. – Seu diagnóstico era um lixo. Ela não teve uma contusão. A ferida não estava nem fresca.

– Sylvie, eu disse para você...

– Você não me disse nada, Sally.

– Eu estava tentando salvar a vida dela. Grace queria machucá-la. Talvez até matá-la. O único jeito de...

– Eu disse que você não me disse nada! – As palavras saíram em um grito esbaforido. Stock não pôde evitar. Tinha passado a noite toda no limite de sua paciência, mas disfarçou o tempo inteiro, evitando cruzar qualquer limite digno de tanto. Sally foi sua catarse embrulhada para presente. – O que aconteceu? Ela prestou um servicinho para você atrás do biombo? Você gosta de carne bem passada com pedacinhos crocantes, é? Você não é a porra do papa. Você não precisa salvar ninguém. E mesmo que precisasse, não ela! Não assim! Se você fizer isso, você vai ter o que merece.

Ela estava bem diante do rosto de Sally, gotas de cuspe pingavam na bochecha e no queixo dele. Salazar deu um passo para trás, mudo e em choque. Mas não por muito tempo.

– O que isso significa? O que você está dizendo, Sylvie? Você não sabe o que está falando. Está parecendo o Dennis Devlin. Ele te colocou nisso?

Stock estava exausta com a própria raiva. Tentou passar por Sally empurrando-o do caminho, mas ele pesava o dobro dela.

– Você não faz ideia de quem eu sou – ela disse entre os dentes. – Você não sabe nada sobre mim, Sally. Você não sabe nada de nada.

Ela poderia ter parado ali. Não havia razão alguma para prosseguir. E Sally provavelmente a teria deixado ir embora. Mas o estúpido olhar de reprovação de Sally fixou-se no dela como se ele tivesse algum direito de julgá-la. Ela teve que tirá-lo do pedestal mesmo que isso significasse uma briga suja.

– Dennis Devlin passou anos e anos atrás da sua Leah – ela lhe disse, já sem gritar, mas medindo cada palavra. – Ele organizava os turnos dele para assinar o ponto de saída quando você assinava o ponto de entrada. Ele tirava fotos dela nua para a porra da edição com mulheres casadas daquela revista *Fiesta*. Era esse o nível da obsessão dela por ele. Você jurando que até a urina dela era água benta, mas por dez anos você comeu as sobras do Devlin. Se é que você chegava a comer alguma coisa mesmo.

O rosto de Sally empalideceu. Ela pode vê-lo juntando as peças, um choque cartunesco de realidade.

– O Devlin – ele disse. Infantil. Desnorteado.

– Ah, agora sim a ficha caiu. – Stock sacudiu a cabeça com desprezo. – Você é um santo. Todo mundo adora o bom samaritano. Mas você já notou o quanto que ele se torna um fraco?

Foi fácil tirá-lo do caminho com uma cotovelada depois disso. De repente, parecia já não sobrar mais quase nada do médico.

82

Com a imagem da tela congelada mais uma vez a título de referência, Brian Pritchard explicou aos juízes e advogados do SPC os detalhes precisos do que eles estavam olhando.

– Essa janela aqui é da sala da srta. Moulson. E essa aqui... – Tocou o dedo na tela, não deixando nenhuma margem de erro – ... essa aqui é a escada na entrada do edifício. Vamos aumentar esta parte da tela daqui a pouco, antes disso, eu gostaria de mostrar para vocês o layout do espaço que nós estamos olhando.

Ele mostrou uma foto desbotada e mal enquadrada, repleta de anotações do agente imobiliário. Era uma foto com a vista geral da entrada do apartamento de Jess, exatamente como se parecia antes do incêndio e como ainda existia na memória dela. A entrada era preenchida por um espelho enorme com uma moldura excessivamente ornamental.

– O espelho – disse Pritchard – é um fator relevante. Eu vou mostrar outro trecho da filmagem, começando a partir do horário 22:47:13. Ou seja, 13 minutos antes do momento em que a testemunha, sr. Street, afirma ter acordado. Tem algo muito interessante aqui que escapou à atenção de todos nós no primeiro julgamento.

Levine digitou no laptop. A tela escureceu por um momento, depois a mesma imagem voltou – menos John Street, que havia desaparecido da sua posição na calçada fora do prédio.

A imagem agora estava sem vida e movimento. Mas quando Levine adiantou o filme em supercâmera lenta, um clarão de luz apareceu na janela do terceiro andar que dava para a escada.

– Há duas coisas intrigantes sobre o que os senhores estão vendo – Pritchard disse. – A primeira é sobre o lugar, a segunda é sobre o tempo. O apartamento de Jessica Moulson está aqui, no lado direito da escada e bem fora do nosso campo de visão. A luz está vindo do lado oposto, onde o apartamento está vazio e fechado por tábuas. Alguma ideia a respeito disso, sr. Street?

Street nada disse. Parecia doente e triste.

– Não? Bem, o mistério se resolve quando consideramos a posição do espelho. Estamos vendo o reflexo no espelho à esquerda do patamar, logo na entrada do apartamento de Jessica Moulson, cuja porta se abre para a direita.

Pritchard fez uma pausa e olhou para todo o tribunal.

– É claro – ele disse – que isso traz um mistério maior. Por que a porta se abre 15 minutos antes das 11? Quem estava lá para abrir? A fim de responder isso, precisamos chegar mais perto.

Levine digitou no computador. A imagem ampliou e se ajustou, ampliou e se ajustou, até que a janela preencheu toda a tela. Então, foi possível perceber uma pessoa em pé na entrada, ofuscada pela luz que vinha da porta aberta do apartamento de Jess. Era difícil enxergar com detalhes, mas a camisa azul e o short vermelho facilitavam a identificação.

Jess olhava, estupefata. Isso não fazia sentido.

Street ficou parado na entrada por mais de um minuto antes de voltar para dentro.

Levine congelou a imagem. O tribunal foi tomado por um silêncio eletrizante.

– Você se importaria de alterar seu testemunho, sr. Street? – A voz de Pritchard atravessou o tribunal. – Que horas mesmo você acordou?

Os advogados de acusação se levantaram para fazer uma nova objeção. Mas sentaram-se novamente, observando os sussurros inaudíveis.

– Quando, sr. Street? Que horas foi?

– Eu não me lembro – disse Street. Sua voz soou como um apelo ou um protesto. Ele parou de olhar para a tela. Seus olhos passaram pelas pessoas na plateia como se estivesse tentando recrutá-las para o seu lado.

– Muito tempo antes das 11 horas, certamente. E você não está correndo ainda. Isso acontece depois. Na verdade, você está voltando para o apartamento, mesmo que, como declarou, você tenha acordado no meio de um inferno. Mas ali não há nenhum inferno ainda, não é? Isso também acontece depois.

Street apenas olhava de Pritchard para os promotores, e para Pritchard novamente.

– Vamos seguir em frente – Pritchard sugeriu. A imagem na tela descongelou. O homem de short deu uma segunda saída. Desta vez, quando voltou, ele estava correndo. Correu passando pela janela e desapareceu.

– Como você explica isso, sr. Street? Qual a razão desta falsa partida? O que você pretendia ao voltar para dentro?

– Eu não me lembro – repetiu Street.

– Eu acho um tanto conveniente demais para ser verdade.

– Eu estava chapado. Estava fora de mim.

– Heroína?

– Sim.

– Tendo injetado às oito horas da noite?

– Sim.

– Mas você não usou heroína naquela noite, sr. Street. Então não pode ser isso.

– Objeção – um dos advogados do SPC gritou de pé. Desde o momento da falsa partida, ele já tinha se preparado, pronto para saltar tão logo fosse adequado.

Jess opôs-se internamente. O que Pritchard estava fazendo? Estava tentando dizer que ela e Street estavam mentindo? Que havia algum tipo de conspiração entre eles?

O promotor se dirigiu à bancada, sucinto e indignado.

– Os resultados de toxicologia do sr. Street mostram claramente a presença de heroína em seu sangue na noite do incêndio.

– Meritíssima, eu estou chegando aí. Esses resultados são inteiramente pertinentes para o meu argumento.

Os juízes conferiram de cabeças baixas e perucas balançando.

– Prossiga, sr. Pritchard – disse finalmente a juíza LePlastrier. – Mas vá direto ao ponto principal, por favor.

Pritchard inclinou gravemente.

– Sr. Street, deixe-me reformular esta afirmação como uma pergunta. Você se injetou heroína naquela noite, sim ou não?

Os olhos de Street abriram-se tanto que pareciam prestes a cair de seu rosto.

– Eu... a própria Jess... – ele gaguejou. – Você sabe o que ela disse!

– Sim, eu sei. Todo mundo aqui sabe. No depoimento dela, minha cliente disse que vocês dois usaram drogas. Mas é claro, por uma questão de costume e prática, você injetou nela primeiro. O depoimento dela sobre o que aconteceu depois disso não pode ser considerado cem por cento confiável. – Pritchard deu as costas para Street. Para os juízes também. Foi caminhando de volta a sua mesa, onde Paul Levine segurava um pedaço de papel. Pritchard o pegou *en passant* e o suspendeu, ainda de costas para Street.

– Vocês dois – ele disse. – Você e Jessica Moulson foram internados no mesmo hospital. Na mesma unidade de queimaduras. Ao mesmo tempo. Ambos fizeram testes de sangue na mesma hora. O teste de ambos acusou positivo para heroína, o que na ocasião parecia ser um fato relevante. Ninguém se preocupou em procurar mais informações, particularmente não havia entre você e a minha cliente nenhuma discordância sobre o fato de seus vícios. Estes são os resultados de toxicologia que meu colega acabou de mencionar. O seu, sr. Street, e o de Jessica Moulson. Você sabe o que eles mostram?

Street não respondeu. Pritchard virou-se para encará-lo. Ele estava exagerando um pouco na teatralidade, pensou Jess em um dos cantos escuros do seu cérebro que ainda conseguiam raciocinar. Na maior parte do tempo, estava apenas ouvindo, boquiaberta, com as mãos segurando a barra de bronze à sua frente. Deixando as palavras se acumularem em sua mente como um edifício ainda a ser construído.

– Assassinato – disse Pritchard, como se estivesse desenhando com a voz – é definido como o fim deliberado, desejado e planejado da vida de outra pessoa. Até há pouco eu tinha a intenção de me levantar neste tribunal e argumentar que Jessica Moulson era inocente, porque ela apenas tentou matá-lo, sr. Street, mas não Alex Beech. Que o crime dela foi um homicídio involuntário, mitigado pelo fato de que ela errou o alvo. Mas ela não o fez, não foi? Ela não errou o alvo porque, na verdade, ela não chegou a fazer nada. Você fez.

Street balançou a cabeça violentamente, mas não disse nada. Gritos e suspiros irromperam do público. Se fosse um filme, os juízes iriam bater seus martelos e tocar os sinos, mas os juízes – e os procuradores – pareciam ter sido pegos de surpresa também. Eles apenas olhavam.

Pritchard falou por cima do barulho.

– A amostra da heroína é medida pela avaliação da quantidade de morfina no sangue – disse ele. Olhou para a folha à sua frente, moveu os dedos pelas linhas do texto com o rosto concentrado, como se estivesse analisando o que dizia, embora Jess tivesse certeza de que ele deveria saber de tudo isso de cor. – Em você, essa quantidade ficou quase imperceptível. Os médicos que o trataram registraram um nível de 0,02 nanograma de morfina por mililitro de sangue. O termo é "contexto positivo". Indica um uso regular da substância em um momento não muito distante. O resultado do teste de morfina da Jessica Moulson, no entanto, foi registrado com 130 nanogramas. A diferença, proporcional, caso sua habilidade em matemática não seja suficiente, é de mais de cinquenta mil. Surpreendente, se vocês dois tivessem tomado uma dose igual ao mesmo tempo. Mas perfeitamente explicável se você comprou duas boas doses e injetou *as duas* na minha cliente.

Jess estava sentada, mas era como se tivesse tropeçado e caído. Sua respiração entrava e saía com o que parecia ser – ou sentida como – dor. Sua audição desapareceu, depois voltou com um ruído de fundo que abafava as palavras. Os advogados do SPC argumentavam com os juízes. Os juízes argumentavam de volta. Ela lutava para encontrar sentido em tudo.

– Você se importaria em reformular isso como uma pergunta, sr. Pritchard? – LePlastrier perguntou.

– O senhor injetou tudo o que preparou em Jessica Moulson, sr. Street?

– Não! – Street gritou. – Isso é mentira. Eu injetei em nós dois. Pergunte a Jess! Eu injetei em nós dois!

– Então você não estava tentando matá-la? Eu acho que estava.

– Objeção. – Desta vez o advogado do SPC soou como um jogador de pôquer pagando para continuar na rodada. Ele nem sequer levantou-se. – Nenhum motivo foi prescrito para…

– Nós temos uma abundância de motivos – disse Pritchard. – Quase motivos demais. Sr. Street estava em um outro relacionamento, não estava, sr. Street? Com uma mulher chamada Nicola Saunders, tão conhecida pela minha cliente como por você. Você nega que agora você e a srta. Saunders estão morando juntos?

– Não, mas isso… isso foi depois…

– Você está sob juramento, sr. Street. E seus registros telefônicos indicam que você é um mentiroso. Mas talvez você seja apenas poliamoroso. Muitas pessoas são. Eu estou mais inclinado a ver o dinheiro como a questão mais relevante. Você fez uma apólice de seguro de vida conjunta apenas dois meses antes do incêndio, logo a morte da minha cliente lhe renderia um pagamento. Um pagamento que você precisava, porque estava devendo ao seu traficante.

Pritchard foi longe em seu desenvolvimento, e havia abandonado completamente o seu tom polido. Ele era uma onda de retórica. Street estava tentando contestar estes pontos, mas, se estivesse tentando dizer algo, não podia ser ouvido.

– Então quando Jessica Moulson se recusou a morrer de overdose, você não desistiu. Havia muito em jogo. Você decidiu encenar um acidente. Para ser sincero, ela o ajudou na encenação. Estava sentada na sala, rasgando fotos. Tentando exorcizá-lo da vida dela, um impulso facilmente compreensível. E você sabe que papel fotográfico é inflamável. Embora não tão inflamável como um rolo de filme, foi por isso que você teve que voltar para fazer pegar fogo. No final, você foi obrigado a usar o fluido do isqueiro.

– Isso é ridículo! – Street lamentou. – Eu nem sabia que ainda restava algum fluido no isqueiro! Fazia meses que eu tinha parado de fumar! – E nada que ele pudesse dizer teria soado tanto como uma confissão, pensou Jess sentindo a surpresa formigando em sua cabeça. Era algo muito pequeno para ser notado. Se você fosse inocente, você diria *Eu não poderia saber* por muitas razões além das óbvias.

No profundo silêncio, Pritchard suspirou muito alto. Era como se, após toda a emoção da caça, ele não tivesse nenhum prazer no abate.

– O que nos traz de volta aos seus ferimentos – ele disse. – Obviamente, não foram causados por bater nos lençóis. Aparentemente você se levantou muito antes do fogo ter se espalhado para o quarto, então esta pequena ficção não é mais sustentável. Na verdade nunca foi, dada a absoluta ausência de danos causados pela fumaça em seu pulmão. Você não acordou em um quarto que estava tomado pelo fogo. Essa foi uma afirmação absurda. Mas necessária, é claro. Você precisava de uma explicação de como as suas mãos foram queimadas, e você não poderia contar a verdade, que você causou um infeliz acidente enquanto derramava o fluido do isqueiro nas fotos jogadas na cesta de lixo de Jessica Moulson.

– Não – Street disse. – Não, eu não fiz isso.

– Objeção – disse um dos advogados do SPC, o mesmo de antes, o jogador de pôquer. – Formulada como...

– Retirada – Pritchard disse. – Temporariamente. Vamos falar sobre as feridas, sr. Street. As suas eram muito consistentes. Terceiro grau, em grande quantidade nas suas mãos, causadas pela exposição direta às chamas.

Enormes danos subcutâneos, destruição dos nervos, completa evaporação da camada de gordura. Mas, na sua mão direita, você tinha uma marca que ficou assim.

Ele levantou uma foto, a mesma que tinha mostrado anteriormente, mostrando uma linha vermelha e preta traçada no pulso de Street.

– Francamente, isto é bem esquisito. O formato fino e limitado da ferida na pele a identifica como queimadura por contato. Você colocou a sua mão em algo que estava muito quente, e a ferida marcou a pequena área onde ocorreu o contato. É um dano superficial, porque quando somos surpreendidos por uma dor que não esperávamos, nossos reflexos nos fazem interromper o contato rapidamente com o material que nos causa dor. – Ele percorreu a linha com o seu dedo. – Parte de um círculo vazio. Claramente a borda de um objeto. Um objeto com raio de 28,2 centímetros, feito de uma substância que transmite um calor intenso e que mantém, pelo menos temporariamente, sua forma original.

Pritchard estendeu a mão e Paul Levine, pronto e esperando, lhe entregou mais uma foto.

– Havia um objeto como esse no apartamento de Jessica Moulson – Pritchard disse calmamente. – Apenas um. Este. – A foto era da cesta de lixo de Jess. – Você realmente precisa ter mais cuidado quando estiver colocando fogo nas coisas, sr. Street.

Então vieram os gritos.

Uma gritaria só.

As pessoas estavam de pé na plateia como se estivessem prontas para invadir a mesa da testemunha. Os guardas correram para bloquear o caminho.

Pritchard ainda falava, mas ninguém podia ouvir suas palavras.

John Street estava chorando, todo o seu rosto inclinado e distorcido como o lado queimado de Moulson.

A imagem na tela agora mostrava o porco Presuntinho dos Looney Tunes fazendo o seu "Isso é tudo, pessoal!". Esta inapropriada leviandade por parte de Paul Levine não foi vista por ninguém, exceto por Jess, no último momento antes dela fechar os olhos.

Não foi bem um desmaio. Ela desmaiou quando ouviu sobre a morte de Alex Beech. Desta vez foi diferente. Ela fechou os olhos e o mundo sumiu por um tempo. Ficou sozinha. Como tinha ficado sozinha no fosso do mundo noturno até que Alex a puxou e a salvou. (Alex não. O espírito. O espírito que não era Alex.)

Mas esta era um tipo de solidão que ela nunca havia experimentado antes. Não era sequer uma solidão. Era apenas um vazio. Ela sentiu como se tivesse saído de sua própria vida, deixando tudo que já havia conhecido para trás como uma pele descartada.

Se o incêndio era uma mentira, se Alex era uma mentira, então tudo era. Ela nasceu naquele momento, seu passado foi apagado.

Claro que nada tão puro como aquilo duraria para sempre. Jess sabia que nunca poderia ser apagado, mesmo quando ainda estava naquele lugar vazio e anônimo. Ela possuía duas faces. O lado queimado representava o passado e ela nunca seria capaz de esquecer-se disso.

Um zumbido nos seus ouvidos a trouxe de volta a uma espécie de consciência. Ela estava curvada, seus olhos a poucos centímetros da barra de ferro. Havia uma impressão digital ali, que não era dela, perfeitamente clara e distinta. Era como a pegada na ilha de Robinson Crusoé. Significava que ela estava de volta a um mundo onde havia pessoas.

Ela respirou uma vez. Depois de novo. Depois, gradualmente, foi ficando mais fácil.

John Street estava chorando no banco da testemunha, as mãos pressionadas como se fosse enterrar o rosto nelas, mas havia congelado no caminho. Paul Levine sorria para ela. *O que eu disse?* A mulher ao seu lado, a estagiária, já estava arrumando as pilhas de papéis nas pastas e caixas de papelão.

Pritchard estava em pé, discutindo com os juízes e os advogados do SPC sobre questões de tempo. Lugares. Procedimentos. Os advogados balançavam a cabeça, mas não diziam muito. Ao que parecia, o que quer que Pritchard dissesse estava bem para eles. Jess podia apenas ouvi-lo por cima dos gritos contínuos que vinham do público. Aquilo era um choro? Alguém estava chorando lá atrás?

– Hoje – Pritchard dizia, talvez pela terceira vez. – Agora. Tenho certeza de que todos aqui compreendem o funcionamento do *habeas corpus*. Se a condenação cai, vocês não têm o direito de prendê-la.

Não. Não, não e não. Ela não podia deixar isso acontecer. Ela não podia ficar livre enquanto Alex ainda estava preso em Fellside, preso por trás do rosto e nome de uma outra pessoa. Ela tinha prometido. Se ela não voltasse, ele ficaria sozinho de novo, provavelmente para sempre, e perdido de si mesmo.

Os juízes inclinaram-se juntos, falando muito baixo para que ela não pudesse ouvir. O seu destino estava sendo decidido. Ela precisava dizer alguma coisa, e a verdade não servia para nada. A verdade estava quebrada e sem condições de uso.

Mas talvez pudesse salvar alguns pedaços seus. Colocá-los em uso.

Ela se levantou sob suas pernas trêmulas.

Ninguém a notou de primeira. Em seguida, um dos juízes, a mulher, a viu, mas não disse nada. Foi só quando todos os três juízes e os advogados do SPC e Pritchard viraram-se para ela que o burburinho morreu o suficiente para que ela fosse ouvida. Não completamente. Não de primeira. Mas quando ela abriu a boca, limpou a garganta, as últimas vozes se calaram. Apenas um choro era ainda audível. Uma voz feminina. Jess não se virou. Ela sabia que era a sra. Beech que estava chorando.

– Posso falar? – Jess perguntou. – Eu gostaria de falar se for permitido. É importante. Para o caso.

A juíza, LePlastrier, balançou a cabeça permitindo.

– Isso seria o mínimo que você poderia fazer – ela disse. Ela parecia triste, ou talvez apenas cansada. Seu trabalho guardava algumas surpresas, e não muito agradáveis na maior parte.

Jess assentiu agradecendo à juíza. Mas levou algum tempo para juntar minuciosamente as palavras em sua mente. Sua voz estava rouca e estranha para ela.

– Nunca imaginei que eu pudesse ver… isso – ela disse. – Eu nunca imaginei que seria possível. Eu acreditava no que todos acreditavam. Que eu provoquei o incêndio e matei Alex. E que estava certo para mim estar onde eu estava.

Ela teve que parar e respirar. Pensou que haveria mais gritos, mais protestos e maldições. Nada aconteceu. Praticamente nenhum som. Até o choro havia parado.

– As pessoas disseram que eu era um monstro, e eu… eu pensei que elas deviam estar certas. Por muito tempo. Então, eu comecei a pensar que elas estavam erradas, mas eu nunca pensei…

Ela balançou a cabeça. Estava tudo vindo de um jeito confuso, ridículo, mas ela precisava continuar. Ela queria que Pritchard e Paul Levine, especialmente Paul, entendessem o que ela estava prestes a fazer.

– Eu nunca pensei que a verdade ia… que alguém um dia fosse descobrir. E eu estou tão agradecida, mas tão, tão agradecida ao sr. Pritchard e ao sr. Levine, por provar...

Ela continuou, forçando as palavras.

– Eu pensei que tinha feito uma coisa que não podia ser perdoada, mas não fiz. Estou livre disso agora.

Ela olhou para Paul. O último olhar suplicante. Isso iria magoá-lo. Ela queria que ele soubesse que isto não estava sendo fácil.

– Mas eu sou uma assassina. Na noite passada, eu briguei com outra mulher. Outra presa de Fellside. Eu bati nela até a morte. Quebrei seu crânio com um extintor de incêndio. Então me mandem de volta para Fellside. Por favor. Aquela é a minha casa agora e é a ela que eu pertenço.

Era tudo o que ela tinha para dizer. Ela sentou-se novamente e esperou o pandemônio começar. Ela se afastou de Levine, com medo do que ele poderia ver em seu rosto. Infelizmente, isso a deixou de frente para o salão do tribunal, olhando para Dennis Devlin.

Os braços de Devlin estavam cruzados em seu peito e ele não se mexeu. Mas levantou seu braço direito deslizando o polegar da direita para a esquerda através da sua garganta.

Você está morta.

83

Quando finalmente acabou – quando toda as discussões e arrogâncias e negociatas tinham se reduzido a um simples anticlimático consentimento –, os dois guardas levaram Jess Moulson embora. Paul sentou-se atordoado, incapaz de processar o que tinha acabado de acontecer.

Moulson ficou com a cabeça baixa enquanto caminhava, mas ele podia jurar que a viu sorrindo.

Ele não foi embora.

– Eu preciso de uma ajuda aqui – disse Susannah Sackville-West, levantando pilhas de papel em ambas as mãos. Paul ignorou. Ele atravessou o salão do tribunal até a porta por onde Moulson tinha acabado de sair. Segurou a porta quase fechando e passou em frente.

– Jess! – gritou. A guarda virou-se e olhou para ele. Ele seguiu em um rompante atrás dela. O homem deve ter ido à frente para garantir que a van da prisão estava esperando onde deveria estar.

Ele estava a um ou dois segundos atrás de Moulson enquanto ela caminhava pelo corredor em direção à porta dos fundos. Ele correu para alcançá-la.

– Olá, Paul – ela murmurou. Seu olho bom estava molhado, o outro estava seco.

– Apenas me diga por quê – ele pediu. Parecia irritado, o que era bom, porque conseguiu entender seus sentimentos. Ele também estava quase chorando. – Depois de tudo o que fizemos, você... O que foi? Você está com medo, Jess? Você está com medo da liberdade, é isso?

– Não. – Ela balançou a cabeça. Ela não se virou para olhá-lo nem parou de andar. Eles passaram pela porta até um pequeno jardim onde a van esperava. O guarda apareceu e colocou a mão nos ombros de Paul para afastá-lo, mas Paul virou-se e empurrou a mão.

– Você está me agredindo? – ele perguntou ao guarda. O homem foi para cima de Paul, uma criatura de pura massa muscular, o que não parecia significar muita coisa. – Eu sou advogado. Eu sou o advogado *dela*. Saia daqui ou vai perder seu emprego.

Ele virou-se para Moulson sem esperar por uma resposta.

– O quê? – ele perguntou. – O que houve?

Ela parecia desesperadamente infeliz, mas ele não podia saber se isso era por ela ou por ele.

– Eu tenho coisas para resolver lá – ela disse, com uma voz tão baixa que ele quase não pôde escutar. – Em Fellside. Se eu sair agora, eu não sei se volto.

– Coisas para resolver? – Ele estava chocado. – Você pode dizer tchau por cartas, Jess. Ou voltar em um dia de visita. Você jogou fora... – ele perdeu as palavras – ... tudo.

– Não – Jess disse novamente, calma, ou quase calma. – Isso não é verdade. Você conseguiu derrubar a minha sentença. Estou livre agora. Isso é o que você me deu. Mas se é um presente, você não pode dizer o que eu posso fazer com isso.

– Eu te amo – ele disse. Saiu antes mesmo que ele pudesse pensar. Ele só ouviu as próprias palavras quando o eco da frase ainda soava no ar.

– Não – disse Jess. Ela sorriu. Um triste e frouxo sorriso que apareceu e sumiu em um piscar de olhos. – Você não me ama, graças a Deus. Por que você iria querer isso? Eu apenas baguncei e coloquei fogo na sua vida. Mas você se mostrou um amigo quando eu não fiz nada para merecer isso. Eu vou te pedir um último favor.

Um monte de respostas, na maioria sarcástica, ferveu em sua garganta. Ele só disse uma palavra.

– O quê?

– Conte para Brenda o que aconteceu. Eu não sei para onde estou voltando agora. O que vai acontecer comigo. Talvez seja ruim. Conte para ela...

– Que você é inocente.

Jess assentiu.

– Sim. Isso. E que a amo muito. E que… eu não vou desistir. Eu estou correndo atrás de mim, do jeito que ela pediu que eu fizesse. E não por mais ninguém.

– Eu direi a ela.

Jess inclinou-se e lhe deu um beijo no rosto.

Então deu um passo para trás, para longe dele. Para sempre.

– Obrigada – ela disse. – Obrigada por tudo. Eu não vou te esquecer.

Ela entrou na van e as portas se fecharam entre eles. Ela afastou o olhar do dele e baixou-o para o seu colo.

Paul ficou lá por um bom tempo depois que a van foi embora. Então Brian Pritchard veio e ficou ao seu lado. Colocou a mão em seus ombros.

– Guarde suas conquistas onde você pode encontrá-las, sr. Levine – ele disse gentilmente. – Você nunca vai precisar procurar muito para encontrar uma desgraça.

– Ela era… – Levine disse e desistiu. Se ele dissesse algo mais, começaria a chorar na frente do seu chefe.

– Nossa cliente – Pritchard concluiu. – Olhe. Olhe para mim.

Paul olhou. O velho ergueu as mãos, lado a lado, em seguida as juntou no ar.

– Caso encerrado – ele disse.

PARTE QUATRO

CRIAMOS AS COISAS QUE PRECISAMOS

84

Não havia como falar com Moulson com o motorista a meio metro dos dois, então Devlin nem se deu ao trabalho de tentar.

Nem sabia ao certo o que diria, em todo caso. Até vinha nutrindo esperanças quanto a ainda ser possível resolver a merda dela, recuperar as drogas e manter tudo sob controle. Não mais. A confissão de Moulson tinha jogado a merda toda para o alto e mandado tudo para os ares com um balaço de espingarda.

Não sabia nem mesmo para onde ela voltaria. Enfermaria? Bloco G? Uma cela acolchoada em Dietrich? A mulher tinha acabado de ter seu recurso acolhido e, não satisfeita, admitiu um assassinato. Ainda assim não sentia a menor inveja do diretor, pois qualquer decisão que ele viesse a tomar estaria fadada a ser uma decisão equivocada.

O jeito foi sentar e remoer, e lamentar-se do fundo do coração o rumo que a coisa toda tinha tomado. Se Carol Loomis tivesse esmigalhado os miolos de Moulson, o mundo seria um lugar bem melhor. A seguir, lamentou-se por ter deixado Moulson vê-lo na cela de Grace. Tudo poderia muito bem ter recaído só no colo de Grace, mas permitiu que Moulson o visse como participante.

Onde diabos estaria a porra de uma saída para essa situação? Os detetives de Leeds ainda estariam no local do crime, amontoados sobre o corpo de Loomis atrás de amostras de DNA. Uma voltinha rápida pela administração e colocariam suas garras em Moulson tão logo ela pisasse lá. Provavelmente, iam querer tirá-la de Fellside de uma vez e jogá-la em uma das próprias celas de detenção preventiva, fora do alcance de qualquer coisa que ele ou Grace pudessem fazer. O que seria o último prego em toda uma longa fileira de caixões, com o seu em destaque.

Tinha de impedir que Moulson abrisse a boca. Tinha de dar-lhe algum tipo de incentivo para que ela a mantivesse fechada. Só não fazia a menor ideia do quê.

Mas assim que cruzaram os portões de Fellside, parando no estacionamento, Devlin teve um estalo. Estava na hora de tomar as rédeas da situação e salvar alguma coisa no meio daquela bagunça.

– Deixe que eu cuido dela – disse a Ratner. – Vá pegar um café, sei lá.

Ratner pareceu surpresa, mas notou pela cara de O Diabo que o momento não era propício para maiores questionamentos. Resmungou um "tudo bem" e deu o fora. Ao se encaminharem rumo ao primeiro posto de controle, Devlin diminuiu o passo e levou a mão ao braço de Moulson de modo a obrigá-la a acompanhar seu ritmo.

– Você quer mesmo morrer, não é? – disse quase sussurrando. – Escuta aqui, que fim você deu ao pacote?

– Eu joguei tudo pela descarga – Moulson lhe disse, sem se incomodar em manter a voz baixa.

Umas quinhentas ou seiscentas libras em drogas. Meu Deus do céu! Devlin assentiu, mantendo-se com a cabeça erguida e tentando ver o lado bom da coisa.

– Bem, então você não tem prova alguma – ele disse. – Você pode dizer qualquer coisa sobre mim ou sobre a Grace, mas não vai ter como provar. E você já viu do que ela é capaz. Se você bancar a esperta, não vai durar uma semana. Ela tem amigos lá fora e aqui também. É só ficar de bico calado que a gente te dá uma trégua. Não vamos tentar usá-la de novo.

Devlin teve que parar de falar ao chegarem à recepção. Rabiscou seu nome no registro de entrada, distraído e desajeitado. Sem afastar-se de Moulson, como se ainda tivesse alguma chance de reivindicar-lhe a posse.

Mas não havia chance alguma. Uma manada em polvorosa despontou na curva do horizonte em uma corrida antes mesmo que ele terminasse de preencher o registro de entrada. O diretor Scratchwell, os bonitinhos da força policial de Leeds e o time de advogados da sede da *N*-fold, os quais exalavam um ar sereno e letal de proficiência. Saíram varrendo o corredor, confiscando Moulson no caminho e a levando embora. Mal tomaram conhecimento da presença de Devlin.

Já não adiantava mais tentar apagar o fogo com gasolina e nem restavam dúvidas na cabeça de Devlin sobre o que aconteceria a seguir. Ele empurrou o registro de entrada pelo balcão de volta à secretária, Marcela Robbins, que tinha assistido à breve representação de força com olhar atento e faminto.

– Moulson também está metida nisso? – ela lhe perguntou.

– Eu só sei o que me dizem – Devlin retrucou, intimidando-a com um olhar frio. Só então deu-se conta do que ela havia dito. – Metida nisso como?

– Andam dizendo que haverá uma rebelião em Goodall. Está uma loucura por lá o dia inteiro. Todo mundo está sendo obrigado a fazer hora extra.

– Uma rebelião? – Devlin sentiu um calafrio atávico percorrendo seu corpo à menção da palavra, como qualquer outro guarda teria sentido. Mas também se encontrava perplexo. – Por quê?

– Há rumores sobre a possibilidade de ter sido um guarda que matou Carol Loomis.

– É o que estão falando por aí? – Estava tão longe do alvo, que ele quase riu.

Robbins assentiu.

– Em Goodall, sim. Estão todas enlouquecidas de um lado para outro. Bloqueando as passagens e gritando com os guardas. Dizendo que querem a polícia de Leeds para fazer a segurança do bloco. O Redentor ia até cancelar as atividades livres, mas ficou com medo que isso pudesse acabar sendo a faísca.

A faísca pode acabar sendo outra, Devlin pensou. O contrarrumor não permaneceria em segredo por muito tempo.

– Foi a Moulson quem matou a Carol Loomis, Marcela. Ela acabou de confessar perante a corte.

Os olhos e a boca de Robbins formaram três perfeitos círculos.

– A Moulson? Mas não tem nada que leve a ela! Como foi que ela...?

– Ela deve ter habilidades de ninja – Devlin grunhiu. – Mas, enfim, notícia em primeira mão.

Ele seguiu rumo ao bloco Goodall. Já estava indo naquele caminho para falar com Grace, mas agora precisava ver com os próprios olhos. Robbins não tinha exagerado. Quase sentiu o gosto assim que abriu as portas e entrou no salão oval. Um cheiro de desconfiança e medo pairava no ar. As presas aglomeradas em pequenos grupos alvoroçados, os guardas circulando desnorteados feito cães de pastoreio.

Corcoran foi a primeira guarda que ele viu. Na condição de supervisora interina, encontrava-se exatamente onde deveria estar, parada ao lado do painel central que controlava as portas de todas as celas do bloco. O confinamento era algo improvável, embora ainda uma possibilidade real.

Corcoran estava exausta e já farta da situação.

– Elas estão subindo pelas paredes – disse a Devlin. – Estamos com o dobro do policiamento e Scratchwell está apavorado. Você escolheu o dia certo para ficar na equipe de escolta, Dennis.

Devlin sacudiu a cabeça e suspirou.

– Eu te deixo sozinha por algumas horas...

Corcoran soltou uma risada. Ofereceu-lhe as chaves, mas ele ainda não estava pronto para reassumir o papel de comando. Convinha-lhe o fato de estar livre para ir e vir até que tivesse alguma ideia sobre o que fazer.

– Termine o turno – ele lhe disse. – Quem sabe você não acaba levando também as horas extras.

Corcoran pôs as chaves de volta ao cinto.

– Queria ter me livrado disso de uma vez – ela retrucou. – Elas pareciam cadelas latindo quando as destrancamos e estão assim até agora. A Moulson está metida nisso, só não me pergunte como. Ou ela matou a Carol Loomis, ou um guarda matou e ela viu. Elas querem os guardas de volta aqui na prisão. Estão dizendo que não vão para as celas até que alguém seja responsabilizado.

– Como uma coisa dessas começa assim? – Devlin perguntou com ar inocente.

– A porra toda está brotando pelas paredes, Dennis.

E ela tinha razão, estava mesmo. Desvlin subiu até a cela de Grace, sentindo o clima impregnado por tudo em volta. O ar parecia denso, carregado de um ânimo alvoroçado. Soube na hora que haveria um problemão à sua espera.

Jilly Fish e uma grandalhona movida a esteroides batizada com o improvável nome de Ashley tinham substituído Liz e Carol no corredor próximo à porta da cela de Grace. Fizeram questão de ignorar a presença de Devlin quando ele entrou, o que no momento era exatamente a reação que ele esperava.

– Por que tão tarde? – Grace perguntou. Estava esticada no catre com um livro de contabilidade e um lápis em mãos, aparentando estar muito tranquila, mesmo a música saindo dos alto-falantes sendo "Für Elise". Como que um prêmio de consolação.

– Eu acabei de voltar. – Devlin notou o tom conciliatório na própria voz. Foda-se, uma vez na vida. – Estamos com problemas – ele disse em um tom mais duro e alto. – Quer dizer, fora o óbvio.

Grace enfiou o lápis no livro como se fosse um marcador, colocou tudo de lado e se sentou. Já sem disfarces.

– Você não pegou o embrulho?

– O pacote é a última coisa com o que temos que nos preocupar, Harriet. Moulson resolveu acertar as contas direto com Deus, e contou para toda a corte que foi ela quem matou a Big Carol.

Grace sacudiu a cabeça, recusando-se a aceitar a ideia.

– Não foi ela quem matou a Loomis.

– Não interessa se foi ela que matou ou não! Ela está lá trancada com o diretor e os cães farejadores de Leeds e um cardume correspondente de piranhas. Neste exato momento. Abrindo o bico. A nossa história tem que bater ou estaremos completamente fodidos.

Ele diminuiu o volume da música. Queria fazer com que Grace entendesse bem o quão grave era a situação. O mundo estava desabando ao redor. Era hora de impor um limite. Era hora de impor todos os limites que já deveriam ter sido impostos.

– Tudo bem, Dennis – Grace disse, levando-lhe uma das mãos ao braço e então ao ombro. Puxou O Diabo para mais perto e o beijou. Um longo e generoso beijo. – Tudo bem – repetiu quando se afastaram. Ela o sentou no catre e se sentou logo ao seu lado. Suas mãos seguraram as dele, apertando-as com força contra sua coxa. – Qual é o pior cenário possível? Ainda é só a Moulson. Tire-a da equação e ninguém fica sabendo de nada sobre nada. O negócio de sempre.

Nunca era sempre o mesmo negócio. Não em Goodall. Em Goodall, era como se o Armagedom estivesse chegando. Mas Grace se mantinha em perfeito equilíbrio e sua voz em pleno poder. Devlin ficou mais tranquilo.

– A menos que ela tenha falado com o Sally – ele disse. – Entre aqueles dois, dá para ligar um monte de pontos. Ela certamente conversou com ele ontem à noite.

– Eles formariam um lindo casal – Grace salientou com uma risadinha presa na garganta. E, sim, era grotesco pensar nos dois juntos. Salazar com aquele corpo de sr. Cabeça de Batata e Moulson com aquele rosto desfigurado e reluzente. Devlin soltou uma risada. Grace lhe afagou o ombro com carinho. – Esse é o meu Dennis.

Os dois conversaram sobre a situação. Ambos admitiram que poderiam ter administrado melhor a situação, e que deixaram escapar várias chances. Caso tivessem se mantido afastados de Moulson ainda no começo, por exemplo, devido à conhecida instabilidade emocional dela. Ou se, após a primeira pisada na bola de Moulson, os dois a tivessem deixado em paz ou a matado de uma vez.

Grace se condenou pelo terrível pecado das meias medidas. Pensava entender Moulson melhor do que de fato entendia, em parte por causa de uma semelhança totalmente superficial, uma coincidência entre ambos os históricos. Seus rostos tinham sido retirados e remodelados. E ela fora trapaceada e desarmada, ainda que pelo mais breve dos momentos, por seu próprio ego infantil.

Devlin admitiu que deveria ter permanecido a postos na noite anterior. Que deveria ter se feito presente, ao lado de Lizzie e Carol, quando Moulson retornou ao bloco das celas.

Ambos se perdoaram. E no fim das contas acabaram bolando um plano. Complicaria um pouquinho as coisas o fato da prisão estar à beira de uma rebelião. Mas, como Grace disse, o segredo é pensar em toda ameaça como uma oportunidade.

85

A maioria das perguntas partia dos dois detetives, e a maioria das respostas partia dos advogados da *N*-fold. Tinham se transformado nos advogados de Moulson em um passe de mágica, à medida que as informações oferecidas por ela se referiam aos interesses da *N*-fold e à propriedade da *N*-fold.

Jess falou o mínimo que pôde, já que estava um pouco sem atenção e distraída. Vinha chamando Alex mentalmente, usando esse nome, pois ainda era o único que tinha para ele. Mas o menino não respondia ou aparecia.

Alex era a única razão pela qual ela tinha voltado, justamente quando uma saída tornou-se real. Não havia mais a dívida que antes pensava ter com ele, embora seu coração ainda doesse ao pensar sobre a morte miserável e solitária do menino. Mas esse novo Alex, que ela tinha capturado e arrastado para sua própria tragédia sem sequer ter intenção... Essa dívida era real e não havia escapatória. O espírito a tinha salvado, e ela o decepcionou, quer dizer, *a* decepcionou, em todos os aspectos possíveis. Ao pensar estar ajudando, acabou roubando-a de si mesma, apagando o rosto dela, abandonando-a à própria sorte, ainda mais perdida do que já se encontrava. Era sua última chance de consertar as coisas.

Tudo o que poderia fazer por enquanto era ficar à espera dos detetives. Não poderia dar início às suas tarefas até que a deles estivesse concluída.

– Conte-nos de novo – ordenaram-lhe.

Ela contou-lhes tudo de novo.

– Eu saí da enfermaria, e depois do bloco administrativo. A enfermeira deve ter sido chamada. E não fica nenhum guarda no corredor.

– Como você saiu do bloco administrativo?

– Tinham deixado a porta aberta. Eu simplesmente fugi.

– E, depois, você simplesmente foi até Goodall? – Ambos os detetives pareciam cordialmente céticos.

– Isso.

– Para se deparar... com o quê? Duas detentas esperando você lá naquela escuridão, na remota esperança de que você desse as caras?

A história era ridícula, mas Moulson se recusou a acrescentar quaisquer detalhes que pudessem acrescentar sentido. Não mencionou Grace, Devlin, Lovett ou Sylvie Stock. Não se tratava de covardice ou mesmo misericórdia. Só queria se certificar de que passaria aquela noite em Fellside com Alex. Tinha certeza de que, se contasse a verdade, isso jamais aconteceria. Os detetives acabariam ampliando a investigação e provavelmente a colocariam sob proteção policial. Da forma como contou talvez a deixassem ficar lá em vez de entrarem em uma queda de braço com os advogados da *N*-fold, que queriam manter Jess em Fellside para terem um ponto de apoio na investigação.

– Você está protegendo alguém? – um dos detetives lhe perguntou, exasperado. – Alguém daqui?

Jess não respondeu. Estou tentando, ela pensou. Tentando muito.

Os detetives acabaram desistindo. Estavam certos de que havia mais por trás da morte de Loomis do que o já revelado, de que outras pessoas, além de Moulson, estavam envolvidas. Também estavam certos de que, quando os chefes da polícia judiciária regional chegassem para assumir o caso, poderiam arrancar Moulson de Fellside com rapidez, e acabariam descobrindo o que fosse necessário. Uma noite não faria a menor diferença. Não iriam a nenhum outro lugar.

Os homens encontraram-se com o diretor e o fizeram aceitar que Jess ficasse na solitária por aquela noite. Reforçaram que, se ela permanecesse livre para interagir com as outras prisioneiras, haveria o risco real de que terminassem por encontrar uma maneira de encobrir a verdade. Seria muito melhor não permitir tal oportunidade.

Scratchwell concordou, ciente de que estava contra a parede. E prometeu tomar providências para redobrar a segurança. Incumbiria seu mais confiável supervisor-chefe da tarefa de monitorar Moulson e mantê-la segura e incomunicável.

Devlin foi acionado, e chegou em tempo hábil.

– Sim, senhor – ele disse solene. E: – Não, senhor. O senhor tem minha palavra, senhor, que a prisioneira não vai ter contato com absolutamente ninguém. Eu vou me responsabilizar pessoalmente por ela.

Scratchwell sentiu-se um tanto reconfortado, mas estava longe de ser um homem feliz. Enquanto os detetives estavam trancados com Moulson, os advogados da firma tinham lhe dado uma dura. Deixaram claro que ele seria convidado a entregar o cargo caso a investigação sobre a morte de Loomis revelasse algo que viesse a constranger a matriz. Além disso, o diretor foi proibido de procurar a imprensa ao sugerir que poderia usar seus contatos na mídia para acalmar os ânimos. Disseram-lhe que a firma preferia ser discreta a tornar-se alvo. Deixaram implícito que, se Scratchwell tivesse seguido as ordens e ficado na sua, a situação não estaria tão ruim.

O diretor evitou deixá-los a par da atmosfera explosiva em Goodall. Estava receoso. Julgou que seriam capazes de pedir sua exoneração naquele momento, caso soubessem que havia outros problemas em Fellside além do assassinato de Loomis.

Neste momento, o Redentor estava rezando a Deus por uma noite tranquila e torcendo para que Dennis Devlin fosse capaz de concedê-la.

Mas Deus não o estava escutando, e tampouco O Diabo.

86

Devlin não se deu ao trabalho de conversar com Moulson ao levá-la à solitária. Tudo o que dissera antes sobre deixá-la fora de cena era parte do plano A. Agora, após a conversa com Grace, só conseguia pensar no plano B.

Foi uma caminhada tranquila, considerando-se o quanto foi curta. A chegada de Moulson ao bloco das celas deixou as mulheres em agitação. Algumas gritaram quando ela passou. Uns poucos palavrões, acusações por todos os lados, mas perguntas em grande parte. Foi ela quem matou? Ela viu quem matou?

– Moulson, conta pra gente! – era a voz de Marge Todd, sobressaindo-se a uma gemedeira angustiante. – Se você proteger os assassinos, eles vão acabar se voltando contra você!

– O diretor participou? – Sam Kupperberg berrou. – Não diga nada, Moulson, só faça um sinal!

– Deve ser bacana estar sendo tão requisitada uma vez na vida – Devlin comentou.

Moulson o ignorou. O rebuliço e o mal-estar entre as detentas de Goodall não a afetavam tanto assim. A única pessoa que ela realmente queria ver não estava lá.

A solitária, uma caixa de dois metros quadrados, tinha sido preparada para ela. A roupa de cama sobre o catre ainda estava guardada em um embrulho de papel; nada de celofane ou fitas de cetim na solitária, para evitar que um simples objeto pudesse tornar-se uma arma para suicídio. O nome e o registro de Moulson tinham sido rabiscados na plaquinha inserida em um suporte de aço na porta.

Ao entrar, olhou de rabo de olho a etiqueta na porta ao lado. ELIZABETH MARTINE EARNSHAW, 76123. Devlin reparou o olhar.

– Pois é – ele disse com amargura na voz. – Quer que eu arrume uma companhia para essa noite, Moulson? Eu tenho certeza de que vocês duas iam se dar muito bem.

Ele a empurrou para dentro da cela e fechou a porta. As portas das celas normais travavam e destravavam a partir do painel central de controle, tanto individual quanto coletivamente. As portas das solitárias tinham um painel de controle próprio e, mesmo sob o comando de abertura, permaneciam travadas pelo sistema. Uma vez destrancadas, só poderiam ser abertas por fora.

Jess colocou um lençol no colchonete de um centímetro de espessura sobre o catre e jogou o resto da roupa de cama no chão. Deitou-se totalmente vestida.

– Alex? – ela o chamou de novo, sem se incomodar em elevar o tom da voz. Sabia que ele poderia escutá-la: a distância era algo sem sentido onde ele vivia. Se ele não aparecesse, seria porque não queria aparecer (ela continuava tentando mudar o pronome de *ele* para *ela*, e o pronome continuava mudando de volta).

Algo que Alex viu ou lembrou quando estava cara a cara com Earnshaw o tinha aterrorizado, e deixado Earnshaw completamente atordoada. Os dois tinham se encostado por meio segundo, e logo viraram as costas e correram em direções opostas.

Jess continuou falando, na esperança de que Alex estivesse perto o suficiente para ouvi-la.

– Isso vai te ajudar a encontrar o que você queria – ela lhe disse. – Eu sei que você está com medo. Eu sei que isso está te fazendo voltar para a época em que você era machucado e que não se sente capaz de aguentar sozinho. Mas eu estarei com você. Vamos passar por tudo juntos.

Sem resposta.

– Temos que ir até lá, Alex. É a única maneira de você encontrar sua amiga de novo. – *E de se encontrar*, acrescentou em silêncio. *Porque fui eu que te dei aquele rosto e aquele nome. De que outro jeito eu posso mudar as coisas?*

Alex seguiu em silêncio. Mas Jess tinha todo tempo do mundo e nada mais a fazer, senão esperar. Não havia janelas na solitária, apenas o clarão sem sombras das três lâmpadas fluorescentes no teto, portanto não fazia a menor ideia do quão rápido as horas se passavam. Após um tempo, começou a sentir-se ali naquele caixote havia uma eternidade. Talvez a luz estivesse forte demais para Alex, pensou desesperada. Talvez ele ainda não tivesse parado de correr. Talvez ele tivesse finalmente resolvido se enturmar com alguém da mesma idade.

Claro, não havia como ter certeza da idade de Alex. As chances da fantasminha ser uma criança não eram maiores do que as de ser um menino.

Os pensamentos de Jess começaram a vagar sem rumo. Pensou em seu relacionamento com John Street e em como tudo tinha terminado. Revirou as lembranças em sua cabeça a fim de analisá-las de ângulos diferentes, tentando sentir o quanto doíam. Não muito, se fosse sincera. Ter se livrado dele acabou lhe custando metade do rosto, mas não considerava isso algo tão ruim. Ridiculamente, sentia-se livre agora. Ou mais perto da liberdade do que antes. Havia uma única dívida a pagar, e então estaria quite. Ninguém teria nada a reivindicar-lhe depois disso, nem qualquer razão para repreendê-la.

O que é repreender?

O coração de Jess quase pulou pela boca feito um carro afogado, mas ela não ergueu os olhos. Não queria assustar Alex e, sob a luminosidade crua das lâmpadas fluorescentes, provavelmente não seria capaz de enxergá-lo. Enxergá-*la*.

– Quer dizer condenar – ela disse.

As pessoas te condenaram antes?

– Elas me condenaram por causa de você.

Por causa do menino que morreu queimado.

– Isso, me desculpe. Por causa do menino.

Devagar e com cuidado, Jess levantou a cabeça. O espírito estava quase visível, embora lânguido demais para que ela pudesse distinguir qualquer detalhe além do fato de ainda ser o rosto de Alex. Não havia como interpretar o semblante.

– Você vem comigo? – Jess perguntou.

Para onde?

– Você sabe para onde. Visitar a Liz. A mulher que você encontrou ontem à noite. Eu acho que talvez você se lembre dela de... antes. De quando você estava vivo.

Eu lembro.

– E você tem medo dela?

O contorno vago do espírito curvou a cabeça, e então encolheu os ombros, suspirando. Houve um longo silêncio. Quando Jess abriu a boca para falar algo, Alex disse: *Eu acho que tenho medo de me lembrar.*

Isso é compreensível, Jess disse. *Acabamos nos acostumando a não ser ninguém. A não ter nada. Quando somos obrigados a retomar algum tipo de vida, é assustador. Dá uma sensação de que talvez seja demais para a gente.*

Sentiu-se de repente envergonhada. Tinha acabado de celebrar havia pouco sua própria e iminente libertação, não de Fellside, mas do fardo de seu passado. Vinha almejando exatamente aquela leveza, aquele vazio.

É essa sensação que dá, Alex concordou com certo ar solene. *Mas é bobagem ficar com medo daquilo que mais queremos na vida. Lembrar-me do meu passado era tudo o que eu queria, até eu te conhecer e querer ficar com você. Então, tudo bem. Eu vou. Desde que você fique comigo, eu acho que ficarei bem.*

– Eu vou ficar – Jess prometeu.

Jess migrou de seu corpo outra vez e tomou a mão do menino. Foi natural dessa vez. Não houve mal-estar ou sensação de dilaceramento.

Os dois saíram correndo juntos para longe da intensidade das lâmpadas fluorescentes rumo ao mundo noturno e aos mares do pensamento.

87

Salazar passou a maior parte daquele dia maluco e estressante trancado na enfermaria. Tinha consultas agendadas nas alas Franklin e Blackwell, mas não compareceu.

Tampouco chegou a fazer outra coisa.

Sentia-se como se tivesse caído em um buraco enquanto patinava em um lago congelado, mas toda a água gelada flutuasse dentro de si. Em seu cérebro. Seu cérebro estava congelado, incapaz de acompanhar o menor dos pensamentos por mais de um ou dois segundos lentos e hipotérmicos.

Leah.

Leah e Devlin.

(Pele morena, sangue negro reluzente, papel higiênico branco.)

Leah e Devlin entrelaçados, duas metades da mesma coisa.

Sua própria voz, dizendo algo (sem palavras, apenas a ascensão e queda retumbantes, a lamúria autocomplacente), e Leah contestando:

– Isso é sobre o quê, então?

Naseem na enfermaria, mas não para consultar-se. Naz não estava doente. Naz era o remédio.

Isso é sobre o quê, então?

Leah. Ah, Leah.

Isso é sobre

Isso

Isso é sobre o quê

Fui eu quem a matou, Sally pensou. Só eu. Não foi o diretor. Nem Devlin ou Grace, muito embora certamente fizessem parte da reação em cadeia que a levou a acabar estirada no chão do banheiro, acabada e esquecida. Mas ninguém chegou a fazer promessa alguma a Naz. Simplesmente fizeram o que sempre faziam. Sally a tinha matado ao voltar para casa e caído nos braços de sua esposa, contando vantagem sobre como ele poderia fazer alguma diferença, sobre o grande sujeito que era e o quanto sua consciência brilhava em meio ao abismo total.

– Isso é sobre o quê, então?

E Sally disse um nome. Um nome que tinha prometido manter em segredo e segurança. E Leah contou a Devlin. Tudo acontecendo no bloco G bem debaixo de seu nariz. Talvez ela tenha lhe perguntado o que sabia sobre Naseem Suresh, se acreditava nela, se conhecia algum dos oficiais que ela estava acusando.

E Devlin provavelmente teria dito não, nada.

Depois transou com ela.

Levantou-se do sofá e...

Eu tenho que me mexer, Sally pensou. Eu tenho que fazer alguma coisa. Eu não posso simplesmente ficar aqui sentado esperando o fim do mundo. Ainda vai demorar demais.

Suas mãos pesavam ao fim dos braços. Todo movimento lhe pareceu exaustivo e esgotante enquanto ligava o computador e abria um documento. A confissão era longa e incoerente, cheia de tropeços e repetições. Os fatos saltavam de um lado a outro na linha temporal. Até mesmo as construções narrativas careciam de estrutura. Tudo desmoronando bem a exemplo do próprio Sally. Anexou todos os áudios de sua pasta secreta, suas fitas grampeadas, mas se esqueceu de fazer qualquer referência ao conteúdo nos títulos dos arquivos ou mesmo no corpo do e-mail.

Quando o dossiê ficou completo, ou pareceu estar completo, Sally ainda passou mais uma hora pesquisando a quem o enviaria. Jornais. Canais de TV. Portais de notícia. Blogs. Quanto mais contatos, maior o estrago.

Clicou em ENVIAR e uma barrinha pipocou no centro da tela. Mostrou 0% completo, e por um bom tempo nada avançou. Então o 0 pulou para 1. Claro que pelos arquivos de áudio. Eram colossais.

Só não dava para esperar tanto. Ainda havia muitas coisas para fazer.

Assinar o ponto de saída, em primeiro lugar. No meio do turno. Marcela Robbins ficou pasma.

– Mas... e se tudo degringolar de vez lá em Goodall? O diretor não disse que era para ficarmos aqui?

– Farmácia – Sally disse. – Nós precisamos... – Ficou procurando palavras. – Sangue. Curativos. Papel higiênico.

– Papel higiênico? – Marcela repetiu.

Sally saiu andando, deixando-a embasbacada para trás.

Dirigiu até o Pot of Gold, onde pediu um chopp de Pale Ale com uma dose de uísque, os primeiros de vários. Tinha de estar bêbado para fazer o que era preciso, mas também havia lá seus benefícios colaterais. Após três copos de cerveja e três de uísque, sentiu a dor mais tolerável.

Não era justo canonizar alguém, pensou, vivo ou morto. Transformar alguém no guardião de nossa consciência ou na menina dos nossos olhos ou na garantia de nossa sobrevivência. E não era justo odiá-los por terem-nos desapontado. Se sua esposa tinha sentido a necessidade de um consolo de 15 centímetros de um brutamontes feito Devlin, o fato depunha contra Sally tanto quanto contra ela.

Sentiu-se regurgitando pedaços mortos de si mesmo. A cerveja ajudou a enxaguar o gosto nojento da boca. Já estava com problemas para ficar de pé, mas não queria ficar sentado. Como estava tão desacostumado a beber de verdade, era capaz de simplesmente apoiar a cabeça nas mãos e cair no sono. O que certamente não daria em boa coisa.

– Tudo certo aí, meu amor? – A atendente do bar, na casa dos vinte anos, encarava-o com certa pena e preocupação. Sally não fazia a menor ideia da impressão que passava, mas tentou reconfigurar suas feições em um semblante mais neutro e lhe disse que estava tudo bem.

Pediu outra cerveja. Outro uísque. Enquanto entornava tudo, olhou ao redor analisando a clientela daquele começo de noite. O pub já estava quase cheio. Levaria um bom tempo para atravessar aquela multidão de estranhos, mesmo sóbrio. Deveria haver uma maneira mais rápida.

E claro que havia.

Sally ficou de pé e bateu com seu copo vazio no balcão.

– Por minha conta – disse em voz alta. – A próxima rodada de vocês todos. Por minha conta.

Alguns gatos-pingados se deram ao trabalho de encará-lo, mas só por um instante. Um ou dois comemoraram. A maioria se limitou a dar as costas de volta, achando graça ou desdenhando.

– Eu disse que a próxima rodada é minha! – Sally berrou. Como continuaram ignorando, ele fechou os dedos sobre o copo. Apertou e continuou apertando com mais e mais força até que o copo estilhaçou, deixando cortes profundos em seus dedos e na palma de sua mão. Doeu bem mais do que ele esperava, mas o truque funcionou. Todos já prestavam atenção enquanto o sangue escorria por seu punho até o balcão.

A atendente soltou um palavrão e tratou de se afastar. O médico gritou um nome, talvez o nome do gerente, mas não houve resposta imediata.

– Eu adoraria – Sally disse sem perder a dignidade – pagar uma bebida a vocês todos. Seria uma honra pra mim. – Sacudiu a mão com cautela, flexionando os dedos feridos para desalojar pedaços ensanguentados de vidro, os quais caíram no balcão, no piso, em sua jaqueta. Respirou fundo e prosseguiu. – Eu estou comemorando. Uma transação de drogas. Das grandes. Lá na prisão. É o que eu sou lá dentro. O cara das drogas. Só nos embrulhos. Sou eu quem passa com elas pelo portão. Quem leva tudo para dentro de Curie... do bloco Curie, especialmente. Esse é meu lance... – abanou a mão ensanguentada – ... particular.

Ainda tinha a atenção de todos. Alguns cochichavam uns com os outros, sacudindo a cabeça. Um ou dois tinham sacado os celulares e estavam ou teclando ou filmando. A atendente já tinha sumido, fugido com pressa. Tudo bem. Sally não se importava em ser julgado como um lunático por todos no recinto, que nem ao menos sabiam do que ele falava. Desde que houvesse alguém que soubesse.

– Harriet Grace – ele disse vibrante. – Harriet. Grace. Alguém aí sabe quem ela é? Eu tenho uma amizade muito, muito forte com Harriet Grace. Ela me conta de todos os seus segredos. Dennis Devlin. Eu e ele somos que nem... que nem... – Tentou unir as pontas dos dedos. O sangue escorria tão solto de sua mão direita que mais parecia chuviscar no assoalho de madeira. – O Dennis é o cara – resumiu. – Quem faz e acontece. Se alguém tem que sumir, que nem a tal da Minnie Weeks, o Dennis só faz acenar e... acontece. E pode até ter levado bastante tempo, mas eu acho que já posso dizer com toda sinceridade que eu me tornei tão importante quanto ele. Influente. Envolvido. Totalmente. Até o pescoço. Desfrutem suas bebidas e obrigado por... pelo tempo de vocês.

Isso deve bastar, Sally pensou. Senão é caso perdido. De um jeito ou de outro eu sou um homem morto, então...

Ele cambaleou até a saída, abriu a porta com o cotovelo e saiu. Quando a brisa refrescante da noite bateu em seu rosto, sentiu o estômago revirando de tanta náusea. Mal foi capaz de chegar à beira da estrada antes de vomitar tudo. Os jatos saíram como se alguém o agarrasse pelo abdômen e lhe aplicasse um golpe.

Já oco e trôpego, conseguiu alcançar o carro e abrir a porta, apoiando a mão machucada contra o peito. Enfiou-se no banco de trás, o mundo girando em volta. Não poderia dirigir naquele estado. Tampouco retornar ao pub. Havia vômito por sua calça e sapatos. Estava imundo, uma desgraça. O melhor seria descansar alguns minutinhos e sair cambaleando até a parada de ônibus. Não havia mais o que fazer.

As portas traseiras se abriram ao mesmo tempo, e dois homens entraram, um de cada lado. Um era magro, mas bem definido, com um corte de cabelo militar. O outro era enorme, peito de pombo. O suor fazia com que a cabeça raspada do sujeito brilhasse feito madeira laqueada. Estampava um sorriso apologético no rosto.

Os homens travaram as portas do carro. O magricela retorceu o nariz ao sentir o fedor azedo do vômito de Sally. O outro, mais pontual e sem maiores cerimônias, tirou uma navalha do bolso e a abriu. Pôs-se a escrutinar Sally com frieza no olhar celeste.

– Boa noite – ele disse num tom grave. – Meu nome é Kenny. Kenny Treacher.

– Ah, é? – Sally retrucou. – Bem, não estou nem aí.

– É mesmo?

– Isso mesmo. – Sally começou a balançar a cabeça, mas precisou parar assim que uma nova onda de náuseas o atingiu. – Você é tão mau quanto ela. Quanto eles. Veneno. Vendem veneno, e ficam ricos matando os outros. Mau que nem eu, provavelmente. Mas será que você é mau o bastante, hein, sr. Kenny Picudo Treacher? Eis a questão. Será que você é mau o bastante pra me servir de alguma porra?

– Bem – Treacher retrucou, pressionando a lâmina contra a garganta de Sally –, eu faço o que eu posso. Conte mais sobre esse Devlin, sim?

88

Enquanto Devlin esperava, achou que ficar aguardando era a parte mais difícil da coisa toda.

Três horas até o toque de recolher, até a hora de conduzir um rebanho de seiscentas mulheres à beira de um surto violento. Tinha lido certa vez em algum tabloide que mulheres que viviam juntas menstruavam juntas. A ala Goodall neste momento representava bem a imagem invocada por sua mente ao ler o tal artigo. Sempre que uma agente penitenciária lançava um olhar inofensivo a uma das detentas, o gesto era encarado como uma provocação. Qualquer palavra mais descuidada acabava sendo o estopim para um incêndio verbal.

O toque de recolher enfim soou. E foi a parte mais difícil, sem dúvida. Forçar as vadias a voltarem às celas feito navios no interior de garrafas. A todo momento julgava que a situação estava prestes a sair do controle, mas Corcoran se fazia presente vez ou outra para apaziguar os ânimos ou dissuadi-las na conversa. Os dois seguiam um de costas para o outro. Mantinham-se inexpressivos, como se nada estivesse errado. Faziam graça um com o outro e com as prisioneiras. Displicentemente, andavam e acenavam e conduziam-nas pelas portas. Realizaram a contagem visualmente.

Giraram as chaves.

TROC TROC TROC: pronto.

– Puta merda – Corcoran disse, recostando-se contra a parede. – Eu vou para casa beber uma garrafa todinha de Bacardi. Quem quiser pode derramar a Coca-Cola direto em mim depois que eu desmaiar.

– Serve um bourbon? – Devlin propôs. E mediante o aceite: – Vem comigo.

Seguiram rumo à guarita no segundo andar. Havia uma câmera lá, mas só mostrava o canto esquerdo da sala. Devlin puxou duas cadeiras até a parede da direita.

– Toma. – Tirou seu cantil de bolso da caixa de primeiros socorros, onde o deixava guardado para os turnos da noite, e o passou a Corcoran. Ficaram sentados um ao lado do outro, alternando tragos.

Quando Corcoran jogou a cabeça para trás, sorvendo o doce uísque, Devlin lhe deu um murro forte na garganta. Era para ter sido um golpe mortal, mas não foi forte o bastante. No último segundo, a consciência de Devlin não permitiu que ele concluísse o que estava prestes a cometer.

Corcoran desabou, embora ainda tentasse respirar, e passou a se debater para livrar-se das garras de Devlin ao se dar conta do que estava acontecendo. O Diabo tinha imobilizado seus braços, mas ela usava a cabeça como arma, dando-lhe testadas com tanta força que ela o fez ver estrelas. Pancadas tão fortes que ele acabou soltando-a.

Mas Devlin logo a capturou novamente enquanto ela se arrastava em direção à porta de barriga para baixo, dificultando sua defesa.

Levou um longo, longo tempo até que ele terminasse o serviço, tomando cuidado para não passar pela câmera.

Essa foi a parte mais difícil. Dennis não parou de chorar um segundo sequer enquanto a matava.

89

A distância física não contava muita coisa no mundo noturno. Liz Earnshaw se encontrava a apenas alguns metros dos dois acordada na realidade (era vizinha de porta de Jess na solitária), mas ainda assim levou um bom tempo até que ela e Alex a achassem. E quando acharam, Jess ficou surpresa e chocada com o que viu.

Earnshaw não era um oceano e ela não era uma torre. Era uma ruína, inerte e destroçada, com os escombros de sua mente se dispondo em camadas sobrepostas que aparentavam não se mover ou variar. O rastro seguido por Jess e Alex tinha um quê de fúria e violência e guerra, embora a ruína não abrigasse nada disso. Emocionalmente, estava vazio. Incinerado.

Não pense em fogo, Alex advertiu Jess.

– Desculpe. Não dá para evitar.

Você precisa tentar, Jess. Se você pensar em fogo, você ficará triste e mudará as coisas como me mudou. Vai fazer tudo se parecer com o que você se lembra.

Ela sabia tratar-se de um perigo real. Tentou ao máximo se acalmar, sufocar seus pensamentos e emoções dentro de si e deixá-los trancafiados. Não era fácil.

– Talvez seja melhor você ir em frente sozinho – ela disse.

Não! Alex estava desolado, suplicante. *Você disse que ficaria comigo. Eu não vou a lugar nenhum se você não for também.*

Diante do ultimato, Jess deu-se por vencida. Alex tomou sua mão (ela fez o possível para torná-la firme e sólida e real) e os dois entraram.

Assim que deram aquele último passo, assim que passaram a enxergar a realidade com os olhos de Earnshaw, tudo mudou. Por dentro, Earnshaw (como qualquer pessoa) se encontrava bem além de qualquer medida racional. Não perambulavam em meio a ruínas; estavam perdidos no mundo.

Mas não ficaram perdidos por muito tempo. Earnshaw estava catatônica por um motivo, e o motivo era Alex. Tinha cercado o próprio corpo feito um punho cerrando-se sobre algo soterrado, alguma lembrança, parte de alguma vivência. Tal cerco acabou deixando marcas por todos os cantos. Os dois seguiram pelo único caminho que conseguiram vislumbrar em meio às cicatrizes daquele vazio sem fim.

Rumo ao denso e combalido âmago de Earnshaw. Uma grande ferida de algo e nada, azul-amarelada feito um hematoma, batendo feito um coração em um céu de bronze.

Jess e o espírito que ostentava a forma de Alex Beech cruzaram o tal céu, ignorando a altura em que se encontravam, pois não era real e não merecia a atenção dos dois. A coisa em direção à qual se encaminhavam sabia que estavam lá e lançava tentáculos serpenteantes a chicotear sobre suas cabeças.

VÃO EMBORA VÃO EMBORA VÃO EMBORA VÃO EMBORA VÃO EMBORA VÃO EMBORA VÃO EMBORA VÃO EMBORA VÃO EMBORA VÃO EMBORA VÃO EMBORA VÃO EMBORA VÃO EMBORA VÃO EMBORA VÃO EMBORA VÃO EMBORA VÃO EMBORA VÃO EMBORA VÃO EMBORA VÃO EMBORA, a coisa gritava sem parar na voz de Liz Earnshaw.

– Não – Jess disse.

Um dos tentáculos lhe açoitou o rosto, explodiu em seus olhos em um lampejo de ódio e fúria. Ela se retraiu, arrebatada de surpresa pela dor. Um segundo golpe lhe martelou os ombros, e então veio um terceiro exatamente no mesmo lugar. Earnshaw vinha tentando derrubá-la do céu.

Naquele momento, Jess já sabia lidar bem com a dor. O incêndio, as inúmeras cirurgias para salvar seu rosto, o que Stock a tinha feito passar com a agulhada. Sentia-se imune a angústias aleatórias. Em especial se, a exemplo da presente situação, fosse essencialmente para fingir.

– Estamos entrando – ela disse, tentando soar resoluta e determinada apesar do tremor em sua voz. – Nada que você faça vai nos deter, Earnshaw, mas, se você resistir, talvez tenhamos que te machucar. Você decide.

A coisa intumescida soltou um berro e investiu de novo; apenas contra ela, Jess notou, não contra Alex. Alguns dos tentáculos pairavam no ar sobre a cabeça do menino, mas não lhe faziam mal algum. E Jess tratou de ignorar os golpes, limitando-se a encolher a cabeça como se os filamentos flageladores não passassem de uma chuva forte.

Sabia que teriam de abrir uma brecha nessa coisa se avultando sobre eles, e julgou que talvez soubesse como fazê-lo. Seria brutal, mas não havia razão alguma para ser gentil.

– Está vendo quem está comigo, Earnshaw? – ela gritou. – Esse rosto por acaso parece familiar? Talvez não pareça, porque ela mudou muito desde a última vez que vocês se encontraram. Mas eu posso te dar uma pista se você quiser. Eu posso te dizer como você a matou.

Ela reuniu forças e gritou o mais alto possível. Não apenas com sua voz, mas também com sua mente.

– Você cortou os dedos da mão esquerda dela. Você abriu um rombo na bochecha dela.

Você cortou os dedos da mão esquerda dela. Você abriu um rombo na bochecha dela.

– A bochecha direita, eu acho. Você arrancou o olho dela. Você a esfaqueou na garganta.

A bochecha direita, eu acho. Você arrancou o olho dela. Você a esfaqueou na garganta.

– E deixou que ela morresse sufocada com o próprio sangue. Isso não te diz nada?

E deixou que ela morresse sufocada com o próprio sangue. Isso não te diz nada?

Alex ficou gemendo ao lado de Jess. Agarrado ao seu braço feito um náufrago se agarrando ao mastro.

Jess estava descrevendo as feridas que ele lhe contara logo na primeira conversa entre os dois. Contando-lhe e, ela então percebia, tentando lhe mostrar. Ele tinha erguido a mão, tocado no próprio olho e na bochecha. Mas Jess já vinha escrevendo as próprias lembranças naquilo que enxergava. Os machucados lhe eram invisíveis porque não batiam com o que sabia sobre a morte de Alex.

A ferida pulsante acima de suas cabeças não deu qualquer resposta, mas Jess sentiu que estava escutando. O silêncio a absorvia.

– E me parece – ela gritou – que na maior parte do tempo você a machucava só por machucar. Será que você só resolveu matá-la no final mesmo? Ou estava tentando prolongar a dor pelo tempo que conseguisse?

A grande ferida escura se contraiu e se expandiu, vez após outra, como se fosse um pássaro monstruoso tentando alçar voo em vão, açoitando o vento com os vestígios imprestáveis do que seriam asas.

Jess tentou de novo, com as palavras do próprio Alex dessa vez.

– Você a machucou com objetos afiados. E a cortou até que...

A ferida soltou um grito, e se abriu. Por um instante se fez onipresente. O mundo inteiro foi inundado por dor e raiva. Então veio a sístole, as contrações, empurrando tudo inexoravelmente de volta a si mesma. Jess sentiu toda aquela angústia furiosa sugando suas energias como um cigarro consumido pela metade, tragando-lhe a alma e a mente e o que ostentava a título de corpo.

Alex!, ela chorava, querendo... o quê? Alertá-lo? Reconfortá-lo? Só lembrá-lo de que estava lá? Pouco importava. Alex tinha sumido. A contracorrente tinha soltado sua mão da mão do menino e o arrebatado.

E a coisa toda deixou-se arrebatar também. Jess foi abandonada sozinha em meio à não vastidão de um litoral infinito e dos oceanos sem fim do mundo noturno.

90

Uma coisa de cada vez.

Devlin tinha muito trabalho pela frente, mas teria de fazê-lo sistematicamente, por ordem de prioridade, ou então tudo acabaria desmoronando sobre ele.

A única razão pela qual tinha matado Andrea Corcoran, de quem gostava tanto quanto gostava de qualquer pessoa em Fellside afora Grace, foi para colocar as mãos nas chaves. Ela era a supervisora do bloco, e as chaves vinham com o cargo. Se Grace não tivesse obrigado Devlin a escoltar Moulson, ele ainda estaria com a posse das chaves. Ele não teria sido capaz de se safar dessa, pois toda aquela confusão teria voltado diretamente para ele. Agora, os problemas iriam em direção a uma mulher morta na guarita do segundo andar.

Ele tirou as chaves do cinto de Corcoran. Ainda soluçava, pingando lágrimas dos olhos cada vez que piscava. Tendo conhecido tantos assassinos e os julgado como pessoas desprezíveis, não esperava que matar alguém pudesse ser tão difícil.

Foi até o painel central de segurança e usou as chaves para destravar todas as celas. Fiou-se na crença de que a natureza humana se encarregaria do resto. As mulheres do bloco G já estavam raivosas. Agora estavam raivosas e livres. Uma hora fervendo nas celas provavelmente teria fermentado aquele sentimento de forma bastante satisfatória, mas, para encorajá-las, Devlin desligou as câmeras do circuito fechado.

Dennis deixou o bloco assim que a merda explodiu. Urros de júbilo, raiva e alerta ecoavam pelos corredores enquanto as detentas checavam todas as implicações daquele sonoro estalido no meio da calmaria da noite.

Sally primeiro, depois Moulson. Trancafiada a sete chaves em uma solitária, cuja porta não abriria sob o comando geral, Moulson não iria a lugar algum. Então, Sally primeiro.

A enfermaria estava trancada quando Devlin chegou. Nenhum sinal de Sally ou de qualquer pessoa. Não poderia se dar ao luxo de ficar lá esperando.

Ainda estava com as chaves mestras de Corcoran, que serviam tanto ao prédio da administração central quanto aos respectivos blocos correlacionados. Entrou na enfermaria por conta própria, roubou um frasco de álcool cirúrgico, um par de luvas descartáveis e alguns chumaços de gaze. Estava pronto para sair de fininho quando outro pensamento lhe ocorreu. Ele quebrou a portinhola do armário de remédios com seu cassetete e pegou toda petidina que conseguiu. Quando colocasse as mãos em Sally, teria de encerrar o abastecimento de vez, então não faria mal algum estocar o máximo possível do medicamento enquanto era tempo.

Enquanto isso, Moulson foi promovida a item número um.

Os alarmes soavam ao descer as escadas para sair da enfermaria. Outros oficiais passavam trotando ou se emparelhavam com ele, realocados das respectivas funções administrativas à força-tarefa antimotim.

O pátio externo já estava bem mais movimentado. Agentes penitenciárias corriam de outros quatro blocos prisionais em direção a Goodall. As guardas que ficaram para trás deixaram seus blocos e se amontoraram nas portas dos outros blocos para assistir a toda aquela confusão com um misto de fascínio e apreensão. Motins eram ruins para todo mundo. Agentes acabavam sabidamente mortos em motins. Contas eram acertadas e dívidas eram pagas. Posteriormente ainda havia autópsias que às vezes levavam a demissões em massa. Apesar das horas extras, ninguém se entusiasmava.

O diretor estava parado no meio do pátio, berrando ordens que ninguém conseguia escutar em meio à estridência dos alarmes. Devlin passou por ele sem diminuir o passo.

Deparou-se com um estado bastante satisfatório de caos em Goodall. Guardas e mulheres furiosas batiam boca nos corredores, e o salão oval se parecia mais com um show de rock em uma praça de guerra. Ninguém pareceu notar a presença de O Diabo. Po Royal, que não saiu da frente depressa o suficiente, levou um safanão de seu cassetete, fazendo um grande estrago. Fora isso, conseguiu atravessar aquele pandemônio sem maiores percalços.

Precisava isentar-se de quaisquer responsabilidades. Desbravou o caminho até o segundo andar, trancou-se com o corpo de Corcoran e calçou as luvas. Limpou toda a guarita com o álcool e os chumaços de gaze. Suas digitais antes estavam na porta, no cantil de bolso, na maçaneta do armário de primeiros socorros e nas cadeiras. Agora não mais. Não que tenha cogitado a possibilidade de haver alguma digital no pescoço de Corcoran, até porque tinha usado seu cassetete para enforcá-la e não as mãos, mas a limpou mesmo assim só para se certificar com a mais absoluta certeza. Teria de se lembrar de fazer a mesma coisa com as chaves quando já não lhe fossem mais necessárias, e encontrar um canto onde deixá-las jogadas para parecer minimamente plausível quando os policiais achassem o molho pelo chão.

Dennis destrancou a porta e deu uma espiada na movimentação lá fora. Os alarmes ainda estrilavam. O ar estava carregado de gritos, e centenas de pés correndo faziam os corredores vibrarem feito diapasões.

Devlin enfiou o frasco de álcool e os chumaços de gaze no bolso da calça. Precisaria usá-los de novo logo, logo.

Voltou a desembainhar seu cassetete e seguiu escadaria acima rumo às solitárias para matar Jess Moulson.

91

Jess ainda estava no mundo noturno quando viu Devlin chegando. Em um lugar onde as emoções desafiavam as leis da física, a fixação que O Diabo nutria por ela se traduzia em um campo magnético distorcendo o ambiente ao redor. O que ela sentia como um deslocamento de forças e volumes. Algo se movia em sua direção e nela focava os pensamentos à medida que se aproximava, projetando ódio e malevolência e fins soturnos.

As emoções lhe serviram como um vetor pelo qual Jess foi capaz de se orientar. Virou-se de modo a encará-las, buscando auscultá-las com cada poro de sua pele. Silenciou a própria mente e deixou que os tais pensamentos se descarregassem sobre si, colhendo medidas e significações.

Reconheceu Devlin. Decifrou as intenções dele.

Alex!, ela gritou. Mas esse problema era todo seu. Não havia nada que Devlin pudesse fazer para machucar os mortos. Tudo o que poderia fazer era mandar Jess para junto deles.

Não houve resposta. Nenhum eco ou sinal da presença de Alex. Jess ainda esperou por mais uns segundos, então partiu desenfreada de volta ao corpo para esperá-lo.

92

Toda rebelião prisional é um sistema caótico, inclinado a decompor-se em partículas elementares, embora artificialmente sustentado e concentrado pela estreiteza do espaço em causa. Pode até parecer estar estagnando, reduzindo-se a nada, mas então ressurge sem qualquer aviso em uma onda imprevisível e gratuita de violência.

Foi esse o frasco aberto por Devlin tendo pleno conhecimento do conteúdo tóxico. Nem sequer vacilou ao passar por cima do corpo de Keith Lovett estirado no chão. Não parou para checar se Lovett estava morto ou só inconsciente. Morto seria preferível, considerando-se tudo, já que Lovett era mais uma ponta solta em potencial.

Na passarela do quarto andar, três guardas estavam desesperados tentando impedir que um grupo de mulheres determinadas tivesse acesso às escadas. Devlin se apressou em passar direto por eles antes que alguém resolvesse pedir ajuda.

Enfim, chegou ao último andar. Encontrava-se deserto, conforme ele queria. As detentas dos pisos inferiores tinham seguido em grande parte direto ao salão oval tão logo as portas se abriram. Devlin atravessou a passarela, até o pequeno corredor das solitárias. Moulson estava na cela da ponta, a número 5.

Dennis deu uma última averiguada em ambas as direções. Não havia ninguém em vista no topo da edificação. Gritos e impactos sonoros ecoavam do salão oval mais abaixo, onde mais ou menos sessenta oficiais se esforçavam para conter seiscentas mulheres.

Devlin também se lembrou de verificar outra vez a câmera na curva da passarela, só para se certificar de que ninguém havia religado o sistema do circuito fechado. Luz vermelha apagada, portanto tudo certo.

Devlin destrancou o armário de aço pendurado na parede e usou novamente as chaves de Corcoran para liberar as portas das solitárias, embora ainda não estivessem totalmente destravadas. As trancas das portas eram unilaterais, sendo necessária a presença de alguém do lado de fora para abri-las. Girou a maçaneta da porta de Moulson e entrou.

Ficou surpreso ao ver Moulson ainda dormindo. Julgou que o barulho vindo do térreo fosse chegar até lá e acordá-la. As paredes à prova de som eram bastante eficientes. Assim que entrou na cela apertada e encostou a porta, todo e qualquer ruído externo se reduziu a quase nada.

Moulson estava encolhida em posição fetal por baixo do único lençol no catre, apenas com o topo da cabeça à mostra. Não mexeu um fio de cabelo sequer à medida que Devlin foi se aproximando. Ele tinha refletido um pouco sobre como a mataria. Estrangulamento, a exemplo de Corcoran, seria mais fácil e rápido, mas não queria manter um padrão. Seria bastante negativo caso alguém chegasse à conclusão de que as duas mortes estavam conectadas. Então, acabou elegendo asfixia como a opção menos pior.

Curvou-se e pegou o travesseiro caído no chão. Movimento que deixou sua cabeça quase na mesma altura do catre.

Jess deu um chute com os dois pés. Ela retornara do mundo noturno poucos segundos antes, mal tendo tempo de reassumir as rédeas de seu corpo, mas sabia bem do risco que corria e concentrou toda sua força naquele chute.

Acertou em cheio bem no meio da cara de Devlin. O guarda foi jogado com força de costas contra a parede da cela estreita. Alguma coisa, possivelmente nariz ou maxilar, esmigalhou-se sob o impacto do calcanhar de Jess. O Diabo foi ao chão, totalmente zonzo.

Jess levantou-se em um pulo ao mesmo tempo que ele despencava. Dois passos e alcançou a porta. Se ele tivesse fechado até o fim, ela estaria morta. Sabia não haver maçaneta por dentro. Tão logo Devlin ficasse de pé outra vez, ele acabaria com ela, e ela não teria a menor chance naquele cubículo.

Seus dedos afoitos encontraram a borda da porta e a escancararam. Jess fugiu.

Mas derrapou até parar quase que de imediato. Alex ainda estava lá. Dentro de Earnshaw, engolido inteiro pela raiva da detenta. Jess não chegou a pensar na hora sobre a insignificância de conceitos como quilômetros e metros e centímetros no outro mundo: simplesmente sabia não querer deixá-lo para trás após jurar que não o deixaria.

Lutando contra o próprio pânico, arriscou a maçaneta da solitária de Liz Earnshaw. Sua mão tremeu ao girá-la e empurrar a porta. Entrou depressa e em silêncio. Então, a exemplo de Devlin, encostou-a quase totalmente, tanto quanto seu atrevimento permitiu, com a lingueta fremindo a um milímetro de travar no lugar.

Um bum metálico a alertou quando Devlin abriu a porta de sua cela com força e saiu rumo à passarela. Jess prendeu a respiração. Ouviu o barulho dos passos transitando em frente à porta de Earnshaw, que diminuíram o ritmo e pararam. Devlin devia estar espiando ao redor, tentando ter uma noção de onde Jess poderia ter se encondido.

Ou talvez estivesse fitando a porta, percebendo a fresta deixada pelo ligeiro desnível em relação à moldura.

Um movimento às suas costas fez Jess virar a cabeça, bem devagar, apavorada com a possibilidade de que o farfalhar de um tecido a traísse.

Earnshaw tinha se sentado no catre e a encarava. O lençol deslizou pelo corpo desnudo e a luz forte das lâmpadas fluorescentes banhou uma treliça de pequenos queloides que lhe cobriam todo o tronco. Mexia o maxilar como se estivesse tentando engolir algo. Era impossível dizer apenas pela expressão de Earnshaw se era capaz ou não de enxergar o que estava um palmo à frente. Jess ficou parada no lugar e, recordando-se vagamente de como as pessoas costumavam sobreviver a um enfrentamento com um animal selvagem, evitou contato visual mantendo os olhos ligeiramente baixos.

Earnshaw balançou as pernas e escorregou até o chão. Ponderosa, pôs-se de pé.

Os coturnos de Devlin roçaram o chão bem em frente à porta. Jess se preparou. Se a porta se abrisse, ficaria presa entre os dois. Tudo o que lhe restaria fazer seria lutar até que a nocauteassem, o que não demoraria tanto.

Os passos de Devlin pararam. Um segundo depois, ela o escutou marchando escada abaixo.

Agora havia apenas um maníaco homicida para lidar. Jess olhou em volta à procura de uma arma, mas por que haveria de encontrar uma arma em uma solitária? Tudo ali era projetado para ter pouca ou nenhuma utilidade, caso alguma prisioneira resolvesse ferir-se ou a alguém.

Earnshaw avançou em sua direção. Jess não se moveu.

– O que você fez com ele? – Moulson quis saber. – Onde ele está?

Earnshaw levou a mão pesada ao antebraço de Jess e a afastou de lado aparentemente sem o menor esforço. Abriu a porta com tudo. Jess a agarrou pela cintura e tentou puxá-la de volta à cela. Earnshaw a ignorou, e Jess foi arrastada pela força irrefreável da outra, chocando o ombro contra o batente da porta.

– Alex! – Jess gritou. – Onde você está? Fale comigo! – Seu pé escorregou e riscou a passarela de aço ao tentar obter algum apoio e conter Earnshaw, ou ao menos desacelerá-la. Por fim, Earnshaw parou.

Mas só para colocar a mão no peito de Jess e empurrá-la com tanta força a ponto de fazê-la se desequilibrar e quase cair.

A comparação com um animal selvagem lhe ocorreu de novo, pois era com o que Earnshaw se parecia naquele momento: algo com a forma humana, mas que nunca aprendera a falar e que dilaceraria a garganta de quem lhe cruzasse o caminho.

Seguiu em frente a passos pesados sem olhar para trás.

Jess não tentou se aproximar de Earnshaw outra vez. Apenas a seguiu até o final do corredor e escada abaixo, permanecendo sempre alguns passos atrás por todo o percurso.

Já no piso inferior, descobriu o que era aquele barulho todo. Havia mulheres atirando móveis e pertences pessoais das respectivas celas, ou mais provável que das celas de outras pessoas, rumo ao pátio do salão oval. Gritavam insultos aos agentes no térreo, os quais vinham laboriosamente tentando desobstruir o amplo espaço central avançando em duas fileiras.

Earnshaw não deixou que nada a refreasse. Uma mulher se pôs em seu caminho e foi violentamente empurrada de lado.

Jess permaneceu no encalço de Earnshaw, rente à parede para não ser vista. Embora ninguém estivesse olhando em sua direção. As atenções estavam todas voltadas ao combate. Houve apenas um guarda que a viu e a reconheceu, e resolveu desferir-lhe um golpe em nome das crianças incineradas do mundo inteiro. Ele marchou em direção a Jess com seu cassetete devidamente posicionado. Jess teve cerca de meio segundo, assim que o viu a caminho, para jogar em vão as mãos ao alto na defensiva.

Lorraine Buller se enfiou na frente do sujeito e o lançou por cima do corrimão rumo às redes de segurança. Cumprimentou Jess com um aceno de cabeça, e então tratou de sumir também. Abriu-lhe passagem em meio ao caos, cortesia de uma companheira de cela à outra.

Jess apertou um pouco o passo. Quanto mais próxima se mantivesse de Lizzie, menos provável que fosse molestada. Gritava o nome de Alex em pensamento, mas sem obter resposta. E já se dando conta, com certo aperto no coração, de onde Earnshaw estava indo. Não descia as escadas rumo ao salão oval, mas à esquerda e depois direto até o fim do corredor no terceiro andar.

Rumo à cela de Grace.

As duas mulheres de guarda na porta de Grace se viraram ao vê-la chegando, e assumiram posição de defesa. Earnshaw diminuiu a velocidade até parar, e por um instante as duas leoas de chácara se limitaram a trocar olhares em silêncio.

– Eu preciso falar com ela – Lizzie disse. Sua voz estava rouca, baixa, ainda assim se sobressaiu aos berros e urros mais ao longe.

– Ela deu ordem para não deixar ninguém entrar a não ser o Dennis – Jilly Fish retrucou. Não fez comentário algum sobre a nudez de Liz, ou as linhas enrugadas e brilhantes de antigas cicatrizes que a cobriam do pescoço às virilhas.

Earnshaw torceu o pescoço à esquerda, depois à direita, e flexionou os dedos.

– Eu preciso falar com ela – repetiu.

– Sobre o quê? – Fish perguntou.

– É particular.

Por um ou dois segundos ninguém disse nada. Fish pensou na expressão séria e ríspida de Earnshaw e chegou a uma conclusão.

– Está na hora da pausa para um cigarro – ela disse à companheira. – Vamos nessa.

– Mas Grace disse... – A voz da outra mulher, uma loira alta com físico hipertrofiado de halterofilista, foi decaindo até sumir. Fish já estava se afastando, e Liz entrou. A loira era da mesma altura que Lizzie, mas tinha uns dez a 15 quilos a mais. Os músculos dos braços eram como estátuas esculpidas em mármore. Não se mexeu quase até o último instante, então jogou os braços ao alto e recuou. – Particular... está certo. – Deu meia-volta e sumiu dali.

Grace estava lavando-se na pia quando Earnshaw entrou na cela. Jess se esgueirou no vácuo, encostando-se de imediato contra a parede.

Grace ergueu uma das sobrancelhas ao vê-las, mas logo tratou de fazer um sinal com as mãos para dar-lhes boas-vindas. Contornou as duas e fechou a porta com um chute, isolando o barulho alto vindo de fora.

– Eu não sei o que essa aí quer – Grace disse a Earnshaw, acenando com a cabeça em direção a Jess. – Sei que quanto mais a mando matá-la, mas ela parece continuar viva. Faça-me um favor, Lizzie. Acabe logo com o sofrimento dela de uma vez.

Earnshaw não pareceu ter escutado.

– Eu tive... um sonho muito sombrio, Grace – ela disse com a mesma aspereza de antes na voz. Curvou a cabeça contra o próprio punho cerrado. Comprimiu a testa com força, rosto desfigurado, como se tentasse atravessar a mão a fim de agarrar algo lá dentro. – Eu quero conversar com você sobre algo que aconteceu.

– Mais tarde, meu amor – Grace retrucou. – As coisas estão ruins. O dever vem em primeiro lugar. – Ainda assim, Lizzie não mexeu um músculo. Grace voltou-se para Jess, revirando os olhos com ironia. – Bem, eu te dou dez para coragem e um para inteligência – prosseguiu no mesmo tom sociável. – O que você está pensando? Que entrou em uma maré de sorte depois de vencer o recurso? Que me convenceria a não matá-la? Não dá.

Jess não se deu ao trabalho de responder. Grace parecia não ser digna de atenção. Sentia muito mais medo por Alex, preso no coração tenebroso de Liz. Dirigiu-se apenas a Lizzie, que lutava contra alguma emoção similar ao pânico.

– Earnshaw – ela disse. – Diga-me quem ela era. A menina que você matou. Qual era o nome dela?

Earnshaw não pareceu ter escutado. Contraiu os ombros, revirando-os.

– Por favor, Grace – ela gemeu. Sua voz soava como se estivesse à beira de falhar, um instrumento de sopro com defeito tocado sem o devido fôlego. – Eu sonhei que ela voltava. Ela ainda está aqui. Ela não foi embora depois que eu acordei.

Grace parecia perplexa.

– Mais tarde – repetiu. – Vamos, Lizzie, acorde. Você não presta para nada assim desse jeito. Acabe logo com essa vadia de uma vez.

Earnshaw se virou e deu um passo na direção de Jess já cerrando os punhos, mas parou de repente, como se tivesse esquecido o que deveria fazer.

– Qual era o nome dela? – Jess gritou. – Quem era ela?

– Por quê? – Earnshaw exigiu uma resposta no mesmo tom angustiado e exaurido.

– Porque ela merece ser lembrada! Ninguém mais se lembra dela hoje em dia. Nem mesmo ela se lembra de si própria. Mas você sabe quem ela era.

– Eu não tenho escolha – Earnshaw cochichou. Jess deu-se conta de que Earnshaw não estava falando com ela, muito menos com Grace. Estava conversando com uma voz dentro da própria cabeça.

Com Alex.

Jess soltou uma risada, um ruído estranho de alívio e surpresa. Ele ainda estava lá, na alma combalida de Earnshaw. Ainda resistindo.

Grace foi até Earnshaw, agarrou-lhe os ombros e a sacudiu.

– Ande, Lizzie! Para que eu te pago? Acabe logo com ela!

Por um instante, Earnshaw se limitou a encará-la. Então se recompôs, endireitou o corpo tomada por alguma força incrível de vontade. Percorreu-lhe um arrepio. Cruzou a cela até Jess em três passadas.

– Me diga quem... – Jess ensaiou perguntar de novo, mas foi obrigada a se calar. A mão de Earnshaw disparou e apertou-lhe o pescoço. A pele naquele local, como a pele do lado direito de seu rosto, tinha sido queimada e reconstruída com certa imperfeição, mas ainda assim foi possível sentir perfeitamente a firmeza do aperto calejado de Earnshaw.

Jess agarrou o pulso da mão em volta de seu pescoço e tentou se livrar. Liz não se mexeu. O aperto ficou mais forte. Earnshaw a encarava fixamente, rígida feito uma estátua, implacável no papel de juiz.

– Assim é melhor – Grace disse, senhora de si. – Essa é a minha garota.

Earnshaw puxou Jess mais para perto. Uma das mãos a esmagava e a outra torcia. Jess resistia enquanto suas vias respiratórias fechavam. A mulher poderia estar tentando quebrar uma parede com aquelas mãos.

Eu me lembro!, uma voz disse. Parecia chegar-lhe de uma grande distância, quase abafada pelo som, altíssimo de repente, das batidas do próprio coração. Era a voz de Alex. *Jess, eu consegui me lembrar! Está vendo?*

Jess achou que via sim. Turvamente, e mais turvo a cada segundo. Só não conseguia falar para poder dizer.

93

O que ela viu foi:

Uma cela de prisão, bem ali no bloco Goodall, a julgar pela arquitetura e o padrão das cores. Essencialmente anônima, sombriamente genérica, muito embora houvesse um desenho grudado na parede, um retrato falado de Liz Earnshaw esboçado com caneta Bic azul. Liz estava sorrindo, o que levava o observador a se perguntar se o artista tinha chegado a de fato conhecê-la ou simplesmente a desenhou a partir de uma descrição verbal. As áreas sombreadas foram feitas com vários traços curtos na horizontal e vertical. Em cruz, como nas revistinhas em quadrinhos.

Nada mais se destacava na cela. Havia uma mesa. Havia duas cadeiras. Havia uma privada sem tampa, cisterna firmada à parede com um suporte de aço maciço. Havia um gabinete de duas gavetas, uma sobre a outra. Também chumbado à parede. No parapeito da janela, duas girafas de cerâmica entrelaçavam os pescoços em uma carícia impossível.

E no catre: um abraço de verdade. Liz Earnshaw, desproporcional e desajeitada, envolvida com outra mulher, as duas nuas. A mulher abraçada era tão baixinha que, por um instante, aninhada nos braços de Earnshaw, pareceu uma criança. Ou talvez o espírito de uma criança ainda pairando por trás de seus olhos.

Mas não era Alex Beech. Ela só absorvera o rosto de Alex por um tempo, quando Jess a viu no abismo. Não fazia uma hora que as duas entraram nos sonhos de Earnshaw. O espírito já apresentava outro rosto agora. Pele escura, bochechas ligeiramente angulosas, olhos castanhos bem delineados, e um nariz tão achatado quanto uma lâmina. Nem um pingo de seios, quadris idem. Sorriu ao se apertar de volta nos braços de Earnshaw, aconchegando-se com um ar assoberbado, possessivo.

– Sossega – Earnshaw grunhiu. – Eu não estou conseguindo dormir assim.

– Mas já que você está acordada – a outra mulher retrucou –, pode coçar as minhas costas.

Earnshaw obedeceu com um suspiro e um sofrido "Puta merda!".

– Mais para baixo – a mulher disse.

– Se eu for mais para baixo, vou chegar na sua bunda.

– Sim, por favor.

A imagem se desfez bem diante dos olhos de Jess ao mesmo tempo que seu cérebro queimava as últimas poucas moléculas de oxigênio que o alimentavam. Setas e arcos de cores abstratas substituíram o cenário da cela. As cores se misturavam irresolutas no ar, como se quisessem se reunir de novo mas alguma coisa as impedisse.

Eu me lembro!, Alex berrou de novo. Jess já não conseguia entender como tinha sido capaz de confundir aquela voz com a de um garotinho. Era a voz de uma mulher, um timbre com um quê de maturidade por trás de toda a suavidade.

Jess vislumbrou um esboço da verdade, suas dimensões angulares, inflexíveis, e era tão diferente do que vinha esperando que ficou zonza. Talvez já tivesse percebido algo antes, mas só tinha conhecido o lado monstruoso de Earnshaw, uma bola de demolição. Tinha praticamente esquecido a história contada por Shannon McBride. A história de Naseem Suresh, do amor fogoso de Liz por ela e como sua morte tinha destruído Liz. Somando-se a uma ou outra falha de caráter preexistente, transformou-a no que era agora.

Uma risada incréduta foi crescendo no diafragma de Jess, mas cessou a meio caminho da boca. Sua garganta comprimida bloqueou todo e qualquer tráfego.

Não é engraçado, Jess!

Mas era sim, um pouquinho. Jess estava equivocada sob todos os aspectos. Ridicularmente equivocada. Tinha visto um espírito sem contorno, sem memória, e o chancelou com o selo de sua própria culpa. E quando a verdadeira identidade de Alex veio à tona, interpretou tudo ao contrário. Estava segura de que Earnshaw era a garota malvada, que tinha machucado

Alex. Ela era amiga de Alex. Amiga de Naseem Suresh, melhor dizendo. A garota malvada era...

Outra pessoa.

A mão ao redor do pescoço de Jess afrouxou o aperto. Seus pulmões não tinham inspirado nenhum ar por quase um minuto, e ainda assim estavam plenamente dilatados. Tendo algo com que trabalhar, conseguiram puxar um tênue e ardente filamento de ar.

A Lizzie era o amor da minha vida. A minha ursinha mamãezona. Ninguém se atrevia a encostar em mim quando ela estava comigo.

A garota malvada deve ter esperado. Até que Naseem ficasse sozinha.

Jess caiu de quatro no chão, e de cara no presente. Algumas lágrimas escorreram de seus olhos ao piscar, enquanto sorvia oxigênio por sua garganta ferida e inchada. Earnshaw a tinha largado, e lhe dava as costas para voltar a encarar Grace.

– Diga-me o que aconteceu! – ela exigiu com total desespero na voz. – Diga-me, Grace. A Naz está aqui, e está ouvindo tudo. O que você fez?

– Eu não sei do que você está falando – Grace retrucou. – Lizzie, acabe logo com essa vadia. Ande. Não me obrigue a fazer por mim mesma.

Ela não esperou. Ela armou tudo. Foi ela a responsável. E ela te tirou do caminho para que você não pudesse me ajudar!

– Ela quem? – Earnshaw berrou. – Como?

Jess ergueu a cabeça meio grogue e se deparou com Earnshaw e Grace cara a cara, uma de cada lado seu, feito dois cachorros brigando pelo mesmo osso. Mas não era ela o osso: era Alex. Era Naseem. Earnshaw estava consternada com a verdade, e Grace tentava tomá-la de volta.

Eu vou te mostrar, Alex disse. Naseem disse.

A cela de Grace ficou turva e sumiu de novo. Moulson resistiu à visão dessa vez, ciente do perigo em que estava, embora não houvesse como se defender contra o sonho vívido de um espírito. Linhas coloridas se tricotavam em novas formas. Formas se aglutinavam e adquiriam volume.

Dessa vez estava no salão oval. Liz Earnshaw estava de pé, logo ao lado de uma cadeira caída de onde tinha acabado de pular. Dennis Devlin lhe cutucava o peito sem parar, gritando em sua cara, a qual ficava cada vez mais vermelha de raiva.

– Você sabe como abordar um agente. Tente de novo. Tente de novo!

Naseem Suresh, já então vestida como Liz e todas as outras mulheres com o moletom amarelo e preto de Goodall, segurava o braço de Earnshaw impedindo-a de lhe dar um soco. Não fez a menor diferença. Meia dúzia de guardas caíram em cima de Earnshaw e a arrastaram de lá aos gritos.

A imagem ficou turva e se dissipou, levando Jess a deslizar por uma elevação escorregadia de miragens.

– Devlin – Earnshaw murmurou, soando perdida e espantada. – O Diabo.

– Presente – o supervisor retrucou curto e grosso.

Fechou a porta e avançou na direção de Jess.

Jess não tirou os olhos dos punhos cerrados de Devlin, e não viu de onde o chute saiu.

94

No corredor das solitárias, Devlin já não tinha mais um plano. Não estabeleça um padrão, não deixe indício algum à equipe forense, use as ferramentas ao alcance em volta. Tudo isso tinha explodido bem na sua cara em todas os sentidos da palavra. Não queria mais saber de planos. Liz Earnshaw estava parada diante dele completamente nua e choramingando, o que era o fim dos tempos. Um homem deveria agir à altura. Primeiro, chutou Moulson no estômago, levando-a a beijar o chão.

Então passou a chutá-la valendo-se de seus coturnos com biqueiras de aço até que fosse pouco provável que ela apresentasse qualquer resistência. Isso contribuiu para aliviar suas mágoas.

Como Moulson não se mexia para tentar se defender, ele a arrastou do chão e a jogou sem cerimônia no catre de Grace. Aqui retomou o plano, pois essa parte era boa. Agarrou o travesseiro e o empurrou contra o rosto de Moulson.

Reaja, Jess! Não desista!

Quem estava gritando na porra do seu ouvido? Ele ficou um pouco desnorteado por um instante. Era uma voz tão alta e próxima que ele se virou para esbofetear uma mulher histérica que não estava lá.

Moulson começava aos poucos a se reanimar. Ela arranhou as costas das mãos de Devlin. Merda! Aquilo deixaria resquícios do seu sangue e tecido por baixo das unhas dela. Mais trabalho com o desinfetante.

Moulson se contorcia na tentativa de livrar-se dele. O Diabo jogou todo seu peso sobre ela, cerrando os dentes com força. À medida que os movimentos dela enfraqueciam, ele questionava-se onde havia deixado o desinfetante.

Nesse exato momento, como um castigo por ter se distraído, algo explodiu contra sua cabeça como uma bomba de profundidade contra o casco de um navio de guerra. De repente viu-se no chão, sem a menor ideia de como tinha parado lá. Uma grande massa corporal se movia mais acima, cuja sombra se agigantava em meio à iluminação forte do tubo de led da cela. Liz Earnshaw. Grace se atracou com Liz pela lateral, mas Liz arremessou Grace com um empurrão convulsivo usando apenas um braço.

Por reflexo, Devlin jogou as mãos ao alto.

Earnshaw girou o braço num arco horizontal, feito um ceifador, golpeando-lhe no cotovelo do braço direito. O Diabo soltou um grito agoniado de dor. A arma utilizada foi o cassetete do supervisor, o qual ela deveria ter puxado do cinto enquanto ele lutava com Moulson. Liz deu-lhe uma saraivada de golpes, concentrando toda sua força e raiva na tarefa.

Devlin chutou-lhe as pernas, mas não acertou. Outro golpe de cassetete o acertou na base da coluna, e, pela primeira vez, ele sentiu medo. A doida varrida seria bem capaz de aleijá-lo ou mesmo matá-lo.

Ele saiu rolando para debaixo do catre, mas não conseguiu pensar em mais nada. Earnshaw o agarrou pelo tornozelo e o arrastou de volta à luz. Ele ainda tentou outro chute e ela o soltou. Só para recomeçar os trabalhos com o cassetete.

Devlin estava tentando alcançar seu spray de pimenta, mas outra pancada em cheio pela lateral quebrou seu pulso. Ele manteve-se jogado no chão. Sua melhor chance de sobreviver seria fazendo-se de morto.

95

Grace era bastante pragmática. E sempre mantinha ao seu alcance um punhal para se defender em última instância.

Estava grudada à parte interna de uma das pernas do catre, que possuía uma bainha de papelão da qual se desprenderia com um único puxão. Sempre se sentiu dividida quanto a ter uma arma em sua cela. Caso fosse encontrada em uma revista, seriam obrigatoriamente mais dois anos de pena a ser cumprida. Por outro lado, tinha meios de se antecipar a revistas, e abominava a ideia de ficar indefesa caso alguém mal-intencionado aparecesse, ou suas guarda-costas mudassem de lado.

Então, a arma estava lá.

Grace puxou a pequena e funcional lâmina do papelão.

E cortou a garganta de Moulson.

96

E sobraram dois.

Ou três, embora Dennis Devlin estivesse se fazendo de morto.

Ou quatro, embora Jess Moulson estivesse tão perto da morte que sequer contava. Suas mãos estavam agarradas ao pescoço enquanto ela pensava *Por que eu não consigo respirar?*. E, então, *Ah*.

Certo.

E se os mortos fizessem parte da contagem, então Naseem Suresh somava um total de cinco.

Earnshaw e Grace ainda estavam de pé, enquanto Earnshaw espancava Devlin com o cassetete. Era como se nunca fosse parar. Encontrara um lugar para guardar toda dor e culpa que a habitavam, e estava ocupada lidando com elas.

Grace tirou os olhos do corpo de Moulson estirado no chão, ainda segurando o punhal com sangue nas mãos. Primeiro problema resolvido, e a lista já restrita diminuía.

Ela partiu para cima de Liz, que parecia empenhada em seu papel e mal percebeu a aproximação.

E, então, algo aconteceu. A mão esquerda de Liz avançou e derrubou Grace de cabeça para baixo. Grace já desferira a facada quando o soco lhe acertou. A lâmina passou raspando no quadril de Earnshaw, um golpe bem baixo, mas Grace já estava caída de costas, com o punhal caído no chão.

Jess observava toda a ação; com a vista turva, ainda assim ciente do que acontecia. Earnshaw não foi a responsável por aquela defesa-relâmpago.

Foi Naseem Suresh protegendo a retaguarda. Na cabeça de Jess, Naz nunca tinha passado de uma turista. Na de Hannah Passmore, uma ladra. Na cabeça de Earnshaw, encaixava-se feito uma joia ou um instrumento musical em uma caixa produzida especialmente para resguardá-lo. Sentia-se confortável lá. E era quem tomava as rédeas do lugar.

Grace sentiu o gosto de sangue e levou a mão ao lábio partido, espalhando mais o sangue por todo o queixo, boa parte de Jess.

Earnshaw virou-se e viu o que sua mão esquerda estava fazendo. Viu Grace sentada no chão a pouco mais de um metro. Viu o punhal jogado, e Moulson na cama com sangue ainda jorrando da garganta aberta.

– O quê? – Earnshaw resmungou. – O que está acontecendo? Naz, foi você quem fez isso?

Sim, Naz disse. *Ah, meu amor, eu tenho mais uma coisinha para te mostrar. Vai magoá-la, mas você precisa ver. Você também, Jess.*

Outra visão cegou Jess e a ensurdeceu, arrebatando-a de si mesma. Dessa vez não se arrependeu de partir.

O salão oval de novo. Nassem abrindo caminho com os cotovelos em meio à multidão indiferente, preocupada em evitar ser vista.

Atravessando apressada um dos corredores no térreo.

Enfiando-se no banheiro. Escondendo-se em uma das cabines, escostada contra os azulejos como se quisesse afundar na parede. Ela espiou pela fresta de uma cortina de plástico, certificando-se de que não estava sendo seguida.

Mas estava. Três mulheres surgiram do corredor, com movimentos casuais e lentos. Duas eram estranhas. A última a passar fechou a porta, então se virou e abriu um sorriso meramente formal.

– Saia daí, Naz. Eu só quero conversar com você.

Era Harriet Grace.

As guarda-costas de Grace, versões de Earnshaw e Big Carol de antigamente com cara de poucos amigos, apoderaram-se de Naz e seguraram-na no lugar. Sentiu-se como uma criança nas mãos das duas, como quando ficava nos braços de Earnshaw. Uma delas estava com o braço em volta de seu pescoço. Cada uma delas a agarrava com um braço e enganchava a perna em uma das pernas de Naseem, travando-as na altura dos joelhos. Transformaram-se em um cavalete humano de tortura.

Grace tirou algo do bolso de seu moletom. Jess, quase morta e ainda observando tudo de uma perspectiva incorpórea, reconheceu o punhal, o mesmo que Grace acabara de usar para atacá-la: uma ferramenta bem trabalhada a partir da dobradiça de uma porta, amolada com primor e cravada em um cabo de madeira ligeiramente afilado que bem pode ter sido uma baqueta.

– Mas, então – Grace disse –, você queria bater um papo comigo?

– Se você encostar em mim, a Lizzie vai te matar. – Incrivelmente, Naseem soou arrogante e amedrontada na mesma medida, como se julgasse gozar de algum tipo de imunidade que a protegesse ali. – É melhor você largar isso, Grace, antes que você...

Grace encostou o punhal na bochecha de Naseem. Fez uma pequena incisão no local, a ponta da lâmina chegando a raspar o delineador de Naseem. Uma lágrima vermelha escorreu de seu olho, arregalado ao se dar conta de que era vulnerável no fim das contas.

Earnshaw deu um berro carregado de angústia e se libertou das amarras da visão, bem a tempo de ver Grace rastejando em direção ao punhal jogado no chão.

Liz chegou primeiro. Sua mão fechou-se sobre o pulso de Grace e o deteve, tateando a uns dois ou três centímetros da arma que procurava. Grace levantou a cabeça, e quando seu olhar cruzou com o de Liz, algo repentino e silencioso aconteceu entre as duas. Uma renegociação.

Aquela batalha já estava perdida para o espanto de Grace, mas ela resolveu experimentar para ver no que daria.

– Fui eu que te criei – ela lembrou a Liz, por entre os dentes. Tentou se desvencilhar, mas não foi capaz de mover sua mão um milímetro sob o peso implacável das garras de Liz. – Eu peguei seus cacos quando você estava no chão. A vida que você leva agora você deve a mim!

– É – Liz concordou. Sua voz estava rouca, cansada, falhada. – Eu devo isso a você, sim. E o que você tirou de mim, Grace. De nós duas. É o que você me deve.

Grace jogou-se em direção ao punhal com a outra mão, mas Liz o chutou para longe.

Grace tentou levar o polegar ao olho de Liz, mas Liz torceu seu braço sem pressa ou remorso até deslocá-lo.

Jess não chegou a ver muita coisa depois disso. Estava morrendo, seu pescoço tomado de sangue, sua mente esvaziando-se.

Mas presenciou o mais importante.

97

Jess sentia-se forte, mãos suaves a ajudavam a ficar de pé. Atraíam-na para um abraço caloroso e acolhedor, embora mais estranho do que qualquer outra coisa que tenha sentido antes. Era como ser abraçada pelo sol.

Rendeu-se à sensação prazerosa e ao súbito alívio das inúmeras dores de seu corpo. Sabia que só havia sumido porque seu corpo havia sumido. Estava morta.

Por fim recuou, mas só para poder ficar cara a cara com Naseem. Era a primeira vez que se encontravam assim, embora já se conhecessem muito bem.

Naz tinha uma cicatriz no queixo, e um sulco de pele mais áspera em uma das bochechas, igual a quando era viva. Mas ao sorrir, como sorria agora, estas marcas desapareciam da vista de Jess. Era como a alquimia de seu próprio rosto arruinado, mas ao contrário. O sorriso unia os pontos das feições de Naz formando um todo inesperadamente belo.

– Olá– ela disse.

– Olá – Jess murmurou. Levou a mão ao pescoço para ver se estava tudo bem. Foi reconfortante constatar que ainda possuía ambos, mão e pescoço, ainda palpáveis. Parecia ter se saído muito bem na transição. Embora até tivesse uma boa prática nesse ponto.

Involuntariamente olhou por cima do ombro, como se talvez pudesse encontrar sua cela lá. Encontrar seu próprio corpo, e Grace e Earnshaw acertando as contas sem armas ou maiores distrações. Mas as duas estavam no mundo noturno, na companhia apenas de ecos e lembranças.

Jess relaxou os ombros. Se tivesse ar nos pulmões, teria soltado a respiração em um longo e demorado suspiro. Sentia-se essencialmente cansada, desolada, mas ficou surpresa ao ver que também havia um pouco de alívio. Morta. Morta e bem resolvida. Só não lhe pareceu, naquele exato momento, algo com o que ela não poderia lidar. Ao menos tinha amigos por lá.

– Você conseguiu – Naz disse. – Jess, eu não sei nem o que te dizer. Você a encontrou, trouxe-a de volta para mim. Ou me levou de volta para ela. Os dois. Todas as coisas que eu tinha esquecido voltaram. Tudo... – Sua voz vacilou até silenciar-se. Ela ficou calada encarando Jess com certo desalento.

A ficha tinha acabado de cair, Jess se deu conta. Ela pensou que eu tivesse pulado fora da briga por vontade própria. Agora ela sabe. De algum jeito. Só de olhar pra mim.

– Está tudo certo – ela disse. – Tudo bem. Quer dizer, quase tudo bem. Se eu me arrependo de alguma coisa, é... ele, Alex. Ele teve uma vida tão horrível. Eu queria tê-lo ajudado. Eu queria tanto isso. E agora tenho certeza de que eu nunca mais vou vê-lo. – Sentiu um aperto na garganta, pronta para explodir em lágrimas. Vasculhou a mente atrás de mais palavras que não lhe vinham.

E então um som monstruoso se quebrou sobre as duas feito uma onda, tornando o diálogo impossível. Tratava-se do ribombar de um trovão, e de um grito. Ambos ao mesmo tempo. O ar ficou mais denso e o mundo inclinou-se, como se a gravidade não passasse de uma balança e alguém pusesse o polegar sobre um dos pratos.

Harriet Grace quando viva não pensava em outra coisa senão ter total controle sobre tudo. Sua passagem rumo à vida após a morte foi como o vapor apitando na válvula de uma panela de pressão. Sua boca aberta se escancarou ainda mais por trás dos céus. Uma segunda boca se abriu no interior da primeira, e então uma terceira, golfando sua fúria titânica em três diferentes entonações ensurdecedoras e retumbantes.

– Você não pode fazer isso comigo! Não pode! Eu não vou deixar!

A tempestade atingiu as duas, derrubando-as e arrebatando o chão sob seus pés enquanto despencavam. Por um instante, Jess viu-se caindo na horizontal rente a uma planície sem fim, igual à noite de sua overdose involuntária.

Mas sabia bem aonde aquilo a levaria, e tratou de resistir com uma ferocidade serena, letal.

– Não pode! Não pode! Não pode!

Chão é chão, Jess disse ao mundo. E o mundo lhe obedeceu. Conseguiu fisgar a mão de Naz enquanto ela ainda estava às cambalhotas no ar, mas puxou-a e ficou de pé. Naz se atracou a ela, o pavor visível em seu rosto.

– É ela! – Naz disse engolindo em seco. – É a Grace!

– Eu sei.

– Jess, temos que fugir. Temos que nos esconder até que ela...

– Não. Dessa vez não.

Uma massa cinzenta quase negra se precipitava sobre as duas, como garras afiadas tentando alcançá-las.

Jess voltou toda sua atenção para a garra feito um holofote de luz fria.

– Você não é tão grande – ela disse com firmeza. E de novo, mentalizando, *Você não é tão grande.*

Jess pegou tal pensamento e o arremessou. Acertou em cheio a tempestade que era Grace e a diminuiu pela metade.

Ao dar asas a Patricia Mackie e um rosto de menino a Naseem Suresh, não tinha conhecimento do que fazia. Sua mente porém tinha sido capaz de moldar sonhos feito argila. E os mortos eram sonhos que se sonhavam em vida. Talvez os vivos também. Ela estava descobrindo.

Por ora: *Você não passa de uma coisinha insignificante. Um pinguinho. Uma partícula. Um cisco no meu olho.*

O agitado desvario da tesmpestade desfazendo-se mais e mais, forçada de volta a si mesma até que fosse tão somente uma mancha negra não maior do que um travesseiro.

Jesse a pegou com as mãos, e ficou surpresa com o peso. A superfície era fractal, retorcendo-se feito larvas. Doía-lhe os olhos ficar olhando.

Eu vou te matar, Moulson, Grace esbravejou. *Vou continuar te matando de novo e de novo e de novo.*

Naz a encarava com os olhos esbugalhados quando Jess se virou de frente.

– Nós precisamos, sim – ela disse, como se Naz tivesse dito algo. – Nós precisamos fazer isso agora.

Naz concordou. Sequer precisou perguntar o que Jess quis dizer. O pensamento ocorreu-lhes ao mesmo tempo.

Naz agarrou-se bem à massa escura que era a alma desnuda de Harriet Grace e a segurou firme. Jess fez o mesmo. A mancha se contorcia conforme Grace tentava se desvencilhar das duas. Tentava se espremer ou achar uma fresta entre os dedos por onde pudesse escoar. Puseram-se a caminhar, e então a correr, cravando as unhas na massa escura e retorcida, uma de cada lado, feito bombeiras ou padioleiras.

A velocidade com a qual Grace se adaptou foi uma surpresa bem desagradável às duas. Jess chegou a pensar que seu primeiro golpe baixo pudesse ter acabado com a briga, mas Grace já estava lutando de volta. Precisariam se livrar dela, colocá-la em lugar onde não pudesse mais causar mal algum. E só havia um lugar possível para tanto.

Mas ficava bem mais distante do que qualquer uma das duas seria capaz de se lembrar. Prosseguiram aos trancos em meio ao mundo noturno com o fardo bem seguro entre elas. Grace parecia estar ficando mais pesada, o que era impossível. Mas elas simplesmente nunca tinham carregado nada ali, e nem sabiam quais eram os próprios limites.

Mas era verdade, Jess deu-se conta. Grace estava mudando. Estava ficando mais corpulenta em seus braços. O que tinha levado dias para Jess aprender e semanas até dominar um pouco, não tinha tomado mais do que alguns minutos para Grace aprender. Tinha compreendido o que Jess tinha lhe feito e acabou aprendendo. Esmagada que estava naquela essência comprimida e espiralada, não seria capaz de atacá-las diretamente. Vinha mentalizando-se cada vez mais densa e maciça, reconfigurando-se em um determinado peso que as obrigasse a ir mais devagar e assim dificultasse suas vidas.

Mas quando vocês pararem, quando vocês me soltarem... ah, aí vocês vão ver. Eu gosto desse lugar. Eu acho que dá para tirar algum proveito daqui. Eu acho que tem potencial.

– Para que lado? – Jess berrou.

E então ela avistou algo à frente delas. Estavam se aproximando da borda do abismo.

Talvez Grace estivesse vendo também, ou sentindo. A aglomeração disforme que era sua alma crescia mais e mais a cada segundo. Crescendo e mudando, tornando-se mais sólida e texturizada. Filamentos de músculos e tendões se avolumavam e brotavam na sua superfície. Parecia-se agora com uma espécie de embrião humano impedido de nascer e nutrido à base de esteroides pelo tempo de uma vida humana. Parecia prestes a desabrochar, rebentar feito uma flor. Jess nem queria ver o que poderia estar lá dentro.

Nascida de novo!, Grace se exultou. *Porra, Jesus levou três dias!*

Elas recuaram os braços para então arremessar a terrível forma pela borda, mas o abismo desapareceu de vista. Estava lá em um momento e no momento seguinte elas o tinham perdido de vista. A borda do abismo havia sido puxada para trás como um zoom hitchcockiano, mais rápido do que elas corriam em sua direção.

Elas correram novamente, tentando forçar o peso daquela massa escura para dentro, empurrando-a de volta para si mesma. Tentando se concentrar em seu destino e o quão perto ele estava. Grace as tinha superado em poucos minutos, e agora elas estavam aprendendo com ela, aprendendo que onde existia vontade, existia um caminho. No mundo noturno, o seu caminho *era* a sua vontade, e Grace aplicou esta lei com uma fúria esplêndida.

Elas lutaram contra Grace. Elas lutaram por cada agonizante centímetro de todo o caminho para o abismo, imaginando que ele vinha deslizando ao encontro delas. Mas quando elas chegaram lá, quando elas recuaram os braços para jogar a massa efervescente sobre a borda, elas não conseguiram soltá-la. Estava presa a elas, agarrada sobre suas peles, soldada a suas mãos e seus braços.

Com um grito de desespero, Naz cambaleou para trás. A massa escura se agarrou a ela, lançando-se em filamentos de escuro pulsante. Em seguida, se chocaram e ela caiu para trás. Os tentáculos avançaram para ela, chicoteando como cabos tensionados que se rompiam em um furação antes de se envolverem em torno dos braços de Jess, penetrando em sua carne.

Mas é claro que não era isso. Sequer havia carne ali.

Desesperada, perdendo o jogo, Jess levou os seus pensamentos para uma direção diferente. Ela parou de lutar. Sua mente estava cheia da risada de Grace, zombando dela. Ela a ignorou e começou a pensar sobre a força da gravidade. O peso morto de um corpo que não existia mais, do qual ela lutou tanto e tantas vezes para escapar.

Grace pressionava com toda a força, mastigando-a como se a massa escura fosse uma grande boca de uma lampreia. Era apenas as duas agora, equilibrando-se à beira da queda sem fundo. Jess conseguiu mover os braços em torno de uma parte retorcida de Grace, algo em mutação que poderia ser sua cintura ou seu peito, ou qualquer outra coisa. Fosse o que fosse, era apenas uma estrutura de ganchos serrilhados, como pontas de arpões. Isso é bom, pensou Jess. Ela abraçou Grace com força e deixou que os arpões penetrassem seu corpo tão fundo quanto possível. Ela se ancorou neles.

Peso, ela pensou, é só o peso. O peso de ser eu. Ela se inclinou para frente, em direção ao vazio. E enviou o seu centro de gravidade para fora e para fora, passando de seu ponto de equilíbrio.

E finalmente carregou Grace pela borda, fora de equilíbrio, Grace tão cheia de dor e desejo de vida que sequer imaginou que alguém pudesse se oferecer como arma de seu próprio suicídio.

Elas desapareceram em um piscar de olhos.

Se existissem olhos em um lugar como aquele.

98

Dennis Devlin ficou quieto onde estava até que tivesse absoluta certeza de que Liz Earnshaw não estava mais lá. Isso demorou, já que Liz ficou sentada por longos minutos em uma das confortáveis poltronas de Grace, conversando consigo mesma em um monólogo estrondoso interminável.

Era um diálogo, mas como esperar que O Diabo pudesse saber?

– Eu senti tanto a sua falta, Naz – ela disse. – Eu fiquei... sei lá, eu acho que fiquei doida! Eu não sabia o que fazer sem você.

Bem, eu estou de volta agora, Naseem retrucou. *E eu nunca mais vou te deixar. Eu juro.*

– Nem pense nisso!

Está sentindo? Sou eu te tocando. Eu estou dentro de você, Lizzie. Pode cortar a sua mão fora, ou o seu pé, ou qualquer parte do seu corpo, mas me cortar da sua vida de novo nunca mais, porque eu vou sempre estar onde você estiver.

Earnshaw chorou. Engolia soluços profundos que Devlin, imóvel no chão e incapaz de ver seu rosto, interpretou como luto e pesar. Mas era o oposto disso. Earnshaw estava se sentindo como se fosse explodir de tanta felicidade e incendiar o mundo inteiro. Ela pensou: Eu nunca mais vou machucar ninguém de novo na minha vida. Todo mundo devia ser assim. Todo mundo devia sentir isso que estou sentindo agora.

Como parte disso, parte dos atos de contrição que haveria de tomar tanto de seu tempo de agora em diante, pegou o corpo de Moulson do chão e o carregou da cela de Grace até o salão oval. Não parecia certo deixá-la ali estirada ao lado dos inimigos que tinham destruído sua vida, especialmente depois de Naz ter contado sobre todas as coisas bacanas e corajosas que Moulson tinha feito por ela. Sobre como tinha sido Moulson quem as uniu de novo.

A rebelião estava perdendo o fôlego à medida que mais e mais dos homens e mulheres do efetivo de Fellside se concentravam em Goodall, e mais e mais das detentas se encurralavam nos corredores de serviço. Essa área poderia ser fechada e transformada em campos de detenção temporária. Embora o salão oval ainda integrasse uma pequena república independente, e a chegada de Earnshaw com Moulson morta nos braços criou uma agitação. Ou talvez o contrário. Todas que viam Moulson ficavam em choque.

Uma sensação ruim as abalou, considerando-se que pouquíssimas ali tinham trocado palavras com ela, mesmo um casual bom-dia ou como vai você. Toda mulher ali tinha sonhado com ela, e por conta disso cada qual tinha chegado a pensar que ela deveria ter algum significado pessoal e mais ninguém. Agora sentiam, de um jeito ainda mais difícil de explicar, que sua morte era uma tragédia que as sensibilizava.

Earnshaw acomodou o corpo sobre uma mesa e ficou de vigília ao passo que as internas amotinadas se rendiam aos guardas ou retornavam às celas onde se punham à espera do próximo alerta. Mais da metade foi às lágrimas. Algumas se reconfortavam em um abraço, ou levavam as mãos, umas nos ombros das outras, em sinal de condolência.

Os guardas assistiam a tudo no mais absoluto silêncio, sem a menor vontade de dizer ou fazer qualquer coisa que pudesse prejudicar a esperada rendição.

E em meio a toda essa lamúria, Devlin fugiu. Não foi fácil. Uma rebelião dá margem a uma boa camuflagem, mas ele estava um lixo e sua aparência não iria ajudar. Pulso quebrado e maxilar deslocado. Mal conseguia andar. Todo coberto de sangue, maior parte do qual não era seu. Se o encontrassem agora e o levassem ao hospital, seu cadáver e seu uniforme estariam repletos de provas de uma natureza ou outra que acabariam por ligá-lo ao banho de sangue na cela de Grace.

Teria de dar o fora de Fellside com os próprios pés, esfregar bem o corpo no banho, livrar-se do uniforme, não, queimá-lo, e então negar tudo o que fosse negável. Os ferimentos contariam a seu favor, na hora certa. Poderia dizer ter levado uma pancada na cabeça. Ter saído da prisão sem rumo e nem sequer sabendo o que fazia. Ter ido para casa, sem saber como tinha chegado lá, e desmaiado de tanta dor. Tudo depois disso não passava de um borrão.

Cenário pintado, passou andando pela recepção sem dar uma palavra, ignorando as oficiais e secretárias presentes na guarita. Apenas uma delas, Kate Mitchell, chegou a vê-lo; o resto estava de olho na rebelião sendo transmitida pelo circuito fechado de Goodall, o qual alguém tinha conseguido colocar no ar de novo. Kate ainda o chamou quando Devlin passou parecendo um morto-vivo e, não obtendo resposta, fez uma chamada de emergência. Ambulâncias já estavam a caminho de Fellside, acionadas pelo diretor quando os primeiros alarmes dispararam, mas, como não podia deixar a recepção, preferiu certificar-se de que alguém ficasse a par do estado do sr. Devlin.

Devlin saiu pelo portão principal e cruzou a rua até o estacionamento. O silêncio lá fora estava quase perfeito, apenas ligeiramente minado pelo tênue alarido dos alarmes mais ao longe. Ambulâncias, viaturas policiais, carros de bombeiros, jornalistas e equipes de filmagem logo estariam todos em volta que nem mosca em bosta, mas por ora ele ainda tinha uma chance.

Pôs-se a imaginar como seria terrível ter que dirigir com apenas uma das mãos, e que teria de pegar uma das estradas secundárias de modo a não cruzar com toda aquela frota armada a caminho. Teria de ir bem devagar também, pois estava com tanta dor que talvez acabasse até desmaiando.

Desceu o declive que dava no estacionamento, rápido demais e sem o menor equilíbrio já que não tinha forças para jogar seu peso adiante nem podia mexer os braços para se estabilizar: o pulso fraturado doía muito.

Ao atingir a base do declive, dois homens surgiram do meio dos carros estacionados, um de cada lado, cujas mãos se fecharam em seus braços.

– Minnie Weeks mandou um oi, seu merda – Kenny Treacher disse.

Os dois homens simplesmente seguiram empurrando Devlin na mesma direção em que já estava indo. Agarrando com força seus braços e os torcendo por trás de suas costas (a dor fez sua respiração ficar entalada na garganta), aceleraram o passo até que estivessem correndo e ele tropeçando entre os dois, quase caindo, um prisioneiro da própria dinâmica.

Até o fim do asfalto. Ao longo da estreita margem pavimentada.

Deram uma corridinha final com Devlin. Arremessaram-no do alto de Sharne Fell, cuja excepcional beleza natural ele teve cerca de seis segundos e meio para apreciar.

99

O corpo do dr. Salazar foi encontrado na manhã seguinte. Alguém, provavelmente o próprio médico, tinha conduzido o carro do estacionamento do Pot of Gold até um lugar calmo e isolado a poucos quilômetros da colina e então o matado, execução sumária, uma única bala na cabeça.

Ao assassinato jamais esclarecido acabaram sendo reservados flashes de notinhas e barras laterais ofuscadas por episódios mais dramáticos nas dependências de Fellside. A situação, porém, voltou a desajustar-se assim que várias novas organizações começaram a processar as informações que Sally enviara junto com sua confissão. Saiu na primeira página, no jornal das nove, em toda a internet.

As denúncias de Sally feitas por e-mail foram vagas e incoerentes, mas cheias de detalhes circunstanciais. As acusações de tráfico de drogas estavam exaustivamente amparadas pelas gravações em áudio das conversas com Devlin na enfermaria. Harriet Grace, suas funcionárias e gerentes, suas mulas e cada guarda de Goodall, todos foram mencionados em maior ou menor grau.

Sally também apresentou o emocionante relato de uma testemunha da experiência de quase morte por overdose de tramadol pela qual Moulson tinha passado. Stock talvez até poderia ter lançado uma ou duas dúvidas plausíveis sobre o caso se o seu comparsa, Lovett, não tivesse confessado tudo em uma delação premiada, revelando que, ao ter se frustrado em uma tentativa, Sylvie conspirou para tentar matar Jess Moulson mais uma vez.

Stock levou de vinte anos à perpétua e por suprema ironia do destino teve de cumprir a pena em Fellside. Lovett se safou com sete anos por conta da delação premiada. Se vinha sendo assombrado pelos fantasmas do passado, nunca chegou a demonstrar.

Sylvie Stock, por sua vez, *havia sido* assombrada.

Aconteceu em sua primeira noite como detenta na prisão onde já trabalhara. A tremenda reviravolta do destino continuou revirando-se em seu estômago feito um pedaço indigesto de cartilagem, e ela só conseguiu dormir bem depois da meia-noite. Ficou deitada no catre ouvindo o ronco de sua nova companheira de cela, e sentindo-se amargurada e sem ânimo para quase nada.

Quando apagou, teve um sono agitado e sonhos perturbadores. Ela estava suando muito, trabalhando em uma cirurgia cardíaca em si mesma em frente às câmeras de TV, quando Naseem Suresh apareceu e sentou-se ao lado dela.

As risadas do público diminuíram até o silêncio total. O mestre de cerimônias parou de tecer seus comentários e a audiência baixou a cabeça.

Será que posso dar uma palavrinha?, Naseem perguntou a Stock.

– Sim, claro – Sylvie disse. – Eu te conheço?

Você tratou de uma infecção no meu ouvido uma vez. Faz tempo já. Eu não esperava que você se lembrasse.

Stock se limitou a assentir e esperar que Naz prosseguisse, embora já estivesse com um mau pressentimento sobre a situação. A textura do sonho tinha mudado. Estava meio acordada nele, e desejando que não estivesse.

Você machucou alguém que eu amo, Naz disse. *Não acredito mais em vingança, mas não posso deixar essa passar. Desculpe-me.*

– Eu não queria...

Naz sacudiu a cabeça, e Sylvie deixou a frase pela metade. Algo no rosto daquela mulher lhe dizia que não adiantaria mentir. *Está tudo certo*, Naz disse. *As coisas aqui estão melhores do que costumavam ser, em todos os sentidos. Ninguém é assassinado só por não olhar para onde o vento sopra.*

Naz analisava o rosto de Stock de maneira aprofundada, esperançosa, como se estivesse torcendo para que Stock lhe fizesse algum sinal. *Está entendendo, Sylvie? Se eu pudesse odiar alguém, seria você. Mas eu não posso. Eu não estou pronta para isso.*

Ela se levantou e afastou a mobília do sonho de Stock com um aceno de mão. *Então,* ela disse, *eu não vou te machucar. E eu não vou pedir para Lizzie te machucar. Eu vou fazer outra coisa.*

– O quê? – Stock perguntou, sem saber explicar exatamente o porquê de sentir-se tão aterrorizada. Não era boa coisa estar acordada no próprio sonho e alguém aparecer e ainda tomá-lo para si. – O que você vai fazer?

Eu vou te mostrar tudo, tudo o que sobrou, sobre o que aconteceu aqui, Naseem disse. *Eu quero que você entenda o que fez e para quem você fez. Eu quero que você se lembre dela do jeito que eu me lembro.*

Pegou a mão de Stock e as duas saíram andando juntas através das memórias das mulheres de Goodall. Todas já tinham visto alguma coisa, e algumas até o bastante. Mas ninguém tinha visto tudo a não ser a própria Naz, então, ainda de mãos dadas, a última coisa que fizeram foi passear pela alma de Naz. Caminharam juntas pela trilha em forma da fita de Möbius, e foi a trilha mais penosa de todas.

E assim passou a se lembrar de todas essas coisas que nunca tinha visto. Vislumbrou seus pecados e se arrependeu amargamente. Sabia que todo aquele mal por ela causado não poderia jamais ser reparado. Que teria de carregar aquele fardo consigo até seu leito de morte e descobrir depois disso se haveria uma chance, algum dia, de descarregá-lo.

O mal ainda não cometido porém ainda poderia estar em jogo, e talvez ainda pudesse fazer alguma diferença. Quem sabe, de verdade, como o sistema funciona? Tratava-se da vingança de Naz contra Sylvie Stock, e também de seu perdão. Quando a conversa toda terminou, quando Stock já tinha vivenciado tudo o que tinha para vivenciar e protagonizar e sofrer, Naz lhe deu adeus e boa sorte e foi embora. Stock teria de descobrir sozinha o que fazer em seguida. Nunca mais chegaria a ver Naz outra vez.

Stock só não teve muita certeza se esse último detalhe fazia parte da vingança ou parte do perdão.

100

Houve mais repercussão, algumas coisas banais, outras nem tanto.

Scratchwell, o Redentor, sobreviveu aos motins por dois dias e sete horas. Fincou o pé no chão e se recusou a renunciar, alegando que tinha demonstrado um espírito importante de liderança durante os distúrbios e estava prestes a desvendar o esquema de contrabando de Grace quando a própria Grace acabou antecipando-se a ele ao morrer. A direção da *N*-fold o demitiu sem direito à pensão, convidando-o a processá-los caso não estivesse satisfeito. Achou por bem declinar do convite.

A própria *N*-fold acabou por ser outra baixa. Na esteira daquela única e indelével noite e da manhã de revelações que se seguiu, todas as novas licitações que esperavam levar sumiram feito sombra ao meio-dia. Três trimestres sucessivos de prejuízo foram acompanhados de um dividendo zero e uma emissão de ações que se mostrou um fracasso abissal. Um ano depois, a companhia inteira foi engolida por uma gigante farmacêutica suíça que caprichosamente decidiu diversificar no ramo dos serviços públicos. Colocaram uma substituta no lugar de Scratchwell, mas obrigaram-na a prestar contas ao conselho administrativo, incluindo um representante da Howard League e atual editor do *Guardian*.

John Street pegou prisão perpétua por iniciar o incêndio que matou Alex Beech. Nicola Saunders escreveu um livro sobre o relacionamento entre os dois, colocando ela e Moulson como vítimas do charme *à la* Svengali de Street. Vendeu um número considerável de exemplares, mas sua tentativa de reinventar-se como apresentadora de um talk show não deu em nada.

Earnshaw também passou ao regime de reclusão perpétua. Culparam--na pelo assassinato de Grace e, mediante provas bem mais questionáveis, pelo de Moulson. Não se importou. Fellside era onde Naseem vivia, portanto era o lar de Earnshaw também. O único lar que queria ou precisava. Se algum dia tentassem tirá-la de lá, seria melhor mandarem uma unidade especial armada.

As duas foram felizes juntas. Muito embora *felizes*, considerando-se tudo, fosse uma palavra tênue para descrevê-las. Naseem Suresh vive na alma de Liz Earnshaw. Nunca mais seriam separadas, não enquanto vivessem, independente de qualquer coisa.

Naseem mudou a vida de Liz. E juntas, Liz e Naseem, acabaram mudando todo o resto. Mulheres problemáticas e incapazes de resolver suas questões, desde vício em drogas (90% do bloco G estava limpo), complicações no relacionamento, a simplesmente o desespero e a loucura por estarem em um lugar como Fellside. Todas procuravam Liz. Quando não sabiam como encontrá-la, pediam ajuda de alguma veterana para achar o caminho. Po Royal, talvez, ou Hannah Passmore. Uma das mulheres que testemunharam tudo desmoronando.

Bastava procurar Liz em sua cela no horário de atividades livres e esperar do lado de fora até ser chamado. Em seguida, ela sentava-se com a pessoa, segurando-lhe a mão em total silêncio, ao tempo em que Naz conduzia a pessoa a lugares em seu interior até então desconhecidos. Quando havia filas, o que acontece quase todos os dias, ninguém briga, evitando perder o lugar. As mulheres não compartilham suas histórias, mas saem da cela de Liz com um jeito diferente de encarar as coisas. Sanidade, serenidade, consolo. Mas nada que se possa traduzir com pressa.

O espírito do dr. Salazar jamais chegou a encontrar o rumo de Fellside, assim como o de Dennis Devlin. Talvez os dois estivessem em outros lugares onde precisavam estar. Era uma penitenciária feminina, afinal.

E por fim Jess Moulson.

Sem notícias na verdade. Nem sinal desde a noite de morte e loucura.

Mas Naseem ainda cuidava dela. À noite, enquanto Liz dormia, dormindo mesmo e não caminhando pelo Outro Lugar, Naz se esgueirava daquele abraço perfeito e perpétuo para passar um tempo sentada na beira do abismo.

Nunca via nada lá embaixo, mas sabia se tratar de uma longa descida. Dias, meses, anos, havia espaço para tanto. Talvez Moulson tenha conseguido se soltar antes que ela e Grace atingissem o fundo. Talvez viesse escalando por todo esse tempo, e, em uma dessas noites, acabasse despontando na beira do abismo para espanar a poeira do corpo e voltar para casa.

Ou talvez não. Houve uma vez em que Naz estava caminhando por uma longa trilha em meio a toda aquela imensidão silenciosa e viu algo. Pegadas. Descalças. Humanas. Número 35 ou 36, se precisasse adivinhar.

Seguiu o rastro até a beirada do fosso, e adiante tanto quanto pôde. As pegadas porém afastavam-se para longe de Fellside, em uma direção jamais trilhada por Naz. Daria para se perder e ela ficou com medo de arriscar.

Naz não desistiu da vigília (em certa medida, também estava cuidando de Grace; cuidado nunca é demais, afinal), mas, quando pensava naquelas pegadas, duas coisas vinham em mente.

Primeiro, não há *necessidade* de deixar pegadas no Outro Lugar. Alguém teria de se esforçar bastante para conseguir. Portanto as pegadas, aonde quer que estivessem indo, podem ter sido deixadas lá pelo dono como um sinal. Uma mensagem.

Como um *adeus* ilustrativo.

Além disso, Jess Moulson levava suas obrigações a sério. Talvez tenha ido ver alguém que conhecia quando estava viva e com quem ainda se preocupa. Uma amiga ou um parente próximo.

Ou talvez fosse outra coisa. Talvez houvesse outro espírito, um menino de verdade dessa vez, que morreu em um incêndio depois de uma vida já dura demais. Que ainda não sabe como viver ali. Ainda perdido e à espera de sua chegada.

A quantos quilômetros e anos de distância?

Quantas vidas?

Se é assim, Naz torce para que ele ainda esteja por aí quando Jess vier procurá-lo. Ela deseja o tal final feliz aos dois.

Eu já estive no seu lugar, ela murmurou ao menino (e como o som se propaga bastante no escuro, então talvez ele a escute caso esteja por aí mesmo). *Eu sei bem como é. Quando a noite não termina nunca e a sua luzinha interior começa a se apagar e não há nada ao que se agarrar.*

Aguente firme, rapazinho.

E repita o nome dela até ela chegar.

Sobre o autor

M. R. Carey é o pseudônimo de um escritor britânico consagrado no mercado de literatura de ficção e de histórias em quadrinhos. Trabalhou como roteirista tanto na DC quanto na Marvel, incluindo projetos aclamados pela crítica como X-Men e Quarteto Fantástico, carros-chefes dentre os títulos de super-heróis da Marvel. Seus livros figuram com frequência na lista dos mais vendidos de ficção em quadrinhos do *The New York Times*. Já publicou vários romances e assinou o roteiro de um filme em Hollywood.

Prol
EDITORA GRÁFICA